새 로 운   시 작

새로운 시작

발행일	2018년 8월 28일

지은이	이 원 일		
펴낸이	손 형 국		
펴낸곳	(주)북랩		
편집인	선일영	편집	오경진, 권혁신, 최예은, 최승헌, 김경무
디자인	이현수, 김민하, 한수희, 김윤주, 허지혜	제작	박기성, 황동현, 구성우, 정성배
마케팅	김회란, 박진관, 조하라		
출판등록	2004. 12. 1(제2012-000051호)		
주소	서울시 금천구 가산디지털 1로 168, 우림라이온스밸리 B동 B113, 114호		
홈페이지	www.book.co.kr		
전화번호	(02)2026-5777	팩스	(02)2026-5747

ISBN   979-11-6299-289-0 03810 (종이책)   979-11-6299-290-6 05810 (전자책)

이 도서의 국립중앙도서관 출판예정도서목록(CIP)은 서지정보유통지원시스템 홈페이지(http://seoji.nl.go.kr)와
국가자료공동목록시스템(http://www.nl.go.kr/kolisnet)에서 이용하실 수 있습니다.
(CIP제어번호 : CIP2018027209)

(주)북랩 성공출판의 파트너

북랩 홈페이지와 패밀리 사이트에서 다양한 출판 솔루션을 만나 보세요!

홈페이지 book.co.kr • **블로그** blog.naver.com/essaybook • **원고모집** book@book.co.kr

이 원 일
장편소설

새 로 운 시 작

New Start

야구선수의 꿈을 접고 회사의 경영권을 빼앗기고
마침내 자신을 키웠던 회장과 싸워야 했던
한 사내의 파란만장한 삶의 기록

북랩 bookLab

고난의 날에 나를 부르라.

내가 너를 건지리니 네가 나를 영화롭게 하리로다

— 시편 50편 15절 —

그는 어제의 고민은 완전히 잊게 되었다.
대신, 새로운 내일을 고민하기 시작했다.

1

시험 시작 10분 전. 강의실은 이미 시험을 치기 위한 학생들로 가득 차 있었다. 대학 4년을 마무리 짓는 시험을 치루기 위해 대부분의 학생들은 새벽까지 도서관을 지키다가 집으로 혹은 기숙사로 돌아가서 몇 시간의 마약 같은 잠을 채우고 강의실로 들어섰다. 이들은 대학원이나 좋은 직장을 얻기 위해 우수한 학점을 필요로 하는 부류들로서 나름 학업에 열심이 있던 학생들이었다.

그러나 이와 다른 부류의 학생들은 정신적, 경제적 여유 덕분에 학점에 몰두하기보다 무엇인지도 모를 삶의 가치를 찾아 막연히 살아가는 이상주의자들이었다. 그들은 보장된 삶을 살게 되어 있던 자들이든지, 아니면 고귀한 삶을 꿈꾸며 보편적 인생을 거부하는 자들이었다.

시험이 시작되자 모두들 책상 위에 놓인 시험지만 뚫어지게 쳐다보았다. 준비된 이들에게는 결실의 시간이었으나 이상주의자들에게는 고통스러운 창작의 시간이었다.

답안지를 모두 채운 학생들이 시간이 되기도 전에 강의실을 빠져 나갔다. 시험 시간이 절반 이상 지나자 절반 이상의 학생들이 나갔고, 대부분의 시간이 지나자 대부분의 학생들이 나갔다. 이제 남은 소수의 학생들은 초인적인 능력을 발휘하여 교수를 기절초풍케 할 답지를 만들어 내느라 안간힘을 쓰고 있었다.

마지막까지 남은 두 명의 학생이 강의실을 나오면서 시험은 모두 끝이 났다. 그 중 한 명인 긴 생머리에 짙은 화장을 한 여학생은 강의실을 나오자마자, 복도에서 그녀를 기다리고 있던 남자친구에게 가방을 집어던지더니, 팔로 키득키득 웃는 남자의 목을 비틀어 어디론가 사라졌다. 그리고 마지막으로 나온 남학생은 말없이 건물을 나와 잠시 갈 곳을 몰라 하다가, 건너편 빈 벤치를 보고서 노랗게 물든 잔디밭을 가로질러 그곳으로 터벅터벅 걸어갔다.

그는 싸늘한 벤치 위에 무거운 엉덩이를 올려놓고 등을 기댔다. 자신의 팔다리에서 힘이 빠져나가는 것을 느끼자 그는 긴 한숨을 내쉬었다. 방금 친 시험을 끝으로 이제 대학교를 떠나야한다고 생각하니 마음이 무거웠던 것이다.

그는 멍하니 하늘을 바라보며 머릿속에서 지난 시절의 환희를 떠올렸다. 다시 되돌아 갈 수 없는 순간들. 그는 그 시간이 무척 그리웠다.

잠시 후, 고개를 숙이자 그의 발 앞에 널브러진 솔방울들이 보였다. 순간, 그의 마음속에서 이미 꺼진 줄 알았던 불길이 타오르기 시작했다. 그는 몸을 숙여 그것들 중에 하나를 집어 들고 손 안에서 몇 번 가볍게 튕기며 무게를 느껴보았다. 그리고 곧 벤치에서 일어나 무언가 맞힐 만한 것을 찾기 위해 주위를 둘러보았다. 멀리 불쌍한 비둘기 한 마리가 빈 벤치 등받이 위에 서 있는 것이 보였다.

그는 더 이상 좋은 표적을 찾지 못하자, 새가 날아가 버리기 전에 얼른 손에 쥔 솔방울을 던졌다. 그러자 그것은 아름다운 포물선을 그리며 표적에 빠른 속도로 다가갔다. 하지만 날아간 물체가 목표물에 점점 가까워지자, 새는 파닥파닥 날개치며 선 자리에서 살짝 뛰어올라 짧은 두 다리 밑으로 적의 공격을 무의미하게 통과시켰다. 눈치 빠른 새가 어리석게 당하고만 있지는 않았던 것이다. 그것은 곧 멋진 날갯짓을 하며 맞은편 건물 옥상 쪽으로 날아가 버렸다. 마치 자신에게 공격을 한 자의 무능을 비웃는 것 같았다.

그때 이 장면을 보며 걸어오던 그의 친구가 뒤에서 말했다

"조금만 더 세게 던졌으면 그 녀석 꽈당 하고 뒤로 나자빠졌을 거야!"

뒤에서 들리는 목소리를 알아차리고서 윤호가 돌아서서 대답했다.

"아니, 그 정도로도 충분했어. 저 녀석이 잘 피한거야."

"그래도 네 실력, 아직 죽진 않았는데?" 친구가 말했다. "그런데 시험은 잘 봤냐?"

"그럼, 잘 봤지. 내가 성적은 안 좋아도 시험은 잘 보잖아."

"그래? 멋진 괴변인데!"

"그럼. 누구한테 배운 건데?" 윤호가 말했다. "그런데 넌 지금 시험 치러 가냐?"

"그래, 이 시험만 치면 나도 이제 마지막이야. 제발 아는 것만 나왔으면 좋겠는데, 오늘은 왠지 느낌이 좋아. 모든 기운이 나에게로 향하고 있는 것 같아. 이런 날은 한잔 해줘야 행운도 오래오래 가는 건데. 야, 나 한 시간만 있으면 나올 것 같은데, 이따 술이나 한잔 할까? 이제 학생 꼬리표도 떼는데 이별주 한잔 해야지."

"이별주?"

"그래, 청춘과의 이별주!"

청춘과의 이별주라는 친구의 말에, 윤호의 얼굴이 갑자기 굳어지기 시작했다. 그는 아직 청춘과 이별할 준비가 되어 있지 않았던 것이다. 사귄지 얼마 되지 않았고, 또 깊이 사귄 것 같지도 않았는데, 벌써 이별이라니. 마치 갓 사귄 여자 친구에게서 이별 통보 받는 느낌이었다. 아니, 그보다는 옆에 와 있었는지도 몰랐던 그녀로부터 이별통보를 받는 느낌이었다.

"이별주 마시면 내일부터 우린 늙은이 되는 거야?" 윤호가 이별 통보를 받고서 가슴이 아련해진 사람처럼 말했다.

"아니, 우린 이미 늙은이야. 신입생들은 벌써 우리더러 아저씨라 부르잖아. 그 애들이랑 우린 지금 같은 시대를 서로 다른 감각으로 살아가고 있어. 다시 말해, 같이 학교를 다녀도 추구하는 행복이 다르고 쫓아오는 고민도 다르다는 말이지. 마치 부부가 같은 이불을 덮고 자도 다른 방향으로 자듯이 말이야. 그리고 커플이 같이 중국집에 가도 난 짬뽕, 넌 짜장, 따로 주문하듯이. 또, 우리가 같이 미팅을 가도 넌 몸매, 난 인격만 보듯이. 아니, 미안. 정정할게. 넌 엉덩이, 난 교양만 보듯이 말이지. 이해가 좀 되나?

아저씨."

민수가 강의하는 교수의 몸짓을 하고서 히죽히죽 웃어대기 시작했다.

"그런데," 그가 계속 말했다. "걱정할 필요가 없는 게 시간은 거꾸로 돈단 말이지. 여기선 우리가 늙은이 취급당해도 학생 신분을 벗어나는 순간부터는 털이 보송보송한 어린애가 되거든. 다시 말해, 늙은이에서 똥오줌 못 가리는 사회초년생이 된다는 말이야."

그러고 그는 우아한 척 시계를 보았다. 그리고 갑자기 제자리걸음으로 뛰기 시작했다.

"야! 나 이제 가서 자리 잡아야 돼. 이러다 마지막 시험 놓치고 졸업도 놓치고 내 인생도 다 놓치겠다. 아무튼 너 어디서 좀 기다리고 있어. 시험 끝나면 내가 바로 전화할 테니."

그러고 그는 빠른 걸음으로 강의동으로 향했다. 이따금 뒤돌아보며 '전화할 테니 받으라.' 손짓하는 그의 모습이 우스꽝스럽게 보였다. 그 덕에 우울했던 윤호는 조금 활기를 찾기 시작했다.

12월의 햇살은 봄날의 햇살처럼 참 따뜻했다. 시들어 버린 꽃들이 오늘부터 다시 피어날 것 같았고, 나뭇가지에 떨어질 듯 붙어있는 말라비틀어진 나뭇잎들도 다시 힘을 내어 돋아날 것만 같았다.

윤호는 친구 민수의 마지막 시험이 끝날 때까지 기다릴 만한 마땅한 장소가 생각나지 않자 '아까 그 자리'라는 짧은 문자만 그에게 보내놓고서 착한 겨울 볕에 몸을 맡겼다. 그는 벤치에 앉아 지나간 4년을 천천히 되돌아보았다.

희망으로 가득했던 1학년,
화려했던 2학년,
놀랐던 3학년,
막막했던 4학년.

그의 대학시절은 정말 사계절처럼 뚜렷했다. 사뿐한 느낌의 봄이라는 계절은 푸르름으로 만연한 여름을 기대하며 꽃망울을 터트리기 시작했고, 봄의 그 수고와 소망에 불꽃같은 다음 계절은 여기저기 수많은 꽃들로 세상을 화려하게 장식했다. 그런 풍성한 여름은 동화 속 공주님의 동산을 연상케 하는 터전을 마련해 놓고서, 거기에 어울리는 결실을 다가오는 가을에게 부탁했다. 이에 부담 많던 가을은 부풀어 오른 여름을 실망시키지 않기 위해 자신을 울긋불긋 단장하며 성숙한 계절을 준비했다. 그런 그의 단장의 효력은 마법과도 같아서, 입이 배부르기 전에 눈이 먼저 즐겁도록 만들어 버렸다. 부담 많던 그 가을은 한숨을 쓸어내리며 다시 성숙한 겨울을 불렀다.

하지만 겨울이 오기 전에 엉뚱한 불청객이 먼저 찾아왔다. 밉살맞은 모습을 한 폭풍이 역겨운 추녀의 낯짝을 하고서 질투심을 품은 채 나타난 것이다. 그것의 뜻밖의 등장은 상당한 효과를 거두었다. 최선을 다한 세 계절을 완전히 짓밟아 버렸고 당황한 겨울도 슬그머니 사라지도록 만들어버렸다. 겨울은 이전 세 친구를 그리워하며 서럽게 울고 또 울었다. 그리고 울다 지쳐 다음을 준비하는 것조차 잊어버렸다.

윤호는 롤러코스트 같았던 그 지난 시간을 되짚어보다가 어느새 졸기 시작했다. 박자를 맞추듯 팔짱을 낀 채 반복해서 고개를 오른쪽으로 비스듬히 끄덕였는데, 아마 발도 같이 굴렀다면 그를 무심코 본 사람은 그가 음악을 듣는 줄 알았으리라.

유난히 따뜻한 겨울 햇살은 잠시 그가 시름을 잊도록 만들어 주었다. 25년 동안 그를 지켜보았던 시간도 그를 깨우지 않기 위해 조심스레 걸어갔다. 하지만 그것들은 저 멀리 요란한 무엇인가를 발견하고는 이제는 이만하면 됐다 싶어 그의 정신을 흔들어 깨우기 시작했다. 시험을 마친 민수가 저 멀리서 뛰어오며 친구를 부르고 있었던 것이다. 그는 뭐가 그리도 신나는지 요리조리 몸을 흔들어 대고 있었다.

"축하해줘. 난 지금부터 학생 신분을 탈피한 사회인이야." 민수가 오자마자 입을 열었다.

윤호가 잠을 반쯤 깬 얼굴을 하고서 그에게 물었다.

"시험은 잘 쳤어?"

"당연하지. 교수가 내 실력을 너무 무시하더군. 나의 이 고매하고 박식한 지적 능력을 발휘할만한 문제를 내줬어야 했는데 그런 문제는 눈 씻고 봐도 찾을 수가 없었어. 아주 수준 미달이었어. F학점 문제였지. 마지막 시험은 내 수준에 맞을 줄 알았는데, 그것마저도 실망이었어."

"그래? 그런데 시험지에 이름은 쓰고 나왔냐? 지난번처럼 이름 안 써서 또 교수 방에 불려가는 건 아니지?" 윤호가 기지개를 켜며 말했다.

"그럼. 시험지 봤자마자 굵은 매직으로 멋지게 박민수부터 적었지. 개교 이래 교수도 그렇게 큰 이름은 처음 볼 거야. 아마 첫사랑 이름은 잊어도 내 이름은 평생 못 잊을 걸."

"그래? 그럼 F학점은 겨우 면했겠네."

"무슨 소릴? 내가 그 정도밖에 안 보이냐? 이번에는 나의 최고 학점이 나올 거야. 최소한 B 안주고는 못 배길 걸? 대문짝만한 내 이름을 봐서라도 그렇게 주고 싶을 건데 말이야." 민수가 으스대며 말했다. "야! 이제 이 학교에서 우리가 할 일은 끝났으니 간만에 술이나 한잔 하러 가자. 이별주를 넘어 축하주로! 준비됐나? 친구. 오늘 끝까지 가는 거야. 박민수의 졸업을 위하여, 그리고 장윤호의 부활을 위하여."

"그래. 너의 졸업과 나의 부활을 위하여 오늘은 마시자. 마셔서 지금까지 머릿속 기억들은 모두 지우고 내일부터 다시 시작하자."

윤호는 평소 술을 즐기지는 않았으나 오늘만큼은 미친 듯이 마셔 볼 생각이었다. 씁쓸한 술자리가 몸과 마음에 좋을 리는 없으나, 우울한 마음을 위로 하는 데는 그것이 그런대로 쓸 만했기 때문이다.

"그래. 그런 자세 좋아. 인생 뭐 있나? 우린 아직도 이렇게 젊은데 말이야. 뭐든 부딪쳐 보면 되지. 자, 이제 일어나. 내일을 위해 오늘은 마시는 거야." 민수가 신난 목소리로 말했다.

두 사람은 곧바로 학교 정문을 나섰다. 그리고 그들은 예전에 한 번 갔었던 근처 고깃집으로 들어갔다. 아직 해가 완전히 기울지도 않았는데 몇몇 테이블에는 학생인 듯한 손님들이 앉아 있었다. 그들도 시험을 끝내고 자기들처럼 한잔 하러 온 것 같았다.

두 사람이 자리를 잡고 앉자 사투리를 재밌게 쓰는 주인아주머니가 와서 기억에도 없는 그들을 보며 오랜만에 왔다고 인사했다. 그러자 우스갯소리라면 지지 않는 민수가, 자기가 얼마나 자주 이 가게에 들렀는데 몰라주니 정말 섭섭하다며 그녀에게 많은 술안주를 요구했다.

잠시 후, 상이 차려졌다. 민수의 농담 같은 으름장이 효과가 있었던지 아주머니는 소주 한 병을 서비스로 내놓았다. 윤호는 거기에 대한 답례로 고맙다며 인사했고 민수는 더 달라며 눈을 찡긋했다.

시간은 흘러 일과를 마친 해도 어느새 서쪽 산 아래로 숨어버렸다. 그 사이 그들도 타 버린 삼겹살 위로 여러 번 소주잔을 부딪쳤다. 두 사람은 취기가 올라 목소리와 웃음소리를 조금씩 높이기 시작했다.

"야! 박민수. 넌 꿈이 뭐였지?" 윤호가 얼큰히 취해서 물었다.

"꿈? 내가 예전에 너한테 한번 말하지 않았나?" 민수가 말했다.

"뭘? 네가 말한 게 하도 많아서, 난 기억이 잘 안 나는데."

"그래? 그럼 내가 오늘 다시 한 번 더 말해 줄 테니 잘 들어 봐."

그러고 그가 취한 목소리로 말하기 시작했다.

"내가 길을 걸어가는데 말이야, 뒤에서 갑자기 비명소리가 나서 돌아보니까 소매치기가 여자 핸드백을 훔쳐 달아나는 거야."

윤호가 도중에 친구의 말을 잘랐다.

"야, 꿈이 뭔지 말해 준다면서 갑자기 무슨 소릴 하는 거야?"

"그래, 지금 말하고 있잖아. 그러니깐 그냥 들어 봐."

민수가 계속 말했다.

"그래서 내가 그걸 보고 정의감에 불타 재빨리 그 소매치기를 따라가는 거야. 이렇게 말이지."

그가 앉은 자리에서 두 팔을 앞뒤로 저으며 달리는 시늉을 했다.

그가 계속 말했다.

"그렇게 내가 이 섹시한 다리로 녀석을 따라가다가 그 놈하고의 거리가

100m쯤으로 좁혀졌을 때, 놈을 더 빨리 따라 잡기 위해 보폭을 넓히는 거야. 그렇게 해서 그 놈하고의 거리가 지금의 너와 나 사이만큼이나 좁혀졌을 때, 내가 호랑이가 먹이를 덮치듯 그 놈 뒤로 폴짝 뛰어 놈의 두 다리를 잡고 바닥으로 넘어지는 거지. 이렇게 말이야."

그가 다리 잡는 시늉을 하며 두 팔을 가슴 앞으로 감아 안았다.

그가 계속 말했다.

"그리고 내가 먼저 일어나서 영화배우 같은 주먹질로 놈의 얼굴을 가격해서 기절시키는 거야. 그러면 그때, 그 핸드백 주인이 막 도착해서 자기가 도둑맞은 핸드백을 집어 드는 거지. 그리고 잘생긴 나에게 고맙다며 연거푸 인사하는 거야. 그런데 그 순간, 내가 그녀를 보고 깜짝 놀라는 거야. 이렇게 말이야."

그가 눈을 동그랗게 뜨며 입을 벌리기 시작했다.

"왜 그러느냐고? 그건 바로, 그녀가 내 이상형인 거야. 난 그녀를 보는 순간 남자의 이 육감으로, '아! 이 여자는 내 여자구나.' 하고 딱 알아차리는 거지."

그가 술잔을 비웠다.

"윤호야, 그런데 말이야." 그가 계속 말했다. "그보다 더 감사한 건 말이지, 그녀의 핸드백을 보니 그건 돈이 아무리 많아도 아무나 못 사는 명품인 거야. 다시 말해, 현대판 귀족들만 들고 다니는 물건인 거지. 그래서 난 그걸 보는 순간 이렇게 생각하는 거야. 아! 지금 내가 두 마리 토끼를 잡는 건 아닌가 하고서 말이야."

그가 황홀한 표정을 지어보였다.

"그런데 진짜, 아니나 다를까 검은 양복을 입은 남자들이 달려와서 그녀를 빙 둘러싸는 거야. 그리고 그 사람들이 그녀에게 이렇게 한 마디씩 하지."

그가 다른 목소리로 말했다.

"아가씨, 괜찮으세요?"

윤호는 그를 어처구니없다는 듯 바라보았다.

"그 순간," 그가 계속 말했다. "나는 하늘을 쳐다보며 한마디 하는 거야. 이렇게."

그가 천정을 향해 두 팔을 벌렸다.

"신이시여, 저에게 왜 이런 복을 허락하셨나이까? 제발, 거두어 가지 마소서."

그가 다시 술잔을 비운 뒤 윤호를 지긋이 쳐다보았다.

"이게 내 꿈이야. 내 꿈 참 소박하지? 예전엔 꿈이 참 컸는데."

윤호가 기가 찬 듯 그를 쳐다보았다.

"야, 그게 네 꿈이야?"

"그래. 마음에 안 들어?"

"꿈이라면 뭐 좀 거창해야지, 넌 자존심도 없냐? 꿈이 부잣집 머슴이 뭐야?"

"그래서 난 꿈이 참 소박하다고 했잖아. 넌 내가 말할 때 안 듣고 뭐 했냐? 말 시켜놓고 딴 생각했냐?"

사실 농담같이 들리는 민수의 말은 가끔 현실로 나타나 사람들을 깜짝 놀라게 하는 때가 있었다. 생각 없어 보이는 그의 말 중에는 깊은 감상 속에서 나온 것들이 많았기 때문이다.

예전에 윤호는 민수의 말이 너무 엉뚱하게 들릴 때면 그의 말을 완전히 무시해 버리곤 했다. 그러다 그의 말이 어느 날 갑자기 현실이 되어 나타나는 걸 보고는, 그때부터 그의 농담 같은 말에도 '설마, 이번에도…'라는 기대와 두려움 섞인 생각으로 마음속 어딘가에 그의 말을 간직하기 시작했다.

그는 이번에도 그의 말이 너무 엉뚱하게 들렸지만, 그렇다고 그의 꿈같은 말을 완전히 무시하지는 않았다. 어쩌면 정말 그에게 그런 일이 일어날 수도 있었기 때문이다.

사람이 생각으로 무엇을 못하겠는가? 아무것도 모를 때는 누구든 모든 걸 꿈꾸며 상상한다. 윤호도 어린 시절에는 그렇게 많은 꿈을 꾸며 자라지 않았던가! 그도 눈에 보이는 멋진 것은 가져보고 싶고 되어 보고 싶어, 마음에 넣어 두고서 가지기를 소망했던 적이 얼마나 많았던가! 그도 그렇게 꿈 꿀 줄 알고 마음에 품을 줄 아는 순수한 인간이었다. 하지만 지금은 그 것들이 어디로 다 사라졌을까? 그것이 어디로 갔기에, 그는 지금 아무것도 하지 못하고 있는 것일까? 그가 게을러진 걸까? 두려워하는 것일까? 아니 면, 무엇인가 그의 깊숙한 곳에서 그를 방해하는 것일까? 아마, 상처와 현 실이 그를 짓누르고 있는지도 몰랐다. '너는 불행아'라, '너는 패배자'라 말하 면서.

　윤호의 아버지는 선교사다. 그는 오래전 남아메리카 칠레로 모든 가족과 함께 이주했다. 당시 다섯 살이었던 윤호도 아버지를 따라 그곳에 갔지만, 그는 그곳 환경에 적응하지 못해 처음부터 많은 고생을 해야만 했다. 어린 그에게는 낯선 그 나라 환경이 맞지 않았던 것이다. 특히 음식과 날씨가 그 랬는데, 어른이야 어떻게든 그것을 극복하며 이겨낸다지만 어린 윤호에게 는 그것이 무척 힘겨운 싸움처럼 여겨졌다. 그래서 그의 부모는 그를 서울 의 친할머니 집에 맡겨 놓고서 할머니 품에서 자라도록 했다.
　할머니는 갑자기 어린 윤호를 맡게 되자, 그가 젊은 부모들 밑에서 자라 는 아이들보다 뒤처지지 않을까 많이 걱정했다. 그래서 그녀는 옷이며 학 용품이며 모두 좋은 것들로만 그에게 사주었고, 음식도 일주일에 몇 번씩 은 고급식당에서 먹였다. 또 그가 해보고 싶어 하는 것은 그에게 해가 되지 않겠다 싶으면 모두 할 수 있게 해주어, 그에게 다른 아이 못지않은 자존심 을 세워 주었다. 부모와 떨어져 있음으로써 받지 못하는 사랑을 대신 그렇 게라도 채워 주려했던 것이다. 덕분에 윤호는 부모님과 같이 살았더라면 못 누렸을 호사는 모두 누릴 수 있었다.
　그러던 어느 날, 그는 학교에서 같은 반 아이가 멋진 유니폼을 입고 나타 난 걸 보고서 거기에 온통 마음을 빼앗겨 버렸다. 그의 마음에는 그것이 세상 어떤 옷보다도 멋있게 느껴졌던 것이다. 그는 그날 이후로 그 친구와 친해지려 무척 애를 썼다. 그 아이를 따라다니며 그에 대한 관심을 보였고, 또 그가 하는 운동이 어떤 것인지 자세히 물어보며 그에 대한 부러움을 열렬히 표시하기도 했다. 그런 노력 덕에 그는 결국 자신의 가장 친한 친구를 한 명 얻게 되었다. 어린 소년의 불꽃같은 열정의 결과였다.

그 후 그는 그 친구가 운동을 마칠 때까지 기다렸다가 그가 마치면 그와 함께 집으로 돌아갔다. 그는 그를 기다리는 동안 그가 하는 운동을 멀리서 바라보며 따라하기도 했고, 익숙해지면 뒤처지는 아이를 보며 혼잣말로 그를 지도하기도 했다. 다른 아이 같으면 한두 번 정도 하다 지쳐 그냥 집으로 혼자 돌아갔을 테지만 그에게는 그 시간이 지루하게 느껴지지 않았던 것이다.

하지만 두 달이 지나자 그 지루함이 그에게도 찾아왔다. 실제로 참여하는 것 없이 마냥 멀리서 지켜만 보며 따라하는 것에 싫증난 것이다. 그러자 그는 더 이상 참지 못하고 집에 가서 할머니에게 운동을 하고 싶다 말하고, 자기도 친구처럼 운동부에 가입할 수 있게 해 달라고 졸라댔다.

할머니는 어린 손자가 갑자기 운동을 하겠다고 말하자 어찌해야 하나 생각했다. 가족 가운데 아무도 운동하는 사람이 없었고, 또 그녀 자신도 그런데는 문외한이었기 때문이다. 그러나 운동을 하면 친구도 좀 더 많이 사귈 수 있고 잔병치레 하던 몸도 좋아 질 거라 생각해, 그녀는 이틀 후 바로 손자를 데리고 학교 운동부로 찾아갔다.

그날 윤호는 팔짱을 낀 채 자신을 쳐다보는 코치 앞에서 두 달 동안 바라만 보며 훈련했던 자신의 실력을 입증해 보였다. 그는 부드러운 동작으로 방망이를 휘둘렀고, 빠른 동작으로 공을 멀리까지 던졌다. 테스트가 끝나자 코치는 그에게 그것을 어디서 배웠느냐고 물었다. 그러자 그는 여기 운동장에서 배웠고, 자신을 가르친 사람은 코치님이라고 대답했다. 당돌하고도 현명한 그 대답 덕에, 그는 그날부터 바로 운동을 시작할 수 있게 되었다.

윤호는 그 후로 야구만 생각했다. 그는 다른 아이들보다 더 많이 던지고 더 많이 휘두르며, 여러 가지 직선과 포물선 궤적을 만들어 나갔다. 그 때문에 그는 실력이 부쩍 늘어 고학년 아이들을 모두 제치고 학교 내 최고가는 투수가 되었다. 그는 점점 성장해 갔는데, 중학교는 물론 고등학교에 진학해서도 에이스라는 계급장을 빼앗기지 않았다. 대학에서는 그를 잡기 위해 여러 가지 달콤한 조건도 제시했다.

대학에 입학해서도 그의 실력은 멈출 줄 모르고 성장해 나갔다. 그가 던지는 경기는 운이 없으면 적게 이겼고 운이 따르면 크게 이겼다. 상대팀은 그를 분석해서 나왔지만 그의 팀은 그들을 격려해서 보냈다. 상대팀은 그를 공략하기 위해 부단히 애썼지만, 실패해도 그에게 지는 것만은 영광스럽게 생각했다. 그의 앞에는 장애물이 보이지 않았고, 보인다 해도 그의 발아래에서 산산이 부서졌다. 정말 그에게는 성공만 있는 것 같이 보였다

하지만 꽃이 너무 빨리 피었던 걸까? 자기 때를 알지 못한 거친 폭풍우도 덩달아 나타났다. 그것도 예고 없이 모두를 당황시키면서.

가을에 열린 전국대회에서 그는 크게 한 방 얻어맞았다. 홈런을 얻어맞아 자존심에 손상이 갔더라면 차라리 좋았을 테지만, 불운에 맞아 인생에 손상이 가고 말았다. 준결승 경기 도중, 그의 손끝을 떠나 날아간 공이 때를 잘 맞춘 방망이에 밀려, 미처 자세를 잡지 못한 그의 빗장뼈 한 가운데를 강타해 버린 것이다. 그는 공을 맞자마자 바로 던진 자리에서 꼬꾸라져 뒹굴기 시작했다. 타자도 달리는 것을 잊은 채 자리에서 그대로 얼어붙어 버렸다. 그를 지켜본 관중들도 모두 일어나 신음하기 시작했다.

그는 마운드에 누워 고통스럽게 울부짖었다. 누구도 그의 상처에 손을 대지 못했다. 의사도 달려왔으나 통증이 누그러지기만을 바랄 뿐 손대지 못하기는 마찬가지였다. 오직 투수 자신만이 자신의 상처에 손을 얹은 채 울고 있을 뿐이었다. 그는 파고드는 고통에 웅크린 몸으로 여기저기 구르며 고통을 멈추려 애썼다. 하지만 그것도 좋은 처방이 되지 못하자 결국 얼굴을 흙에 파묻은 채 고통스럽게 울기만 했다. 그를 지켜보는 사람들조차 고통스럽게 만드는 순간이었다. 모두들 그 시간이 빨리 지나가기만을 바랄 뿐이었다.

잠시 후 앰뷸런스가 도착했다. 그는 들것에 실려 거의 탈진 상태로 경기장을 떠났다. 모두들 그를 바라보며 말을 잇지 못했다. 그것이 경기장에서의 그의 마지막 모습이었다. 팔이 말을 듣지 않아 더 이상 공을 던질 수 없

었던 것이다.

그 후 그는 '왜?'라는 질문만 하며 끊임없이 자신에게 답을 요구했다. 다른 사람이 아닌 왜 나에게 이런 일이 일어났을까? 넓은 허공에 공은 왜 나에게로 날아왔을까? 날아온 공을 나는 왜 피하지 못했을까? 다른 곳이 아닌 왜 어깨였을까? 그는 묻고 또 물었으나 답하지는 못했다. 답을 찾지 못해 숨이 막힐 것만 같았다. 울고 또 울었으나 여전히 답답하기만 했다. 울다가 지치면 잠이 들었고, 자면서 죽기를 바랐으나 눈을 뜨면 실망했다. 실망해서 기도했으나 여전히 살아 있었다. 삶도 죽음도 모두 그의 소망대로 되지 않았다.

한동안 그는 멍하게 창밖만 바라보았다. 생각도 잠도 모두 바닥나 이제는 조용히 숨만 쉬었다. 그러다 눈물샘이 터져 다시 울기 시작했다. 밤낮으로 그칠 줄 모르고 울기만 했고, 눈물이 떨어지면 물을 마시고 다시 쏟아냈다. 눈물은 잔잔히 나오다가 거칠게 나왔고, 젊은이처럼 나오다가 늙은이처럼 나왔다. 말없이 나오다가 시끄럽게 나왔고, 흔들림 없이 나오다가 흔들어대며 나왔다. 결국엔 그것은 무의식적으로 흘러나왔다.

하지만 그런 눈물은 그만 흘린 것이 아니었다. 그를 기르고, 가르치고, 사랑하고, 후원했던 그의 할머니도 같이 흘렸다. 그러나 할머니는 손자만큼은 오래 울지 않았다. 대신 그녀는 자신이 할 수 있는 최선의 방법을 찾아내고선, 손자 앞에서는 단지 위로만 한 뒤 자기 방으로 들어가 방문을 닫았다. 그리고 혼자 있는 방 안에서 무릎을 꿇고 중얼대기 시작했다. '살려 주십시오! 살려 주십시오! 내 새끼 살려 주십시오!' 그녀는 더 이상의 말은 하지 않고 오직 그 말만 반복했다. 눈에서는 짠물이 흘러나와 얼굴을 흠뻑 적셨지만 그녀는 알지 못하고 오식 기도만 했다. 어제도, 오늘도, 다음날도, 그녀는 오직 그렇게만 중얼거렸다.

아직도 눈물이 마르지 않았던 윤호는 우연히 할머니 방에서 웅성거리며 나오는 그 소리를 듣고서, 겁먹은 손으로 할머니 방문 손잡이를 돌렸다. 어두운 방에서 무릎 꿇고 앉아 중얼대는 할머니의 등이 보였는데, 그녀가 불쌍한 '내 새끼 살려주십시오.' 하고 외치고 있었다. 윤호는 그 모습을 보고는 곧 문을 조용히 닫은 후 한 숨을 내쉬며 자기 방으로 돌아갔다. 그리고 그는 이전보다 더 심하게 울기 시작했다.

이제 두 사람은 각자의 슬픔을 다스리느라 서로에게 주어진 일 밖에는 하지 않았다. 할머니는 손자가 불쌍해서 기도했고 손자는 할머니가 가여워서 울었다. 둘은 각자의 방에서 각자의 일을 하며 며칠 밤낮으로 부르짖고 뿜어내기만 할 뿐이었다. 그러나 어느 순간 그들은 그 일을 멈추었다. 두 사람이 여전히 자신들의 일에 빠져있는데, 갑자기 그들의 가슴속에서 알싸한 허브 향 같은 것이 퍼져 나와 온 몸에 전달된 것이다. 그 느낌은 너무도 시원해 순식간에 그들의 얼굴과 가슴속 모든 슬픔을 앗아갔다. 그 때문에 그들은 더 이상 기도와 눈물을 기억하지 못했다.

잠시 후, 그들은 자신들의 방에서 하던 일을 멈추고 나와 서로의 얼굴을 바라보았다. 바라보는 그 얼굴은 정말 화사하기만 했는데, 마치 갓 피어난 붉은 장미꽃 위로 맑은 이슬이 장난치며 굴러가는 듯했다. 두 사람은 거실로 나와 서로를 바라보며 무의식적으로 껴안았다. 마치 향긋한 풀밭에 누워 투명한 흰 구름이 떠다니는 푸른 하늘을 바라보는 것 같았다. 그들은 그 느낌을 정확히 표현할 수 없어 단지 행복하다고만 생각할 뿐이었다. 그들은 그저 그 시간이 멈추기만을 바랐다. 하지만 그 순간은 어느새 사라지고 현실이 다시 그들의 머릿속을 채우기 시작했다.

그때 두 사람에게 갑자기 무슨 생각이 떠올랐다. 그들은 천천히 한 곳으로 고개를 돌려 그곳에 시선을 멈추었다. 그리고 잠시 눈을 마주친 후 다시 그곳으로 시선을 가져갔다. 윤호는 곧 기대와 환호를 떠올리며 조심스레 자신의 팔을 올려보았다. 팔은 차츰차츰 올라갔고 예전의 한계선을 아무렇지도 않게 넘어섰다. 그것은 그 이상을 통과하며 놀라움을 계속 만들어 갔다. 마침내 그것은 한 바퀴를 돌아 제자리로 돌아왔고, 다시 한 바퀴를 돌아 그 자리로 돌아왔다. 그들은 믿기지 않는 그 순간을 확인하고 또 확인했다. 무어라 할 말을 찾지 못해 연신 감탄사만 외쳤다. 손자는 눈을 감고 두 손을 위로 올렸고, 할머니는 손자의 허리를 감아 안고 그의 가슴에 얼굴을 파묻었다.

윤호는 그렇게 회복되었다. 한동안 어둠과 눈물 속에서만 지내다가 순간의 기적으로 완치된 것이다. 하지만 바라는 운동은 할 수 없었는데, 예전처럼 많이 던지기가 힘들었고 이전의 날카로움도 완전히 사라져 버렸기 때문이다. 이제 그를 주목하는 사람은 아무도 없었고 그를 바라보는 눈길도 예전과는 너무도 달랐다. 차라리 이름 없는 선수라면 그 상황을 버텨보았겠지만, 이제는 이름값 못하는 선수가 되어 더 이상 견디지 못했다. 모두들 안타까워했으나 어쩔 수 없는 일이었다.

그 후 그는 무엇을 해야 할지, 어떻게 살아야 할지 알 수 없어 방황하기 시작했다. 2년 가까이 학교를 떠나 방황하며 인생을 한탄하기만 했다. 그러나 할머니는 그가 대학을 졸업하기를 바라며 그를 달래고 설득했다. 우리에게 일어났던 일을 생각해 보라며 그녀는 그에게 용기를 불어넣어 주었다. 그러자 그녀의 그 한 마디가 힘이 되었던지, 윤호는 다시 학교로 돌아와 졸업을 준비하기 시작했다.

초저녁부터 두 사람은 취기가 많이 올랐다. 학창시절의 짐을 모조리 벗어던지고 홀가분하게 마신 탓에, 술은 목구멍을 타고 부드럽게 넘어가 몸속 구석구석을 누비다가 신경을 타고 뇌까지 강렬하게 전달되었다. 그러자 기분 좋아진 뇌는 혀를 자극해 언어를 마구 쏟아내며 취기를 가라앉혔다.

두 친구는 다시 한 번 더 취하길 원하며 고깃집에서 나와 몇 집을 헤매다가 학교 인근에 있는, 생긴 지 얼마 되지 않아 보이는 술집으로 들어갔다. 안에 들어서니 분위기 있고 은은한 조명이 가게 내부를 말없이 밝혀주고 있었다. 정면에는 여러 종류의 위스키 병들이 벽에 붙은 선반 위에 놓여 있었고, 그 앞에는 혼자 온 손님들이 앉아 술을 마실 수 있도록 긴 테이블과 몇몇 높은 의자들이 놓여 있었다. 그 의자에 앉아 앞에 진열된 고급 술병들을 바라보며 잔을 기울인다면 커튼 뒤 주방에서 밀려오는 향긋한 음식 냄새를 안주 삼아 맛있게 취할 수 있을 것 같았다.

두 사람은 곧 마음이 끌리는 자리를 찾았다. 출입문에서 왼쪽으로 넓은 공간에 또 다른 테이블과 의자들이 깔끔하게 정리되어 있었는데, 천장에서 살포시 흘러내리는 불빛이 12월의 겨울밤과 상당한 조화를 이루고 있었다. 그들은 그곳이 마음에 들어 그곳을 선택했다.

자리에 앉자마자 민수가 말했다.

"여기서는 내가 낼 테니 네가 주문해. 마시고 싶은 걸로 마셔. 돈은 걱정하지 말고."

그러자 그 말을 젊은 주인이 먼저 알아듣고서 재빨리 메뉴판을 가져와 윤호 앞에 내밀었다. 윤호는 메뉴를 찬찬히 살핀 후 조금 값나가 보이는 위스키를 시켰다. 민수는 그것을 보며 조금 전 자신이 한 말을 후회하며 지갑을 만졌다.

가게 안은 아직 이른 시간이라 주인과 그들을 제외하고는 아무도 없었다. 두 친구는 스피커에서 흘러나오는 잔잔한 음악소리를 들으며 위스키에 취하고 음악에 취하기를 반복했다. 그들은 동시에 잔을 채우고 부딪치기를 반복하며 술병을 비워 나갔다. 독한 액체는 목구멍을 타고 내려가 강한 열기의 기체로 되올라왔고, 거기에 견디지 못한 입은 배출구를 만들어 바람 새는 소리와 함께 그것을 천천히 밖으로 내뱉었다. 오랜만에 느끼는 고급스러운 쾌감이었다. 두 사람은 점점 더 강렬하게 취해가고 있었다.

민수가 점점 마비되어 가는 혀로 말했다.

"오늘 던지는 것 보니 너 다시 투수해도 괜찮겠던데? 어때, 생각 없어?"

그 말에 윤호는 콧방귀를 끼며 말없이 웃기만 했다.

"그렇지 않아? 너 얼마나 인기 있었는데." 민수가 말했다. "너 때문에 우리학교에 입학하는 신입생도 있었어. 그리고 너랑 악수한 손으로 시험 치면 항상 A 나온다는 소문도 있었고. 물론 나한테는 안 통했지만 말이야. 어쨌든 넌 우리학교에서 국보 같은 존재였어."

"야, 내가 그렇게 인기 많았냐?" 윤호가 말했다. "몰랐네. 그런 줄 알았으면 그 인기 좀 즐길 걸 그랬다. 그런데 지금은 그게 다 어디로 갔지? 좀 찾아주라."

그의 정신도 흐리멍덩해 있었다.

"내가 찾아줘? 그럼 내일부터 우리 애들 풀어서 한번 찾아봐야겠네." 민수가 호탕하게 웃으며 술 취한 보스처럼 말했다.

"그런데," 민수가 술잔을 비운 후 말했다. "갑자기 그런 일이 왜 일어났을까? 네가 너무 잘 나가니까 하늘이 질투했나? 아니면 시합 전에 타자들이 너 맞추는 연습만 한 건가? 그 놈들이 너 안 나오길 바라면서 말이야."

윤호도 그런 생각을 한 적이 있었다. 주위 사람들이 안타까워하며 걱정해주는 것이 싫어, 때론 어딘가로 사라져 혼자서 그렇게 생각하기도 했다.

"하 참! 이런 불쌍한 자식! 야, 한 잔 하자!" 민수가 친구가 불쌍한 듯 말했다.

두 사람은 술잔을 비웠다.

"장윤호! 너 이제 뭐 할 거냐? 생각해 놓은 것 있어?" 민수가 갑자기 진지하게 말했다.

"아니, 뭐 해야 되지?" 윤호가 자신 없어하며 말했다.

"너희 집 부자냐?" 민수가 물었다.

"아니!" 윤호가 대답했다.

"그럼, 너 사귀는 여자 있어?

"아니!"

"음… 그럼….:"

민수가 손으로 턱을 만지며 중대한 발표를 하는 사람처럼 잠시 뜸을 드렸다.

"그럼… 너, 내가 아까 말한 꿈 살래?"

"뭐? 꿈?"

"그래. 꿈."

"얼만데?"

"넌 내 친구니까, 싸게 줄게." 민수가 딸꾹질 하며 대답했다. "너도 계산할 줄 알겠지만 내 꿈이 성취되면 얼마나 비싼 줄 알지?"

"그럼. 알지. 비싸지. 나 같은 놈은 살 수도 없을 정도로 비싸지." 민수의 엉뚱한 제안에 윤호가 그의 표정을 따라하며 장단을 맞추었다.

"역시, 넌 계산이 빠른 놈이야. 그래, 그런 비싼 꿈을 너한테 팔 테니 지금부터 그거 너 해! 이제부터 그건 네 꿈이야. 내가 널 위해 희생할게. 그래, 좋아. 아주 좋아. 야, 장윤호. 축하한다. 널 오늘부터 부잣집 머슴으로 인정한다."

민수가 입으로 소리 내며 팡파르를 불었다.

"넌 역시 내 친구야. 나 같이 불쌍한 놈을 위해 자신의 꿈까지도 포기하시다니. 넌 복 받을 거야. 고맙다, 친구야. 눈물 나게 고맙다."

윤호가 비틀거리며 허리를 숙였다.

"고맙긴, 자식. 친구라는 게 뭐냐? 어려울 때 도와주고, 돈 없을 때 술 사주고, 뭐 그런 게 진정한 친구 아니겠어?" 민수가 통쾌하게 웃으며 말했다. "그런 의미에 이 위스키는 네가 사라. 원래는 내가 사려고 했는데, 내 꿈이 너한테 넘어갔다는 걸 증명하기 위해서 약간의 수수료가 필요해서 그러는 거야. 그래야 네가 너의 완전한 불가침의 권리를 주장할 수 있을 거 아니야? 안 그래?"

"그래. 고맙다. 친구야. 난 너밖에 없다." 윤호가 다시 고개를 숙이며 민수에게 말했다.

그때 시간은 저녁 9시를 향해 흘러가고 있었다.

주 곧 네 조상 다윗의 하나님이 이같이 말하노라.
내가 네 기도를 들었고, 네 눈물을 보았노라.
— 이사야 38: 5

2

1955년, 한 남자가 태어났다. 그는 부모의 축복도 받지 못하고 태어난 뒤 사랑도 받지 못하며 자랐다. 어릴 때부터 그는 아버지의 매질과 어머니의 무관심 속에 방치되었다. 아버지가 술을 많이 마시는 날이면 그는 아버지가 무서워 집에 들어가지 않고 여기저기 헤매다가, 술파는 어머니 가게에 들러 작고 어두운 방에서 쪼그리고 앉아 처량하게 눈을 감았다. 때때로 그를 불쌍히 여긴 몇몇 이웃 사람들이 그를 몰래 숨겨주고 재워주긴 했지만, 그들의 보살핌은 진정한 보살핌은 아니었기에 그는 어느 곳에서도 의지할 데 없이 버려진 짐승처럼 어린 시절을 처량하게 지내야 했다. 그런 이유로 그는 평생 차갑고 인색하게 살지 않을 수 없었다.

열네 살이 되자 그는 집을 뛰쳐나가 차가운 거리에서 노숙하고 구걸했다. 그러다 거칠고 사나운 어른들에게 붙잡혀 구걸해서 얻은 돈을 모두 빼앗겼다. 한동안 그는 그들 밑에서 감시당하다가 그들이 한 눈 판 사이 뒤도 돌아보지 않고 도망쳐 나왔다. 그때 그는 이 세상에 아버지만큼이나 무서운 존재가 또 있다는 사실을 처음으로 알게 되었다.

한때 운이 좋아 그는 남의 집에서 심부름 하며 지내기도 했다. 그곳에서 자기만의 공간을 얻어 주인의 잡다한 심부름을 해주었는데, 구걸하지 않고도 그렇게 먹고 살 수 있는 일이 좋아 그는 그곳에서 평생 이렇게 지내며 주인과 함께 살고 싶다고 생각했다. 하지만 몰래 들어 온 도둑이 주인의 물건을 훔쳐 달아나는 바람에, 재수 없이 주인에게 도둑으로 몰려 바로 쫓겨나고 말았다. 그의 삶은 결코 그가 원하는 대로 움직여 주지 않았다.

스무 살이 되어 그는 입대했다. 그리고 재대 후에는 신발공장에 취직해 5년간 돈을 모았다. 많은 돈은 아니었지만 그는 종잣돈을 거머쥐자 공장을 그만두고 바로 장사를 시작했다. 하지만 경험 없이 시작한 장사는 곧바로 실패했고, 투자한 돈은 한 푼도 건지지 못한 채 모두 날려버렸다.

돈이 없자 그는 건설현장에서 다시 일을 시작했다. 하루 12시간 노동으로 몸은 일찍 지쳤고 상처도 군데군데 많이 생겼다. 그러다 하루 약값이 일당보다 많아지자 그는 더 이상 견디지 못하고 그 일을 그만두었다.

더 이상 힘든 일을 할 수 없게 되자 그는 택시를 몰았다. 하지만 택시기사로 버는 수입은 변변치 않아 그의 생활은 여전히 초라하기만 했다.

그러던 어느 날, 그는 운 좋게도 뜻하지 않은 행운을 얻게 되었다. 돈 많게 생긴 한 중년신사가 술에 취해 그의 택시를 탔다가 두툼한 돈 가방을 두고 내린 것이었다. 그는 얼른 그 돈을 가지고 도박장으로 들어갔다. 약간의 행운만 따라오면 큰돈을 만질 수 있다는 생각에 그는 주체하지 못하고 그 돈을 모두 걸었다. 하지만 장사에 경험이 없었던 것만큼이나 그는 도박에도 재능이 없어 그 돈을 모두 허공에 날려버리고 말았다. 쉽게 들어온 돈은 그렇게 쉽게 나가버리고 말았다.

그는 다시 빈털터리가 되었다. 그러나 그것보다 더 안 좋은 일이 생겼는데, 돈을 택시에 놓고 내린 그 남자가 그를 악착같이 추적해 경찰에 신고한 것이었다. 그 때문에 그는 처음으로 옥살이라는 것을 하게 되었는데, 행운이라 생각했던 일이 오히려 올무가 되어 그의 인생을 걸어 넘어뜨린 것이다.

감옥살이는 의외로 쉬웠다. 거기서 그가 하는 일은 점호 받고, 밥 먹고, 일하고, 자는 것이었다. 밥은 먹을 만 했고 일은 생각보다 힘들지 않았다. 그래서 그는 그곳 생활이 그런대로 견딜 만하다고 생각해 거기서 평생 그렇게 살면 어떨까 하고 생각하기도 했다. 살기 위해 고민하고 애쓰고 다툴 필요가 없어 그곳이 오히려 세상보다 좋게 여겨졌던 것이다. 하지만 시간이 지나면서 그는 답답한 그곳을 뛰쳐나가고 싶은 생각에 발작을 일으켰다. 그것은 절반의 기간이 지나면서 더 심해졌는데, 그러다 그는 더 이상 내면을 숨기지 못하고 자신의 억압된 광기를 표출하고 말았다. 그는 동료 죄수를 위협했고 기물을 부수었다. 그러다 교도관에게 반항해 남은 절반의 시간에 두 차례 독방을 썼다. 첫 번째 독방생활은 광기어린 그에게 별 효과가 없었으나, 두 번째 독방생활은 위력이 꽤나 커, 그 후로 그는 순한 양처럼 지내며 나머지 형기를 모두 채웠다.

그는 그렇게 수감생활을 마치고 출소했다. 그러나 출소 후 갈 곳이 없자 여기저기를 기웃거리며 노숙을 시작했다. 그리워하던 자유는 되찾았지만 삶의 고통은 다시 시작된 것이다. 그래도 그는 삶을 포기하지 않고 밀항을 시도했다. 그는 부둣가에서 먹고 자고 거닐며 사람, 차량, 화물선의 움직임과 이동경로를 모두 익혔다. 그런 뒤 모든 것이 준비되었을 때, 일주일 버틸 수 있는 식량과 물을 준비해 열려있는 컨테이너에 몰래 들어가 숨었다. 그는 이틀 동안 그 속에서 배의 속도와 위치를 상상했고, 그 답답한 곳에서 용케 버텨 자신이 원하던 목적지에 무사히 도착했다. 컨테이너 문이 열렸을 때 그는 오랜만에 보는 빛 때문에 한동안 움직이지 못했지만, 잠시 기다렸다가 준비했던 부두 노역자 옷으로 갈아입고 거기를 유유히 벗어났다.

그는 그곳에서 5년 동안 머물렀다. 모든 것이 낯설었지만, 사람이 가면을 쓰면 본래의 자기 모습보다 더 과감해 지는 것처럼 그는 아무도 자신을 알아보지 못하는 그곳에서 더 과감하게 움직이며 살길을 찾았다.

그는 그곳에서 법과 도덕을 심각하게 고민하지 않았다. 대신 구체적인 실체를 추구하며 자신에게 도움이 되는 것만 찾았다. 그는 깊은 고민을 싫어했고 얕은 이익을 선호했다. 통찰을 멀리했고 겉핥기를 칭송했다. 미래에는 관심 없었고 현실만 바라보았다. 그는 열렬한 실용주의자요, 현실주의자가 되었다. 그 덕에 그는 그곳에서 열심히 돈을 빌어 지금껏 살아오면서 만져본 것보다 더 많은 돈을 모았다. 그는 매일매일 돈을 모았고 모으자마자 다람쥐처럼 땅속에 저장했다. 그리고 그 위에 자신만의 표시를 하고 돌아서며 그것이 빨리 모아지기를 바랐다.

땅에 묻힌 돈 상자가 가득 차자, 그는 그곳에서 모든 것을 정리하고 다시 고국으로 향했다. 돌아올 때도 그는 화물선을 이용했는데, 정당하게 체류

한 것이 아니었기 때문에 어쩔 수가 없었던 것이다. 하지만 이제는 가진 돈으로 선장을 매수할 수 있어 처음보다는 더 넓고 좋은 공간에서 편히 올 수 있었다. 자신이 번 돈의 위력을 실감하는 순간이었다.

오지락, 그가 외국에서 벌어온 돈은 대략 5억 원이었다. 그는 그 돈을 숨겨 가져오기 위해 조끼의 한 곳을 칼로 찢어 그 안쪽을 지폐로 빽빽이 채워 넣은 후, 하수도관 테이프로 그 찢어진 부분을 막았다. 그리고 그것을 몸 안쪽에 밀착되게 입은 다음, 다시 겉에 두 겹의 셔츠와 품이 큰 검은 외투를 입었다. 그는 그 누구보다 비싼 옷을 입고 다녔지만 아무도 그것이 비싼 옷인지는 알지 못했다.

그렇게 그는 돈을 가지고 고국에 돌아와 쉴만한 방을 구했다. 방을 구하자 그는 처음 몇 주간은 방 안에서 나오지 않았다. 냉장고 속에 넣어둔 돈 다발이 걱정되었기 때문이기도 했지만, 그보다는 다시 사업을 하려는데 마땅히 해볼만 것이 떠오르지 않았기 때문이다. 그러다 그는 많은 고민 끝에 사채업을 해볼 생각으로 여기저기를 돌아다녔다. 그의 판단으로는 그것이 지금 자신이 가지고 있는 돈을 가장 잘 활용하는 방법이라 생각되었던 것이다.

그는 3주 동안 이리저리 돌아다니며 정보를 얻고 계산기를 두드렸다. 그런 다음 그것이 가능성 있는 사업이라는 결론을 짓고 다음날부터 본격적으로 그 사업을 준비하기 시작했다. 그는 먼저 사무실을 알아보고 일할 사람을 물색했다. 그런데 사무실은 만족스럽게 얻을 수 있었으나 사람은 구하기가 힘들었다. 자기보다 더 많은 경험과 지식이 있는 사람은 경계 대상이었고, 전혀 모르는 사람은 제대로 써먹지 못해 필요가 없었는데, 광고를 내면 꼭 그런 극단적인 부류의 사람들만 찾아왔던 것이다.

사업하기로 마음먹고 석 달이 지나도 사람을 구하지 못하자 그는 지끈지끈 머리가 쑤셔오기 시작했다. 혼자서 해도 되는 사업이라면 별 문제가 없겠지만, 필히 밑에 사람을 두고서 해야 안전하게 할 수 있는 사업이었기에 그는 구하지 못하고 있는 그 인력이 무척 아쉬웠다.

그는 거울 속 자신의 모습을 쳐다보았다. 덥수룩하게 자란 머리와 지저

분한 수염이 마치 산속에서 몇 달간 지내다 온 사람 같이 보였다. 그는 일단 자신의 모습부터 다듬은 후 다시 사람을 찾자 생각하고 가까운 이발소로 향했다.

그가 이발소에 들어섰을 때 나이 든 이발사가 먼저 온 젊은 손님의 머리를 자르고 있었다. 그 이발사는 그 손님의 이야기를 무심히 들어주고 있었다.

그 손님이 이발사에게 말했다.

"그래서 내가 뭐라 말한 줄 알아요? 내가 돈이 조금 없고 배운 게 전혀 없다는 것뿐이지, 당신보다 못한 게 뭐 있수? 당신보다 젊지, 인물 좋지, 허리 튼실하지, 당신 없는 것 다 갖고 있는데, 내가 어디가 부족해서 나가라는 거요? 어디 뚫린 입으로 말이나 시원하게 해 보슈. 내 열린 귓구멍으로 한번 들어보게. 내가 이렇게 말했더니, 그 영감탱이가, 너는 없는 게 너무 많아. 특히 그 주둥아리의 예의가 없어. 아직 서른도 안 된 놈이 어른한테 그 말버릇이 뭐야? 할 말 안 할 말 가리지 않고서 막 쏘아대며 지껄이니, 너같이 버르장머리 없고 상스러운 놈이 어디 있냐? 너도 양심이 있으면 한번 생각해봐라. 온 동네방네 돌아다니며 욕 짓거리나 하고 다니는 녀석을 누가 월급 주며 데리고 있으려 하겠냐? 안 그러냐? 이 망할 놈의 자식아. 이렇게 씨부렁대지 않겠어요? 그래서 내가 열 받아서 그 영감탱이를 한방 먹이고 가게도 난장판으로 만들어 놓고 나왔죠."

그가 그 당시의 동작을 보여주려 몸을 들썩이자, 나이 든 이발사가 말했다.

"야, 이 녀석아. 움직이지 마. 가위에 찔려."

이발사는 젊은 손님이 이발 도중 머리를 흔들자 그의 미리를 정확히 이등분한 가르마 위에 손을 얹고 꾹 눌렀다.

잠시 말을 멈추었던 그 젊은 손님이 다시 수다를 떨기 시작했다.

"그런데, 아저씨. 내가 그 꼰대 밑에 있으면서 벌어다 준 게 얼마인줄 알아요? 자그마치 2천만 원이에요. 그 영감이 돈 못 받아 끙끙대는 거 내가 가서 다 받아오고, 없는 손님도 내가 나가서 다 만들어 단골로 앉혀 놨는데, 그런데도 그 영감이 이제 와서 배부르니 나한테 필요 없다고 나가라는 거 아니에요. 그게 어디 말이나 되는 소리예요? 이런 바퀴벌레 같은 영감탱이. 어디 나 없이 잘 되나 보자!"

그 가르마 청년이 씩씩거렸다.

그가 그렇게 분을 내며 말하는 동안, 뒤에 앉아 기다리던 오지락은 그 손님의 앞에 붙어있는 큰 거울로 그의 얼굴을 살폈다. 잘 생기지도 않고 호감도 가지 않는 얼굴이었으나, 그 청년의 모습과 입에서 흘러나온 말로 볼 때 그는 자기가 찾고 있는 사람과 가까웠다.

그래서 오지락이 그 청년의 마음에 공감하는 척 넌지시 그에게 말을 던졌다.

"저런. 은혜도 모르는 영감."

짧은 말이었지만, 머리 깎던 청년은 재빨리 그 말을 감지하고 거울 안 사람을 쳐다보았다. 처음 보는 사람이었지만 싫어보이진 않았다.

그는 자신의 말에 동조하는 이 사람을 의식하며 다시 말을 이어갔다.

"사람이 나이를 먹을수록 은혜도 알고 거기에 대해 갚을 줄도 알고 해야 하는데, 그 영감은 벌써 그것부터가 틀린 인간이야. 이제 혼자서도 먹고 살 만 하니깐 지금껏 자기 밑에서 열심히 일해 오던 사람을 헌신짝처럼 내친 다는 게 어디 말이나 되는 짓이야? 안 그래요, 아저씨?"

청년은 뒤에 앉은 남자가 이번에도 자기 말에 호응해 주는지 보기 위해 늙은 이발사에게 물었다.

그러자 머리를 손질하는 이발사 대신 앉아 기다리던 오지락이 답했다.

"그럼. 사람이 은혜를 알아야지. 들어보니, 그 영감이 욕심이 많았나보 군. 이제는 혼자서도 많이 벌 수 있겠다 싶으니 일하던 사람을 내쫓고 말 이야."

가르마 청년은 생전 처음 보는 사람이 자신의 말에 맞장구쳐주자, 전쟁터에서 아군을 만난 것처럼 힘이 났다.

"제 말이 그 말이라니까요. 제가 잡아다 준 손님으로 배를 채우고 나니 까, 이제는 혼자 다 해 먹으려고 그런 식으로 심통 부리는 거 아니에요. 안 그렇습니까? 사장님."

그 청년은 오지락을 알지도 못하면서 자기편이 되어주는 그를 사장이라 불렀다.

"아마, 그런 것 같군요." 오지락이 짧게 답했다.

잠시 후 청년이 머리를 다 자르고 일어서자 오지락은 그 청년에게 '당신의 사연을 좀 더 자세히 들어보고 싶군요.'라고 말하고, '나중에 조용히 만나서 좀 들려주시오.' 하고 요구했다. 그러자 그 청년은 아무런 거리낌 없이 자신의 이야기를 들려주겠다고 대답하고, 그에게 좋은 시간이 언제냐고 물었다. 그들은 다음 날 다시 만나기로 약속했다.

다음 날 그 청년이 오지락이 마련해 놓은 텅 빈 사무실에 찾아왔다. 그는 이제 더 이상 할 일이 없었기 때문에 언제든 시간을 낼 수 있었다. 다시 만난 두 사람은 곧 각자에 대해 간단히 소개하고 바로 어제 일에 대해 이야기하기 시작했다. 그러다 오지락이 화제를 바꾸어 자신의 말을 했는데, 그는 '지금 자기와 함께 일 할 사람을 구하는 중인데, 어제 이발소에서 말하는 것을 들어보니 자신과 같은 계통의 일을 하는 것 같아 관심이 갔다.' 말하고 그 청년에게 혹시 지금 준비하는 다른 일은 있는지, 그리고 앞으로 계획해 놓은 건 없는지 물었다. 그러자 그 말 많던 청년은 어제 하다 만 이야기를 좀 더 하고 싶었지만 그만두고 그의 질문에 이렇게 대답했다.

"어제 제 말을 어디서부터 들으셨는지는 잘 모르겠지만 저는 어제 오전까지만 해도 어엿한 직장에 출근했으나 같은 날 오후에 바로 퇴직하고 다음날 오전, 그러니까 다시 말해서 오늘 오전에는 이 회사에서 장차 저의 사장님이 되실 분과 이렇게 면접을 보고 있는 중입니다. 이것이 지금 제가 준비하는 일입니다. 그리고 제 장례 계획을 물으신다면, 제가 그렇게 훌륭한 인물이 될 수 있을지는 모르겠습니다만 저도 돈을 벌어서 이렇게 넓고 아늑한 사무실에 직원들을 데려다 놓고 고매하신 사장님처럼 서민들에게 힘을 주는 금융업을 해보고 싶습니다. 사실 저희들이 몸 담고 있는 이 업종이, 사람들이 잘 몰라서 그렇지 얼마나 좋은 일을 하는지 모릅니다. 은행에서는 가진 것 없다고 퇴짜 놓지. 친척은 자기들도 힘들다고 거절하지. 평소 술 마시던 친구 놈들은 무조건 피하지. 그런데 저희들은 어디 그런 적 있습니까? 가진 것 부족해도 환영하지. 우리도 부족하지만 나눠쓸려고 꿍쳐놓지. 하루 종일 언제나 대기하고 있지. 게다가 있으면서 없다고 거짓말 하지 않지. 제가 만약 사장님 같은 분 밑에서 일을 하게 된다면, 경력을 좀 더 쌓아 이렇게 서민 친화적이고 국민 수호적인 사채업으로 우리나라 경제에 이바지 하는 기업인이 되고 싶습니다. 그게 바로 저의 장래 계획입니다."

이 말 많은 청년은 오지락이 사람을 구하기 위해 어제 자신에게 친근하게 접근했음을 눈치 채고 있었다. 그래서 그는 그의 마음을 홀려 볼 생각으로 비행기를 태웠고, 그 방법은 제대로 적중해서 오지락이 그를 바로 고용하도록 만들었다. 이것이 두 사람의 인연의 시작이었다.

그 후, 오 사장은 이 말 많은 청년, 우동구를 고용하고도 또 한 명의 직원을 더 구하고자 했다. 그는 사람 찾는 광고를 내고나서 연락이 오기를 기다렸지만, 또 다른 그 한 명을 찾기도 먼저 사람만큼이나 힘들었다.

그러자 한 주간 옆에서 지켜보며 사장의 생각을 눈치 챈 우동구가 그에게 말했다.

"사장님, 아직도 마음에 드는 사람이 안 나타났습니까? 시간은 화살처럼 날아가는데 사람이 없어 일을 못 한다는 게 말이나 되겠습니까? 어서 빨리 신입사원을 채용해서 우리도 폼 나게 사업을 개시해야지요. 제가 이직하고 나서 아직 실적이 없으니 사장님 뵐 면목이 없습니다. 제가 어서 굵은 돈다발 들고 와서 사장님한테 떡하니 안겨 드려야 하는데, 아직 그러지 못해 저도 참 답답합니다."

"일단 좀 더 기다려 보자고. 곧 나타나겠지." 오지락이 말했다.

"아이고, 참. 사장님은 여유도 많으십니다. 언제까지 사람이 스스로 나타나기만을 기다리실 겁니다. 사람을 못 구하면 주위 사람을 통해서라도 알아보셔야죠. 원래 인맥이라는 건 다 그렇게 형성이 되는데 말입니다. 그래서 모두들 같은 업종에서 일하는 사람을 통해 사람을 구하라 하지 않습니까? 그게 가장 확실한 방법이니까요."

"그래? 그럼, 동구 네가 아는 사람은 있나? 내 눈에는 아직 쓸 만한 사람이 안 보이는데. 동구 네가 이 바닥에서 일하던 사람 중에 알고 있는 사람이 있으면 한번 데려와 봐. 혹시 그런 아는 사람 있나?"

이에 우동구가 기다렸다는 듯이 오 사장에게 말했다.

"네? 지금 저에게 스카우트 해올 사람을 추천해 달라는 말씀이신가요?"

"그래. 없나?"

"아닙니다. 왜 없겠습니까? 저도 이 바닥에서 지내온 지 벌써 3년째 되는데 말입니다. 하지만 그 사람들이 지금 저희와 동종업계에 종사하느라 우리 쪽으로 건너오기는 힘들 것 같습니다. 그래서 제가 그들을 데려올 수 있다는 말씀은 확실히 못 드리겠습니다. 게다가 그 사람들은 영업실적이 좋아 고액납세자축에 드는데, 그런 사람을 우리 같은 신생기업이 영입하면 회사 재무구조에 큰 영향을 줄 수 있어, 저는 그런 위험을 감수하면서까지 그 우수사원들을 추천하고 싶지는 않았습니다. 대신, 지금 우리 회사와 딱 맞는 다른 인물을 추천하고 싶습니다. 그는 이번에 제가 모든 레이더망을 동원해서 찾아놓은 인물인데, 저는 그가 우리 회사의 지금 형편과 딱 맞다고 생각해, 그를 강력히 추천해 드리는바 입니다."

"그래? 그런 사람이 있었나?"

"네. 있었습니다." 우동구가 대답했다. "사장님. 물건을 잘 모를 때는 값을 더 주고 사라는 말이 있지 않습니까? 하지만 그게 모든 곳에서 다 통용되는 말은 아닙니다. 특히 이 바닥에서는 예외가 많은 법이지요. 다시 말해, 거품이 많다 이겁니다. 고액연봉을 줘가면서까지 일을 시켜 놓았는데도 제 구실 못하는 사람도 있고, 또 고객이랑 짜고 돈 가지고 도망가는 인간도 있어서 이 바닥에서는 꼭 웃돈을 더 줘야 좋은 인재를 영입하는 건 아닙니다. 그 사람들이 월급만큼 성능 좋게 일한다는 보장도 없는데 말입니다. 더욱이 우리가 지금 시작하는 영업은 소규모인데 그런 인건비 줘가며 사업을 한다면 어디 우리가 1년이나 버틸 수 있겠습니까? 절대 못 버티죠. 그래서 제가 회사 규모, 성장가능성, 재무역량, 이 모두를 고려해서 우리 회사에 가장 적합한 인재를 이번에 한번 찾아봤습니다. 그런데 이게 웬일입니까? 우리와 딱 맞는 숨겨진 진주가 있지 않겠습니까?"

"뭐? 숨겨진 진주?" 오 사장이 기대감에 차 말했다.

"네. 알이 꽉 찬 진주 말입니다. 우리 회사와 딱 맞는 싸고 질 좋은 사람이 아무데도 가지 않고 숨어서 우리를 기다리고 있더란 말입니다. 마치 우리 회사에 들어오려고 했던 것처럼 말이죠. 제가 이번에 이 사람을 찾아보려고 이 닦고 잠자리에 들기 전에 얼마나 많은 사람들과 통화를 했는지 모릅니다. 자고 일어났더니 제 입이 퉁퉁 부어 있었을 정도였습니다."

우동구는 얍삽해 보이는 입술을 내밀어 보이며 자신의 노력을 부풀렸다.

"그래, 알았어. 이제는 요지만 말하도록 해. 그게 누구지? 언제 만나볼 수 있나?"

오 사장은 흥분한 모습을 보이지 않으려 점잖게 말했다.

"아, 네. 그… 누구 말인지 갑자기 생각하려니 떠오르지가 않지만 말입니다. 이 세상의 모든 것이 다 정해진 때가 있다고 하지 않습니까? 범사에 기한이 있고 만사에 때가 있는데 태어날 때가 있고 죽을 때가 있으며, 또 찾을 때가 있고 잃을 때가 있으며, 또 맞을 때가 있고 때릴 때가 있으며, 에… 또, 사랑할 때가 있고 미워할 때가 있으며, 사랑?"

사랑이라는 말에 우동구가 어색한 듯 잠시 말을 멈추었다.

"헤헤. 제 입으로 사랑이라는 말을 하니 참 어울리지가 않네요. 이렇게 아름다운 말이 제 입에서 안 나온 지도 참 오래됐는데 말입니다. 아무튼, 사람의 일이라는 게 다 정해진 때에 정확히 이루어진다. 뭐 그런 격언이 있습니다. 사장님이 지금 만나보고자 하는 이 사람도 다 그런 정확한 만남이 이루어지기 위해 때를 기다리고 있습니다. 그러면 그때가 언제냐? 바로 오늘이라는 겁니다. 사장님께서 그 자의 존재를 안 시점, 바로 오늘이라는 거죠. 사장님. 오늘 바로 이 자를 만나 보실 수 있습니다."

"뭐? 오늘 만날 수 있다고?" 오 사장이 말했다.

"네. 말씀만 하시면 당장이라도 보실 수 있습니다."

"그럼 동구. 네가 말한 그 사람한테 지금 당장 전화해서 지금 바로 우리 사무실에 올 수 있는지 알아보고, 그럴 수 있으면 바로 여기로 나오라고 해. 아니면 내가 저녁에 약속이 있어 5시에는 여기를 나가야 하니까, 늦어도 3시까지는 나와야 된다고 그래."

우동구의 과장된 말에 기대감에 부푼 오 사장은 없는 저녁 약속까지 만들어냈다.

"이제 보니 우리 사장님 똥줄이 타… 아니, 급하셨네요. 이럴 줄 알았으면 제가 진작 말씀드렸어야 했는데. 제가 소심하게 망설이다 사장님 속만 타게 해 드렸습니다. 제가 사장님을 좀 더 세심하게 관찰했더라면 이 사람과의 만남을 좀 더 빨리 주선할 수도 있었는데, 사장님을 제대로 보필하지 못한 이놈을 용서해 주시기 바랍니다. 그럼 그 사람은 제가 지금 당장 연락해서 바로 달려오라 그러겠습니다. 그는 다리는 짧아도 무릎 교차속도가 무지하게 빨라서 금방 여기에 도착할 수 있을 겁니다. 그동안 사장님은 면접 내용과 질문을 잘 준비하셔서 노련하고 지적인 면접관의 모습을 보이도록 하십시오. 그래야 이 사람도 사장님의 훌륭하신 능력과 예리함에 놀라 사장님을 하늘처럼 모시지 않겠습니까?"

이렇게 우동구는 자신이 미리 준비해 놓은 인물이 오 사장 앞에 얼굴을 내밀 수 있도록 만들었다.

그는 일찍부터 해박한 지식보다는 껌처럼 길게 늘어져도 잘 끊어지지 않는 잡소리가 인생을 살아가는데 더 유용한 도구가 될 수 있다는 것을 깨달았다. 그래서 소개하려는 인물에 대한 설명은 얕게 파묻어버리고 핵심과 관계없는 말을 길게 늘어놓음으로써 듣는 사람의 신경을 산만하게 만들어버렸다. 그리고 동시에 이성적인 판단이 감정에 휘둘리도록 만들어 그의 마음까지도 홀려버렸다. 이처럼 그는 비록 윗사람일지라도 오 사장과 같이 이성보다는 감각에 의지하는 사람이라면 어느 누구의 마음도 쉽게 움직일 수 있었다.

곧 우동구는 오 사장의 달아오른 마음이 식지 않도록 그 인물과 연락을 주고받았다. 그리고 한 시간 후 사무실에서 만나기로 약속을 잡았다.

그동안 오 사장은 의자에 앉아 머릿속에서 그 사람에 대한 여러 가지를 그려보았다. 우동구의 말에 따르면 그는 키는 작은 편이지만 재빨라 보일 것이고 능력이 탁월하면서도 겸손한 인물일 것이다. 그리고 언제든 부르기만 하면 달려와 그의 지시를 잘 수행할 수 있는 인물이었다.

그는 그런 사람이 자신을 위해 그렇게 숨겨져 있을 줄은 생각지도 못했다. 자기도 수두룩한 인생 풍파를 겪으며 사람에 대한 경험이 적지 않다고 생각했는데, 우동구의 말을 들어보니 자신은 아직도 인간의 다양성에 대한 경험이 부족해 인간사에 대해 더 배워야 할 것 같았다.

어쨌든 그는 우동구의 몇 마디 말로 그 인물을 대략 그렇게 추측했고, 또 이번 일은 자기에게 찾아온 행운이라 여겼다.

드디어 약속 시간이 되었다. 한 남자가 밖에서 문을 두드리고 들어왔다. 그는 몇 발작 내디뎌 사무실 안으로 들어온 뒤, 뒤로 문을 쾅 닫고는 오지락 옆에 앉아 있는 우동구를 한번 쳐다보았다. 그리고 높은 상사처럼 다리를 꼬고 앉아 있는 오지락을 향해 재빨리 눈을 돌렸다.

그와 눈이 마주친 오 사장은 완전히 할 말을 잊어버렸다. 그는 그 인물이 나타나기까지는 그가 괜찮은 사람일거라 기대하고 상상했는데, 실제 나타난 인물은 사람에 가까워 보일뿐, 단지 사람처럼 생겼다는 말밖에 나오지 않는 어떤 수컷이었기 때문이다. 그의 눈에서는 살기가 붙어 있었고, 튀어나온 입에는 사나움이 묻어있었다. 불독처럼 생긴 코는 저곳에서도 공기의 출입이 이루어질까 싶을 정도로 납작해서 그가 피부로 호흡하는 인간일지도 모른다는 의심이 들었다. 그와 같은 장소에서 산소를 나누어 마시면 세균에 오염될지도 모른다는 두려움까지도 들 정도였다. 그는 정말 인간의 후퇴요, 퇴화였다.

오 사장은 그를 보며 저것이 정말 사람일까 생각했다. 그리고 저것이 왜 내 사무실에 들어왔나 궁금해 했다. 그 인물의 생김새는 피곤했을 뿐더러, 만약 그가 말할 줄 아는 인간이라 해도 그에게는 아무런 이점이 없을 것 같았기 때문이다. 그는 그의 상상처럼 재빨라 보이지도 않았고, 탁월한 능력과는 아무런 상관도 없어 보이는 인물이었다.

그리고 무엇보다, 그에게는 그 어떤 일도 시키고 싶지 않았는데 자기가 부르면 인상부터 쓸 것 같았고, 지시를 내리면 지시대로 따르기는커녕 왜 시키느냐고 따져 물어 시키는 사람의 마음을 무척 아프게 할 것 같았기 때문이다. 또한 월급을 적게 주면 자기의 지갑을 빼앗을 것 같았고, 퇴근이 늦으면 주먹으로 사장의 책상을 크게 한번 내리칠 것 같았다. 그와 함께 일한다는 건 정말 위험천만한 일일 것 같았고 언제 달려들지 모를 사나운 짐승과 함께 지내며 두려움에 뜨는 일 같았다.

오지락은 이게 도대체 어찌된 일인가 하고 허공을 쳐다보았다. 그의 마음은 하늘에 두둥실 떠다니는 흰 구름 위에 앉아 미래를 꿈꾸고 있었는데, 갑자기 그가 앉은 자리에만 구멍이 뚫려 최고 속도로 추락하는 느낌이었다. 그는 무슨 말을 누구에게 먼저 꺼내야 할지 몰라 실망스러운 이 남자와 그를 소개한 우동구를 번갈아 쳐다보았다. 하지만 아무도 대답이 없자, 그는 자신의 마음을 부풀려 놓고 바늘로 터트려버린 우동구를 향해 설명해 달라는 눈빛을 보냈다.

그러자 우동구가 굳어버린 사장의 얼굴에서 그의 갈등을 모두 파악하고 입을 열었다.

"사장님, 이 사람이 제가 좀 전에 말씀드렸던 인물입니다. 적잖이 충격을 받으신 것 같은데, 저는 사장님께서 왜 입을 다물고 계신지 알고 있습니다. 사장님께서 지금 하고 계신 표정을 저도 전에는 해 본 적이 있기 때문입니다."

"뭐? 내 기분을 알고 있다고? 그런데 왜…"

오 사장은 앞에 서 있는 사람을 의식해 더 이상의 말은 하지 않았다. 단지 그는 원망스러운 우동구에게 자신의 마음 정도만 표현하고 말았다.

"사장님. 진정하십시오." 우동구가 말했다. "누구나 처음에는 다 그렇습니다. 저도 예외는 아니었으니까요. 저도 처음엔 이것이 신기한 경험처럼 느껴졌습니다. 아, 사람이 이럴 수도 있구나 하고서 밀입니다. 그리고 그것은 두 번째, 세 번째에도 별반 다르지 않았습니다. 저 사람 앞에서는 계속 침묵만 지키게 되는 것이, 제가 태어나서 사람을 앞에 두고 아무 말 없이 지내기는 그때가 처음이었습니다. 그때는 완전히 시간이 멈춘 것 같은 느낌이었습니다. 그리고 저는 제 입에서 이렇게 말이 나오지 않을 수도 있다는 것을 그때 처음 알았습니다. 아마 사장님도 그때의 제 느낌이랑 별반 다르지 않을 거라 생각합니다. 그래서 저는 사장님이 지금 말없이 속으로 하고 계신 생각들도 모두 알고 있습니다. 그것은 인간이라면 누구나 가지는 '인류 보편적인' 생각이기 때문입니다. 절대 비판받을 수 없고, 악하다고 할 수 없는 생각들이죠. 아마 사장님께서는 이 사무실을 뛰쳐나가고 싶다는 생각을 잠시나마, 그것도 스스로도 인식하지 못하는 사이에 하셨을 것입니다. 숨 쉬기 거북하다는 생각도 하셨을 것이고, 또 그와 함께 있는 건 자신을 호랑이 우리 안에 집어넣는 것과 같다고도 짧게나마 생각하셨을 겁니다. 그리고 그에게서 무슨 이득을 바라겠는가라는 생각도 해보셨을 것이고, 그의 호흡기관에 대해서도 한번쯤 고려해 보셨을 겁니다. 그러면서 저에게는 무척 원망스런 마음도 품으셨을 것입니다. 이렇듯, 제가 사장님의 마음을 전혀 모르는 바가 아닙니다."

우동구의 말에 오 사장은 속으로 감탄하지 않을 수 없었다. 마치 그가 자신의 마음속에 들어와 자기의 모든 감정을 캐내고 나간 것 같았다. 그가 어떻게 자신의 마음을 그리도 잘 알고 있는지 신기할 정도였다. 오 사장은 우동구가 말한 '인류 보편적'이라는 말의 참 의미를 그 순간 정말 실감하지 않을 수 없었다. 그는 우동구의 말을 계속 들었다.

"제가 사장님 마음속에 들어갔다 나온 것도 아닌데, 어떻게 신기할 정도 맞추는지 사장님께서도 잠시나마 감탄하셨을 겁니다."

오지락은 다시 한 번 더 놀랐다.

"제가 말한 '인류 보편적'이라는 말을 다시 한 번 생각해 보시면 아시겠지만, 그것은 누구나의 마음에 자리 잡고 있는 같은 감정입니다. 그래서 제가 사장님 마음을 캐내지 않아도, 제가 느낀 감정으로 사장님의 지금 감정을 충분히 이해할 수 있는 것입니다."

'헉!'

오 사장은 이제 우동구의 말로 인해 충격 받고 있었다.

"사장님." 우동구가 계속 말했다. "실은, 제가 저 사람을 처음 본 것은 3년 전이었습니다. 그때 저는 저 사람과의 첫 만남으로 악몽을 꾸기도 했습니다. 돼지 얼굴을 한 개가 사람의 다리 같이 생긴 팔로 저를 잡고 놓아주지 않는 꿈이었는데, 그것이 저에게 사랑한다는 말을 해달라며 저를 꿈속에서 마구 괴롭히지 않겠습니까? 그래서 저는 그때 마음이 너무 괴로워 하마터면 꿈속에서 그 끔찍한 말을 할 뻔했습니다. 하지만 운 좋게도 잠에서 깨어나는 바람에 그런 일은 꿈속에서도 일어나지 않았습니다. 정말로 그것은 지금 생각해도 소름끼치는 악몽이었습니다. 그렇게 저는 저 사람과의 첫 만남으로 한동안 우울증에 걸려버렸습니다. 그리고 그 후로 저 사람을 두 번, 세 번, 아니, 일곱 번, 열 번까지 봐도 그것은 치료가 되지 않았습니다. 정말 제 인생에서 가장 힘든 시기였습지요. 하지만 그러다 어느 순간부터 제 눈은 감각을 상실하기 시작했습니다. 제 눈은 점점 저 사람의 생김새에 무디어져갔고, 제 심장도 안정을 되찾기 시작한 겁니다. 동시에, 그의 외모 때문에 마비되었던 제 신체 감각들도 서서히 그 기능을 회복하기 시작했습니다. 그러면서 한동안 움츠려 있던 제 감각들이 그동안 못했던 일을 만회하려고 했는지, 쓸모없어 보이던 그의 얼굴에서 가능성을 보기 시작했습니다. 덕분에 저는 저 사람의 언어와 사고방식에서 독특하고 기발한 점을 많이 발견하게 되었습니다. 그러면서 처음부터 거리를 두었던 제 마음도 그에게 한 발, 두 발 조금씩 다가가기 시작했습니다. 제 마음이 열리니 저 사람과의 거리가 가까워진 겁니다."

"사장님," 우동구는 여기서부터 소리를 높여가며 말했다. "사실 우리 남자끼리 얘기지만, 우리가 저 사람 얼굴에서 기대하고 얻어낼 수 있을 만한 게 무엇이 있겠습니까? 누가 봐도 저 외모는 반인류적, 반사회적일 수밖에 없는데 말입니다. 동물원 고릴라가 아플 때 일당 받고 우리 안에 대신 갇혀 바나나 먹어주는 일이라도 하면 모를까, 저 얼굴이 지구상에서 할 수 있는 일이 도대체 뭐가 있겠습니까? 저 사람은 정말 비효율적이고 비상식적인 몰골을 하고서 이 땅에 태어났는데 말입니다. 그런데도 과연 저 사람이 이 땅에 태어난 것이 옳았겠습니까? 저런 유전자를 가지고 이 세상에 나타난 것이 개인적으로나 인류적으로 봤을 때 정말 도움이 되었을까? 아니요. 아닙니다. 전 절대 아니라고 생각합니다. 저 사람은 차라리 태어나지 않았더라면 더 행복했을 사람이었습니다. 저 사람이 인류의 발전을 도모하기 위해 최후까지 버텨야 했던 장소는 바로 그의 엄마 뱃속이었습니다. 하지만 그가 그것을 견디지 못하고 저 생김새로 이 지구상에 왔기 때문에, 인류는 평균 외모에 있어서 지대한 손해를 입고 말았습니다. 그의 생일이 인간에게는 수치스러운 날이 되어버린 것이지요. 아마, 이점은 저뿐만 아니라 사장님께서도 이미 인정하시는 바 일 것입니다. 그렇지 않습니까? 사장님."

우동구가 손가락으로는 서 있는 사람을 가리키며 눈으로는 오 사장을 쳐다보자, 오 사장은 우동구가 당사자를 바로 앞에 세워놓고 그를 비판하는 일에 갑자기 자신을 끌어들여 미안하고 당혹스러운 마음이 들었다. 그래서 그는 슬슬 뒷걸음질 치기 시작했다.

"어? …내가?"

이에 자신감을 얻은 우동구가 계속 말했다.

"네, 그렇습니다. 사장님께서는 겉으로는 표현하지 않으셨지만 실은 이 모든 것을 인정하고 계실 겁니다. 왜냐하면 그런 생각은 정상적인 사람이라면 누구나 가질 수밖에 없기 때문입니다. 그래서 그것은 범죄가 될 수 없고 되어서도 아니 되는, 누구나 겪는 과정이고 절차인 것입니다."

오 사장은 아무 말 못하고 우동구를 쳐다보기만 했다.

"사장님. 사장님께서는 제가 예전에 처음 느낀 감정으로 지금 저 자를 바라보고 계실 겁니다. 그렇다면 가치 없어 보이고, 필요 없어 보이고, 다시는 보고 싶지도 않고, 상상도 하고 싶지 않은, 저 사람을 지극히 당연한 감정으로 보고 계신 것입니다. 왜냐하면 거기까지는 누구도 뭐라 할 수 없는 아주 보편적인 감정이기 때문입니다. 그런데 여기서 한 가지 생각해 보셔야 할 것이 있습니다. 그것은 우리가 지금 하고자 하는 사업의 특수성입니다. 사장님께서는 이 사업을 개시하시기 전에 많은 고민과 번민 속에서 잠 못 이루는 밤을 보내셨을 것입니다. 사업의 제1목적인 개인의 이익창출과, 제2목적인 사회 기여와, 제3목적인 국가 경제 이바지를 종합적으로 고려하시면서 말입니다. 그런데 대부분의 기업가들은 이 중에서 제1목적인 개인의 이익창출에만 관심을 갖습니다. 그래서 되도록 그런 목적만 생각하며 사업에 발을 들여 놓게 되지요. 그러다 보니 사회와 국가에 대한 배려없이 개인의 배를 채우기 위해서만 살게 됩니다. 하지만 사장님께서 시작하신 지금 이 사업은 그런 종류의 사업과는 질적으로 다른 분야입니다. 이것은 개인, 사회, 국가에 대해 그야말로 삼위 일체적으로 유용하고 기여도가 큰 사업이기 때문입니다. 즉, 사장님의 사업은 인간이 추구하는 모든 궁극적 요소, 믿음, 사랑, 소망, 근면, 자조, 협동, 은혜, 자비, 구제 등등 이루 말할 수 없이 훌륭하고 고귀한 정신이 내포된 최상위의 사업이자, 최고의 선이라는 말씀입니다."

'오!'

오 사장은 속으로 놀라지 않을 수 없었다. 자신이 시작한 사채업이 그렇게 훌륭한 사업인지는 몰랐던 것이다.

"사장님."

우동구는 오 사장의 표정을 살피며 이제는 됐다 싶어 더 힘을 주어 말을 이어나갔다.

"저는 이렇게 박애적인 사업을 시작하신 사장님을 처음 본 순간부터 존경해 왔습니다. 왜냐하면 어깨에 힘 빠진 서민들에게 가까이 다가가기 위해 사장님께서는 그 많은 사업 중에서도 이 사업을 선택하셨기 때문입니다. 그걸 보면 사장님은 보통 희생정신이 강한 분이 아닙니다. 그러므로 사장님께서 애민정신을 가지고 발을 들여놓은 이 사업은 사장님의 뜻처럼 반드시 큰 번영을 이루어 여러 사람들에게 많은 혜택이 돌아가도록 해야 합니다. 그러기 위해서는 무엇보다도 금융업이 성장하기 위한 중대한 요소들을 사장님께서 미리 파악하셔야 할 것입니다. 이때 그 요소라 하면 몇 가지가 있겠지만 다른 것은 다 무시하고 가장 중요하면서도 정말 생명 같은 요소 한 가지만 생각해 보자면, 그것은 바로 자금회전일 것입니다. 전문가들은 이를 보통 융통이라는 용어로 말하기도 하지요. 사장님께서도 당연히 아시겠지만, 우리는 물건을 만들어 파는 기업이 아니라 화폐를 돌려서 유지하는 기업입니다. 그런데 이 화폐라는 것이 중간 어디쯤에서 막혀 잘 돌아가지 않으면 다른 곳에도 많은 영향을 미칠 수밖에 없습니다. 그러면 사장님이 의도하신 바와는 반대로 이 애민사업은 주저앉게 되고 마는 것입니다. 사랑을 베풀고 싶어도 베풀 수 없다는 말씀이지요. 그러면 여자한테 퇴짜 맞은 것처럼 사장님의 마음은 무척 아프실 것입니다. 그래서 그런 일이 없도록 우리는 그런 불상사를 예방해야 합니다. 병원 가서 예방주사 맞는 것처럼, 우리도 예방주사 같은 것으로 우리 사업을 보호해서 끙끙 앓다가 죽는 일이 없도록 해야 한다는 말씀이지요. 그러려면 이 업계에서 무엇으로 예방을 하느냐가 문제인데, 그 답은 의외로 간단합니다. 그것은 바로 어딘가 막히지 않도록 뚫어주고 청소하는 청소부 같은 존재만 있으면 된다는 것입니다."

"청소부?" 집중해 듣던 오 사장이 한마디 했다.

"네, 청소부 말입니다. 돈이 막히지 않도록 잘 관리하고 회수할 수 있는 사람 말이지요. 우리가 아무리 좋은 일을 하려고 해도 관리를 잘못하면 다른 사람이 유용하게 사용해야 할 돈이 막힐 수밖에 없습니다. 그러면 여러 사람이 불편을 겪게 되겠지요. 그래서 사전에 이런 일이 없도록 강력한 조치를 취하는 사람이 있어야 합니다. 우리 사업은 대부분 먹고 살기 힘든 서민 고객을 대상으로 합니다. 그러다 보니 그들이 우리 사업에 협조를 제대로 못 해주는 경우가 있습니다. 그렇다고 우리가 그것을 그냥 보고만 있어서야 되겠습니까? 그건 아닐 것입니다. 왜냐하면 그들 때문에 대기하고 있는 다른 사람들이 피해를 보기 때문입니다. 그때는 마음 아프지만 어쩔 수 없이 우리도 물리적으로 그것을 회수할 수밖에 없는 것입니다. 그러면 그때 그런 부담을 안고서 일할 사람이 있어야 하지 않겠습니까? 그런데 만약 저 같이 생긴 사람이 그런 사람들 앞에 나타나 그들에게 돈을 달라고 하면, 그들은 제 다리를 붙잡고 매달리며 눈물로 사정하지 않겠습니까? 그러면 저는 마음이 여리고 약해 그들과 같이 울면서 빈손으로 돌아오게 뻔합니다. 그러면 우리 사업은 위기에 처하게 되고 말겠지요. 그래서 저 같은 외모는 절대 청소부가 될 수 없습니다. 자고로, 청소부라 하면 모든 감정적 요소를 배제하고 로봇처럼 자신에게 주어진 일만 정확히 처리할 수 있어야 합니다. 반대로 말해, 저같이 생긴 사람은 절대 그런 일을 감당하기 부족하다는 말씀입니다. 그래서 우리 업계에 맞는 전문 청소부가 한 명 있어야 합니다. 그럼 이때 누가 그런 일을 하기에 적합하냐는 문제가 생기겠죠? 제가 지금까지 경험한 바로는, 저기 서 있는 저 사람이야 말로 거기에 가장 적합한 인물이라고 저는 생각합니다."

우동구가 팔을 쭉 뻗어 그를 가리켰다.

"제가 아까 말씀드렸다시피, 저기 저 사람은 외모로 따지자면 최하위계층이고, 쓸모로 따지면 잉여인간입니다. 만약 저 사람이 말 못하는 짐승으로 태어났다면 그보다는 좀 더 높은 계층에서 살아갈 수도 있었을 것이지만, 운 없게도 그는 사람의 몸으로 태어나는 바람에 그런 수준까지는 올라가지 못했습니다. 그래서 우리는 저 사람을 사람의 아들로는 여기지만, 실제로는 동물의 후손처럼 취급하는 것입니다."

우동구가 사람을 앞에 세워놓고 과감하게 무시하는 말을 내뱉자 오 사장은 아무 말 없이 서 있는 그에게서 아주 약간의 연민 같은 것을 느꼈다. 하지만 그는 우동구의 말이 전혀 틀린 건 아니라 생각하고 잠자코 그의 말을 계속 들었다.

"사장님." 우동구가 계속 말했다. "그런데 제가 어느 날 저 사람에게서 한 가지 쓸모 있는 것을 발견했습니다. 그건, 사람들이 혐오하고 싫어하는 저 사람이 제가 하는 일에는 도움이 될 수 있지 않을까 해서 그를 데리고 한 고객에게 수금하러 간 때의 일이었습니다. 그날 저는 그 고객의 모습을 보고서 깜짝 놀라지 않을 수 없었습니다. 제가 옆에 사나운 개를 데리고 간 것도 아니었는데, 그 고객은 저희를 보자마자 얼어버린 사람처럼 그 자리에 가만히 서 있기만 했기 때문입니다. 그리고 잠시 후, 그는 아무 말 없이 가게 안으로 들어가 돈을 가지고 나오더니 저에게 그것을 건네주지 않겠습니까? 저는 그날 욕도 내뱉지 않고 그냥 조용히 서 있기만 했을 뿐이었는데 말입니다. 저는 그때 그 사람이 그렇게 알아서 돈을 건네주니 너무 재밌고 신기할 따름이었습니다. 게다가 일이 정말 쉽게 풀리니 제 정서에도 너무나 도움이 되었고 말입니다. 그래서 저는 그날 이 사람을 통해 한 가지를 깨닫게 된 것이 있는데, '아! 사람이 얼굴로도 욕할 수 있구나! 그것도 입으로 하는 것보다 더 잔인하게!'라는 것이었습니다. 그래서 저는 그날 이후로 다루기 힘든 고객을 만나러 갈 때면 늘 저 친구를 데리고 가서 해결하곤 했습니다. 물론 그 결과는 대성공이었습니다. 참고로 제가 그때 깨달은 또 한 가지를 더 말씀드리자면, 그것은 사람이 제 밥벌이 할 재주는 다 가지고서 태어나는구나 하는 것이었습니다. 저는 이렇게 그날 저 사람을 통해 제 인생에서 두 가지 아주 중요한 깨달음을 얻게 되었습니다."

그리고 우동구는 얼굴을 들어 앞에 있는 허공을 찬찬히 바라보았다.

그러자 오 사장은 자기 앞에 서 있는 사람에게로 눈을 돌려 다시 한 번 더 그를 살펴보기 시작했다. 우동구의 말을 듣고 보니, 그가 정말 쓸모없는 사람 같아 보이지는 않았다. 그를 처음 본 순간에는 그가 인간이 아닐 수도 있다고 생각했는데, 이제 와 보니, 인간 치고도 그리 나쁘지는 않다는 생각이 들었다. 비록 그가 타인에게는 위협이 되는 생김새일지는 모르나, 자기에게 유익이 된다면 뭐 그 눈의 피로도 뭐 그리 중요할 것 같지는 않았다.

우동구가 계속 말했다.

"사장님, 제가 저 사람을 추천하면서 그가 싸고 질 좋은 인재라고 말한 것은 이렇게 제가 경험을 통해서 직접 알아보고 말씀드린 것입니다. 따라서 저 사람은 월급 많이 줘가면서 부리실 필요도 없는 인물입니다. 그냥 먹고 살게만 해주시면 아무 문제없이 일을 깨끗이 처리해 올 것입니다. 저는 지금까지 나름 경험하고 분석해서 이렇게 사장님 앞에서 저의 모든 지식과 정보를 알려드렸습니다. 그럼에도 사장님께서 저 사람을 맘에 들어 하지 않으신다면 제가 알아서 저 사람을 돌려보내도록 하겠습니다. 저 사람도 인간인지라 마음에 상처는 조금 받겠지만, 그래도 사장님은 그런 건 전혀 신경 쓰지 마시고 그냥 저에게 맡겨 주시기 바랍니다. 제가 알아서 저 사람을 잘 타일러 보낼 테니 말입니다. 대신, 사장님은 사업의 발전과 사회기여에 대해 다시 한 번 더 생각해 보시고 신중하게 결정해 주시기 바랍니다. 저 사람이야 어디서 무슨 일을 하던 밥이야 먹고 살지 않겠습니까? 하지만 사장님이 하시는 일은 여러 사람의 생계에 영향을 줄 수 있는 중요한 일이니 공정하고 신중해야 할 것입니다. 그리고 그런 일을 한 사람 때문에 절대로 실수해서도 안 되고 말입니다."

우동구는 그렇게 자신의 말을 마치고 오 사장을 쳐다보았다.

그러자 오 사장이 마음의 갈등을 모두 마치고 자신의 생각을 굳히기 시작했다.

"그래. 바보같이 실수를 해서는 안 되지."

이 말을 하고서 오 사장은 문 앞에 서 있는 사람에게로 걸어갔다. 그리고 그에게 손을 내밀며 이렇게 말했다.

"자네, 서 있느라 수고 많았네. 우리 같이 일해 보지 않겠나?"

그 말에 상대가 굵고 미련한 목소리로 대답했다.

"물론입니다. 사장님. 그렇게 하려고 지금까지 서 있었는데요. 뭐든 시켜만 주십시오. 그러면 열심히 일 해 오겠습니다."

우동구는 그 말을 듣자 반색하고 일어나 두 사람에게로 다가갔다.

"사장님, 현명하게 잘 선택하셨습니다. 나중에 이 사람의 가치를 알게 되시면 정말 놀라실 겁니다. 사람이 눈보다는 마음이 즐거워야 무슨 일이든 오래 할 수 있는 법입니다. 비록 이 사람이 당분간은 사장님 눈을 좀 피곤하게는 만들겠지만, 그래도 몇 달간만 꾸준히 쳐다보십시오. 그러면 눈이 적응하면서 무감각해지고, 또 피로도 어느 순간부터 감쪽같이 사라질 것입니다. 대신 그 자리는 만족감으로 채워질 겁니다. 그건 정말 제가 보장하겠습니다."

우동구는 오 사장의 마음이 더 이상 빠져나갈 수 없도록 그의 마음을 우리에 가두고 자물쇠로 확실히 채워버렸다.

"그래. 눈의 피로, 그게 뭐가 그리 중요하겠나? 착실하고 일만 잘 하면 됐지. 거기에 너무 신경 쓰지 말게나. 자네, 내일부터 여기 사무실에 나올 수 있겠나?"

오 사장이 그답지 않게 부드러운 말로 묻자, 서 있던 그 사람이 대답했다.

"저는 내일이 아니라, 지금부터라도 일할 수 있습니다. 사장님."

"아니야, 너무 서두르지 말자고. 그럼 일은 내일부터 하는 걸로 하지."

"네, 알겠습니다. 그럼 사장님 말씀대로 하겠습니다."

"그래, 내일부터 우리 열심히 한번 해 보자고. 아차, 내가 아직 자네 이름을 안 물어봤군. 이름이 뭔가?"

오 사장이 그렇게 묻자, 상대가 자신감 있게 자기 이름을 말했다.

"네, 제 이름은 금진주입니다."

그 이름을 듣자, 오 사장은 갑자기 코와 입으로 바람을 내뿜었다. 그는 바로 기침을 한번 한 후 더 이상 표내지 않으려고 입술을 꽉 깨물었다. 그리고 잠시 표정을 가다듬더니 조심스럽게 다시 말했다.

"그래… 아주… 멋진 이름이군…. 진주… 군."

그 말이 끝나기 무섭게, 그는 다시 한 번 더 코와 입으로 바람을 내뿜었다. 그는 다시 입술을 꽉 깨물고 숨을 참았다. 그는 허공을 처다보며 그 이름을 생각하지 않으려고 노력했다.

사실, 그 이름은 절대 잘못되거나 웃긴 이름이 아니었다. 그것은 정말 아름답고 우아한 이름이었다. 그런데 오 사장은 그 이름을 듣는 순간, 자기도 모르게 실례가 되는 웃음을 터트리고 말았다. 그의 생각에는 그 이름의 주인이 너무나도 웃겼기 때문이다. 그 둘은 정말 상상할 수도 없는 부조화였는데, 그로부터 그 이름을 듣는 순간 '그가 왜 금진주지?'라고 생각할 정도였다. 그를 낳은 부모가 죄책감에 시달리자 그에게 이름으로나마 보상하려 했기 때문이었을까? 아니면 그 이름을 미리 지어놓고 기다린 부모가 생각하지 못한 자식이 나오자, 너무 놀란 나머지 이름 바꾸는 것도 잊고 그냥 그렇게 출생신고를 했기 때문이었을까? 아무튼 그는 그 이름을 지어준 그의 부모에게 그 이름의 사연에 대해 한번 물어보고 싶었다.

"괜찮습니다, 사장님. 편하게 하십시오. 그냥 웃으시면 됩니다." 금진주가 웃음을 참으려 애쓰는 오 사장을 보며 말했다. "제 이름으로 사장님을 이렇게 기쁘시게 해 드릴 수 있어 저는 정말 영광스럽게 생각합니다."

그러자 웃음 때문에 더 이상 아무 말 할 수 없던 오 사장이, '얼굴로는 욕하고 이름으로는 웃기는' 그 자의 어깨를 토닥토닥 두드렸다. 그는 자꾸만 웃음이 나와 고개를 들 수가 없었다.

이렇게 해서 세 사람은 같이 일하게 되었다. 그리고 몇 달이 지나자 오 사장은 여직원을 한 명 더 채용했다. 그녀도 역시 우동구가 데려와서 오 사장 앞에 소개 시킨 사람이었다. 그녀는 전직 미용사였고, 우동구의 여자 친구이자 금진주의 여동생이었다. 하지만 그녀는 그런 사실을 오 사장에게 는 말하지 않았고, 오 사장도 그런 사실을 전혀 눈치 채지 못해 그녀에게 그것을 묻질 못했다.

그녀는 금진주를 닮지 않아 얼굴에는 그의 모습이 나타나 있지 않았다. 그녀는 여자로선 예쁜 외모라 할 수는 없지만, 금진주의 여동생이라 하기에 는 믿어지지 않을 만큼 훌륭했다. 또한 그녀는 이름도 여자에게는 잘 어울 리는 금나라였는데, 그녀의 부모가 딸에게만은 웃기지 않는 이름을 지어주 려고 했던 것 같았다. 하지만 오 사장은 그녀를 감나라라고 불렀다. 그녀가 금진주와 같은 부모 밑에서 태어났다는 것을 숨겼기 때문이다. 이에 눈치 없는 오 사장도 그녀를 그렇게 부를 수밖에 없었다.

오지락의 사업은 초기에는 어려움을 겪었지만 시간이 지나면서 그런대 로 성장해 나갔다. 그것은 오 사장이 사업 수완이 있다거나 운이 따랐기 때문이 아니라, 그가 직원들의 급여를 넉넉히 챙겨준다거나 그들을 요령껏 잘 다루지는 못함에도 그를 떠받치는 세 사람이 그 사업이 차곡차곡 성장 할 수 있도록 그의 옆에서 오래 참으며 많이 도왔기 때문이다. 그래서 그들 세 직원은 처음 일 년은 가장 힘든 시기를 보냈고, 두 번째 일 년은 조금 견 딜 만큼 힘든 시기를 보냈다. 그러다 세 번째 일 년부터는 힘든 줄도 모르 고서 보냈다. 그들이 그렇게 오 사장 밑에서 힘든 시기를 묵묵히 헤쳐 나갈 수 있었던 것은 도래할 좋은 시절에 대한 꿈이 있었기 때문이다.

이 시기동안 우동구는 야비한 전략가로서 두 남매를 이끌어 나갔다. 그 는 이 땅에서 꾸준히 27년을 살아오며 한 번의 사기죄와 두 번의 공갈죄로, 총 세 번의 전과 기록을 보유하고 있었다. 그는 스무 살부터 2년의 양아치 생활로 자신의 생계를 꾸려 나갔고, 스무 세 살부터는 2년의 수감자 생활 로 국가로부터 의식주 지원을 받았다. 그러는 동안 그는 여러 사람들로부 터 잡다한 말과 비천한 소리를 배워 자신의 언어감각을 계발했고, 그것을 감방 안의 동반자들에게 연습 삼아 실행하며 그 재능을 키워나갔다. 그러 다 그는 수감자들 가운데 그의 말에 가장 민감하게 반응하며 잘 낚여드는 인물을 한 명 발견했는데, 그 사람은 우동구의 언변에 푹 빠져 그를 마치 자기 인생의 스승쯤으로 여겼다.

그 사람은 폭력 전과로 두 번의 감방생활을 마치고 다시 세 번째 생활을 하고 있었다. 그러던 차에 그는 우동구라는 언어의 마법사를 만나 그의 수제자로 입문하기를 바라며 그를 따르며 추종하기 시작했다. 하지만 우동구는 자기 재주에 어리석게 보일 정도로 잘 빠져드는 그 동료가 싫어 그를 멀리했고, 때론 대단히 못생긴 그를 인간 취급도 해주지 않았다. 우동구는 그가 물리적 폭행으로 교도소에 들어와 이번에는 시각적 폭행으로 자신을 괴롭힌다 생각하며 그가 따라오면 매번 그를 피하기만 했다. 그러다 시간이 지나면서 그의 시각도 마비되어버렸는지, 그 사람을 자신의 제자인 양 대우해 주며 친하게 지내기 시작했다. 그 구애자의 꾸준한 노력이 그의 눈과 마음을 변화시켜버린 것이다. 그때부터 그는 자신의 입으로 그 사람의 귀를 훈련시키며 그를 제자로 키워나갔다.

그 후 두 사람은 교도소에서 법적 기간을 채운 뒤 출소했다. 대개 그렇게 출소하면 그 안에서 아무리 잘 지내던 사람들도 각자의 길을 가게 마련이었지만, 그 두 사람은 예외적으로 계속 교류하며 꾸준한 만남을 유지했다. 그러던 차에 그들은 어느 미용실에 들러 머리를 깎은 적이 있었다. 제자가 스승의 흐트러진 외모를 안타까워하여 그를 그곳으로 데려간 것이었다. 그때 스승은 그곳 미용실에서 머리를 깎다가, 미용사가 금진주에게 한 충격적인 말을 듣고서 눈이 휘둥그레져 버렸다.

"오빠, 여기 오지 말랬지? 사람들이 알면 창피하단 말이야."

스승은 처음에 그 말을 듣고서, '저런 제자에게도 여자가 있는데, 나는 저렇지도 않으면서 왜 여자가 없을까?'하고 자책했다.

하지만 잠시 후, 그는 그보다 더 놀라운 말을 제자로부터 듣고서 거기에 대한 오해를 풀었다.

"오늘은 특별히 너한테 소개시켜 줄 사람이 있어서 왔어. 이 사람이야." 제자가 미용사에게 스승을 가리키며 말했다.

"동구," 그가 다시 스승을 보며 말했다. "이 미용사는 내 여동생인데 앞으로 잘 지내보라고. 머리가 지저분하면 언제든지 와서 손 봐 달라고 그래. 그러면 멋지게 만져 줄 거야."

스승은 그 말을 듣자 입을 다물지 못하고 두 사람을 번갈아 쳐다보았다. 그는 자신의 눈으로 그 두 사람의 눈, 코, 입, 귀를 모두 비교해 보았지만, 일치하는 곳은 한 군데도 찾을 수가 없었다. 그는 잠시 어리둥절한 표정으로 두 사람을 신기한 눈으로 쳐다보았다. 그러다 그는 더 놀라운 말을 듣고 말았는데, 그것은 정말 까무러칠 정도로 놀라운 말이었다.

"동구, 많이 놀란 모양이군. 그러면 이것마저 말해버리면 뒤로 나자빠지겠는데."

제자가 뜸을 들이며 말하자, 우동구는 이번에는 그가 무슨 말을 할까 하며 그의 말을 기다렸다.

그러자 제자가 그에게 이렇게 말했다.

"우린 쌍둥이야."

그 말에 스승은 아무런 반응도 내놓지 않았다. 다만 표정을 가다듬고는 잠시 제자를 뚫어지게 쳐다볼 뿐이었다. 그리고 그는 속으로 이렇게 생각했다.

'이 녀석 말 재주가 벌써 수준급에 도달했는데. 하마터면 내가 녀석한테 완전히 속아 넘어갈 뻔했어.'

하지만 그는 나중에 그런 일이 생물학적으로 가능하다는 사실을 알고 애써 부인하려 하면서도 어쩔 수 없이 믿게 되었다. 세 사람의 인연은 그렇게 시작된 것이었다.

그들은 나이가 같아 친구이자 가족이자 조력자로서 서로의 도움에 의지하며 살아갔다. 그러던 중에 우동구는 오지락이라는 사람이 사채업을 시작하려는데, 밑에서 일해 줄 사람을 구한다는 것을 눈치 채고 이미 짜 놓은 각본에 따라 두 남매를 끌어들였다. 아직 이 업계에 눈을 뜨지 못한 오지락을 이용해 한 몫 잡아 볼 생각이었던 것이다.

한편, 오 사장은 인생의 달고 쓴 맛을 대부분 경험한 사람이었다. 비록 우동구의 말재간에 의해 그 세 사람을 고용하긴 했지만, 그는 그들을 처음부터 완전히 신뢰하지는 않았다. 그는 그들이 자기 앞에서는 사장님이라는 존칭을 써가며 잘 따르는 척 하지만, 뒤에서는 자신을 욕하고 흉보는 모든 인간들과 똑같을 거라 생각했다. 그래서 그는 그들의 급여를 올릴 생각도 하지 않았고, 어떠한 인간적 정도 드러내 보이지 않았다. 대신, 그는 오직 자기 사업만 생각하며 그것을 끌고 가기 위해 그들을 이용할 뿐이었다. 그들도 언젠가는 자기 밑에서 일하다가 나갈 것이 뻔했기 때문이다. 그런 생각으로, 그는 그들과 같이 1년을 보내며 경험이라곤 전혀 없던 사채업을 해나갔다.

그런데 1년이 지나도 그들은 나가지 않았다. 고객이 많지 않아 힘들었던 시기임에도 그들은 어떠한 불만도 품지 않고 그가 주는 급여만 받아가며 미련하다 생각될 정도로 버티고 있었던 것이다. 그는 그들의 그런 행동에 예상 밖이라 생각하고 그들과 다시 두 번째 1년을 보내기로 했다.

그런데 그 두 번째 해에는 그들의 노력으로 이루어진 성과라 할 만한 것들이 많이 나타났다. 그들은 자신들의 노력으로 고객을 많이 늘렸고, 그 덕분에 회사 수입도 지난 1년간의 적자를 모두 메우고도 남을 만큼 충분히 늘었다. 그들은 바쁘게 뛰어다녔고, 이제는 사장이 직접 지시를 내리지 않아도 자신들이 알아서 일을 해 왔다. 또한 그들은 사장에게 예절도 발라 출퇴근시간에는 깍듯하게 인사 했고, 아침에도 늦지 않게 사무실에 도착해서 그가 그날 일을 준비할 수 있도록 확실히 도왔다. 그렇게 그들은 정말 성실했고 사장이 보기에도 이상하리만치 예의 발랐다. 때문에, 사장은 의아하게 생각하면서도 그들의 그 노력과 행동에 대해 적게나마 보상하지 않을 수 없었다.

그렇게 그들과 2년 넘게 보내는 가운데, 오 사장은 그들에 대한 인식을 완전히 바꾸게 되었다. 그는 그들이 자신이 만난 사람들 중 가장 특별한 사람들이라 생각하며 이 세상에 정말 저런 사람들이 존재할 수도 있나 하며 놀라기까지 했다.

사실 돼먹지 않게 생긴 녀석들이 짠돌이 사장 밑에서 말썽 한번 피우지 않고 그가 주는 적은 급여만 고분이 받아간다는 것은 결코 일반적인 경우가 아니었다. 그것은 자기가 그들의 입장이었다 해도 그러했는데, 자기라면 벌써 그 일을 그만두고 다른 일을 찾았을 것이 분명했기 때문이다. 그런데도 그들은 그런 사장 밑에 딱 붙어 떨어질 생각도 하지 않으니, 그는 정말 의아하면서도 만족스럽다 생각하지 않을 수 없었다. 그래서 오 사장은 '저들이 왜 나같이 별 볼일 없고 차갑게 구는 사장 밑에 계속 붙어 있는 것일까?' 하고 스스로에게 질문해 보았다. 그리고 거기에 대한 답을 그들 세 사람이 가진 '인간적 특이성'과 '도덕적 순수함'과 '법적 순결성'이라는 관점에서 대답해 보았다.

먼저 인간적 특이성으로 말하자면, 그들은 남들과는 확실히 다른 점을 가지고 있었다. 그들은 남들보다 떨어진 외모에 사람의 마음을 이래저래 가지고 놀 수 있는 입담을 가지고 있었다. 그렇지만 그것이 자신에게 신기할 정도로 순종할 만한 이유는 결코 아니었기에, 그는 이점은 바로 통과시켜 버렸다.

다음으로 도덕적 순수함이란 면에서 보자면, 그들은 결코 순수하지 않았다. 그것은 그들의 입에서 나오는 소리만 들어 보아도 알 수 있는 일이었는데, 그들은 상스럽고, 추하고, 역겹고, 시궁창 냄새나는 말로 자신의 고객들을 후려잡고 있었던 것이다. 만약 사장인 자신도 저 인간들에게 걸려 저런 욕지거리를 듣는다면 간담이 서늘해지고 마음이 움츠러들어 그들에게 돈을 내놓지 않을 수 없을 것 같았다. 게다가 그들은 노인공경이라는 말도, 장유유서라는 말도 알지 못했는데, 자신들이 하고자 하는 일에 방해가 되면 누구든 가리지 않고 난리, 난동, 소란, 법석 등 온갖 것으로 행패를 부렸던 것이다. 한마디로, 그들은 종자가 미천했고, 배움이 천박했던 인간들이었다. 따라서 이 관점에서도 그 해답을 찾기는 불가능했다.

마지막으로 법적 순결성이란 관점. 하지만 이미 그들의 본성이 이렇게 드러난 마당에 그들에게 다음 과정인 법적 순결성을 기대하기는 힘들었다. 잘은 모르지만, 아니, 확실할 것이다. 그들은 이미 최소한 한차례 정도는 사장인 자기처럼 교도소를 경험했음이 틀림없는 인간들이었다. 그들은 이미 도덕적 한계와 법적 수용가능성을 뛰어넘어 그 외부 영역에서 살아가는 존재였기 때문이다.

그래서 그는 그 세 가지 관점만으로는 수수께끼 같은 그 해답을 찾기는 불가능하다 생각하고 다음으로 넘어갔다. 그것은 마치 사막에서 빙하를 찾는 것만큼이나 있을 수 없는 일이었던 것이다.

오 사장이 다음 과정으로 생각해 본 것은 그들의 내부 조건이 아닌 그들의 외부 조건이었다. 하지만 그 크고 무한한 외부영역 가운데 어디서 그 답을 찾아야 하는 것일까? 일단 그는 멀리보다는 가까운 데서부터 찾자 생각하고, 몇 가지 질문을 던지고 거기에 대한 대답을 생각해 보았다.

누가 이 사업을 하고, 누가 그들을 데리고 있는가? 그들은 지금 누구에게 복종하고 있는가? 바로 오지락, 자신이었다. 그래. 저들이 지금 순종하고 복종하는 대상은 그들에게 월급 주며 지시를 내리는 자신이었다. 그러니 답을 자신에게서 찾는 것이 마땅했다. 그러나 그들이 자기에게서 무엇을 발견했기에, 그토록 표 나게 잘하는 것인진 알 수 없었다. 혹시, 그들이 자기에게서 남다른 능력과 색다른 인격을 보았을까? 하지만 그것은 아니었다. 실제 자신에게는 그런 점들이 눈곱만큼도 묻어있지 않았다. 그것은 아무리 우둔하다할지라도 사장인 자신도 잘 알고 있는 사실이었다. 저들이 인간성과 도덕성과 준법성에서 동떨어져 있는 만큼, 자기도 능력과 인격적인 면에서 꽤나 멀리 떨어져 있었기 때문이다.

먼저 능력이라 하면, 배운 것이 모자라고 사고의 깊이가 얕아, 자신은 합법적이고 정당한 일로는 결코 성공하기 힘든 인물이었다. 그것은 본인의 삶을 통해서도 익히 알 수 있었는데, 자기는 불우한 가정환경 속에서 자라 그 어느 누구로부터도 제대로 된 교육과 교양을 지도받지 못했던 것이다. 그래서 남들보다 우수하고 비범한 재주를 계발해 누군가로부터 칭송받을 수 있는 능력도 쌓을 수 없었다.

또 인격이라 하면, 자기는 저들만큼이나 거칠고 폭력적 성향을 가지진 않았어도 표준적 인간보다는 한참 아래에 있었다. 그래서 자신도 사회적으로는 바람직하지 못한 사람인 건 사실이었다. 따라서 사장인 자신에게서 답을 찾는 것도 잘못된 추리였다.

그렇다면 그 두 가지, 직원의 내적요소와 사장의 내적요소가 그들이 이 토록 사장을 잘 떠받들고 공경하는 이유가 아니라면 어디서 그 답을 찾아야 하는 것일까?

대개 인간이 마지막까지 알 수 없어 기대어 보는 영역이 있는데, 그것은 바로 '운'이라는 것이다. 이 세계는 눈으로 볼 수도 없고, 손으로 만질 수도 없고, 그렇다고 인간의 하찮은 과학수준으로도 증명해 낼 수도 없어, 인간의 깊은 묵상과 숙고를 통해 감성적으로만 이해할 수 있는 영역이다. 이성과 논리의 바깥에 존재하면서, 동시에 창조 세계의 내부에 존재하는, 위치상으로는 참 애매하게 존재해 찾기가 수월하지 않은 영역인데, 인간은 그 찾아내기 어려운 공간에 존재하는 '운'을 은연히 인정하고 기대하며 때로는 탈출구로, 때로는 도피처로 삼고 있는 경우가 있다. 그리고 실제로도 사람들은 다른 어떤 것으로도 해석이 가능하지 않을 때 '운'이라는 것으로 뒤집어씌워 그것을 이해하고, 설명하지 못하고 증명하지 못하나 현재 남들에게 없는 일이 자신에게 일어나고 있을 때 '운이 따르고 있군.' 하면서 그것을 인정한다.

오 사장도 이제 예외 없이 그 최후의 해답을 거기서 찾지 않을 수 없었다. 그래서 그는 지금 자신에게 일어나는 상황들이 모두 운이라고 생각했다. 저들이 유독 자기 앞에서는 온순한 개처럼 먹이를 사냥해 오는 것은 사람의 마음도 움직이고 물질도 움직이는 운 때문이었던 것이다. 지금까지 자신의 인생에 한 번도 모습을 드러내지 않던 운이, 구름 속에 가려진 달이 그것을 걷어내고 어두운 밤을 환히 밝혀주는 것처럼 자신의 어두운 과거를 걷어내고 지금 금빛으로 비추고 있었던 것이다.

그는 이제 확실하다 생각되는 답을 발견하자 운이 사라지기선에 그것을 최대한 이용해야한다고 생각했다. 그것이 다시 가려지면 언제 다시 나타날지도 모르는데, 그것이 가려지기 전에 어서 서둘러 과감히 도전해야 할 필요가 있었다. 그래서 사업을 시작한지 2년이 조금 지난 시점부터 그는 자신의 사업방식을 변경하기로 마음먹었다.

이에 우동구는 오 사장이 예전의 소심한 사업방식에서 벗어나 자신의 사업을 조금씩 넓히려 한다는 것을 감지하고, 2년 넘게 던진 미끼에 걸려든 오 사장을 확실히 낚아채기 위한 작업을 시작했다.

어느 날 우동구가 오지락에게 이렇게 말했다.

"사장님, 요즘 같은 불경기일수록 고객들을 더 많이 확보해야 하지 않겠습니까? 그리고 돈 없는 서민들은 이 싸늘한 세상에서 도움 받을 곳이 없어 우리 같은 구세주만 바라보는데, 우리 역시 그들의 사정을 좀 더 봐주어야 하지 않겠습니까? 그래서 그들에게 빌려주는 액수도 좀 더 크게 늘리고 이자도 약간 낮추어서 그들의 부담을 줄여야 하지 않겠습니까? 그러면 그들도 미련하지 않은 다음에야 고마운 우리한테 돈을 구하러 오지, 다른 곳으로 가겠습니까? 그렇게 되면 우리는 가난한 서민도 돕고, 우리 사업의 덩치도 불려볼 수 있게 되니 그야말로 일거양득이 되지 않겠습니까?"

그 말에 오 사장이 대답했다.

"동구, 너도 그렇게 생각하나? 나도 요즘 그런 생각을 하고 있지. 지금이 우리 사업을 좀 더 성장시킬 수 있는 좋은 때인 것 같아. 사업이 이제 어느 정도 자리를 잡고 여기서 더 팽창하려하고 있어. 그러니 이때를 놓치지 않고 우리도 과감하게 투자하면 지금보다 몇 배로 크게 성장할 수 있을 것 같아."

오 사장은 이제 우동구와 그의 친구들에 대한 믿음이 확고해져 자신의 속마음을 감추지 않았다.

우동구가 말했다.

"사장님께서 벌써 사업 분위기를 다 파악하셨네요. 저도 사장님 생각에 동의하는 바입니다. 우리 회사가 지금까지 이정도로 바닥을 잘 다져놓았으니 이제는 좀 더 투자해야지요. 이 앞에 우리하고 비슷하게 시작한 사무실은 고객이 없어 벌써 문 닫고 다른 데로 가버렸는데 우리는 아직까지도 이렇게 떡하니 버티고 서서 휘황찬란하게 돈을 벌고 있지 않습니까? 그러니 이것은 우리 사업 방식이라든지 사장님의 경영능력이 남들보다 앞선다는 증거일 것입니다. 그러면 이때 우리는 우리가 확보해 놓은 이런 비법들을 잘 활용해서 좀 더 큰 곳을 바라보며 뛰어올라야겠지요. 사장님도 잘 아시

다시피, 사업이라는 게 다 시기가 있는 법입니다. 제가 구체적인 이름은 거론하지 않겠습니다만, 우리가 아는 그 세계적인 기업들도 다 그 시기를 잘 살펴서 투자했기 때문에 지금처럼 그렇게 크게 성장한 것 아니겠습니까? 어디 그것들이 처음부터 대기업이었습니까? 아니지요. 그것들도 모두 우리처럼 이런 사무실 하나 빌려놓고 거기서 밤낮으로 실력을 갈고 닦으며 일어날 날만 기다리다가 일어선 것 아닙니까? 그들도 때를 잘 노리고서 투자를 했던 겁니다. 그러니 우리도 때에 맞게 시기를 찾아 놓치지 않고 투자한다면 한층 더 크게 성장할 수 있을 것입니다. 그런데 제가 봤을 땐, 지금이 우리한테는 그 시기인 것 같습니다. 왜냐하면 우리는 밑바닥에서부터 실력을 차곡차곡 쌓아서 바닥 다지기를 튼튼히 한 회사이기 때문입니다. 누구 말마따나, 우리 회사는 비가 오고 창수가 나도 무너지지 않는 반석 위에 지어진 회사가 아닙니까? 그런데 이런 기초가 튼튼한 회사가 웬만한 지진이나 충격에 무너질 리가 있겠습니까? 그럴 리는 전혀 없겠지요. 이게 무너진다면 이미 이 세상은 갈 때까지 다 간 것이니까 말입니다. 다행히 아직 세상은 넓고 그만한 징조는 없으니, 우리는 아무 걱정 없이 우리 일만 열심히 집중하면 되는 것입니다. 그러니 이제부터 우리는 단단한 바닥에 멋있는 회사를 지어야 합니다. 그러면 그 집을 짓기 위해 우리가 해야 할 첫 번째 것이 뭐냐? 바로 저돌적인 투자입니다, 사장님. 그런데 제가 말한 이 저돌적이라는 말을 오해하시면 안 됩니다. 제 말은 무식하게 앞뒤 안보고 아무데나 돈을 뿌리자는 그런 뜻이 아닙니다. 오히려 투자할 수 있는 곳 중에서도 알짜배기를 선별해서 거기에만 집중적으로 깔아버리자는 그런 말입니다. 다시 말해, 우량 채권에만 집중적으로 투자하자는 그런 말이지요. 지난 2년 동안 사장님께서는 보수적이고 안정적인 영업만 지향해 오셨습니다. 그러다 보니 이익이 적은 줄 알면서도 돈을 어린아이 오줌마냥 찔끔찔끔 뿌리지 않았습니까? 그래서 저희들이 사장님 밑에서 아무리 열심히 뛰어봐야 사장님한테 돌아가는 몫도 적지 않았습니까? 이것은 실로 안타까운 일입니다. 저희들은 사장님이 잘 되시기를 바라는 사람인데, 이렇게 사장님 몫으로 떨어지는 이익이 적으니 저희들도 일하면서 힘이 다 빠질 노릇입니다. 사실, 사장님이 잘 되셔야 저희도 잘 되는 법입니다. 왜냐하면 사장님이 잘 되셔야 저희한테 분배되는 급여도 좀 더 많아지기 때문이지요. 그 야말로, 저희들은 사장님의 영양분에 의지해서 자라나는 여리고 이름 없는 잡초일 뿐입니다. 다시 말해, 저희들은 사장님이 잘 되어야만 먹고 살수 있는 그런 존재라는 말입니다. 그러니 저희들은 사장님이 이 사업을 크게 키워나갈 수 있도록 옆에서 어떻게 보조해드려야 하나 늘 고심하지 않을 수 없는 노릇입니다. 그것이 곧 저희들의 생존 방법이니깐 말입니다. 만약 그렇게 해서 사장님이 나중에 큰 사업체의 주인이 되신다면, 저는 사장님의 비서나 하면서 밑에 사람들 관리만 하면 되니 제 입장에서는 얼마나 편하겠습니까? 그러니 제가 그런 고민을 하는 것은 너무나도 당연한 일입니다. 그런데 이걸 두고 또 뭐 아부니 사탕발림이니 하면서 그런 식으로 저희들을 생각하시면 안 됩니다. 이것은 어디까지나 사장님과 저희들의 미래에 모두 도움이 되는, 그리고 아주 건전하고 협조적인 관계를 유지하기 위한 전략적 차원에서 나온 생각일 뿐이기 때문입니다. 그러니 그런 저질스럽고 무식한 짓거리하고는 완전히 질적으로 다른 것이지요, 예. 현대 경영사회에서 이런 건전한 관계는 필수적인 것이지요. 아무튼 뭐, 그래야 좋다는 그런 말인데… 그런데 사장님, 제 말이 지루하신지 눈을 감고 계시네요. 혹시 졸고 계신 건 아니시지요?"

"아니야. 잠은 어젯밤에 충분히 잤어. 그냥 뭐 좀 생각하느라 감고 있는 것뿐이야. 계속해봐." 오 사장이 여전히 눈을 감고서 말했다.

"아, 그렇군요. 저는 주무시다가 제가 드린 말씀을 못 들으신 줄 알았습니다. 그러면 계속하겠습니다. 에…"

우동구가 잠시 머뭇거렸다.

"그런데, 사장님. 제가 어디까지 말씀드리다가 옆길로 샌 겁니까? 좀 알려주시면 안 되겠습니까?"

"현대 경영사회의 필수적 관계." 오 사장이 말했다.

"아, 맞다. 기억났습니다. 역시 사장님은 똑똑하십니다. 그래서 그런 관계로 묶여 있는 저희들이 좀 더 전략적으로 투자해 나간다면, 우리도 미래에 대기업을 꿈꿀 수 있다 뭐 그런 말입니다. 누가 압니까? 사장님도 나중에 대기업 회장님이 되셔서 세계적인 잡지책에 표지 모델로 나올지 말입니다. '세계적인 금융 대부 오지락 회장'이라는 글자가 적힌 잡지책이, 많은 사람들이 오가는 길거리 가판대 앞에 떡하니 진열되어 사람들 눈을 현혹하지 말라는 법이 어디 있습니까? 그런 법은 없지요. 어쩌면 사장님은 벌써 저몰래 그런 꿈을 꾸고 계신지도 모르겠습니다."

우동구가 유창하나 가증스러운 말솜씨로 사장의 마음을 띄웠다.

"아차. 논점이 또 흐려졌네요. 아무튼 제 말의 진짜 요지는 사업은 때에 맞게 잘 투자해야 하는데 지금이 사장님께서 전후좌우, 사방팔방, 이리보고, 저리보고, 과감하고 단호하게 그리고 집중적으로 나서서 투자하실 때라는 그런 것입니다. 물론 그것이 두렵고 불안하실 수도 있겠지만, 그래도 사장님과 함께하는 저희들이 옆에서 도와드리면 그까짓 것 그냥 통과할 수 있지 않겠습니까? 그러니 사장님은 이제부터 앞만 보고 과감하게 도전해 보시기 바랍니다. 그러면 사장님은 반드시 성공하실 겁니다. 그리고 나중에 성공하시거든, 저희들도 잊지 마시고 월급이나 두둑이 올려주십시오. 저희들이 바라는 것은 그저 그것뿐입니다."

그렇게 우동구는 자기가 하고 싶은 말을 온갖 기교와 계략을 써가며 오 사장에게 전했다.

그동안 오 사장은 눈 감고 그의 말을 모두 듣고 있었다. 그는 가끔 우동구가 허무맹랑하고 실현가능성 없어 보이는 말로 주저리주저리 떠들어 된다고 생각했지만, 그래도 그것이 듣기 싫지만은 않았다. 그리고 그의 말중 일부는 자기 생각과 비슷해 확신과 자신감을 심어주는 것도 있었다. 그래서 오 사장은 우동구의 그 열렬한 응원에 힘입어 드디어 결단하게 되었는데, 자신의 운을 무기 삼아 소심하고 방어적이던 이전 사업 방식은 버리고 적당한 위험은 감수하더라도 공격적인 방식으로 나아가기로 작정한 것이다.

그 후, 그는 사업방식에 획기적인 변화를 주어 어떤 형태로든 믿을 만한 담보를 가지고 오는 고객들에게는 금액을 좀 더 높여 대출해 주었고, 평소 받던 이자도 조금 더 낮추어 받았다. 그러자 급하게 쓸 돈을 구하지 못하던 사람들은 다른 곳보다 문턱이 낮고 금액도 더 크게 빌려주는 오 사장의 사무실로 방문하기 시작했고, 자신들이 제공할 수 있는 담보를 어떤 형태로든 만들어 와 급한 돈을 빌려가기 시작했다. 또 그들은 그렇게 빌려간 돈을 기일 안에 정확히 갚아 신용도를 높인 뒤에 다시 그로부터 좀 더 큰 금액을 빌려갔다.

이런 오 사장의 사업 방식은 정말 적중한 것 같았다. 자신의 사무실을 방문하는 고객은 계속 늘어났고, 큰 대출금에 붙은 이자도 이전 소액의 금액에 붙은 이자보다 더 늘어 자신에게 돌아오는 이익도 훨씬 많아졌다. 그러자 그는 그렇게 불어난 돈을 다시 고객에게 빌려주어 돈이 계속해서 돈을 물어 오도록 만들었고, 그렇게 해서 장부상 수익도 계속 늘려만 갔다.

그렇게 되자, 우동구와 금진주는 이전보다 더 늘어난 일감에 더 많은 부담을 느꼈다. 하지만 그들은 그것을 싫어하지 않고 새어나가거나 손해 보는 금액이 없도록 더 열심히 관리하고 회수했다. 그러면서 그들은 새로운 고객을 더 모아 자신들의 업무를 스스로 가중시키기까지 했다.

그러자 오 사장은 사람을 한 명 더 채용해 두 사람의 일을 덜어 주었는데, 만약 그들이 지금처럼 아침 일찍부터 저녁 늦게까지 쉬지 않고 계속 일만하다 보면, 어느 순간 그들도 그 피로감 때문에 회사를 떠나버릴 수 있었기 때문이다.

그러나 오 사장의 그런 배려에도 불구하고 그들은 자신들의 일을 전혀 게을리 하지 않았고, 마치 겨울을 대비해 식량을 창고에 차곡차곡 모으는 일개미처럼 매일 옆도 보지 않고 자신들의 일만 꾸준히 해 나갔다. 누가 보면 그들은 정말 생각 없이 일만하고 미련하게 충성만 한다고 생각할 정도였다.

하지만 사실 그들도 노리는 바가 있었으니, 주인을 깊은 몽환에 빠뜨려 그를 물고 강탈할 기회를 노리고 있었던 것이다. 즉 그들은 여왕개미의 창고를 털기 위해 그것을 가득 채우고 있었고, 큰 먹이를 물기 위해 작은 굶주림을 참고 있었던 것이다. 정말 탁월한 전략가이자 고도의 전술가가 아닐 수 없었다. 이런 인간들에게 어리석은 오지락은 믿기지 않을 정도로 확실히 당하고 있었다.

그렇게 1년이 지났다. 오 사장의 장부가 그의 일개미들이 고객들로부터 모아온 식량들로 가득 차게 되었다. 그러자 오 사장은 그것을 보고 마음이 뿌듯해 자신의 올바른 판단력과 빠른 순발력이 얼마나 훌륭한 결과를 낳았는가 하고 감탄하기 시작했다. 그는 운이라는 것도 결국 사람의 능력에 의해 만들어지고 개발되는 것인데, 주위에 돕는 배경이 아무리 많이 깔려 있어도 그것을 이용하는 능력이 없으면 무용지물과 같다고 생각하며 자신은 그런 면에 있어서 남들보다 얼마나 탁월하면 지금처럼 알찬 열매를 많이 맺고 있는가 하고 스스로 칭찬했다.

이제 오 사장의 어깨는 힘이 들어가 나무 인형만큼이나 뻣뻣해보였다. 그의 허리는 꼿꼿해 사람들 앞에서 숙일 줄도 몰랐고, 일시적 성공에 도취되어 자만에 부풀어 있었다. 스스로 뛰어나다 생각해 분별력이 부족함을 깨닫지 못했고, 헤어나지 못할 깊은 착각에 빠져 자신의 머리를 쓰다듬으며 스스로를 칭찬만 하고 있었다.

오전 10시는 오지락의 출근 시간이었다. 그는 사업을 시작한 이후로는 늘 이 시간을 지키며 사무실에 도착했다. 그가 문을 열고 사무실에 들어서면 세 명의 직원이 늘 정리된 사무실에서 그를 기다리고 있었는데, 그들은 그의 책상에 방금 끓여 김이 모락모락 올라오는 커피를 올려 대기하고 있었고, 갈아 신을 그의 실내화를 항상 같은 자리에 준비해 그가 편히 업무를 시작할 수 있도록 도왔다. 그러면 그는 책상에 앉아 푹신한 실내화를 신고 커피를 한 잔 마시며, 어제까지 회수한 돈과 오늘 약속한 고객들의 명단을 천히 확인할 수 있었다. 가끔 장부상 계산과 실제 액수의 차이 때문에 우동구가 전날까지 받은 돈을 그의 서랍에 있는 검은 가죽 가방에서 꺼내어 그것을 사장의 책상 위에 올려놓고 액수를 다시 한 번 확인하는 경우가 있긴 했지만, 그런 일은 어쩌다 한번 일어나는 일이었고 또 일어난다 해도 단순 기입 누락으로 곧바로 그 오류를 찾을 수 있었기 때문에, 지난 시간 동안 오지락이 아침 업무에서 하는 일이라곤 부담 없는 아침 식사처럼 자신의 일을 편히 즐기는 것 밖에는 없었다.

아침 공기가 더워지기 시작한 7월 중순. 오 사장은 도착하면 대기하고 있을 돈뭉치를 생각하며 사무실 계단을 올랐다. 그는 반 정장차림에 광이 나는 구두를 신고 사무실 앞에 도착해, 돈 냄새 그윽할 장부를 기대하며 문을 열었다. 그러자 여느 때와 다름없이 구수한 커피 향이 시원한 에어컨 바람을 타고서 그의 코 속으로 들어왔다.

그는 먼저 신발부터 갈아 신고 자리에 앉아 커피를 마시기 위해 잔에 손을 얹었다. 그리고 잔을 입으로 가져가 그것의 향과 온도를 느꼈다. 그런데 이상하게 오늘 잡은 커피 잔의 온도가 예전과는 다르게 느껴졌다. 그가 지금까지 마셔온 커피의 온도는 70도였지만, 지금은 그만큼의 열기가 느껴지지 않았던 것이다. 에어컨에서 나오는 차가운 바람 때문이었다 해도 그것은 많이 식어 있는 편이었는데, 김나라가 커피를 끓여 자기 책상 위에 올려놓을 때는 주위 여건도 고려해 물 온도를 조절했기 때문이다.

그 순간, 그는 사무실 분위기도 많이 다르다는 것을 느꼈다. 원래는 그가 문을 열고 들어서면 우동구, 금진주, 김나라 이 세 사람이 인사하며 자기를 반겼어야 했지만 오늘은 그들의 그런 인사하는 목소리를 듣지 못했을 뿐더러, 자기가 책상에 앉으면 우동구가 가방을 준비해서 자기 옆으로 다가와 기다리며 서 있어야 했는데 그런 모습도 보이지 않았던 것이다. 단지 들어온 지 몇 달되지 않는 막내 직원만이 자리에 앉아 조용히 자신의 지시를 기다리고 있을 뿐이었다. 그는 이유는 몰랐지만 느낌이 좋지 않았다.

이에 그가 홀로 책상에 앉아 있는 신입 직원에게 물었다.

"왜 너 혼자 있는 거야? 다른 사람은 어디 있어?"

"글쎄요… 저도 잘 모르겠습니다. 제가 사무실에 제일 먼저 출근해서 사무실 정리 좀 하며 다른 사람들이 올 때까지 기다렸는데 아직 아무도 나오지 않았습니다. 그래서 제가 전화를 했더니 세 명 모두 다 연락이 되지 않습니다."

"뭐? 연락이 안 돼?"

"네. 세 사람 전화기가 모두 꺼져 있습니다."

"모두 꺼져있다고?"

"네."

"혹시 어제 세 사람한테서 무슨 소리 들은 거 없었어? 오늘 수금 때문에 좀 늦게 출근한다든가 하는 것 말이야."

"아니오. 아무것도 들은 게 없습니다. 그냥 저더러 내일 빨리 출근하라고만 말하고 퇴근했는데요."

그러자 오 사장이 곧바로 우동구에게 전화를 걸었다. 하지만 그의 전화기는 꺼져 있었다. 이번에는 금진주에게 전화했지만 그의 전화기도 먹통이었다. 마지막으로 김나라에게 했으나 역시 그녀의 전화기도 마찬가지였다.

그는 바로 의자에서 일어나 우동구 책상으로 걸어갔다. 그리고 그의 책상을 뒤지기 시작했는데, 평소 같으면 단단히 잠겨 있어야 할 서랍이 지금은 가볍게 열수 있었다. 그는 우동구가 수금할 때 이용하는 가방을 꺼내 안을 뒤졌다. 하지만 아무것도 볼 수 없었다. 얼굴이 조금씩 굳어지기 시작한 그는 다시 자기 자리로 돌아와 장부를 뒤졌다. 그리고 무언가를 생각하고 계산기를 두드렸는데, 자기가 대출해 준 금액이었다. 그는 계산을 끝낸 후 책상 밑에 있는 자신의 금고를 열었다. 어제 오전까지 회수되어 다시 나가기를 기다리는 돈이 들어 있었다. 세어 보니 모두 3억 원이었다.

그는 금고를 닫고 자리에 앉아 앞으로 받아야 하는 대출금이 얼마인지 계산해 보았다. 하지만 그건 정확히 알 수 없었다. 그 일은 우동구와 금진주 두 사람에게 맡겨진 일이었기 때문이다. 지금까지 두 사람이 장부에 적혀 있는 대로 잘 수금해 왔고, 만약 그게 잘 안 되었을 때는 그들이 어떻게든 담보를 실행해 문제를 뒤탈 없이 잘 해결해왔기 때문에 어느 순간부터 그는 그들을 믿고 특별히 신경 쓰시 않고 있었던 것이나.

그는 머리가 멍해졌다. 하지만 세 사람이 지금껏 자기 밑에서 충직하게 일해 왔던 것을 생각하며 마음을 진정시켜 보았다. 그러나 아직도 출근하지 않는 그들을 생각하면 가슴이 다시 떨려왔다.

그는 그들이 왜 출근하지 않았는지, 세 명의 전화기가 왜 동시에 꺼져 있는지 생각하며 초조한 마음으로 사무실 안을 돌아다녔다. 그는 자리에 앉왔다 일어서기를 여러 번 반복했고, 그 사이 불길한 생각들도 수없이 떠올랐다. 그러다 갑자기 무슨 생각이 들었는지, 그는 금고를 다시 열어 고객들이 들고 온 담보 서류를 꺼냈다. 그는 먼저 돈을 많이 빌려 간 사람들의 서류부터 찾기 시작했다. 그리고 그 서류들을 빼내어 살펴보았다. 그것들은 대부분 최근 1년 사이에 우동구와 금진주가 데려와 돈을 빌려 준 사람들의 것이었는데, 그들은 기한이 되기도 전에 빌린 돈을 모두 갚고서 다시 더 많은 돈을 빌려갔다. 회사 입장에서 보자면 우량 고객들인 셈이었다. 그는 그들이 현재 빌려간 돈을 계산해 보았다. 모두 5억 원가량 되었다.

오 사장은 불안한 마음에 이들 중 한 명에게 전화를 걸었다. 그러나 받지 않았다. 존재하지 않는 번호였던 것이다. 그는 붉게 달아오른 얼굴로 다시 다른 사람에게 전화를 걸었다. 하지만 이번에도 받지 않았다. 잘못된 번호였던 것이다. 그는 다시 또 다른 사람에게 전화를 했지만 역시 마찬가지였다. 그는 심장이 떨려 더 이상 전화를 할 수 없었다. 그의 다리는 힘이 풀렸고 눈에서는 초점이 점점 사라져갔다.

오 사장은 허공을 바라보다 다시 정신을 차리고, 그들과 함께 지낸 지난 3년 동안 그들에서 느꼈던 의심들을 오늘 일과 연결시켜 추리해 보았다. 그들이 그 긴 시간동안 자신에게 그토록 충실했던 것이 오늘을 위한 노림수였던가? 우동구가 소개한 금진주와 김나라는 계획된 인물이었던가? 자신을 부추겨 대출금액을 늘린 것이 우동구의 음흉한 작전이었던가? 만일 그렇다면 너무나도 완벽했다. 자기는 아무것도 모르는 어린아이처럼 당해버렸으니 말이다.

그러나 다른 한편으로 생각해보면 그런 일이 가능할 수 있을까? 3년이라는 기간은 단 하루의 승리를 위해 기다릴 수 있을 만큼 짧은 시간이 아니었다. 희박한 가능성을 바라며 그 지루한 시간을 통과한다는 것은 보통 사람에게는 힘든 일이었다. 더욱이, 아직 인생의 반도 살지 않은 녀석들이 그 시간을 살갑지 않은 사장 밑에서 지낸다는 것은 철창생활과도 다를 바가 없었는데도, 그들이 그런 말도 안 되는 일을 꾸며 자신을 꺼꾸러뜨린다는 것은 정말 납득하기 힘든 일이었다.

그가 그렇게 절망과 희망, 지옥과 천국을 번갈아 가며 생각하는 동안 오전 시간이 모두 지나갔다. 아직 오후 시간이 남긴 했으나 지금까지의 상황으로 봐선 희망이 없어보였다. 하지만 그는 일말의 희망을 바라며 그들을 기다리고 또 기다렸다. 그동안 그는 꺼져있는 전화기에 수십 통 전화했고, 앉았다 일어서기를 무릎이 아파 올 때까지 했다. 갈증으로 평소 마시지 않던 물도 자신의 머리통 크기만큼이나 마셨다. 하지만 그의 타는 가슴을 식혀주지는 못했다.

드디어 해가 기울었다. 그가 마지막까지 잡고 있던 작은 희망마저도 이제는 완전히 사라졌다.

그는 절망과 분노에 싸여 주먹으로 책상을 여러 번 내리쳤다. 그리고 얼굴을 파묻은 뒤 흐느껴 울기 시작했다. 인생의 비운을 다시 한 번 더 확실히 느끼고 있었던 것이다. 그는 흐느껴 울며 그 세 인간들을 찾아 반드시 해치우겠노라고 노엽게 다짐했다.

주께서는 자신을 위하여 모든 것을 만드셨나니,
참으로, 사악한 자도 악한 날을 위하여 만드셨느니라.
— 잠언 16: 4

3

겨울해가 완전히 기울어 산 아래 저녁 6시 자리를 통과했다. 이제 하늘에 떠 있는 달빛은 더욱 짙어져 연푸른 가로등 불빛과 잘 어우러졌다.

해가 지자, 그저 좋기만 한 젊은 연인들은 팔짱을 끼고 가볍게 식당을 찾기 시작했다. 반짝이는 겨울 태양이 낮 동안 공기를 포근하게 달구어 놓은 덕분에, 그들은 안락한 엄마 품처럼 보드라운 거리를 여러 번 반복해 걸을 수 있었다.

이제 거리를 오가는 사람들은 어디든 그들이 가고 싶은 곳으로 들어가 그곳에서 이른 저녁 시간을 보냈다. 그리고 그들은 다시 다른 곳으로 장소를 옮겨 깊어가는 저녁을 분주히 준비했다.

그렇게 점점 어두워져가는 12월의 겨울밤. 두 친구, 윤호와 민수는 해 지기 전부터 마신 술에 취해 얼굴이 붉게 달아올라 있었다. 그들은 지난 시절을 회상하며 노래하고 웃다가, 이야깃거리가 떨어지면 앞으로 다가올 미래를 기대하며 다시 건배했다.

윤호가 술에 취해 추억에 젖은 말을 했다.

"야, 예전 우리 초등학교 시절 기억나? 그때 난 네가 입고 온 유니폼이 너무 멋져 너만 졸졸 따라 다녔는데. 그 후로 벌써 15년이나 지났어. 정말 세월 도둑처럼 지나간다. 안 그래?"

"그래. 벌써 그렇게 됐군." 민수가 대꾸했다. "그때 난 네가 하도 쫓아다녀서 귀찮아 친구 해줬는데, 그것도 벌써 오래 전 이야기가 됐네. 그때 너도 참 대단했지. 너처럼 그렇게 같은 질문 계속하며 따라다니기도 쉽지 않을 거야. 그런데 나도 참 바보 같았지. 너한테 했던 말 또 하고, 했던 말 또 하고. 그때 내가 왜 너한테 그렇게 잘해 줬는지 몰라."

"그래, 그때 내가 널 참 귀찮게 했지. 야, 그런데 너 그거 아냐?"

"뭐?"

"너 참 운동 못했다는 거. 운동 신경은 꽝인데, 넌 유니폼만 멋있게 입고 다녔어."

"뭐?"

"그때 내가 널 보며 얼마나 답답해했는데. 아무것도 모르던 내가 봐도 넌 수준이하였어."

"이 친구 왜 이러시나? 이거 왜 또 지난 과거 들먹이며 사람 마음 아프게 하실까? 난 원래 운동하려고 태어난 몸이 아니었어. 그런데 우리 엄마가 하도 시켜서 어쩔 수 없이 한 것뿐이야. 집에서 하도 많이 먹어대니까 우리 엄마가 운동해서 살 좀 빼라고 보낸 건데, 원래부터 난 운동선수가 되려고 간 게 아니었어. 나 같은 우등생은 당연히 공부에 집중 해야지, 운동을 해서 되겠냐. 그런데 우리 엄마가 당시 잘못 생각한 거지. 살을 빼게 하려면 차라리 나한테 밥을 주지 말았어야 했는데. 괜히 소질도 없는 운동을 시켜 가지고서 말이야. 우리 엄마도 참 뭘 몰라. 야, 그래도 넌 나 덕분에 네 재능 살렸잖아. 안 그래? 아, 참. 아니구나. 우리 엄마 덕분이구나."

"그래. 네 덕분에 난 내 길로 갔지."

윤호가 쓴웃음을 지어 보였다.

그의 얼굴에서 우울함을 본 민수가 자리에서 일어서며 말했다.

"야, 나 화장실 좀 다녀올게. 좀 있다 가려고 했는데, 지금 네 얼굴 보니까 갑자기 가고 싶어진다야."

그리고 민수는 자리에서 일어나 뒤뚱뒤뚱 화장실로 걸어갔다.

그동안 윤호는 혼자 앉아 술잔을 비웠다. 그는 천장에 장식된 노란 등을 쳐다보며 잠시 자기만의 생각에 잠겼다.

곧 민수가 화장실에서 나와 자리에 앉았다. 그가 밝은 목소리로 말했다.

"윤호야, 그런데 나 오늘 기분이 참 좋다. 우리가 언제 이렇게 같이 술 마시며 취해 보겠냐? 넌 그동안 일류선수였고, 난 일개 대학생일 뿐이었는데 말이지. 오늘 내가 감히 이렇게 너와 함께 앉아 술 마시며 취할 수 있다니, 난 오늘을 정말 영광스럽게 생각한다. 그래서 난 오늘을 달력에 빨간색으로 칠해놓고 내 후손들에게까지 알려서 우리 가문의 기념일로 삼으려고 해."

그러자 윤호가 풀린 눈으로 큰 웃음을 지어보이며 말했다.

"그래, 2005년 12월 15일. 이 날이 너희 후손들이 지켜야 할 기념일이란 말이지? 그래, 네 후손들이 이날을 기념일로 삼고 길이 빛나기를 바란다. 이 날은 나 장윤호가 친구 박민수로부터 소설 같은 꿈 하나를 샀는데 우리 장 씨 가문 후손들은 우리 조상 중 어떤 분이 이상한 거래로 친구한테 속아 손해를 보았다며 자기들은 이런 조상이 되지 말자며 치욕의 날로 지정할 것이고, 반면 너희 박씨 가문 사람들은 자기 가문에 훌륭한 상인이 한 분 계셨는데 그분은 꿈도 팔아서 생계를 유지하실 만큼 대단한 상술을 가지셨다 말하면서 자기들도 우리 조상처럼 평소에 무슨 꿈이라도 만들어 놓고 급할 때 팔아먹자 하겠지. 그리고 그 사업을 가르쳐 주신 그 조상을 기억하기 위해 이날을 가문의 창립기념일로 삼을 테고 말이야. 아무튼 넌 참 재밌는 녀석이야. 박민수. 그래서 내가 널 좋아하잖아."

"아니야." 민수가 술 취한 목소리로 말했다. "네가 내 말을 오해한 것 같은데, 그런 게 아니야. 내가 어떻게 사랑하는 친구를 술 한 병에 팔아넘기겠어? 차라리 양조장 가격에 팔아넘기면 몰라도. 너는 모르겠지만 나는 말이지, 평소에 너를 참 존경해 왔거든. 훌륭한 외모와 착한 인품, 거기에 남들이 칭찬하는 성실성을 가졌으니, 그동안 친구인 내가 봐도 네가 얼마나 자랑스러워했는데. 그래서 난 네 경기가 있는 날이면 학교 수업도 빼먹고 운동장으로 달려가서 네 팬들하고 열광적으로 응원했잖아. 윤호야, 그때 내가 말이지, 너를 응원하는 여학생들 앞에 이렇게 딱 서서 대단한 환호를 이끌어냈잖아."

그가 응원단장 모습을 하고서 말하기 시작했다.

"여보시오, 그대들! 내 한 가지 자랑할 게 있소. 여러분들이 좋아하는 저기 저 잘생기고 유능한 투수가 내 친구라오. 만약 저 선수의 손이라도 한 번 잡아보고 싶거들랑, 오늘 내 앞에서 그를 위해 열심히 응원해야 할 것이오. 오늘 내가 보기에 열정을 다하고 힘을 다하여 응원하는 분이 그대들 가운데 있으면, 내 그에게 말하여 그녀를 한번 만나보라고 하겠소. 그러니 오늘 내 보는 앞에서 평소의 모습을 숨기지 마시고 모두들 오두방정 떨어주시기 바라오. 내 그리하면 여러분이 좋아하는 그이와의 만남을 반드시 성사시킬 테니 말이오. 이런 기회는 그대 처자들 평생에 한번 있을까 말까 한 일이요. 그러니 오늘 깊이 생각하여 최선을 다해 흔들고 떨어 주시기 바라오."

그리고 그가 다시 친구의 모습으로 돌아와 말했다.

"그렇게 내가 여학생들 앞에서 너와의 친분을 과시하고 나면, 그때부터 여학생들이 춤추고 박수치면서 열심히 응원하는 거야. 그러면 나도 그 분위기를 띄우기 위해 부담스러운 시선에도 불구하고 이 한 몸 불살라 너를 위해 열심히 응원했잖아. 사람들이 너를 보면 열렬히 박수치고, 나를 보면 배꼽잡고 웃어대면서 경기장이 온통 공연장이 되어버렸지. 그 덕분에 나는 기자들하고 인터뷰까지 하면서 내 얼굴을 전국에 노출시키지 않았겠어? 그땐 정말 대단했지. 너의 최고 전성기가 나의 최고 전성기였는데. 네 팬이 내 팬이고, 내 팬이 네 팬이었지. 정말 그 시절만큼은 우리 둘이서 세상을 장악했었는데 말이야."

그리고 민수가 옛 기억에 젖어 그리워하는 표정을 지어보였다.

"그래?" 윤호가 말했다. "네가 내 덕분에 전성기를 누렸단 말이지? 네가 나를 이용해 여학생들 앞에서 인기도 끌면서 말이야. 네가 친구 잘 만난 덕에 꽃빛에 파묻혀 지냈있네. 그런네 말이야, 네가 그렇게 나를 위해 응원했다면서 말이지, 그 여학생들 가운데 만나보라며 나한테 데리고 온 사람이 왜 한 명도 없었어? 응원 잘하면 뭐, 만남을 주선해보겠다 해놓고선 그 사람들한테 사기 친 거야? 아니면 네가 나를 만나게 해주는 척 하면서 중간에 그 여학생들 가로챈 거야? 난 네가 하는 말이 가끔씩 헷갈릴 때가 있단 말이야. 이걸 믿어야 하나, 말아야 하나 하면서 말이지. 네가 하는 말은 도대체 어디까지만 믿어야 하는 거야?"

"어허, 이 친구가. 내 말을 왜 그렇게 못 믿나? 이거 정말 실망인데. 야, 내가 지금까지 너한테 거짓말 한 적 있나? 그리고 내가 너한테 뭐 빌리고서 한번이라도 안 갚은 적 있어? 말해봐. 없지? 거봐, 내가 얼마나 솔직하고 신용 있는 사람인데. 그런데 내가 너한테 왜 그런 거짓말을 하겠어? 내가 그 여학생들을 너한테 데리고 가지 않은 것은 그녀들 응원이 내 맘에 들지 않아서, 그 애들을 너한테 소개시켜 줄 필요성을 못 느껴서 그랬어. 그리고 네 창창한 앞날에 방해가 될 수 있을지도 몰라 내가 중간에서 차단했던 거고. 너 같은 일류선수는 내가 좀 특별히 보호해 줄 필요가 있었거든. 그런데 내가 왜 너한테 말도 안 되는 그런 거짓말을 하겠어? 안 그래, 친구?" 민수가 술잔을 들며 말했다.

"허허, 넌 인생을 참 재밌게 산다." 윤호가 웃으며 말했다. "너처럼 생각이 없거나 웃긴 녀석은 내 평생에 처음 본다. 야! 한잔 하자."

윤호가 술병을 들어 민수의 빈 잔을 채웠다.

그러자 민수가 머리를 조아리며 말했다.

"황공하옵니다. 저 같은 소인한테 술을 하사하시다니요."

이에 윤호가 왕처럼 말했다.

"신통치 않은 녀석이 4년 동안 대학 수업 듣느라 고생이 많았다. 마지막 시험을 무사히 치른 기념으로 내 오늘 너에게 술 한 잔 따르나니, 한 잔 마시고 정신 차려서 네 가문을 일으켜 세우도록 하거라. 내가 따라 주는 술을 마시고 많은 명문가가 생겼으니, 너희 집안에도 총리, 장관, 시장, 판사, 등등 훌륭한 인물들이 많이 배출되기를 원하노라."

"전하, 제가 보기보다는 그리 비실하지 않습니다요. 그러니 염려 붙들어 매시옵소서. 제가 지금은 비록 하급 관리로서 국가의 녹을 먹게 되오나, 나중에는 힘없고 불쌍한 백성들을 위해 밤낮없이 일하는 존경받는 관리가 되겠나이다. 하오니, 전하께서도 옥체를 보중하시고 저와 한잔 하시지요. 자, 마시지요. 이 녀석아."

두 사람이 동시에 술잔을 비웠다.

그때, 가게 문이 열렸다. 차가운 바깥 공기가 들어오면서 가게 안의 온화한 기운은 순간 사라져 버렸다.

곧 가게 안으로 검정색 코트에 중절모자를 쓴 남자가 들어왔다. 그는 아무 말 없이 문 앞에 서서 가게 내부를 살피기 시작했다. 그의 눈동자가 천천히, 그리고 매섭게 돌아갔다.

술 마시던 두 친구는 그를 한번 쳐다보았다. 그리고 아무렇지 않은 듯 시선을 돌려 각자 하던 이야기를 다시 시작했다.

주인이 곧 손님을 맞으러 그에게 다가갔다.

"어서 오세요." 주인이 그 남자를 보며 말했다. "몇 분이시죠?"

남자는 아무 대꾸 없이 주인을 쳐다보았다.

주인은 손님이 아무런 대답을 안 하자 그에게 다시 물었다.

"같이 오실 손님이 몇 분 더 있으신가요?"

그러자 이번에는 남자가 대답했다.

"그렇다. 많이 올 것이다."

주인은 손님이 많이 올 거라는 말에 반색했다.

"몇 분이시죠? 인원이 많으면 제가 넓은 자리로 안내해 드리겠습니다."

"그럴 필요 없다. 너만 데려가면 된다."

남자가 엉뚱한 소리를 하자 주인은 그의 얼굴을 찬찬히 살피기 시작했다. 그는 곧 모자 아래 그림자에 가려진 남자의 얼굴을 알아보고서 놀라 천천히 뒷걸음질 치기 시작했다.

남자가 그 주인을 따라가며 말했다.

"내 돈을 가지고 어디까지 도망갈 수 있을 거라 생각했더냐? 이 벌레만도 못한 놈."

남자의 그 말을 들은 두 친구는 하던 이야기를 그만두고 다시 그들 쪽으로 시선을 돌렸다. 두 친구는 술이 많이 취하긴 했으나 갑자기 이상해진 분위기를 느끼고 주인과 남자의 행동을 번갈아 살폈다. 검정색 코트 차림에 중절모를 눌러 쓴 남자가, 마치 저승사자가 때가 다 된 사람을 잡아가기 위해 접근하듯 주인에게 다가가고 있었다.

그들은 그 검은 저승사자가 생명이 다 된 것 같은 주인에게 다가가며 하는 말을 들었다.

"네 더럽고 야비한 입으로 나를 속이고 달아나 잘 살 수 있을 거라 생각했더냐? 네 목숨이 여러 개라 하나쯤은 버려도 상관없을 거라 생각했더냐? 그렇다면 넌 아주 큰 착각한 것이다. 너는 나를 아주 완벽하게 속였다고 생각했겠지만 확실히 달아나지는 못했다. 나를 속이기 전에 너는 먼저 나에게서 피해 영원히 숨을 곳부터 찾아야 했다. 네가 나보다 뛰어나다 생각했겠지만 자만은 하지 말았어야 했다. 너의 그 어리석고 위험한 자만은 곧 죽음을 뜻하니까."

"아…."

주인은 겁을 먹어 아무 소리도 낼 수 없었다.

"왜 나를 속였더냐? 나를 네 표적으로 삼은 이유가 뭐였더냐? 내가 바보, 천치로 보였더냐? 내 돈쯤은 가로채도 된다 생각했더냐? 내가 네놈들한테 지은 죄가 뭐였더냐? 내가 네놈한테서 빼앗고 가로챈 게 무엇이었더냐? 3년 동안 나를 가지고 놀 수 있어 행복했더냐? 내 돈이 네 돈처럼 사용되어 놀랍더냐?"

남자는 물었으나 대답할 틈은 주지 않았다.

"나는 오늘 네 하나밖에 없는 목숨을 끊기 위해 내 생명을 걸고 여길 찾아왔다. 하지만 그 전에 나는 주인 잃고 헤매는 내 돈부터 찾을 것이다. 내가 번 돈은 하나도 놓치지 않고 내 오늘 다시 거둘 것이다. 너는 오늘 심판 받기 전, 먼저 그 돈부터 내 앞에 갖다 놓아라. 그리고 나를 속이고 분노케 한 일에 대해 심판을 받아라. 이 일을 위해 난 지난 17개월 동안 단 하루도 잊지 않고 지내왔다. 그리고 드디어 그 결심을 오늘 이루게 되었다."

검은 코트의 남자가 말을 마치자 윤호와 민수는 모든 동작을 멈추고 아무 말 없이 그 남자만 쳐다보았다. 그리고 그들은 그가 앞으로 어떻게 행동할지 그의 행동을 주시했다.

한편, 당황한 표정으로 뒤로 물러서던 주인은 몸이 테이블에 닿는 것을 느끼자 더 이상 물러서지 못하고 테이블 앞에 멈춰 섰다. 그는 다급한 마음에 손을 저으며 더듬더듬 말하기 시작했다.

"뭔가… 오해 하신 것 같은데요…. 저는 잘 모르는 일입니다…. 그건 제가 한 게 아닙니다…. 그리고 이 가게는 제 것도 아니고요."

남자는 주인의 그 변명을 듣자 화난 눈과 성난 입으로 더 큰 분노를 터트렸다.

"뭐? 오해라고? 네가 한 짓이 아니라고? 너는 아직도 나를 가지고 놀려 하느냐? 네 눈에는 아직도 내가 쉽게 보이느냐? 내 머리가 금붕어보다 못해 무슨 말이든 내가 다 속아 넘어갈 거라 생각하느냐? 넌 큰 고기로 키우기 위해 3년간 나를 속이며 먹이를 주었다. 그리고 그것이 잡아먹어도 될 만큼 커지자 하루 만에 냉큼 낚아서 달아났다. 넌 내 눈에 발각되지 않기 위해 여기저기 숨어 다녔지만 나는 너를 잡기위해 모든 걸 걸고 추적했다. 너를 처음 본 이발소에서부터 시작해 마지막 장소인 여기까지. 너희 세 인간이 먹고 자고 발 디딘 곳은 단 한 곳도 빠지지 않고 찾아다녔다. 우동구 넌 사기 공갈로 두 번의 징역을 살았고, 네가 데려 온 그 짐승 같은 녀석은 세 번의 폭행죄로 너 보다 더 많은 징역을 살았다. 그리고 네놈들이 나를 속이기 위해 데려온 그 김나라도 김 씨가 아닌 금 씨였다. 그 부모가 자식을 두 가지 잡종으로 낳았던 거였다. 넌 1년 전 그 잡종 중 하나와 결혼하고 내 추적을 피하기 위해 네 잡종 아내 명의로 이 가게를 계약했다. 그러면 내가 못 알아챌 거라 생각하면서 말이다. 우동구. 네가 이래도 날 속일 수 있을 거라 생각하느냐. 네 주둥이에서 나오는 말로 나를 또 속이고 도망칠 수 있을 거라 생각하느냐. 너는 이제 독 안에 든 쥐다. 내 돈을 모두 가져와라. 그리고 네 죄에 대한 대가를 치르도록 해라."

남자는 그 말을 마치고 외부 속에 손을 집어넣었다. 그리고 주인에게로 다가가며 코트 속에서 차가운 쇠 소리를 냈다.

이를 가만히 지켜보고 있던 윤호와 민수는 그 불길한 소리에 긴장하기 시작했다. 그들은 남자가 코트 안에 어떤 위험한 물건을 가지고 있다 생각해, 눈을 크게 뜬 채 그 남자와 주인을 지켜보았다. 이제 술로 붉게 물들었던 두 사람의 얼굴은 석고상처럼 하얘지기 시작했다.

곧 남자가 외투 안으로 집어넣은 손을 밖으로 빼냈다. 그는 그 손을 앞으로 쭉 뻗어 주인을 향해 겨냥했다. 그의 손에는 무거운 권총이 쥐어져 있었다.

이를 지켜보던 두 사람은 모두 놀라, 자기들 자리에서 웅크리고 앉아 몸을 낮추었다.

우동구는 총구가 자기 머리를 겨냥하는 것을 보자 화들짝 놀라 두 손을 높이 쳐들었다. 그는 금방이라도 눈물이 쏟아질 것처럼 얼굴에 죽을상을 썼다.

그가 입술을 바들바들 떨며 겁에 질린 목소리로 오지락에게 말했다.

"맞습니다. 제가 그랬습니다…. 살려주십시오. 사장님…. 처음부터 제가 계획하고서 한 일입니다. 저도 돈이 필요했습니다…. 그래서 사장님한테 그런 겁니다…. 용서해 주십시오…. 제가 가진 것은 모두 돌려드리겠습니다."

그러자 오지락이 총구를 그에게 더 바싹 갖다 대며 말했다.

"네놈이 가진 돈 모두가 아니라 훔쳐간 내 돈 전부를 가져와라."

우동구는 총구가 자기 쪽으로 더 가까이 다가오자 눈이 휘둥그레졌다.

그가 머리를 뒤로 젖히며 말했다.

"하지만 사장님, 제가 가져간 돈은 모두 돌려 드리고 싶어도… 그럴 수가 없습니다…. 그동안 제가 써버린 돈이 있어서…. 제, 제가 지금 가지고 있는 건 모두 돌려드릴 테니, 제발 그 총은 좀 치워 주십시오. 그러면 한 푼도 속이지 않고 다 돌려드리겠습니다."

우동구는 지금 오지락의 분노가 극에 달해 그를 자극했다간 총알이 자기 머릿속 깊숙이 박힐지도 모른다고 생각했다.

오지락이 말했다.

"지금 가진 돈이 얼마냐? 한 푼이라도 속였다간 네 머리통에 총알을 모두 박아 넣을 테다."

우동구가 두 손을 번쩍 든 채 대답했다.

"제가 은행에 넣어둔 돈과 지금 제 가방에 있는 걸 모두 합치면 모두 1억원 정도 될 겁니다. 그리고 이 가게와 살고 있는 집을 처분하면 3억 원 정도 나올 겁니다. 그것은 처분하면 바로 돌려드리겠습니다."

오지락이 곧바로 말했다.

"가방은 어디 있지?"

"저기 밑에 있습니다."

우동구가 술병이 진열된 벽 앞의 테이블을 눈으로 가리키자, 오지락은 우동구의 눈이 가리키는 곳을 쳐다보았다.

그가 다시 눈을 돌려 우동구에게 말했다.

"조금이라도 허튼짓 했다간 어떻게 되는 줄 알지? 금나라를 오늘부터 과부로 만들어 버리겠다. 저쪽으로 걸어가서 가방을 올려놓아라."

오지락이 총구로 우동구의 머리를 겨냥하며 그를 가방이 있는 쪽으로 밀어붙였다. 그러자 우동구는 곁눈으로 자기를 겨냥한 총을 주시하며 가방이 있는 쪽으로 다가갔다. 그는 제자리에서 무릎을 천천히 굽혀 가방을 집어 들었다.

그러자 오지락이 말했다.

"가방을 거기 올려라."

우동구는 가방을 테이블 위에 살며시 올려놓았다.

"가방을 열어라."

오지락이 다시 명령하자 우동구는 그가 시키는 대로 가방을 열었다. 그러자 돈 뭉치가 보였는데, 그리 많아 보이지는 않았다.

오지락은 그것을 보자 눈썹을 찡그리며, 방아쇠에 올린 손가락을 움직여 째깍 소리를 냈다.

"네놈이 또 나를 속이려고 하는구나. 그 돈이 얼마라고?"

"아니, 아닙니다." 우동구가 다급하게 대답했다. "지금 제가 가진 현금은 이것 밖에 없습니다. 나머지는 은행에 있습니다. 그렇게 모두 합쳐서 1억 원 정도 된다는 그런 말이었습니다. 세상에 어떤 바보가 그 많은 현금을 가방에 넣어 다니겠습니까? 그렇지 않습니까? 사장님. 제가 통장을 보여드릴 테니 이 돈하고 합쳐서 한번 계산해 보십시오. 그러면 제 말이 거짓말이 아니라는 것을 아시게 될 겁니다."

오지락은 우동구의 표정을 보니 그가 거짓말 하는 것 같지는 않았다.

오지락이 말했다.

"그럼, 통장을 가져와."

"통장은 제 옷 안에 있습니다. 가져다 드릴 테니 그 총 좀 치워 주십시오. 제가 불안해서 움직일 수가 없습니다. 아무 짓도 하지 않을 테니, 제발 좀 치워 주십시오." 우동구가 무서워 떠는 모습을 하며 말했다.

하지만 오지락은 그의 사정을 봐주지 않았다.

"넌 이미 죽은 목숨이다. 쓸데없는 소리 말고 어서 가져와!"

죽을 것 같은 우동구는 오지락의 말에 더 이상 아무것도 요구하지 못했다.

"예, 예, 알겠습니다."

그는 순순히 그의 말을 따랐다. 그는 자기를 따라오는 총을 열심히 바라보며, 옆걸음질로 통장이 있는 곳을 향해 다가갔다.

그때였다. 갑자기 출입문이 열리며 차가운 기운이 다시 들어왔다. 찬 공기는 긴박한 상황으로 달구어진 실내 안으로 빠르게 타고 들어와 오지락의 뺨에 와 닿았다. 그는 재빨리 뒤돌아 가게 입구 쪽으로 눈을 돌렸다. 찬 바람에 머플러로 얼굴을 감싸 맨 여자가 가게 안으로 들어오고 있었다.

그녀가 따뜻하게 데워진 가게로 들어오면서 둘러 맨 가리개를 풀며 말했다.

"아휴, 추워! 날씨가 갑자기 추워졌네!"

아무것도 모르고 들어온 그 여자는 바닥을 보고 말하다가 시선을 정면으로 향했다. 그녀는 곧 자신과 눈이 마주친 남자의 얼굴을 알아보고서 놀라 소리쳤다.

"어머!"

그녀는 입으로 그 감탄사를 발사하는 순간, 딱딱한 소금기둥이 되어버렸다. 뒤를 돌아보았기 때문이 아니라, 과거를 돌아보았기 때문이었다. 그 남자는 그녀가 절대 뒤돌아보지 말아야 했던 과거였는데, 그녀는 호기심이 아니라 우연이라는 불행에 의해 그를 그만 보고 만 것이다.

오지락은 그녀는 보자 만족감을 느끼고 입꼬리에 옅은 미소를 지었다. 찾고 있던 옛 직원이 스스로 걸어 들어와 자기 앞에서 서 있었기 때문이다. 마치 쫓기던 여우가 자기를 잡아가달라며 스스로 사냥꾼 앞에 나타나 서 있는 것 같았다.

"이게 누군가? 금나라 아닌가?" 사냥꾼이 여우를 보며 말했다. "안 그래도 보고 싶었는데, 제 발로 걸어서 들어오시는군."

금나라는 오지락이 자기 성을 정확히 부르는 것을 듣자 이제는 모든 것이 끝장났구나 생각했다. 그녀는 가게 안에 들여놓은 발을 뒤로 천천히 물리기 시작했다.

그러자 오지락이 총을 돌려 그녀에게 겨냥했다. 이제는 사냥꾼이 여우를 사냥할 모양이었다.

"거기 서!" 사냥꾼이 말했다. "단 한 발짝이라도 움직였다간 이 총이 네 몸을 관통하게 될 거야. 네가 여자라고 해서 절대 봐주지 않아."

오지락이 그렇게 위협하자 금나라는 더 이상 움직일 수가 없었다. 그녀는 아무 말도 못하고 오지락 너머에 있는 자기 반쪽을 쳐다보았다.

그때 그녀의 가장이 재빨리 움직이기 시작했다. 그는 오지락이 자기 아내를 위협하자, 그가 자기에게서 잠시 눈을 돌린 사이 뒤에 놓여 있던 술병을 하나 집어 들고 그가 서 있는 쪽으로 천천히 다가가 휘두를 자세를 취했다.

하지만 그때 오지락이 뒤에서 무언가 움직이는 것을 느끼고 다시 몸을 돌려 총구를 우동구 쪽으로 향했다. 우동구는 더 이상 머뭇거릴 여유가 없어 재빨리 긴 테이블 너머에 있는 오지락에게로 팔을 뻗어 자신을 노리는 총을 미스듬히 내리쳤다. 곧 술병이 깨서며 액체가 흘러나왔다. 오지락이 들고 있던 총도 바닥에 떨어져 저쪽 손님 테이블 근처로 미끄러져 갔다. 동시에 오지락의 손에서는 굵은 핏방울이 떨어지며 그가 뒤로 휘청거렸다.

우동구는 그때를 놓치지 않고 재빨리 긴 테이블을 돌아 오지락 쪽으로 뛰어갔다. 그는 손에 피 흘리는 오지락 앞에 서서 주먹을 불끈 쥐었다.

"이봐, 오 사장." 우동구가 오지락을 보며 말했다. "총이라는 건 사냥할 때

나 써야지 사람한테 쓰면 되겠어? 나 같은 사람이 죽으면 국가적으로 얼마나 큰 손핸데 말이야. 그건 나중에 당신 같은 짐승이나 잡을 때 쓰시라고."

한동안 총 앞에서 가슴 졸였던 우동구는 이제 자신만만하게 오지락에게 반격했다.

하지만 위치가 바뀐 오지락도 거기에 지지 않았다.

"내가 오늘 여기 사람을 사냥하러 온 줄 아느냐? 난 오늘 짐승을 잡기 위해 여길 왔다. 너 같이 야비하고 못된 짐승 말이다."

"허허, 누가 못된 짐승인데? 사실 말을 안 해서 그렇지, 내가 당신 밑에 있는 동안 얼마나 고생한 줄 알아? 돈이 없어 밥도 하루에 두 끼밖에 못 먹고 살 정도였어. 그래도 난 당신 사업을 일으켜주기 위해 밤낮없이 열심히 일했잖아. 그런데 당신은 거기에 대해 나한테 무슨 답례라도 했어? 당신은 나한테 주는 월급도 아까워했잖아. 그러면서 당신 배는 터지도록 채우고 말이야. 당신이 지금 뭔가 착각하고 있는데, 사실 내가 가져간 그 돈은 당신 돈이 아니라 내 돈이야. 내가 일해서 번 돈이라고. 당신 몫은 내가 건드리지 않고 금고 안에 그대로 넣어두었잖아. 그러면 거기에 만족하고 살아야지. 왜 여기까지 이렇게 쫓아와서 흉한 꼴을 당하는 거야! 이 바보 욕심쟁이야!"

우동구는 오지락 밑에서의 지난 3년을 떠올리며 그에게 그동안 못했던 분통을 터트렸다.

한편 그들이 그렇게 다투는 동안, 술을 마시다 이상해진 분위기에 테이블 아래로 몸을 숨긴 민수는 총이 자기 쪽으로 미끄러져 오자 재빨리 그 총을 집어 들었다. 그는 가게 안을 돌발적 상황으로 몰고 간 그 물건의 탄창을 살폈는데, 여섯 개의 구멍 가운데 총알은 한 발도 없었다.

그가 윤호에게 속삭이듯 말했다.

"윤호야, 이거 총알이 없어. 혹시 가짜 총 아니야?"

"뭐? 총알이 없다고? 그럼 총알도 없이 이 난동을 부린 거란 말이야?" 윤호도 낮은 목소리로 말했다.

"그래, 그런 것 같아. 난 여기 진짜 총알이 있는 줄 알고 놀랐는데, 완전히 속았잖아. 모처럼 비싼 돈 주고 술 마시는데, 이거 술이 확 다 깨네."

"야, 그런데 저 사람들 도대체 무슨 원수가 져서 저러는 거야?" 윤호가 물었다.

"글쎄… 뭐, 대충 들어보니 이 술집 주인이 저 남자 돈을 갖고 도망쳤나 봐. 그래서 저 남자가 자기 돈을 돌려 달라 그러는 것 같은데."

민수는 그렇게 대답하고 테이블 위로 고개를 살짝 들었다. 윤호도 머리를 살짝 내밀었다. 그들은 그렇게 잠시 몸을 웅크린 채 고개만 내밀어 조마조마한 마음으로 그 상황을 지켜보았다.

그러다 민수가 손에 피 흘리는 남자를 보며 말했다.

"야, 그런데 저 남자 상황이 별로 안 좋아 보인다. 이제 주인이 저 남자한테 공격하려나봐."

그 말이 끝나기 무섭게, 두 사람은 주방 입구를 가리던 흰 커튼이 젖혀지며 한 남자가 등장하는 것을 보았다. 그들은 그 사람을 보고 놀라지 않을 수 없었다. 그가 험상궂은 얼굴을 하고서 손에 주방용 칼을 들고 나왔던 것이다. 그러나 그 칼만큼이나 놀라운 것이 하나 더 있었는데, 그 남자의 생김새였다.

그 남자는 마치 인간을 닮은 짐승의 모습을 하고 있었다. 그는 키가 작고, 가슴과 배는 동시에 불룩하게 불러있었다. 몸 양쪽에는 짧고 굵은 팔뚝이 붙어있었는데, 거기에는 잘 지워지지 않는 몇 개의 거북한 그림도 그려져 있었다. 뒤로는 바위처럼 튀어나와 얄밉게 생긴 엉덩이가 붙어 있었고, 아래로는 팔뚝만큼이나 짧아 보이는 두 다리도 붙어있었다. 그는 빠짐없이 모든 것을 다 갖추고는 있었으나, 정말 실망스러워보이는 사람이었다. 두 사람은 지금까지 그 어떤 그림책에서도 보지 못한 그 남자를 보고서 무어라 할 말을 잊었다. 그들은 서로의 얼굴을 한번 쳐다보고, 그가 이제 어떻게 행동하려는지 그를 다시 지켜보았다.

그가 손에 피 흘리는 남자 앞에 서서 뚫어져라 그를 쳐다보며 주인에게 말했다.

"이놈은 내가 처리하겠어. 결국 죽고 싶어서 이렇게 제 발로 찾아온 거야. 그러니 소원대로 해줘야지."

그는 그렇게 말하고 상대를 향해 찌를 듯이 칼을 겨누었다. 그러자 손에 피 흘리는 남자는 겁을 먹고서 한 발짝씩 뒤로 물러서기 시작했다. 칼을 쥔 남자도 그가 후퇴하는 방향으로 전진했다. 하지만 두 사람은 네댓 발짝만에 더 이상 움직이지 못하고 멈추어 섰는데, 뒤에 벽이 있었던 것이다.

그 장면을 지켜보던 윤호와 민수는 긴장한 얼굴로 서로를 다시 한 번 쳐다보았다. 저들 중 누가 옳고 누가 그른지는 몰랐지만, 그들 사이에 벌어지는 저 위험한 다툼이 최악의 끔찍한 사태로 이어지기 전에 어떻게든 그 상황을 막아야만 했다.

순간, 윤호의 얼굴이 화끈 달아올랐다. 그는 키 작은 남자가 칼을 위로 올리는 것을 보자 마음이 다급해져 더 이상 주저하지 않고 용기를 내었다. 그는 테이블에서 자신이 마시던 주먹 만 한 크기의 유리컵 하나를 집어 들고, 키 작은 남자가 칼을 벽에 기대 선 남자에게 내리 꽂으려는 순간 그것을 세차게 던졌다. 그러자 유리컵은 직선을 그리며 빠르게 날아가 칼을 내리꽂으려던 남자의 손등을 정확히 맞추며 퍽 소리와 함께 산산조각 났다. 순간, 유리 파편들은 공중에서 눈뭉치처럼 터지며 세 남자와 한 여자에게로 튀었다. 주인과 그의 아내는 그 파편을 피하기 위해 뒤로 물러서며 고개를 반대로 돌렸다. 동시에, 손등을 유리컵으로 맞은 남자는 고함을 지르며 칼을 바닥에 떨어뜨렸다. 그는 아프게 맞은 손등을 아래로 늘어뜨리며 신음하기 시작했다. 그가 서 있는 자리에는 붉은 피가 빗방울처럼 떨어지고 있었다. 쓸모 없어진 줄 알았던 윤호의 실력이 제대로 된 위력을 발휘한 순간이었다. 그 덕에 위기에 몰렸던 남자는 위기에서 벗어났다.

구사일생으로 목숨을 건진 그 남자는 코트에서 파편을 재빨리 털어낸 후, 바닥에 떨어진 칼을 집어 들었다. 그리고 자기 앞에서 우왕좌왕 하는 두 남자를 향해 칼을 겨누었다. 이번에는 그가 반격할 차례였다.

그 사이 우동구는 돌아서서 얼굴과 옷에 묻은 유리 파편을 손끝으로 털어내다가 유리컵이 날아온 방향에서 아직도 서 있는 한 남자를 발견했다. 그는 그를 노려보며 그의 얼굴을 살폈지만, 그때 오지락이 칼을 겨누며 다가오는 바람에 더 이상 그를 쳐다보지 못하고 피하기 시작했다.

그는 오지락이 이번에는 칼로 자기들을 공격해 오자 더 이상 방법이 없다 생각하고 재빨리 피를 흘리는 금진주의 목덜미 잡고 고개를 자신의 아내에게 돌리며 외쳤다.

"나라야, 튀어! 어서 나가!"

신랑의 후퇴 명령이 떨어지자 여자는 재빨리 입구 문을 열고 가게를 빠져나갔다. 그녀는 문 앞에서 잠시 좌우를 살피다가 사람들이 많이 걸어다니는 쪽으로 달렸다. 그녀는 달리며 신랑과 오빠가 무사히 가게를 빠져나와 자기 뒤를 따라오기를 바랐다.

우동구는 금나라가 가게를 빠져나가는 것을 보자 손에 피 흘리며 고통스러워하는 금진주의 목덜미를 잡고서 열린 가게 문을 향해 뛰었다. 그는 손목을 만지고 있는 금진주에게 계속 '뛰어!'라 외치며 그를 억지로 문밖까지 데리고 나갔다. 그런 식으로 두 사람은 가게 밖으로 나오자마자 뒤도 돌아보지 않고 조금 전 금나라가 달려간 방향과 반대 방향으로 달아났다.

한편, 오지락은 두 사람을 몰아붙이다가 그들이 문밖으로 빠져나가는 것을 보고는 더 이상 뒤쫓지 않고 가게 안 입구에서 멈추어 섰다. 밖으로 나간 녀석들을 가게 근처에서 못 잡을 경우, 손에 든 칼 때문에 자칫 자신만 곤경에 처할 수 있었기 때문이다.

그는 곧 돌아서서 무언가 확인하기 위해 주위를 살폈다. 아까 자신이 위험에 처했을 때 어떤 물체가 날아와 깨진 것을 생각하고는 그 원인을 알기 위해서였다.

그가 고개를 돌려 저쪽 테이블을 보니 두 청년이 술병이 놓인 테이블 뒤에서 자기를 쳐다보고 있었다. 한 명은 사기와 눈이 마주지자 놀라는 듯 했고, 다른 한 명은 테이블 근처까지 몸을 낮추고 앉아 있었다.

오지락은 그 두 청년을 잠시 아무 말 없이 쳐다보다가 자기에게 피해를 줄 사람이 아닌 걸로 생각했는지 다시 몸을 돌려 돈 가방이 올려진 테이블 쪽으로 걸어갔다. 그리고 테이블 위에 올려진 가방을 피 묻은 손으로 낚아채고는 옷이 떨어진 바닥 쪽으로 다가가 옷 안을 살폈다. 옷의 안주머니에서 통장을 하나 발견했는데, 그는 그 통장에 적힌 돈을 확인하고는 재빨리 자신의 코트 주머니 안에 찔러 넣었다.

그는 다시 돌아서서 가게를 빠져나가기 위해 입구 쪽으로 걸어갔다. 그러다 다시 고개를 돌려 두 청년이 서 있는 쪽을 쳐다보았다. 무언가를 던진 것 같은 자세로 서 있던 청년의 얼굴을 그는 잠시 살폈다. 그리고 다시 고개를 돌려 조용히 가게를 빠져나갔다.

이제 가게 안은 두 친구만 남게 되었다. 그들은 자리에서 털썩 주저앉아, 조금 전까지 자기들 앞에서 벌어진 일이 실제일까 생각하며 넋 나간 표정으로 한숨을 내쉬었다.

"윤호야," 민수가 말을 꺼냈다. "우리 오늘 여기 뭐하러 왔지? 내 기억엔 술한잔 하러 온 것 같은데."

"그래, 맞아. 한잔 하러 왔지." 윤호가 같은 표정을 지으며 답했다.

"그런데, 난 왜 극장에 온 것 같지? 사람들이 우리 앞에서 막 총 쏘고 칼 휘두르면서 열심히 연기하던데, 너도 보지 않았냐?" 민수가 멍하게 앉아 그 일이 벌어졌던 그 무대를 바라보며 말했다.

"그래, 그랬지." 윤호도 그곳을 바라보며 말했다.

"정말 흥미진진하지 않았어? 생전 처음 보는 배우들이었는데, 그 사람들 연기 한번 끝내 주더라. 역시 연극은 무명 배우들이 낫다. 그렇지?"

"응, 그래." 윤호가 힘없이 답했다.

"야!" 민수가 불렀다.

"왜?" 윤호가 대꾸했다.

"그런데, 넌 배우들이 연극하는데 왜 끼어들었냐? 그 사람들 그동안 많이 고생하면서 준비한 것 같던데. 너 때문에 다 망쳤잖아. 관객이면 좀 조용히 앉아서 연극이나 감상하시지, 왜 술 먹고 난동 부린 거야? 그 이상하게 분장한 사람 많이 아팠겠던데 말이야."

"글쎄. 나도 몰라. 너무 진짜 같아서 나도 모르게 그만… 던져버렸네!" 윤호가 말했다. "그래도, 그 남자 운이 참 좋아. 머리라도 맞았어봐. 그럼 그 남자는 머리에 구멍 나고, 나는 인생에 구멍 나는 거 아니야? 하마터면 난 술 마시다가 철창신세 질 뻔했어."

"그래, 다행이다." 민수가 말했다. "그래도 너니깐 그 정도로 끝난 거지, 내가 던졌어봐. 난 아무것도 못 맞췄을 거 아니야. 아마 그랬다면 나중에 우리 둘도 그 남자 칼에 맞았을 거야. 그래도 윤호 네 실력 덕분에 우리 세 사람이 살았어. 너랑 나랑, 그 총 든 배우 말이야."

두 사람은 말하면서도 오늘 일어난 그 사건이 정말 믿어지지가 않았다. 영화나 소설 같은 곳에서만 일어날 수 있는 일이, 꾸며보려 해도 꾸미기 쉽지 않은 일이, 그 말 할 수 없이 희한한 일이, 조금 전 자기들 눈앞에서 일어났는데, 그들은 정말 그 일이 사실이었을까 하며 서로에게 여러 번 확인했다.

두 사람은 잠시 침묵했다.

그러다 민수가 다시 입을 열었다.

"윤호야, 우리 이제 그만 일어나자. 주인도 퇴근했는데, 우리도 이제 나가야지. 이제 술 시켜도 가져올 사람도 없잖아."

"그래. 나가자."

"그런데 이 가게 주인 참 불친절하네. 어떻게 주인이 손님보다 먼저 퇴근할 수 있지? 그럼 가게 문은 손님이 알아서 잠그고 나가란 말 아니야. 정말 손님한테 이래도 되는 거야? 애써 술 취해 놨더니, 술도 확 깨버리게 해놓고서 말이야. 혹시 술 깨게 해서 다시 술 팔아먹으려는 것 아니야? 넌 어떻게 생각해?"

"글쎄! 뭘?" 윤호가 멍하게 물었다.

"우리한테 술 더 팔아먹으려고 그런 짓 한 것 아니냐고."

"글쎄!"

"야, 어서 일어나. 여기서 나가자. 그리고 우리 다음에는 절대 이런 극장식 술집에 오지말자. 배우들이 연기는 잘 하는데, 소재가 너무 자극적이야. 내 평생에 술 마시다가 이렇게 공포심 느끼기는 처음이네. 야, 어서 일어나. 다른데 가서 마시자."

곧 두 사람은 자리에서 일어나 천천히 문 쪽으로 걸어갔다. 그들은 입구 앞에 서서 바닥에 떨어진 유리 조각과 핏자국을 보았다. 오늘 본 것은 꿈이 아니라 정말 사실이었다. 모든 것이 그들 앞에서 일어난 실제였던 것이다.

두 사람은 그 현장을 기억하기 위해 한참 동안 가게 안 구석구석을 쳐다보았다.

그러다 민수가 갑자기 생각난 것이 있어 물었다.

"야, 오늘 여기서 누가 술값 내기로 했지?"

"원래는 너였는데, 그러다 나로 바뀌었어."

"그래? 그런데 넌 오늘 운이 참 좋다. 술값 안 내도 되니 말이야. 주인이 손님 두고 도망가 버렸는데, 누구한테 내겠어? 복 많은 녀석은 앞으로 자빠져도 여자 품에 파묻힌다더니, 그게 오늘의 너를 두고서 한 말이었구나. 안 그래? 아무튼 축하한다. 넌 오늘 꿈도 공짜로 사고, 술도 공짜로 먹고, 참 운 좋은 녀석이야. 야, 어서 나가자!"

두 사람은 가게를 나와 쌀쌀해진 거리를 걸었다. 그러다 경찰서에 들러 오늘 일을 신고할까 생각하다가, 어차피 불러봐야 가게 안은 텅 비어 조사할 사람도 없고, 또 자신들도 술김에 저지른 일 때문에 잘못했다가 같이 피해를 보지 않을까 염려해 주저주저하다가 그냥 포기해 버렸다.

그들은 그렇게 그날을 마무리했다. 가게를 나와 다시 다른 곳으로 들어가 술을 한 잔 더 할까도 생각했지만, 더 이상 마실 기분이 나지 않아 바로 각자의 집으로 발길을 돌렸다.

밤이 되니 날씨가 점점 더 매서워지기 시작했다.

다윗이 그 블레셋 사람을 맞으러 군대 쪽으로 재빨리 달려가면서
손을 자루에 넣어 거기서 돌을 꺼내 무릿매로 그것을 던져
그 블레셋 사람의 이마를 치매, 그 돌이 그의 이마에 박혀
그가 얼굴을 땅에 대고 쓰러지니라.

— 사무엘 상 17:48~49

4

가게에서 황급히 빠져나온 우동구는 금진주를 끌고서 큰 도로가로 갔다. 두 사람이 거기까지 가는 동안, 길거리에는 추운 겨울 날씨로 인해 사람들이 거의 보이지 않았다.

큰길에 도착하자 우동구는 아내를 찾기 위해 길거리 주위를 두리번거렸다. 하지만 그녀의 흔적이 아무데도 보이지 않자 그는 하는 수 없이 지나가는 빈 택시를 잡고, 피 흘리는 금진주의 손을 자신의 웃옷으로 싸맨 뒤 택시 안으로 그를 밀어 넣었다. 그는 곧 금진주의 옆자리에 앉아 택시기사에게 인근 병원으로 가자 말하고 차를 출발시켰다.

병원에 도착하자마자 우동구는 금진주를 응급실로 데리고 들어가 그가 어서 빨리 상처를 치료받도록 했다. 금진주의 손등은 유리잔에 강하게 맞으면서 뼈에 금이 가 빨갛게 부어올라 있었는데, 그는 따끔거리는 통증이 괴로워 의사가 빨리 그 고통을 없애주기를 바랐다. 하지만 금이 간 뼈를 치료하기 전에 먼저 찢어져 피가 흘러나오는 상처부터 치료해야 했다. 의사는 그의 찢어진 피부에서 유리파편을 하나씩 제거한 뒤 21발을 꿰매었다. 그리고 진통제 주사를 놓은 뒤, 빡빡한 석고 재질의 붕대로 그의 손등 주위를 둘러 감았다. 그는 아픈 손을 그렇게 치료받고서야 정신을 차려 집으로 돌아갈 수 있었다.

그 후 2주가 지났다. 상처난 곳의 쑤시던 고통은 이제 대부분 사그라져, 금진주는 예전만큼 자유롭지는 않아도 다친 손을 조금씩 움직이며 가벼운 물건을 잡을 수 있었다.

그는 붕대 감은 자신의 손을 보며 하루에도 몇 번씩 분을 내며 복수를 생각했다. 하지만 그 상처가 없었다면, 그는 상해 내지 살인죄로 교도소에서 더 오랜 시간동안 고통스럽게 지내야 했을 게 분명했기 때문에, 그런 일을 사전에 막아준 그 상처는 어쩌면 그에게는 깨닫기 힘든 선물이었는지도 몰랐다.

우동구는 금진주의 상처가 아물어 가는 동안 가게에 나가지 않았다. 오지락이 다시 흉기를 들고 나타나 자신을 어떻게 위협할지 몰랐고, 또 최악의 경우 그의 신고로 경찰이 가게로 들어와 자기를 체포할 수도 있었던 것이다. 그럼에도 그런 위험을 무릅써가면서까지 장사를 계속 한다는 것은 정말 어리석은 짓이었다. 그래서 그는 집안에만 처박혀 지루하고 답답한 시간을 보냈다.

그는 하루 종일 소파에 누워 오지락이 어떻게 자기를 추적해 왔을까 생각했다. 자기도 그의 추적에 대비해 모든 흔적들을 숨기며 1년 넘게 조심하며 지내왔는데, 명청하다 생각했던 오지락이 자기의 흔적을 그렇게 뒤쫓아 찾아온 것이 그는 이해가 되지 않았다. 그래서 그는 오지락이 자기를 어떻게 추적해 온 건지 여러 가지로 생각해보았다. 그 혼자만의 실력이었을까? 아니면 다른 누구가의 도움을 받아 추적해 온 것이었을까? 그렇다면 그는 누구한테 도움을 받아 자신을 추적해 온 것이었을까? 혹시 그날 밤 가게에 손님으로 왔던 그 남자들이 그의 부하는 아니었을까? 그래서 그들이 그를 대신해 자기를 추적하고, 그에게 그 사실을 알려준 건 아니었을까?

그는 그렇게 꼬리에 꼬리를 무는 생각으로 14일 동안 고민하다가 금진주의 손이 조금씩 나아지는 것을 보고서 가게를 빨리 정리해 거기를 떠나기로 마음먹었다. 시작한지 얼마 되지 않아 당장 정리하면 많은 손해를 입을 수 있었지만, 언제 들이닥칠지 모르는 위협에 대한 불안감을 안고서 계속 장사를 할 수는 없었던 것이다.

그는 금진주의 상처가 어느 정도 진정되자 가게를 정리하기 위해 그에게 말했다.

"진주, 오지락이 우리를 귀신같이 찾아냈어. 억울하지만 우리가 먼저 피하는 게 낫겠어. 그 녀석이 살기를 가지고 덤벼드니 어쩔 수가 없잖아. 일단 다른 곳으로 피한 다음 거기서 다시 시작하자. 내일 넌 나랑 같이 가게로 가서 물건들을 모두 정리하자. 그것들을 빨리 처분하면 손해는 조금 만회할 수 있을 거야. 그리고 가게는 부동산에 몰래 내놓으면 오지락 모르게 처리할 수 있어. 그렇게 모두 처분하고 나면 다른 곳으로 가서 새로 시작하자. 그런데 내일 가게에 가면 오지락 그 자식이 가게 근처에서 우리를 기다리고 있을지도 몰라. 그러니 사람들이 많은 낮 시간에 조용히 들어가서 재빨리 처리하고 나오자. 밤에는 가게 앞을 지나다니는 사람들이 없어 오히려 더 위험할 수도 있어. 그러니 차라리 사람들이 많이 지나다니는 대낮에 가서 물건을 정리하고 오는 게 더 안전할지도 몰라. 그 놈도 사람들 눈 때문에 함부로 못할 테니 말이야. 오늘은 해가 졌으니 내일 오전 일찍 출발하도록 하자. 그러니 오늘은 너도 일찍 자도록 해. 그래야 일찍 일어나서 준비하지. 그런데 너 이제 손은 좀 괜찮지? 짐은 옮길 수 있겠어? 뭐 안 되면 한 손으로 물건 나를 수도 있잖아. 무거운 건 내가 들 테니 넌 가벼운 것만 들어. 힘들면 발로 밀어서 옮겨도 되잖아. 어쨌든 그건 네가 알아서 하고 내일 움직이는 걸로 하자."

금진주는 우동구가 하는 말이라면 대부분 거절하지 않고 그의 의견을 따랐다. 그래서 이번에도 그의 말에 따르기로 하고 내일을 준비했다.

다음날. 공기는 차가웠지만 맑게 내리쬐는 햇살로 큰 추위는 느끼지 못했다. 두 사람은 아침식사를 한 뒤 8시쯤 차를 타고 가게로 향했다.

가게 근처에 도착하자 그들은 근처 길가에 차를 세우고 차안에서 가게 앞을 유심히 관찰했다. 2주 만에 다시 오는 가게였는데 특별히 달라진 건 없어 보였다. 마지막으로 나오던 날 밤 급히 나오느라 문을 닫지 않고 나왔는데 누가 닫았는지 문은 얌전히 닫혀 있었고, 낮 시간이라 밝은 빛 때문에 정확히 보이지는 않았지만 가게 안에서 세어 나오는 불빛도 없는 것 같았다. 가게를 찾은 손님이나 다른 누군가가 주인 없는 가게를 잘 정리해 주었든지, 아니면 마지막으로 나갔을 오지락이 자신의 가게라 생각하고 그곳을 그렇게 단속하고 나간 것 같았다. 아무튼, 가게는 걱정했던 것과는 달리

별 다른 이상은 없어보였다. 하지만 안심할 수는 없었다. 겉으로 봐서 가게
는 그렇게 멀쩡해 보였지만 가게 안과 그 주변은 어떠한지 알 수 없었기 때
문이다. 어쩌면 가게 안에 오지락이 숨어 기다리고 있는지도 몰랐다. 아니
면 인근에서 숨어 기다리다가, 자기들이 나타나면 지난번처럼 다시 가게로
들어와 총으로 위협할지도 몰랐다. 우동구는 운전대에 앉아 혹시 숨어서
기다리고 있을지 모를 오지락을 살피기 시작했다. 그는 옆에 앉아 있는 금
진주에게 말해, 그의 좋은 시력으로 혹시 오지락과 비슷한 인간이 숨어 기
다리지는 않나 잘 살펴보라고 했다.

두 사람은 차안에 앉아 이리저리 지나가는 사람, 거리에서 물건 파는 사
람, 식당 앞을 서성이는 사람 등등, 자기들 눈에 보이는 사람들은 가리지 않
고 모두 현미경처럼 관찰했다. 하지만 오지락 같이 생긴 사람이 아무데도
보이지 않자, 그들은 조금 안심하고 가게 안으로 언제 들어갈지 적당한 때
를 기다렸다.

"진주." 우동구가 말했다. "오지락 그 놈은 안 보이는데. 그래도 혹시 모르
는 일이니까, 우리 여기서 조금만 더 있다 들어가자. 괜히 안심하고 들어갔
다가 재수 없게 녀석과 마주치지 않도록 말이지. 조심해서 나쁠 건 없잖아.
지난번에 녀석이 그렇게 난리 치는 걸 봤으니 우리도 이번에는 조심해서 행
동해야지. 오늘은 햇볕도 따뜻한데 차 안에서 지나가는 사람이나 구경하면
서 좀 더 기다려보자. 난 지난 2주 동안 집에만 처박혀 있느라고 세상 구경
한 번도 못했어. 그러니 오늘은 너랑 나랑 여기서 모처럼 광합성이나 좀 하
며 그동안 옷에다 오줌 싼 것처럼 냄새나고 축축했던 기분도 좀 말리자."

우동구는 그렇게 말하고 금진주와 함께 차 안에 앉아 지나가는 사람들
을 살피며 따뜻한 볕을 쬐었다.

한편 또 다른 두 사람, 윤호와 민수는 그 사건이 있었던 날 이후로 별 다
른 만남 없이 집안에만 머물렀다. 그들은 술 취한 날 벌어진 사건이 다음날
자고 일어나자 꿈이었는지 현실이었는지 무척 헷갈려, 방금 꿈을 꾸다 깨
어난 건 아닌가 생각하고 한동안 멍하게 앉아 정신이 돌아오기만을 기다
렸다. 하지만 한참 지나도 계속 같은 장면들이 머릿속에서 맴돌고, 또 단지

꿈같다 생각되는 그 일들이 너무나 현실감 있게 느껴져, 그들은 그 일들은 지난밤 실제 일어난 일들이 아닌가 생각하고 확인 차 서로에게 전화로 물어보았다.

"야, 윤호야." 민수가 말했다. "어제 우리한테 무슨 일 있었냐? 내가 아침에 일어났는데 자꾸 이상한 장면들이 떠올라. 도대체 어떻게 된 거야. 우리 어제 뭐했지?"

"너도 그래? 나도 그런데." 윤호가 말했다. "우리 어제 술 마시다가 무슨 일이 있었던 것 같아. 자꾸 같은 장면들이 떠오르는데. 이상한 남자가 칼을 들고 나오는 거랑, 내가 그 남자한테 뭔가를 집어던지는 거 말이야. 그런데 이게 너무 생생하게 떠올라. 어찌 된 일이지?"

"뭐? 너도 그래? 그럼 그거 꿈이 아니었네. 너랑 나랑 어젯밤 같은 꿈을 꾸었을 리는 없잖아. 야! 우리가 어제 재밌는 걸 봤구나."

"뭐? 그럼 그게 꿈이 아니고 사실이었단 말이야?"

윤호는 이제야 모든 것이 선명해졌다. 어젯밤 그 일은 역사였던 것이다.

그는 전화를 끊고 물을 벌컥 마셨다. 지난밤 술을 많이 마셔 갈증이 나서 그러기도 했지만, 어젯밤의 놀란 감정이 다시 느껴져 그것을 진정시키려면 차가운 진정제가 필요했던 것이다.

그는 책상 앞에 앉아 전날 밤 일들을 다시 기억해 보았다. 영화에서나 일어날 법한 칼부림이나 총기난동이 어제 직접 목격한 일이라니, 정말 놀랍지 않을 수 없었다. 게다가 자기가 그런 폭력적인 사건에 직접 개입했다니, 그런 자신에 대해서도 참으로 믿기지가 않았다. 어젯밤 그 사건은 자기와는 전혀 상관없는 일이었고 또 위험하기까지 한 다툼이었는데, 거기에 자기가 가남해 필요 없는 참선을 했으니…. 그는 자신의 그런 행동이 성날 이해가 되지 않았다.

그는 곰곰이 생각해 보며 왜 어제 자기가 나서서 그 다툼에 끼어들었을까, 그 순간의 감정과 자기행동의 근거를 찾아보았다. 그 원인과 이유가 무엇인지에 따라 자신에 대한 스스로의 평가가 달라질 수 있었다.

일단 그는 자기가 어제 유리컵을 집어던진 것이 술기운에서 비롯된 것인지, 아니면 용기 정의감 같은 선량한 시민의식에서 비롯된 것인지 생각해 보았다. 만약 어제 자기가 유리컵을 집어던진 것이 술기운 때문이었다면, 그것은 정말 큰 실수였다. 아무리 상대방이 위험한 지경에 처해있었다하더라도 술에 취해 몸을 제대로 가눌 수 없었을 상태에서 날카로운 무기가 될 수도 있는 유리컵을 던졌다면, 그것은 결과가 어떻든 만인에게 지탄받을 주사(酒邪)일 수밖에 없었다. 그리고 만약 그것이 주사가 아니라 불의에 저항하는 순수한 용기나 정의감에 따른 것이었다 하더라고, 그것은 정말 어리석은 만용이었다. 과도한 용기는 비겁만큼이나 못한데, 자신은 비겁하지는 않았지만 조절을 못해 용기를 넘어서 버렸기 때문이다. 모자란 용기는 더 채우면 된다지만, 넘쳐버린 용기 때문에 터져버리는 일은 어떻게 수습한다 말인가! 특히, 그것이 하나밖에 없는 생명이라면.

윤호는 그렇게 두 가지 분류로 나누어 자신에 대한 평가의 잣대를 설정하고, 시간을 되돌려가며 자신이 유리컵을 잡는 순간부터 던지는 순간까지의 심리상태를 모두 파헤쳐 보았다. 그러면서 자신의 깊은 심연 속에 숨어있으면서도 여태까지 발견하지 못한 또 하나의 마음은 없었는지 찾아보았다. 자기 속에 내재한 정신적 약점 때문에 다음번에도 이와 비슷한 상황에서 어제와 같은 일을 또다시 저지르지 않을까 염려되었기 때문이다.

그는 그렇게 깊은 생각을 한 끝에 자신에 대한 잠정적 판결을 내렸다. 어젯밤 일은 아무리 생각해도 술김에 저지른 일 같지는 않았다. 자기는 칼을든 사람이 벽에 기댄 사람에게 그것을 내리 꽂으려는 순간, 그 장면을 정확한 눈동자로 지켜보며 머릿속으로는 어떻게든 그것을 막아야 한다고 생각했기 때문이다. 그것은 술 취한 상태에서 느낄 수 있는 감정하고는 완전히다른 이성적 판단이었고, 또 그 판단은 그 위태로운 상황에서는 가장 적합하고 올바른 최선이었다. 따라서 자신이 한 행동은 부끄러운 약점이 아니라 누구든 그 상황에 맞닥뜨리면 취해야 할 용기 있는 행동이었고, 그래서자기는 비난의 대상이 아니라 관용의 대상일 수밖에 없었다.

그렇게 판결을 내리고 나니, 그의 마음 속에 떠올랐던 부담감이 갑자기얼음처럼 녹아내리기 시작했다. 그는 다시 마음의 안정을 찾고 그날의 기억을 매일 조금씩 지워나갔다.

시간은 흘러 그날 밤의 기억도 많이 흐릿해졌다. 그는 이제 그 날의 사건은 생각지 않고 자신의 삶으로 돌아와 거기에 몰두하기 시작했다.

윤호는 대학 졸업식을 두 달 앞두고 있었다. 다른 졸업생들 같으면 이때쯤 이미 구해 놓은 직장에 출근해 새로운 세상에 적응하고 있든지 아니면 분주히 움직이며 아직도 구하지 못한 취업의 문을 두드리고 있겠지만, 그는 아직도 길을 찾지 못한 채 애타는 고민만 하고 있었다.

그는 매일 방안에만 처박혀 자신이 가야 할 길이 어떤 것인지 생각하고 찾았다. 예전에 그가 가지고 있던 최고의 기술은 며칠 전처럼 인명구조용 정도로만 쓸 수 있을 뿐, 먹고 살기에는 아무런 도움이 되지 않았다. 때문에 이제는 자신을 그나마 보호해 주던 대학이라는 울타리를 벗어나 스스로 먹이 사냥을 하고 보금자리를 마련해야만 했다. 그러나 아직 마음속에 보이는 길은 없었고, 또 그 많은 세상 길 중에서 자기에게 맞는 것이 무엇인지도 알 수 없었다.

그는 매일 이 해결할 수 없는 고민 때문에 머리가 복잡했다. 인생을 누군가의 지도를 받으며 살 수 있으면 얼마나 좋을까 하고 수도 없이 생각했다. 알 수 없는 길을, 한 번도 가보지 않은 인생을 이미 잘 아는 누군가가 지도해 준다면 자기는 그 길을 따라 도전하고, 그렇게 해서 다시 한 번 더 일어나 볼 수 있는 길을 마련하면 되었지만, 지금은 인생이 짙은 안개 속에 가려진 것처럼 그 어느 것도 보이지 않아 답답하기만 했다.

그는 며칠 동안 밤낮을 거꾸로 사용하며 방안에서 고심했다. 아침에는 어제 못 먹은 저녁밥을 먹었고, 저녁에는 낮에 못 먹은 점심을 먹었다. 밤에는 힘들게 고뇌했고, 낮에는 근심하다 지쳐서 잠을 잤다. 그렇게 막막하고 두려운 인생을 생각하며 그는 날마다 지혜를 구하며 길을 물었고, 또 눈에 보이지 않는 세계를 연구하며 삶과 죽음을 탐구했다.

하지만 그런 노력에도 불구하고 그는 단 한 가지 외에는 아무런 답도 찾을 수 없었으니, 자기 안에서는 그 어떤 가치 있는 것도 발견할 수 없다는 것이었다. 자신은 처음부터 능력도 지혜도 없이 태어나 이 넓은 세상에서 무능하고 연약하게 살아갈 수밖에 없었고, 또 먼지보다 가치 없고 연기보다 더 가는 인생으로 생을 마감할 수밖에 없었다. 자기가 잠시 대중의 인기를 받은 것은 자신의 능력에 대한 착각이었고, 허상이자, 신기루이자, 일시적 환상이었다. 자신은 처음부터 무능하게 태어났는데 어찌 화려한 삶을 살 수 있을 것이며, 벌거벗은 채 첫 숨을 쉬었는데 어찌 찬란함을 누릴 수 있을 것인가. 그런데 자기는 길지 않은 젊음과 어리석은 자만에 빠져 저 높은 정상만 알고 저 깊은 바닥은 생각지 못하며 지내왔다. 자신의 첫 신분도 모른 채 환영 속에서 거짓된 지위에 완전히 속아왔고, 본 모습도 모른 채 고귀한 양 상전 행세를 해왔던 것이다.

윤호는 그제야 인간의 정체를, 자신의 실체를 들여다 볼 수 있었다. 자신이 이렇게 불쌍할 줄이야. 이렇게 섬약할 줄이야. 그는 미처 몰랐던 진리를 처음으로 깨달았다. 바람 같은 명성, 연기 같은 인기, 벌레 같은 인생. 그는 아무것도 아닌 자신의 본질을 투시하며 깊이깊이 뉘우치지 않을 수 없었다.

그는 그렇게 2주 동안 칩거하며 고민하다가 정신을 차렸다. 더 이상 예전의 자신에 머무르지 않기로 결심한 것이다. 그는 가슴속에 들어 찬 거품과 허세를 제거하고, 이제는 왕 같은 신분을 쫓을 게 아니라 자신이 타고난 신분으로 내려가기로 생각했다. 잘난 것 없이 태어나 거짓 실체로 우쭐거리지 않고, 본래의 능력과 모습에 맞게 살아가는 것이 합당하고 올바른 자세였다.

그는 모처럼 아침 일찍 일어나 할머니가 차려주는 식사를 했다. 매일 먹던 아침 식사였으나, 그날은 마음의 고민과 부담을 많이 털어내서 그런지 여느 때보다 그 음식들이 그의 입에 착 달라붙었다. 그는 이것저것 가리지 않고 상위에 차려진 음식들 대부분을 비워나갔다. 그동안 감사한지 모르고 먹던 식사가 그날은 왜 그렇게 맛있도록 고마운지, 그의 마음속에서 자연스레 '감사합니다.'라는 말이 튀어나왔다.

할머니는 그런 손자의 모습을 보자 그동안 아무 말 없이 물러나 그를 위해 조용히 무릎 꿇고 두 손 모은 것이 효과가 있었구나 하고 생각했다. 손자가 너무나도 젊고 새파란 시절에 겪은 추락이 지금은 알 수 없지만, 나중에는 그가 살아가는데 많은 깨우침과 도움을 줄 거라 믿었기에 그녀는 그를 위해 그냥 자신이 해 줄 수 있는 최선만 하루도 쉬지 않고 쌓아가고 있었던 것이다. 그만큼 그는 그녀에게 소중한 보물이었다.

그렇게 사랑받는 손자는 아침식사를 마치고 학교로 가기 위해 몇 가지 물건을 가방에 챙겨 넣었다. 더 이상 볼 일 없는 학교였지만, 일자리를 알아보기 위해서였다. 그는 곧 문틈으로 새어 들어오는 가녀린 빛만큼의 희망을 기대하며 무겁지만 가볍게 발걸음을 옮겼다.

대기는 차가워도 햇볕은 따사로웠다. 차창을 뚫고 들어오는 온기는 윤호의 얼굴을 부드럽게 감싸주었다. 그는 한가한 버스 안에 앉아 창밖을 내다보며, 지나가는 자동차들과 걸어가는 사람들을 구경했다. 한동안 자신만을 위해 비추던 형광등 불빛 아래서 만인을 위해 비추는 자연광 아래로 나오니 그동안 움츠렸던 기분이 살아나면서 생명의 기운이 느껴졌다.

1시간 후, 그는 자신의 목적지에 도착했다. 아침 일찍 타면 비좁고 불편한 버스였는데, 오늘은 여유롭고 넉넉해 마치 편한 여행을 한 기분이었다.

그는 버스에서 내려 학교를 향해 걸었다. 길을 걸으며 이제는 더 이상 볼 수 없을지 모를 거리 여기저기를 머릿속에 저장해 두었다. 지겹다고 생각하며 걸어왔던 거리였는데, 이제는 아쉬워해야 할 장소로 변해버렸다.

그는 천천히 걸으며 각각의 장소와 가게를 음미해 보았다. 그가 잘 가던 식당, 가끔씩 들어간 커피 집, 한 달에 서너 번 들러 사먹던 도넛 가게, 돈이 부족할 때 외상으로 맛있게 먹을 수 있었던 통닭집, 시합을 마치고 모든 선수들과 함께 모여 마셨던 맥줏집, 그리고 지난 번 그 집.

윤호는 어느새 까맣게 잊고 있던 그 가게를 보며 걷고 있었다. 그는 걸음을 멈추어 가게 입구에서 조금 뒤로 물러나 그 현장을 바라보았다. 2주전의 사건이 다시 생생하게 떠올랐다. 그는 잠시 말없이 서서 그날의 자신의 모습을 생각했다.

한편, 우동구는 라디오가 켜진 차안에 앉아 따뜻한 볕을 쬐며 지나가는 사람들을 살폈다. 그러면서 오지락이 나타나지 않기를 바라며 가게로 들어갈 적당한 때를 기다렸다. 하지만 아직은 지나가는 행인들이 많지 않아 움직이기가 부담되었다. 그리고 지난 번 오지락이 들고온 총도 마음에 걸려 좀 더 신중히 움직일 필요가 있었다.

아직 거리에는 혼자 걸어가는 몇몇 사람 외에는 사람들이 많이 보이지 않았다. 그는 점심시간이 가까워지면 밖으로 나오는 사람이 많아질 거라 생각하고 1시간만 더 기다렸다가 행동하기로 했다.

"진주." 우동구가 말했다. "요즘 무슨 노래가 유행이지? 먹고 사는 생각만 하느라 문화생활을 못 누렸더니 요즘 내 젊고 활기찬 영혼이 너무 메말라버렸어. 요즘은 좋아하던 여가수 노래도 잘 생각나지 않아. 라디오에서는 이런 구닥다리 노래만 틀어주니 나 같은 신세대는 꼭 민요 듣는 느낌이란 말이야. 이런 노래만 나올 줄 알았으면 아까 나올 때 나라한테 음반 좀 빌려 나올걸 그랬어. 나라는 노래를 귀에 달고 살거든. 내가 들어보지도 못한 노래를 어디서 구해 듣는지, 정말 신기하게 찾아서 들어. 얼마 전에 나라가 나한테 어떤 음악 한번 들어보라며 소리를 높인 적이 있었는데, 처음에 난 시끄럽다며 혼자 들으라고 그랬다가, 나중에는 나도 모르게 따라 듣게 되는 거야. 그런데 또 희한한 건, 내 입도 그 음악을 따라 흥얼거리더라고. 싫다고 하면서도 말이지. 정말, 나는 마약만 중독되는 줄 알았지, 그렇게 음악에도 중독될 수 있는 줄은 처음 알았어. 얄궂은 가사가 내 뇌를 파먹으며 나를 점점 중독 시키는데, 그걸 보니 정신이라는 건 참 신비롭더라고. 싫다고 거부하면서도 그것에 정복당하니 말이야. 정말 멍청한…"

우동구가 하던 말을 중단하고 자동차 앞 유리창 너머에 서 있는 사람을 유심히 쳐다보았다. 정말로 낯설지 않은 남자가 자신의 가게를 바라보고 있었다. 그 남자는 아는 사람은 아니었지만, 그렇다고 모른다고 할 수도 없었다. 어디서 봤지만 어디라고 말할 수 없었고, 언제 만났지만 그날이 잘 기억나지 않을 뿐인 남자였다.

그는 곧 말하던 입을 닫고 닫혀있던 머리를 열었다. 그의 머리는 그 남자에 대한 기억을 찾기 위해 자신의 감각기관에 저장된 모든 정보를 더듬고, 추적하고, 조사했다. 수사는 단서를 찾을 듯 말 듯, 한계를 넘을 듯 말 듯

하다가 다시 제자리로 돌아왔다. 분명히 최근 자신의 시야 안에 들어왔던 인물이었는데, 정확히 떠오르지는 않았다.

그는 시간을 역으로 돌려가며 자신이 있었던 장소에서 본 사람들을 모두 생각해 보았다. 최근 2주 동안 집안에만 있느라 아무도 본 사람이 없었기 때문에, 그는 필름을 그 보다 좀 더 앞으로 돌려 자기가 만나거나 보았던 사람들을 생각해 냈다. 그러다 지난번 그 사건을 떠올렸는데, 그날 자기가 본 사람은 오지락과 가게 안에 있던 몇몇 손님과 그리고….

바로 그때, 우동구는 저 남자에 대한 기억을 찾아냈다. 저 남자는 그날 밤 자신의 가게에서 술을 마시던 그 두 사람 중 한 명과 비슷했던 것이다. 그날 자신이 유리파편을 피하기 위해 돌아서던 순간 자기와 잠시 눈이 마주친 남자가, 유리컵을 집어던진 그 사람이, 금진주의 손을 저렇게 만든 인간이, 지금 저 밖에 서 있는 저 사람과 거의 똑같았다.

"찾았어. 드디어 찾았어. 진주, 내가 찾았다고."

우동구가 답답하도록 떠오르지 않던 정답을 찾자 쾌재를 불렀다.

"뭘 찾았단 말이야?" 금진주가 그에게 물었다.

"지금 저기 가게 앞에 서 있는 저 녀석이 누군지 알아냈다고. 진주. 너 우리 가게 앞에 서 있는 저 녀석이 누군지 알아? 네가 지금까지 찾고 있던 그놈이야. 바로 네 손을 이렇게 만든 놈이라고. 내가 그날 밤 저 놈이 유리잔 던지는 걸 봤는데, 저 녀석이 우리 가게에 술 마시러 와서 우리한테 행패를 부린 녀석이야. 맞아. 정확해. 내 눈은 속일 수 없어."

우동구의 말을 들으면, 그날 밤의 손님이 오히려 그들을 못살게 군 것 같았다.

"뭐라고? 내 손을 이 모양으로 만든 놈이라고?" 금진수가 못 생긴 얼굴을 흉하게 찡그리며 말했다. "가만두지 않겠어. 당장 저 놈의 팔 다리를 부러뜨려 놓고 말겠어."

금진주는 흥분해서 차에서 내리려고 손잡이를 잡아당겼다.

그러자 우동구가 차 문을 밀던 그의 팔을 잡아당기며 말했다.

"진정해! 진주. 지금 내리면 안 돼! 아직 저 녀석의 정체가 뭔지도 모르잖

아. 그러니 좀 더 기다렸다가 저 놈이 지금 우리 가게 앞에서 뭘 하려는지 안 다음에 녀석을 손 봐 주자. 그래도 늦지 않으니 말이야."

그 말에 금진주는 분낸 마음을 조금 가라앉히고, 차 안에 앉아 자신의 적을 노려보며 으르렁거렸다.

그들은 가게 앞에 서 있는 그 남자의 몸짓 하나하나를 놓치지 않고 살폈다. 차림으로 봐선 자신들과 같은 부류의 인간은 아닌 듯 했다. 그는 대학생처럼 가방을 매고 차분해 보이는 체크무늬의 목도리를 두르고 있어, 인상이 거칠거나 험악해 보이지는 않았다. 또, 자기들보다 더 많이 배운 것 같고 더 많이 착해 보여, 그를 많이 경계해야 할 것 같지도 않았다. 하지만 2주 전의 사건을 생각한다면 그는 보기와 다르게 사나울 수도 있어, 그를 마냥 그렇게 쉽게만 볼 수도 없었다. 오히려 그런 인물이 더 잔혹하고 거칠 수 있었다. 그렇기 때문에 오지락이 그를 이용하는지도 몰랐다.

우동구가 그를 그렇게 살피며 생각하다가 금진주에게 말했다.

"진주. 어쩌면 지금 저 놈이 우리 가게를 염탐한 뒤 오지락한테 보고하려 하는 건지도 몰라. 오지락이 저 애송이 같은 녀석을 자신의 부하로 삼았거나, 아니면 돈 주고 심부름 시켜서 지금 우리를 감시할 수도 있어. 지난번에 저 녀석이 우리 가게에 와서 술을 마신 것도, 녀석이 우리 가게를 먼저 살핀 뒤 오지락에게 가게 내부 사정을 알려주기 위해서였는지도 몰라. 그날 오지락이 가게에 들어왔을 때 저 녀석들 외에는 다른 손님은 없었잖아. 어쩌면 저 녀석이 가게 안에 아무도 없다는 것을 오지락한테 알려줘서, 오지락이 그렇게 마음 놓고 가게 안으로 들어왔을 수도 있어. 손님이 많은 데서 총 들고 설치면 경찰이 바로 출동할 테니 말이야. 그러니 분명 그 내부 상황을 잘 아는 저 녀석이 그걸 알려줘서 오지락이 그날 그렇게 당당히 들어왔을 거야. 그리고 저 녀석이 그날 유리컵을 집어던진 것도 보면, 오지락하고 무슨 연관이 있었을 거야. 아무런 연고도 없는 놈이 절대 그런 짓을 할 수는 없잖아. 뭣 하러 그런 일에 끼어들어 인생을 피곤하게 만들겠어. 안 그래? 그래서 난 지금 저 녀석이 무척 의심 돼. 하지만 아직 확실한 건 없으니, 저 녀석을 좀 더 지켜보다가 녀석이 움직이면 따라가서 뭐하는 놈인지 한번 알아보자. 그러다 어쩌면 오지락의 은신처도 알아낼 수 있을지 몰라. 우리도 이렇게 그 놈한테 당하고만 있을 순 없잖아. 놈이 있는 곳을 알아낼 수만 있다면 우리가 먼저 공격해서 녀석을 혼내주는 것도 좋은 방법이야. 그래. 불안하게 쫓기느니 차라리 그게 더 나을지도 몰라. 어! 저기 녀석이 간다."

우동구의 말이 끝나기도 전에, 그가 지켜보고 있던 그 사람은 가게 앞에서 멈췄던 발걸음을 옮겨 어딘가를 향해 걷기 시작했다. 우동구와 금진주는 곧 차에서 내려 그와 일정한 거리를 두며 따라가기 시작했다.

한편, 윤호는 지난 번 술집에서 있었던 일은 더 이상 깊이 생각하지 않기로 했다. 다시 한 번 더 생각해 봐도 그날 자신은 실수한 것이 아니었기 때문이다. 그는 가게 앞에서 멈췄던 발걸음 떼 다시 자신의 목적지로 향해 걷기 시작했다. 가게들이 붙어 있는 길을 지나 신호등이 있는 큰 도로가에 이르러, 그는 두 손을 코트 속에 집어넣고 서서 신호등이 바뀌기를 기다렸다.

신호가 바뀌자 그는 건널목을 걷기 시작했다. 걸어가며 건널목 맞은편에 있는 앞면이 온통 유리창으로 되어 있는 가게를 보았는데, 얼마전만까지만 해도 식당을 하던 가게가 어느새 작은 찻집으로 변해 있었다. 그는 유리벽 안쪽에 있는 손님 없는 테이블과 의자를 보았다. 그러다가 무심코 눈동자의 초점을 유리벽 안에 맞추었다. 가방을 맨 채 코트에 두 손을 집어넣고 촌스럽게 걸어가는 자신의 모습이 보였다. 또, 자신의 뒤로 여학생과 남자들이 조금 떨어져 자기와 같은 길을 걷고 있는 것도 보였다. 그는 그들 중 무심히 오른쪽 뒤에서 걷고 있는 키 작은 남자를 보았다. 순간, 그의 뇌가 어떤 반응을 보내며 그 남자를 주목할 것을 지시했다. 그는 유리 속에 있는 그 남자의 얼굴을 다시 쳐다보았다. 절대 잊을 수 없는 사람이 자신의 뒤편에서 따라 오고 있었다. 그의 인상이 워낙 강렬해 수십 년이 지난다 해도 그의 얼굴을 잊는다는 건 정말 불가능한 일이었다. 그는 갑자기 심장이 뛰는 것을 느끼며 왼쪽으로 눈동자를 돌렸다. 거기도 낯설지 않은 남자가 걷고 있었다. 그 남자의 동료였는데, 두 사람이 자기 뒤에서 걸어오고 있는 것이었다.

그는 떨리는 마음을 숨기고 머리를 고정한 채 무심한 척 계속 걸었다. 그리고 건널목을 완전히 건너 학교 방향이 아닌, 사람들이 많이 걸어가는 반대쪽으로 방향을 틀었다. 그는 걷는 속도를 조금 줄여 그들이 혹시 자기를 따라오는지 확인했다. 어쩌면 그들은 아무것도 모르고 있는데, 자기만 혼자서 과민하게 반응하는 것인지도 몰랐다. 그는 인도를 따라 백 걸음 정도 걷다가, 코트 깃으로 왼쪽 뺨을 살짝 가려 고개를 뒤로 돌렸다. 서른 걸음이면 따라잡힐 거리에서 그 두 사람이 자기와 같은 방향으로 걸어오고 있었다. 그는 느낌이 좋지 않아 줄어든 걸음 속도를 좀 더 높여 걷기 시작했다. 그는 계속 아무것도 모르는 척 고개를 숙이며 걷다가, 다시 백 걸음 지난 지점에서 같은 동작으로 고개를 돌렸다. 고개를 돌려 그들을 흘깃 본 순간, 그들은 눈길을 피하기 위해 서로 딴 곳을 쳐다보았다. 그들은 그냥 지나가던 것이 아니라, 자기를 뒤쫓아 오고 있던 것이었다. 그는 갑자기 심장이 더 빨리 뛰는 것을 느꼈다. 그는 처음 겪는 이런 일에 어떻게 대처해야 하나 생각했다. 건널목까지 평온했던 그의 정서는 이제 완전히 파괴되어 마구 요동치기 시작했다.

그는 걸어가며 방법을 생각했다. 이때 민수라도 옆에 있었다면 둘이서 피할 방법을 찾아보았겠지만, 지금은 혼자서 해결할 수밖에 없는 상황이었다.

그는 계속 진행 방향으로 걸었다. 큰 도로를 옆에 두고 걷는 것이 가장 안전할 것 같아, 그는 다른 곳으로 피할 생각은 하지 않고 무작정 가던 방향으로만 걸었다. 그는 걸으며 방법을 생각했지만, 당장 좋은 생각이 떠오르지 않아 계속 눈동자만 돌리며 그들과의 거리를 확인했다. 만약 고개를 돌려 그들을 확인하면 당장 그들이 자기에게 달려와 덮칠 것만 같아, 더 이상 그렇게 할 용기는 내지 못했던 것이다.

그는 쫓기는 얼굴로 계속, 계속 걸었다. 그런데 그때, 걷고 있던 길의 오른쪽에서 트럭이 다가와 큰 도로로 들어서려고 했다. 그는 그것을 보자 재빨리 트럭 앞을 지나갔다. 그러자 트럭은 잠시 멈춘 뒤 다시 움직이기 시작했다. 곧 그것은 큰 도로로 끼어들 차례를 기다리며, 큰 도로와 마주치는 길목에서 앞 범퍼를 내민 채 정지했다.

뒤를 쫓던 두 사람은 트럭이 시야를 가리자 빨리 움직이기 시작했다. 두 사람은 뛰어가듯 걸어서 차가 정지해 있는 곳까지 이르렀다. 그러자 앞을 막고 있던 트럭이 앞으로 서서히 움직이며 큰 도로로 빠져나가기 시작했다. 다시 시야가 확보되긴 했지만, 쫓고 있던 녀석은 보이지 않았다. 그들은 노리던 사냥감을 찾기 위해 매의 눈으로 좌우를 살폈다.

그때, 오른쪽을 살피던 금진주가 외쳤다.

"저기다. 저기 골목 안으로 녀석이 들어갔어. 아까 녀석이 들고 있던 가방이 그쪽으로 사라지는 걸 내가 봤어. 내 눈은 속일 수 없지."

"녀석이 우리가 따라가는 걸 눈치 챘나 봐." 우동구가 말했다. "오지락만큼은 멍청하지 않은 녀석이야. 진주. 어서 빨리 가자."

두 사람은 좀 전 트럭이 나오던 길로 방향을 틀어 다시 그를 뒤쫓기 시작했다.

그 사이, 윤호는 트럭이 자기 뒤를 가려주자 방향을 오른쪽으로 틀어 뛰기 시작했다. 양쪽으로 작은 가게들이 늘어서 있는 앞이 훤히 보이는 길이었다. 그는 그 길로 조금 뛰어가다가, 계속 그렇게 가면 두 사람에게 곧 들킬 것 같아 왼쪽 길로 다시 방향을 돌렸다. 2층 집이 양쪽으로 늘어선 주택가 골목길이 나타났다.

그는 거기부터 최고 속력으로 달리기 시작했다. 스무 걸음 앞에 오른쪽으로 난 작은 골목길이 하나 보였는데, 그는 순간 거기로 들어갈까 생각했지만 속도가 줄까 싶어 그냥 계속 달렸다. 그는 조금 더 뛰어가다가 다시 오른쪽으로 난 길을 보았다. 방금 전 지나친 골목길과 비슷하게 난 길이었는데, 이번에는 느낌이 좋지 않아 바로 통과해 버렸다.

그는 더 이상 방향을 틀 생각은 하지 않고 그냥 정면만 바라보며 뛰었다. 오른쪽으로 빠지는 마지막 길이 몇 미터 앞에서 보였는데, 이제는 선택의 여지가 없었다. 그는 오른쪽으로 미끄러지듯 돌아 균형을 잡은 후 다시 속도를 높였다. 하지만 불운이 나타나는 바람에 그는 곧바로 멈추어 서고 말았다. 그곳은 막힌 길이었던 것이다.

그 사이, 그를 쫓고 있던 두 사람도 도망자가 들어간 것으로 추정되는 골목길에 들어섰다. 그들은 좌우로 늘어선 집들 사이로 앞뒤 나란히 뛰어가며, 길 중간 중간에 나 있는 길들을 샅샅이 살폈다. 하지만 그 어느 곳에도 도망자의 흔적은 보이지 않자 그들도 조금 전의 선행 주자처럼 길 끝까지 달렸다. 그리고 길 끝 지점에서 방향을 틀어 무언가 있겠지 기대하며 균형을 잡았다. 하지만 그들도 곧 실망하고 말았으니, 스물 발짝 정도 앞에 벽돌담만 쌓여있고 더 이상의 이어지는 길은 없었던 것이다. 그들은 그 막힌 길 앞에 서서 숨을 헐떡거렸다.

"우리가 녀석을 놓친 것 같아. 다른 길로 빠져 나갔나봐. 쥐새끼 같은 녀석." 금진주가 숨을 헐떡거리며 실망에 가득 찬 목소리로 말했다.

"진주. 혹시 네가 잘 못 본 거 아니야? 정말 이 골목으로 들어온 것 맞아?" 우동구가 허리를 숙여 두 팔을 무릎에 올린 채 숨을 헐떡이며 말했다.

"내가 정말 봤다고 그랬잖아. 녀석 가방이 이 골목으로 사라지는 걸 내가 분명히 봤어. 내가 다른 건 몰라도 시력 하나는 끝내주게 좋잖아. 나는 날아다니는 파리 날갯짓도 정확히 셀 수 있다고." 금진주가 확신하며 말했다.

"그래? 그럼, 녀석이 다른 길로 빠져 나갔나보군. 그 녀석을 잡았더라면 포로로 사용할 수 있었는데." 우동구가 아깝다는 듯 말했다.

"녀석. 다시 한 번만 더 나타나봐라. 그땐 내가 확실히 손 봐줄 테다." 금진주가 말했다.

"그 놈이 이렇게 우리를 피하는 걸 보면 그놈은 분명 오지락의 첩자가 맞아. 그날 우리 가게에 온 것도 다 이유가 있었던 거야. 자기 대장한테 우리 동태를 파악해서 보고하려 했던 거지. 내가 아까까지 녀석을 조금 우습게 봤는데, 그 녀석, 보통이 아니야."

우동구는 그렇게 말하고 아직도 고르지 못한 숨을 쉬며 금진주 쪽으로 고개를 돌렸다. 그러자 금진주가 머리를 고정하고 눈을 가늘게 뜬 채 한 곳을 째려보고 있었다. 재채기하기 직전을 제외하고 그는 평소 그런 표정을 짓지 않았다.

"진주, 넌 이런 상황에서 재채기가 나와? 숨 막히게 뛰어놓고…"

금진주가 손가락으로 우동구의 말을 끊었다. 그는 다친 손의 검지를 자신의 입술에 가만히 얹고 다른 손으로는 앞을 지시했다. 우동구는 그 손이 가리키는 지점으로 고개를 돌렸다. 담벼락을 정면으로 바라보고 서 있는 지점에서 좌우 양쪽으로 두 집으로 들어가는 철제 대문이 나 있었는데, 그 중 왼쪽 문과는 달리 마주보는 오른쪽 문이 완전히 닫히지 않고 살짝 벌어져 있었다. 그리고 그 문아래 틈 사이로는 뒤에서 물체가 움직일 때 생기는 그림자 같은 것이 옅게 흔들리고 있었다. 그 미동은 너무 가늘어, 정말 망원경 같은 눈이 아니고서는 발견할 수 없을 정도였다.

금진주는 바닥에서 움직이는 그 무생물을 보고서 문 바로 뒤에 생명체가 있다고 직감했다. 그것은 그것을 본 우동구도 비슷하게 예측했다.

두 사람은 곧 말없이 서로를 한번 쳐다보았다. 그리고 소리 없이 작전을 짰다. 우동구가 문 앞으로 다가가 긴 발로 문을 차서 밀면, 짧은 다리의 금진주가 매섭게 적의 은신처로 파고들어 적을 끌어내기로 한 것이다.

곧, 작전이 개시되었다. 우동구는 발끝만 사용하여 문 앞으로 살금살금 다가갔다. 금진주도 마음의 준비를 하고 문 앞에 다가섰다. 우동구가 손가락을 펴서 하나씩 접기 시작하다가 두 개까지 접고, 잠시 숨을 크게 내쉬었다. 그러고 곧바로 침투 작전의 시작을 알리는 중지를 완전히 접었다.

즉시 두 대원은 각자의 맡은 바 임무를 개시했다. 우동구가 한 발로 대문을 세게 밀자, 대문이 녹슨 소리를 내며 입을 크게 벌렸다. 그러자 금진주는 신속하게 적진으로 파고들어 머릿속에 짜놓은 행동지침대로, 몸을 옆으로 휙 돌려 한손으로 적의 멱살을 잡고 밀어붙였다. 그러자 적이 뒤로 넘어지며 '어!' 소리를 두 번 내지르다가, 꽈당 하고 뒤로 자빠지며 다시 한 번 더 소리를 내질렀다.

"뭐야?"

나자빠진 적은 대원들의 공격에 깜짝 놀라 엉덩이를 바닥에 대고 뒤로 물러나기 시작했다. 그는 서 있는 두 사람을 놀란 얼굴로 쳐다보았다.

"당신들 누구요?"

그가 잔뜩 겁을 집어 먹고서 그렇게 말하자, 두 대원은 반쯤 누워 있는 그를 보며 놀라기 시작했다. 그는 신사복 차림을 하고서 흩어진 쓰레기 주위에 누워 있었는데, 아마도 외출하면서 집안 쓰레기를 비우려 했던 것 같았다. 그들이 찾던 적이 아니었던 것이다.

두 사람은 곧 어찌할 바를 몰라 하며 그 자리에 서서, 그에게 그냥 미안하니 용서해 달라는 표정만 지어보였다. 그러다 이 실패한 작전을 빨리 종료시키기 위해 난감한 우동구가 입을 열었다.

"저… 죄송합니다. 저희들이 착각했습니다. 이 집으로 도둑이 들어간 줄 알고…. 도둑을 잡으러 온 것이었는데, 저희들이 잘못 안 것 같습니다. 정말, 죄송합니다. 다치신 데는 없습니까? 저희들이 사과드리겠습니다. 예, 정말 죄송합니다. 그럼…. 저희들은 놓치기 전에, 그 도둑을 빨리 잡아야 해서 이만 나가도록 하겠습니다. 워낙 큰돈을 훔쳐 간 녀석이라…."

그는 거기까지만 말하고 금진주와 그 집을 냉큼 빠져나왔다. 그가 뒤로 문을 꽝 하고 닫자, 대문 뒤에서 남자의 앓는 소리가 들려 왔다.

우동구가 닫힌 문 앞에 서서 금진주를 노려보며 말했다.

"네 눈이 뭐라고? 파리 날갯짓이 뭐라고? 앞으로 두 번 다시 그런 소리 꺼내기만 해봐라."

그때였다. 맞은편 대문 안에서 소리가 났다.

"누구세요? 남의 집에 왜 들어온 거예요?"

여자 목소리였다.

"어서, 나가세요. 안 그러면 신고할 거예요." 그 여자가 다시 말했다.

우동구와 금진주는 그 소리를 듣자, 재빨리 그 목소리가 나오는 맞은편 대문 쪽으로 고개를 돌렸다. 그리고 그 곳으로 조심조심 다가갔다.

"나쁜 사람 아니에요. 그냥 잠시만 있다 갈게요."

두 사람이 문 앞에 다가서자, 여자 아닌 다른 사람의 목소리가 속삭이듯 들려왔다. 젊은 남자의 목소리였다.

"안돼요. 나가세요."

"제발, 목소리 좀 낮춰주세요. 저 나쁜 사람 아니에요. 대학생이에요."

그 말을 듣는 순간, 금진주는 우동구를 올려다보았다. 그 눈빛은 '바로 여기야!'라는 표시였다. 우동구는 그의 눈빛을 알아차렸다.

그 놈은 이제 독안에 든 쥐였다. 문 안에서 여자가 녀석을 몰고 나오면, 자기들은 문 밖에서 그 놈을 낚아채기만 하면 되었다. 뜻밖에도 일이 아주 잘 풀리고 있었다.

곧 닫힌 대문의 자물쇠가 풀렸다. 문이 억지로 열리며 문틈 사이로 남자의 모습이 살며시 드러났다. 그들이 찾던 바로 그 사냥감이었다. 그는 겁먹은 얼굴을 하고서 문 밖으로 발을 내디뎠다.

그가 집 안에서 완전히 나오자, 곧바로 뒤에서 문이 세차게 닫히며 여자의 투덜대는 목소리가 들려왔다.

"아휴, 문을 꽉 걸어 놓고 살든지 해야지, 어디 무서워서 살겠나!"

우동구와 금진주는 자기들 앞에 선 적을 쳐다보았다. 그의 겁먹은 표정이 지난 일을 기억하고 있는 눈치였다.

세 사람은 움직이지 않고 잠시 상대를 쳐다보았다. 무언가 터지기 직전의 긴장감 같은 것이 흘렀다.

곧 윤호가 꼬리 내린 표정을 하고서 입을 열었다.

"우리 집 앞에서 비켜주세요. 저 나가야 해요."

그가 불가능해 보이는 선수를 쳤다.

"어딜?" 우동구가 속으로 코웃음을 치며 말했다.

"학교요."

"학교? 학생인가 보네. 그런데 너, 나 알지? 얼마 전에 우리 가게에 왔었잖아." 우동구가 그를 노려보며 말했다.

"무슨 가게요?" 윤호가 모르는 척 말했다.

"어라, 그렇게 나오겠다 이거지? 너 얼마 전 우리 가게에 와서 술 마셨잖아. 다른 한 놈하고." 우동구가 이번에는 인상을 쓰며 말했다.

"무슨 말씀을 하시는 건지 모르겠는데요."

윤호는 그렇게 말하고 곧바로 우동구의 눈을 피했다. 거짓말에 서툰 표정이었다.

"무슨 말인지 모른다? 그럼 무슨 말인지 알게 해줄까?"

곧바로 우동구가 금진주의 다친 손을 들어 그에게 보였다.

"이거 네 작품이잖아. 네가 술 먹고 우리 가게에서 한 짓이잖아. 네가 유리컵 집어던지는 바람에 이 손이 이래 된 것 아니야? 이래도 무슨 말인지 모른다 그럴래?"

윤호는 아무런 대꾸도 하지 않았다.

"너 때문에 이제 이 손 평생 못쓰고 살게 됐는데, 어떡할 거야?"

"난 그저 사람을 구하려고 그런 것뿐이에요." 윤호가 약간 떠는 목소리로 대답했다. "안 그러면 그 남자가 죽을 수도 있을 것 같아서요."

"아하, 아까는 모른다더니, 이제는 기억이 나나보네." 우동구가 입 꼬리에 미소를 지어보이며 말했다. "너, 오지락하고 무슨 관계야? 너 그 놈 부하지? 우릴 감시해서 그 놈한테 보고하는 것 맞지?"

"아니요. 난 그 사람이 누군지도 몰라요."

"너, 지금 나를 바보로 아냐? 내가 아무것도 모르고서 묻는 줄 알아? 네가 그 놈의 첩자라는 거 내가 다 알고서 묻는데, 왜 엉뚱한 소릴 하는 거야? 내가 지금 한가해서 너한테 이렇게 묻는 줄 알아?" 우동구가 목소리를 높여 그에게 겁을 주었다.

"정말 저는 그 사람이 누군지 몰라요. 그날은 우연히 거기 들린 것뿐이에요."

그러자 이번에는 금진주 조사관이 윤호를 신문하기 시작했다.

"네놈이 내 손을 이렇게 만들었지?"

그 질문에 윤호는 잠시 머뭇거리다가 기어들어가는 목소리로 대답했다.

"나도 그땐 어쩔 수 없었어요. 사람이 죽을 수도 있을 것 같아서."

금 조사관이 주먹을 쥐며 앞으로 다가섰다. 자기가 확인하고 싶은 말을 이미 들었기 때문이다.

윤호는 금진주가 자기에게 다가오자, 방어태세를 취하며 뒤로 물러서기 시작했다. 팔다리가 짧아 그의 몸이 자기 몸에 닿기까지는 약간의 여유가 있어 보였지만, 그래도 그 몸이 두꺼비처럼 뛰어올라 자기 옷에 찰싹 달라붙을 수도 있었기 때문에, 그는 만반의 태세를 취했다.

우동구도 한 발 뒤에서 위세를 부리며 금진주와 같이 다가섰다.

그때였다. 한 목소리가 들렸다.

"이봐, 두 얼간이들!"

그 소리에 두 사람은 뒤로 돌아보았다. 윤호도 그쪽으로 눈동자를 돌렸다.

"가게로 들어오지 않고 여기서 뭐하는 거야? 지금껏 기다리고 있었는데."

뒤돌아 본 두 사람은 놀랐다. 다 잡은 먹이를 앞에 두고서 갑자기 상위 포식자가 나타난 것이다.

"가게를 그렇게 오랫동안 비워도 되나? 손님이 오면 어떡하려고?"

두 사람은 '아! 녀석이 여길 어떻게…' 하고 생각했다.

오지락이 두 사람의 그 생각을 알아차리고 그들의 궁금증을 해소시켜 주었다.

"어떻게 여길 알고 왔냐고? 간단해. 가게 안에서 네놈들이 차 속에서 숨어 기다리는 걸 쭉 지켜봤거든. 그러다 네놈들이 차 안에서 나오길래 나도 이렇게 따라 왔지."

우동구는 '제기랄! 우리를 숨어서 기다렸군!'하고 혼잣말로 중얼거렸다.

"아직 내가 못 받은 게 많은데, 그러자면 먼저 통장 비밀번호부터 알려줘야 하지 않겠어? 그래야 내가 돈을 찾을 수 있잖아."

오지락의 그 말에 우동구는 곧바로 표정을 고쳤다. 그가 통로를 막고 선 그에게 말했다.

"네, 그건 제가 알려드리겠습니다. 그러니 우리 여기서 이러지 말고 다시 가게로 돌아가서 이야기하시죠."

오지락이 말했다.

"아니, 난 여기서 해결하고 싶은데. 도망갈 생각은 이제 그만하는 게 좋을 거야. 이제 더 이상 빠져나갈 구멍도 없지만 말이야."

오지락은 그렇게 말하고 바로 코트 안으로 손을 집어넣었다. 그리고 지난 번 사용한 그 총을 꺼내 보였다. 그는 그 총을 다시 코트 주머니 안에 넣어 보이지 않게 한 뒤, 그것을 두 사람을 향해 겨냥했다.

두 사람은 총이 자기들을 향한 걸 보자, 이제는 자기들이 도망가야 할 신세가 되었구나 하고 생각했다. 그들은 곁눈질로 혹시나 있을지 모를 출구를 찾았다. 하지만 그곳은 주위 집과 담벼락이 삼면으로 둘러싸고 있어 그 어느 곳에도 비상 탈출구는 보이지 않았다. 또, 빠져 나갈 한 곳이 있긴 했어도, 그곳은 오지락과 그의 총이 막고 서 있어 정말 뚫고 나가기 쉽지 않아 보였다.

사태의 심각성을 느낀 우동구가 그에게 간단히 물었다.

"비밀번호를 알려 드리면 여기서 나가게 해주실 겁니까?"

그러자 여유 있는 오지락이 더 간단히 대답했다.

"아니."

방법이 막히자 우동구가 다시 물었다.

"그러면 우리가 여기서 나갈 수 있는 방법은 뭡니까?"

"글쎄."

오지락은 잠시 뜸을 들였다. 그러다 그가 다시 대답했다.

"나머지 내 돈을 찾아주면 나갈 수 있을지도 모르지. 어쩌면 말이야."

우동구는 오지락을 쳐다보며 잠시 생각했다. 그러다 곧 말하기 싫은 번호를 말했다.

"3804"

오지락은 그 번호를 듣자 머릿속에 잽싸게 집어넣었다. 그리고 태연한 척 말했다.

"내가 그 번호를 어떻게 믿지?"

우동구는 그에게 믿음을 주기 위해 당당히 대답했다.

"이제 더 이상 빠져나갈 구멍도 없는데, 제가 목숨 걸고 왜 그런 거짓말을 하겠습니까? 그 번호로 통장에 있는 돈은 모두 찾을 수 있을 겁니다."

"그래? 그럼, 나머지 돈은 어떻게 할 건가? 여기서 살아나가려면 그것도 해결해야 하는데 말이야."

우동구는 다시 생각에 잠겼다. 어떡해야 저 멍청한 오지락을 피해 여기를 빠져나갈 수 있을지 생각하는 것이었다.

그가 곧 대답했다.

"나머지는 집과 가게를 정리해야 마련할 수 있습니다. 그러니 시간을 좀 주십시오. 그러면 현금을 확보하는 대로 바로 드리겠습니다."

"우동구. 네놈이 그렇게 말하니 내가 꼭 남의 돈을 강탈하는 것 같잖아. 난 단지 도둑맞은 내 돈을 찾는 것뿐인데 말이야." 오지락이 기분 나쁘다는 듯 말했다.

"그런데," 오지락이 계속 말을 이었다. "집과 가게는 김나라, 아니, 금나라 이름으로 계약하지 않았나? 내가 알아본 바에 의하면, 거기에 들어간 금액이 얼마 되지 않는 것 같더군. 다시 말해, 모두 처리해봤자 건질 수 있는 돈이 얼마 되지 않는다는 말이야. 안 그런가?"

우동구는 오지락의 그 말에, '그것까지도 알고 있다니.' 하고 속으로 생각했다.

그는 빨리 그 상황에서 빠져나갈 방법을 연구해야 했다. 그렇지 않으면 아무것도 건지는 것 없이 빈털터리가 될 수도 있었다.

오지락이 매섭게 노려보며 그에게 다시 말했다.

"넌 분명 돈을 다른데 숨겨놨어. 그러니 여기서 살아나가려면 이제부터는 거짓말을 제대로 해야 할 거야. 안 그러면 바로 방아쇠를 당겨버릴 테니 말이지."

그 말에 오지락의 능력을 가볍게 생각한 우동구는 정신을 바짝 차렸다. 어설픈 속임수로는 더 이상 오지락 머리 위에 앉기가 쉽지 않아 보였던 것이다. 그는 더 강하고 매혹적인 말로 그를 안심시키려 해보았다. 그는 이제 돈 걱정보다는 자신의 목숨 걱정을 먼저 해야 할 판이었다.

그가 조금 더듬으며 말했다.

"속임수라니요? 제가 지금 이 상황에서 그런 걸 어떻게 쓰겠습니까? 제 말은, 집과 가게를 정리하면 그 돈을 나머지 돈과 합쳐서 같이 돌려드리겠다는 그런 말씀이었습니다. 오해하지 마시기 바랍니다. 사장님. 제 목숨을 걸고 맹세하는데 모두 다 돌려드리겠습니다."

"아니, 그런 목숨은 필요 없어." 오지락이 말했다.

"그래도, 제가 진심을 보여드리려면 제 목숨 정도는 걸어야 하지…"

"아니, 네 목숨은 필요 없다고." 오지락이 우동구의 말을 끊었다. "난 네 하찮은 목숨 따위는 원하지 않는다. 대신, 네 여자의 목숨을 걸어라. 금나라의 목숨 말이다. 네가 그 돈을 모두 가져올 때까지 내가 네 여자를 데리고 있겠다."

그 말에 금진주와 우동구는 화들짝 놀랐다. 우동구의 서툰 대응에 여동생이자 아내인 금나라가 갑자기 인질로 선정된 것이다.

금진주는 우동구가 갑자기 미워졌다. 우동구도 갑자기 자신이 싫어졌다. 두 사람은 왜 그런 쓸데없는 말을 했냐면서, 마음속으로 우동구의 입을 원망하기 시작했다. 하지만 오지락 앞에서는 그런 표를 낼 수 없었기 때문에 두 사람은 겉으로는 잠잠한 척 했다. 그렇지 않으면 지금까지 한 말들이 모두 속임수로 보여, 오히려 더 큰 위기상황을 자초할 수 있었다.

그때, 여동생을 생각한 금진주가 그 위기를 돌이켜보려고 말을 꺼냈다.

"차라리 제 목숨을 걸겠습니다."

하지만 오지락의 생각은 단호했다.

"필요 없다. 난 너 같은 짐승의 목숨은 원치 않는다. 금나라 목숨만 가져와."

금진주는 그 차가운 말에 더 이상 할 말이 없었다. 오지락의 말투에서 느껴지는 그의 의지가 너무나도 넘기 힘든 벽처럼 느껴졌기 때문이다.

이제, 칼자루는 오지락의 손에 꽉 쥐어져 있었다. 사방 어디에도 빠져나갈 비상구는 없고 다른 어떠한 도움의 손길도 바랄 수 없는 상황에서, 그들은 여차 없이 그의 요구대로 움직이는 수밖에 없는 듯 했다.

그런데 바로 그때, 그들 왼쪽에서 한 천사가 나타났다. 막힌 담을 허물고 깊은 바다를 가르며 등장하는 구원자였다. 그가 아주 적절한 순간에 두 사람을 위해 출현한 것이다.

그는 말끔하게 차려입은 신사복을 입고, 빛을 내뿜으며 녹슨 탈출구를 열어젖혔다. 그리고 눈을 다소곳이 내리 깔은 채 두 발을 문 앞으로 내뻗었다. 곧 구원의 그 통로 앞에 서서, 그는 깔은 눈을 들어 자신이 도와야 할 두 남자를 쳐다보았다.

순간, 세 사람의 희비가 교차했다. 도움을 바라던 두 사람은 그 천사를 보며 몹시 기뻐했지만, 신사복 차림의 그 천사는 놀라며 뒤로 물러서기 시작했다. 그는 두 사람이 아직도 가지 않고 자기 집 근처에 서 있는 것을 보자 그들을 경계하며 다시 집 안으로 들어갈 자세를 취했다. 그러자 우동구가 그 겁먹은 천사를 안심시키기 위해 날렵한 조치를 취했다.

그가 그 천사 같은 신사에게 말했다.

"아! 선생님. 다시 뵙는군요. 몸은 괜찮으십니까? 아까는 저희들이 경황이 없어 사과 말씀도 제대로 못 드리고 나왔습니다. 워낙 위급한 상황이라 저희도 어쩔 수가 없었습니다. 제가 다시 한 번 더 사과드리겠습니다."

우동구는 옆에 서 있던 금진주의 머리를 내리누르며 고개를 숙였다.

그는 곧 고개 들어 금진주와 같이 남자에게 공손히 다가서며 다시 말했다.

"저희들이 아까 사람을 잘못 보고서 선생님께 큰 실수를 저질렀습니다. 그건 절대 선생님을 공격하려고 한 것이 아니었습니다. 아시다시피, 이 동네가 요즘 좀도둑들로 시끄럽습니다. 그래서 저희들이 그 문제를 좀 해결해 보고자 여기저기를 살피다보니, 본의 아니게…"

그 순간, 우동구는 재빨리 그 남자를 옆으로 밀치고 열린 그 구원의 문을 향해 뛰어들었다. 그러면서 금진주에게 후퇴명령을 내렸다.

"진주! 어서 튀어!"

그 말을 듣자 금진주도 엄청난 속도로 그의 뒤를 따라 들어갔다. 순식간에 두 사람이 대문 안으로 사라진 것이다. 그들은 그 집 안에 들어서자마자, 곧바로 마당을 돌아 옆집과 공유한 담장으로 달려갔다. 그런데 앞선 우동구가 달려가며 쳐다보니, 그 담장은 자기에게는 충분한 높이였으나 금진주에게는 가혹한 상벽처럼 느껴졌다.

그는 빨리 그 상황을 파악하고, 담장 밑에 도달하자마자 바로 무릎을 꿇어 몸을 아래로 웅크렸다. 그러자 뒤따르던 금진주는 담장 밑에서 디딤돌 모양으로 앉아 있는 우동구를 보고서 그의 희생정신을 알아차렸다. 그는 마지막 남은 몇 걸음을 최선을 다해 도움닫기 해 우동구의 등을 밟고 힘차게 뛰어올랐다. 그는 재빨리 짧은 팔을 뻗어 담장을 잡았다. 그리고 큰 폭풍우를 만난 선장처럼 밑에 있는 우동구에게 명령을 내렸다.

"들어올려!"

선장의 그 명령에, 밑에 있던 우동구 항해사가 무릎을 펴서 몸을 일으켜 세우기 시작했다. 그가 무릎을 완전히 펴자, 금 선장은 이번에는 짧은 다리를 이용해 그 중 하나를 겨우 담장 위로 걸쳤다. 그는 담장에 올린 팔다리를 오므려 담장 위로 자신의 몸을 겨우 올려놓았다. 그리고 어떠한 망설임도 없이 자기 몸을 담장 반대쪽으로 떨어뜨렸다. 마치, 난파된 배에서 무거운 짐이 바다로 내던져 지는 것 같았다.

담장 뒤에서 물건 떨어지는 소리를 듣자, 우동구는 담장 쪽으로 몸을 돌려 선 자리에서 폴짝 뛰어 담벼락을 잡았다. 그는 계단을 올라가듯 벽을 타서 담을 넘었다.

그렇게 장애물을 통과한 두 사람은 다른 소유주의 집에서 다시 만났다. 그들은 이제 한 고비 넘겼구나 생각하고, 그 집 마당을 여유 있게 돌아 잠긴 문을 열고 주인인 척 당당하게 그 집을 나왔다. 그리고 몇 발짝 움직이다가 엉덩이에 불붙은 사람처럼 쏜살같이 줄행랑을 놓았다.

한편, 그 두 사람이 자기 집안으로 들어가자 휘청거리던 신사복 차림의 집주인은 주저주저 그들의 뒤를 쫓기 시작했다. 그는 그들이 담을 넘어가는 걸 보았지만, 더 이상 접근하지 않고 그들이 넘어가도록 내버려두었다. 자기 집과 생명에는 큰 피해를 주지 않았으니, 신고로 해결하는 것이 더 안전할 것 같았기 때문이다.

그때 오지락도 그 주인을 따라 들어가 그의 뒤에서 놈들이 담을 넘어가는 장면을 보았다. 하지만 그도 큰 말썽이 싫어 그쯤으로 자신을 보호하고 돌아섰다. 그가 대문을 열고 나오자 맞은편에 한 청년이 서 있었다.

너는 두려워하지 말라. 내가 너와 함께 하느니라.

놀라지 말라. 나는 네 하나님이라.

내가 너를 강하게 하리라. 참으로 내가 너를 도와주리라.

— 이사야 41: 10

5

두 사람을 놓친 뒤, 오지락은 돈을 인출하기 위해 바로 은행으로 달려가 몇 주 전 우동구에게서 빼앗은 통장과 그날 그에게서 들은 비밀번호로 돈을 찾으려 했다. 하지만 돈은 한 푼도 찾을 수가 없었다. 오지락이 가게에 총을 들고 나타난 바로 다음날 우동구가 금나라를 시켜 통장 분실 신고를 하게 하고, 그녀 명의의 예금통장에서 돈을 모두 인출해 갔기 때문이다.

오지락은 어느 정도 예상했지만, 통장 잔고를 보는 순간 실망하지 않을 수 없었다. '0'이라는 숫자는 우동구가 통장을 통해서 자신을 조롱하는 것 같았다. 그는 실망과 분노에 차, 돈보다 먼저 그의 생명줄을 잡지 못한 것을 무척 후회했다.

그 후 그는 놈들의 집을 찾아갔다. 그러나 창과 문은 모두 닫혀 있었고 출입하는 사람은 하나도 보이지 않았다. 그는 복수심으로 거기서 한 달을 기다렸으나, 역시 그들의 그림자조차 보지 못하기는 마찬가지였다. 그러다 돌아서려 할 때쯤 그는 누군가 놈들의 집안으로 들어가는 것을 보았는데, 그들은 안에 있는 짐과 가구를 모두 꺼내어 차에 옮겨 싣기 시작했다. 그들에게 물어보니, 우동구가 대리인을 통해 그의 집을 정리하고 그 안의 물건을 모두 팔아버렸다고 했다. 정말 참담한 심정이었다. 그는 그들이 그 물건을 처분하는 것을 지켜보아도 거기에 대한 어떠한 권리도 주장할 수 없었다. 자신은 그 모든 것에 대한 소유권이 있다고 생각했지만, 법은 그와 다르게 판단했기 때문이다. 억울하면 미리 조치를 취해야 했겠지만 그럴 수도 없는 것이, 그도 법의 테두리 밖에서 취한 욕심이었기에 이제 와서 법에게 도움을 요청할 수는 없었다.

그는 다시 가게로 갔다. 하지만 거기서도 마찬가지 방식대로 처리되고 있었다. 이미 다른 주인이 들어와 새로운 사업을 위해 준비하고 있었던 것이다. 그는 아무것도 건진 것 없이 그렇게 복수를 위해 준비한 시간만 낭비하고 말았다. 한방 먹이려면 제대로 뻗었어야 했는데, 어설픈 주먹질로 되레 빈틈만 보이며 허망한 꼴을 당하고 말았다. 앙갚음 해본 경험이 없으니 거기 맞는 치밀한 준비도 부족했겠지만, 그럴수록 더욱 신중히 대응해야 했는데. 지금은 오지락의 자질부족의 결과였다.

이제 오지락은 냉정해야 했다. 한번 발을 더 들이면 돌이키기도 힘든 나이가 되었다. 그렇기 때문에 그는 복수와 노후를 열심히 저울질 하지 않을 수 없었다. 인생의 전반부라면 복수를 선택하는 것이 좋을 듯 했으나, 중반에서 조금 더 지나 온 시간을 감안하면 일단 실력을 재장전하는 것이 나아 보였다. 결국 그는 크게 한방 먹일 기회를 기대하며, 복수는 차후로 미루고 인생을 다시 재건하는 쪽으로 마음을 돌렸다.

하지만 다시 시작하는 인생, 어떻게 일어나야 할지 전혀 떠오르지 않았다. 그렇다고 같은 사업을 또다시 할 수는 없었다. 한번 상처난 곳에 두 번 다시 찔리지 않는다는 법은 없었기 때문이다. 게다가 그 일은 수월해 보여도 위험했다. 사람뿐 아니라 법 앞에서도 떳떳하지 못했기 때문이다. 자신이 밑바닥 인생들을 뜯어 먹는데, 자신이 뜯긴다고 해서 국가에 합당한 도움을 호소하기는 힘들었던 것이다.

결국 그는 이 세상에 어느 것 하나 정해지지 않은 채 생겨나서 자신도 모르는 삶을 사는데 자신의 하잘 것 없는 고민이 그 여정을 바꾸는 것 같지는 않다 생각하고, 뭐든 찾아서 해보고 아니다 싶으면 다시 다른 걸 하자는 마음으로 전국 곳곳을 돌아다니며 자신이 할 만한 일을 찾아보기로 했다.

한편, 윤호는 다시 학교로 향했다. 생각지 않게 두 사람이 자신을 따라오는 바람에 학교에서 더 멀리 떨어진 주택가에서 걸어가야 했다.

그는 길을 걸으며, 두 사람의 결정적 등장으로 용케 위기에서 모면한 조금 전 일을 다시 한 번 더 생각해 보았다. 정말 기막힌 순간에 등장한 그들은 반전에 반전을 만들어 냈다. 첫 번째 사람은 자신을 위한 반전이었고, 두 번째 사람은 악당들을 위한 반전이었다. 그것을 생각하면 앞도 보이지 않는 상황에서는 절망뿐만이 아니라 희망도 뒤따라온다는 것을 확실히 느낄 수 있었다. 정말 막막하고 아찔한 순간에 자신의 생각을 뛰어넘는 사건과 존재가 나타나 막힌 숨통을 틔워주는 것이, 마치 물에 빠져 허우적대는 사람 아래에 돌 받침 하나가 돋아나 물 밖으로 그를 밀어내는 것 같았다. 그는 그날 일을 통해 느낄만한 것을 못 느꼈다면 재수없는 하루였다라고 말하는 것이 적당할 것이나, 무언가를 깨달았다면 알고 있던 것을 정말 제대로 발견한 하루였다라고 말하는 것이 옳을 거라 생각했다.

그는 그렇게 생각을 하며 학교에 도착했다. 도착해서 그는 본래 목적대로 구인광고를 살폈다. 이미 취업 의사를 가진 졸업생들이라면 학기 중에 벌써 입사원서를 내고 면접을 봤을 테지만, 자신은 이제와 이렇게 일자리를 알아보는 것이 좀 한심스러워 보였다. 하지만 자기는 남들처럼 이런 길을 생각하고서 대학에 들어온 것이 아니라 다른 뚜렷한 목표를 가지고 들어왔다가 불행하게도 갈 수 없는 사정이 생겨 다른 인생을 걸어야 하는 것이었기 때문에, 그것이 반드시 남들 보기에 창피한 일은 아니라고 생각했다. 어느 누구보다 최선을 다하며 살아온 자신이었기에, 다시 두 번째 인생을 찾아 거기에 뛰어들어 도전하면 비록 늦기는 했어도 다시 당당한 인생을 살 수 있을 거라 믿었다.

그는 그렇게 생각하고 채용공고를 세세히 뜯어보았다. 그러나 학교 내 광고뿐 아니라 그 어느 정보를 열람해도 도전해 볼 만한 곳은 그리 많지 않았다. 얼어붙은 경기 탓인지 회사는 한성된 선공자 중 약간의 인원만 채용하고 있었다. 겨우 정신 차려 학교까지 왔는데 녹녹치 않은 현실을 보니 그는 약간 주눅이 들기 시작했다. 하지만 포기하지 말자 생각하고 다시 갈 만한 회사를 알아보았다.

그렇게 그는 한 달 동안 정보를 찾아다니며 마땅한 자리를 물색했다. 그리고 눈높이를 낮춰서라도 도전할 만한 곳은 모두 뽑아 면접을 보았다.

그러나 좋은 소식은 듣지 못했다. 무엇이 마음에 안 드는지, 자기를 오라 손짓하는 곳은 한 군데도 없었던 것이다. 하지만 그는 포기하지 않고 다시 직장을 찾아 나섰다. 이런 일은 누구나 겪는 과정이기 때문에, 자기도 예외 없이 통과해야 하는 절차라 생각하고 그는 찾고 구해서 도전하기를 계속했다. 그는 그런 식으로 한 달에 한두 번 꼴로 면접을 보았고, 그 횟수만큼 불합격 통보를 받았다. 제일 처음 받은 불합격 통보는 용기에 큰 타격을 주었으나, 차츰 횟수가 늘어나면서 견딜 만큼 익숙해졌다. 그러다가 매번 계속되는 불운에, 그는 불합격을 예상하며 도전하기 시작했다. 그런데 다른 건 그렇지 않으면서 그 예상은 어찌 그리도 잘 적중하는지, 마치 불합격 통보를 받기 위해 도전하는 것 같았다.

거듭되는 시련에 그는 점점 힘도 의욕도 빠지기 시작했다. 생업을 가진다는 것이 이리도 힘든 일인 줄 그는 이제야 알게 되었다. 남의 일처럼 생각하며 바라본 것이, 이제는 자신의 일이 되어 그 벽을 뛰어넘으려하니 보통 어려운 것이 아니었다. 한계점에 이르러서는 내가 과연 할 수 있을까 하는 생각도 들기 시작했다. 이제는 어느 곳이든 자기를 뽑아 주기만 하면, 몸도 아끼지 않고 열심히 일하리라는 마음까지도 들었다. 그렇게 고마운 회사는 자신의 과도한 봉사까지도 받을 만한 자격이 있었기 때문이다.

그렇게 그는 호락호락하지 않은 세상을 마주하며 벼랑 끝에 선 자신의 마음이 자신감도 자존심도 모두 허물어 버리고 있다는 것을 느꼈다.

시간은 어느 듯 4개월이 흘러 계절은 봄을 통과하고 있었다. 꽃은 피고 지며 알록달록 생기 넘치는 분위기를 자아냈고, 땅도 요리조리 순한 연둣빛을 칠하고 있었다. 모든 생명이 기지개를 켜며 축제를 준비하듯 분주히 움직이고 있었다.

윤호는 그런 자연을 보며 자기도 넘치는 활기로 가슴속을 채워보고 싶다고 생각했다. 그러나 지금의 여정이 언제쯤 끝날지 모르는 상황에서, 인위적 행복을 만들어 그런 거짓된 기분에 도취되고 싶지는 않았다. 그의 마음은 지금 내리누르는 차가운 눈에 덮여 산뜻한 계절을 감당할만한 여유가 없었다. 아직도 싸늘한 겨울에 덮여 부들부들 떨고 있는 중이었다. 반복되는 도전과 시련 속에 희망은 점점 쪼그라들어 갔고, 불안감은 대신 크게 부풀어 갔다.

시간은 그 누구라고 해서 기다려주는 것 없이 참 부지런히 흘러갔다. 이 제 한 주만 있으면 이 나라에 계절의 여왕, 5월이 행차하신다. 그녀를 맞이 하기 위해 백성들은 묵은 겨울 먼지를 털어내고 산뜻한 옷으로 단장하기 시작했다. 누구에게도 미움을 받지 않는 여왕이었기에, 모두들 그녀의 화 려한 행차를 기대하며 자신과 가족의 삶의 장소를 깨끗이 정리하고 말끔 히 장식하기 시작했다.

그 백성 가운데 윤호의 할머니도 있었다. 그녀도 들뜬 기분을 억제하지 못하고 여왕의 행차를 반기며 콧노래를 흥얼대며 준비하기 시작했다. 집안 을 가벼운 색으로 단장했고, 미처 손보지 못했던 곳의 묵은 때를 벗겨냈으 며, 먼지 묻은 옷장의 두꺼운 옷들을 모두 끄집어내 빨았다. 두 사람만 사 는 집이라 할 일이 적을 것 같아 보였지만, 한번 작정하고 시작하면 마음에 들기까지는 꽤나 많은 손이 갔다.

그녀는 먼저 겨울옷부터 정리하고 다음에 가구와 화장실, 마당 순서로 청소했다. 후반작업으로 우중충한 커튼을 걷어내어 노란 무늬 장식으로 교체했다. 최종 작업으로는 사랑하는 손자의 방에 있는 침대를 깨끗이 정 리하고 구석구석 먼지를 제거했다. 옷걸이에는 그의 봄옷을 내어 걸었고, 겨울옷은 다음을 위해 옷장 서랍 안에 집어넣었다.

그런데 그녀가 바닥에 앉아 옷을 개어 차곡차곡 서랍장 안에 넣고 있을 때, 옷장과 바닥 틈사이로 하얀 종잇조각 하나가 살짝 나와 그녀의 눈에 띄 었다. 그녀는 청소하다 못보고 지나쳤나 생각하고 손가락 끝으로 삐져나온 종이 끝을 살짝 찍어 당겨 뺐다. 못 쓰는 종이인 줄 알고 버리려 했더니, 가 만히 살펴보니 누군가의 이름이 적힌 명함이었다. 그녀는 어디서 났나 생 각하다가, 손자의 방에서 나왔으니 손자가 흘린 것이겠거니 생각하고 그의 책상위에 잘 볼 수 있도록 올려놓았다.

그녀는 방안 일을 모두 마치고 문을 닫고 나왔다. 아침부터 시작한 그녀 의 일은 그렇게 오후 늦게야 완성되었다. 이 집도 이제 싱그러운 계절을 맞이할 만반의 준비가 끝난 것이다.

그 사이, 윤호는 참 오랜만에 봄볕을 맞으며 거리를 걸어 다녔다. 할머니가 늦은 봄맞이 청소를 하겠다며 그더러 밖에 나가 바람 좀 쐬고 오라고 말하는 바람에, 그는 하릴없이 아침부터 여기저기 돌아다녔다.

그는 할머니에게서 받은 만원으로 점심에는 커피와 빵을 사 먹었다. 그리고 오후에는 아이스크림도 하나 사 먹었다. 그러고도 2천원이 남아 집에 올 때는 하나는 할머니 방에, 다른 하나는 자기 방에 꽂아두고 천진난만한 향기를 맡을 생각으로 꽃을 두 송이 샀다. 우울하고 지친 영혼에 마법 같은 햇살이 와 닿으니, 그의 마음에도 여자 아이 같은 예쁜 감성이 발동한 것이었다. 자신의 지금 내면상태와는 어울리지 않아 거부했던 나들이가 그 날은 그렇게 그의 정신에 상당한 위로를 주어, 의기소침했던 그의 마음을 밝게 해주었다.

아직도 해가 지려면 두어 시간정도 남아있었지만, 윤호는 돈이 떨어지자 바로 집으로 돌아왔다. 그는 들고 온 꽃 한 송이를 할머니에게 내밀었다. 그러자 할머니는 향기로운 그 꽃을 받고서 젊은 시절 애인에게서 받은 선물처럼 좋아했다. 손자로부터 그런 선물을 받는 것도 처음인데다, 소녀 시절의 감성이 떠올라 다시 젊어지는 느낌이었다.

할머니는 너무 좋아, 손자에게 이렇게 고마움을 표현했다.

"윤호야, 할머니가 용돈 줄 테니 매일 이렇게 향기로운 선물을 해 다오. 내가 사는 것보다 네가 선물해 주는 게 더 행복하구나."

손자는 그 말을 듣자 오래 만에 이를 드러내며 껄껄 웃기 시작했다. 할머니가 준 돈으로 천 원짜리 꽃 한 송이를 산 것뿐이었는데, 할머니가 이렇게 기뻐할 줄이야. 그는 정말 몰랐다. 늘 마음속으로는 큰 기쁨을 선물해 드려야지 하고 생각했는데, 그 기쁨이 이 사소한 꽃 한 송이가 해결해 주어 그는 정말 의외라고 생각했다. 그가 주고 싶은 선물은 큰 성공이었고, 할머니가 받고 싶은 선물은 아기자기한 행복이었는데, 주는 사람과 받는 사람이 서로 다른 데서 가치를 찾았으니 지금까지 그런 공감을 한 번도 느껴보지 못한 것이 조금 아쉽게 느껴졌다.

마음에 일어난 그런 감정을 안고서 윤호는 자기 방으로 들어갔다. 그는 다른 꽃 한 송이를 올려놓기 위해 책상으로 다가가 괜찮은 곳을 살폈다. 책 꽂이에 꽂힌 두꺼운 책 사이로 줄기를 반쯤 끼워 넣으면 마치 책속에서 꽃이 피어난 것 같이 보일 것 같아, 그는 꽃을 책 사이에 세우고 책을 양쪽에서 밀어 단단히 고정시켰다. 뒤로 물러나서 보니 약간 그럴싸해 보였다. 비록 속임수였으나 책속에서 피어난 꽃이라 계속 우겨대면 상대도 그렇게 봐줄 것만 같았다. 방안에 자기 아닌 다른 생기가 하나 더 자리 잡으니 예전보다 한층 더 밝은 느낌이 들었다.

그는 다시 책상으로 다가와 앉았다. 외투 주머니에서 지갑과 소지품을 꺼내 책상 위에 올렸다. 그런데 잘 정리된 책상 위에 하얀 종이 하나가 보였다. 그는 다가가 그 작은 종이를 집어 들었다. 누군가의 이름이 적혀 있었는데, 알지 못하는 이름이었지만 누군지는 아는 사람이었다. 몇 개월 전 자신과 두 번 마주친 남자였던 것이다. 첫 번째 만남에서는 자기가 의도적으로 그를 구해주었고, 두 번째 만남에서는 그가 우연히 자기를 구해 주었다. 그는 그날을 잊는 것이 불가능하다 할 만큼 그 남자를 너무나 뚜렷이 기억하고 있었다.

이름이 오지락이라는 그 남자는 그날 열린 대문을 나오다가 그와 마주치자 그의 얼굴을 뚫어지게 쳐다보았다. 꽉 다문 그 남자의 입술은 한동안 벌어지지 않았고, 힘이 들어간 그의 눈은 무언가를 찾아내려는 듯 그의 얼굴을 세세히 살폈다.

윤호는 그 남자의 그런 행동이 부담스러워 그도 똑같은 방식으로 대응했다. 그는 남자의 생김새를 잘 관찰하며 만일의 사태를 대비해 그 인상착의를 외웠다. 그의 외모에서 느껴지는 소감은 정말 주목할 만할 게 없었는데, 강한 인상이 아니면서 부드럽지도 않았고, 야무지기보다는 오히려 헤퍼 보였으며, 따뜻하기보다는 조금 차가워 보였다. 겉만 놓고 판단한다면 그는 교양, 품격, 지성과는 거리가 있어 보였는데, 윤호는 그런 그 남자를 보며 경계심보다는 오히려 동정심 같은 것을 느꼈다.

그는 물러서지 않고 그 남자가 어찌하나 가만히 기다렸다. 그러자 그 남자가 주저하다가 입을 열었다.

"지난 번 일은 기억하고 있소. 아마 당신이 나를 도와 준 것 같은데, 왜 그랬는지…"

오지락은 뭐라 말해야 할지 몰라 그런 식으로 운을 뗐다. 하지만 윤호는 그 말에 좀 당황했다. 도와준 사람인 줄 알면 상대에게 인사를 하는 것이 예의일 텐데, 그는 오히려 도와준 것에 대해 의아하게 생각하고 있었던 것이다.

"저도 너무 다급해서 그랬습니다. 일단 사람부터 살려야겠다 싶어서…" 윤호는 예의를 모르는 것 같은 남자의 말에 자신도 말꼬리를 흐리며 답했다.

오지락은 그 말에 더 이상 할 말을 찾지 못했다. 감사에 서툰 인간이었기에 마음의 표현도 어색해 했던 것이다.

윤호가 그 모습을 보고 물었다.

"혹시 그 남자들 위험한 사람들인가요? 조금 전에 도망친 그 두 사람 말입니다."

"그렇소." 오지락이 대답했다. "같이 있을 때는 몰랐지만 무척 위험한 놈들이오. 내 밑에서 일하던 놈들이었는데 회사 돈을 훔쳐 달아났소. 그래서 내가 지금 잡으러 다니고 있는 중이오."

"그러면 경찰에 신고하시지 왜 직접 해결하려고 하십니까? 위험한 인물이라면서요."

이에 오지락이 사실과 다르게 대답했다.

"이미 신고했지만 녀석들이 흔적도 없이 숨는 바람에 경찰도 손을 놓고 있었소. 그래서 내가 직접 발로 뛰어 놈들을 찾아다닌 거요."

그 말을 끝으로, 두 사람은 상대방 쪽에서 할 말 있으면 먼저 하라는 식으로 눈치를 살폈다. 하지만 그 누구도 먼저 입을 열지는 않았다.

윤호는 더 이상 낯선 남자와 나눠 볼 대화가 없자, 먼저 돌아설까 생각했다. 오지락도 그 신기한 조우에 뭔가 할 말이 있는 듯 입을 열려다가, 아무 말 못하고 어색한 표정만 지어보였다. 그러다가 그가 그 서먹한 분위기를 깨기 위해 서너 발 다가와, 코트 안에서 만지작거리고 있던 하얀 종이를 하나 꺼냈다.

그가 그것을 윤호에게 내밀며 말했다.

"혹시 필요하다면 연락하시오."

오지락은 그 말만 하고 명함을 윤호 손에 넘겼다. 윤호는 거절하지 않고 그 종이를 받았다. 받고 싶은 마음은 없었으나, 주는 손이 부끄럽지 않도록 하기 위해서였다.

그는 받자마자 그 명함을 들여다보았다. '주식회사 나산금융 오지락 사장'이라는 문구가 적혀있었다. 오지락은 상대가 명함을 건네받아 읽는 것을 보자 바로 짧은 눈인사를 하고 거기를 바로 떠났다. 혹시 경찰이 올지 몰라 그도 더 이상 그 곳에 있기가 부담스러웠던 것이다.

가구 밑에서 할머니가 발견하고 윤호의 책상 위에 올려놓은 종이는 바로 그때 그 남자에게서 받은 명함이었다. 그가 그날 집에 돌아와서 코트를 벗다가 그 명함을 바닥에 흘렸고, 그것은 방안 한 구석으로 흘러들어가 깊은 겨울잠을 잔 뒤 봄이 되어서야 이렇게 다시 윤호 앞에 나타난 것이다.

윤호는 잠시 잊고 있었던 당시 그 남자를 떠올렸다. 악해 보이지는 않으나 기품이 부족해 보여 은근히 연민을 자아내던 사람. 총알 없는 총을 상대에게 겨누며 위협하다가 다 잡은 듯 보이는 상황에서 어설픈 대응으로 두 번씩이나 범인을 놓치고만 사나이. 무슨 생각인지는 모르나 자기를 뻔히 쳐다보다가 할 말이 없자 명함만 건네주고 간 남자.

사실, 그 남자는 다시 보고 싶지 않은 인물에 포함되면 됐지 또다시 만나고 싶은 사람은 아니었다. 두 번의 만남이 모두 권장할만한 여건에서 이루어진 것이 아니라 공포와 불건전한 바탕에서 성사된 것이었기 때문이다. 그래서 그런 만남속의 사람도 꺼려질 수밖에 없었고 기억 속 어딘가에 그를 쳐박아 놓은 채 까맣게 잊고 있을 수밖에 없었다.

그런데 지금 그 명함으로 인해 그의 마음이 갈등하기 시작했다. 바른 길이 아니면 가지 않고 단정한 사람이 아니면 만나지 않았던 그가, 절박한 형편을 만나니 타협하고 있었던 것이다. 기억 속에 호의적으로 저장된 사람이 아니라면 지금 책상 위에 놓여있는 명함을 보면 당연히 무시하는 게 옳은 행동이었고, 만나서 좋을 리 없는 사람을 또다시 만나 성가신 일을 겪느니 차라리 처음부터 그 만남을 차단해서 곤란한 상황을 봉쇄하는 것이 현명한 처신이었지만, 윤호의 마음은 지금 단호하게 선을 긋지 못하고 망설이고 있었다.

그는 거부해야 할 사람을 만나도 되나 하는 생각을 하며 손에 쥔 명함을 만지작거렸다. 명함 속 '나산금융 사장'이라는 문구가 직장을 구하다 매번 실패만 한 그의 마음에 적잖이 파고들었기 때문이다. 명함을 건네받을 때는 아무것도 아닌 것처럼 보였지만, 절박한 상황에 이르니 그 명함 한 장이 그의 마음에 자극하는 힘은 상당했다.

윤호는 어쩌다 이때 이 남자의 명함을 다시 보게 되었을까 생각했다. 그냥 쓰레기통으로 들어가 다시는 보이지 않던지, 아니면 어딘지 모를 다른 깊숙한 곳에 파묻혀 영영 나타나지 말던지 할 것을. 하필 이런 시기에 이렇게 불쑥 나타나 마음을 동요시키다니. 그는 이 시점에 이 명함을 본 것이 우연인지 필연인지 생각해 보았다. 만일 우연이라면 그 남자를 무시하는 것이 맞았는데, 우연히 다시 나타난 명함 한 장 때문에, 만나서 좋을 리 없는 사람을 만나 건전한 인연으로 이어지를 바라는 것은 정말 어리석은 일이었기 때문이다. 그리고 만약, 그럴 수 있을지는 모르겠으나, 필연이라 가정해도 그 결과가 나쁘게 끝을 맺는 경우라면 그를 피해야 하는 것이 맞았다. 그런 사람은 두 말할 것 없이 본바탕이 오염된 사람이든지 생각이 오염된 사람이기 때문에, 그런 오염원과 같이 숨을 쉬는 것만으로도 주위 사람들은 같이 매를 맞을 수 있었고, 의도하지 않았던 일에 갑자기 말려들어 창피를 당할 수 있었기 때문이다.

윤호는 다시 나타난 그 명함 한 장을 가지고 냉철히 숙고하며 고민했다. 특별한 방법도 의지할 곳도 없이 홀로 분투하다 지쳐있는 이때, 이 한 장의 명함이 갖는 의미를 탐구하며 바른길을 물었다. 좀 둘러가더라도 꺾이지 않는 길로 가기 위해, 가벼운 선택은 버리고 듬직한 분별력에 의탁하고 싶었기 때문이다. 그는 지금 서 있는 이 지점에서 냉정히 현실을 바라보며 좌우를 부지런히 살폈다. 기로에서는 명철이 필요한 법이기에.

지난 2년간 밤낮이 뒤바뀐 생활을 하면서 오지락은 오전에는 잘 일어나는 법이 없었다. 그가 잘 나가던 시절에는 자정이 되면 내일을 기대하며 잠자리에 들어 다음날 새벽에 모자란 잠을 이기며 침대에서 일어났지만, 하던 사업과 사람에 대한 믿음이 완전히 흔들리면서 정신적 충격 때문인지 계획적이고 규칙적인 생활을 할 수가 없었던 것이다. 그는 불규칙한 생활을 반복하면서 새벽에 눈을 붙이는 것이 습관이 되었고, 그에 따라 씻는 것, 먹는 것도 모두 조끔씩 미뤄져, 해가 제일 높은 지점을 지나고 나서야 하루 일과를 시작했다. 그는 누구 하나 간섭하는 사람 없이 사는 남자였기에, 자유롭지만 무질서한 생활이 그의 일상이 되어버렸다.

그러나 오늘은 그 무너진 삶을 다시 일으켜 세우기로 그는 단단히 마음먹고 이불에서 나왔다. 그는 샤워를 한 후 손수 따뜻한 커피를 끓여 마셨고, 한동안 해본 적 없던 아침식사도 대충 차려 먹었다. 옷장에 처박아놓고 언제 다시 입을지 몰랐던 옷을 끄집어내어 날카롭게 주름을 잡아 몸에 걸쳤고, 구두도 왁스칠로 반질반질 윤을 내어 신었다.

그는 집을 나와 1시간 정도 걸리는 새 사무실로 가기 위해 그늘진 주차장에 세워둔 차에 탔다. 라디오를 틀자 예전에 진행하던 아나운서의 변함없는 목소리와 귀에 익숙한 음악들이 흘러나왔는데, 다시 시작하는 아침을 힘차게 출발할 수 있도록 흥을 돋아주는 것 같았다.

큰 도로에 접어들자 높은 건물 사이사이로 빠져나온 맑은 아침 햇살이 차창을 뚫고 그의 얼굴에 와 닿았다. 가로등과 달빛에 익숙했던 그의 피부가 오랜만에 아침햇살을 받으니 경련을 일으킨 것처럼 떨렸지만, 곧 진정되며 얌전히 빛을 흡수하기 시작했다. 늘 막히던 도로는 이번에도 역시 막혔으나, 오랜만에 지나는 길 주위를 한번 둘러볼 수 있어 지루한 생각은 들지 않았다.

집에서 출발한지 정확히 55분이 지나 오지락은 새 사무실에 도착했다. 그가 사무실로 들어섰을 때는 사무실 왼편으로 책상 두 개와 낡은 소파

하나만이 자신을 썰렁하게 기다리고 있었다. 사무실 오른쪽으로는 창고로 쓰기 위한 방이 하나 있었는데, 그 안은 아직 아무것으로 채워지지 않아 쓸쓸함만 대신 가득 들어 차 있었다. 사무실 내부 분위기를 바선 여러 가지 재료로 모양을 좀 더 내고 필요한 물건도 좀 더 들여와 내부를 보기 좋게 꾸미야 할 것 같았지만, 오지락은 그냥 그 조촐하고 누추한 장식으로만 사무실 내부를 꾸몄다. 특별한 불편함이 없는 것만으로도 모든 것이 완전히 갖추어졌다 생각해 흉하거나 파손된 것이 없다면 그냥 그대로 사용할 생각이었던 것이다.

오늘 사장에 재취임한 오지락은 낡은 소파에 앉아 사무실 안을 눈으로 한번 둘러보았다. 그가 지금 보고 있는 것은 지난 시절의 결과물이었다. 사람을 제대로 만나지 못하고 똑바로 다루지 못해 얻은 쓰디쓴 열매였던 것이다.

그는 자리에 앉아 몇 년 전 이것보다 더 큰 공간에서 세 명의 종업원과 같이 시작한 사업을 처음부터 되짚어 보았다. 초기에는 경험이 부족해 직원들을 통해 사업 방법을 익혀가며 회사를 키워나갔지만, 규모가 커지자 어느 순간부터는 자신만의 눈을 열어가며 나름의 계획과 포부로 사업을 확장시켜 나갔다. 하지만 사람을 보는데 신중하지 못했던 그는 불려 놓은 재산의 대부분을 잃었고 마음에도 적잖은 상처를 입었다. 그런 마음에 쌓인 분노와 잃어버린 재산을 회복해 볼 요량으로 그는 놈들을 잡기 위해 여기저기 뒤지고 쫓아다녔지만, 그것도 결국은 실패로 끝나고 마침내는 여기까지 오게 되고 말았다.

오지락은 사무실 천장을 쳐다보며 그때 깨달은 교훈과 주의사항을 다시 한 번 더 가슴속에 새겼다. 사람의 생김새는 속내를 감추지 못하므로 외모로부터 느껴지는 감정이 달갑지 못하면 상대를 하지 말아야 하고, 만약 그런 사람들로부터 한번 걸러진 사람들과 관계를 맺게 된다 해도 다시 한 번 더 분류하고 구별해서 실수가 없도록 써야 한다. 사람을 너무 가까이 두고 쓰지 말 것이며, 부득이 가까이 두고 쓴다면 경계하고 조심해서 써야한다.

그는 뜨거운 불에 데어 큰 화상을 한번 입어 본 사람이었다. 그래서 사람에 대한 그 나쁜 경험을 바탕으로, 업무개시 전에 자신을 그렇게 단단히 무장하고 전의를 불태웠다.

그때 사무실 문이 열리며 한 남자가 들어왔다. 그는 들어오며 소파에 앉아 생각하고 있던 오지락을 보며 인사했다.

"안녕하세요. 사장님. 사장님께서 저보다 더 일찍 출근하셨네요."

들어온 남자는 회사의 2인자였다. 서열로는 부사장 정도였으나, 등급으로는 유일한 직원이었다. 그는 군대를 갓 재대한 후 직장을 구하다가 오지락이 낸 광고를 보고서 들어온, 젊으나 유능한지는 아직 증명되지 않은 직원이었다. 그런 그를 오 사장은 곱상한 외모라는 1차 관점만 보고서 채용했다. 그가 오 사장이 정해놓은 다음 관문들을 통과하기 위해서는 그와의 시간을 좀 더 많이 가져야 하겠지만, 현재 회사 규모에 비추어 보았을 때 그 정도만으로도 그가 잡일꾼이 되기에 충분하다고 생각했는지 오 사장은 그를 까다로운 조건 없이 채용했다.

"첫날이라 좀 둘러볼게 있어서 일찍 나왔어." 오 사장이 그의 말에 그 정도로 답했다.

직원은 오 사장에게 인사하고 나서 사무실을 간단히 정리하기 시작했다. 하지만 아무것도 없는 사무실에는 별 치울 것도, 정리할 것도 없어 그는 곧 자리에 앉았다.

자리에 앉아도 일거리가 없자, 그는 텅 빈 책상 서랍을 열었다 닫았다 하며 일하는 시늉을 했다. 전화 수화기도 들었다 놓았다 하며 점검하는 흉내를 냈다. 그러다 자리에서 일어나 아무것도 없는 창고 안을 세세히 살피기도 했다. 이미 갔다 온 화장실도 업무 분위기상 또 한 번 갔다 와야 할 것 같다 생각해, 물로 배를 채운 뒤 다시 나가서 한참 만에 돌아왔다.

하나밖에 없는 직원이 그렇게 할 일이 없어 애처로운 행동을 하자 한동안 말없이 의자에 앉아 창밖만 쳐다보던 그의 사장이 드디어 그에게 입을 열었다.

"도원아. 조금 있으면 손님이 한 명 올 테니 차를 두 잔 준비해라."

그 말을 듣자 그는 할 일이 생겼다는 기쁨에 자리를 박차고 일어나 물을 끓이기 시작했다. 평소 차를 준비하는 것이 그렇게 즐거운 일인 줄 몰랐던 그는 오랜만에 들어온 일이 사라지지 않을까 싶어 준비하는 내내 물이 빨리 끓지 않도록 물을 조금씩 더 부었다. 시간이 흘러감에 따라 물도 많이 들어가 이제는 더 이상 넣을 공간이 부족해지자, 그는 물을 따르고 다시 채우기 위해 주전자를 천천히 기울였다.

그때 사무실 문 두드리는 소리가 들렸다. 손님이 온 모양이었다. 오지락은 의자를 회전해 문 쪽을 바라보았다. 그러자 손님이 문을 열고 들어왔다. 만난 지 몇 개월 지난 터라 얼굴이 적극적으로 기억나지는 않았지만, 그를 보니 소극적인 기억들이 하나씩 되살아났다. 오 사장이 자리에서 일어나 그 손님을 맞이했다.

"오랜만이군요."

안으로 들어온 손님도 인사를 건넸다.

"네, 오랜만입니다. 제가 바쁠 때 방문한 건 아닌지 모르겠습니다."

"아니오. 오늘은 좀 여유가 있어요. 여기 자리에 앉으시죠."

그가 손님에게 낡은 소파에 앉을 것을 권유하자 손님이 아무 말 없이 자리에 앉았다.

"도원아, 여기 차 좀 내 오너라."

오 사장이 물 끓이기 좋아하는 직원에게 말하자 채우고 부으며 물의 양을 조절하고 있던 그 직원은 곧바로 주전자를 세우고 차를 준비하기 시작했다.

그 사이 손님은 자리에 앉아 사무실 분위기를 표 나지 않게 살폈다. 생각했던 것보다 사무실은 훨씬 작았고 장식도 별 볼일 없어 보였다. 예상과는 많이 달라, 그는 실망했다.

오지락이 먼저 운을 띄웠다.

"저를 잊지 않고 연락하셨군요."

"네. 제 지갑 속에 그때 건네주신 명함이 있어서 연락을 드렸습니다." 손님이 대답했다.

"네, 그렇군요."

오지락은 손님에게 계속 말할 기회를 주기 위해 짧게만 대꾸했다.

하지만 도원이 차를 두 잔 준비해 계속 이어지려던 대화를 끊고 들어왔다. 그는 오래 끓여 짙은 김이 모락모락 올라오는 차 두 잔을 탁자위에 올려놓았다. 그런 후 뒤로 물러가 자기 자리에 앉았다. 순식간에 할 일이 사라진 그는 손님과 사장과의 대화가 듣고 싶어, 자리에 앉아 청소하는 척 조용히 책상을 문지르기 시작했다.

"손은 이제 괜찮은가 봅니다."

오지락이 다쳤던 손으로 찻잔을 집어 들자, 손님이 그것을 보고서 말했다.

"아, 네. 이제는 다 나았어요." 오 사장이 말했다.

"네, 다행입니다. 하마터면 큰일날 뻔했습니다."

그 말에 약간 무안해진 오지락은 차를 한 모금 마시며 얼굴빛을 숨겼다.

그는 차를 몇 모금 마신 뒤, 찻잔을 탁자위에 올려놓고 손님에게 물었다.

"그래, 저한테 전화를 한 용건이 무엇인가요?"

손님도 차를 조용히 한 모금 마신 뒤 찻잔을 내려놓았다.

"그걸 말씀드리기에 앞서 먼저 제 소개부터 드리겠습니다. 그런 뒤 제가 찾아 온 목적을 말씀드리는 것이 사장님에 대한 예의일 것 같습니다."

오지락은 청년의 그 말을 듣자 그가 이전에 자신이 만나오던 인간들하고는 많이 다르다고 생각했다. 외모에서 느껴지는 것만큼이나 그는 다른 무언가가 속에서 느껴지는 젊은이였다.

"네. 그렇다면 편히 말해 보시지요." 오지락이 점잖게 말했다.

그러자 손님이 자신을 소개하기 시작했다.

"원래 저는 운동을 하던 학생이었습니다. 초등학교 때 재미삼아 시작하던 것이, 하다 보니 고등학교 때까지 이어졌고, 그러나가 체육특기생으로 대학도 진학할 수 있게 되었습니다. 대학에 진학해서 저는 제 꿈을 위해 매일 목표를 정해놓고 열심히 연습했습니다. 젊음에 도취해 조금 나태하게 지낼 수도 있었지만, 그것보다는 제 꿈에 다가가는 것이 더 중요하다 생각해 저는 부지런히 기량을 높이는 일에만 신경 썼습니다. 그 덕에 제 실력은 제 관심과 노력만큼 조금씩 올라갔고 저도 모르는 사이에 제가 바라던 기량까지 갖추게 되었습니다. 그런 저의 실력은 학년이 올라감에 따라 배가되었습니다. 당시로서는 저와 견줄만한 선수가 없을 정도였습니다. 그러자 모든 관심이 저에게 쏠리며 저에 대한 다양한 지원이 이어졌습니다. 졸업 전임에도 여러 구단들이 저에게 좋은 제의를 해왔고, 은퇴 전임에도 몇몇 대학들은 은퇴 후 교직까지 보장하겠다고 나섰습니다. 다른 문제만 없다면, 저는 제가 선택한 길로 가기만 하면 되었습니다. 그렇게 저는 남들보다 빠른 절차를 밟아 나갔습니다. 그러자 주위에 저를 보며 부러워하는 사람들이 많이 생겼습니다. 물론 시기하는 사람도 있었습니다. 하지만 부러워하는 사람들은 노력하지 않는 사람들이었고, 시기하는 사람들은 칭찬할 줄 모르는 사람들이었습니다. 그들이 부러워하고 시기하는 그 결과는 오직 노력과 열정로만 이루어지는 결과였습니다. 원하는 것을 얻기까지는 여러 가지를 포기하며 끊임없이 매진해야 하는 힘든 과정이었습니다. 그렇기 때문에 하루아침에 만들어질 수 있는 모래성이 아니었습니다. 눈을 뜬 낮이든, 눈을 감은 밤이든 오직 한 가지로만 머릿속을 채우고 다른 것은 모두 비워야 하는 인내와 노력의 결과물이었습니다. 사소한 것 하나 놓치는 것 없이 매일 연습해서 섬세한 동작을 만들어 내야 했고, 그 미묘함을 통해 큰 차이를 얻어내야 했습니다. 아이를 키워내 듯, 오랜 끈기와 많은 정성이 필요한 과정이었습니다. 그것은 그런 열정과 애정 없이는 절대 맛볼 수 없는 열매였기 때문입니다."

그는 차를 한 모금 마시고 다시 말을 이었다.

"아무튼, 저는 많은 찬사와 후원을 받으며 그렇게 성장해나갔습니다. 그리고 동시에 다음 발판도 다져나갔습니다. 그래서 저는 자만하는 일이 없도록 늘 변함없는 자세로 연습했습니다. 또, 저를 후원하는 사람들의 기대에 못 미치는 선수가 되지 않도록 매일 저를 조련하고 검점했습니다.

그러던 차, 저는 매년 열리는 전국대회 도중 예기치 못한 사고를 당하고 말았습니다. 날아온 공에 어깨를 강하게 맞아 재기불능 선수가 되고 만 것입니다. 그 일로 저는 하던 운동을 그만두게 되었습니다. 정말 생각지도 못한 불행이었습니다. 마치 하늘이 무너지는 느낌이었습니다. 제가 걸어온 길이 그렇게 한순간에 무너지니, 저는 그 충격으로 아무것도 할 수가 없었습니다. 제 위에서 비추던 파란 하늘은 갑자기 까맣게 변했고, 밟고 섰던 땅도 움푹 꺼져버렸습니다. 덩달아 제 인생도 요동치기 시작했습니다. 그 후 저는 아무것도 하지 못하고 방황과 자책으로만 시간을 보냈습니다. 아까운 젊은 시절을 헛되이 보내며 시간만 낭비하게 된 것입니다. 그러다가 저는 2년 만에 정신을 차리고 학교로 돌아와 공부를 시작했습니다. 그리고 올해 초에는 대학을 졸업했습니다. 하지만 졸업을 하고 나니 더 이상의 길이 없었습니다. 원래 가고 싶어 했던 길은 불운 때문에 사라졌고 다른 것은 보이지도 않았습니다. 그래서 저는 보통의 대학생들이라면 하는 취업준비도 전혀 하지 못했습니다. 하지만 뒤늦게 준비성 없었던 제 불찰을 깨닫고 저는 정신을 차려 여기저기 기업을 찾아다니며 면접을 보았습니다. 하지만 제가 많이 부족했던지 면접을 본 곳마다 모두 불합격 통보를 해 왔습니다. 그렇게 몇 달을 지내다보니 저는 실망감으로 힘이 많이 빠졌고, 불안감으로 의욕도 많이 저하되었습니다.

그러던 중, 저는 지난번에 받은 명함을 우연히 보게 되었습니다. 몇 달 전 저에게 건네신 그 명함 말입니다.

솔직히 말씀드리자면, 저는 그 명함을 처음 받았을 때는 전혀 관심이 없었습니다. 그러나 이번에 그 명함을 다시 보니 그렇지가 않았습니다. 왜냐하면 제가 몇 달 전에 금융 관련 기업에 한번 지원한 적이 있었기 때문입니다.

사실 제가 오늘 여기를 이렇게 찾아 온 건, 이 회사를 직접 방문해서 회사에 대한 정보를 얻고, 여기에 일자리가 있으면 면접을 한번 볼 수 있을까 해서였습니다."

그는 거기까지만 말하고 상대의 눈치를 살폈다. 아직 이 회사의 정체를 모르는데 더 이상 말하기가 망설여졌기 때문이다.

사실 그는 오지락 사장을 만나기 위해 이 건물 입구를 들어서는 순간부터 좀 이상한 생각이 들었다. 주식회사가 입주한 건물이라고 하기엔 너무 작고 허술했으며, 복도에는 짐들이 쌓여 있어 금융회사와도 많이 어울리지 않았기 때문이다. 그래서 그는 발길을 돌려 돌아갈까도 생각했지만, 이미 해놓은 약속을, 그것도 자신이 먼저 전화를 걸어 잡아 놓은 약속을 일방적으로 깨고 갈 수는 없었다. 그래서 이왕 여기까지 준비해 왔으니 일단 한번 만나보고 말이나 꺼내 보자는 생각으로 용감히 들어왔다. 그러나 막상 문을 열고 사무실 안으로 들어서니 후회가 되기 시작했다. 차라리 약속을 파기하고 돌아서는 것이 더 좋았을지도 몰랐다.

한편, 그의 말을 듣고 있던 직원은 걸레질을 멈추고 앞에서 뒤돌아 앉아 있는 그 손님을 의아한 눈으로 쳐다보았다. 사장 앞에서 자신에 대한 소개를 저렇게 당당하게 할 수 있는 사람이, 왜 하필 이런 보잘 것 없는 사무실에 와서 면접을 보고 싶다고 말하는 건지 알 수가 없었던 것이다. 저 정도의 자신감과 화려했던 과거를 가지고 있는 사람이라면 더 크고 좋은 기업에 들어가서 면접보고 일하는 것이 맞을 것 같은데, 무슨 약점 때문에 그는 그런데서 퇴자 맞고 여기까지 와서 취업 얘기를 하는 것인지 전혀 이해가 되지 않았다. 그래서 그는 만약 그럴 수만 있다면 그 손님 얼굴을 한번 쳐다보며 그의 생각이 과연 무엇인지 알아보고, 만약 그가 여기를 잘못 알고 찾아온 것 같아 보이면 어서 일어나 다른데 가서 알아보시라고 말해주고 싶었다.

하지만 그런 직원의 생각과는 달리, 오 사장은 윤호의 말을 듣고 그를 감탄하는 마음으로 바라보았다. 자기가 궁금해 했던 인물이 그의 요약된 삶을 자기 앞에서 확실하게 설명하는 모습을 보니 큰 호감이 갔던 것이다.

그는 지금껏 그런 자기소개는 한 번도 들어본 적이 없었다. 지금까지 그가 만난 인물들은 모두 잡다하고 왜곡된 말만 하는 하위존재들뿐이었기 때문이다. 그들은 고급스러운 언어와 공손한 태도로 자신을 표현할 줄도 몰랐을 뿐더러, 겉으로는 공손한 척 해도 그 속에 감춰진 계략 때문에 자꾸 듣다 보면 본래의 마음이 느껴지는 인물들이었다. 한마디로 그들은 쓰레기 같은 인간들이었고, 입에서는 하수구 같은 말만 토해내는 녀석들이었다.

그런데 이 청년 구직자의 언행은 그와는 정반대로 부드럽게 정제되고 순화되어, 마치 고운 모래알이 공중에 뿌려져 반짝반짝 빛나며 흩날리는 것 같이 사람의 마음을 설레게 했다. 자신과 같은 부류의 인간들은 도저히 할 수도, 들어볼 수도 없는 언어와 태도였다.

오 사장은 이 청년의 차분하고 절제된 자기소개에 어떤 말로 대꾸해야 할지 몰랐다. 그도 방금 들은 것과 짝이 맞는 우아하고 세련된 언어로 응대하고 싶었지만, 그의 언어 보따리에는 쓸 만한 표현이 몇 개 들어 있지 않았다.

그는 곧 신중하게 생각한 후 한마디 했다. 잘하면 본전이었고 못하면 들통날 수밖에 없는 문장 실력이었다.

"참 안타깝고 애처로운 인생을 살았군요!"

이것이 그가 만들 수 있는 최선의 언어 조합이었다.

하지만 윤호는 오지락의 그 언어에는 신경 쓰지 않았다.

"힘들었지만, 대신 깨달은 것도 많았습니다." 그가 대꾸했다. "그리고 제 자신도 많이 낮아졌고요. 예전에는 올라갈 줄만 알았지 내려가는 것은 몰랐기 때문입니다. 하지만 지금은 바닥도 길 줄 알고 몸도 낮출 줄 알게 되었습니다. 아직은 완전하지 않지만 말입니다."

그 말을 듣자 오지락은 다시 머리를 쥐어짰다. 그도 좋은 말을 만들어 보고 싶었다.

"고생 끝에 낙이 오는 법입니다. 그러니 다시 솟아오를 날도 있을 겁니다."

하지만 말해놓고 보니 조금 부끄러웠다.

"네. 감사합니다." 윤호가 말했다. "그런데, 제가 한 가지 물어봐도 되겠습니까?"

"네. 뭘 물어보려고…"

"좀 전에 말씀드렸는데, 이 회사는 어떤 회사입니까? 명함에는 금융회사라 적혀있던데, 구체적으로 무슨 일을 하는 회사인지 말씀해 주실 수 있습니까?"

그 물음에 오지락은 조금 망설였다. 명함에 너무 거창한 이름을 붙여넣다보니 실제보다 너무 과장되어 있었던 것이다. 하지만 솔직히 말하면 여기까지 찾아온 손님이 무척 실망할 것 같아, 그는 고민하다 이렇게 대답했다.

"아, 명함 속에 있는 그 상호는 제가 몇 년 전에 운영하다 폐업한 회사입니다. 한 때 잘 나가던 회사였는데, 회사에 불미스러운 일이 생겨 그만 문을 닫아버렸죠."

"불미스러운 일이라면 혹시 전에 그 일을 말씀하시는 겁니까?" 윤호가 물었다.

"뭐, 그렇다고 보면 맞을 겁니다." 오지락이 대답했다.

"그럼, 지금 이 사무실은…"

윤호가 다시 물으려 하자 오지락이 먼저 말했다.

"전에 경영하던 회사가 많은 피해를 입으면서 매출이 순식간에 떨어졌죠. 그래서 저와 다른 모든 직원들이 다시 이전 수준으로 회복하려고 열심히 뛰었습니다. 그러나 회복이 그리 쉽지가 않더군요. 회사 신용이 많은 타격을 받으면서 고객과 투자자들이 자꾸 빠져나간 겁니다. 그래서 어쩔 수 없이 직원들 대부분을 내보내고 몸집까지 줄여 운영했죠. 하지만 그래도 여전히 많은 손해가 발생해서 어쩔 수 없이 회사를 정리하게 됐습니다. 그리고 이 회사는 제가 다시 시작하기 위해 세운 것이고요."

오 사장은 거짓으로 자신의 과거를 포장해 부끄러운 부분을 숨겼다. 자기가 건넨 명함을 보고 찾아온 사람에게 비웃음을 당하고 싶지 않았기 때문이다.

사실, 그의 명함은 너무나 부풀려 있었다. 아니, 그것보다는 거짓이라 해야 옳았다. 직원은 고작 3명뿐이었고 회사라고 하기에는 정말 민망할 정도로 작았다. 게다가 주식회사라는 것도 그 조건에 아주 미달되는 거짓 정보였다. 그나마 제대로 적혀 있는 것이라고는 상호 뒤에 적혀있는 금융이었다. 하지만 그것도 뜯어보면 자격도 제대로 갖추지 못한 불법이었다. 그는 그런 명함을 가지고 다니면서 한때 사람을 현혹해 고객을 모으기도 했고 자신을 과시하기도 했다.

하지만 그는 그것을 믿고 온 사람에게 바른 말로 고백할 수 없었다. 상대의 실망감보다는 자신의 자존감 때문이었다. 자신이 큰 회사 사장일 것이라 믿고 온 사람에게 품위를 지키고 싶었던 것이다. 그리고 사람 앞에서 꾸미지 않고 자신을 유창하게 소개하는 저 젊은이에게도 무시당하고 싶지 않았다.

오지락. 그는 제대로 배우지 못해 지적 수준이 엉망인데다, 성장과정도 고르지 못해 불순물이 많이 섞여 있는 사람이었다. 그래서 그가 만난 사람과 인연을 맺은 사람은 하나같이 자신과 비슷한 부류의 존재들뿐이었다. 그러다 보니 하는 일도, 돈을 버는 방법도 합법적인 것보다는 불법적인 것이 많았고 신용보다는 배신이었다. 자신이 휘어진 생각을 가지고 있다 보니 그런 사람이 붙을 수밖에 없었던 것이다. 사람의 마음이 자석과도 같아서 내가 부족한 인간 같으면 상대가 올바른 사람으로 붙어 주면 좋은데, 고약한 놈 옆에는 항상 몹쓸 놈만 붙어 그는 항상 '끼리끼리 노는 인간들'만 상대할 수밖에 없었다. 그 때문에, 그는 이 순진한 청년에게 당당하게 인정받고 싶어 안간힘을 쓰고 있었다.

"나는" 오지락이 말했다. "가난한 집안에서 태어났소. 어릴 때부터 남들보다 못한 형편에서 자라다보니 나중에 어른이 되면 돈을 크게 벌어야지 하며 컸지요. 그래서 군대를 제대하자마자 취직을 해서 열심히 일을 했소. 그리고 그렇게 일해서 번 돈을 아껴 쓰며 저축했지요. 몇 년이 지나자 목돈이 만들어져서 나는 꿈에도 그리던 사업을 시작하게 되었소. 초기에는 시행착오를 조금 겪기는 했지만, 세월이 흐르면서 사업은 자리를 잡아갔지요. 몇 명 안 되던 직원은 나중에는 몇 백 명이 되었고 회사 매출은 몇 백 배나 뛰었다오. 그때 나는 무척 행복했소. 그래서 나는 그 행복을 다른 사람들에게도 나눠주고 싶었다오. 그래서 직원들의 임금을 올렸고 여러 가지 사내 복지 제도를 만들었소. 그러고도 남는 이익금이 있으면 기부도 했지요. 그땐 참 잘 나가던 회사였소."

오 사장은 잠시 말을 끊고 이미 다 식어버린 차를 한잔 마셨다. 그리고 입술에 침을 바르고 난 뒤, 다시 거짓말을 시작했다.

"그런데 생각지 못한 일이 터져 버렸소. 내 비서가 경리과 직원과 짜고 돈을 횡령한 것이오. 그 돈은 사업을 확장하기 위해 준비한 돈이었는데, 그 사람들이 그 돈을 가지고 도망을 간 것이었소. 얼마나 오랫동안 철저히 준비했던지 그들의 인적은 찾을 길도 없었소. 나는 회사가 존폐위기에 처하자 전국을 1년 넘게 돌아다니며 그 놈들을 찾아다녔지요. 그리고 운 좋게 그 놈들이 숨은 곳을 찾았소. 그 이후로는 내가 설명을 안 해도 알 것이오. 이미 다 보셨으니까."

오 사장이 말을 마치고, 마음속으로 한숨을 내쉬며 자신의 연기가 잘 됐지 점검했다. 오랜만에 하는 연기라 좀 만족스럽지 못한 곳이 있긴 했지만, 그래도 오랜 공백기를 생각한다면 대체적으로 완성도가 높아 보였다.

하지만 그건 배우의 생각일 뿐이었다. 연극의 주인은 관객이다. 관객의 평가와 반응이 좋지 못하면, 배우가 아무리 열심히 거짓말해도 그 연극은 쓸모없는 짓일 뿐이다. 그래서 그는 슬쩍 자신의 1인 관객에게로 눈을 돌렸다.

그 관객, 윤호는 오 사장의 말을 듣고 고개를 끄덕거렸다. 꽤나 튼실하게 성장했던 기업이 한 순간에 무너져 내렸다고 하니, 더 이상 어떻게 반응을 해야 할지 몰랐던 것이다.

오 사장은 젊은이의 그런 모습을 보니 안심되었다. 그 모습은 확실히 자신의 말을 심각하게 듣고 순진하게 받아들이고 있다는 뜻이었다. 배우의 거짓말에 관객이 속아줌으로써 완전한 작품이 만들어진 것 같았다.

그는 이제 이 분위기의 주도권이 자신에게 있다 생각하고 좀 더 요리해 이 고급 인력을 자신의 손안에 넣어 보려고 했다. 그를 자기 밑에 두고 쓸 수 있다면 그에게서 얻을 수 있는 게 많아 보였기 때문이다. 그것은 물질적인 측면도 포함되어 있었지만, 품격이라는 부분도 내포되어 있었다. 자기보다는 학식이 있어 보이는 사람을 거느리고 있으면, 왠지 비싼 옷을 걸치고 있는 것처럼 우아할 것 같았던 것이다.

예전에 그는 싸구려 옷을 걸치고 장사를 했던 적이 있었다. 그러다 보니 이 누더기 같은 옷이 찢어지며 자신을 벌거벗겨 버렸다. 그 때문에 그 싸구려 옷 안에 넣은 둔 돈도 모두 길바닥에 떨어져 바람에 날아가 버렸고, 자신은 그 돈을 줍겠다며 여기 저기 돌아다니다가 한 푼도 건지지 못한 채 부끄러움만 당하고 말았다. 싸다는 이유만으로 모양도 없는 옷을 입었다가 괜히 욕만 보인 것이었다.

그 후 그는 몸에 걸치는 것도 신경을 써야 한다는 것을 깨닫게 되었다. 돈을 좀 더 주더라도 제대로 된 옷으로 갖추어 입어야 일하기도 편하고, 또 오래 입을 수 있다는 것을 알게 된 것이다. 하지만 그런 옷을 어디서 구입 하느냐가 문제였다. 평소에 입어본 경험이 없으니 사는 방법을 몰랐던 것이다. 멋도 부려 본 사람이 잘 부리고, 옷도 입어 본 사람이 잘 입는데, 오지락은 그런 경험이 전혀 없는 사람이었다.

그런데 지금은 그런 옷이 찾아다닐 것도 없이 제 발로 걸어 들어와 자신을 팔 준비를 하고 있었다. 생각지도 않은 시간과 장소에 장이 선 것이다. 오 사장은 이 청년을 살 마음이 있었다. 예전에 싸구려 옷을 입는 바람에 된통 당한 경험을 생각하면, 이번 경우는 여러모로 자신에게 유익한 물건이 될 수 있을 것 같았다.

사실 이 청년이 자신을 위기에서, 죽음 직전에서 구해준 일을 생각한다면 그것은 자신뿐만 아니라 이 청년에게도 나쁠 것 같지 않았다. 자신은 은혜 갚을 길이 생겼고, 청년은 이미 베푼 은혜에 보답 받을 길이 열렸기 때문이다. 즉, 자신은 사람을 찾고 있었고 이 청년은 일자리를 찾고 있었는데 서로가 상대에게서 찾는 목적이 합치해 분명 모두에게 더하기 효과가 있는 거래였던 것이다.

그래서 오 사장은 얼마 정도면 이 젊은이를 살 수 있을까 하며, 갖고 싶은 그 옷의 가격을 측정했다. 지난 번 구입했던 옷은 한 벌 당 가격이 얼마 되지 않아 세 벌 묶음으로 싸게 구입할 수 있었는데, 이번에 나온 이 고급 옷은 가격을 어떻게 매겨야 손에 넣을 수 있을지 예측이 되지 않았다. 지난 번처럼 한 벌 가격으로 데려 오기에는 너무 적은 돈을 주고 사는 것 같았고, 그렇다고 세 묶음 가격으로 사기에는 많이 망설여졌다.

그는 잠시 머릿속으로 저울추를 이래저래 움직이며 균형점을 찾아보았다. 적당히 무리해 봐도 될 것 같았다. 아직 수입도 발생하지 않은 시점이라 새 옷에 마음을 뺏긴다는 것이 좀 사치스럽긴 했지만, 그래도 확실한 이

점이 있다면 도전해 보는 것도 괜찮을 것 같았다. 그렇게라도 그는 그를 쥐어 볼 의향이 있었던 것이다.

한편, 윤호에게는 갈등과 고민과 후회가 몰려왔다. 명함 한 장만 보고서 찾아온 회사는 그가 머릿속으로 생각하던 그런 기업이 아니었기 때문이다. 그의 상상에 따르면 그것은 최소 어느 정도의 인력과 규모를 갖추고서 운영 되는 조직이어야 했지만, 실제 그곳은 작은 공간에 딸랑 두 사람만 일하고 있는, 회사라고 말하기도 힘든 창고형 사무실일 뿐이었다.

그는 자리에서 일어나 이곳을 빨리 빠져나갈 기회만 찾았다. 그러나 자신이 먼저 잡은 약속이라 최소한의 예의는 차리고 나가야 했다. 적당한 순간에 이별에 대한 공감대가 형성되어야 기분 좋은 안녕을 할 수 있었던 것이다. 하지만 사장이 자신이 걸어 온 길을 얘기해버렸으니, 그것을 듣자마자 바로 자리에서 일어날 수는 없었다. 거기에 대해 적당히 유감스러운 표정도 지어보여야 했고, 사장 쪽에서 부담스러워 할 만큼 회사가 사라져버린 데 대해 실망감도 표출해 줘야했다. 그런 다음, '제가 이 회사에서 일할 수 있는 기회가 있었더라면 참 좋았을 텐데, 아쉽게도 그렇게 할 수 없어 발길을 돌려야겠군요.'라는 어감이 풍기는 좋은 대체표현으로 작별을 예고하고 서로가 미안하지 않게 인사를 하고 나와야 했다. 사람 사이에 예의와 격식을 차리려하면 좀 싫더라도 시간을 가져야 했고, 부담스러워 빨리 일어나고 싶더라도 함부로 자리에서 마음을 표현해서는 안 되는 법이었다.

그래서 윤호는 상대를 배려하면서도 자신의 빠른 탈출기회를 찾고자 말보다는 표정에 신경 써가며 반응했다. 그도 일종의 연기를 하고 있는 셈이었다. 그러나 오 사장만큼 약삭빠르게 하지는 않았는데, 상대를 생각해 거짓은 없으면서도 자연스러운 작별을 유도하기 위한 행동만 취할 뿐이었다.

그는 고개를 약간 떨어뜨려 탁자를 쳐다보았다. 그러고는 좀 실망스러워하는 느낌이 나도록 얼굴 표정을 굳게 만들었다.

그의 그런 표정을 보자 오 사장이 입을 열었다.

"내가 드린 명함을 보고 찾아왔는데, 이렇게 실망을 드려 아쉽게 되었군요. 살아가는 것이 예측이 되면 참 좋은데, 그게 노력만큼 진지하지가 않아서 요래조래 심술을 좀 부린답니다. 우리 회사에 나쁜 일만 일어나지 않았다면 좋은 자리를 마련해 드릴 수 있었을 텐데, 지금은 다시 시작해야 하는 시점이라 형편이 마땅치 않군요."

그 말을 듣자 윤호는 탈출 분위기가 무르익어 가는 것을 느꼈다. 자신의 표정 연기가 보는 이의 마음에 적잖이 부담을 주어, 상대방 쪽에서 먼저 일어나 주기를 바라는 마음이 생기도록 만든 것 같았다.

그는 일어서며 할 인사말을 골랐다. 짧고 확실한 작별인사를 하고 바로 나갈 것인지, 완곡하면서도 부드러운 표현으로 헤어지기를 아쉬워하는 척 공손히 나갈 것인지. 그는 선택의 기로에서 마음속으로 제비를 흔들었다. 그리고 하나를 뽑았는데, '나가려면 아쉬워하는 척 말고 확실히 나가라!'가 당첨되었다.

윤호가 그 결과에 따라 입을 열었다.

"아닙니다. 저에 대해서는 신경 쓰지 마십시오. 더 좋은 기회가 있겠죠. 그럼, 바쁘실 텐데 저는 이만 가보겠습니다."

그때, 오 사장이 윤호의 인사가 끝나기 무섭게 바로 말을 꺼냈다.

"그래도 여기까지 오셨으니, 차선의 결과라도 가져가는 게 좋지 않을까요?"

윤호는 무릎에 힘을 주고 일어나려다가, 오 사장의 생각지도 못한 말에 엉덩이를 다시 소파에 묻었다. 그의 귀에 들린 차선이라는 단어가 그의 머리를 크게 강타한 것이다. 가장 좋은 것은 아니지만 그런대로 괜찮은 결과라는 것이 무엇인지, 그는 궁금했다. 그는 마음을 간지럽히는 그 말뜻이 무엇인지 듣고자, 오 사장의 얼굴을 바라보며 말없이 그에게 물었다.

그러자 오 사장이 말했다.

"좀 전에 말했다시피, 나는 이런저런 실패를 겪어가며 사업을 일구어 냈소. 그러면서 실패하고 성공하는 방법도 많이 알게 됐지요. 한마디로, 산전수전 다 겪으면서 인생에 노련한 인간이 되었다는 말이오. 만일 나에게 그런 경험이 없었다면, 나는 지금 아마도 사업실패로 폐인이 되었을 것이오. 살아갈 방법을 찾지 못한 채 원망만 하며 남은 인생을 살고 있겠지요. 그

러나 나는 그런 경험을 살려 다시 일어나기로 결정했소. 왜냐하면, 난 아직
도 갈 길이 멀기 때문이오. 앞으로 살아갈 날로 따지자면 내가 보기엔 당신
보다 내가 더 적게 남은 것 같소. 하지만 당신보다 많이 남지 않은 인생이
라 해서 뒤로 물러나 당신보다 더 조용히 지내고 싶진 않다오. 주어진 시간
만 따져본다면 나보다 젊은 당신이 더 유리하겠지만 인생이라는 게 늘 그렇
게 사람 계산대로 되는 것은 아니기 때문이오. 난 살면서 그런 걸 참 많이
느꼈소. 살다 보면 무슨 일이 일어날지도 모르는 것이고, 또 그것이 어떻게
이어져 어떤 결과를 만들어 낼지도 모르는 일이라오. 물론 안 좋은 결말이
있을 수도 있고, 지금보다 못한 인생이 될 수도 있소. 그러나 내 경험에 의
하면 꼭 그런 것만은 아닌 것 같았소. 인생에는 기복이 있어, 안 좋은 일만
계속 일어나지도 않았고, 또 좋은 일만 자꾸 생기지도 않았소. 어느 것이
많이 오고 적게 오느냐, 어느 것이 길게 가고 짧게 가느냐 하는 정도의 차
이는 있으나, 계속 한 가지만 타고 가지는 않았단 말이오. 지금 당신이 나보
다 젊다 해서 나보다 잘 산다는 보장도 없는 것이고, 내가 지금 이런 형편
이라 해서 앞으로도 계속 이렇게 지낸다는 법도 없단 말이오. 당신과 나에
게는 주어진 시간은 다를지 모르나 일어날 기회는 같을 수 있소. 왜냐하면
나는 나에게 주어진 시간을 당신에게 주어진 시간만큼 활용하면 되기 때
문이오. 그러면 그 시간 안에 나도 당신에게 주어진 만큼의 기회를 가질 수
있지 않겠소? 난 그런 생각으로 지금 다시 시작하려는 것이오. 당신이 보기
엔 내가 비록 늦은 것 같이 보이겠지만 속단은 하지 마시오. 난 젊은 당신
보다 많은 걸 가진 사람이오. 그건 돈을 말하는 것이 아니라 쓰디쓴 내 인
생 경험을 말하는 것이오. 당신은 그런 것이 있소? 물론 아까 당신이 내게
말했듯이 그런 적이 있었겠죠. 그러나 당신은 아직 밑바닥 삶을 살아 보
지는 않았잖소. 당신은 단지 젊은 시절 꿈이 좌절되어 낙심에 빠진 것뿐이
지, 그렇다고 뭐 고생한 것은 아니지 않소? 배고파 본적도 없었을 테고 집
이 없어 잘 곳을 걱정해 본적도 없었을 것 아니오. 최소한의 삶은 유지하고
있지 않았소. 당신이 걱정스러워 하는 것은 단지 다가올 미래에 대한 것이
지, 현실의 고달픈 삶에 대한 것은 아니지 않소? 내 말이 틀리지는 않을 것

이오. 내가 당신만큼 잘 살지는 못했으나, 그래도 당신이 지나온 젊음을 나도 겪어는 봤기 때문이오. 나도 젊음이 부럽소. 그렇다고 내가 노인이라는 말은 아니오. 단지 당신이 나보다 화창하니 하는 소리요. 말이 좀 샜군요. 아무튼, 난 여기서 다시 시작하려하오. 장담 못하는 인생이라지만, 못할 것도 없는 인생이오. 내가 당신에게 이런 말을 하는 이유는 내 사무실을 보고 당신이 무척 실망하지 않았을까 해서 하는 소리요. 나도 당신에게 최선을 보여주면 좋았겠지만, 지금은 차선밖에 보여줄 수 없소. 그러나 난 이 차선이 다시 최선이 되도록 할 생각이오. 난 어느 정도의 밑천과 경험이 있는 사람이오. 다시 시작해도 손색이 없는 사람이란 말이오. 그런데 그것만 있다고 해서 다 되는 건 아니오. 이것만큼이나 필요한 것이 있는데, 그것은 사람이라오. 나는 지금 같이 일할 사람이 필요하오. 당신은 지금 일자리를 구한다고 하지 않았소? 그래서 여기 왔다고 하지 않았소? 그것도 예전 내 명함에 적힌 것만 믿고서 말이오. 하지만 너무 실망하지 않았으면 좋겠소. 나는 그 이상이 될 수도 있는 사업으로 다시 일어나 볼 생각이기 때문이오. 당신이 실망을 했다면 어쩔 수 없는 일이지만, 좀 다르게 본다면, 이건 당신에게 더 좋은 기회가 될 수도 있소. 어떻소, 한번 생각해 보시는 게? 아직 마땅한 직장을 구하지 못했다고 하니 여기서 한번 시작해 보는 것도 나쁠 것 같지는 않은데. 당신 눈에 들지 않는다면 뭐 어쩔 수 없는 것이지만. 그래도 다른 곳에서도 찾지 못해 여기까지 왔다면, 빈손으로 가는 것보다야 뭐라도 들고 가는 게 낫지 않겠소? 내가 당신한테 빚진 게 있어 이번이 갚을 수 있는 기회가 될 수 있다면 나도 나쁘지 않고 당신도 싫지만은 않을 것인데 말이오. 물론, 더 높은 곳을 본다면 나도 잡지는 않겠소. 그곳이 당신에게 어울린다 생각하면 그쪽에서 계속 도전해 보시오. 어쩌면 그게 당신하고 더 맞을지도 모르니 말이오. 하지만 아직까지도 좋은 소식이 없어 불안에 떨고 있다면, 그 불안이라도 잠시 잠재우는 것도 괜찮지 않겠소? 당신 수준에 맞는 보상은 아닐 수는 있으나 지금 회사 형편보다는 더 고려해 급여는 지급할 테니 말이오. 그리고 마음에 안 들어 여기를 나가는 것도 당신 자유요. 언제든 당신이 원할 때 그만둘 수 있소. 그러니 그때까지 임시 생계수단이라 생각하고 여기 있어도 될 것이오. 이것이 내가 말한 차선의 방법이오. 선택은 당신이 하도록 하시오."

오지락은 그렇게 승부수를 던졌다. 자신의 과다하게 부풀려진 과거 경력에 솔직한 인생 연륜을 보태어, 불안해하는 청년의 마음을 파고들었던 것이다.

정말 오지락, 그가 한 말 중 인생경험에 관한 것은 모두 사실이었다. 지식에는 부족한 그였지만 태어나면서부터 고단한 인생살이를 한 덕에 인생에서 몇몇 쓸 만한 경험을 얻을 수 있었던 것이다. 온실 안에서 곱게 자라난 인생은 책으로 밖에는 접할 수 없는 사실들을, 그는 실제 몸으로 접하며 익혀왔던 것이다. 그리고 백번 읽어도 마음에 새겨지지 않아 실수하는 것들을, 그는 한번 체험으로 몸에 새겨 넣을 수 있었다.

그는 인격과 도덕과 품격에 있어서는 성분미달이었으나, 인생경험만큼은 과다복용이었다. 그는 실패와 고난을 통해 인생을 독학했고, 그 독학으로 인생을 간파했다. 그는 아무도 가르쳐주지 않고, 깨우쳐 주지 않는 삶을 몸부림과 발버둥만으로 배워나갔다. 그래서 그가 말한 인생에 관한 부분은 그 어느 누구의 말보다 사람의 마음을 강력하게 사로잡는 힘이 묻어 있었다. 물론, 그것을 인생에 어떻게 잘 적용할 것인가 하는 문제는 남아 있었지만.

윤호는 오지락의 그런 인생경험을 통해 나온 말을 듣자 마음이 흔들리기 시작했다. 그는 후회하며 들어온 사무실을 나가려다가 다시 한 번 생각하기 시작했다.

그것은 정말 심금을 휘젓는 강연이었고 뜻밖의 제안이었다. 사장의 제의는 생각지도 않은 길이었으나 옳을지도 모르는 방향이었다. 게다가 사장의 사업경험과 저런 의지라면 밑바닥이라도 금세 일어날 수 있을 것 같이 보였다. 아무것도 보이지 않고 막막한 길에서 불확실한 것을 바라며 가느니, 차라리 작은 길에서 확실한 토대를 쌓으며 올라가는 것도 나을 수 있겠다 싶었다. 또, 그가 제시할 보수가 얼마인지는 모르나 그의 입장에서 최대한 액수를 고려한다 하니, 사장의 그 생각해주는 마음도 감사히 느껴졌다.

일어서서 나가려던 윤호는 사장의 말을 듣고 이제 마음이 거의 다 넘어가 버렸다. 인생 경륜이 묻어있는 굵직하고 생동감 넘치는 구술이 그의 생각하는 머리와 보는 눈을 완전히 바꿔놓아, 보잘 것 없어 보이고 희망없어 보이던 사무실을 다른 시각에서 바라보게 만든 것이다.

그는 눈동자를 굴려 사무실 안을 한번 둘러보았다. 그러면서 조금 전까지 만해도 어서 나가고 싶어 안달하던 이 조그마한 장소가 그의 첫 출발점이 되면 어떨까하고 생각해 보았다. 지금은 초라하지만 이 공간이 확장되어 일하는 사람들로 가득 채워지면, 오히려 이미 잘 갖추어진 회사에서 기계처럼 일하는 것보다 더 만족스러울 수도 있을 것 같았다. 그가 애송이 같은 시각으로 별 볼일 없다 판단한 이 장소가 사실은 '장차대기업'의 모체이자, '훗날다국적기업'의 시발점이 될 수 있을 지도 몰랐다. 만약 정말 그렇게 된다면, 자기는 창업주와 같이 고생하며 회사를 일구어 놓은 일등공신이 될 수 있을 것이고, 거기에 따른 보상도 확실히 받을 수 있을 것이다.

그는 잠시 최면에 걸려 자기가 보는 것들에 대해 과대평가하기 시작했다. 그는 지금 보는 것은 실재가 아니고, 현재 존재하는 것은 사실이 아니라고 생각했다. 모든 것은 화려한 실체를 덮기 위한 가림막일 뿐이고, 그것은 때가 되면 벗겨져 바라보고 기대한 사람의 생각대로 그 앞에 나타날 거라 해석했다. 그러면 자기는 이런 진리와 비밀을 아는 세상 몇 안 되는 사람이 되는 것이고, 그런 복을 받는 유일한 행운아가 되는 것이다.

그는 그렇게 잠시나마 현실 뒤에 존재하는 화려한 본질에 매료되어 우주인처럼 상상하고 어린아이처럼 즐거워했다.

오 사장은 이 꿈꾸는 청년의 표정을 바라보며 그의 마음이 움직였음을 알아차렸다. 자신이 던진 승부수가 이 청년의 마음을 크게 한방 먹여 그의 계획을 꼬꾸라지게 만든 것 같았다. 그는 여기서 좀 더 밀어 붙여 그를 자기 손에 확실히 넣어야겠다고 생각했다. 이미 다 잡은 줄 알고 안심했다가 그가 마음을 돌려 나가면 낭패를 당하니, 태연한 척 다가가 목줄을 단단히 걸 필요가 있었다.

오 사장이 맛있는 먹이로 그를 한 번 더 유인하기 시작했다.

"인생을 살다보면 말이오. 여러 번 선택의 기로에 접어들게 되어 있소. 그때마다 사람들은 고민하게 되지요. 이 길이 옳을까, 저 길이 옳을까 하면서 말이오. 길을 한번 잘못 들어서거나, 판단을 한번 잘못내리면 완전히 다른 인생을 살게 되거나 둘러가는 인생을 살게 되기 때문이오. 그러므로 사람들은 신중히 생각해서 결정하려하오. 그런데 그 신중한 결정을 하려다 오히려 잘못된 길로 접어드는 경우가 있소. 너무 많이 생각하다보니 자기 앞에 놓여있는 기회가 기회인 줄도 모르고 엉뚱한 선택을 하는 경우 때문에 말이오. 사람 앞에는 선택도 놓이지만 기회도 놓인다오. 그런데 이 선택과 기회는 자기가 누구라 말해 주지 않고, 단지 상대가 나를 어떻게 생각하나 쳐다보기만 한다오. 참 고얀 놈들이지! 좀 알려주면 참 쉽게 갈 텐데 입을 꾹 닫고 있으니, 우리는 그것을 알 수 없어 고민에 빠지게 된다 말이오. 하지만 이놈들이 입을 꼭 다물고 있다 해서 우리가 전혀 알 수 없는 것은 아니라오. 왜냐하면 그때마다 조언자가 나타나기 때문이오. 이리저리 많이도 헤매다가 굴러 떨어져 보기도 하고, 때로는 잘 만난 바람에 높이 솟아오르기도 하면서 선명한 나이테를 가진 인간 말이오. 그가 우왕좌왕했던 자기의 인생 여정을 통해 고민에 빠진 이들의 마음을 알고 올바른 선택을 할 수 있도록 돕는 경우가 있소. 이보시오. 지금 내가 보기에, 당신은 선택과 기회를 동시에 만난 것 같소. 갈림길에서 길을 찾다가 운 좋게 그 앞에 기회가 떨어진 경우 말이오. 살다보면 한 번쯤은 겪는 일이나, 이 두 놈들이 자신을 드러내지 않으니 맞닥뜨린 사람은 언제나 난감하다오. 잘되면 좋은 두 가지를 모두 가질 수 있지만, 못되면 기회는 날아가고 동시에 잘못된 길로 빠지는 수가 있기 때문이오. 그런데 당신은 참 운이 좋은 것 같소. 왜냐하면 이때 조언자까지 나타났으니 말이오. 그렇게 되면 당신은 한꺼번에 세가지를 만난 것이오. 조언자가 선택과 기회라는 놈의 그림자를 보고 올바른 판단을 할 수 있도록 도울 테니 말이오. 그러니 당신은 그 좋은 두 가지를 모두 잃을 수 없단 말이오. 내가 하는 말을 이해하겠소? 당신이 지금 그런 사람이라오. 갈림길에서 기회를 만나 조언자의 말을 듣고 두 가지를 바르게 거머쥐는 사람 말이오. 내 말을 잘 이해했다면 지금 여기서 조언자의 말을 한번 들어보시오. 그는 당신보다 인생경력이 많다오. 그가 당신을 책임지지는 않으나, 좋은 방향은 지시해 줄 것이오. 그도 완전한 인생을 살아 보진 못했지만, 그래도 젊은 방랑자가 못 보는 것은 볼 수 있다오."

오 사장은 자신을 조언자라 비유했다. 그리고 젊은 방랑자에게 인생을 책임지지는 않는 자신을 따라오라고 했다. 그는 자신의 욕심을 위해 젊은 인생을 감미롭게 끌어들이고 있는 중이었다.

"내가 볼 때는," 오 사장이 상대의 마음을 굳히기 위해 이제 막바지 작업을 했다. "우리가 이렇게 다시 만난 것도 우연은 아닌 것 같소. 그러니 당신에게 어떤 뜻이 있어 다른 것을 준비한다 해도, 그것을 잠시 보류하고 여기서 한번 시작해 보는 것이 어떻소? 일자리 없이 맹탕 이렇게 지내는 것보다야 뭐라도 하면서 준비하는 것이 좋지 않겠소. 만약 여기가 길이 아니라 생각되면 다시 좋은 길을 찾으면 되는 것 아니오. 젊음은 그래서 좋은 것 아니오. 실패해도 아직 뒤에 시간이 남아있으니 말이오. 그리고 내 비록 이런 곳에서 시작한다 해서 당신을 낮게 대우하지는 않을 것이오. 그렇다고 지금 당장 당신 수준에 맞출 수 있는 것도 아니지만, 그래도 시간이 좀 지나면 그만한 보상은 따르게 하겠소. 어떻소?"

윤호는 오 사장 말이 틀리지 않다고 생각했다. 직장을 구하지 못해 여기저기 돌아다니며 방황하는 것보다야, 어디라도 월급 받고 들어가 일하는 것이 좋을 듯 했다. 강제로 평생을 지내야 하는 것도 아니고, 기회가 생기면 큰 직장은 나중에라도 들어갈 수 있는데, 이런 기회를 놓치기가 조금 아깝게 생각되었다. 게다가 이런 작은 사무실 사장이 자신에게 보수도 고려해 준다고 하니, 비록 당장은 만족스럽지 않겠지만 당분간만이라도 그 돈을 용돈이라 생각하고 생활해 보는 것도 좋을 듯 싶었다.

그래서 그는 오 사장에게 이렇게 대답했다.

"제안은 고맙습니다만, 시간이 좀 필요합니다. 오늘 여기 와서 예상하지 못한 부분들이 많았기 때문입니다. 그건 제가 지금 사장님의 형편을 무시해서 그러는 것이 아닙니다. 제 길이 무엇인지 더 생각해 보고 싶기 때문입니다. 그러니 시간을 좀 주시면 제 마음이 결정되는 대로 다시 연락을 드리도록 하겠습니다."

역시 윤호는 섣불리 달려들지 않았다. 순간적인 마음의 충동으로 자신의 진로를 결정할 수는 없었기 때문이다. 들을 때는 달콤하고 그럴싸해 보여도, 만약 그것이 잘못 생각해서 결정한 것이라면 자신도 힘들뿐 아니라 상대도 곤혹스러울 수밖에 없었다. 그래서 그는 마음으로는 끌렸지만, 오지락의 제안을 과감히 차단하고 시간을 좀 더 가지려 했다. 그만큼 그는 신중하게 생각할 줄 아는 청년이었다.

그러자 오지락의 얼굴이 굳어지기 시작했다. 그의 생각에는 그가 거의 다 넘어온 줄 알았는데, 그의 마음은 이외로 단단하고 차가웠다. 이 청년은 기분에 현혹되고 있는 중에도 냉철함으로 자신을 덮을 줄 알았고, 감정으로 질주해도 이성으로 제어할 줄 알았다. 자신에게는 없거나 부족한 것이 이 청년에게서는 결정적인 순간에 튀어나왔다.

"그래. 그럼 좀 더 생각해 보도록 하시오." 오 사장이 무안한 표정을 억누르며 말했다. "급한 건 아니니 시간을 가지며 좀 고민해 봅시다."

"네, 곧 연락드리겠습니다. 제가 오늘 시간을 너무 많이 빼앗은 것 같습니다. 이제 그만 일어나도록 하겠습니다."

윤호는 이 말을 끝내고 자리에서 일어나 마음에 여운이 담긴 손을 내밀어 오 사장과 악수를 했다. 그리고 뒤돌아 사무실을 나오며 직원과도 간단한 눈인사를 했다.

직원은 그와 잠시 눈이 마주치자, 그의 모습을 놓치지 않기 위해 그를 열심히 살폈다. 처음 사무실에 들어올 때는 특별하게 생각되지 않던 사람이 다시 관심을 가지고 보니, 아름다운 무늬가 새겨진 것처럼 다르게 보였다. 그의 얼굴에는 그의 삶이 덮어지면서 보이지 않던 눈부심 같은 것이 보였고, 감추어져 있던 겸손 같은 것도 느껴졌다. 그 사람은 다시 만날 수 있으면 좋을 것 같은 남자처럼 보였고, 이대로 헤어지면 아쉬울 것 같은 사람처럼 느껴졌다. 사장이 그에게 그렇게 애착하는 걸 보면 자기가 오늘 들은 것 외에도 그는 무슨 남다른 점이 있는 사람같이 보였고, 또 그것을 잘 드러내지 않으려는 사람같이 느껴졌다. 그 사람이 가진 재능과 소양으로 여기 이 작은 사무실에서 일한다는 것이 정말 아까워 보였지만, 그래도 그럴 수만 있다면, 자기도 그 사람을 한번 잡아보고 싶었다. 직원은 문을 열고 나가는 그 사람을 보면서, 그가 오늘은 뒤돌아 여기를 나가지만 나중에는 다시 돌아올지도 모르겠다고 생각했다.

그가 또 꿈을 꾸고 그 꿈을 자기 형들에게 고하여 이르되,

보소서, 내가 또 꿈을 꾼즉,

보소서, 해와 달과 열한 별이 내게 경의를 표하더이다, 하니라.

— 창세기 37: 9

6

석 달이 지났지만 윤호는 아직도 일자리를 구하지 못했다. 열심히 문을 두드려도 그를 받아주겠다는 회사가 없었던 것이다.

그는 실망하면서도 다시 도전했지만 노력으로도, 인내로도 뚫을 수 없는 벽을 느꼈다. 어딘가 존재하는 끝을 생각하며 열심히 파들어 갔지만, 파고 들어갈수록 어둠만 짙어지며 숨 쉴 공기는 부족했다. 앞으로 나아갈수록 되돌아서고 싶은 욕망이 강해져, 한계라는 지점에 이르러서는 존재가 의심되는 끝을 보기위해 가던 길을 계속 갈 것인지 아니면 이쯤 왔으면 됐다 싶어 기어 나올 것인지 갈등하지 않을 수 없었다. 그는 차츰 부정에 사로 잡혀갔고 서서히 절망에 꺾여갔다. 희망이 주눅들자 그의 마음에 반대 것들이 들어와 기를 펴고 설쳐대기 시작했다. 그는 슬펐지만, 세상에 힘과 능력으로도 되지 않는 것이 있다는 것을 인정하지 않을 수 없었다. 다시 한 번 더 노력의 한계라는 것을 절실히 체감하는 때였다.

그는 다시 자신의 길을 생각해 보게 되었다. 자신에게 주어진 행로는 있을까. 막힌 담, 높은 벽, 잠긴 문을 무너뜨릴 방법은 없을까 고민해 보았다. 과거를 분해하고 분석해 현재와의 연결점을 찾아보기도 했고, 현재를 다시 해석해 미래를 만들어 보기도 했다. 하지만 그가 머리로 잡을 수 있는 것은 모두 수집해 짜 맞추고 풀어헤치고 다시 조립해 보아도 그 답은 찾을 수가 없었다. 사람의 머리로는 넘을 수 없는 한계라는 것이 있었던 것이다.

그러자 그의 머리가 연기를 내며 과부하 신호를 보내왔다. 그것은 알 수 없는 것을 알려하지 말라는 경고였고, 머릿속 고갈된 기력을 다시 채워 달라는 호소였다. 그래서 그는 잠시 모든 생각을 중단하고 소박한 안식처로 찾아갔다. 거대한 도시의 차가움에 둘러싸여 존재는 미약해 보이나, 거기에 기죽지 않고 자기만의 자태로 방문객을 보드랍게 받아들이는 장소, 바로 집 근처 동산이었다. 그곳은 하늘과 가까워 높은 데서 내려오는 풍경을 잘 감상할 수 있었다.

그는 그곳 벤치에 누워 밤하늘을 바라보았다. 소금 같은 점들이 까만 바탕에서 희미하게 빛나고 있었다. 보름을 채운 후 제 몸을 조금 깎아 먹은 밤의 영광도 하늘 중앙에서 사방으로 맑은 빛을 퍼트리고 있었다. 그 빛은 때때로 흘러가는 구름 뒤에서 은은한 황금자태를 발산해, 어릴 적 엄마 품에서 느끼던 포근함을 안겨주기도 했다. 그는 이 한적함과 감미로움에 젖어 옛 그리움을 회상했다.

그것은 아무것도 가질 필요가 없었고, 아무것도 알지 못해도 되던 시절의 이야기였다. 그가 뛰어놀던 세상은 늘 새로운 것으로 가득했고 재미와 신기에 쌓여 있었다. 그가 갖고 싶어 하는 것은 직접 구할 필요도 없이 손만 뻗으면 들어왔고, 그것으로도 부족하면 생떼로도 잡을 수 있었다. 그의 곁에는 늘 든든한 호위병이 붙어 다녀 그에게서 잠시도 눈을 떼지 않았다. 잘못된 길로 접어들어도 그는 바른길로 인도되었고, 넘어져도 곧바로 일으켜 세워졌다. 그는 누군가의 왕자였고, 우선순위였고, 보물이었기에 보장된 시간을 살았고 완전한 행복을 누렸다. 아침에 눈을 뜨면서 하루를 고민하지 않아도 되었고, 저녁에 눈을 감으면서 내일을 생각하지 않아도 되었다. 시간도 모르고 계절도 몰랐지만 낮이 즐거웠고 밤이 흐뭇했다. 마법 같은 힘이 그의 마음에 젖어있었기에 마냥 행복한 웃음을 웃을 수 있었다. 이따금은 슬프지도 않은 울음을 울기도 했지만, 낯미지 않은 그 귀여움에 그는 더욱 사랑을 받았다.

그리고 그에게는 만능보호자도 있었다. 그녀는 그가 아는 모든 세상이자 그가 가진 최고의 기쁨이었다. 그녀가 옆에 있음으로 그는 모든 것을 할 수 있었고 두려움도 느끼지 못했다. 그녀로 인해 그의 모든 장애물이 제거되었고 수고로움도 사라졌다. 그녀는 닫힌 문을 푸는 존재였고 가둔 벽도 무너뜨리는 거인이었다.

윤호는 밤하늘을 바라보며 아주 먼 옛날 같은 자신의 이야기를 그렇게 떠올렸다. 지금과는 너무 다른 시절이었고 완전히 다른 삶이었다. 행복이 뭔지도 몰랐지만 기뻤고, 즐거움을 깨닫지 못해도 재미있던 시절이었다. 꿈 같은 시간이었고 거짓말 같은 순간이었다. 지금은 모두 사라져 희미해진 시간이었지만, 아직도 진하게 머릿속에 박혀있는 그리움이었다. 그는 그 꿈같은 시절을 가슴속에서 꺼내 음미하며, 눈을 감고서 이렇게 바랐다.

'지금의 이 잠긴 문들이 모두 풀렸으면 좋겠다!'

공기가 무척 더웠다. 해는 아직 하늘 한가운데에 못 미쳤지만 날씨는 상당히 열을 올리고 있었다. 바깥에서 일을 했더라면 벌써부터 등과 겨드랑이가 땀으로 흥건했을 테지만, 오늘은 오전에 물건을 좀 정리하느라 도원은 찬 공기 가득한 사무실에서 일하며 더위를 피했다. 그는 작은 창고에서 지난번에 도착한 상자 가운데 몇 개를 출입문 근처로 옮긴 후, 새로운 물건을 안쪽 구석에 쌓아 상자를 구별하는 작업을 하고 있었다. 들어온 상자 가운데 몇몇 불량품 때문에 그것을 반품하기 위해서였다. 몇 명이서 같이 확인했더라면 바로 발견해서 다음날 돌려보낼 수 있었겠지만, 혼자서 모든 작업을 하다 보니 눈에서 벗어나 나중에 발견되는 하자들이 있었다.

그는 창고에서 상자를 모두 정리한 후, 자기 자리로 돌아와 전화를 걸었다.

"여보세요, 여기 오비물산입니다. 지난번에 주문한 물품 중 하자가 있어서 반품하려고 하는데요. 오늘 오후에 가지러 와주세요."

자리에 앉아 그 소리를 듣고 있던 오지락이 짜증스럽게 말했다.

"또다시 그렇게 만들어서 보내면 다음부터 거래 끊어버리겠다고 말해!"

도원이 전화기에 대고 다시 말했다.

"그리고 물건 좀 신경 써서 보내주세요. 거기서도 한번 확인해서 보내주시면 서로 이런 불편함 겪지 않아도 되잖아요. 아무튼 우리 사장님 화 많이 나셨어요. 앞으로 다른데 주문할 수도 있대요. 그러니 다시는 이런 일 없도록 좀 부탁드리겠습니다."

도원은 적절히 상대를 압박하고 전화를 끊었다.

그러자 오 사장이 말했다.

"날씨도 더운데 물건까지 엉망으로 만들어 보내면 장사를 어떻게 하란 말이야? 제품을 제대로 만들어 보내줘야 광고를 해서 물건을 팔든 말든 할 것 아니야?"

요즘 오 사장은 이글거리는 날씨에 물건까지 속을 썩여 매일 사무실에 앉아 투정만 부렸다. 그럴 때마다 도원은 그 불평이 꼭 자기를 겨냥하는 것 같아, 조마조마한 마음으로 그의 옆에서 눈치만 살폈다.

잠시 후 도원이 자리에서 일어나며 말했다.

"사장님, 어제 돌린 물건들 반응이 어떤지 한번 확인해 보고 오겠습니다."

"그거 다시 확인해 보고 만약 이상 있으면 새것으로 바꿔주고 와. 그리고 아직 안 돌린 가게 있으면 몇 개 나눠주면서 손님들 반응 좀 알아봐 달라고 그래."

오 사장은 의자를 뒤로 돌려 앉아 도원에게 말하면서 한손으로는 자신의 머리를 쥐어 잡고 있었다.

"네, 그러겠습니다. 그럼 다녀오겠습니다."

도원은 그렇게 말하고 얼른 눈치 보이는 사무실에서 빠져나왔다. 하지만 계단을 거의 다 내려왔을 때, 휴대폰을 책상위에 놓아두고 온 것이 생각나 다시 사무실로 들어갔다.

"아, 제가 휴대폰을 안 가져갔네요." 도원이 들어가며 말했다.

"그리고 가게 주인들이 손님들한테 물건 나눠주고 있는지도 다시 알아봐. 그냥 쓰레기통에 처박아 넣는 건 아닌지 휴지통도 한번 살펴보고." 오지락이 여전히 뒤돌아 앉아 그의 얼굴도 보지 않고 말했다.

"네, 한번 확인해 보겠습니다."

도원은 그렇게 말하면서 또 빠뜨린 물건은 없는지 책상 위를 살폈다.

"그리고 점심 전까지 들어와서 창고에 있는 물건들 다시 한 번 끄집어내 살펴봐. 불량이 있으면 오후에 같이 보내게."

"네. 그러겠습니다."

도원은 또 다른 지시가 떨어질까 봐, 그 대답과 함께 재빨리 사무실을 빠져나왔다.

그는 사무실을 내려와 건물 현관 앞에 서서 따가운 햇살이 내리쬐는 거리를 바라보았다. 마치 소낙비를 우산도 없이 뚫고 나가야 할 것 같은 느낌이었다. 그는 곧 손바닥으로 눈을 가리고 건물 밖으로 나왔다. 정말 만만치 않은 빛과 열기가 위아래에서 전해져왔다. 그는 몇 발작 가다가 갑자기 떠오른 생각에 걸음을 멈추었다.

"아, 맞다! 새것으로 바꿔줘라 했지!"

그는 강렬한 태양빛 아래 서서 사무실에 또다시 들어갈 것인지, 아니면 불량이 없었기만을 바라며 그냥 갈 것인지 심각하게 갈등하기 시작했다. 만약 다시 또 들어가면 사장에게 멍청한 녀석이라 욕먹을게 뻔했고, 안 들어가면 나중에 다녀와서 왜 시키는 대로 안 갖다 줬냐며 야단맞을게 확실했다. 그는 이래도 저래도 좋은 소리 못 듣기는 마찬가지라 생각하고, 언제 야단맞는 게 유리할지 따져보았다. 아무래도 사장의 신경을 덜 건드리는 쪽이 좋아보였다.

한편, 오지락은 도원이 나가자 혼자 조용히 사무실에 남아 자신의 사업에 대한 이런저런 생각을 하기 시작했다. 새로 시작한 사업이 과연 가능성이 있을지, 매출 없는 사업이 언제쯤 끝나고 수입이 발생할지, 만약 전망 없는 일을 펼쳐놓은 것이라면 얼마까지만 손해보고 접을 것인지, 그는 사업의 기대가능성과 적절한 손절매 시점을 고민했다.

그는 이십대 시절에 장사라는 것을 한번 해 본 적이 있었다. 하지만 경험 부족으로 완전히 실패하고 말았고, 그 후 그것에 대한 꿈을 잠시 접었다가 나중에 해외에서 돈을 모아오자 다시 한 번 도전의지를 가지고 사채업을 시작했다. 하지만 그것도 잘나가는가 싶더니 결과적으론 실패로 끝나고 말았다. 모두 생소한 분야에서 시작한 일이라, 경험이 부족했던 그로서는 고전을 면치 못할 수밖에 없었던 것이다. 게다가 자신만의 비결을 가지고 시작한다 해도 헤쳐 나가기 힘든 것이 사업인데, 사업철학도 경영능력도 없이 사업을 너무 쉽게 보고 뛰어들었으니 혹독한 대가를 지불할 수밖에 없었다.

그런데 그런 추락의 경험이 있는 그가 이번에 또다시 새로운 분야에서 겁 없이 사업을 시작했다. 무척 쓰라렸던 과거 경험이 좋은 약이 되어 영역과 종류를 불문하고 자기 가는 길에 훌륭한 친구가 되어 주리라 믿었던 것이다. 아마 이를 두고 그를 멀리서 보는 사람이라면 그가 용기와 도전정신이 투철한 개척자라 칭찬할 수도 있을 것이나, 그를 알고서 가까이서 지켜본 사람이라면 제 무덤을 파는 인간이라 조롱할 수도 있을 것이다. 누구의 말이 옳은지는 아직 알 수 없었으나, 현재로선 무덤 파는 개척자가 맞아보였다. 왜냐하면 사업을 시작한 지 3개월이 지났지만 그의 손에 들어오는 수입은 한 푼도 없었고, 아직 제품은 완전하지 못해 거기에 들어가는 비용도 많기 때문이다. 게다가 그는 아직도 정확한 사업 방향을 잡지 못해 위태롭게 길을 걷고 있었다. 그래서 그는 어느 시점까지 이 구조를 뒤집지 못하면 세 번째 실패를 각오해야 했고, 다시 돈이 많이 축날 수밖에 없다는 것을 받아들여야 했다. 그의 참신한 시도는 박수 받을 만한 도전이긴 했지만, 녹녹치 않은 현실 또한 그가 감당해 할 몫이었다.

그는 그렇게 마음 같이 되지 않는 사업을 생각하며 사무실 책상에 앉아, 만약 실패할 경우 이 사업의 종료시점을 언제로 할지 곰곰이 따져보았다. 아직은 초기라 그런대로 손해를 감수하며 나아간다 하지만, 좋지 않은 결과가 계속 길어질 경우 이를 버티며 이어나갈 수 있을지는 알 수 없었다. 그리고 상황이 좋지 않아 손을 떼고 나와야할 경우에도 아쉬운 손해를 잊고 미련 없이 빠져나갈 수 있을지도 확실치 않았다. 무슨 일이든 미련과 후회가 남는 법이지만, 그는 그것들을 최소화해 마음의 충격과 재산의 손실을 최대한 완화해 보러했다. 한 발짝씩 나아오는 노년을 생각한다면 더더욱 그럴 수밖에 없었다.

'똑똑'

그가 그런 생각에 빠져 있을 때 사무실 문 두드리는 소리가 났다. 오 사장은 도원이 이번에는 또 뭘 빠뜨려 사무실로 다시 들어오는지, 이번에는 그에게 한 소리를 해야겠다 싶었다.

"사무실에 들어오면서 문은 왜 두드려? 어서 들어와!"

그가 미간을 찌푸리며 문을 향해 그렇게 거칠게 말하자, 죄지은 사람이 문을 열 때처럼 문이 스르르 열렸다.

"또 뭘 빠뜨렸어?"

그는 그렇게 소리쳤지만, 문이 열리며 그 뒤에 가려진 사람이 나타났을 때, 의자에 기댄 등을 앞으로 당겨 꼿꼿이 세우고는 놀란 표정을 지었다. 그는 도원이 아니라, 장윤호였던 것이다.

그가 문 앞에 서서 오 사장을 쳐다보며 인사했다.

"안녕하세요."

그 말에 오지락은 뭐라 말해야 할지 몰라 잠시 당황한 표정으로 그를 쳐다보았다. 석 달 전에 만나고 거의 기대를 접은 사람이었는데, 그가 다시 사무실에 찾아 와, 오지락은 순간 그와의 인연이 길어질 것 같다는 예감을 어렴풋이 했다.

"오랜만이군요." 오 사장이 그에게 짧게 인사했다.

"네, 거의 석 달 만입니다." 윤호가 조용히 말했다.

"거기 그렇게 서 있지 마시고, 어서 이리 시원한 곳으로 들어오시오."

윤호는 문을 닫고 안으로 들어왔다. 다시 보는 사무실은 처음 볼 때와 별다른 차이가 없었다. 조금 다른 것이 있다면 창고 앞쪽으로 박스가 몇 개 쌓여있다는 것이었는데, 그걸 제외하면 사무실은 여전히 초라하고 단순한 예전 그대로의 모습이었다.

"여기 앉으시죠."

오 사장이 자리에서 일어나 낡은 소파를 가리키자 윤호는 자리에 앉았다. 곧 오지락도 그의 맞은편에 앉았다. 시원한 차 한 잔 가져다 줄 직원이 없어 두 사람은 자리에 앉아마자 바로 대화를 시작했다. 먼저 말을 꺼낸 쪽은 윤호였다.

"미리 연락도 없이 이렇게 찾아와서 죄송합니다."

"아니오. 난 상관없소."

오 사장은 그가 다시 찾아 온 이유를 알고 싶어 그런 일에는 전혀 신경 쓰지 않았다.

"그런데 일자리는 구했소?"

오 사장이 묻자, 윤호가 쑥스러운 듯 대답했다.

"아뇨. 아직 못 구했습니다."

"그럼, 어떻게 할 생각이오?"

윤호는 잠시 머뭇거리다 입을 열었다.

"만약 여기에 아직도 일자리가 있다면 한번 해 보겠습니다. 지난번에 돌아가서 많이 생각해 봤습니다. 어느 것도 보장된 게 없다면 희망이 있는 쪽에서 시작해 보는 게 더 좋을 것 같았습니다. 그리고 사장님께서 말씀하신 그 기회라는 것도 어쩌면 여기서 기다리고 있을지 모른다는 생각도 들었습니다. 비록 이곳이 지금은 작아도 나중에는 어떻게 변할지 모르니 말입니다. 그래서 오늘 마음을 결정짓고 이렇게 찾아왔습니다. 혹시 지난번 말씀하신 것들이 아직도 유효하다면 여기서 한번 시작해 보겠습니다."

오지락은 청년의 그 말을 듣자 몸을 뒤로 젖히고 잠시 생각에 잠겼다. 그는 여전히 이 청년과 일해 볼 의향이 있었다. 청년은 자신을 구해준 사람이라 남들보다 믿음이 가는데다, 자기가 가보지도 못한 대학이라는 곳에서 공부까지 한 사람이라 자신이 사람을 쓴다면 이 청년이 다른 이들보다 더 나을 것 같았다. 그리고 그의 태도에서 풍겨 나오는 내적 교양을 생각해 보더라도 이 청년은 분명 끌리는 매력이 있었다. 그래서 그는 이렇게 불쑥 찾아와도 거부감보다 기대감이, 거리감보다 친근감이 느껴지는 존재였다.

하지만 지금은 한번 고려해 봐야 할 것이 있었다. 바로 현재의 사업성적과 향후 기대가능성이었다. 이 청년이 처음 찾아왔을 때의 사업은 한발을 떼어 첫걸음을 내디디려는 순간이었고, 지금은 어느 정도 발을 내디뎌 여기저기 깊은 발자국이 생긴 상태였다. 그때는 기대감에 부풀어 낙관과 투지로만 가득 하던 때였고, 지금은 현실을 겪으면서 물러설 생각도 하고 어느 정도 절제와 후퇴를 생각하는 시기였다. 다시 말해, 지금은 함부로 지출하기 망설여지는 시기였던 것이다.

물건이 탐난다고 해서 내 욕심대로 샀다가, 나중에 형편이 어려워져 산

것을 후회하며 물린다면 손해를 입을 게 뻔했다. 그런 위험을 감수하고서도 도전한다는 것은 정말 부담스러운 일이었다. 만약 사업에 대한 적은 가능성만 보여도 주저하지 않고 결정하겠지만, 지금처럼 아무런 성과도 없는 상황에서 이 청년을 선뜻 받아들이기에는 상당한 모험적 결정이 필요했다. 그리고 지금은 그런 결정을 지양하는 것이 타당해 보였다.

그러나 석 달 전 그가 저질러 놓은 일을 생각한다면, 그것이 그렇게 꼭 옳아 보이는 것은 아니었다. 그는 그때 이 청년 앞에서 실재에 비해 엄청나게 과장된 자신의 경력을 뽐내기도 하고, 거기에 덧붙여 자기의 기준을 뛰어넘는 조건과 그의 인생을 지도해 줄 수 있는 듯한 능력을 제시해 이 청년에게 구애의 손짓을 했다. 그런데 지금 와서 말을 바꿔 그때 일을 모른 척한다면, 상대방도 그도 난처함에 빠뜨리는 일일 수밖에 없었다. 상대는 그의 말만 믿고 다시 찾아왔는데, 이제 와서 다른 말을 듣게 되면 많은 허탈감과 상실감을 느끼게 될 것이고 그는 갈 길 바쁜 청년 앞에서 헛소리만 한 격이 되어 비난을 받을 수밖에 없었다. 앞뒤 따져보지 않고 감정에 사로잡혀 한 말 때문에 피차간에 보이지 않는 상처를 입을 수밖에 없었던 것이다. 그리고 그 상처의 정도도 같지 않았는데, 이 청년이 입을 상처는 깊은 데 반해, 중년 오 사장이 입을 상흔은 그리 크지 않았다. 청년은 직업을 못 구해 안절부절 못했지만, 중년은 직원을 못 구해 애걸복걸하지는 않았기 때문이다. 사장인 그가 입을 흠집이라 해봐야 한 청년 앞에서 맞이할 명예와 신용의 추락 정도뿐이었다. 만약 그가 그것들을 매우 중요시하는 사람이라면 그 추락을 막기 위해 자신의 말에 책임지려는 답을 내놓을 것이나, 그는 아직 그것이 손상되었을 때의 감정을 잘 몰랐기 때문에 그런 책망을 두려워하진 않았다. 그는 단지 자기 앞에 펼쳐진 상황에 맞춰 대응해 보려 할 뿐이었다.

그는 그렇게 온기가 느껴지는 인간적인 배려보다는 찬기가 감도는 인간적 계산으로, 장윤호를 받아들인 후의 자신의 재정과 받아들이지 않았을 때의 자신의 아쉬움만 비교형량 할 뿐이었다.

그때 오지락의 전화기가 울렸다. 도원이 건 전화였다.

"여보세요."

오지락이 전화를 받자, 그가 기뻐 말했다.

"사장님. 제가 조금 전에 가게 몇 군데를 들러 그곳 주인들한테서 들은 얘긴데요, 우리가 광고용으로 나누어 준 제품에 대한 손님들 반응이 괜찮았다고 합니다. 처음에는 별 신통치 않게 생각하고 받아갔다가, 그걸 몇 번 사용해 보고는 다시 받아가더라는 겁니다. 아직 손님들 모두가 그걸 다 사용해 보진 않았지만 일단 사용해 본 손님들 반응은 기대 이상이었다며 다시 가게에 들러 좀 더 받아갔다고 합니다."

오지락은 도원이 하는 그 말을 듣자 입 꼬리에 보일 듯 말 듯한 옅은 미소를 지었다. 그의 마음속에 이제 이 사업은 시간만 흐르면 되겠구나 하는 생각이 든 것이다.

"그래, 알았어. 다른 데도 좀 더 알아봐."

오지락은 그렇게 말하고 바로 전화를 끊었다. 그리고 결심한 듯 윤호의 얼굴을 쳐다보며 말했다.

"그래, 그럼 여기서 시작해 보도록 하시오. 우리 인연이 참 단단히 묶인 것 같군요."

윤호는 오 사장의 그 말을 듣자 마음속으로 안도의 한숨을 내쉬었다. 몇 달 전 이 사무실에 찾아왔을 때 그가 사장에게서 느낀 간절함 같은 것이 오늘은 보이지 않아 사장의 마음이 변했거나, 그때 자기가 생각할 시간을 달라고 한 것에 대해 그의 마음이 상해 마음속으로 거절하는 방법을 찾고 있는 줄 알았기 때문이다.

사실 그는 조금 전 사장이 바로 답변을 주지 않아, 여기서도 일자리를 구하지 못하면 어쩌나 생각하고 마음속으로 많이 걱정하고 있었다. 큰 회사야 인재가 많아 경쟁이 치열해서 그렇다 치지만, 들어가려면 얼마든지 찾아서 들어갈 수도 있는 이런 작고 초라한 개인 사무실마저 자기를 무시하고 받아주지 않으면, 정말 살아갈 용기가 나지 않을 것 같았기 때문이다. 그런데 아슬아슬 이렇게 합격통보를 듣게 되어 그는 그나마 기쁜 마음이 들지 않을 수 없었다. 마치 큰 물고기를 잡으러 깊은 바다로 나갔다가 몇 달째 허탕만 치자 작은 물고리라도 잡아볼 생각으로 얕은 시냇가에 갔는데, 거기서도 헛수고만 하다가 나중에 운 좋게 작은 물고기 한 마리라도 잡고서 기뻐할 때의 느낌이었다.

하지만 윤호는 그 작은 기쁨을 겉으로는 표현하진 않았다. 단지 '감사합니다. 열심히 일해 보겠습니다.'라는 말만 하고 자신의 마음을 절제했다. 거기서 더 길게 말해버리면 자신의 무능과 곤궁함을 상대에게 노출시켜 나중에 사장이 자기를 쉽게 볼 수도 있을 것 같았기 때문이다.

"오늘까지 우리가 만난 게 벌써 네 번이지?" 오 사장이 말했다. "사람 인연이라는 게 참 신기해. 내가 원한다고 해서 만들어지는 것도 아니고, 상대가 다가온다고 해서 만들어지는 것도 아니니 말이야. 먼저 여건이 만들어지고 거기 사람이 풍당하고 빠지면서 이어져가는 게 인연인 것 같아. 우리 만남을 생각하면 더욱더 그렇지. 서로의 존재도 알지 못했던 우리가 한 날, 한 시, 같은 장소에서 생각지도 못한 일에 엮이면서 끊어지지 않는 물처럼 계속 같이 흘러내려가고 있으니 말이야. 그건 겉으로 봐선 우연 같아도 어쩌면 우연이 아닌지도 모르겠어. 안 그런가?"

"네, 사장님하고 이렇게 만남이 계속 이어지는 걸 보면 저도 그렇게 생각합니다." 윤호가 말했다.

"그래. 참 신기한 일이지. 아무튼, 우리 이제 한 배를 타게 되었으니, 거친 물살을 가르며 함께 나아가자고. 그리고 우리 인연이 언제까지 이어질지는 모르지만, 그때까지는 좋은 방향으로 흘러가도록 서로 노력도 하고 말이야."

"네, 저도 그러기를 바랍니다."

윤호는 그렇게 첫 직장을 구하게 되었다. 사실 직장이라고 말하기엔 너무 작은 시작이었지만, 그래도 무언가 생산적인 활동을 할 수 있다는 점에서는 아무 일 없이 지내는 것보다 훨씬 더 나았다.

그는 그동안 긴 방황과 고민 속에서 어딘지도 모르는 거처를 찾아다니면서, '내가 할 수 있을까' 하는 의심을 수없이 하며 불안한 시간을 걸어왔다. 그러다 마지막 지푸라기라도 잡겠다는 심정으로 작은 회사를 찾아갔는데, 다행히 그곳이 아슬아슬 자기를 받아주어 잠시나마 숨 쉴 구멍이라도 찾게 되었다. 그러나 그가 앞으로 걸어야 할 길은 멀었고 올라야 할 산들도 많았다. 그 길이 어디로 연결되어 다시 어느 길과 만나는지는 알 수 없지만, 그가 배우고, 생각하고, 헤치고 뚫으며, 인생을 알아가기 위해 걸어가야 할 길들은 아직도 지나온 시간에 비해 많이 남아있었다.

사람이 가는 것은 주에게서 나오나니,
그런즉 사람이 어찌 자기 길을 깨달을 수 있으리요?
— 잠언 20: 24

7

오지락이 새로 시작한 사업은 여자들이 얼굴에 바르는 액체, 곧 화장품을 만들어 파는 일이었다. 그것은 그가 이전에 하던 대부업과는 완전히 다른 분야였지만, 그는 그 사업을 과감히 도전했다. 젊은 시절 그가 처음 해본 장사가 바로 수입화장품을 들여와 소매상에 파는 일이었기 때문이다.

그때 그는 여자 물품에 대해 문외한인데다 장사까지도 경험이 없어, 시작한지 1년도 되지 않아 손해만 보고 그 장사를 완전히 접어버렸다. 그러다 30년이나 지난 지금 이런 종류의 사업을 다시 시작하게 되었는데, 그것은 그나마 자신이 아는 분야가 그쪽인데다 지금은 그 당시와는 다른 환경이 만들어졌기 때문이다.

당시 소규모 자본을 가진 사람들은 공장에서 만들어진 제품을 들여와 유통해서 파는 것이 그들이 할 수 있는 사업의 거의 전부였다. 적은 자본으로는 기술개발과 제조판매를 모두 할 수 없었기 때문이다. 하지만 세월이 지나 분야가 세분화되면서 전문적인 작업을 다루는 연구원과 제조업체가 많이 생겨났고, 그러면서 그런 종류의 사업을 하려는 사람도 예전처럼 큰 규모의 공장에서 모든 걸 다 할 필요 없이 자신은 전체 사업과정 중 일부만 담당하고 나머지는 설비와 기술을 갖춘 전문 업체에 위탁해 소규모로 사업할 수 있게 되었다. 사업방식과 기술의 진화가 의지는 있으나 자본이 부족한 계층에게도 기회를 넓혀 주게 된 것이다.

사채업을 하다 결국 실패하고만 오지락은 다시 사업할 기회를 찾다가 우연히 이런 식의 사업에 대해 전해 듣게 되었다. 그리고 그를 이용해 다시 일어나 볼 생각으로 전국을 돌아다니다가 예상치 않은 기술을 하나 획득하게 되었다.

물론 학문, 연구와는 완전히 거리가 먼 그가 기술을 획득한다는 것은 말도 안 되는 일이었다. 아마 세상이 백 번 바뀌어도 불가능한 일이라 한다면, 바로 오지락이 책을 보며 생각한다는 것일 것이다. 그런데 그런 그가 직접 기술을 개발해 사업을 한다는 것은 정말 있을 수 없는 일이었다.

하지만 그도 그런 기술을 획득할 수 있는 방법이 한 가지 있었으니, 그것은 이미 만들어진 기술을 사들이는 것이었다. 매일 새로운 기술과 제품이 쏟아져 나오는 세상이었지만 그 중 만들어진 의도와 역할대로 잘 사용되는 기술은 얼마 되지 않았다. 거의 대부분은 제품화되기 전에 사라지거나 개발한 이의 자랑거리정도로만 남고, 나중에는 필요 없는 존재로 전락할 뿐이었다. 그래서 대부분의 제품은 '누가 개발한 특허'라는 식으로 상징적으로만 존재하고 의미 없이 기록될 뿐이었다.

그런데 오지락은 그것들을 그런 식으로만 내버려두지 않고 그 가운데 한 가지를 잘 선택해 - 정확히 하자면, '만나'가 옳았다. - 자신의 사업에 이용했다. 세상에 아직 알려지지 않고 조용히 숨어 기다리고 있던 기술을 그가 세상 밖으로 가지고 나와 그것이 제 능력을 펼칠 수 있도록 날개를 달아준 것이다.

그는 그 기술을 소유하자마자 먼저 제조업체를 찾아갔다. 제품을 골치 아프게 자신이 직접 제조할 게 아니라 정확한 배합과 기술대로 제조해 주는 공장에 위탁해 제품을 만드는 것이 여러모로 편리하고 비용도 절감되었기 때문이다.

제품이 만들어지자 그는 그것들을 사무실로 가져와 인근 소규모 화장품 가게에 무료로 나누어 주었다. 아직 대중에게 알려진 상표도 알려진 효과도 없었기 때문에 초기 투자금의 대부분을 그렇게 광고로 지출해야 기존 제품과 경쟁해 볼 수 있었기 때문이다. 만약 그렇게 해서 몇 개월 만에 기대만큼 좋은 반응을 얻어 여러 가게에 납품할 수 있으면 정말 탁월한 판단력과 모험정신으로 우뚝 일어서는 사업가가 되는 것이고, 그게 아니라 기술도 제조도 광고도 모두 실패하고 만다면 다시 한 번 더 실패기록을 남기는 무모한 도산가가 되는 것이었다.

그는 이 사업을 위해 단 한 명의 직원만 쓰며 인건비를 줄였다. 사무실도 허름한 곳으로 사용하며 임차료를 절약했다. 사업을 통해 수입이 발생할 때까지는 최대한 절약하며 지내볼 생각이었던 것이다. 그런데 도중 장윤호라는 예상 밖의 청년이 등장해 자신의 계획을 조금 수정할지에 대한 고민을 하지 않을 수 없었다. 이 청년은 그의 초기 사업계획에는 포함되지 않았던 인물이자 비용이었기 때문이다. 하지만 도원으로부터 약간의 좋은 소식을 들었을 때 그는 더 이상 망설이지 않고 바로 그를 선택했다. 그의 마음에서는 이미 이 청년을 받아드렸으나 그렇게 할 명분과 여건이 부족하던 차에, 기막히게도 그의 마음을 아는 전화 한통이 걸려와 그의 마음에 경적을 울려 주었기 때문이다. 그것은 그를 고용하라는 신호처럼 느껴졌는데, 그 때문에 그는 후회 없이 그를 선택하게 되었다. 또, 그의 머릿속 계산으로도 그를 놓쳤을 때의 후회가 받아들였을 때의 비용보다 훨씬 더 커 그를 받아들일 수밖에 없었다. 두 사람의 시작은 그러했다.

시간은 흘러 오지락이 사업을 시작한지 반년이 지났다. 이제 윤호도 그와 같이 일한지 석 달이 지났다. 하지만 여전히 들어오는 수입 없이 제조비와 광고비만 발생할 뿐이었다. 거기에 대해 오지락에게는 직원이 한 명 더 들어옴으로써 생기는 인건비까지도 추가되었다.

하지만 그의 사업 전망이 완전히 어둡지만은 않았는데, 제품이 지속적으로 가게에 전달되어 광고되는 양이 늘어났고 그에 비례해 좋은 평가도 많아졌기 때문이다. 소비자들은 아직 자신의 돈을 지불해 가며 그 제품을 구매해 가지는 않았지만, 그래도 그 무료 광고제품을 얻어가기 위해 가게에 들르는 손님들은 점점 늘어났다. 그것은 물건이 최소한 나쁘지 않다는 뜻이었고, 나중에 무료 광고가 중단되었을 때 직접 돈 주고 구매해 볼 의향이 있다는 의미였다. 그래서 오 사장은 수입이 없는 중에도 실망하지는 않았다.

상황이 이렇게 되자 일단 비관적 전망은 대부분 사라진 상태라 생각한 오 사장은 어느 시점부터 제품을 유료로 판매할지 고민하기 시작했다. 만약 너무 이르게 무료로 나가는 광고제품을 끊어 버리면 안 좋은 일이 생길지도 몰라 적당한 시점을 고민해야 했다.

그러던 중 어느 날 오 사장이 윤호를 불렀다.

"장 대리!"

그것은 오 사장이 윤호를 부를 때 쓰는 명칭이었다. 아직 쥐구멍만한 회사라 승진도 직함도 별 의미는 없었지만, 그래도 오 사장은 자신의 위치를 조금이라도 생색내기 위해 그를 그렇게 불렀다.

"네, 사장님." 사무실 안 조그만 창고에서 물건을 옮겨 쌓던 윤호가 대답했다.

"여기로 좀 오지." 오 사장이 말했다.

윤호는 쌓던 물건을 내려놓고 오 사장에게로 갔다.

"지금 우리 제품이 들어가는 가게가 몇 군데지?" 윤호가 그의 옆에 다가와 서자, 오 사장이 그에게 물었다.

"15군데입니다." 윤호가 대답했다.

"거기 물건 한 상자 가져다주면 며칠 만에 다시 가져다주나?"

"요즘은 우리 물건 가져다 쓰는 사람들이 많아 사흘 만에 다시 가져다줍니다."

"한 달 전만해도 일주일은 돼야 다 나가더니 이젠 반 이상 줄었구만."

"네. 전에는 가게 주인들이 물건 사 가는 손님들한테만 하나씩 끼워줬는데, 이제는 그냥 와서 달라고 하는 손님도 있어 단골이면 거절하지 않고 준다고 합니다. 그래서 지금은 두 배 정도 많이 나갑니다."

오 사상은 그 말을 듣고 잠시 생각했다.

그가 다시 입을 열었다.

"그럼 이런 추세로 한 달 정도만 지나면 하루 한 상자씩 가져다 줘야 된다는 말인데, 그러면 광고는 꽤 될 테지만 문제가 생기겠어. 우리 쪽에서 광고비가 너무 많이 들어간단 말이야. 무료로 나눠주는 거라 수입은 없으면서 비용만 자꾸 발생해. 안 그런가?" 오 사장이 심각한 고민에 빠진 사람처럼 미간을 찌푸리며 말했다.

"네, 지금 추세대로라면 다른 방법을 쓰지 않는 이상은 그렇게 될 것 같습니다." 윤호가 대답했다.

"그래서 말인데, 우리도 이제부터 본격적인 장사를 시작해보는 게 어떻겠나? 우리 물건을 찾는 사람이 자꾸 늘어나니 이제는 돈 받고 팔아 보는 것도 좋을 것 같은데." 오 사장이 윤호에게 그의 의견을 물었다.

"제 생각에는 괜찮을 것 같습니다. 사용해 본 사람들의 반응이 좋으니 좀 싸게 공급한다면, 무료로 받아가던 손님들도 부담스럽지 않게 사가지 않을까 생각합니다."

"그래, 지금 같은 상황이라면 그들도 돈 주고 사는 것에 대해 특별한 부담 같은 건 느끼지 않을 거야." 오 사장이 말했다.

"그런데," 윤호가 말했다. "무료로 나눠 주던 물건을 이제부터 돈 받고 팔겠다 하면 가게 주인들이 받아줄지 모르겠습니다. 무료일 때는 주인들도 손해 볼 게 없었으니 그냥 우리가 가져다주는 대로 나눠주기만 하면 됐지만, 이제부터 돈 받고 공급하겠다 하면 가게 주인들이 안 팔겠다 할 수도 있지 않을까요?"

윤호가 오 사장이 생각지 못한 말을 꺼내자, 오 사장이 그에게 되물었다.

"주인들이 안 판다고? 그럴만한 이유가 있나? 자기들에게 손해 될 일은 없잖아. 이미 우리 물건 써보고 좋아서 일부러 받아가는 손님들도 있는데, 그 손님들이 가게에 와서 물건 팔아주면 주인들도 좋을 것 아닌가?"

"네. 물론 그렇긴 합니다만, 그건 우리 입장에서 봤을 때 그런 것이고 혹시 우리가 예상치 못한 다른 게 있을 수도 있지 않을까 해서 드린 말씀입니다."

"뭐, 예상치 못한 일? 그게 뭐지?"

"글쎄요. 저도 그게 뭔지는 잘 모릅니다. 다만 추측하기로는 다른 화장품 회사의 견제 같은 것이 있지 않을까 생각됩니다."

"뭐? 다른 화장품 회사의 견제라고?"

"네. 그들이 우리를 또 하나의 경쟁자로 생각한다면, 아무래도 유통 가게에 보이지 않는 압력 같은 것을 가하지 않을까 생각합니다. 물론, 이건 제 추측일 뿐입니다."

"보이지 않는 압력이라…" 오지락이 생각지 못한 장애물을 만나 곤란해 하는 사람처럼 말했다.

"하지만, 사장님. 그건 단지 제 생각일 뿐입니다. 그런 일이 일어날 수 있는지는 솔직히 저도 잘 모릅니다. 그러니 제품을 유료화 하기 전에 먼저 가게 주인들한테 판매조건 같은 것이 있는지부터 물어보는 게 좋을 것 같습니다. 우리 쪽에서 일방적으로 무료공급을 중단하고 돈 받고 팔겠다 하면, 그런 이유들 때문에 그쪽에서 안 좋아할 수도 있으니 말입니다." 윤호가 말했다.

오 사장은 윤호의 말을 듣고 의아했지만, 한편으론 그의 말처럼 예상치 못한 변수가 있으면 어떡하나 하고 생각했다. 그래서 그는 장 대리에게 가게 주인들을 만나, 혹시 자기들이 모르는 조건이나 의견 같은 것이 있는지 들어보고 오라고 지시했다. 그리고 만약 그런 것이 없다면 자신이 생각하는 공급가는 7천원이지만, 그들에게서 얼마정도까지 받아낼 수 있을지 그 적절한 선도 알아보라고 말했다.

점심시간이 끝난 뒤, 윤호는 창고 물건을 대충 정리하고 사무실을 나왔다. 거리는 시원한 가을 공기와 따뜻한 햇살로 걷기에 딱 좋았다. 그는 사무실에서 가장 가까운 가게를 향해 걸었는데, 그가 도원과 같이 물건을 가져다주는 가게들은 모두 사무실에서 멀지 않은 곳에 있었기 때문이다. 그래서 그들은 거기까지 가져가는 물건이 한 상자면 직접 들어서 이동했고, 두 상자 이상이면 작은 손수레에 올려 이동했다. 그런데 오늘 배달은 도원이 오선에 모두 했기 때문에 윤호는 빈손으로 가볍게 걷기만 했다.

그는 사무실에서 나온 지 15분 만에 첫 번째 가게에 도착했다. 그 시간이면 그 가게에는 물건 사는 손님이 한두 명 정도 있었는데, 오늘은 여느 때와 달리 가게에 손님이 한 명도 보이지 않았다.

"안녕하세요." 윤호가 가게에 들어서며 주인에게 인사했다.

"아, 네."

가게 여주인의 인사였다.

"오늘은 우리 물건이 몇 개 정도 나갔나요?" 윤호가 물었다.

"글쎄… 오늘은 손님이 없어서 몇 개 안 나눠줬는데. 3개 정도 나갔나?" 여주인이 물건을 정리하느라 그를 쳐다보지도 않고 대답했다.

"나쁘지는 않네요. 오늘은 날씨가 좋아서 사람들이 화장품 바를 생각도 안하나 봅니다. 하하"

윤호가 표정 없는 그 여주인 앞에서 크게 웃어보였다.

30대 중반쯤으로 보이는 이 여주인은 장 대리가 인사해도 같이 인사하는 법이 없었다. 그녀는 그가 인사해도 늘 '네.'라는 대답으로만 끝냈고, 그의 말에는 눈도 마주치지 않고 항상 성의 없는 태도로 대꾸하며 자기가 하던 일에만 신경 썼다.

윤호는 이 주인을 처음 봤을 때, 그녀의 태도가 마음에 들지 않아 그녀는 참 불친절한 여자구나 하고 생각했다. 그래서 그 후로는 자신의 일과 관련된 말만 하고 더 이상 그녀에게 말을 붙이지 않았다. 더 해봐야 자기 마음만 상할 것 같았고 또 한다 해도 받아주지도 않았기 때문이다. 그런데 어느 날, 그는 이 여주인의 손님 대하는 태도를 보고서 그 생각을 완전히 바꾸게 되었다. 그녀는 자기가 생각하던 그런 불친절한 여자가 아니었던 것이다.

오늘처럼 화창한 오후였다. 윤호가 이 여주인의 가게에 들러 그녀에게 화장품이 든 상자를 전해주고 있는데, 가게에 여자 손님이 한 명 들어왔다.

이 여주인은 그 손님을 보더니 다가가 웃는 얼굴로 인사했다. 그리고 두 손을 앞으로 공손히 모으며 말했다.

"손님은 피부가 고와서 화장을 안 해도 참 예쁘시겠어요. 대신, 손님은 영양성분이 든 크림으로 얼굴을 관리하시면 참 좋을 것 같아요. 요즘 좋은 영양크림들이 많이 나왔는데 한번 써 보시는 게 어때요?"

윤호는 그때 여주인의 그 모습을 보고서 놀라지 않을 수 없었다. 그녀의 그 말투와 태도는 평소 자기가 알고 있던 여주인의 것이 아니었기 때문이다. 콧속 울림을 통해 흘러나오는 그 소리는, 결혼한 지 하루도 안 된 새색시가 오늘부터 자기 신랑이 된 남자에게 간드러지게 애교 떨 때하는 하는 구애 같은 것이었고, 또 그 모습은 어제 죽은 노파가 오늘 다시 처녀로 태어나자 너무 좋아서 하는 재롱 비슷한 것이었다. 그것은 정말 그가 평소 보던 그녀의 모습하고는 완전히 다른 것이었는데, 그는 순간 머릿속으로 '아니, 사람이 어떻게 저런 식으로 갑자기 변할 수 있지? 저 여자는 어려서부터 저것만 연습하고 살았나?'하고 생각했다. 그러면서 지금까지 그녀가 자기에게 불친절하고 쌀쌀맞게 군것은 그녀의 원래 성격이 그랬기 때문이 아니라, 자기가 공짜 물건을 배달해 주러 찾아와서 손님들에게 좀 전해 달라 부탁하자 자신을 우습게 보고서 한 행동이라는 것도 깨닫게 되었다. 돈이 되는 손님에게는 친절과 상냥함으로 대하면서도 돈 안 돼 보이는 자기에게는 불친절과 무시로 푸대접해 왔던 것이다.

윤호는 그 사실을 깨닫게 되자 자존심이 무척 상했다. 그래서 그 순간 그녀가 그렇게 피부 곱다고 칭찬한 그 손님에게 이렇게 일러바치고 싶었다.

'이 아줌마 가짜에요. 원래 이러지 않았어요.'라고.

하지만 그는 그 말을 꾹 참았다. 자기가 아무리 그래봐야 손님은 여주인의 말에 혹해 영양크림을 사 갈게 뻔했고, 또 자기는 다음부터는 이 가게에 물건을 들어놓을 수 없을 게 분명했기 때문이다. 그래서 그는 이 가게 여주인에게 다른 방식으로 분풀이 해 보고 싶었다. 그것은 시끄럽고 폭력적 방법이 아니라, 오히려 여주인에게 그동안 자기를 그렇게 대했던 것에 대해 미안하고 부끄러운 마음이 들게 하는 것이었다. 그녀 같은 인물은 싸워서 이기는 것보다는 스스로 무너지도록 만드는 것이 더 확실한 방법이었기 때문이다.

그래서 그는 그 날 이후로 이 가게에 올 때마다 쌀쌀한 이 여주인의 반응에 관계없이 호탕하게 웃기도하고 재미없는 말로 농담도 해보이며 그녀의 마음을 파고들었는데, 자기가 무시하고 차별하는 남자로부터 포용과 관용과 인내라는 것을 계속 체험하다보면, 그녀가 아무리 마음이 딱딱한 여자라 해도 개과천선할 수 있지 않을까 해서였다. 그리고 그녀에 대한 그 정책을 그는 지금까지 계속 유지해 오고 있었다.

"가을에는 여자들 외출이 잦아지면서 피부도 많이 상할 텐데, 좋은 영양 크림 하나 사서 바르면 얼마나 좋을까. 안 그래요?" 윤호가 구김살 없어 보이는 얼굴을 하며 은근슬쩍 그녀에게 말을 붙였다.

하지만 여주인의 반응은 싸늘했다.

"글쎄요."

"그런데 사장님은 좋은 화장품 많이 바르나 봐요. 피부가 너무 고운데요." 윤호가 그녀를 쳐다보며 말했다.

"네." 그녀가 말 거는 사람과 눈빛도 마주치지 않고 대답했다.

윤호는 좀 더 힘을 냈다.

"요즘은 남자들도 미용에 관심이 많다던데, 그래서 저도 이제부터 좋은 화장품을 한번 써 볼까 해요. 사장님, 혹시 뭐 좋은 제품 있나요?"

그러자 그녀가 차갑게 대답했다.

"우리 가게에는 없어요."

그 말에 윤호는 더 이상 그녀의 마음을 뚫어볼 말이 생각나지 않았다. 꽉 막힌 느낌이었다. 거기서 그녀에게 더 말을 붙였다간 그녀가 짖어대지나 않을까하는 생각까지도 들었다. 그래서 그는 오늘은 이쯤만하고 말아야겠다 생각하고 화제를 본론으로 돌려, 오늘 그녀를 찾아 온 진짜 목적을 찬찬히 꺼냈다.

"저, 사장님. 제가 가져다 드리는 우리 회사 화장품에 대한 무료 홍보기 간이 다 돼서 얼마 후부터는 제품을 유료로 공급하려고 하는데요. 공급가 격은 적당히 조절해 드릴 테니 우리 물건 계속 이 가게에 공급할 수 있을까 요?"

여주인이 잠시 생각하는 모습을 보였다. 돈벌이와 관계되는 말이라면 그 녀가 무시할 리 없었던 것이다.

"그 제품 가져가는 사람이 예전보다는 조금 늘긴 했어도, 지금까지 그냥 무료로 받아가던 사람들이 갑자기 돈 주고 사가려고 하겠어요?" 그녀가 조금 전과는 다른 태도로 진지하게 말했다.

"물론 그렇긴 합니다만, 우리 회사도 계속 광고비용만 지출할 수는 없어서 그래요. 다른 점포에서도 우리 제품에 대한 손님들 반응이 나쁘지 않으니, 낮은 가격으로 판매를 시작하면 지금과 같은 반응은 계속 이어지리라 생각됩니다."

그 말에 여주인은 하던 일을 잠시 중단하고, 매월 무료로 나간 그 제품의 개수를 확인해 보았다. 매월 조금씩 증가되다가 최근 한두 달 새 급격히 많이 나갔다. 그녀도 그것을 나눠주면서 느끼고는 있었지만, 실제 나간 숫자를 확인해 보니 좀 놀랍게 여겨졌다. 지금까지 그녀가 받은 홍보용 제품 중 그런 반응을 보인 것은 전혀 없었기 때문이다.

그것은 무료 제품이긴 했지만, 제품의 질에 있어서는 비싼 화장품에 뒤지지 않았다. 이 제품에는 고급 화장품에서도 볼 수 없는 성분과 효과들이 많이 포함되어 있어 피부 관리에 많은 도움이 되었던 것이다. 그래서 이 제품을 가져다 써 본 손님들은 대부분 그것을 좋게 평가해 다시 얻어가 사용했다. 물론 이 여주인도 그 손님들의 반응을 보고 한번 써보았는데, 확실히 특이하고 좋은 제품이라 생각되었다. 더욱이 그녀의 단골 중에는 그 제품을 아주 좋게 평가하며 가져다 쓰는 사람들이 있었다. 그들은 자기들이 한번 써 보고는 괜찮다며 아는 이들에게 나눠주기 위해 몇 개 더 달라고 해서 받아가기도 했다.

주로 40대 여성인 그 단골손님들은 각종 모임에 참석하며 사람들과 많은 교제를 나누는 사람들이었다. 그녀들은 어떤 모임에서 이런 저런 이야기를 나누다가 마음이 맞는 사람끼리 모여 점심 식사를 했고, 그러다가 마음이 더 맞는 사람끼리는 다시 모여 함께 차를 마셨다. 그녀들은 차 마시는 그 자리에서 주로 자기들의 소소한 일상 이야기와 자랑 섞인 수다로 대부분의 시간을 보냈는데, 그 중 가장 많이 하는 말이 피부와 미용에 관한 것이었다. 거기서 그녀들은 지금 자기들이 걸치는 옷과 바르는 화장품에 대해 전문가같이 평가하기도 했고, 또 그것을 지금 말하지 않으면 곧 죽을 것 같이 자랑하기도 했다. 사람들 앞에서 예쁘고 우아한 모습을 뽐내기 좋아하고 또 그렇게 해야만 하는 그녀들은 자연 그런 쪽에 많은 관심을 가질 수밖에 없었던 것이다. 그래서 그녀들은 옷이든 화장품이든 그것을 두루 사용하고 섭렵해서 자신들에게 알맞은 제품을 찾아냈고 또 다른 이들에게 소개하기를 게을리 하지 않았다.

그런데 최근 그녀들이 하는 이 평가와 자랑 가운데는 이 무료 화장품에 대한 것이 반드시 들어갔다. 그것은 그녀들의 커피 시간에 흥미진진한 논쟁거리가 되곤 했는데, 대략은 이런 내용과 흐름의 공방(攻防)이었다.

그것을 한번 써 본 여성이 마치 자기가 그것을 만든 양 열변을 토하며 그 화장품을 칭찬하면, 그것을 아직 안 써 본 여자들은 듣고만 있다가 칭찬하는 그녀를 의심 섞인 눈초리로 쏘아보며 그녀의 주장과 그녀의 액체를 평가절하했다. 그러면 이미 사용해 본 그 여자는 '내 말이 맞으니, 나를 믿어다오.' 하고 말했고, 듣고 있던 상대 여성들은 '그럴 리가 있나, 허풍 치지마라.' 하며 그 여자의 주장을 깔아 뭉개버렸다. 그러면 커피 마시다 별것 아닌 것에 자존심이 상해버린 그 여성은, 조만간 내 말을 증명해 보이겠다며 조용히 물러나 다음 모임을 기다렸고, 그 증명을 위해 퇴근 후 이 화장품 가게에 들러 그 무료 제품을 몇 개 얻어 갔다. 시간이 흘러 다시 모임이 열리면 그녀는 그것들을 가져가 신문배달원이 신문을 배달하듯 아직 써보지 않은 여자들에게 그것을 나눠주었다. 그 후 일주일 뒤 다시 만나 그녀는 그녀들에게 '내 말이 아직도 믿기지 않느냐' 며 그녀들 앞에서 원망 섞인 자랑을 했는데, 그러면 일주일동안 의심하며 사용해 본 여성들은 미안하다는 말 대신 이걸 어디서 구했느냐며 그 최초 발견 여성을 마치 금광발굴자처럼 대우해 주었다.

그런 식으로 그 요상한 제품은 민들레 꽃씨처럼 널리널리 입소문을 타고 다른 여성들에게 날아갔고, 이 여주인도 그런 사실을 자신의 단골손님들을 통해서 뿐만 아니라 자신이 직접 사용해 봄으로써도 알게 되었다.

그 때문에 그녀는 이 제품을 들여오는 데 대해서는 무척 호의적이었다. 하지만 나중에 그것을 공급받을 때 좀 더 싼 가격에 드려오기 위해 적당히 튕겨야만 했다.

"그럼, 얼마에 공급하실 건데요?" 여주인이 물었다.

"아직 정확한 가격을 책정하진 않았지만, 개당 원가비용에서 조금 남는 가격으로 드리겠습니다. 1만 원 정도면 어떨까하는데요."

여주인은 그 정도면 나쁘지 않다고 생각했다. 하지만 사업 초기 단계라 불리한 위치에 있는 회사한테는 물건을 좀 더 싸게 들여와 중간이윤을 더 많이 남길 수 있었기 때문에, 그녀는 그 가격에 대해 바로 반응을 보이지 않았다. 대신 상대를 좀 더 탐색한 뒤, 틈이 보이면 가격을 더 내려 볼 생각이었다. 그러자면 먼저 다른 가게들의 반응을 한번 물어보는 게 좋을 것 같았다.

"다른 가게는 들러서 말씀해 보셨나요?"

"아니요. 여기가 처음입니다. 다른 데도 곧 가서 말해봐야 합니다."

"그럼, 우리 가게에서 손님한테 파는 가격은 11,000원으로 할 테니 공급가격을 조금 더 낮춰주세요. 아직 잘 알려진 제품이 아니라 판매가격을 높이 책정할 수는 없어요. 손님들이 공짜라 생각하고 가져가던 제품을 갑자기 돈 받고 팔겠다 하면 우리 가게에 안 좋은 영향을 줄 수도 있으니 말이에요. 그러니 그런 것 감안하시고 가격을 낮춰 주시면 생각해 보겠어요." 여주인이 도도히 말했다.

그녀는 겉으로는 마치 안 팔아도 되는 것처럼 하면서 속으로는 가격흥정을 하는 중이었다.

"아, 네, 그건 걱정하지 마세요. 제가 지금 바로 답을 드릴 수는 없지만 공급가격은 낮추도록 해 보겠습니다. 저도 사장님이 말씀하신 것처럼 물건을 갑자기 돈 받고 파는 데 비싼 가격으로 팔면 안 된다고 생각합니다. 그러니 저희들이 좀 더 싼 가격에 공급해 드리도록 노력해 보겠습니다. 그건 제가 사무실에 가자마자 우리 사장님한테 꼭 말씀 드리도록 하겠습니다. 그러면 사장님도 긍정적으로 생각하실 겁니다." 윤호가 기쁜 마음을 감추고서 말했다.

사실 윤호가 여주인에게 말한 제조원가 1만 원은 좀 부풀려 있었다. 그 가격은 처음부터 깎일 것을 예상하고서 말한 금액이었는데, 실제 원가는 제조량에 따라 조금 변동이 있긴 했지만 대략 6,000원 정도밖에 되지 않았다. 그래서 1만 원을 부르고 나면 아래로 최대 4,000원 만큼의 여유가 있었다. 만약 가게주인의 요구대로 손해 보는 척하며 8, 9천 원 정도까지 낮춰 공급한다 해도 2, 3천 원 정도의 이익이 생겼다. 그녀가 말도 안 되는 가격을 요구하지 않는 이상은 이 가게 주인이 자기들 물건을 받아서 팔겠다고만 대답해 주면, 그것은 나쁘지 않은 가격에 성사되는 거래였다. 그래서 그가 여주인이 완전히 거절하지 않는 의사표현을 했을 때 속으로 기뻐한 이유도 이런 이유 때문이었다.

그런데 그가 그런 가격을 부른 데에는 또 다른 이유가 하나 더 있었다. 그건 그녀가 장사에 있어서만은 타고난 소질이 있는 사람이라는 것이었다.

그녀의 가게는 자기가 다니는 15개 가게 중 손님이 제일 많았고 점포도 가장 컸다. 주위 사람들에게 듣기로는 처음에 아주 작게 시작한 가게가 그렇게 커진 것이라 했다. 그것은 그녀의 상술과 손님 대하는 태도가 남달랐기 때문인데, 그녀는 많은 제품을 구입해 가는 손님한테는 이것저것 몇 가지 더 끼워주며 손님의 마음을 기쁘게 했고, 6개월 동안 매달 방문해서 물건을 구입해 간 손님한테는 특별 회원으로 대우하며 더 많은 사은품을 주었던 것이다. 그 때문에 손님들은 다른 가게에서는 받지 못하는 그 혜택을 받기 위해, 뭐 하나라도 더 받을 수 있는 그녀의 가게로 갔다. 고객은 큰 것보다 오히려 사소한 것 때문에 자신의 구매 행태를 결정한다는 것을 그녀가 잘 알고서 이용한 것이었다.

또, 그녀는 다른 가게보다 물건을 좀 더 싸게 팔았다. 그 때문에 알뜰한 구매자들은 같은 물건을 조금이라도 더 싸게 살 수 있는 그녀의 가게를 선호했다. 손님들 중에는 한 개만 사려고 왔다가 가격이 마음에 들어 두 개, 세 개 사가는 손님도 있었고, 계획에도 없던 다른 제품을 추가해 사가는 이들도 있었다. 그러면 이 여주인은 거기에 대한 보답으로 윤호가 가져다주는 화장품과 같은 공짜 사은품을 끼워주며 물건을 더 싸게 구입한 것처럼 느끼도록 만들었다. 그녀도 공짜로 받은 제품을 손님들에게 공짜로 나눠주며 가게 인심과 제품 광고를 동시에 퍼뜨린 것이다.

윤호는 그런 그녀의 실력과 가격전략을 다른 주인들로부터 이미 들어 알고 있었다. 하지만 그녀 앞에서는 모르는 척 공급가를 조금 높이 불러 싸게 공급해 주는 것처럼 했다. 이 여주인과의 거래에서는 그렇게 해야만 손해를 보지 않고 살아남을 수 있었기 때문이다.

그렇게 그는 여러 가게에 물건을 가져다주어도 허투루 하지 않고, 그 곳의 형편과 주위에서 들여오는 소문을 잘 살폈다. 겉으로는 아직 사회경험이 없어 순진한 척하면서도 머리로는 생각하며 전략을 짜고 다녔던 것이다. 그 덕에 그는 자신의 전략을 이 실력 좋은 여주인 앞에서 최초로 사용할 수 있었고, 최초로 성공한 곳도 바로 그녀와의 첫 흥정이었다.

한편, 이 여주인도 그렇게 만만한 여자는 아니었다. 그녀도 그런 사실을 전혀 모르지는 않았다. 그녀는 그 화장품의 제조단가를 정확히는 몰랐지만, 그것은 그리 높지 않은 가격에 제조할 수 있다는 것을 대충 짐작하고 있었다. 그리고 그 제품은 아직 인지도도 없는데다 그동안 무료 사은품식으로 손님들에게 나눠주던 거라, 돈을 주고 사와야 할 경우 얼마든지 자기 마음대로 싸게 들여올 수 있다는 것도 알았다. 그래서 그녀는 그런 제품을 가져와 자신의 가게에 공급하려하는 이들에게 가장 잘 먹히는 거래방법을 이용했는데, 그것은 자신의 판매가격을 못 박아 두고서 상대의 공급가격을 낮추는 것이었다. 그것은 그 제품을 팔지 않아도 답답할 것이 없는 그녀가 반드시 팔아야만 하는 소형업체에 대해 하는 가격하락 명령 같은 것이었다. 즉 '나는 안 팔아도 답답할 것이 없으니 너희들이 내 가격에 복종해서 들어오라.'는 그녀만의 판매지침이자 일종의 흥정전략이었다. 또, 그것은 이런 의미도 둘러말한 것이었는데, '내가 이 정도 낮은 금액으로 너희들 물건을 팔 건데 그러면 너희들은 나한테 제품을 좀 더 싸게 공급해 줘야 하지 않겠느냐. 그래야 나도 먹고 살지.' 하는 것이었다.

솔직히, 그녀는 그 제품을 손님들에게 11,000원이라는 가격에 내놓을 마음은 없었다. 반응이 괜찮은데 굳이 그렇게까지 가격을 낮추어 팔 필요는 없었던 것이다. 오히려 그 보다 더 높은 가격에 팔 생각이었다. 하지만 그녀가 그 가격을 말한 것은 상대보다 우월적 지위를 이용해 가격을 한번 내리

눌러보고 싶었고, 또 아직 사회경험도, 장사경험도 없어 보이는 20대 청년을 상대로 자신의 노련함과 능력을 과시해 보고 싶었기 때문이다.

그런 식으로 양쪽 당사자는 자신이 이익을 좀 더 남겨 상대의 이익을 감소시켰다고 생각했다. 하지만 그것은 실제 어느 쪽도 지는 것 없이 이기는 경기만 한 셈이었는데, 서로가 한 가지 물건에 대해 가치평가를 달리해 접근하면서 서로에게 만족과 이익만 가져다주었던 것이다. 즉 좋은 제품 하나를 두고서 공급하려는 쪽에서는 그 제품이 시장에서 실제 어떤 가치를 가지고 퍼져나가는지 잘 몰랐기 때문에 그것을 낮게 평가해 적은 가격에 크게 만족하려 했고, 제품을 들여오려는 쪽에서는 그 제품의 실제 가치를 고객과 자신의 경험을 통해 잘 알고 있었기 때문에 그것을 잘 모르는 상대를 노련하게 다루면서 싼 가격에 구입할 수 있게 된 것이다. 그렇게 그 예비거래는 서로에게 최상의 기초를 놓은 셈이었다.

윤호는 그렇게 여주인과의 예비거래를 끝내고 만족스럽게 그 가게를 나왔다. 그리고 첫 번째 가게에서의 그 큰 수확에 만족해하며 가벼운 발걸음으로 다음 가게를 향했다. 그는 나머지 가게에서도 이 가게에서 했던 대로 하기만 하면 좋은 결과가 있을 것이라 생각했다. 나머지 가게의 제품 가격은 대부분 이 여주인이 내놓는 가격과 비교해서 팔기 때문이다. 그래서 그 흥정내용을 그들에게 슬쩍 말해주면 그들도 자연스레 그 가격에 거래할 수밖에 없었다.

윤호는 그날 나머지 가게를 모두 방문해, 그 주인들에게 자기들 제품에 대한 무료공급중단과 유료판매 방침을 전달하고 그들의 의견을 들었다. 그들의 의견은 윤호가 예상한 것과 비슷했는데, 그들도 손님들의 반응을 잘 알고 있었기 때문에 그 제품을 들여와 판매하는 것에 대해 어떠한 거부의사도 드러내지 않았고, 그가 제시한 가격에 어느 정도 호응해 주었다. 물론 좀 더 싸게 공급해 줄 것을 말하는 주인도 있었지만, 거기에 대해서는 첫 번째 가게에서처럼 적당히 고려해보겠다는 식으로 대응해 어차피 나중에 있을 가격 조절을 선심용으로 잘 이용했다.

윤호는 이제 사무실로 들어가 오 사장과 함께 오늘 있었던 가격 협상에 대해 의논하기만 되었다. 그가 적당한 가격으로 이익을 취하겠다는 생각만 내놓으면 그것은 성사될 가능성이 커 보였다.

윤호가 사무실에 도착했을 때는 오후 5시가 넘었다. 그때까지 오 사장은 책상에 앉아 그를 기다리고 있다. 도원도 다른 새로운 가게들을 찾아다니며 물건을 전해주고 와서 잠시 자리에 앉아 전화를 받고 있었다.

윤호가 사무실에 들어가자마자, 오 사장이 궁금한 마음을 참지 못하고 그에게 다급하게 물었다.

"어떻게 됐지? 뭐라고 하던가?"

윤호는 오 사장이 걱정하던 부분부터 간략히 말해주었다.

"제가 생각했던 그런 우려는 없었습니다. 대부분 주인들은 우리 제품에 대해 호의적이었습니다. 그래서 유료 납품에 대한 특별한 이의제기는 하지 않았습니다."

"그래, 그렇지. 내가 뭐랬나. 자기들한테 손해나는 일이 아닌데 거부할 리가 없다고 했잖아. 물건이 요즘 빨리 나가는 걸 보면 반응이 좋다는 얘긴데, 그러면 주인들도 이미 거기에 대해 생각하는 게 있었을 거야."

"네. 우리 제품을 받아 써본 사람들의 반응이 좋다며 주인들도 긍정적으로 생각하고 있었습니다."

"그래. 그리고 가게 주인들이 뭐 다른 말 하는 건 없었나? 판매조건 같은 것 말이야." 오 사장이 물었다.

"있었습니다." 윤호가 대답했다.

"뭐였지?"

"제가 제품을 개당 10,000원 정도에 공급하려 한다고 했더니, 거기에 대해 그들은 1,1000원으로 팔려니 공급가격을 좀 더 낮춰주면 들여와 팔겠다고 했습니다. 그래서 제가 그건 사무실에 가서 사장님한테 꼭 말씀드려 그렇게 되도록 노력해 보겠다고 말했습니다."

"뭐 공급가를 10,000원에 한다고?" 오 사장이 놀라 말했다.

그는 자신의 제품을 그런 가격에 팔 생각은 전혀 하지 않았다. 단지 손해를 면하면서 이익을 조금 남기는 선에서 가격을 정할 생각이었다. 그런데 장 대리가 그렇게 제조원가에 비해 높은 가격을 요구하고 와, 그는 그 의외의 가격협상에 놀라지 않을 수 없었다. 아직 제대로 자리 잡지 못한 제품을 그런 가격에 팔겠다고 하면 사갈 사람이 있을지도 모르는데 그걸 그 가격에 공급하겠다 말하고, 또 거기에 더해 가격을 조금 더 낮춰 줄 것처럼 말하고 오다니. 그는 이 젊은이의 베짱이 참 대단하다고 생각했다.

그런데 거기에 대한 가게주인들의 반응도 놀랍지 않을 수 없었다. 그들은 자기 생각보다 더 높은 공급가를 비난도 하지 않고 흥정해 들어온 것이다. 사실 그는 가게 주인들이 판매를 거부할까 노심초사하고 있었다. 그런데 오히려 그쪽에서 장 대리가 제시한 가격에 수긍하며 가격을 조금 더 낮춰 줄 것을 요구해 오니 기쁘지 않을 수 없었다. 그것은 그가 정말 생각해 본 가격이 아니었던 것이다.

그러나 오 사장의 그런 반응은 그가 지금 그 제품에 대한 소비자들의 직접적인 반응을 제대로 알지 못했기 때문에 나온 것이었다. 그는 단지 창고에서 빠져나가는 상자의 개수만 보고서 그 제품이 나쁘지 않구나 하는 정도로만 생각하고 있었다. 만약 그가 지금 여성들 사이에 조금씩 퍼져나가는 입소문을 들었다면 아마 그런 좁쌀 같은 마음을 버리고 과감히 밀어붙였을 것이다. 하지만 그는 아직 직접적으로 들려오는 그 소문은 듣지 못하다 보니 장 대리가 가져온 가격에 대해 그저 기뻐 놀라기만 할 뿐이었다. 그 때문에 그는 장 대리가 정말 장사라는 걸 잘 알고서 그런 가격을 불렀는지는 모르겠으나 그가 그렇게 생각지도 못한 거래를 해온 걸 보면 그는 분명 잠재력이 있는 청년이라고 생각했다.

"네. 아무래도 가게 주인들이 우리 물건 가격을 깎으려고 할 것 같아 제가 처음부터 조금 높이 불렀습니다. 만약 너무 낮게 부르면 거기서 더 물러났을 때 우리 쪽에서 남는 이익이 없을 같았기 때문입니다. 그래서 차라리 처음부터 높이 부르고 많이 깎아주는 척 하는 게 좋겠다 싶어 제조원가보다 몇 천원 더 붙여 판매가를 말했습니다. 그런데 다행히 주인들이 그 가격에 대해 거절하지 않고 협상해 와 우리도 불리하지 않은 위치에서 공급할 수 있게 되었습니다." 윤호가 말했다.

오 사장은 장 대리의 그 말을 듣고 그를 정말 기특하게 생각했다. 자기가 하지 못한 일을 대신 과감히 시도해 막힌 가슴을 시원하게 뚫어주는 느낌이었다. 하지만 오 사장은 그 기쁜 마음을 드러내지는 않았다.

"그래? 그럼 가게 주인들이 원하는 가격은 얼마정도인가?" 그가 장 대리에게 물었다.

"그들이 얼마라고 말하지는 않았습니다. 단지 추측해 보면 제가 제조원가에서 조금만 남기며 드리겠다고 했으니, 그들이 원하는 가격은 대략 8, 9천 원 선 정도가 아닐까 생각됩니다."

"8. 9천 원 정도라고?"

"네"

오 사장은 잠시 생각했다. 그는 오늘 오전까지만 해도 7천 원에만 공급해도 좋겠다고 생각했는데, 장 대리가 1만원까지 가격을 부풀려놓았으니, 이제는 욕심이 조금 생겨 많이 후퇴하기가 싫어졌다.

"그럼 9천 원은 어떤가?"

오 사장이 고민 끝에 내 놓은 가격이었다.

"9천 원은 너무 비싸지 않을까요? 주인들이 크게 호응하지 않을 수도 있을 것 같은데요. 특히 그 여주인말입니다."

"그래? 그럼 8,500원은 어때?"

오 사장이 다시 제시하자 윤호는 잠시 생각했다.

8천 원 선까지 내리면 처음부터 자기가 너무 큰 금액을 부른 것 같이 보일 수도 있어서 그 금액이라면 상대도 수긍하면서 자기들도 적당한 이득을 얻을 수 있을 것 같이 보였다.

"그 가격이라면 적당할 것 같습니다." 윤호가 말했다. "9천이년 인심이 조금 적어보이고, 8천이면 너무 후퇴한 것 같습니다. 하지만 그 중간 지점이라면 서로가 충분한 이윤도 확보하면서 상대를 충분히 배려한 느낌이 듭니다."

"그래. 8,500원정도면 괜찮다 이거지?"

"네. 그 가격이면 적당할 것 같습니다."

"그럼 8,500원에 공급하기로 하지. 이 정도면 서로에게 충분히 좋을 것 같군." 오 사장이 더 이상 흥정하지 않고 말했다.

"네, 그 정도면 제 생각에도 괜찮을 것 같습니다."

"그럼, 내일 다시 가서 8,500원까지 주겠다고 말해. 그리고 그 가격에 만족해하면 다음달 1일부터 그렇게 공급하겠다고 해. 나중에 다른 말 못하게 날짜를 확실히 못박아놓으라고." 오 사장이 말했다.

"네. 그렇게 하겠습니다." 윤호가 말했다.

그들은 그렇게 자기들이 팔 물건을 자기들끼리 흥정하고서 공급가격을 결정했다.

주께서 요셉과 함께 계시므로 그가 형통한 자가 되어
그의 주인인 이집트 사람의 집에 있더라.
— 창세기 39: 2

8

두 달이 지났다. 계절은 겨울이 되면서 해가 많이 짧아졌고 온도도 급격히 떨어졌다. 한해를 완전히 보내려면 2주 만 더 기다리면 되었다. 이제 지나가는 해(年)와 이별할 시간도 얼마 남지 않았다.

해가 바뀌기 직전이었지만 사람들의 삶은 처음과 비슷했다. 그해의 첫 달이나 마지막 달이나 대부분 사람들에겐 삶의 큰 변화 없이 일상적인 일만 반복되었다. 좋을 것도 없이 시작한 사람은 좋을 것도 없이 마무리 하는 듯 했고, 나쁠 것도 없이 맞이한 사람은 다행히 나쁘지 않게 보내고 있었다. 누구에게나 똑같이 주어진 시간이다 보니 누구에게 더 유리하고 더 불리하고는 없었다. 단지 누가 더 많이 노력했고 누가 더 오랜 시간을 준비했느냐에 따라 조금의 차이가 있을 뿐이었다.

그렇게 대부분 사람들은 인생이라는 틀에 갇혀 자신의 힘으로는 빠져나오지 못한 채 그 속에서 똑같이 구르기만 하고 있었다. 그것은 똑똑한 인간이든 못 배운 인간이든 마찬가지였다.

하지만 오 사장에게는 좀 특별한 한해가 되는 것처럼 보였다. 그가 연 초에 계획한 일이 한해가 다 지나갈 무렵 조금씩 꽃을 피우고 있었기 때문이다. 그것은 작은 불씨가 큰 불꽃이 되기 직전의 모습과도 같았다. 한번 제대로 피기만 하면 걷잡을 수 없이 커져 통나무 장작을 다 삼키듯이. 그의 제품이 그럴 기세를 보이고 있었다. 아직 섣불리 판단하기는 일렀지만, 그래도 무척 기대되고 설레는 순간이었다.

그가 무료 제품소개를 중단하고 유료 판매를 시작한 이후에도 그의 제품에 대한 수요는 줄지 않았다. 그것을 한번 이상 가져다 써본 고객들은 돈을 주고서라도 계속 구매해 사용했던 것이다. 그야말로 기술이 여성들의 소비욕구를 부추기고 있었다.

그렇게 한번 써본 고객들은 그 기술에 매료되어 계속 바르고 자꾸 확인했다. 그 때문에 그녀들의 피부는 강을 거슬러 올라가는 물고기처럼 시간을 거슬러 올라갔는데, 많이 바르면 표 나게 거슬러 올라갔고 적게 바르면 알게 모르게 거슬러 올라갔다. 그래서 빨리 표내기를 원하는 여성들은 빨리 소비했고, 천천히 해도 되는 여성들은 적당히 소비했다.

또, 많이 발라 빨리 젊어진 여성들은 더 이상 광고가 나가지 않는 그 제품에 대해 입소문까지도 내주었다. 그녀들은 존재도 알지 못하는 오 사장을 위해 수고비도 받지 않고 기꺼이 그런 일을 해주었다.

최소 두 명의 여성들이 모이는 자리면 어디든지, 간질간질 입을 못 열어 안달하는 그 한 명의 홍보여성이 먼저 이렇게 말을 꺼냈다.

"댁은 요즘 무슨 화장품 발라요?"

그 물음에 상대는 아무것도 모르고서 대충 말했다.

그러면 그 홍보여성은 가방에서 그 화장품을 천천히 끄집어내며 이렇게 말했다.

"혹시 이 제품에 대해 들어봤어요?"

그때부터 이 여성은 하고 싶어 참고 있던 말을 그 '미개척 여인'에게 폭포수처럼 쏟아내기 시작했다. 그 말은 그 자리에서 감기처럼 퍼져 저 멀리 다른 곳까지 전파되었는데, 1차 감염자가 수십 명의 2, 3차 감염자를 만들어내듯 그녀 한 명의 입소문 광고는 수십 명의 잠재되어 있던 소비자의 욕구를 자극해 무서운 속도로 전파되었다. 그러면 이 새로운 독감의 유일한 처방약으로써 그 화장품은 미친 듯이 팔려나갔다.

하지만 그 제품은 규모가 작은 제조업체에서 만들어 납품하고 있었기 때문에 아직은 그렇게 많은 양이 유통되지는 않았다. 그래서 이미 소문을 들어 알고 있던 소비자들만이 겨우 사서 바를 수 있었다. 그것을 찾는 고객들은 운 좋으면 물건이 들어오는 날 바로 사갈 수 있었지만, 그렇지 못한 고객은 미리 예약해놓고 다음번에 구매해 가야했다. 게다가 그것은 연말에 일어난 현상이라 그 제품을 애인에게, 아내에게 선물하려는 남자들까지 가세해 구매를 더 어렵게 만들었다. 그 남자들은 몇 개 안 되는 물건을 얻기 위해 필사적으로 뛰어다녔다. 자기들이 쓰기 위해 구하는 것은 좀 늦출 수 있어도 사랑하는 여자를 위해 선물하는 것은 꼭 특정한 날짜에 맞춰 주고 싶었기 때문이다. 그래서 그들은 이 가게, 저 가게를 뒤지고 문의해서 그것을 언제 구매할 수 있는지 알아내고는 그 물건이 들어오는 시간 전에 미리 나가 줄서서 겨우 한 개 정도 사갔다.

상황이 이렇게 되자 오 사장은 여러 가게들로부터 끊임없는 구입 문의에 시달리게 되었다. 처음에는 15개 가게에서만 주문전화가 걸려왔지만, 판매 개시한 지 한 달이 좀 지나자 30개에 가까운 가게에서 문의전화가 걸려왔다. 하지만 오 사장은 부족한 물건을 그들이 주문한대로 모두 나누어 줄 수 없자 처음부터 거래한 15개 가게에만 매일 1상자씩 물건을 배달해 주었고, 나중에 들어온 15개 가게는 매일 만들어지는 양에 따라 돌아가며 배달해 주었다. 그래서 차례를 기다려야 하는 가게들은 그것을 빨리 얻기 위해 하루에도 몇 번씩 오 사장 사무실에 전화를 걸어 자기들 순서가 되었는지 문의하며 재촉했다. 초기에는 납품할 곳을 찾지 못해 오 사장 쪽에서 무료로 제품을 나눠 줘가며 부탁하고 사정했던 것이, 이제는 전세가 역전되어 저들이 오 사장에게서 물건을 빨리 받기 위해 굽실거려야 했던 것이다.

그런 현상은 최근 두 달 동안 계속 이어졌다. 공급이 수요를 따라가지 못해 팔고 싶어도 팔 수가 없었다. 그래서 그동안 사무실에만 앉아 있던 오 사장도 이제는 더 이상 가만있지 못하고 제조업체를 매일 찾아갔다. 수요는 줄을 서서 기다리는데, 제품이 빨리 나오지 않아 공급량을 늘릴 방법을 찾기 위해서였다.

그는 제조업체 사장을 만나 제조량을 늘릴 수 있는 방법을 연구하라고 지시했다. 제조업체가 오 사장의 지시에 따라야 하는 건 아니었지만, 갑자기 우수 고객이 된 오 사장한테서 그런 말을 듣자 그들은 그의 말에 순종하지 않을 수 없었다. 제조업체는 곧 그 큰 고객의 지시대로 가동시간을 늘렸고, 더 큰 장비를 임대해 생산량을 더 늘리기로 결정했다.

이렇듯 오 사장의 인생은 이제 두 번째 행운을 만나고 있었다. 그것은 노력보다는 확실히 운이라 할 만 했다. 그가 한 것은 단지 누군가의 노력을 사서 도전한 것밖에 없었기 때문이다. 물건은 돈만 주면 공장에서 만들어주었고 납품은 직원이 하면 되었다. 그가 하는 일이라곤 단지 사무실에 앉아 지시를 내리고 때를 기다리는 것이었다. 그런데 때는 정말 찾아왔고, 그때가 되자 정말 예상치 못한 큰 바람이 일어나면서 하늘에서 빵과 맛있는 고기가 내렸다. 참으로 행복한 운수가 작용한 부분이 많아 보였다.

하지만 거기엔 어찌 보면 그의 노력이라 할 만 점도 있긴 했다. 기술을 찾고 그것에 대해 고민하며 과감히 도전한다는 것은 아무나 쉽게 할 수 있는 일이 아니었기 때문이다. 그리고 그것은 확실히 보장받을 수 있는 길도 아니었다. 하지만 오 사장은 무모해 보이고 가능성 없어 보이는 그런 사업을 용감하게 결단해서 아슬아슬하게 헤쳐 나갔다. 그런 의미에서 지금의 이런 결과는 그의 노력과 의지로 된 것이라 할 만 했다.

하지만 오 사장이 그 기술을 사들이는 것부터 시작해 판매해서 놀라운 결과를 얻기까지의 과정을 한번 자세히 따져보면, 거기엔 그의 과거 경험이나 노력, 지식 같은 것이 작용하지 않아 과연 그의 도전정신이 이런 결과를 만들어냈는가, 또 그 도전정신이 과연 도전정신인가 하는 의문이 들기도 했다. 그가 기술을 얻는 과정은 단지 우연이었고, 그 사업에 대한 타당성도 이런저런 검증이나 고찰을 통해 나온 것이 아니라 단지 '이렇게 해보면 어떨까?', '괜찮을 것 같은데.' 하는 식의 감각적 판단에 의해 나온 것이었기 때문이다. 그것은 과거 힘들고 고달팠던 작용과 매진의 결과로부터 나온 산물이 아니라, 새로 시작하는 시점에서 우연히 발생한 일과 그 후의 설명할 수 없는 움직임에 의해 나온 것이었던 것이다. 그래서 지금의 이 일은 노력 없는 도전으로 큰 수확을 얻었다고 말하는 것이 더 적합해 보였다. 즉, '그는 운이 참 좋은 사람이었다.'라고 말하는 것이 지금의 이 결과에 대한 해석으로 가장 옳아보였다.

그리고 말이 나왔으니 그 운에 대해서도 한번 말해 보자면, 그에게 주어진 이번 행운은 그의 첫 번째 운과는 많이 달랐다. 사실 그때의 운은 인위적 조작에 말려들면서 나타난 허상이었다. 그것은 겉으로는 잘 되는 것처럼 보였지만, 실제로는 간사한 인간이 짜놓은 계략에 의해 잠시 나타난 신기루일 뿐이었다. 그것은 존재하는 것 같이 보였지만 처음부터 잡을 수 없는 것이었다. 그래서 운이라 생각하고 좋아했을 때 그것은 그에게서 완전히 사라져 버렸다. 그리고 그것이 사라진 자리에는 분노와 좌절만이 남았고, 행운이라면 반드시 있어야 할 부산물은 전혀 없이 심한 상처만 남았다. 그래서 그때도 운이 참 좋았다 라고 말하는 것은 타당치 않았다. 오히려 그의 인생의 첫 번째 행운은 이번 경우라 말하는 것이 옳았다. 운이라 함은 정말 이번 경우처럼 인간의 작용이 들어가지 않아, 보이지 않는 힘에 의해 이루어졌다 말하는 것이 옳았기 때문이다.

한편, 윤호는 예상을 넘어 터진 이런 기현상에 대해 기뻐하면서도 의아하게 생각했다. 그도 그 제품을 판매하면 어느 정도 잘 될 거라고 기대는 했지만, 그렇게까지 수요가 폭발할지는 몰랐던 것이다. 그가 보기에 그것은 가히 개벽과 같은 일이었다. 세상에 없던 물건이 하나 만들어지면서 사람의 마음을 꽁꽁 붙들어 매고 세상을 완전히 뒤집어 놓은 것이었다. 여성들은 그것을 한번 바르면 자기들 얼굴이 10년 정도는 젊어지는 줄 알고 그것 갖기를 소원하며 거기에 열중했다. 그리고 그것을 운 좋게 구입해 한번이라도 사용해 본 여성들은 그가 보기에 아무것도 아닌 것 같아 보이는 그 화장품을 가지고서 자랑하며 소문을 내고 다녔다.

윤호는 이런 열성애호가들이 자랑하는 말에 현혹되어 매일 전화하는 예비애호들 때문에 전화기에서 손을 뗄 수가 없었다. 그녀들은 주로 사무실로 전화를 길어 그에게 문의해 왔시만, 가끔 그의 전화기를 통해서 문의해 오기도 했다. 그녀들은 어떻게 알아냈는지 첩보원을 방불케 하는 실력으로 그의 전화번호를 알아내어 자신들의 궁금증을 모두 털어놓았는데, 그러면 윤호는 자신도 잘 알지 못하는 그 제품에 대해 열성애호가들로부터 들은 말을 인용해 그녀들의 답답한 마음을 해소해 주었다.

그런 전화를 받았을 때, 그는 처음에는 신기한 마음에 좋아했지만 그것 때문에 자신의 업무가 점점 밀리자 조금씩 귀찮아하기 시작했다. 그래서 나중에는 전화를 일정한 시간대에만 받고 나머지 시간에는 자신의 밀린 업무를 처리했다. 하지만 그러면 간혹 궁금증을 참지 못해 전화하는 여성들 가운데 몇 명이 통화가 안 된다며 사무실에까지 직접 찾아와 그의 시간을 더 잡아먹곤 했다. 그때 그는 '아, 이러다 이 사람들 우리 집까지도 찾아와서 이렇게 물어보는 건 아닌가.' 생각하고, 그 후로는 일을 하는 도중이라도 걸려오는 전화는 반드시 받아 그녀들이 집까지 찾아오는 불상사를 미연에 차단했다.

해가 바뀌어 1월이 되었다. 제품에 대한 소문과 그에 따른 주문은 계속 이어졌다. 윤호는 여전히 가게와 소비자들로부터 걸려오는 전화에 응대하며 여러 가게를 돌아다녔다. 직원이 두 명밖에 없었기 때문에 그는 다른 직원, 박도원과 구역을 나누어 움직였다.

그들은 아침부터 쉬는 일 없이 여러 가게를 돌아다니며 물건상자를 건네주고 또 주문을 받았다. 가끔 너무 바쁠 땐 점심 먹을 시간도 없어 길거리에서 파는 음식으로 간단히 한 끼를 때우곤 했다. 일하는 사람이 두 명밖에 없다보니 그날 일을 차질 없이 하자면 어쩔 수 없는 선택이었다.

그렇게 일거리가 많아지면 일할 사람을 좀 더 구해 직원들이 힘들어하지 않게 해줘야 하는데 오 사장은 구한다는 말만 해놓고는 전혀 구하지 않았다. 두 사람의 인력으로 버틸 수 있을 때까지 버텨보다가 안 되겠다 싶으면 그때 가서 구해 볼 생각이었던 것이다. 절약정신이 투철한 것인지 아니면 상황판단을 잘못하는 것인지, 오 사장은 그런 식으로 자기 기준에서만 사업을 꾸려나갔다. 그러다보니 애꿎은 직원들의 짐만 점점 더 무거워져갔다.

하지만 그런 바쁘고 힘든 일과 중에도 한 가지 좋은 점이 생기긴 했다. 윤호가 가게에 들어가면 이제 주인들의 반응이 달라졌다는 것이다. 전에는 주인들의 싸늘한 반응과 무시하는 태도 때문에 가게에 들어가면 한쪽 구석에 배달 상자만 조용히 놓아두고 나오거나 분주하지 않을 땐 간단한 몇마디 인사 정도만 건네고 나왔는데, 이제는 자기들 화장품을 사려는 고객들이 많아지자 주인들이 그에게 반갑게 인사를 하며 차를 한잔 내놓기도 하고 앉아서 이야기하다 이따 가라며 걸음을 잡기도 했다. 판세가 바뀌자 사람의 마음도 바뀌면서 그동안 하찮게 보아 오던 직원까지도 귀하게 보기 시작한 것이다.

그런 반응을 처음 접했을 때, 윤호는 전에는 주지 않아서 못 마시던 차를 고맙게 받아 마시며 손님이 귀하게 대접받을 때의 그 기분을 만끽했다. 그러면서 갑자기 변한 주인들의 인상과 따뜻한 차 한 잔을 통해 세상 원리와 인간의 간사함을 느끼고는 세상을 어떤 마음으로 어떻게 살아가야 할지 한 번 생각해 보기도 했다.

하지만 나중에 일거리가 더 늘어나자 그는 가게 주인들이 마시고 가라는 차도 거절하며 가게를 빨리 빠져나왔다. 한 곳에서 조금만 지체해도 다른 곳에 도착하는 시간이 점점 늦어져 자연히 퇴근시간이 늦어졌기 때문이다. 그래서 그는 오늘은 마음으로만 마실 테니 다음에 바쁘지 않을 때 오거든 한잔 달라며, 그들의 호의에 입으로 대신 응하고 발길을 돌렸다. 사업이 성장하면서 그를 쳐다보는 사람들의 시선과 대우가 그렇게 변한 것이다.

그런데 그 중 가장 많이 변한 사람이 있었으니, 장사 솜씨가 좋고 고객에게 아주 친절한 바로 그 여주인이었다. 그녀는 윤호를 봐도 본 척 만 척하는 여자였고, 말을 걸어도 들은 척 만 척 하는 사람이었다. 그녀는 돈이 안 될 것 같은 사람은 내려다봤고, 이윤이 남을 것 같은 사람은 올려다봤다. 그랬던 그녀가 어느 날 갑자기 옛사람을 벗어버리고 새사람이 되었다. 그것도 장윤호 앞에서.

시간을 거슬러 한 달 전, 그러니까 연말 성탄절 분위기가 물씬 피어오르고 있던 때였다. 일이 많아 아침 일찍부터 서두르며 자기 담당 가게를 돌아다니던 윤호는 그날 오후 그 여주인의 가게에 제품 상자를 가져다주기 위해 잠시 들렀다. 가게 안에는 서너 명의 여자 손님들이 물건을 보고 있었는데, 윤호는 상자를 들고 가게 안에 들어서며 그 여주인에게 밝은 목소리로 인사했다.

"안녕하세요. 사장님."

그녀는 손님에게 제품 설명을 하느라 그에게 신경 쓰지 못하고, 눈동자만 살짝 움직여 그의 인사에 반응했다. 윤호는 그녀가 손님들 때문에 바쁜 걸 알고 있었기 때문에 그녀의 그런 모습에는 별 신경 쓰지 않았다. 그래서 그는 상자를 두 손에 안고 들어가 늘 내려두던 자리에 내려놓았다. 그리고 추운 바깥 날씨 때문에 얼어버린 손을 녹이려고 잠시 장갑을 벗어 손을 비볐다. 거긴 작은 전기 날로가 한 대 놓여 있긴 했으나 손님 한명이 그 앞에서 물건을 보고 있었기 때문에, 그는 뒤로 물러나 공간이 조금 있는 가게 모퉁이에서 몸을 녹일 수밖에 없었다.

그는 거기 서서 간드러지는 목소리로 상담하는 여주인의 모습을 지켜보았다. 물건을 살 마음이 없는 사람이 멀리서 보면 그 모습은 속이 뻔히 들여다보이는 상술로 보였으나, 물건을 사려고 작정한 손님은 그녀의 녹일 듯한 말씨와 상냥한 태도 때문에 가까이 있으면서도 그녀의 작전을 보지 못했다.

한 손님이 곧 지갑을 열어 현금을 지불했다. 거래가 성립한 것이다. 만일 그녀가 물리적이고 강압적인 태도로 그 손님의 지갑을 열었다면 그것은 강도죄 내지는 공갈죄가 성립했을 것이나, 그 여주인은 그런 방법 대신 매혹적이고 상냥한 태도로 손님이 자신의 지갑을 직접 열도록 만들었기 때문에 죄를 짓는 대신 장사꾼이라 칭함을 얻을 수 있었다. 한번 잡히면 미안해서라도 안 사가고는 못 견디게 만드는 그녀의 기술. 그것은 실로 대단한 솜씨요, 재능이었다. 그녀에게는 그런 능력이 있어 이 전쟁 같은 세상에서 살아남을 수 있었는지도 몰랐다.

윤호는 그 손님이 물건을 사들고 나가는 뒷모습을 끝까지 지켜보았다. 말은 안하지만 그녀의 뒤태로 봐선 속으로는 흐뭇해하는 것 같았다. 사실 그 손님은 당분간 이 가게에 들를 게 거의 확실했다. 그러라고 이 여주인이 사은품도 많이 주고 할인쿠폰도 하나 더 주었기 때문이다. 그 손님은 그것을 다 모으기 위해 많이 분투할 것이고, 사지 않아도 되는 물건을 사기 위해 이 가게에 다시 올 것이다. 그리고 아직 좀 더 사용할 수 있는 화장품을 더 많이 발라 이제 다 떨어졌다는 이유로 또 올 것이다. 할인쿠폰. 그것은 모으는 사람의 마음을 자극해 개수를 꼭 다 채우고 말겠다는 의지를 심어주었다. 그래서 그 유혹을 벗어나기는 참 쉽기 않았다. 공짜처럼 보이는 그 혜택을 이 세상 어느 여자가 뿌리칠 수 있단 말인가? 돈이 웬만큼 있는 여성도 그 사소한 재미와 혜택을 무시하기는 힘들 텐데 말이다.

이제 여주인은 가게 안 다른 손님을 상대하기 시작했다. 그녀의 망막에는 돈 되는 사람만 사물의 형체로 맺혔기 때문에, 아직 그녀의 뇌에는 윤호가 전달되지 않았다. 아니, 그녀는 이미 그를 한번 슬쩍 보았으나 돈이 되지 않았기 때문에 보아도 인식되지 않는 존재로 생각했다. 그래서 그녀는 그를 단지 한 명의 택배기사쯤 아니면 물건 날라다 주는 직원쯤으로 간주하고 무시해버렸다.

잠시 후, 그녀가 다시 영업을 시작했다.

"찾으시는 물건 있으세요?" 그녀가 다른 손님에게 다가가 말했다. "제가 도와 드릴까요? 안 사셔도 되니깐 한번 말씀해 보세요. 우리 가게에는 무료로 발라볼 수 있는 제품들이 참 많답니다."

사실 그건 그녀가 파놓은 함정이었다. 몇 번 찍어 바르고 나면 미안해서라도 안 살 수가 없게 만드는 그녀만의 최첨단 상술이었다.

"세안 후 얼굴에 바르는 제품 좀 볼 수 있을까? 얼굴에 잡티가 많이 생겨 그러는데, 요즘 괜찮은 제품 있나요?"

손님이 걸려들었다. 여주인은 그 손님이 원하는 제품을 내놓음과 동시에 다른 제품도 발라보게 해, 그녀에게 계획 이상의 구매를 유도 할 게 뻔했다. 그러면 손님은 친절하다 생각하고 제품을 두 개 사들고 돌아가겠지만, 나중에 월말 지출을 정리하면서 시린 가슴을 부여잡으며 조금은 후회하기도 할 것이다. 그래서 이 가게 여주인의 상술을 제대로 파악하지 못하면 낭비인줄도 모르고서 사게 되는 잘못을 범하게 되어 있었다. 그런 고도의 술책이 지금 이 손님에게 적용되고 있었다. 그리고 그 손님은 거기에 영락없이 당할 판이었다.

윤호는 가게 구석에 서서 이 여주인의 그런 전략에 대해 아무것도 모르는 척 분석하고 있었다. 그도 한 때 잘나가던 투수였기에, 상대의 사소한 동작과 습관을 그냥 보아 넘기지 않고 그 속의 생각을 꿰뚫어 보면서 다음 움직임을 예측하는 능력이 있었다. 그는 비록 그것을 운동이라는 다른 분야에서 익혀 사용했지만, 그 적용은 여기서도 거의 비슷하게 해 볼 수 있었다. 왜냐하면 인간의 생각하는 방식은 거의 같은 틀 안에서 나왔기 때문이다. 그래서 윤호는 그녀의 언어를 타자의 동작이라 생각하고 그녀의 생각과 다음 작업을 모두 알아낼 수 있었다. 하지만 여주인은 윤호의 그런 능력에 의해 자신의 작전이 읽히고 있는 줄도 모른 채 손님을 상대로 열심히 '판매 경기'를 펼치고 있었다.

그녀가 손님을 계산대 옆 진열장 앞으로 데려가, 그녀가 찾는 제품 중 두 가지 종류를 올려놓았다.

"이 두 개가 요즘 손님들이 즐겨 찾는 제품이에요, 아침, 저녁 세안 후 바르시면 일주일 만에 효과가 나타날 거예요. 저도 써 봤는데 얼굴에 자극적이지 않고 참 좋더라고요. 게다가 값도 비싸지 않아 부담 없이 쓰시기도 좋을 거예요." 여주인이 상냥한 태도로 손님에게 말했다.

"얼굴에 좀 발라 봐도 되나요?" 손님이 물었다.

"네, 물론이죠. 한번 발라보세요."

손님은 양쪽 눈가 주위에 두 화장품을 하나씩 찍어 발랐다. 그리고 곧 옆에 있던 거울을 보며 말했다.

"나쁘지는 않은 것 같은데, 약간 끈적이는 느낌이에요."

"끈적임은 손끝으로 몇 번 더 문질러 바르면 없어질 거예요."

손님은 주인의 말대로 피부를 더 문질렀다. 다시 거울에 비친 자기 얼굴을 보고, 그래도 마음에 안 차는 듯 그녀가 말했다.

"혹시 다른 제품도 있나요? 저한테는 잘 안 맞는 것 같아요."

"어머, 그래요? 그럼 제가 다른 것 몇 개 더 가져와서 보여드릴 테니, 그걸 한번 발라보세요. 잠시만 기다려 주세요."

그녀는 뒤돌아서서 벽에 붙은 진열장 여기저기서 제품을 찾아 꺼냈다. 손님은 가만히 서서 주인이 물건 찾는 그 모습을 지켜보았다. 그러면서 그녀는 윗주머니에 넣은 자신의 오른손을 빼, 조금 전 자기가 사용한 화장품을 재빨리 낚아채서는 다시 윗주머니에 넣었다. 그리고 그와 동시에, 다른 주머니에서는 왼손을 빼, 방금 화장품이 사라진 자리에 그와 똑같은 화장품을 하나 올려놓고 다시 주머니에 집어넣었다. 눈 깜짝할 사이에 물건 바꿔치기가 이루어진 것이다. 손님은 그 동작을 아무 소리도 어떠한 미동도 없이 아주 부드럽게 했다. 그녀와 가까이 있었더라도, 무심히 지켜보았다면 무슨 일이 일어났는지도 몰랐을 정도였다.

하지만 잠시 몸을 녹이며 여주인의 장사 솜씨를 구경하고 있던 윤호의 눈에는 손님의 그 손동작이 아주 잘 보였다. 아주 날렵하고 숙련된 움직임이긴 했지만 미세한 몸동작도 잡아낼 수 있을 만큼 잘 훈련된 그의 눈에는 그것이 어린 아이 손동작처럼 눈에 명확히 들어왔다. 너무 명확히 들어와, '도대체 내가 보는 앞에서 저 사람이 뭘 하려는 거지?' 하는 궁금증이 들 정도였다. 아마 그 손님은 아무도 못 봤을 거라 생각하고 그런 짓을 과감히 저지른 것 같았는데, 그것은 어림도 없는 생각이었다. 아무리 많이 해본 전문가의 솜씨라도 대가의 눈은 벗어 날 수 없는 법, 그 손님은 지금 자기 뒤에 그 대가가 지켜보고 서있다는 것을 몰랐던 것이다.

하지만 윤호는 모르는 척 그냥 잠자코 자리를 지켰다. 아직 물건이 완전히 사라진 것이 아니니, 좀 더 지켜보며 그 손님이 무슨 일을 꾸미려는지 알아볼 생각에서였다.

곧 여주인이 제품을 몇 개 더 가져와 그 손님 앞에 내려놓았다. 그녀가 화장품을 한번 발라보라며 손님에게 그것 중 하나를 열어 주자 손님은 방금 가져온 제품과 비교해 보고 싶다며 자기가 좀 전에 바꿔치기한 그 화장품을 먼저 발랐다. 눈가에 그것을 다 바르자 그 손님은 다른 부위에 새 제품을 발랐다. 그녀는 그 화장품을 여기서기 꼼꼼히 바르며 시간을 끌었다.

잠시 후 그 손님이 여주인에게 말했다.

"저에게는 이게 아까 것들 보다 더 좋게 느껴지네요. 이건 느낌도 부드럽고 냄새까지 좋아요. 아무래도 이게 더 값이 나가나 봐요."

그러자 여주인이 웃으며 말했다.

"호호. 손님 피부는 가격도 알아맞히나 봐요. 맞아요, 이게 좀 더 비싼 제품이라 바를 때 촉감이 좋아요. 제품에 좀 민감한 손님들 중에는 이것만 고집하는 분도 있어요. 손님도 그런…."

여주인이 손님 얼굴을 쳐다보며 말하다가 갑자기 말을 멈추었다. 손님의 한 쪽 눈가에 두드러기 같은 것이 일어나 피부가 빨갛게 부어올라 있었던 것이다.

"어머! 손님, 괜찮으세요? 눈가가 빨갛게 부어올랐어요."

여주인이 놀라 말하자, 그 손님이 말했다.

"네? 뭐라고요? 부어올라요?"

그 손님은 얼른 옆에 있던 거울을 쳐다보았다. 그리고 곧 부어오른 피부를 보고 놀라 소리 지르기 시작했다.

"어머, 어머, 어쩜 좋아. 이게 무슨 일이야? 피부가 갑자기 왜 이래?"

손님은 선 자리에서 폴짝폴짝 뛰며 울음 섞인 목소리를 내기 시작했다.

"내일 친한 친구 결혼식에 가야하는데, 이 일을 어쩌나? 내가 축가를 부르기로 되어있는데, 이러면 사람들 앞에서 어떻게 부르지? 아이쿠, 큰일 났네. 내가 빠지면 대신 부를 사람도 없을 텐데."

그녀는 물어보지도 않은 내일 자기 일정을 그렇게 여주인에게 모두 말해주었다.

"이게 갑자기 왜 이런 거죠? 저는 그냥 화장품 조금 찍어서 눈가에 바른 것뿐인데. 갑자기 제 피부가 왜 이래요? 평생 한 번도 이런 일이 없었는데. 어쩜 좋아요? 저는 지금까지 피부병 같은 건 한 번도 앓아 본적이 없어요. 이런, 이제 가렵기까지 하네."

손님은 가려운 듯 피부를 손톱으로 조금씩 긁기 시작했다.

"아이 가려워, 왜 이렇게 가려워? 이거 무슨 화장품이에요? 제 피부가 이상 반응을 일으키네요. 어머!"

그 손님은 갑자기 눈가를 손바닥으로 치기 시작했다. 부어오른 부분의 피부가 심하게 떨리자, 그곳을 진정시키기 위해 그런 행동을 한 것이었다.

그러자 여주인은 손님의 그런 표정과 동작을 보며 무척 당황해했다. 그녀는 손님이 곧 죽을병에 걸린 사람처럼 가게 안에서 마구 떠들어대자 그 상황에서 어떻게 대처해야하나 생각했다. 이런 일을 손님은 처음 겪는다 하지만, 그녀도 처음 겪기는 마찬가지였다.

여주인은 뭐라 말해야 할지 몰라 그저 손으로 입을 가리고 '어떡하지?' 하는 소리만 연신 내뱉었다. 그 차가워 눈물 한 방울 나올 것 같지 않던 그녀의 눈가에는 눈물도 촉촉이 고여 있었다. 손님 다루는 실력에 있어서는 노련한 그녀였지만, 당황한 손님 처리하는 실력에 있어서는 아직 미숙한 그녀였던 것이다.

"이제 어떡할 거예요? 제 피부가 엉망이 됐잖아요. 이 화장품들 불량품 아니에요? 안 그러면 어떻게 이런 일이 일어날 수 있어요? 불량품 가져다 놓고 저한테 바르라고 한 거 아니에요? 어쩜 좋아? 내일 일을 어떡해? 영자야, 미안해. 내일 네 결혼식에 못 갈 것 같아. 내가 축가도 못 불러 줘서 미안해. 오늘 여기 오는 거 아니었는데, 정말 미안해." 손님은 내일 결혼할 친구 이름을 부르며 오늘 일을 한탄했다.

그 소리에 어찌할 바를 몰라 하던 여주인이 떨리는 목소리로 말을 꺼냈다.

"저, 손님. 정말 죄송합니다. 이런 일이 한 번도 없었는데, 저도 어떡해야 할지 모르겠네요. 내일 친구 결혼식에 꼭 가셔야 하는데 갑자기 이래서 어떡해요. 제가 치료비 드릴 테니 지금 바로 병원 가서 치료받아 보세요. 그럼 내일은 괜찮아질 수도 있잖아요."

그러자 눈물 없이 울고 있던 손님이 대꾸했다.

"이게 오늘 하루 치료 받는다고 다 낫겠어요? 여자 피부 한번 상하면 얼마나 회복하기 어려운지 화장품 파시니까 잘 아시잖아요. 몇 달은 치료 받아야 한나고요. 그러년 선 출근노 안하고 매일 병원만 다녀요? 직장 다니는 사람이 눈치 봐가며 어떻게 그래요? 장기휴가라도 내면 모를까, 회사 출근하는 사람이 하루 이틀도 아니고 그렇게 할 수는 없잖아요. 게다가 장기 휴가 받으면 사장이 싫다고 아예 나오지 말라고 할 텐데."

손님은 그렇게 미래 일을 예측해 가며 여주인에게 상세히 설명해 주었다. 참 친절한 손님이었다.

"그래도 완전히 나을 때까지 치료받아 보세요. 직장에는 사정을 한번 말씀드려 보시고요. 치료비는 제가 다 물어드릴게요."

여주인은 갑작스럽게 일어난 상황에 대해 대처 방법을 몰라, 일단 자기 책임을 인정하고 문제를 해결해 보려했다.

"그런데 제가 지금 치료비 낼 돈이 부족해요. 급한 일이 생겨서 돈을 다른데 다 써 버렸거든요. 그리고 언제까지 받아하는지도 모르는 치료에 대해 어떻게 계속 비용을 청구해요? 그러면 저도 치료비 달라 하기 미안하잖아요. 그러니 그럴 것 같으면 지금 한꺼번에 주세요. 그럼 서로 덜 피곤하잖아요. 안 그래요?"

그 말을 듣자, 잠시 물러서 뒤에서 지켜보고 있던 윤호는 그제야 그 손님의 꿍꿍이를 알게 되었다. 그녀가 같은 물건을 바꿔치기 한 것은 주인한테서 돈을 뜯어내기 위한 목적이었던 것이다. 바꿔치기한 화장품을 바르고 조금 있자, 바른 그 자리에 두드러기가 일어나며 부어오르기 시작한 것을 보면, 그녀가 바른 것은 진짜 화장품이 아니라, 어떤 안 좋은 약품이 들어가 있는 가짜 화장품일 가능성이 높았다. 그래서 그 손님은 자기가 그 제품 바르는 모습과 그 부작용을 똑똑히 확인하라며 여주인이 보는데서 그것을 발랐고, 또 그녀가 그것을 직접 확인하자 이제는 됐구나 싶어 엄살을 부리며 연기를 한 것이었다. 게다가 가게 안에는 주인 외에 다른 사람들도 있어 그들도 그것을 처음부터 듣고 있었으니, 그녀의 거짓말은 한층 더 큰 효과를 낼 할 수밖에 없었다. 손님은 그것을 노리고서 지금 여주인 앞에서 그런 거짓 연기를 하고 있는 것이었다.

한편 여주인은 이미 마음속으로 그것이 자신의 실수라 인정하고 있었다. 자기가 가져다 준 화장품을 바르고서 피부에 문제가 생긴 것을 그녀 자신도 처음부터 지켜보았기 때문이다. 그래서 그녀는 이 일은 너무 명백하게 일어난 일인데다가 주위 다른 사람들도 모두 보아서, 자신은 피해 입은 그 손님이 배상을 요구하면 무엇이든지 다 들어줘야만 하는 줄로 알았다.

그렇게 그녀는 손님이 파놓은 함정에 걸려, 자기가 도움 받을 수 있다는 사실을 전혀 모르고 있었다.

"네, 그럼 그렇게 하세요. 피부가 완전히 나을 수만 있다면 제가 치료비 모두를 지급해 드릴게요."

그녀가 그렇게 손님 앞에서 마치 죄인처럼 자신의 모든 것을 포기하고 말하자, 손님이 말했다.

"그럼 치료비로 100만 원만 주세요. 제가 보기에, 치료비와 교통비 그리고 위자료까지 모두 합치면 100만 원 이상은 될 것 같아요. 하지만 그쪽도 고의로 이렇게 한 게 아니니, 그냥 100만 원만 주시면 나머지는 더 들어도 청구하지 않고 여기서 그냥 끝낼게요. 어때요?"

"네? 100만 원요?" 여주인이 놀라 말했다.

"왜요? 싫어요? 그럼 나머지도 모두 청구할까요? 그렇게 되면 그쪽이 여러모로 힘드실 텐데요. 게다가 가게 이미지까지 손상될 수도 있어, 앞으로 장사하는데도 손해가 많을 거고요."

여주인은 그것이 너무 과한 줄은 알았지만, 자신을 방어할 줄 몰랐기 때문에 어쩔 수 없이 받아들이겠다고 말했다.

"아니에요… 그렇다면… 그렇게 해야죠."

그녀의 목소리는 너무도 힘이 없어 자포자기에 빠진 사람처럼 느껴졌다. 그녀는 이제 더 이상 어찌할 방법이 없다 생각하고, 그 손님이 요구하는 대로 돈을 주기 위해 계산대로 다가갔다.

하지만 그것을 막아서고 나서는 이가 있었으니, 바로 정의의 기사 장윤호였다. 그는 이번 사건의 유일한 목격자이자, 증인이었다. 그는 독수리 같은 눈으로 신(神)외에는 아무도 보지 못한 범행을 그와 함께 지켜보며 심판의 칼날을 갈고 있었다. 그는 자기를 무시하는 여자는 참아도 그 여자를 괴롭히는 여자는 참지 못하고, 자기에게 차갑게 구는 여자는 용서해도 그 여자에게 사기 치는 여자는 용서하지 못하는 이 시대 몇 남지 않은 순정남이자 모범남이었다. 또한 그는 여자 앞에서는 자기를 희생할 줄 알면서도 위험 앞에서는 자기를 숨길 줄 모르는 헌신적인 사나이요, 자기의 불운은 속으로 삼키면서도 남의 비극은 모른 척 넘어가지 않는 의리의 남자였다. 그런 그가 지금 바로 이 순간 '짠'하고 등장한 것이다.

그가 그 손님, 아니 그 사기꾼에게 다가가서 그녀의 얼굴을 보며 말했다.

"정말 피부가 많이 부어올랐네요."

"그렇죠? 저 이제 어떡해요?" 그 여자 사기꾼이 불쌍한 표정을 지으며 말했다. "이거 나을 수 있을까요? 빨리 치료받아야 하는데."

"허, 정말 심각한데요." 윤호가 걱정하는 표정을 지으며 말했다. "그거 병원에서 치료할 수 있을지 모르겠네요. 제가 볼 때는 거기서 치료받더라도 완치 되지 않을 것 같은데요."

그 말에 여주인은 간이 덜컹 내려앉았다. 이제 이 남자가 나에게 복수하려 하는구나 하고 생각한 것이었다. 그동안 자기를 무시했다고 지금 이 손님한테 붙어 자기를 더 곤궁한 처지에 몰아붙이려는 것이었다. 그녀는 이제 이 남자가 미우면서도 한편으로 두렵게 느껴졌다.

"어머, 병원에서도 치료가 안 될 것 같다고요? 제 얼굴이 그렇게까지 망가졌나요?" 사기꾼 손님이 속으로 좋아하며 물었다.

"네, 완전 망가졌네요." 윤호가 대답했다. "그건 병원이 아니라 다른데서 치료받아야 될 것 같아요. 이런 병만 전문적으로 치료하는 곳이 있거든요. 아마 거기 가면 바로 나을 수 있을 거예요."

"네? 바로 나아요? 거기가 어딘데요?" 사기꾼이 놀라 말했다.

"경찰서요."

"네?"

"네?"

여주인과 여손님이 동시에 놀라 말했다.

"당신의 이 피부병은 병원 가면 오래 걸리지만, 경찰서 가면 지금 당장 나을 수 있을 거예요."

"네? 무슨 말씀이세요?"

사기꾼이 눈을 동그랗게 뜨고서 그 기사를 쳐다보았다.

그러자 그 정의의 기사가 사기꾼을 준엄하게 쳐다보며 말했다.

"당신이 바른 이 화장품, 이 가게 것 맞나요? 아니죠? 그거 당신이 가져온 거죠? 그런데 왜 당신이 가져온 화장품을 바르고서 지금 이 주인을 탓하는 거예요?"

"아니, 지금 무슨 소릴 하는 거예요?" 사기꾼이 말을 약간 더듬으며 말했다. "제가 무슨 화장품을 가져와요? 여기 이 주인이 준 화장품을 바르고서 이렇게 된 건데. 분명히 이 주인도 제가 그걸 바르는 걸 다 봤단 말이에요. 그런데 무슨 말도 안 되는 소리를 하는 거예요?"

"아줌마!" 윤호가 화난 목소리로 말했다. "이 주인이 본 건 당신이 바꿔치기한 그 화장품 바르는 걸 본 거지, 이 주인이 직접 내놓은 제품 바르는 걸 본 게 아니잖아요."

그 소리를 듣자 손님은 당황해 하며 자신을 변호할 말을 찾았다. 하지만 확실히 대응할 말을 찾지 못하자, 그녀가 갑자기 엉뚱한 소리를 해대기 시작했다.

"뭐라고요? 아줌마라고요? 내가 왜 아줌마야? 아직 결혼도 안 한 처녀인데. 이 아저씨가 지금 사람을 뭘로 보고 이러는 거야? 당신이 뭔데 나한테 아줌마라 부르는 거야. 아가씨한테 아줌마라 부르고서 당신 무사할 줄 알아?"

"이봐요, 아줌마!"

윤호가 가게 안이 울리도록 소리를 질렀다.

그러자 손님과 여주인의 눈이 휘둥그레졌다. 이제 가게 안은 순식간에 쥐죽은 듯 조용해졌다.

"당신이 화장품 바꿔치기하는 걸 내가 처음부터 다 지켜보고서 하는 말인데, 왜 엉뚱한 소릴 해대는 거예요. 이 가게 주인이 내놓은 화장품은 지금 당신 오른쪽 주머니 있잖아요. 그리고 이건 당신 왼쪽 주머니에서 나온 거고요. 당신 시금 이 가짜 화상품 바르고서 피부가 이상해졌다며 여기 주인한테 뒤집어씌우고 있는데, 그러면 내가 지금 당신 오른쪽 주머니 뒤져서 이거랑 똑같이 생긴 화장품이 하나 더 나오는지 안 나오는지 확인해 볼까요? 그러면 당신이 그 거짓말에 책임질래요?"

윤호가 손님이 더 이상 빠져나갈 수 없도록 자신의 목격 장면을 소상히 밝히자 사기꾼과 여주인은 모두 놀라기 시작했다. 사기꾼은 자기 속임수가 그렇게 정확히 탄로 날 줄 몰랐고, 여주인은 그런 조작극이 벌어진 줄 상상도 못했던 것이다.

사기꾼은 이제 자신의 정체가 완전히 탄로 난 걸 알게 되자 100만 원에 대한 생각은 완전히 잊고 거기서 도망쳐 나갈 방법만 생각했다. 그녀는 끝까지 저항하다가 기회를 한번 노리기로 했다.

"이봐! 당신 지금 무슨 소릴 하는 거야? 나를 지금 사기꾼으로 모는 거야? 좀 전에는 아가씨한테 아줌마라 부르더니, 이제는 손님을 사기꾼으로 만들어? 당신 나 알아? 나한테 왜 이러는 거야? 당신, 경찰에 신고할 거야. 나 기분 나빠서 도저히 못 참겠어. 가만있어봐라, 여기 경찰서가 어딨나? 당신, 여기서 꼼짝 말고 기다리고 있어. 내가 경찰 불러 올 테니. 도망가지 말고 여기서 기다려!"

사기꾼이 곧 가게 문 쪽으로 발을 슬그머니 움직였다. 하지만 윤호가 재빨리 그녀 앞을 막아서며 그녀가 도망가지 못하도록 했다.

그가 곧 가게 문 앞으로 걸어가 안에서 문을 걸어 잠그고 말했다.

"그래, 당신 말 참 잘했네. 경찰 부르면 되겠네. 그런데 당신이 직접 경찰서까지 가서 부를 게 뭐 있어? 여기서 전화 한 통화만 하면 되는데."

그가 곧 여주인 쪽으로 고개를 돌렸다.

"사장님, 어서 빨리 경찰에 신고하세요. 여기 범인 한 명 잡아놨으니 데려가라고요. 그리고 확실한 목격자도 있다 그러세요. 어서요!"

여주인은 이 구세주의 말에 즉시 복종했다. 그녀는 재빨리 전화를 걸어 신고했다.

"여보세요, 여기 범죄가 발생했어요. 빨리 경찰 좀 보내주세요. 범인은 이미 잡았고요. 데리고 가시기만 하면 돼요. 그리고 목격자도 있어요."

여주인이 가게 위치를 말하고 곧 전화를 끊었다.

그러자 범인은 어쩔 줄 몰라 하며 선 자리에서 우왕좌왕하기 시작했다. 그녀는 빠져나갈 틈을 찾아보았지만, 자기보다 덩치 큰 남자가 가게 문 앞을 지키고 서 있어 빠져나갈 수가 없었다. 그녀는 다급한 마음에 그들에게 용서를 빌까도 생각했지만 이미 경찰이 신고전화를 받고 출동하고 있었기 때문에 그럴 수는 없었다. 그건 오히려 죄를 자백하는 꼴 밖에는 되지 않았다. 그녀는 가게 안을 불안한 마음으로 돌아다니다가, 결국은 울음을 터트리고 말았다.

잠시 후 경찰이 도착했다. 범인과 목격자는 현장에서 몇 가지 진술을 한 후 밖으로 나가 경찰차에 탔다. 그들은 곧바로 경찰서를 향해 사라졌는데 여주인은 사라지는 그 두 사람을 뒤에서 끝까지 지켜보았다.

그녀는 그 날 더 이상 장사를 하지 않고 가게 문을 닫아버렸다. 정신적 충격 때문에 아무 것도 할 수가 없었던 것이다. 대신, 그녀는 남자가 손님의 범행을 목격하고 거기에 대해 당당히 맞서던 그 장면만 계속 떠올렸다. 마치 꿈을 꾼 듯 하늘에서 천사가 한 명 내려와 죽음의 위기에서 자신을 건져낸 것 같았다. 그녀는 아무에게도 말할 수 없었지만, 오늘 그 남자의 모습이 그렇게 믿음직스럽고 멋있어 보일 수가 없었다. 그 남자는 영화 속 주인공보다 더 멋있었고, 무뚝뚝한 자기 남편보다 더 자상해 보였다. 그녀는 그 남자를 떠올리며, '세상에 저런 왕자님이 또 있을까?' 하고 생각했다. 그러면서, '그런데 난 왜 저이한테 그렇게 야박하고 못되게 굴었을까?' 하고 후회했다.

그녀는 그날 집에 가서도 계속 그 남자만 생각했다. 그러면 안 되는데 하면서도 계속 그러기만 했다. 그녀는 마치 상사병이 난 여인처럼 식음을 전폐하고 하루 종일 오직 그 남자만 머릿속에서 떠올렸다.

그 여주인이 장윤호 앞에서 새사람이 된 사연은 그러했다. 그것은 정말 극적인 장면이었다. 세상에 어떻게 그보다 더 달콤하고 매력적인 사건이 일어날 수 있을까? 위기에 처한 한 여인 앞에 한 남자가 나타나 그녀를 구하는 이야기. 동화 같기도 하고 영화 같기도 한 그 이야기를, 세상 그 어떤 여자가 꿈꿔 보지 않았을까?

그것은 사춘기 소녀의 꿈이요, 설렘이다. 백마 탄 왕자님을 그리며 그녀들은 매일 밤 환상에 젖기도 한다. 정말 이런 일이 나에게 나타나기를 바라면서, 그녀들은 현실과 이상을 구별하지 못하고 있을 수 없는 상상을 한다.

그녀들은 아직 세상에 때 묻지 않았기에, 알고 나면 아무것도 아니지만 모르면 늘 행복할 것만 같은 왕자님을 바란다. 그래서 자신의 이상형을 그려 놓고 그와 비슷한 이성이 나타나면 멋도 모르고 빠져든다. 어린 그녀들은 동화 속 공주님처럼 너무 순수하다. 그녀들은 사람을 계산할 줄 모르고 사랑을 따져볼 줄 모른다. 그냥 마음이 끌리는 대로 좋아하고 보이는 그대로 사모한다. 그래서 진정한 사랑의 마음이 무엇인지는 어쩌면 그녀들만 알고 있을지 모른다.

이 여주인도 한때는 그런 소녀였다. 남학생 앞에서는 좋아서 말 못하고, 말 못해서 잠 못 자는 그런 여자다운 감정과 수줍어하는 마음을 지닌 청춘이었다. 그녀도 꿈같은 사랑을 원했고, 소설 같은 만남을 기대했다. 마음이 끌리는 이성을 보면, 그가 내 님은 아닐까? 하고 스스로에게 물어보기도 했고, 그가 보이지 않으면 나의 서방님은 어디에 계실까? 하며 안타까워하기도 했다. 그녀는 꿈속에서 만난 사랑을 잊지 못해 내내 그리워했고, 그 사랑을 다시 하고 싶어 종일토록 편지를 쓰곤 했다. 그녀는 사랑에 관한 한 이상주의자였고, 이성에 관한 몽상가였다. 그녀는 연애소설을 탐독하기도 했고, 거기에 빠져 주인공을 사랑하기도 했다. 언제가 그런 사랑을 만나리라 소망하며 이상형을 만들었고 그 사랑이 찾아오리라 자신을 가꾸었다. 그녀는 사랑할 준비를 했고 그 사랑의 때를 기다렸다. 하루, 이틀, 일 년, 이 년. 지쳐가도 기다렸고, 피곤해도 갈구했다. 하지만 그것은 너무 늦게 찾아와, 이렇게 그녀가 이미 사춘기를 끝낸 유부녀 시점에 찾아와버렸다.

그녀는 더 이상 남자에 대한 기대도 환상도 없는 주부가 되어있었다. 그녀에게 남자는 의지해야 하는 존재가 아니라 투쟁해야할 존재로 변해버렸다. 한때 믿음직스러워 보였고 멋있어 보였던 그는, 이제 허세로 가득차고 부실로 입혀진 인물이 되어버렸다. 그에게 기대며 사는 삶은 지워져 버렸고 그의 틀 안에서 사랑받을 계획도 사라져 버렸다. 그녀는 실망이 커지면서 이상을 걷어차 버렸고 현실로 빠져들었다. 마음 속에는 꿈꾸는 소녀가 사라졌고, 현실에 발 빠른 괴물이 들어섰다. 현실에 타협하는 방법을 누구보다 빨리 깨달았고 그것을 누구보다 잘 적용했다. 누구의 도움 없이도 살 수 있게 되었고 스스로도 행복할 수 있게 되었다. 점점 더 현실에 빠져들어 이제 그녀에게 남자는 더 이상 왕자님도 아니요, 자기 삶의 목적도 아니었다. 그는 단지 사람이요, 무용지물일 뿐이었다.

그런데 그런 그녀가 다시 달라졌다. 다시 소녀가 되어버렸다. 나이는 진행했지만 감성이 역행하며, 다 잊었다고 생각한 감정이 그녀의 마음을 다시 지배하기 시작했다. 너무 오래되어 기억에서 사라졌던 감각들이 다시 제자리로 돌아오기 시작했다. 그녀는 설레기 시작했고, 기쁨인지 두려움인지 구별할 수 없었지만 무척 새롭고 오묘한 감정을 느꼈다. 그것은 예전 그녀가 간직하다가 쓸모없다 생각해 폐기해버린 물건을 다시 찾을 때의 느낌이었다. 잘못 알고서 버린 귀중품을 되돌려 받고서 좋아할 때의 그런 기분이었다.

그녀는 하루가 기대되기 시작했다. 눈을 뜨면 오늘 있을 한 순간이 기다려졌고, 또 그 만남이 두근거렸다. 평소 입지 않던 옷을 꺼내 입어보기도 했고, 바르지 않던 입술연지도 발라보았다. 거울을 보며 예쁜 표정을 연구해 보기도 했고, 우아한 동작을 만들어보기도 했다. 귀여운 여주인공처럼 걸어보기도 했고, 세련된 귀부인처럼 앉아보기도 했다. 얼굴에 생긴 주름을 없애기 위해 밤마다 발라댔고, 배에 붙은 살을 떼 내기 위해 날마다 흔들어댔다. 그녀는 점점 젊어져갔고, 차츰 날씬해져갔다. 그렇게 그녀는 완전히 변해버렸다. 머리끝에서 발끝까지 그녀의 몸에 묻어있던 세월의 흔적은 대부분 떨어져 나갔고, 좌뇌에서 우뇌까지 그녀의 머릿속에 있던 연륜의 때는 완전히 벗겨져 나갔다. 그녀의 노력과 열정과 사랑이 그녀를 다시 아가씨로 만들어 놓은 것이다. 그녀는 다시 사랑꾼이 되기로 마음먹었다.

하지만 이런 그녀의 모습을 보고서 가장 좋아한 사람이 있었으니, 바로 그녀의 남편이었다. 그는 아내가 목표하던 대상이 아니었지만, 그런데도 오히려 그가 더 좋아하며 날뛰기 시작했다.

그는 자기 아내가 변한 모습을 보고서 놀라지 않을 수 없었다. 정말 있을 수도 없고 기대하지도 않았던 자태였다. 그녀가 시키지도 않은 노력을 해가며 어린 아내가 되어 준데 대해, 그는 이루 말할 수 없이 기쁘고 감사했다.

연애시절의 모습을 다 잃어버려 무척 실망하고 지루해 했는데, 어느 날부터 아내가 자기를 위해 가꾸고 단장하기 시작하니, 그는 그녀의 마음이 너무나 사랑스럽게 느껴졌다. 마치 결혼을 두 번 하는 느낌이었다.

집에 오면 이제 남편의 입에는 미소가 번지기 시작했다. 그는 아내 사랑하는 마음을 회복했고, 그녀 소중히 다루는 태도를 견지했다. 그러면서 그도 자신을 다듬고 가꾸기 시작했다. 그는 점점 젊어져 갔고, 갑자기 행복해졌다.

그렇게 윤호는 위기에 처한 여자도 구해내며 그녀의 남편도 행복하게 만들어주었다. 하지만 그는 다른 토끼까지 잡힌 줄은 알지 못했는데, 그것은 그의 눈에는 보이지 않는 부산물이었기 때문이다.

윤호는 이제 어느 가게를 들어가도 냉대당하지 않았다. 인기 제품을 만들어 파는 회사의 직원이 되면서 그의 출입은 이제 모두에게 기대와 이익이 되었고, 또 어느 누군가에게는 두근거림이 되었다. 그런 변화된 시선 덕분에 그는 이제 일손이 모자라 바쁜 중에도 힘을 얻을 수 있었고 열심히 뛸 수 있었다.

마음으로 얻은 그 후원 덕에, 그는 그렇게 몇 달을 신나게 달리고 달렸다. 마치 자기 사업이 번성해져 좋아하는 사람처럼.

주께서 요셉으로 인하여
그 이집트 사람의 집에 복을 내리셨으므로
주의 복이 그의 집과 들에 있던 그의 모든 소유에 임하니라.
— 창세기 39: 5

9

시간은 흘러 봄이 되었다. 대지의 여기저기는 4월의 봄꽃으로 물들기 시작했다. 다채로운 색상의 꽃들이 보는 이들의 마음을 설레게 할 정도로 피어나 세상을 화사하게 비추고 있었다. 사람들은 기분이 들떠 밤이든 낮이든 꽃이 핀 곳이면 어디든 찾아다녔다. 사람이 몰리는 곳에는 탐스런 꽃들이 피어있었고, 꽃이 만발한 곳에는 사람들도 흐드러지게 피어있었다. 봄은 매년 찾아오는 계절이었지만 다시 봐도 지겹지 않고 처음처럼 흥겹기만 했다. 모두들 봄에 취하고 꽃에 취해 다시 돌아온 젊음을 즐기고 있었다.

윤호도 그 시간을 즐겼다. 그는 이제 차를 타고 가게를 돌아다녔다. 도로를 지나다 조그만 공원이라도 보이면, 그는 차를 세워놓고 잠시 들러 나무 아래서 상쾌한 호흡을 했다. 갓 피어나 어린아이 피부 같이 윤기를 내는 새파란 잎사귀를 보면 마치 새 생명을 맞이하는 듯했다. 그는 그 기쁨을 만끽하고 싶어 분주한 중에도 시간을 내어 봄을 반겼다. 그도 앞날이 새파란 청춘인데 일에만 억눌려 꿈같은 시절을 못 본 척 보내고 싶지는 않았다. 비록 지금은 할 수 없어도 이 좋은 계절에 가보지 않은 곳을 한번 여행해 보고 싶었고, 해보지 않은 연애도 한번 해보고 싶었다. 그래서 그는 매일 공원에 들러 아기자기한 생각을 조금씩 모았다. 너무 큰 것을 지금 담으면 보따리가 터질 것 같아 작고 예쁜 소망만 차곡차곡 집어넣었다. 이것도 넣어보고 저것도 담아보았다. 넣은 걸 빼서 다시 포장해 보기도 하고, 포장한 걸 풀어서 단순하게 집어넣어 보기도 했다. 그것은 이 청년에게는 하루의 양식과도 같은 것이었다. 젊은이는 돈이 없어도 꿈만 있으면 살 수 있는 것이고, 명예가 없어도 희망만 있으면 행복한 것이다. 그는 그런 생각을 가지고 공원에 앉아 잠깐 동안의 소꿉놀이를 했고, 또 그의 쪽지기록에 진하게 새겼다. 그렇게 그는 유쾌한 이 계절에 거창하지 않은 행복을 꿈꾸며 도심 공원에서 앞으로 있을 날들을 그려나갔다.

한편, 오 사장의 사업은 날로 번창해 갔다. 3개월 만에 두 배 넘게 성장했는데, 이제 그와 거래하는 가게는 60여 군데를 넘어섰고 월매출액도 3억 원에 달했다. 그가 부리는 직원은 네 명이 되었고, 회사차량은 3대가 되었으며, 사무실 크기는 두 배로 커졌다. 그는 늘어나는 소비량을 맞추기 위해 제조업체 한 군데와 더 계약을 맺었고 공급량도 두 배로 늘렸다.

하지만 그런 성장세 때문에 일하는 직원들은 무척 바빴다. 그들은 저녁 늦게까지 일을 해야 겨우 그날 일을 다 마칠 수 있었다. 게다가 아직 거래하진 않는 지역의 가게들도 소문을 듣고 계속 문의해 와, 거기에 대한 대응도 같이 해야 했다. 그래서 그들은 쉴 틈도 없이 하루를 분주히 보내야했다. 소비 팽창 속도가 사업 팽창 속도보다 빠르다보니 늘어나는 일감을 따라잡으려면 그들도 어쩔 수가 없었던 것이다. 그것은 오 사장에게는 신나고 기쁜 일이었지만, 일하는 직원들에게는 힘들고 피곤한 부담이었다.

윤호도 늦게까지 움직이는 것이 힘들었다. 그는 매일 아침 한 끼만 집에서 먹고 나와 점심과 저녁은 늘 밖에서 사먹고 다녔다. 매일 그렇게 사먹는 음식은 일정한 시간을 맞추지 못해 불규칙으로 먹게 되었고, 그러면서 영양도 불균형적으로 섭취하게 되었다. 처음에는 알지 못했으나, 몇 달이 지나 그의 위가 거북스러워하며 탈을 내기 시작하자, 그는 그 후로는 무슨 일이 있어도 시간을 지켜 식사를 했고, 매일 다른 음식으로 영양을 조절했다. 몸이 망가지면 아무리 열심히 일해서 돈을 번다해도 소용없는 일이었는데, 지금의 그가 그런 소용없는 일을 겪는 건 아닌가 싶었다.

그래도 마음만큼은 힘들지 않았다. 만약 그것까지도 애를 먹였다면 그는 이 일을 그만 두고 말았을 것이다. 몸과 마음에 안 좋은 일은 매일 독약을 섭취하는 것처럼 정신을 메마르게 해 언젠가는 그의 목을 비틀 것인데, 다행히도 그의 마음은 움츠러들지 않았다. 비록 그 사업이 자기의 이익과는 별 상관이 없었지만, 회사가 성장해 나가는 모습을 지켜보면 그의 마음은 여간 뿌듯하지 않았다. 그 보잘 것 없던 사무실에서 시작한 사업이 단기간에 기대 이상의 폭발적 반응을 일으키며 미치광이처럼 커져나가는 것을 보니, 그의 눈에는 그것이 마치 기적과도 같이 보였다. 그것은 내부에 쌓여 있던 어떤 실력이 밖으로 펴져 나가는 모습이 아니라 오히려 바깥에서 보이지 않는 힘이 잡아당겨 그 실재 크기를 늘리는 것 같았다.

그는 지금껏 세상일의 결과가 자신의 노력과 그 노력에 들인 시간에 비례해 나타나는 줄로만 알았다. 하지만 지금 보는 이 일은 그런 그의 상식을 넘어갔다. 들인 노력에 비해 너무 과도했고 그 과도함이 지칠 줄 몰랐다. 그것은 조금 피어올랐으니 곧 꺼지겠다 싶었는데, 다시 풀무질이 들어오면서 걷잡을 수 없는 불꽃으로 펴져나가는 형국이었다. 적당히 번지다가 일정한 수준으로 유지되면 이해가 될 만도 했지만 한계가 어딘지도 모르고서 계속 커져가기만 하니 신기할 따름이었다. 또한 정말 흥미롭고 기대되는 구경거리였다. 자신의 몸이 조금 힘들어도 열심히 달리고 싶게끔 만드는 원동력이 아닐 수 없었다.

4월의 마지막 날, 봄비가 부드럽게 내렸다. 파릇파릇 피어오른 나뭇잎이 빗방울에 젖어 그 생기가 더 돋보였다. 윤호는 봄비가 오는 그날에도 아침부터 부지런히 회사의 중요 보물을 날랐다. 그는 차에서 내려 상자를 들고 한 가게로 들어섰다.

"안녕하세요, 사장님. 오늘은 반가운 봄비가 오네요." 그가 가게 안으로 들어서며 주인을 보고 인사했다.

"비 오는데 수고가 많네요. 장 대리."

이제 가게 주인들은 모두 그를 장 대리라 불렀다. 처음에는 그에게 관심이 없어 그를 '이봐요.' 하며 불렀는데, 지금은 공손한 태도로 그에게 계급장을 붙여가며 불렀다.

"오늘은 제가 좀 늦었죠? 비가 와서 차가 막히더라고요." 윤호가 말했다.

"아니에요. 오늘 같이 비 오는 날은 좀 늦어도 괜찮아요. 비 오면 손님들도 좀 늦게 오거든요." 주인이 친절히 말했다.

"그래요? 그럼 아직 팔 것 몇 개 남았겠네요."

"오전에 일찍 가게에 들러 사가는 사람들이 있어서 그 손님들한테 팔고 이제 두 개 남았어요. 남은 두 개도 곧 팔릴 거예요. 비가 오니 오늘은 조금 늦게까지 남아있네요."

"그래요? 비가 오니 손님들도 밖에 나오기 싫은가 봅니다. 어제까지만 해도 일찍 와서 기다리더니. 그리고 오늘은 저한테 걸려오는 전화조차도 없네요. 아무튼 봄비 덕에 제가 숨을 좀 쉬겠네요."

"사람이 일이 없어 노는 것도 안 좋지만, 일이 너무 많아 쉬지 못하는 것도 안 좋아요. 오늘은 하루 종일 비가 온다고 했으니 좀 여유롭게 다녀요. 다른 가게도 오늘은 손님이 많지 않을 테니 말이에요. 이럴 때 아니면 언제 여유부리겠어요?"

이젠 어느 가게를 가도 그는 이런 인간적 따스함을 들을 수 있었다.

"그래도 빨리 돌아야죠. 여유 있게 돌아다니는 것도 좋지만 그러면 제 퇴근 시간이 늦어지거든요."

그러고 윤호는 들고 온 상자를 가게 한쪽 구석으로 옮겼다. 그리고 주인과 간단한 몇 마디를 더 나눈 후 인사하고 돌아섰다. 어서 빨리 다음 가게로 향할 참이었다.

그런데 주인이 나가려던 윤호를 갑자기 불렀다.

"아차, 장 대리, 내가 뭘 물어 본다는 게 깜빡했네요."

"아, 그래요?" 윤호가 돌아서며 말했다. "뭐가 궁금하신데요? 제가 모르는 것 빼고 다 가르쳐 드리죠."

"혹시 장 대리가 가져오는 이 화장품, 회사에서 직접 만들어서 가져오나요? 아니면 다른데서 만들어 가져오나요?"

"아, 그게 궁금하셨어요? 그건 만드는 제조업체가 따로 있어요. 우리 회사에서 그 업체에 주문하면 그 곳에서 만들어 가져와요. 그런데 갑자기 그건 왜 물으세요?"

"아, 그렇군요. 아니, 좀 전에 우리 가게에 온 손님이 물어봐서 내가 이 회사에서 직접 만들어 가져온다고 했거든요. 그런데 이제 보니 내가 틀렸네요."

"그건 제품 설명서에 적혀있어요. 물론 관심을 좀 가지셔야 알 수 있긴 하지만요. 그런데 어떤 손님이기에 그런 것까지 물어봐요? 대부분은 그냥 화장품만 사가든지 아니면 성분정도만 물어보고 말텐데, 정말 꼼꼼한 손님인가 봐요?

"요즘 그런 손님이 몇 명 있어요. 이 화장품 사가면서 이것저것 막 묻는 손님요. 전에는 뭘로 만들었냐? 만드는 회사가 어디냐? 그렇게 묻더니만, 오늘은 이걸 직접 만들어 가져오느냐? 하고 묻더라고요. 그런데 그 손님들이 그렇게 자꾸 물어보니까, 나도 조금 궁금해지더라고요. 그래서 생각난 김에 오늘 한번 물어본 거예요."

"그래요? 보통 여자들은 그런 거 관심 없는데. 그냥 피부만 신경 쓰지 만드는 회사 같은 건 궁금해 하지 않거든요."

"아니, 그 손님들 여자 아니에요. 남자에요."

"네? 남자라고요? 남자들이 화장품 사가면서 그렇게 물어요?"

"네, 자기 가족들하고 아는 몇 사람한테 나눠준다며 회사에 대해서 좀 묻더라고요. 유명 회사제품도 아닌데 혹시나 발라서 잘못되면 배상은 받을 수 있나하면서 말이에요."

"그래요? 그 사람들 그렇게 불안하면 사지를 말지, 왜 사가면서 그런 말을 하는 거야?"

"뭐, 손님들 중에는 투덜거리면서도 사가는 그런 사람들 있잖아요. 그냥 그런 사람들이에요. 그 남자들 집에서 아내한테 잔소리 좀 들었나보죠. 평생 가봐야 여자한테 선물 한번 안한다고. 그래서 어디서 소문 듣고 찾아와서 이걸 억지로 사가는 설 거예요." 주인이 웃으면서 말했다.

"그런데 그렇게 물어보는 사람들이 몇 명이었어요?"

"세 명이었나? 내 기억엔 그런 것 같은데요. 세 명."

"그럼 그 남자들 언제부터 가게에 오기 시작했어요?"

"대략 열흘정도 된 것 같아요. 지난주에 왔으니까."

윤호는 주인의 그 말을 듣고 잠시 생각해 보았다. 세 명의 남자가 열흘 전부터 가게에 찾아와 자기 아내에게 줄 화장품을 사가면서, 그 효과에 대해 물어보는 게 아니라 제조회사에 대해서 물어본다. 그런데 화장품을 여자에게 선물하는 남자는 대게 상대가 좋아 할지만 신경 쓰지 그것을 어느 회사가 만드는지, 어디서 만들어 오는지에 대해서는 궁금해 하지 않는다. 그런데 그 남자들은 화장품을 사가면서 좀 주제 넘는 걸 물어본 것 같다. 그건 일반적 소비자가 하는 구매행태가 아니었다.

"뭐 다른 건 묻지 않았나요?" 윤호가 다시 물었다.

"아니, 다른 건 뭐 특별히 물어보는 건 없었어요. 그냥 얼마나 잘 팔리나, 그 정도." 주인이 말했다.

"그래요?"

윤호는 가게를 나가려다 말고 그 자리에 서서 다시 생각했다. 아무래도 그들은 일반적인 손님 같지는 않았다. 무슨 일인지는 몰라도 자기 회사에 관심이 많은 사람들처럼 보였다. 그렇지 않고서야 그런 필요 없는 말을 물어 볼 리는 없었다.

그는 좀 수상한 마음이 들었지만, 아직 그 사람들의 정체를 정확히 모르니 그 자리에서 어떻게 해 볼 방법이 없어 다시 걸음을 옮겨 다른 가게로 향했다.

오후에도 비는 계속 내렸다. 퇴근 시간이 되자 차가 막히면서 평소보다 도로에서 지체하는 시간이 더 많아졌다.

윤호는 저녁 9시가 되어서야 그날 일을 겨우 다 마치고 사무실로 돌아왔다. 사무실에는 이미 다른 두 사람들은 퇴근하고 도원 혼자만 남아있었다.

"벌써 마쳤어? 오늘은 나보다 빨리 들어왔네." 윤호가 들어오며 말했다.

"저도 조금 전에 들어왔어요. 비가 와서 퇴근 시간에 차가 좀 막히더라고요. 안 그랬으면 오늘은 좀 더 일찍 퇴근할 수 있었는데." 도원이 말했다.

"사장님은 퇴근하셨나?"

"네, 방금 나가셨어요. 혹시 올라오실 때 못 보셨어요?"

"아니, 못 봤는데. 계단으로 내려 가셨나?"

"뭐 그런가 보네요."

윤호는 비를 맞아 눅눅한 작업복을 벗어 옷걸이에 걸었다. 그는 자리에 앉아 그날의 물건 출입을 장부에 기록했다.

"아, 장 대리님. 혹시 가게 주인들한테서 뭐 이상한 소리 못 들으셨어요?" 도원이 갑자기 뭔가 생각난 듯 물었다.

"무슨 소리? 주인들이 뭐라고 하던데?" 윤호가 장부를 정리하면서 말했다.

"우리 제품에 대해 자세히 물어보고 다니는 사람들이 있다 그러더라고요. 처음에는 그냥 넘겨들었는데, 요즘 들어 주인들이 부쩍 그런 말을 자주 해 좀 이상한 생각이 들더라고요."

윤호는 그 말을 듣자 오늘 자기도 가게 주인한테서 들은 말이 생각났다.

"혹시 그 사람들 남자손님이야?" 윤호가 물었다.

"네. 장 대리님도 들으셨군요."

"응. 난 오늘 처음 들었는데, 손님 몇 명이 우리 회사에 대해 물어봤다 그러더라고. 남자들이 화장품 사가면서 그런 걸 물어보지는 않거든. 그런데 그 남자들은 필요 없는 걸 물어보고 다니더라고. 어떤 사람들인지 내가 보질 못해서 오늘은 그냥 그렇게 듣고만 나왔는데, 이제 보니 여기저기 다 알아보고 다녔구만." 윤호가 말했다.

"네, 저도 처음엔 남자들이 그런 걸 물어봤다길래 그냥 좀 깐깐한 사람들이겠지 하고 생각했는데, 서너 군데 가게 주인들이 그런 말을 하니 좀 이상한 생각이 들더라고요."

"그런데 그 사람들 같은 사람들이래?" 윤호가 물었다.

"네, 그런 것 같아요. 주인들 말을 들어보니 그 사람들 인상이 비슷했어요."

"그래? 같은 사람들이 돌아다니며 물어본다 이거지?"

"네."

"뭐하는 사람들이야? 뭣 때문에 그런 걸 물어보고 다니는 거지?"

"글쎄요. 혹시 다른 화장품 회사 직원들 아닐까요? 우리 제품이 잘 나가니 손님 행세하면서 이 가게 저 가게에 알아보고 다니는 것 같은데요."

"뭐? 다른 회사 사람들이라고?"

"네, 우리 제품이랑 똑같은 걸 만들려고 그럴 수도 있잖아요. 아직 시장에는 우리 제품하고 비슷한 제품도 안 나왔는데, 아무도 만들지 않는 걸 우리만 만들어 파니깐 따라하려고 그러는 것 같은데요. 그렇지 않을까요?"

윤호는 도원의 그 말을 듣자 그럴 것도 같았다. 그것은 아직 시장에서 아무런 제재도 없이 혼자서 마음껏 날개 짓하며 다니는 제품이었다. 그러니 돈 있는 회사라면 그것을 한 회사가 독식하도록 내버려 둘 리가 없었다. 자기들도 유사제품을 만들어 시장에서 이익을 내려할 게 뻔했다. 이미 갖추어진 시설에 경험 있는 연구원을 투입하면 그들은 빠른 시간 안에 얼마든지 후발제품을 만들 수 있을 것이고, 거기에 이미 널리 알려져 있는 자기들 회사이름을 붙여 판다면 이름 없는 이 조그마한 회사가 만드는 이런 제품쯤은 아무것도 아닌 것처럼 따라잡을 수 있었다. 그래서 그들은 이 작은 회사를 조사하고 다녔는지도 몰랐다. 그래, 그들은 정말 그런 식으로 소비자들의 제품 선호도를 조사하며 동시에 자기들이 가져갈 이익을 계산해 보았는지도 몰랐다. 후발주자가 선발주자를 탐색하며 동시에 시장조사 하는 것. 정말 그것일 가능성이 컸다.

윤호는 여태까지 그런 생각을 하지 못하다가 이제야 그런 생각을 하니 정신이 번쩍 들었다. 새로운 시장에 선발주자가 갑자기 나타나면 그것을 따라하려는 2, 3등 주자도 생긴다는 시장 원리를 놓치고 있었던 것이다. 아니, 더 정확히 말하면 그것은 놓쳤다기보다는 알고는 있었지만 그가 다니는 이 회사의 경우가 바로 그런 선발주자에 속한다는 것을 미처 인식하지 못했던 것이다. 이 넓은 세상에 이 보잘것없는 회사에서 만드는 제품이 감히 '일등'이라는 수식어를 달고 판매되다니, 솔직히 그건 너무 건방져 할 수 없는 생각이었다. 단지 지금의 이 상황은 사소한 제품 하나가 놀랍게 뻗어나가며 보는 이들의 마음을 감탄케 하고 있다는 정도로 생각하면 모를까. 그를 넘어 다른 회사를 자극해 그들에게까지 도전의식을 고취시키고 있다는 것은 정말 하기 힘든 생각이었다.

사실, 그는 지금 일어나고 있는 이 일은 작은 폭풍 하나가 일정한 영역 안에서 소용돌이치며 그 안에서만 큰 효력을 발휘하고 있는 걸로 생각했다. 그래서 외부 큰 영역에까지 그 파동을 전달해 주목받는 움직임이 되었다는 사실을 전혀 생각지 못하고 있었다. 그것은 그의 상황인식의 폭이 아직은 어리고 좁아 그 파장을 더 크게 보지 못한 때문이기도 했지만, 그런 작은 날개 짓의 큰 움직임이 제품시장에서는 너무 특별한 경우였기 때문에 거기에 대해 깨닫게 해주고 그 경고음을 들려 줄 사람이 없었던 이유도 있었다. 그래서 적이 탐색하며 공격 준비를 하고 있었는데도 방어태세를 갖출 생각은 하지 않고, 자신들의 기량과 정보만 노출시키며 자만에 빠져 있었던 것이다. 그들에게는 지금의 상황이 이러이러한 경우이니, 빨리 고지를 점령해서 성을 쌓고 영토를 지키며 확장해라고 일깨워주는 선견지명자가 없었던 것이다. 간단히 말해 그들은 경험미숙, 경비소홀로 무방비 상태의 흥행돌풍만 신경 쓰며 좋아하고 있었던 것이다.

윤호는 지금의 상황을 그렇게 생각하자, 이제까지 거침없이 잘나가던 회사에 어쩌면 제동이 걸릴지도 모르겠다고 생각했다. 지금 눈앞에는 잠잠해서 보이지 않지만, 어디선가는 도전의 칼날을 갈며 경쟁해 오는 상대가 있을 수도 있을 것 같았다.

경쟁사회에서 무방비와 자족은 후퇴를 의미하고 그 후퇴는 바로 종말과 연결되는 법이다. 앞선 이가 미리 대비하지 않으면 따라가는 이는 순식간에 그를 무너뜨리고, 그가 쌓아 온 업적을 날름 집어 삼킨다. 거기에는 체면과 품위 같은 건 적용되지 않는다. 배려라는 말도 필요 없다. 모두들 자기의 이익과 만족만을 위해 일한다. 나만 잘되는 것이 목표고 또 그들을 무찌르는 것이 희망이다. 최대의 이익이 최대의 선이고, 최상의 결과가 최상의 가치다. 그런 선과 가치를 창출하기 위해 그들은 상대를 염탐하고 모방하고 비방한다. 또 그러다 최후로는 상대의 발을 걸어 넘어뜨리기도 한다. 그런 비열하고 냉정한 세계가 경쟁사회다. 그런데 그런 환경 안에서 살아남으려하는 집단들은 그것을 잘못된 것이라 생각하지 않는다. 내가 살기위해 어쩔 수 없는, 그래서 너무나도 당연한 생존방식이라 생각한다. 내가 서지 못하는 곳에 도리(道理)만 대신 살아남아봐야 그건 무의미한 가치만 잡초처럼 무성하게 만드는 것이고, 인류발전에 도움이 되지 않는 퇴보만 왕성하게 진보시키는 것이다. 내가 없는 곳에는 진리가 의미가 없고, 우리가 묻히는 곳에는 공정한 정의도 덮인다. 내가 없으면 세상도 존재의미가 없고, 그렇게 존재의미가 없는 세상은 차라리 사라지는 게 낫다. 참 타당한 논리고 지나치지 않은 사고다. 인류는 그런 이기심 덕분에 이토록 발전했으니 말이다. 그 비난할 수 없는 자기사랑이 이 풍요롭고 호기심 넘치는 세상을 만든 것이다. 그것이 심기는 곳은 비록 '나'이지만, 뿌려져 피어나는 곳은 '너희들'이다. 마음은 '안'을 향하지만, 결과는 '밖'을 향한다. '미운' 의도지만, '고운' 결실을 맺는다. 그래서 그것은 나쁘게만 볼 수도 없고, 옹졸하게만 처리할 수도 없다. 비록, 역사적, 발전적 관점에서만 옳은 말이긴 하지만 말이다.

윤호는 지금의 이 상황을 뒤늦게 파악했지만 빠르게 이해했다. 그도 칼 끝 같은 세상에서 경쟁하며 커 왔기 때문이다. 그는 거기서 '한 때 선두 주자'와 '한 순간의 낙오자'를 모두 체험했다. 결과가 항상 그를 말해 주었기에 올라서야 살아남을 수 있었고 눌러야 빛을 볼 수 있었다. 그래서 그도 따라오는 주자를 남몰래 살피며 은근히 조심했다. 특히 상위권에서의 경쟁은 더욱 치열했기에 그 계층에서의 견제는 그가 확실히 알고 있었다.

그런데 그것을 그렇게 잘 알고 있던 그가 여기서는 왜 잠시 그 감각을 잊고 있었을까? 그것은 그가 과거에 해온 경쟁과 지금의 경쟁상황이 좀 달랐기 때문이다.

우선 그는 당시 너무 최고였기에, 뒤에서 추격해 오는 이와의 격차가 상당히 컸다. 그래서 그들이 쫓아온다 해도 여유가 많았다. 그리고 그건 몸에 베인 개인의 기량과 노력에 관한 문제였다. 뒤에서 그를 모방하거나 의지를 가지고 추격한다 해도 쉽게 해결할 수 있는 일이 아니었다. 누군가가 무엇을 만들었다고 하면 뒤따라가며 그것과 비슷한 물건을 만들어 내기는 쉬워도, 뛰어난 실력의 선수를 비슷한 흉내를 내가며 쫓아가기는 어려운 일이다. 그것은 정량적으로 고안해 내는 기술과 감각으로 익히는 실력이 다른 방식으로 만들어지기 때문이다. 그래서 같은 경쟁이라 해도 하나는 타인을 만족시키기 위한 경쟁이 되는 것이고, 다른 하나는 자신을 만족시키기 위한 경쟁이 되는 것이다. 그래서 두 경쟁은 본질이 달랐다.

그리고 그의 상황 판단이 늦었던 또 하나의 이유는 그의 경험부족 때문이었다. 어느 사회든 경쟁이 살아있다는 것을 알면 그것이 어디를 가든 거기에 맞는 형태로 나타날 것이라는 것을 어느 정도 예상할 수 있지만, 그는 아직 사회 경험이 부족하다 보니 그런 것을 빨리 예상하지 못했던 것이다. 그리고 그것을 그가 어느 정도 예상했다하더라도, 아직 이 새로운 분야의 생태구조를 잘 모르다보니 그 경쟁에 어떻게 준비하며 헤쳐 나가야할지는 몸소 체험하며 익힐 수밖에 없었다. 그러면 대처는 자연히 늦어져, 좀 더 빨랐을 경우보다 해결이 많이 힘들어질 수밖에 없다. 만약 그의 주위에 그런 것을 조금이라도 일깨워줄만한 인물이 한 명이라도 있었다면 그가 조금 더 빨리 눈을 떴을지 모르나, 다른 세 명의 직원은 자기보다 나이가 어려 아직 미숙했고, 사장은 세상 경험이 많다고는 말하나 막상 일해 보면 그리 뛰어난 감각과 판단력을 지닌 인물은 아니었으니, 그를 가르칠 수 있고 그에게 도움이 될 만한 사람은 주위에 아무도 없었다. 그러다보니 자연 상태에서 홀로 깨우쳐 살아가야 하는 동물처럼 그는 스스로 부딪치며 살아갈 수밖에 없었다. 바로 이런 내적요인과 외적요인의 결합 때문에 그는 이 상황을 늦게 인식할 수밖에 없었다.

일단 그는 장부 정리를 마치고 자리에서 일어나 도원과 함께 사무실을 나왔다. 그는 집으로 가며 오늘 있었던 일을 곰곰이 생각해 보았다. 내일 출근하는 즉시 사장에게 이 사실을 알려 대책을 세워야할 것 같았다.

다음날, 그는 아침을 먹고 서둘러 집을 나섰다. 혹시 사장에게 어제 일을 보고하다 얘기가 길어지면 오전에 둘러봐야 할 가게 중 몇 군데를 놓칠 수 있었기 때문에, 그는 아침에 좀 더 일찍 출근해 몇 가지 잡다한 일을 먼저 처리함으로써 그 시간을 조금 만회해 볼 생각이었다.

그가 사무실에 도착한 시간은 오전 8시였다. 일찍 온다고 서둘긴 했으나 몸이 피곤하다보니 출근 시간이 그보다 더 앞당겨지진 않았다. 그가 도착한지 10분이 지나자 오 사장도 출근했다. 그도 평소보다 이른 시간에 회사를 나왔다.

"일찍 나왔군, 장 대리."

오 사장이 먼저 인사하며 들어왔다.

"안녕하세요. 사장님. 사장님도 일찍 나오셨네요."

윤호는 그렇게 인사하고 오늘 오 사장의 기분이 어떠한지 그의 얼굴을 살폈다. 혹시 안 좋은 기분에 무거운 말을 꺼내면, 왜 좀 더 빨리 그런 보고를 하지 않았느냐며 자기에게 잘못을 물을 수도 있을 것 같아 그는 그의 기분을 봐서 적당한 때를 고를 생각이었다. 다행히 사장의 표정을 보니 평소보다 나빠 보이지는 않았다.

그는 오 사장이 자리에 앉아 얇은 서류뭉치를 살피는 것을 보았다. 물품 매출 장부였는데, 오 사장은 출근하면 먼저 그것부터 살폈다. 그는 잠시 그것을 별 대수롭지 않게 보고는 책상 옆으로 던졌다. 그리고 의자를 돌려 창문 밖을 내다보았다.

윤호는 오 사장이 창밖을 내다보자 이때쯤에 말하는 것이 좋겠다 싶어, 곧 자리에서 일어나 오 사장에게 다가가 말을 꺼냈다.

"사장님, 잠시 말씀 드릴게 있습니다."

오 사장이 다시 의자를 돌려 장 대리를 보았다.

"무슨 일이지?" 오 사장이 무심히 말했다.

"요즘 우리 회사에 대해 물어보고 다니는 사람들이 있는 것 같습니다. 가게 주인한테 들은 말에 의하면 남자들이라고 하는데, 우리 제품을 사면서 우리 회사에 대한 이런저런 것들을 많이 묻는다고 합니다."

그 말에 오 사장이 아무런 표정 없이 물었다.

"그래? 그자들이 뭘 물어본다고 그러던데?"

"우리 화장품을 어디서 만들어 오는지, 그리고 얼마나 잘 팔리는지 하는 그런 것들을 물어 본다고 합니다. 여러 가게를 돌아다니면서 그렇게 물어 보는 것 같습니다."

오 사장은 잠시 생각하더니 다시 말을 꺼냈다.

"장 대리, 자네 생각엔 그 자들이 누굴 것 같나?"

"제가 보기엔 다른 화장품 회사에서 보낸 사람들 같습니다. 우리 제품에 대해 알아보고 다니는 걸 보면, 우리와 경쟁관계에 있는 회사가 아닐까 생각합니다."

사실 그들과 경쟁하는 회사는 없었다. 그들은 한 제품만 취급하는 소규모 독점기업에 가까웠다.

그 말에, 오 사장이 그를 진지하게 불렀다.

"장 대리."

윤호는 말없이 오 사장의 얼굴을 쳐다보았다. 오 사장의 얼굴은 무감각해 보였고, 동시에, '나는 이미 그걸 다 알고 있었다.' 하는 그런 표정을 지어 보이는 것도 같았다.

"지금 우리와 경쟁하는 회사가 있다고 생각하나?"

윤호는 그 말을 듣자 잠시 생각해 보았다. 제품만 놓고 보자면 경쟁사가 없었지만, 업종을 놓고 보면 여러 회사와 경쟁관계에 있는 게 맞았다. 그래서 그는 이렇게 대답했다.

"잠재적 경쟁사는 많다고 봅니다."

"잠재적이라?" 오 사장이 말했다. "그럼 그 잠재적이라는 것은 숨어서 우리를 노린다는 말인가?"

"네. 뭐, 그런 의미도 포함되어 있습니다. 우리같이 작은 회사라면 큰 회사에서 얼마든지 자기들 마음대로 삼킬 수 있으니까요." 윤호가 대답했다.

"그래, 그럴 수도 있겠군. 아마 배 아파 죽는 회사도 많을 거야." 오 사장이 말했다. "이름도 없는 회사가 조금씩 자기들 영역에 파고들어 오는 걸 보면 좋아할 기업이 어디 있겠나. 한 주먹에 뭉개 버리고 싶겠지."

윤호는 오 사장이 그런 말을 하자 그가 지금 무슨 생각을 하고 있는지 궁금했다. 지금 그의 회사를 조사하며 그것을 노리는 기업이 있는 것 같다고 보고하고 있는데, 그는 지금 거기에 대한 어떠한 걱성이나 심각한 반응은 보이지 않고 좀 엉뚱한 방향으로 대화를 몰아가고 있었다.

윤호는 사장이 지금의 상황을 너무 가볍게 보아 넘기는 것은 아닌가 생각하고 다시 한 번 더 그에게 그 심각성을 일깨워 주었다.

"사장님, 그 사람들이 지금 우리 회사와 제품에 대해 알아보고 다니는 건 우리와 경쟁을 하기 위함일 것입니다. 그리고 그자들은 분명 우리보다 더 큰 회사 사람들일 겁니다. 그러니 우리도 지금 빨리 거기에 대해 대응을 해야 합니다."

하지만 그 말을 들어도 오 사장의 표정과 반응은 변하지 않았다. 여유를 부리는 것인지, 아니면 감각이 무뎌 그러는 것인지 그는 계속 고개만 끄덕이며 허공을 바라보았다.

"제가 잘못 생각했을 수도 있겠지만," 윤호가 계속 말했다. "몇몇 가게에서 말하는 것을 들어봐도 그냥 대책 없이 넘어가서는 안 될 것 같습니다. 이렇게 빠르게 성장하는 회사는 반드시 걸림돌이 생기게 마련입니다. 그러니 우리 제품을 찾는 소비자 외에는 모두 우리의 경쟁상대라 생각해야 합니다. 그렇지 않으면 순식간에 큰 손들이 나타나 우리 회사를 집어 삼킬 수 있습니다." 윤호는 어제 깨달은 생각을 사장에게 풀어헤쳤다. "우리 쪽에서 그들보다 더 빨리 움직이지 않으면 곧 위험해 질 수 있습니다. 그들은 우리가 상대하기엔 너무 큰 회사들입니다."

윤호는 오 사장이 뭔가 잘못 판단하고 있다면 그가 바른 생각을 가질 수 있도록 그에게 열의를 내었다. 이 회사는 오 사장이 주인이긴 했지만 자기도 거기에 붙어 먹고사는 직원이었기 때문이다. 서로가 이곳에서 혜택을 누리고 있었기 때문에, 내 회사가 아니라고 해서 가만 내버려둘 순 없었다. 그러면 자기도 생활이 위태로워 질 수밖에 없었다. 그 때문에 그는 자기의 생존권 차원에서라도 이 회사의 주인을 종용하지 않을 수 없었다.

"어제 나에게 전화가 한 통 걸려왔네."

오 사장이 갑자기 다른 말을 꺼냈다.

그러자 윤호는 사장이 갑자기 무슨 말을 하려는 것이지 하고 그의 말에 귀를 기울였다. 아마 무언가가 심각한 내용이 담긴 것 같았다.

"사업상 중요한 제안을 하나 하려고 하는데 좀 만나 줄 수 있겠느냐는 하는 전화였어. 그래서 내가 오후 늦게 쯤 시간이 되니 찾아오라 그랬지. 그랬더니 그자들이 사무실에 정말 찾아왔더군. 장 대리가 방금 말한 그 사람들도 아마 거기에 있었을지 모르겠군. 자기가 직접 가게를 돌아다니며 알아봤다 그랬거든."

그 말을 듣자 윤호는 순간 좀 민망해지기 시작했다. 오 사장은 이미 자기가 말한 사실을 다 알고 있었던 것이다. 알면서도 그는 무엇을 생각하며 그랬는지, 자기 앞에서는 아무것도 모른 척 태연히 물어보았다.

"그자들은" 오 사장이 말했다. "자네 생각처럼 화장품 회사 사람들이 맞았어. 그것도 제일 큰 회사 사람들이었어. 한 명은 자기가 이사라고 그랬고, 다른 두 명은 그 밑에서 일하는 뭐라 그러더군. 그리고 그 이사라는 사람이 그동안 자기들이 우리에 대해 많이 알아봤다며 자기들 생각을 꺼내기 시작하더군. 장 대리!"

"네." 윤호가 조용한 목소리로 대답했다.

"혹시 그자가 나에게 무슨 말을 했을 거라 생각하나?"

오 사장이 말을 하다말고 갑자기 궁금증을 유발했다.

"글쎄요. 전 전혀 모르겠습니다."

"그럴 테지. 나도 상상하지 못했던 걸 자네가 어떻게 알겠나? 하하."

오 사장이 갑자기 웃기 시작했다. 참 드문 웃음소리였는데, 그것은 남자가 상대를 제압하고 나서 통쾌하게 웃는 그런 웃음소리였다. 윤호는 오 사장의 그런 웃음소리 듣자, 나쁘지 않은 말을 한 것 같다고 생각했다.

"참, 살다보니 세상에 이런 경우도 다 있군. 나에게 그자들이 그런 제안을 할 줄이야. 마치 덩치 큰 사람이 꼬마 아이 앞에서 떼쓰며 요구하는 모양이었어. 하하."

오 사장은 그날 무슨 소리를 듣고서 그렇게 좋아하는지, 정말 호탕하게 웃어댔다. 윤호는 그자들이 한 제안이 무엇이었는지 빨리 듣고 싶어졌다. 자기가 걱정하던 것과는 완전히 다른 말을 한 것 같았다.

"장 대리." 오 사장이 또 그를 부르며 말했다. "어제 그 사람이 나에게 이렇게 제안했어. '대가는 충분히 지불할 테니, 지금 바로 우리에게 당신 회사와 그 제품에 대한 소유권을 넘기시오.' 하고 말이야. 하하하."

오 사장은 정신 나간 사람처럼 또 웃어대기 시작했다.

하지만 오 사장의 그 웃음소리는 더 이상 윤호의 귀에 들어오지 않았다. 그의 귀에는 그 이사라는 사람이 했다는 제안만 울릴 뿐이었다. 그것은 정말 예상치도 못한 소리였다. 그의 생각을 완전히 뛰어넘는 제안이었다. 이 작은 회사를 조사하고 다닌 것이 그것을 집어삼키기 위해서가 아니라 인수하기 위해서였다니, 정말 놀랍지 않을 수 없었다. 결과야 이 회사가 없어지는 것으로 비슷하게 끝나겠지만, 그 시선과 과정은 완전히 다른 것이었다. 그들이 외부에서 회사를 바라보며 접근하는 태도는 경쟁이 아니라 찬사였던 것이다. 이 작은 회사를 이기기 위해 애쓰기보다는 그 가치를 존중해 자기들 소유에 포함시키겠다는 것이었다. 그것은 자기들의 자체평가보다 훨씬 높은 것이었다. 실로 믿기지 않는 사실이었다.

곧 윤호가 오 사장에게 물었다.

"그래서 뭐라고 말씀하셨습니까?"

그의 마음은 두근거렸다. 사장의 대답에 따라 그의 진로가 변경될 수도 있었기 때문이다.

"장 대리, 궁금한가? 그들도 내 대답을 자네처럼 그렇게 기다리더군. 모두들 숨죽이며 내 입만 쳐다보았지. 하하하."

오 사장은 다시 한 번 더 시원하게 웃었다. 그러다 웃음을 멈추고 윤호를 보며 말했다.

"내가 이렇게 말했어. '그런데 그전에 내가 먼저 알고 싶은 게 있소. 당신들 도대체 뭐가 아쉬워 나한테 그런 큰 인심을 쓰려는 거요? 보잘 것 없는 회사한테 그렇게 매달릴 이유라도 있소?' 하고 말이지. 그러자 그 이사가 이렇게 말하더군. '그게 우리나 당신에게 모두 좋기 때문입니다. 우리는 시간과 연구비를 모두 아낄 수 있고, 당신은 경쟁을 피하며 이익을 챙길 수 있습니다. 만약 우리가 자체 개발한 제품으로 시장에 뛰어들면 당신과의 경쟁은 피할 수 없습니다. 그 결과에 대해서는 어떻게 생각하실지 모르겠지만, 우리 판단으로는 수개월 안에 뒤집을 수 있습니다. 그러면 당신 회사는 자취도 없이 사라질지 모릅니다. 반짝하며 떠올랐다 곧 추락하는 거죠. 하지만 우리는 그런 방향으로 가고 싶지는 않습니다. 서로에게 더 도움이 될 수 있는 방법이 있다면, 굳이 이 작은 회사를 괴롭혀가며 일할 필요는 없으니 말입니다. 대신 우리는 당신이 가진 이 제품에 대한 모든 소유권을 사서 최대한 빨리 시장에 진출하고 싶습니다. 지금 우리 회사 말고 다른 곳에서도 이 제품시장에 들어오려고 연구하는 걸로 알고 있습니다. 우리나 그들이나 모두 선두자리를 노리며 뛰어들려는 거죠. 그런데 이상하게 들리실지 모르겠지만, 그 경쟁 자리에는 불행하게도 당신 회사의 자리는 없습니다. 당신의 회사 같은 규모로는 큰 기업들과의 경쟁해서 살아남을 수 없기 때문입니다. 거긴 공룡들만 경기하는 곳이니까요. 우리는 그 자리에서 선두자리를 차지하는 게 목표입니다. 그러려면 최대한 빨리 제품 판매에 들어가야 합니다. 우리 쪽에서 고급 인력을 투입해 연구에 들어가면 판매까지는 오래 걸리지 않을 겁니다. 하지만 우리는 시간을 좀 더 앞당기고 싶습니다. 경쟁에서는 시간이 곧 돈이니까요. 그래서 우리는 당신 회사와 그 제품에 대한 소유권을 사려는 겁니다. 그게 시간을 아낄 수 있는 가장 좋은 방법이니까요. 그리고 그건 당신 입장에서도 절대 나쁘지 않을 겁니다. 그만한 대가를 지불받으면 되니까요. 나중에 경쟁에서 사라지는 것보다야 차라리 그게 훨씬 더 좋지 않겠습니까? 우리는 시간을 아낄 수 있어 좋고, 당신은 돈을 벌 수 있어 좋고. 그게 바로 우리가 당신을 찾아온 이유입니다.' 라고 말이야."

윤호는 그 말을 듣자 얼굴이 굳어졌다. 자신의 미래가 위태로워 보였기 때문이다. 만약, 사장이 그들의 꿈 같은 제안에 따라 회사와 그 제품에 대한 소유권을 팔아넘긴다면 자신의 일자리는 순식간에 사라지는 것이었다. 겨우 조그만 자리라도 구해 일하기 시작했는데, 일한지 1년도 안 돼 회사가 사라지면 자기는 다시 구직자 신세가 되어야 했다. 사장에게는 기회인 것처럼 보이는 그 제안이 사실 자신에게는 해고요청이나 마찬가지였던 것이다.

그는 사장이 어떤 선택을 했는지 궁금했다. 그가 어떤 대답을 했느냐에 따라 자신의 앞날이 달라져, 거기에 대한 마음의 준비도 달리해야 했다. 그런데 지금 사장의 웃는 표정으로 봐선 거의 절망적으로 보였다. 그는 지금 그 소유권이라는 것을 팔아 많은 돈을 번다는 기쁨에 도취되어 마음속으로 그 큰 행복을 실컷 즐기고 있는 것 같았다. 그가 지금 기뻐 웃는 그 일이 그의 밑에서 일하는 자신에게는 정말 슬픈 일인 줄, 그는 전혀 느끼지 못하고 있는 것 같았다.

윤호는 이제 다시 갈림길에 선 사람처럼 사장의 생각만 확인하고 싶을 뿐이었다.

"장 대리." 오 사장이 다시 그를 불렀다.

"네." 윤호가 굳어진 입술로 대답했다.

"그러면서 그 자들이 나한테 얼마를 제안한 줄 아나?" 오 사장이 물었다.

"아니오." 윤호는 거기에 대해서는 아무런 관심 없는 사람처럼 대답했다.

"지금 우리 회사 한 달 매출이 3억 원이야. 1년이면 36억 원이지. 그런데 그 자들이 부른 금액은 거기에 반도 못 미치는 15억 원이었어. 그 정도 돈이면 지금 상황으로 봐선 반년이면 벌어들일 수 있는 금액인데, 그자들은 그 말도 안 되는 돈으로 지금 내 회사와 화장품을 사겠다 그러더군. 참, 얼마나 어이가 없던지. 이 회사를 아주 싸게 먹으려 하고 있더군. 완전 도둑놈들이었어. 그런 도둑놈 같은 심보를 하고 찾아와서는, 제안이라 한답시고 내놓은 금액이 그런 말도 안 되는 푼돈이었어. 내가 얼마나 기가 차든지. 그래서 내가 그자들에게 이렇게 말했지. '그게 당신들이 생각하는 이 제품에 대한 가치요?' 라고 말이야. 그러고서 이번에는 내가 그자들에게 제안을 했지. 어떤 제안인 줄 아나?" 오 사장이 다시 물었다.

윤호는 아무 말 없이 오 사장만 쳐다보았다. 그의 제안이 정말 궁금했다.

"내가 이렇게 제안했지. '지금 당신들이 원하는 걸 나에게서 얻어가고 싶으면 100억 원을 가져오시오. 그러면 내가 순순히 내놓겠소. 지금 15억 원은 나에게 어린아이 과자 값 밖에 되지 않소. 그런 금액으로 이 회사와 제품을 내놓으면 나는 무척 많은 손해를 입게 되는 것이오. 그러니 내가 지금 당장 팔아도 손해 보지 않을 만큼 돈을 내놓으면 당신들에게 후회 없이 넘기겠소.' 하고 말이야."

그 말에 윤호는 혹시 자신이 그 금액을 잘못 들은 건 아닌가 하고 생각했다. 어떤 계산법으로 그런 금액이 나왔는지 모르지만, 그것은 너무도 과도한 금액이었던 것이다.

그는 오 사장이 불렀다는 그 허무맹랑한 금액이 사실인지 확인하기 위해 아무 말 없이 그의 말에 계속 귀를 기울였다.

"난," 오 사장이 계속 말했다. "이 회사를 크게 키울 생각이야. 어제 그자들이 찾아와 나에게 구걸하는 모습을 보면서 난 우리 회사가 보통 회사가 아니구나 하는 걸 느꼈어. 큰 기업도 찾아와서 그렇게 탐내는 걸 보면 그 가치는 정말 어마어마한 거야. 그런데 그자들은 우리보다 그걸 먼저 알고 찾아왔어. 그들이 계산하기로 앞으로 이 회사는 큰돈이 되겠다 싶으니, 그 힘이 더 세지기 전에 자기들 손에 넣으려 한 거지. 그런데 그자들은 나를 아무것도 모르는 촌놈쯤으로 생각하고 그깟 쌈짓돈 밖에 되지 않는 돈으로 내 회사와 제품을 사가려 한 거야. 나를 너무 호락호락하게 본 거지. 그리고 그자들이 나를 직접 찾아와 그렇게 제안했다는 건 '당신이 지금 밟고 있는 곳은 금광입니다.'라는 뜻이었어. 멍청하게도 그자들은 자기들이 한 제안의 속뜻이 그렇게 탄로 났는지도 모르고서 그런 소리를 한 거지. 정말 바보 같은 놈들이야. 어쨌든, 그자들 덕분에 난 포부가 더 커졌어. 이제 내게도 이 회사를 더 크게 키워도 되겠다는 확신이 생긴 거라고. 그자들조차도 못 만들어 부러워하는 제품을 내가 가지고 있으니 내가 더 올라서지 못할 이유가 뭐 있겠나? 그런데 그자들은 자기들하고 경쟁하면, 뭐? 이 회사는 살아남지 못한다고? 웃기는 소리. 그런 소리 할 것 같으면 왜 날 찾아 온 거야. 그냥 실력으로 보여주면 되지. 원래 싸움 못하는 놈들이 시끄러운 법이지. 그자들은 싸워도 안 될 것 같으니까 그런 소리부터 해서 날 위협하려 한 거야. 내가 먼저 겁먹고 손 떼게 만들려고 말이야. 이미 우리는 일등 회사가 된 거나 마찬가지야. 그자들이 따라온다 해도 그건 변함없는 사실이지. 세상에 돈만 있다고 다 일등이 되는 건 아니거든. 그건 자네도 운동을 해 봤으니 잘 알 것 아닌가? 거기에는 보이지 않는 힘도 작용해야 하고 다양한 요소도 있어 해. 무턱대고 돈만 퍼붓는다고 해서 다 되는 게 아니라고. 그런데 그자들은 자기들 덩치가 좀 크다고 해서 우리를 말로 위협해 이 사업에서 손을 떼게 만들려는 거야. 마치 빈 깡통이 요란한 소리를 내는 것처럼 말이지. 난 그자들이 덤벼도 무서울 게 없어. 한 판 붙으면 되는 거지 뭐. 지금 상황으로 봐선 이 회사는 엄청나게 커질 게 분명한데 말이야. 그런데 이렇게 가치가 큰 회사를 그런 푼돈만 받고 팔 수 있나? 어제는 내가 100억 원이라고 좀 과하게 부르긴 했지만, 그래도 그렇게 팔고나면 나중에 무척 후회하게 될 거야. 그보다 더 큰 회사가 될 수 있는데 말이지. 그자들이 어제 날 찾아온 건 정말 좋은 정보를 알려주기 위해서 찾아온 거나 마찬가지였어."

오 사장의 그 말을 듣고 윤호는 속으로 한숨을 내쉬었다. 이제는 실직자가 되겠구나 생각하며 다시 무슨 일을 찾아야하나 하고 걱정했는데, 사장이 그들의 제안을 그런 식으로 과감히 거절해 다행스럽게 생각되었던 것이다. 마치 사장이 물에 빠진 자신을 구해 준 것 같았다.

"그럼, 그 사람들 제안을 완전히 거절하신 겁니까?"

윤호는 오 사장의 결정을 다시 한 번 더 확인하고 싶었다.

"아니야."

윤호는 그 말을 듣자 다시 긴장하기 시작했다. '완전히 거절한 게 아니라면, 좀 더 협상한 뒤 팔겠다는 말인가?' 그는 오 사장이 한 그 말의 의도를 빨리 알고 싶었다.

그가 오 사장에게 다시 물었다.

"그러면 다시 협상하시려는 겁니까?"

"장 대리." 오 사장이 말했다. "거절이든 협상이든 그것은 제안이 들어왔을 때 하는 거야. 그런데 그자들이 어제 들고 온 것은 아무것도 아니었어. 단지 협박과 통지뿐이었지. 우리는 자기들의 상대가 안 되니 자기들이 주는 돈이나 받고서 어서 여기서 빨리 물러가라는 거였지. 공손하게 말하는 것 같았으나 사실은 무시하는 거였어. 그래서 그것은 제안도 협상도 없었던 거나 마찬가지였다고."

"그러면 그자들은 빈손으로 돌아갔다는 말씀입니까?" 윤호가 물었다.

"들고 온 것도 없었는데 빈손으로 돌아가야 하는 게 맞지 않겠나? 그런데, 어제 돌아서던 그 이사라는 사람의 표정을 보니 참 가관이더군. 뭐 씹은 얼굴을 하면서 돌아섰거든. 우리 회사를 깔보고서 왔다가 새로운 내 제안에 한 방 먹은 거지. 그자는 나가면서 내게 이런 말을 했어. 자기가 오늘

한 말을 명심하라고. 작은 덩치로는 이 시장에서 오래 버티기는 힘들 테니 자기들이 이렇게 좋은 제안을 할 때 어서 받아들이는 게 좋을 거라고. 그러고는 자존심 상해하는 표정으로 나가버렸지. 그걸 보면 내 말이 맞지 않나? 그자들이 어제 날 찾아 온 건 나한테 협박하러 온 거지, 협상하러 온 게 아니었다고." 오 사장이 그자들을 비웃듯 말했다.

윤호는 그 말을 듣고 나서야 완전히 오 사장의 생각을 알게 되었다. 그는 절대 자신의 회사와 제품에 대한 소유권을 팔 생각이 없었던 것이다. 그는 자신의 말대로 그자들과 한판 붙어볼 작정이었다. 그는 너무도 자신이 넘쳐 그 큰 회사와의 경쟁을 두려워하지 않았다. 상대가 가지고 온 가치평가에 고무되어 정말 엄청난 큰 힘을 얻은 게 틀림없었다. 그래서 후회하는 기색도 없이 그들에게 도전장을 내민 것이었다.

그때 문이 열리며 세 명의 직원이 동시에 들어왔다.

"안녕하세요. 오늘은 사장님이 우리보다 먼저 출근하셨네요."

그들은 출근하다 서로 만났는지 모두들 같은 가게 커피를 한잔씩 들고 있었다. 그러나 자기들끼리만 마시기 미안했는지 자기들 중 한 명을 시켜 자기들보다 먼저 출근한 두 사람을 위해 커피를 사오게 했다.

오 사장과 윤호는 둘만이 하던 대화를 중단하고 아무 일도 없었던 것처럼 각자의 자리에 앉아 자신들의 업무를 살폈다. 그들은 좀 전의 대화를 생각하며 각자 자기들만의 길과 역할을 그려보았다.

윤호는 그날 내내 일을 하면서 아침에 한 오 사장과의 대화 내용을 생각했다. 사장이 정말 용감하고 대단해 보이는 결정을 한 것만은 사실이었다. 만약 자기에게 누군가 15억 원을 제시하며 자기가 가지고 있는 물건에 대한 소유권을 넘기라 말했다면, 자기는 아마 거절하지 않고 바로 넘겼을 것 같았다. 그런데 사장은 오히려 그들의 심기를 건드릴 수 있는 말까지 해가며 그 제안을 거절했다. 사장이 정말 용감하고 야망이 큰 사람처럼 느껴지긴 했다. 하지만 그가 과연 그 큰 회사들과의 경쟁에서 살아남을 수 있을까 하는 의심은 도저히 떨쳐버릴 수가 없었다. 말과 의욕만으로 무언들 못하랴마는, 그의 의욕은 상당히 자극받아 현실을 지나치게 낙관하고 있는 것 같았다.

아무튼 그는 어제의 고민은 완전히 잊게 되었다. 대신, 새로운 내일을 고민하기 시작했다. 오 사장이 기왕에 더 큰 꿈을 가지고 큰 회사들과 경쟁하며 이 회사를 키울 마음을 먹었으니, 자기도 거기에 맞게 이 회사가 그 경쟁에서 살아남을 수 있도록 도와야 했다. 만약 그 경쟁에서 잘못되기라도 한다면 그때는 한 회사가 사라지는 것이고, 그와 동시에 자신도 직장을 잃게 되는 것이다. 그 때문에, 자신의 생존을 위해서라도 그는 살아남기 위한 몸부림을 치지 않을 수 없었다.

공중의 날짐승들을 보라.
그것들은 씨 뿌리지도 아니하고 거두지도 아니하며,
곳간에 모아들이지도 아니하되,
너의 하늘 아버지께서는 그것들을 먹이시나니,
너희는 그것들보다 훨씬 더 낫지 아니하냐?
그러므로 내일을 염려하지 말라.

— 마태복음 6: 26, 34

10

오 사장에게 사람을 보내 뜻밖의 제안을 한 회사는 그 후로 몇 번 더 그와의 만남을 시도했다. 그들은 그의 회사를 사기 위해 최대한 정중한 태도와 부드러운 말씨로 그에게 다가갔다. 그리고 그의 마음을 녹이기 위해 처음보다 더 큰 액수를 불러가며 그를 설득했다. 그들이 한 설득의 내용은 대충 이러했다.

'우리들이 제시한 금액은 현재의 시장상황과 미래의 회사가치를 충분히 고려해서 결정한 것입니다. 그러니 결코 부족한 것이 아닙니다. 이제는 그 금액에 만족하시고 받아들이시기 바랍니다. 그것이 올바른 선택입니다.'

하지만 그것으로는 부족했다. 오 사장은 그들이 제시하는 금액보다 더 큰 것을 마음에 품고 있었던 것이다. 그래서 그들은 이번에는 다른 방향으로 다가섰다. 돈보다는 앞으로 전개될 시장에서의 경쟁상황을 그에게 예고한 것이다. 그들이 한 예고는 대충 이러했다.

'몸집만 비교해도 이미 불가능한 경쟁인 것을, 그곳에서 살아남겠다며 버티는 것은 자신의 무덤을 파는 것이나 마찬가지다. 그러니 치열한 싸움터에서 아무것도 가신 것 없이 일찍 수명을 다하는 것보다 힘의 질서에 순응하며 적당한 이익을 누리고 사라지는 게 현명한 방법이다. 더 늦기 전에 손에 들어온 기회를 놓치지 말고 어서 빨리 우리가 하는 제안을 받아 들여라.'

그에게 무섭고 냉정한 세상 법칙에 대해 계몽한 것이다.

하지만 그 방법도 소용이 없었다. 오 사장은 이미 경쟁을 각오하고 있었기 때문에 그런 종류의 설득도 그에게 먹혀들지 않았다.

결국 그들은 태도를 완전히 바꾸었다. 노골적인 협박과 위협으로 그에게 달려들기 시작한 것이다. 그들은 자신들의 제안을 받아들이지 않을 경우 당할 수 있는 불이익과 대우를 알려주며 그에게 공포심을 일으켰다. 그리고 만약 받아들인다 해도 그것이 때에 늦으면 자기들의 자존심과 이익에 흠집을 내는 경우니, 그 역시 손해와 고통을 피할 수 없을 것이라 경고했다. 달콤한 말에도 올바른 현실 계몽에도 끄떡없는 상대에게는 이 방법이야 말로 가장 효과적이고 강력한 조치라 생각했던 것이다. 그들은 이 방법을 끝까지 고수하며 밀어붙였다.

그러나 오 사장은 자신이 한번 내린 결정을 끝까지 바꾸지 않았다. 대신 그는 상대의 위협에 맞서며 겁 없이 대들기 시작했다. 그는 형사고발이라는 말을 꺼내며 상대의 공격에 맞받아 쳤고, 효과가 떨어지면 언론에 협박 내용을 공개하고 정부에 탄원서를 제출하겠다는 비장의 무기로 상대의 주먹질에 반격을 가했다.

그는 기죽지 않고 당당히 맞섰다. 작은 몸집임에도 상대의 공격을 피하지 않고, 시선을 똑바로 하며 공격해 오는 상대를 향해 힘차게 주먹을 내뻗었다. 그는 용감했고 비굴하지 않았다. 그들은 버거운 상대였음에도 그는 거침없이 저항하며 겁 없이 자신의 권리를 지켜나갔다.

그런 그의 항거운동 때문이었을까? 돈 많은 불량배 같은 기업이 하던 괴롭힘은 어느 날부터 완전히 사라졌다. 그들은 그를 상대하기 지쳤는지 더 이상 그에게 공격을 퍼붓지 않았다. 그들은 오 사장의 눈에서 벗어나 조용한 곳에서 숨을 고르는 것 같았다. 끈질긴 맹공에도 효과가 없자 재미없어진 사냥개처럼 뒤로 한 발 물러나 상대를 관망하는 것 같았다. 그들도 그동안 그와 싸우느라 무척 고단했던 모양이다.

그러자 오 사장은 직감했다. 억압 받던 자신이 승리했음을. 그는 기뻐하며 통쾌해하며 탄압하던 압제로부터의 독립을 자축했다. 그는 자유의 호흡을 들이마시며 전쟁에서의 승리를 만끽했다. 직원들에게 외치기를, '우리가 이겼다!'라 했다. 그는 다물었던 입을 벌려 사자처럼 포효했고, 대어를 낚은 어부처럼 쾌재를 불렀다. 그의 사기는 하늘을 찌를 듯 높았고, 그의 기개는 강철을 뚫을 듯 강인했다. 한 번의 승리로 얻은 전리품이 그를 개선장군처럼 만들어 주었던 것이다.

그래. 그는 정말, 큰 전쟁에서 승리한 용감한 장군처럼 보였다. 그 누구도 두려워서, 감히 하지 못하는 저항을 오 사장은 무서운 줄도 모르고서 당당히 해냈다. 그는 정말 칭찬받을만한 지도자요, 본 받을만한 저항사업가였다. 그는 불의에 항거하며 자신의 권리를 지켰고, 경제적 폐습을 타파하여 자유경쟁 질서를 공고히 했다. 그는 권리의 수호자요, 자유의 선봉자였다. 정말, 그는 멋있는 사업가였다.

그것은 그의 젊은이들의 생각과도 일치했는데, 그들은 사장, 아니, 오지락 의사가 보여준 피 끓는 의거에 박수를 보내며 그를 예찬했다. 그들은 '우리 사장님이 그들을 물리치셨다. 그분은 우리의 영도자시다.'라 마음속으로 외쳤다. 그 젊은이들은 기뻐 거리를 뛰쳐나가진 않았지만, 마음으로는 '오지락 만세!'를 외치며 사무실 안을 돌아다녔다. 그들 각자는 용맹한 사장 밑에서 일함을 기뻐하며 서로에게 그것을 자랑했다. 그들은 나라를 구하진 않았지만, 회사를 구한 그가 정말 자랑스러워, 매일 '우리 사장님 멋있다. 너희 사장님도 멋지구나.' 하며 마음속에서 그를 찬양했다. 함께 모일 때도 늘 그에 대한 말만하며 그를 칭송했다. 그들은 수몰 위기에 처한 회사를 필사적으로 구해낸 자기들의 사장이 정말 듬직해 보여, 나라 구한 영웅보다 그를 더 존경스럽게 바라보았다. 직원들은 정말 그렇게 환호했고, 그에게 열광했다.

특히 윤호는 오 사장의 그 굽히지 않는 모습을 보며, 그는 꼭 자신의 바람막이 같다고 생각했다. 사기가 일하는 회사를 지켜주기 위해 그는 정말 열심히 투쟁했고, 자기의 실업을 걱정하여 정말 뜨겁게 노동운동을 펼쳤다. 힘없고 돈 없는 사람을 위해 자신을 희생하며 그들의 권리를 대변하고, 그들의 이익을 요구하는 사람이 이 세상에 몇이나 있을까마는, 자신의 사장은 그런 흔치 않는 사람들 중에 한 명이었다. 그래서 그는 잠시 그를 멋있다고 생각했는데, 오 사장을 거의 인권수호자쯤으로 보았던 것이다.

하지만, 사실 그것은 오 사장이 자신의 이익을 생각하며 한 대처일 뿐이었다. 결코 장 대리와 다른 직원을 생각하며 한 행동이 아니었다. 그래서 그가 자기 직원들을 걱정해 그런 저항을 했다고 말하는 것은 아주 틀린 말이었다. 그러나 그렇다고는 해도 윤호는 그렇게 생각하지는 않았으니, 그것을 통해 자기도 부수적으로 누릴 수 있는 혜택이 너무나 커 그 고마움을 그냥 값없이 취급할 수만은 없었기 때문이다.

죄 많은 인간사(人間事)가 순수하게 타인만을 지향한 행동이 어디 있겠으며, 또 그것이 자신의 이득만을 가져오는 결과가 어디 있겠는가? 또, 어떤 것이 나만을 위한 처신이었다 해도 그것이 나에게만 유리하게 작용하고 타인은 모른 척 배제하는 일이 있을 수도 있겠는가? 사람 간에 벌어지는 모든 일은 결국 서로 연결될 수밖에 없는 것이고, 반드시 자신과 타인에게 영향을 끼치게 마련이다. 그런데 극단적인 면만 바라고, 바라지 않는 다른 경우를 제외시켜 일의 결과를 해석하려는 것은 사물의 이치를 깊이 관찰하지 못해 벌이는 어리석은 짓이다. 누군가가 처음부터 어떤 것을 인위적으로 계획해서 펼쳤다 해도, 그것이 나중에는 다른 것과 자연스럽게 묶이고 이어져 여러 사람에게 작용할 수밖에 없는 것이고, 또 다양한 방향으로 번져 여러 일에 영향을 끼칠 수밖에 없는 것이다. 홀로 존재하는 사물과 인간이 아니기에 일과 관계는 모두 상호작용할 수밖에 없는 것이고, 그래서 그 결과도 단순한 방향으로만 해석해서는 안 되는 것이다.

윤호는 이런 점을 잘 생각하여 '사장의 행동은 오로지 자신을 위한 이기심의 발로였으니 그 가치는 폄하되어야 하고 그에 대한 감사와 존경은 배제해야 한다.'라고 결론짓지 않았다. 그 속내가 비록 개인의 이익을 지향하고 있었다 해도, 다른 곁가지를 통해 자신에게도 이익을 주는 방향으로 번졌기 때문에 그 가치를 인정하며 당연히 고마워해야 한다고 생각했다. 고귀한 생각을 통해 좋은 영향을 받든, 비천한 속마음을 통해 고마운 혜택을 입든, 그것은 모두 감사할 일로 뻗어 나오기 위한 과정일 뿐이므로 그 은혜로운 결과를 모른 척 하지 말아야 한다는 것이 그의 깊은 생각이었던 것이다.

그는 현상의 겉과 중간지대까지만 보고 그보다 더 깊은 곳은 볼 줄 모르는 그런 사람이 아니었다. 그는 비록 젊긴 했으나 깊이 생각할 줄 알고 일의 본질을 잘 파악할 줄 아는 사람이었다. 그래서 이번 일로 오 사장을 보며 고마워했고, 그의 은혜에 보답하고자 열심히 일해야겠다고 생각했다. 또, 자신도 사장의 그런 행동을 본받아 힘에 억눌려 지킬만한 것을 지키지 못하는 일이 없어야겠다고 다짐했다. 그는 이번에 사장이 자기 앞에서 정말 좋은 본보기가 되어줬다 생각하고, 자신도 그런 본보기가 되기 위해 어떠한 역경 속에서도 대나무 같은 지조와 절개로 세상을 꿋꿋이 살아가야겠다고 마음먹었다.

이제, 직원들은 더 힘을 내어 일하기로 결심했다. 그냥 그렇고 그런 회사에서 일할 때와 무한한 가능성이 보이는 회사에서 일할 때, 사람들이 그 회사를 바라보는 마음과 그 일에 임하는 자세가 다르기 마련인데, 그들은 자기들이 다니는 회사가 이제 이 업계에서 아주 높게 평가되고 있다는 것을 확인했기 때문에 큰 자긍심을 가지고서 더 열정적으로 일해야겠다고 마음먹었다.

한편, 직원들의 그런 마음가짐을 느낀 오 사장도 회사가 앞으로 더 커질 수밖에 없다고 생각해 판매 영역과 매출을 늘리는 일에 힘차게 매진했다. 그래서 그는 하루의 수면시간을 이전의 반으로 줄여 자신의 사업에만 집중했고, 여타 다른 일에는 관심도 가지지 않았다. 그는 오직 회사를 더 빨리, 더 크게 성장시키는 일에만 신경 쓰며 자신의 모든 힘을 한 곳에만 쏟아 부었다.

그렇게 그들은 지위고하를 막론하고 혼연일체가 되어 각자 자신의 미래를 위해 회사에 투자했다.

정말, 사업은 그들의 믿음대로 계속 뻗어나갔다. 그들과 거래하는 가게는 20여 군데나 더 늘어났고, 매출도 그에 따라 더 많이 상승했다. 특별한 광고가 나가지 않는 상태에서도 제품은 소비자들의 입소문에 의해 계속 팔려나갔고, 그 반응도 여전히 폭발적이었다.

오 사장은 이렇게 지칠 줄 모르게 성장하는 회사를 보며 더 빨리 이 회사를 키워야겠다고 생각했다. 지난 번 자신을 찾아온 그 회사뿐 아니라 다른 업체에서도 이미 자신의 화장품과 비슷한 제품을 개발한다 했으니, 그들이 같은 시장에 진입하는 것은 시간 문제였다. 지금은 비록 홀로 경기를 펼치며 독식하고 있지만, 후에 그 큰 회사들이 들어오면 지금과 같은 성장세는 장담할 수 없었다. 그러니 그 전에 빨리 사업 규모와 시장을 넓혀 뒤따라올 주자들과의 거리를 많이 벌려놔야 했다. 그렇게만 할 수 있으면, 그들은 자발적으로 포기해 자신의 회사와의 경쟁은 더 이상 안 되겠구나 생각하고, 한참이나 뒤처진 자기들끼리 나머지 조그마한 이익을 나누어 가지기 위해 경쟁할 게 분명했다.

그런 생각으로 그는 일손이 모자라 성장하지 못하는 일이 없도록 필요한 인력을 더 확보했다. 그리고 제조량을 더 늘리기 위해서는 이전 업체와의 계약은 종결시키고 더 큰 공장과 계약을 맺었다. 그런 식으로 그는 앞으로의 전투에 대비하며 자기가 먼저 점령해서 이익을 누리고 있는 곳은 흔들리지 않도록 잘 단속했고, 앞으로 개척할 곳은 최대한 빨리 그곳에 도달해 승리의 깃발을 꽂을 수 있도록 열심히 투자했다. 지금 그의 마음에는 회사를 키우는 것 외에는 아무것도 없었다. 그 때문에 평소 자신의 경영 방식을 바꿔가면서까지 과감히 도전했다. 그는 지금 무척 흥분한 상태였던 것이다.

그렇게 회사의 규모가 커지자 윤호의 업무도 바뀌었는데, 그는 그 업무를 크게 오전, 오후로 나뉘어 처리했다.

먼저 오전에는 전날의 매출과 수입을 확인해서 오 사장에게 보고하고, 그에 관한 그의 지시사항을 이행했다. 그것은 일종의 회계 관련 업무로, 회사의 자금을 관리하고 경영 상태를 점검해서 회사 경영자가 올바른 판단을 내릴 수 있도록 하는 것이었다.

그리고 그 일이 끝나면, 그는 오후에 거래하는 가게를 요일별로 나누어 돌아다니며 그 주인들을 관리했다. 그것은 자기들의 제품을 팔아주는 주인들과 인사하며 그들의 요구를 듣고, 또 그들이 접하는 고객들의 의견과 반응을 간접적으로 확인해 사업에 도움이 되는 방향을 찾고자 하는 일종의 시장조사 같은 것이었다. 그는 아직 경험이 부족해 그런 일들을 주먹구구식으로 하긴 했지만, 그래도 친절한 몇몇 가게 주인들 덕분에 회사에 도움이 되는 다양한 정보를 얻을 수 있었다.

그렇게 그는 아직은 체계가 전혀 잡히지 않은 회사에서 주요업무를 맡아보며 회사의 전체적인 틀을 만들어갔는데, 그것은 그에게 너무 좋은 경험이자 아무나 쉽게 디디기 힘든 발판이었다.

시간은 석 달이 지나 가을로 접어들었다. 그가 이 회사에 들어온 지도 벌써 1년이나 지났다. 그동안 회사의 사업은 아무런 이상 없이 순항해 나갔고, 사장과 직원들도 모두 고조된 마음으로 회사의 미래를 기대하며 자신들의 일을 성실히 수행해 나갔다. 그들은 마치 잔잔한 물결 위로 신나게 미끄러져 나가는 배에 올라탄 선원들처럼 거침없이 항해하며 목적지를 바라보고 있었다. 모두들 들떠있었고 즐거워했다. 그들은 지친 기색도 없이 오늘 일을 힘차게 해내며 내일 일을 부푼 마음으로 기다렸다. 모든 것이 조화롭게 잘 진행되고 있었다.

그러던 어느 가을날이었다. 아침부터 비가 촉촉이 내렸다. 조금씩 붉게 물들어가는 잎사귀에 투명한 빗방울이 떨어지며 본격적으로 가을로 접어들 거라는 신호가 여기저기서 보이기 시작했다.

윤호는 사무실에 앉아 오전 일을 다 마치고 곧바로 오후에 돌아볼 지역과 가게를 확인했다. 오늘 그가 방문할 가게는 모두 10곳이었다.

그는 점심을 사무실 앞에서 간단히 사먹고 바로 오후 일정을 시작했다. 그가 처음 들릴 가게는 회사에서 가까운 곳이었는데, 그 가게 주인은 그가 오늘 방문할 가게 가운데 가장 친절하고 장사를 잘했다. 오늘 그 가게 한 곳만 둘러보아도 나머지 가게를 모두 둘러보았다 할 정도로 그곳 주인은 도움이 될 만한 많은 정보들을 가지고 있었다.

윤호가 문을 열고 그 가게 안으로 들어섰다. 비가 오는데도 몇몇 손님들이 와서 물건을 고르고 있었다.

"안녕하세요." 그가 그곳 주인에게 짧게 인사를 건넸다.

주인은 그의 목소를 알아듣고 반가운 듯 뒤돌아보았다.

"어머, 왔어요? 장 대리."

아주 간드러지는 목소리였다. 그것은 짧은 몇 마디였지만, 가게에서 물건을 고르던 손님들도 그에게 눈을 돌려 그가 도대체 누구길래 주인이 저렇게 반가워할까 할 정도로 무척 진심이 느껴지는 태도였다. 또, 벌써 몇 달째 그가 이 가게 들어오면 나타나는 손님들의 반응이기도 했다.

"장 대리, 오늘따라 분위기 있어 보이네. 가을비가 와서 그런가? 역시 가을은 남자의 계절인가 봐."

그 가게 주인은 손님보다 장 대리를 더 기뻐하며 맞이했다. 마치 몇 십 년 만에 다시 만난 사람처럼 그를 반겼는데, 그녀는 그가 들어오면 늘 그런 식으로 그를 환송했다. 심지어 그 주인은 그가 오는 날짜와 시간대까지도 정확히 알고 있었다. 그래서 그 날에는 만반의 준비를 하며 그를 기다렸는데, 그 준비라는 것은 그를 위해 특별히 뭔가를 내놓는다거나 가게 내부에 다른 변화를 주는 것은 아니었지만 오히려 그보다 눈에 더 잘 띌 수 있는 모양새를 취했다. 바로, 그녀의 자기 관리였다.

그녀는 장 대리가 오기로 되어있는 날의 이틀 전부터 자신을 철저히 관리했다. 그것은 여자들이 마음에 품은 남자가 생겼을 때 남자들 앞에서 하는 여성적 행동요령 같은 것이었다. 예를 들자면 점심은 건너뛸 것, 저녁식사는 반으로 줄일 것, 잠자기 전에는 반드시 30분 체조로 지난시절의 지방을 제거할 것, 얼굴 주름은 짙어지지 않았는지 확인해서 만약 그렇게 보이는 곳이 있으면 집중적으로 발라서 펴낼 것, 만약 그렇게 바르고 펴도 안 되는 곳이 있으면 당일에 철저히 위장해서 상대를 완벽히 속일 것 같은 것들이었다. 그녀는 이 혹독한 강령을 여러 달 동안 꾸준히 실천해 오고 있었다. 그것은 매년 해가 바뀔 때마다 하는 신년계획 같은 것이 아니었다. 만약 그런 것이었다면 그녀는 며칠도 못되어 그것을 포기하고 말았을 것이다. 얼굴과 몸매로 먹고 사는 사람이 아닌데 굳이 그렇게까지 해가며 자신을 괴롭힐 필요는 없었던 것이다. 그보다 그것은 자신을 누군가에게 표현하고 싶어 하는 일종의 다듬질 같은 것이었다. 한 여자가 한 남자를 마음에 품고서 하는 애정표현이자, 동시에 살아있는 자신을 확인하고자 하는 자기사랑 같은 것이었다. 그녀는 그 보수작업을 통해 상대 남자의 마음을 움직여 보려 했고, 또 그것을 통해 자신이 아직 여자임을 확인해 보고 싶어 했다. 그래서 그녀는 힘든 줄도 모르고서 그 작업을 수개월 간 지속해 오고 있었는데, 죽은 감정의 부활이 한 여성에게 용기와 인내심을 불어넣어 준 것이다.

가꾸고 다듬는 여자. 그것은 누군가가 시켜서 할 수 있는 일이 아니었다. 또 누군가가 제지한다고 멈출 수 있는 일도 아니었다. 그것은 마음의 불씨가 자라나면 자연스레 흘러나오는 여자들만의 자기 표현법이었다. 그래서 그녀는 다른 이들이 보아도 신경 쓰지 않고 그 작업에 매진할 수 있었고, 그가 몰라줘도 포기하지 않고 계속 도전할 수 있었다. 그녀는 상대를 향해 마냥 표현했고, 그를 향해 그냥 밀어붙였다.

하지만 그녀의 목표는 단순히 상대를 제압해서 쓰러뜨리는 것이 아니었다. 그것은 어린 초보자들이나 하는 유치한 작업방식이었다. 오히려 그녀는 목표물이 굳건히 버티고 서서 자신의 공격에 무심히 대응해 주길 바랐다. 그래야만 자신의 감정도 오래 살아 계속 움직일 수 있었기 때문이다. 어떻게 회복한 감정인데, 그것이 그냥 사그라지도록 만든 단 말인가? 어림도 없는 일이었다. 그래서 그녀는 가까이 있는 자신의 서방님한테서는 느낄 수 없는 그 감정을 이 도련님을 통해 발견하고는 그것을 오래도록 유지시키고자 했다. 그러려면 반드시 상대도 일찍 무너지는 일이 없어야 했다. 그가 잘 버텨줘야 그녀의 감정도 장수할 수 있었던 것이다. 그런 이유로, 그녀는 이렇게 소원하며 이 젊은 남자에게 치근거리고 있는 중이었다.

'님아! 나를 버텨주소서! 님아! 나를 무시하소서!'

한편, 이 여주인이 자기 앞에서 그렇게 살갑게 대하자 이제 윤호는 그녀 앞에서 살짝 튕기기 시작했다. 그는 지난 시절 그녀로부터 받았던 냉대를 되씹어보고 또 자신이 그녀에게 베풀어 놓은 은혜를 고려해 봐서, 이제는 굳이 자신이 예전처럼 먼저 붙임성 있게 다가설 필요는 없다고 생각했다. 그래서 이제는 그녀 앞에서 자신의 가치를 높이는 방향으로 행동하려 했는데, 예를 들자면 가게에 들어오며 인사할 때 목소리를 조금 깔아 남자다움이 느껴지도록 했고 나갈 땐 은은한 남자의 눈빛을 살짝 보이며 여자의 마음이 요동치도록 만들었다. 또, 가끔은 굵은 목소리로 그녀 앞에서 웃어 보이며 자신의 매력을 발산하기도 했고 한 번씩 심각한 눈빛으로 그녀를 바라보며 그녀의 마음이 설레도록 만들었다. 때때로 남자의 향수를 바르고 등장해 그녀의 후각을 자극해 보기도 했고, 어쩌다 수염 난 얼굴로 그녀 앞에 나타나 시각을 혼미케 만들기도 했다. 모두 연출된 장면들이었는데, 그런 행동들을 그는 사전에 실제처럼 연습하고 와서 최대한의 효과를 거두며 사라졌다. 그것은 그녀에 대한 이성적 감정이나 애틋한 사랑 때문에 한 행동이 아니라 단지 이 여주인만을 위한 일종의 맞춤형 고객관리법이었다. 이미 한 남자에게 열광하고 있는 여자를 자신의 전략적 협조자이자 우호적 고객으로 만들기 위한 그만의 독특한 영업 전략이었던 것이다.

여주인, 그녀는 고객의 취향과 기호를 빨리 간파해 그것을 장사에 잘 활용할 줄 아는 여자였다. 그래서 그녀와 사업상 좋은 관계를 유지하면 회사로선 여간 이로운 일이 아니었다. 그는 이런 점을 잘 알고 있었기에 지금 당장은 아니더라도 길게 보아서 회사에 도움이 될 수 있는 그녀를 섭외해 그녀로부터 회사에 유용한 도움을 얻고자 했다. 그러기 위해 그는 남녀사이의 오묘한 감정을 자신의 영업 활동에 적절히 이용했다. 그것은 참 운이 좋아 생긴 방법으로, 만약 그녀가 예전처럼 자기에게 늘 싸늘하게만 대했다면 꿈도 꿀 수도 없는 일이었다. 어느 날 적절히 터져준 한 사건 덕에 자신은 그 여자 앞에서 유리한 자가 되었고, 또 자신이 주도적으로 이 일을 꾸려나가며 그녀를 제어할 수 있게 되었다. 어찌 그리도 정확히 일어났는지. 그 한 방에 둘 사이의 위치가 완전히 역전된 것이다.

조금 전에, 그러니까 윤호가 이 가게에 들어서기 전에 그는 이날의 전략을 가을남자로 정했다. 그래서 그는 차 안에서 작업복 옷깃을 반쯤 세워 목 주위를 가렸고, 차창 밖으로 내리는 빗방울을 조금 모아 자신의 머리에 살짝 뿌렸다. 머리카락에 고독을 연출하려면 필요했던 것이다.

그는 이래저래 넘기고 데치며 사춘기 소년처럼 머리를 만진 후, 목소리를 가다듬어 인사연습을 했다. 적절한 어조가 만들어지자 그는 차에서 내려

가게로 들어섰다. 그리고 방금 연습한 인사를 그녀에게 내뱉었는데, '안녕하세요.' 그것은 짧고 간단한 목소리였지만 정말 완벽했다. 왜냐하면 이어서 나온 그녀의 반응이 그의 예상과 비슷했기 때문이다.

'장 대리, 오늘따라 분위기 있어 보이네. 가을비가 와서 그런가? 역시 가을은 남자의 계절인가 봐.'

이것은 그녀가 정말 그를 가을남자로 보았기 때문에 나온 말이었다. 그는 그녀의 그런 반응으로 그날의 전략도 성공했다는 걸 쉽게 알 수 있었다.

"잘 지내셨어요? 더 날씬해지셨네요."

그는 길지 않은 그 표현으로 그녀를 기쁘게 만들었다.

"호호. 그렇게 보여요? 요즘 좀 피곤해서 그런가 보다." 그녀가 그것에 대한 비밀은 숨기고서 말했다.

그녀는 곧 장 대리에게서 야릇한 시선을 거두고, 한 손님의 물건 값을 계산하기 위해 손님에게 다가갔다.

그동안 윤호는 가게 한 쪽에서 유리창 밖을 내다보며 기다렸다. 그녀와 다시 말문을 트려면 시간이 조금 걸릴 것 같았다. 그는 거기 서서 오늘은 여기서 무슨 정보를 얻을 수 있을까 생각했다. 이 가게에서 듣는 내용은 특별한 건 아니어도, 지나고 보면 소소하게 도움이 되는 것이 참 많았다.

잠시 후, 손님이 계산을 끝내고 가게를 나갔다. 여주인은 손님을 문 앞까지 배웅하고 돌아서서 곧 자신의 관심한테 말했다.

"차 한잔 드릴까?"

"아니요. 바쁘신데 일하셔야죠." 윤호가 주위 손님들을 둘러보며 대답했다.

"그래도 이런 날은 차 한 잔하고 가요." 여주인이 손님은 신경 쓰지 말라는 듯 자신의 마음을 담아 권했다.

그러자 윤호는 잠시 머뭇거리다 능청스레 대꾸했다.

"그럴까요? 그럼, 무슨 날인지는 모르겠지만 차 한 잔 주세요."

그 말에 여주인이 갑자기 폭소를 터트리며 손바닥으로 윤호의 한 쪽 팔을 가볍게 쳤다.

"호호! 장 대리, 참 웃긴 남자야."

그녀는 곧 돌아서서 차를 준비하러 갔다.

그렇게 두 사람은 손님 있는 가게에서 각자의 마음 속 목적은 드러내지 않은 채 서로의 작업을 진행했다. 그것은 누가 봐도 여자는 남자한테 관심이 있어 좀 더 다가서려는데, 남자는 거기에 대해 별 관심 없이 조금 팅기는 모습이었다.

그녀는 바쁜 와중에도 혼자서 고객과 귀빈을 두루두루 잘 다루었다. 고객은 그녀에게 현금을 가져다주는 사람이었고, 귀빈은 그녀에게 설렘을 가져다주는 남자였다. 둘 모두 그녀에게 중요한 존재였지만 마음속의 가치가 달랐다. 귀빈은 고객에 비해 비교가 안 될 정도로 그녀에게 더 없이 소중한 존재였던 것이다. 그래서 그녀는 지금 그 두 종류의 손님 중 귀빈 쪽에 더 신경 쓰고 있었다.

잠시 후, 그녀가 따뜻한 차를 한 잔 가져와 장 대리에게 건넸다. 그리고 그녀는 그의 눈빛과 촉촉이 젖은 머릿결을 관찰했다. 그것은 분명 어린 짐승같이 생긴 남자의 모습이었다. 그녀는 그 모습을 보자 그 남자의 머릿결을 만져보고 싶었다. 물기가 묻어 무겁게 내려앉은 모양이, 마치 예쁜 강아지가 비를 맞고 들어와 '닦아 주세요.' 하고 주인에게 짖는 것 같았다. 하지만 그녀는 그 마음을 억제했다. 그것은 강아지가 아니라 남자였기 때문이다. 잘못 건드렸다간 손님들 입방아에 찍힐 수 있었다.

"향이 좋군요."

장 대리가 차를 한 모금 마시고서 부드럽게 말했다.

"장 대리가 좋아할 것 같아서 준비했어요."

그녀가 말하고도 부끄러운지 웃었다.

그녀는 잠시 장 대리 앞에 서서 그가 차 마시는 모습을 보았다.

차 마시던 남자는 그 시선이 부담스러워서 쑥스러운 듯 어색한 표정을 지었다.

"제 얼굴에 뭐라도 묻었나요?"

그가 그녀의 얼굴을 쳐다보며 묻자 그녀가 은은한 미소를 띠며 대답했다.

"좀 묻긴 했는데, 내가 못 떼 주겠다."

그 말에 장 대리는 벽에 붙은 거울로 다가갔다. 조금 전 차에서 내릴 때까지만 해도 깨끗했는데 그 사이에 뭐가 묻었지? 하며, 그는 얼굴 여기저기를 유심히 살폈다. 하지만 아무것도 없었다.

"뭐가 묻었죠? 아무것도 안 보이는데요."

그러자 그녀가 그에게 다가와 거울을 같이 보았다. 두 사람이 거울 안에 있었다.

그녀가 거울 속 장 대리의 눈을 보며 말했다.

"본인한테는 잘 안 보일거야."

그 말에 장 대리는 눈을 가늘게 뜨고 거울 앞으로 얼굴을 더 내밀었다. 잘 안 보일 거라는 그 무언가를 찾기 위해서였다.

"찾았어?" 여주인이 뒤에서 물었다.

"아니오. 전혀 안 보이는데요. 도대체 뭐가 묻었다는 거죠?"

그녀가 그의 귀에 대고 살며시 대답했다.

"매력이 묻었잖아."

그 말에 윤호의 표정이 갑자기 변해, 마치 얼어버린 사람 같은 표정이 되었다. 그는 그 표정으로 눈동자만 살짝 굴려 거울 속 여주인을 쳐다보았다. 그녀가 손등으로 입을 가리고 킬킬대며 웃고 있었다.

윤호는 난감했다. 그는 그녀를 보며 그 말이 무슨 뜻인지 생각해 보았다. 장난일까? 애교일까? 그녀의 마음이 어디쯤까지 와 있을까? 도를 넘지 않을 만큼만 허용된 마음이 주체를 못해 더 깊이 파고 들어온 건 아닐까, 그는 조금 걱정되었다. 이제부터 작전을 완전히 수정해야할 것 같았다. 그녀 앞에서 디 이싱의 꾸민 모습은 포기해야지. 살못했다간 오해만 더 키울 수 있을 것 같았다. 마음에도 없고 감동도 없는 작업에 상대 여자는 자석처럼 자기에게 쑥쑥 빨려 들어오고 있었다. 그는 이제 생각 없이 사는 이 여주인이 무서워지기 시작했다.

한편, 그녀는 장 대리의 못 박힌 듯한 그 표정을 보고는 곧 뒤돌아서서 다른 손님에게로 다가갔다. 그리고 통쾌하게 승리해 기뻐하는 사람처럼 전보다 더 큰 미소로 손님을 상대했다. 그녀는 마음이 부풀어 마치 고백한 소녀처럼 보였다. 손님과 대화하면서도 딴 생각을 하는지 그녀는 가끔 실실 웃기도 했다. 하지만 상대 손님은 그것을 알아차리지 못했다. 그녀의 한 쪽 뇌가 오랫동안 반복해 온 일을 실수 없이 잘할 수 있도록 그녀의 혀와 손을 능숙하게 지도하면서, 동시에 정말 오랜만에 하는 마음의 작업을 세포 속 어딘가에서 다시 찾아내어 서툴게 펼치고 있는 다른 쪽 뇌의 허우적거림을 잘 가려주었기 때문이다. 만약 그렇지 않았다면 머릿속에서 하던 상상을 그녀가 도중에 무심코 말해버려, 아무것도 모르는 손님을 조금 혼동케 했을 수도 있었다. 하지만 다행히 그녀의 솜씨가 워낙 능숙해 자기 내면의 정서를 잘 차단할 수 있었다. 덕분에 그녀는 겉으로는 장사를 하면서 머릿속으로는 딴 생각을 할 수 있었다. 다시 말해 그녀는 그 고난도 이중 작업을 아무에게도 들키지 않고 무사히 잘 수행하면서, 이전보다 두 배의 큰 즐거움을 맛볼 수 있었던 것이다.

한편, 윤호는 그 가게에 좀 더 있기가 부담스러워졌다. 영업과 관련된 이야기라도 좀 들어볼 수 있을까 해서 방문했는데, 그것과는 상관없이 그녀의 아리송한 마음만 듣게 돼버렸기 때문이다. 물론 그것은 지금까지 자신이 그녀를 외적으로 좀 부추겨 그렇게 된 부분도 있긴 했다. 하지만, 그래도 오늘 그녀의 반응을 보면 정말 부담되지 않을 수 없었다. 이러다가 어쩌면 그 여주인의 바깥 분한테 들켜 괜한 오해를 살 수도 있을 것 같았다. 그러면 그분의 화난 몽둥이에 부끄러운 매질이라도 당해 사태를 걷잡을 수 없이 번지게 할 수도 있었다. 그것은 결코 그가 의도했거나 원했던 상황이 아니었다. 오히려 그녀의 남편분이 그녀를 집안에서 많이 사랑해 주어, 그녀가 그어진 선까지만 가고 더 이상은 그것을 넘지 못하도록 만들어주길 바랐다. 그런데 그분이 지금껏 그것을 소홀히 했는지 그녀가 지금 그 선을 조금씩 넘으려 하는 것 같았다.

그런 생각을 하니, 그는 이제 그녀의 남편까지도 은근히 염려되기 시작했다. 요 몇 달간 이 여주인의 몸매가 변하고 옷차림이 변한 걸 보면 그분도 참 이상하다 직감했을 것인데, 만약 그렇다면 그는 자신의 아내를 그렇게 만든 녀석이 누군지 알아내기 위해 출퇴근 시간에 그녀 주위를 맴돌며 그 원인제공자를 찾아내려할 수도 있었다. 아니면, 벌써 눈치 채고 지금 이 순간 가게 밖에서 안을 들여다보며 자기 아내를 그토록 젊게 만든 녀석이 누군지 살피고 있는지도 몰랐다. 정말 아니길 바라지만, 만약 그렇다면 좀 전 거울 앞 두 사람의 대화 장면은 멀리서 보는 이가 화내기 딱 좋았을 만큼 오해의 소지가 있었다. 젊은 남자가 거울 앞에 서서 바로 뒤에서 웃고 있는 여자를 바라보며 대화하는 장면은 어느 달콤한 옛 영화나, 아니면 쓰디쓴 가정사를 다룬 연극에서 볼법한 일이었는데, 만약 그 남편이 비속에서 그 장면이 정확히 뭔지도 모르고서 쳐다보았다면 그는 분명 두 사람을 오해하고 가슴이 쓰리도록 자기에게 분노했을지도 모른다. 정말 그랬다면 그 남자는 가슴이 덜컹하고 내려앉는 참을 수 없는 고통을 맛보았을 것이다.

지금껏 자기 앞에서 아무런 부담 없이 살아온 아내가 어느 날부터 꾸준히 치장하며 열심히 몸매를 관리하기 시작했다면, 이 세상 그 어느 남편이 이 아내를 의심하지 않을 수 있을 것인가? 그녀의 그 모습을 지켜보며, 우매하게도 남편인 자신을 위해 아내가 그렇게 다듬고 가꾸는 것이라 생각하며 행복에 겨워하는 남자가 있을까? 그런 남자는 결코 없을 것이다. 그는 올해 초부터 지속되어 온 아내의 변신에 어쩌면 안 좋은 생각을 여러 차례 했을 것이고, 자신의 여자를 수십 번 씩 의심했을 것이다. 또 그 문제로 그녀와 다투어 며칠간 아무 말 없이 마치 타인처럼 지냈을 것이다. 그것은 인간 발생초기부터 내려오는 남편 고유의 성질이자 자존심이기 때문에 나무랄 수 없고 대항할 수 없는 일인데, 그 남편은 그런 일에 대해 화내고 투기하고 의심하며 자신의 그 권리를 행사했을 것이다. 그건 정당한 남편권의 발동에 의해 이루어진 것이기 때문에, 그 후 그가 아내를 미행하고 추적한다 해도 법조항을 이유로 그를 제지할 수는 없을 것이고 비인간적이라는 정서로 그를 손가락질할 수도 없는 것이다. 그래서 남편의 심기를 그렇게 건드린 상대남자는 그로부터 숨고 도망쳐야 하는데 그것이 그 도망자가 할 수 있는, 그리고 해야만 하는 유일한 방법이었다.

윤호는 이제 자신이 이 여주인의 외모를 이 지경에까지 이르도록 만들어

놓은 것에 대해 몹시 후회하기 시작했다. 또 그녀 남편의 심기를 불편하게 건드려 놓은 것에 대해도 이제 와 조금 겁내기 시작했다. 그래서 그는 자기가 이미 그녀 남편의 걸림돌이 되었을지도 모른다 생각하고, 오늘이라도 당장 닥칠지 모를 그 위기에서 벗어나기 위해 지금 당장 그 남자의 아내로부터 벗어나야 한다고 생각했다.

그래서 그가 손님과 대화중인 그 여주인을 보며 이렇게 말했다.

"사장님, 오늘은 다른 가게들도 많이 둘러봐야 해서 저는 이만 가 볼게요. 그럼, 수고하세요."

그러자 그녀가 손님에게 양해를 구하고 그에게 곧 다가왔다.

"왜 좀 더 있다 가지. 벌써가요? 내가 오늘 할 말도 좀 있는데."

그 말에 윤호의 마음이 더 뒷걸음질 치기 시작했다. 그 '오늘 할 말'이라는 것이 뭔지 대충 짐작되었기 때문이다. 그건 듣기도 두려운 그녀의 마음속 애정관련 발언일 것이다. 그는 더 이상 그런 말이 나오지 못하도록 그녀의 입을 막아야했다.

"아니오. 바쁘신데… 뭐 다음에 또 들리죠. 오늘은 비가 와서 차가 많이 막힐 것 같아요. 그래서 어서 빨리 출발해야겠어요. 그리고 오늘 우리 사장님도 사무실에 일찍 들어오라고 했어요."

그는 이제 그녀 앞에서 더 이상의 변조된 음성이나 눈빛은 사용하지 않았다.

"그래요? 꼭 말해하는 건데. 지금은 손님이 있어서 좀 그렇고. 그럼 오후 늦게라도 다시 들릴래요? 내가 오늘은 가게에 늦게까지 있을 테니까. 그래요, 마치면 이리로 좀 들렀다가요. 장 대리."

그 말을 듣자 윤호는 마음속으로 기겁하기 시작했다. '이제 이 아줌마가 노골적으로 나오려 하는구나! 어쩌다 내가 이 아줌마랑 이렇게까지 엮인 것인가!' 하고 생각한 것이다.

그는 더 이상은 안 되겠다 싶어 그녀의 그 말이 끝나자마자 재빨리 행동을 취했다.

"아차, 내가 차에 시동을 켜놓고 왔지? 이런, 큰일 날 뻔했네. 이러다 차에 불나겠는데. 사장님, 그럼 저 이만 가볼게요. 빨리 안가면 엔진에 불붙을지도 몰라요. 미안해요."

그는 그 말과 동시에 재빨리 출입문을 빠져나와 마치 출동하는 소방관처럼 차에 탔다. 그리고 켜두었다고 말한 시동을 켰다. 그는 운전석에서 혹시 그 유부녀가 따라오지는 않나 가게를 한번 살폈다. 다행히, 그녀는 가게 안에 있었다. 그는 가게에서 자신을 쳐다보고 있는 그녀의 눈빛을 외면하며 어서 빨리 차를 출발시켰다. 그러자 차가 바퀴소리를 내며 빗속을 달리기 시작했다. 그는 운전하면서도 자동차 뒷거울로 가게 근처를 힐끔힐끔 살폈다. 그녀의 남편 같아 보이는 사람이 자신의 뒤를 따라오지 않나 확인하는 것이었는데, 다행히 아무도 보이지 않았다.

그는 잠시 후 사거리를 돌았다. 돌자마자 가속페달을 더 힘차게 밟았다. 그녀의 활동영역을 빨리 벗어나기 위해 최선을 다해야 했던 것이다.

곧 그녀의 영업반경에서 완전히 벗어나자 그는 긴 호흡을 내쉬었다. 한 부부의 손아귀에서 안전하게 벗어났다 생각하니 이제야 숨 쉴만한 여유가 생긴 것이다.

그는 계속 빗속을 달렸다. 도로에 물이 고여 차소리가 요란했지만 그에게는 들리지 않았다. 그는 운전을 하며 지금까지 그녀와 있었던 일을 한번 되짚어 보았다. 그러면서 여자라는 존재의 위험성을 머릿속에 철저히 새겨 넣었다.

'남자보다 힘은 없는데, 대담성을 가진 동물이다. 좀 대차기도하고 뻔뻔스럽기도 해, 겉으로는 연약한 척하지만 속으로는 음흉하고 저돌적인 면을 가진 생명체다. 그것은 처음부터 대처를 서툴게 하면 뒤에는 어떻게 잡아 먹힐지 모르는 포유류다. 그러므로 그 존재 앞에서는 설대 조심해라. 안 그러면 그녀의 남편한테 혼날 수 있다.'

그는 이런 생각을 하며 그 유부녀에 대한 아찔한 경험을 통해 여자라는 존재의 위험성을 자신의 뇌에 아로새겼다. '결혼한 여자라 믿고 대해줬더니 오히려 가정 있는 여자가 더 적극적으로 선을 넘으려 하는구나! 그녀는 윤리도 없고 양심도 없나? 만약 그렇다 해도 남편까지 없진 않을 텐데. 그런데 어찌 그런 부끄러운 일을 저지르려 한단 말인가! 여자가 이렇게도 불순한 존재였단 말인가!' 그는 운전하면서 계속 이런 식으로 개탄했다.

그는 오늘 오후에 해야 할 일들이 많았지만, 조금 전의 그 충격적인 일로 의욕이 완전히 사라졌다. 이런 상태로 다른 가게를 둘러봐야 오늘은 아무것도 얻을 게 없을 것 같았다. 그는 잠시 차를 세우고 가까이 보이는 커피 가게로 들어갔다. 따뜻한 음료를 한잔하고 나면 흐트러졌던 마음이 진정되어 다시 새로운 의욕이 충전될지도 몰랐다.

그는 차를 한잔 시켜 의자에 앉았다. 손님 없는 가게에 홀로 앉아 음악을 들으며 차를 마시니 조금 전의 그 검은 생각이 조금씩 무뎌지기 시작했다. 찻잔에서 피어오르는 구수한 향과 창밖에 떨어지는 가녀린 빗줄기를 보니 마음도 조금씩 안정되기 시작했다. 지난 시절 한 가지 목표에만 집중하느라 세상 물정과 그 세태에 우둔했던 그가, 오늘은 여자를 제대로 알고서 좀 많이 놀란 모양이다.

그는 가게를 감미롭게 채우고 있는 음악소리에 귀를 기울이며 업무 외의 것들에 대한 생각을 하나씩 지워나갔다. 그리고 오늘 남은 일들로 머릿속을 재점화 시켰다. 그러자 이렇게 앉아 쉴만한 여유는 없다는 생각이 들었다. 어서 빨리 다른 가게도 둘러봐야지, 안 그러면 내일 할 일이 두 배로 늘어날 것 같았다. 그는 어서 일어설 채비를 했다.

그때, 그에게 전화 한통이 걸려왔다. 오 사장에게서 걸려 온 전화였다. 그는 음악소리를 차단하기 위해 한 손으로 전화기와 입을 동시에 가리고 전화를 받았다. 근무 시간에 전화기를 통해 음악소리가 상대방에게 전달되면 지금 딴 짓을 하고 있다는 증거인데, 자신의 지금 처지를 전혀 모르는 사장에게 괜한 오해를 받고 싶지 않았던 것이다.

"여보세요, 장 대리입니다."

그가 전화기에 대고 이렇게 말하자 잠시 동안 오 사장의 목소리가 전화기에서 가늘게 흘러나왔다.

"네?" 장 대리가 약간 놀란 음성으로 말했다. "아니요, 아직 아무 소리도 듣지 못했습니다. 가게 주인들 중에 그렇게 말한 사람은 없었습니다."

그가 다시 오 사장의 말을 듣고 말했다.

"아니요. 아무도 없었습니다. 만약 그랬다면 저한테 먼저 알려줬을 겁니다. 아니요. 그런 말도 없었습니다."

그는 오 사장으로부터 생각지도 못한 말이라도 들은 듯, 놀라기도 하고 의아해하기도 하며 연신 '아니오.'라는 대답을 했다.

"그럼 제가 한번 물어보겠습니다. 혹시 알고 있으면서도 말하지 않는 주인들이 있을 수 있으니까요. 지금 바로 연락해서 알아보겠습니다."

그는 오 사장에게 그렇게 말하고 전화를 끊었다. 그리고 전화기를 내려놓고 잠시 생각했다. 예상하지 못한 일에 당황한 사람처럼 그는 연신 허공을 쳐다보며 눈동자를 이리저리 굴렸다.

잠시 후 그가 어딘가에 전화를 걸었다.

"안녕하세요. 사장님. 장 대리입니다."

그는 다른 말은 모두 생략하고, 바로 확인하고 싶은 말부터 물었다.

"저, 사장님. 혹시 다른 회사에서 찾아와 우리 회사와 거래하지 말라고 한 적 있었나요? 요즘 이상한 소문이 들려서요."

"아, 네. 그래요? 못 들으셨군요." 그가 그 가게 주인의 대답을 듣고서 다시 말했다.

"아니에요. 그럴 리가 있나요? 헛소문 퍼트리는 사람들이겠죠. 네, 알겠습니다." 그가 좀 전 자신의 질문에 대해 상대방이 동요하지 않도록 웃는 소리로 말했다.

그는 곧 전화를 끊고 이상하다는 듯 고개를 갸웃거렸다. 아마 사장이 잘못된 소문을 들은 건 아닌가 하는 생각이 든 것이다. 하지만 아직은 몰랐기 때문에 다른 가세에도 전화를 설어 확인해봐야 했다.

그는 다시 다른 가게에 전화를 걸었다. 그리고 똑같은 질문을 반복했다. 하지만 상대는 그런 소리 들은 적 없다는 식의 비슷한 대답을 했다. 안심되는 답변이었다. 좀 전 전화로 사장의 말을 듣는 순간 그게 사실이면 어쩌지? 하고 놀랐지만, 지금은 가게 주인들의 말을 들어 보니 그건 누가 냈는지는 몰라도 헛소문 같다는 생각이 들었다.

그는 다시 다른 가게 주인들에게도 전화를 걸었다. 없길 바라지만, 혹시 그 중에 그 소문을 전해들은 사람이 있을지도 몰랐기 때문이다. 만약 한 명이라도 그런 소리를 들은 사람이 있다면 그 발원지를 찾아 빨리 조치를 취해야 했다. 진실이라면 서둘러 거기에 대한 대처법을 모색해야 했고, 거짓이라면 그 허위정보가 멀리 퍼져나가지 않도록 어서 빨리 단속해야 했다.

그는 자리에 앉아 계속 전화를 걸었다. 그리고 가게 주인들에게 같은 질문을 수차례 반복했다. 하지만 그들의 답변은 모두 '모른다. 그런 사실 없다.'였다. 분명, 누군가 거짓 정보를 퍼트려 회사 영업을 방해하려했던 게 분명해 보였다.

그는 물어볼 만한 가게에는 대부분 다 물어봤다 생각하고, 오 사장에게 그건 거짓소문이었다는 말을 전하기 위해 전화기를 들었다.

그런데 그때 문득 생각나는 가게가 한 군데 있었다. 바로 그 부도덕한 여주인의 가게였다. 아직 그녀한테는 물어보지 않았던 것이다. 사실 오늘 같은 일은 그녀에게만 물어보면 모두 끝나는 것이고, 다른 여타 가게는 그녀의 말에 대한 신빙성 차원에서 확인만하면 됐다. 그러면 몇 분도 안 돼 모든 판단이 섰을 것이고 시간도 많이 절약했을 것이다. 그런데 오늘은 왠지 그녀에게 전화하기가 겁나 머릿속에서 그녀를 제외시켜 놓고 있었다. 그 때문에 사실 확인을 하느라 시간도 좀 더 소요되었고, 그 신뢰도도 평소보다 약간 떨어져 있었다. 원래 확실히 하자면, 오 사장에게 '그것은 거짓 소문이었습니다.'라고 말하기 전에 그녀의 최종 진술을 듣고서 그렇게 하는 것이 맞았다.

그는 전화기를 잠시 내려놓았다. 그리고 해야 하나? 말아야 하나? 하며 갈등하기 시작했다. 안 하고 사장에게 보고하자니 약간 뭐가 빠진 듯 정확성이 떨어진 보고가 되는 것 같았고, 하자니 그 아주머니가 거북스러워 용기가 잘 생기지 않았다. 그는 마지막 중인의 진술을 남겨두고 심각한 고민에 빠졌다. 이 중인의 말만 들으면 모든 것이 확실해지는데, 그녀를 중언대 앞에 세우기가 무척 망설여졌다. 결국 그는 한참을 고민하다 시대정신에 맞는 중인신문방법을 택했는데, 바로 문자로 그녀에게 답변을 요청하는 것이었다.

그는 다시 전화기를 들었다 그리고 손가락으로 여기저기를 눌러 자신의 요구 사항을 적었다.

'장 대리입니다. 지금 제가 중요한 손님들과 상담 중이라 절대 통화할 수 없습니다. 그래서 이렇게 문자로 물어보는 점 이해해 주시기 바랍니다. 사장님, 혹시 요즘 우리 회사와 거래를 중단하라고 말하는 회사가 있었습니까? 이상한 소문이 들려서요. 반드시 문자로만 답해주세요. 지금은 전화를 받을 수 없거든요.'

그는 이 내용을 다 적고 나서 마지막으로 한 쪽 손가락을 꾹 눌렀다. 문자가 전파를 타고 그녀에게로 날아갔다. 그는 상대도 반드시 문자로 답해주길 기대했다. 소중한 손님과의 상담으로 전화 통화는 절대 안 된다고 적어놨으니 눈치 있는 그녀가 직접 전화를 걸어 답할 것 같진 않았지만, 그래도 오늘 일을 생각한다면 장담할 수만은 없었기 때문이다.

그는 그녀의 답을 기다라며 차를 한 모금 마셨다. 여러 가게에 전화하느라 차는 이미 다 식어있었다. 하지만 속 타던 마음에 목구멍을 시원하게 적셔주어 오히려 더 맛있게 느껴졌다.

잠시 후, 그 여주인으로부터 문자가 도착했다. 그는 전화기를 들어 그녀의 자필 진술서를 읽어 내려갔다.

'장 대리, 오늘 많이 바쁜가 봐요? 안 그래도 그일 때문에 오늘 들리라고 말한 거였는데, 바쁘다니 어떡하나? 장 대리 회사하고 거래 중단하라는 말을 들었어요. 일 마치고 시간나면 연락 줘요.'

윤호는 입을 다물지 못했다. 역시 그녀의 정보력은 보통 상인의 정보력을 뛰어넘었다. 어디서, 누구한테, 어떻게 들어 알고 있는지, 그녀는 이미 그 사실을 아주 비밀스럽게 알고서 자신에게 알려주려고 했다. 그 능력이 여간 감탄스럽고 놀라워 보이지 않았다. 그녀가 아니었다면, 오늘 하마터면 그 사실이 헛소문이었다며 사장에게 잘못된 보고를 할 뻔했다. 그는 그 순간 그녀라는 존재의 가치를 정말 실감하지 않을 수 없었다.

또, 그는 거기에 더해 그녀에 대한 또 다른 사실을 하나 더 알고 놀라워했다. 그건 바로 자기가 그녀를 너무나도 크게 오해했다는 것이었다. 조금 전 그녀의 가게에서 그녀가 할 말이 있다며 자기에게 좀 더 있다 가라 말한 것은, 그녀가 자기의 마음을 틀어놓기 위한 것이 아니라 이 중대하고 급박한 사실을 자신에게 알리기 위한 것이었다. 그런데 자기는 그녀를 자기 마음대로 오해해 그녀의 인격을 한없이 낮춰 보았다. 정말, 정말 부끄럽고 미안하지 않을 수 없었다. 자기가 사람에 대해 너무나도 큰 실수를 저지른 것이었다. 어떻게 그런 실수를 저지를 수 있을까 싶을 정도로 무척 어리석어 보였다. 자기에게 중요한 정보를 미리 알려주기 위해 잡아두려 했던 사람을, 그것도 모르고 싸구려 천박한 여자로 낙인찍어 그녀를 마음속에서 모질게 정죄했으니 자신이 너무나도 밉고 원망스러워 보이지 않을 수 없었다. 그건 한 여자를 마음속에서 인격적으로 살인하는 행위나 마찬가지였는데, 정말 좋은 여자를 정말 유치한 생각만 하는 남자가 자신의 잣대로 판단하고 아프게 못 박는 행위였다. 정말 용서받기 힘들 것 같았다. 아니, 그녀가 용서한다 해도 자신이 자신을 용서하기 힘들 것 같았다. 왜 이런 말도 안 되는 어리석은 상상을 했는지… 상상은 자유라지만, 이런 상상은 정말 위험한 흉기와도 같았다. 그는 내가 왜 그런 생각을 했을까 하며 잠시 고통스런 시간을 보냈다.

하지만 계속 이렇게 자신을 질책하고 있을 수만은 없었다. 어서 빨리 그녀를 찾아가 회사와 관련된 사실을 정확히 알아봐야 했다. 비록 자신이 그녀를 너무 크게 오해해 그녀에게 큰 실수를 저지르긴 했지만, 그래도 그것이 자신의 마음속에서만 저질러진 일이었고 겉으로는 전혀 표현되지 않았기 때문에 실제 그녀가 입은 상처는 없었다. 비록 가슴에는 미안하고 죄송스러운 마음이 들긴 해도 그녀 앞에서는 아무 일도 없었던 것처럼 행동하며, 그 미안함에 대한 보상은 앞으로 기회가 되면 갚아나가면 되었다. 일단은 회사 상황이 다급해졌으니 빨리 그녀에게로 달려가 그녀가 무슨 소리를 들었는지부터 알아보는 게 먼저였다. 지금은 그것이 최선의 선택이었다.

그는 자리에서 일어났다. 그리고 서둘러 차를 타고 그녀의 가게로 향했다.

15분 후. 그는 다시 몇 시간 전 자리로 되돌아 왔다. 그는 차에서 내려 비를 맞으며 가게 안으로 들어가 여주인을 불렀다. 이제는 꾸민 표정도 거짓 표현도 필요 없었다. 그녀와의 소꿉장난은 이제 모두 끝을 내야만 했다.

"사장님, 저 왔어요. 바쁘세요?"

계산대에 서 있던 여주인이 그를 보며 잠시만 기다리라고 손바닥을 내밀었다. 손님과 대화중이었던 것이다.

그는 한쪽에 서서 그녀의 계산이 끝나기를 기다렸다. 계산이 끝나자 손님이 물건을 사들고 가게를 나갔다. 그녀는 문 앞까지 나와 손님에게 인사하고는 뒤돌아섰다.

그녀가 윤호를 보며 말했다.

"옷이 젖었네. 우산 정도는 쓰고 다니지."

그녀는 다시 뒤돌아 마른 수건을 가지러 갔다. 윤호도 그녀의 뒤를 따랐다.

"그 말은 어디서 들었어요? 다른 가게 주인들은 아무도 모르고 있던데요." 그가 그녀를 따라가며 물었다.

그녀가 잘 포개어진 수건 하나를 가져와 장 대리 앞에 내밀며 말했다.

"아직 다른 가게 주인들은 모를 거야. 그 사람들한테는 빠르면 이번 주 늦게 쯤에나 전달될 거거든."

그 말을 듣자, 윤호는 '이 사람 도대체 뭐하는 사람이지? 어떻게 저런 것까지 다 알고 있을까?' 하고 생각했다.

여주인이 그의 생각을 알아차리고 말했다.

"혹시 놀랐어요? 장 대리. 표정 보니 그런 모양인데. 내가 뭐 신이나 되는 것처럼 쳐다보고 있네. 호호."

"네, 지금 잠시 그런 생각도 했어요. 그런데 그럴 리는 없을 테고… 어떻게 아신 거죠? 아니, 먼저 무슨 말을 들은 거죠?" 그가 물었다.

그녀가 진지한 모습을 하고 그를 쳐다보며 말했다.

"장 대리 회사 제품이 시장에서 인기를 끄니까 다른 회사들이 시샘을 좀 하나봐. 그래서 그들끼리 뭉쳐서 유통을 막으려고 하는 것 같아. 지금 거래하는 가게에 장 대리 회사하고 거래를 하면 자기들 회사 제품을 하나도 공급하지 않겠다고 했거든. 내가 알기로, 세 개 회사가 뭉쳐서 그러는 것 같아. 만약 그 회사들이 작정하고 공급을 중단하면 아마 이런 가게에서는 팔 물건이 별로 없을 거야. 그래서 이런 소규모 가게는 거기에 따르지 않을 수 없어. 이미 그 회사들끼리 모여서 몰래 결정한 것 같은데, 시기는 빠르면 아마 이번 주부터가 될 거야."

장 대리는 그 말을 듣자 충격받은 사람처럼 멍해졌다. 큰 회사들이 별 것도 아닌 회사 하나를 못 잡아먹어 자기들끼리 뭉쳐가며 이렇게 영업을 방해하다니, 도저히 말이 나오지 않았다. 그건 정말 상식 이하의 사람들이나 하는 일이었고 정말 나쁜 마음을 가진 사람들만이 할 수 있는 일인데, 명색이 이름 있는 회사라면서 그런 일을 꾸미다니 정말 어이가 없었다.

"그런데… 사장님은 그 말을 어디서 들으셨어요?"

윤호가 그녀에게 물었다. 사실 그는 그것이 제일 궁금했다.

그녀가 곧 대답했다.

"우리 남편한테서 들었어."

"네?"

윤호는 눈이 휘둥그레졌다. '남편이라니? 남편이라면 오늘 내가 그토록 경계하고 피했던 사람이 아닌가? 그런데 그가 이런 기밀정보를 어떻게 알고서 나 같은 원수이자 경쟁자한테 그것을 준단 말인가?' 그는 이것을 어떻게 해석해야할지 몰랐다. 정말 당황스러웠다.

"호호. 장 대리 눈 커진 것 좀 봐." 그녀가 신기한 물건을 본 사람처럼 웃으며 말했다. "거기 빠지면 살아 나오지도 못하겠다."

윤호가 정말 궁금해 하는 사람처럼 그녀에게 다시 물었다.

"그런데 남편 분은 그걸 어떻게 안거죠?"

그녀가 대답했다.

"우리 남편이 그 화장품 회사에서 근무하거든. 좀 높은 자리에 있어서 그런 일은 미리 알 수 있어. 그래서 그 사람이 나에게 말해주더라고요. 그리고 나도 예전에 남편이랑 그 회사에서 같이 일했어. 우린 거기서 만나 결혼한 거야. 그 남자가 끈질기도록 나를 꾀었거든."

여주인이 살짝 웃으며 들을 필요 없는 것까지도 설명해 주었다.

여자가 다시 표정을 바꾸어 말했다.

"사실 이 말은 아무한테도 하면 안 되는데… 우리 남편, 회사에서 위험해질 수도 있거든. 그래도 어쩔 수 없어 말한 건데. 장 대리, 비밀은 지켜줘야 해? 안 그러면 나도 힘들어지고 남편도 회사에서 힘들어진단 말이야. 내가 목숨 걸고 장 대리한테만 미리 알려주는 거야. 그러니 내가 이런 말했다고 정말 아무한테도 말하면 안 돼. 그럼 나, 앞으로 장 대리 안 볼 거야. 알았지?" 그녀가 응석부리는 여자 아이처럼 장 대리에게 졸라댔다.

장 대리는 힘들었다. 도대체 일이 어떻게 되어가고 있는지 알 수가 없었다. 회사는 위기를 맞은 것 같았고, 상대 여자는 해서는 안 되는 비밀까지 누설해가며 자기를 도와주는 같았는데, 이 일에 대해 자기는 사장에게 뭐라고, 어디까지 보고 해야 할지 몰랐다. 적군 속에 목숨 걸고 자기를 돕는 아낙네가 한 명 있는데, 자기는 그녀도 보호해야했고 아군도 살려내야 했다. 그러자면 훌륭한 용병술이 필요해 보였다.

"네. 그건 걱정 마세요. 아무한테도 말하지 않을게요. 일단 이 사실은 제가 적당히 돌려서 우리 사장님한테 보고하고 우리들끼리 방법을 강구해 볼게요. 그런데… 혹시 다른 정보는 없나요?"

그는 적군의 여자를 통해 최대한의 정보를 얻어 보려했다.

"아니. 나도 들은 건 그 정도밖에 없어. 나중에 또 알게 되는 것 있으면 장 대리한테 알려줄게. 대신, 약속은 꼭 지켜야해. 알았지?" 기밀 누설녀가 자신의 안위를 걱정하며 말했다.

"네. 약속은 꼭 지킬게요." 정보 수집원이 대답했다.

"그런데 저희들을 이렇게 도와주시는데 뭐라 인사를 드려야 할지 모르겠네요."

그러자 적군의 아내가 그를 똑바로 쳐다보며 말했다.

"인사는? 그냥 나한테 잘하면 되. 알았지?"

그 말에 남자는 말없이 고개를 조금 끄덕였다.

그녀가 지붕에 올라가 그들에게 이르러,

주께서 이 땅을 너희에게 주신 줄을 내가 아노라.

너희의 두려움이 우리에게 임하였고

또, 이 땅의 모든 거주민이 너희로 인하여 기력을 잃었나니,

너희가 이집트에서 나올 때에 주께서 너희를 위해 홍해 물을 마르게 하신 일과 너희가 요르단 저편에 있던 아모리 족속의 두 왕 시혼과 옥에게 행한 일 곧, 그들을 진멸한 일을 우리가 들었노라.

우리가 이 일들에 관하여 들을 때에 곧 우리 마음이 녹았고 또 너희로 인하여 어떤 사람에게도 더 이상 용기가 남지 아니하였나니 주 너희 하나님 즉 그분은 위로 하늘에서와 아래로 땅에서 하나님이시니라.

그러므로 이제 청하건대 내가 너희에게 친절을 베풀었은즉,

너희도 내 아버지 집에 친절을 베풀 것을

주를 두고 내게 맹세하며 내게 참된 증표를 주고

또, 내 아버지와 어머니와 형제들과 자매들과

그들에게 속한 모든 자를 살려 두며

우리의 생명을 죽음에서 건져 내라.

— 여호수아 2: 8-13

11

정말, 그녀의 정보는 정확했다. 일주일도 안 돼 거의 대부분의 가게가 그들과의 거래를 중단했다. 가게 주인들은 난처해하며 오 사장의 제품을 거절했고 그에게 사과했다. 비록 그들이 의도해서 거절한 건 아니었지만, 그래도 잘 나가던 그의 회사와의 거래를 갑자기, 그것도 특별한 이유도 말하지 않고 단절하니 그들도 미안하지 않을 수 없었다. 그들은 어쩔 줄 몰라하며 이런 저런 핑계를 댔고, 상황이 좋아지면 다시 거래를 하자며 그를 다독였다. 자기들도 살기 위해서는 비정한 힘의 질서에 복종하지 않을 수 없었던 것이다.

그러나 오 사장은 포기하지 않고 장 대리와 가게 주인들을 찾아다니며 그들을 설득했다. 두 사람은 당신들의 사정은 이해하나 이렇게 하는 건 유통질서를 어지럽혀 차후 반복되는 행태로 나타나는 유통망 방해에 당신들도 비슷한 고통을 받게 될 것이고, 또한 그것은 법질서에도 반하는 일이라 큰 기업들의 그런 불법행위에 무감각하게 동조해서는 안 된다고 외쳤다. 그러면서 파렴치한 기업들의 그런 지위 남용에 굴하지 말고 소상인들끼리 뭉쳐 큰 힘에 대항해야 하며, 그러다 보면 아무리 지배적인 기업이라 할지라도 자신들이 내린 결정을 물리칠 수밖에 없을 거라 주장했다.

그렇게 두 사람은 본인들의 본래 업무는 모두 내버려두고 하루 종일 가게 주인들을 설득하는 일에만 매달렸다. 그들은 오전부터 전화를 걸어 부탁했고 오후 늦게까지 직접 찾아다니며 사정했다. 이미 판로가 차단되어 더 이상 할 일이 없어진 그들은 이 사태를 해결하기 위해 동분서주하며 애를 태왔다. 그들은 여러 주를 이 일에 골몰하며 사람들을 만나 도움을 요청했고, 또 국가를 찾아가 방법을 강구했다.

하지만 소용없었다. 그들의 힘으로는 어떠한 것도 바꿀 수가 없었다. 만나는 사람들은 그들에게서 얼굴을 돌렸고, 당사자의 사정에는 별 관심 없는 나라는 그들의 일을 느긋하게 처리했다. 모두들 제 살 길이 필요했고 각자의 일이 바빴기 때문에, 그리 중요해 보이지 않은 일은 미루었던 것이다. 급하고 죽을 것만 같은 건 오직 오 사장과 그의 직원들뿐이었다.

그렇게 해결의 실마리가 보이지 않고 내려진 차단막이 올라갈 것 같지 않자, 오 사장은 화가 머리끝까지 치밀어 올랐다. 정당한 경쟁을 통해서 시장에서 한판 싸워보겠다는 것이 아니라 아주 치졸하고 짜증나는 방법으로 상대를 제거하겠다는 그들의 수법이 여간 악랄하고 비겁해 보이지 않았다. 돈이 많으면서도 더 벌어보겠다며 자기 같은 사람에게 쩨쩨한 수작이나 부리는 짓거리가 정말 유치하고 비열해 보였다. 그들은 사람이라기보다는 피 없는 짐승에 가까워 보였고, 기업이라기보다는 야비한 검은 조직 같아 보였다. 거창한 이름을 달고 아름답게 꾸며진 건물에서 마치 정당한 물건을 파는 양 사업을 한다지만, 실상 뒤로는 약자를 갈취하고 세상을 우습게 보는 그들. 그들은 정말 이 세상에서 가장 잔인하고 비인간적 존재로 여겨졌다. 하지만 그것도 모르고서 고객들은 겉으로는 화려해 보이는 그런 기업에 신뢰와 만족을 표시하며, 그들이 삥 뜯어 만든 물건에 대해 어떠한 의구심도 없이 찬사를 보내며 그들의 제품을 구매해갔으니 정말 억울하고 분통이 터지지 않을 수 없었다.

그는 그런 가려지고 포장된 기업에 분노했다. 그들의 거짓된 얼굴과 자기를 이토록 짓밟고 못살게 구는 행패에 발칵 역정이 났다. 그래서 그는 그들의 회사를 찾아갔는데, 자기도 그들을 그렇게 짓밟아버리고 싶었던 것이다.

먼저, 그는 검정색 네모난 가방을 준비했다. 그리고 그 안에 필요한 것들을 조심해서 채워 넣었다. 그것은 그가 여러 날 애써 수집한 반고형성 물질로, 온도, 습도 그리고 추출 당시의 내부 압력에 따라 다양한 형태로 얻을 수 있는 유기물이었다. 그는 그것을 여러 명의 공급원들로부터 제공받아 혼합 가공한 다음, 건조를 막기 위해 냉동 보관했다. 그리고 작전 개시일에 완전 해동해 가공할 만한 위력을 가진 기체가 뿜어져 나오는 물질로 만들었다. 여러 세균들과 유기물, 무기물이 포함된 그것은 공기 중에 노출될 경우, 최대 반경 서른 걸음내의 모든 사람을 구토, 두통, 어지럼증 등으로 쓰러지게 할 수 있었고, 위와 장이 튼튼하지 못한 사람에게는 후에 치명적인 식욕저하와 환각 증세를 일으킬 수 있었다.

그는 계획한 날짜가 되자 이 사제 공격용 무기가 든 가방을 비닐 포장지로 여러 겹 둘러싼 후 조심조심 차에 실어 자신의 목적지로 향했다. 그곳은 지난번 그에게 접근해 회사의 소유권을 넘길 것을 요구하다가 그것이 여의치 않자 갖은 방법으로 그를 괴롭히고 협박했던 회사였는데, 바로 지금의 이 상황을 주도하고 있는 회사였다.

그는 목적지에 도착하자 차에서 내려 그 위험한 물질이 든 가방을 손에 들고 회사 건물 안으로 들어갔다. 그는 입구에서 경비원에게 자기를 간단히 소개하고 그 회사의 전략 담당 이사를 찾아왔으니 그를 만나게 해달라고 부탁했다. 그러자 경비원은 전화로 비서실과 잠시 통화한 후 지금 바로 7층으로 올라가면 된다고 그에게 친절히 안내해 주었다.

그는 올라가며 각 층의 배치를 잘 살폈다. 그리고 7층에서 내려 전략 담당 이사이라는 명패가 붙어 있는 방으로 들어갔다. 이사는 이미 그가 올라간다는 연락을 받고서 기다리고 있었는데, 그는 오 사장을 보더니 처음에는 조금 어색한 표정을 짓다가, 이내 표정을 바꾸어 그에게 부드러운 눈빛을 보냈다.

그가 오 사장에 발했다.

"오랜만입니다. 여기까지 찾아오시다니 무슨 볼 일이 있으신지요?"

오 사장은 그 물음에 아무런 대답도 하지 않고 앞에 보이는 소파로 걸어갔다. 위험한 가방을 자신의 바로 옆에 똑바로 세워놓은 후, 그는 아무 말 없이 소파에 앉아 등을 깊숙이 파묻고는 깍지를 낀 채 두 손을 자신의 배 위에 올려놓았다. 마치 그가 그 방의 주인 것처럼 보였다. 다소 무례하고 기분 나쁜 행동이었지만, 이사는 아무 소리 않고 그를 따라 맞은편에 앉았다.

오 사장은 그가 자리에 앉자 잠시 눈을 감았다. 그리고 준비한 무언가를 말하기 위해 숨을 한번 크게 들이 마신 뒤 길게 내쉬었다.

그가 다시 눈을 뜨고 앞에 앉은 이사를 쳐다보며 말했다.

"오랜만입니다. 지난번에는 이사님이 저를 찾아오셨는데 오늘은 제가 이사님을 찾아왔군요. 다시는 못 볼 거라 생각했는데, 오늘 이렇게 다시 만난 걸 보면 우리 만남이 단 한 번으로 끝나지는 않는가 봅니다. 언제까지 이어질지는 모르겠지만, 제 바람은 오늘로써 끝이 났으면 합니다."

그는 그렇게 말하고는 한쪽 입 꼬리가 약간 올라간 어색한 미소를 지어 보였다.

그가 계속 말했다.

"오랜만이 만났는데 인사를 이렇게 밖에 못 드려 죄송합니다. 더 좋은 말을 하고 싶어도 제가 워낙 말에 서툴다 보니, 제 평소 마음씨대로 밖에 나오질 안는군요. 예의를 갖춰야 대접도 받는 법인데 오늘은 이해해 주시기 바랍니다."

그러자 이사가 더 이상의 자질구레한 소리는 듣기 싫다는 듯 그에게 물었다.

"그런데 여기를 찾아 온 이유는 뭡니까?"

오 사장이 대답했다.

"아, 그게 궁금하시겠군요. 그럼 더 이상의 인사는 생략하고 궁금하신 것부터 말씀드리도록 하겠습니다. 요즘 제가 마음이 몹시 상하는 일을 당하고 있습니다. 그 때문에 잠이 잘 오지 않고, 심장도 발작하듯 뛰며 머리도 용광로처럼 뜨겁습니다. 약을 먹어도 잘 낫지 않고 병원에 가도 소용이 없는데, 의사들은 자기들도 못 고치는 병에 걸렸으니 최대한 마음을 편히 갖고 마음속 문제의 근원을 찾아 해결해 보라 그러더군요. 그래서 제 문제의 근원이 어디서 생겼는지 찾아보았죠. 그랬더니 그 문제가 바로 여기 이 회사에서 생긴 게 아니겠습니까. 제 고통의 근원이 바로 이곳에서 만들어져 저를 괴롭히고 있더란 말입니다. 높은 분이시니 뭐, 모르시지는 않을 거라 생각합니다. 지난 번 저한테 아랫사람들을 시켜 여러 차례 언급하신 그 협박들 가운데 몇 가지가 지금 저에게 일어나고 있습니다. 우연인지, 아니면 작정한대로인지 저한테 그 일이 딱 벌어지고 있더란 말입니다. 저는 한판 붙어볼 자신이 있어서 온갖 준비를 하며 기다리고 있었는데, 당신의 이 덩치 큰 회사는 비겁하게도 뾰족한 걸 뒤에 숨겨놓고서 저를 몰래 찌르더란 말이죠. 그러니 제가 얼마나 아팠겠습니까? 제 몸에는 검붉은 상처가 났고, 마음에는 찢어지는 고통이 내리 앉았습니다. 저는 그 고통을 당장 없앨 수만 있다면 얼마나 좋을까하는 심정으로 여기저기, 이 사람 저 사람을 찾아다니며 도움을 요청했습니다. 하지만 그들은 저에게 아무런 도움이 되지 않았더군요. 그래서 마지막으로 생각나서 찾아온 곳이 바로 여기입니다. 아마, 당신은 제 문제를 해결할 수 있을 것 같아서 말이지요."

오 사장이 잠시 말을 끊고 이사를 노려보았다. 그의 눈매가 매서웠다.

그러자 이사가 모른다는 척 그의 눈을 피하며 말했다.

"글쎄… 무슨 소린지 잘 모르겠군요. 그리고 내가 무슨 문제를 해결한단 말이오? 아무도 해결 못했다는 걸 말이오."

오 사장이 입술에 힘을 주며 거칠게 토해내기 시작했다.

"당신이 이 모든 일을 꾸몄을 거라 생각하고 싶지는 않소. 하지만 내 귀에는 왜 자꾸 당신 이야기가 들리는지 모르겠군요. 그러니 나는 당신이 이 문제 해결에 적임자라 생각하오. 무슨 문제냐? 당신이 지시한 걸로 추측되는 내 회사와의 거래 중단 문제 말이오. 아주 더럽고 비겁한 방법으로 가게마다 휘젓고 다니는 그 유통 방해 짓거리 말이오. 뜯어 먹고 살게 없어 나 같은 가난뱅이나 뜯어먹고 사는 이 파렴치하고 역겨운 인간들. 이 비열한 수작을 지금 당장 집어치우도록 하시오. 안 그러면 내 이 한 서린 이빨로 당신부터 물어뜯어 줄 테니 말이오. 얼마나 아프고 분한지 당신도 한번 느껴보시오. 내 반드시 두 배는 고통스럽게 해 주리다."

오 사장은 이사에게서 잠시도 눈을 떼지 않고 말했다.

"똑똑히 들으시오. 지금 당장에 내 이 분노를 잠재우지 않으면 당신은 물론이고, 이 회사 모든 사람들이 피할 수 없는 고통을 받게 해 주겠소. 그리고 필요하다면 이 회사에까지도 큰 상처를 입히겠소. 만약 되어 진 그 일을 보거들랑 나를 원망하지는 마시오. 당신은 나를 원망할 자격이 없소. 그건 어디까지나 당신의 작품이자 당신이 계획한 일의 결과요. 그러니 당신이 꾸며 놓은 그 짓거리의 결과나 보면서 그 감상이나 열심히 하시기 바라오."

이사가 오 사장의 그 말을 듣고 흥분하기 시작했다.

"당신, 여기까지 찾아와서 지금 무슨 소릴 하는 거야? 지금 나한테 협박하는 거야?"

그는 거기까지만 말하고, 눈에 힘을 주며 오 사장을 똑바로 노려보았다.

그가 곧 바깥을 향해 소리쳤다.

"거기 누구 없나?"

그 말을 듣고서 젊고 호리호리한 남자가 밖에서 들어왔다. 그의 비서처럼 보였다.

이사는 그를 보자 자리에서 일어나 손가락으로 오 사장을 가리키며 말했다.

"이 사람, 지금 당장 내 방에서 끌어내. 그리고 경찰에 신고해서 회사에 협박범이 들어왔으니 어서 잡아가라 그래."

그 말에 아무것도 모르고 들어온 비서는 당황해 하며 어찌해야하나 생각했다. 이사가 찾아 온 그 손님에게 겁만 주려고 그렇게 말한 것일 수도 있는데, 괜히 눈치 없이 자기가 그 지시를 따랐다가 오히려 그 분위기를 더 악화시킬 수도 있을 것 같아서였다. 그는 이사의 얼굴과 오 사장의 얼굴을 번갈아 보며 어떻게 해야 하나 주저주저했다.

그러자 이사가 다시 그에게 말했다.

"뭐하는 거야? 끌어내지 않고."

그 말에 그는 그것이 괜히 한 말이 아니었구나 생각하고 곧바로 이사의 지시를 이행하기 시작했다.

그는 오 사장에게 달려들어 그의 오른팔을 잡고 두 손으로 그를 끌어당졌다. 하지만 오 사장의 저항하는 힘이 더 세 그를 쉽게 끌어낼 수 없자, 그는 엉덩이를 좀 더 뒤로 쭉 빼고 오 사장을 여러 차례 잡아당겼다. 하지만 부족한 힘 때문에 이사의 지시를 제대로 수행할 수 없자, 이번에는 이사의 눈치를 살피기 시작했다. 그가 다시 다른 주문을 해 주길 바라서였는데, 안 그러면 그런 볼썽사운 꼴로 인해 서로가 민망해질 것 같았기 때문이다.

이사는 비서의 그런 표정을 보자 안 되겠다 싶어 다시 다른 지시를 내렸다. 끌어내는 일에 소질이 없는 비서를 계속 지켜보고 있자니 그도 너무 답답했기 때문이다.

이사가 그에게 큰 소리로 말했다.

"뭐하는 거야? 그러지 말고 어서 경찰에 신고부터 해!"

비서는 그 말을 듣자, '아, 이제야 살았구나!' 하며 얼른 밖으로 뛰어나갔다. 그는 숨을 헐떡이며 경찰에 신고해, 이런 사람이 있으니 어서 빨리 오라며 도움을 요청했다.

그 사이 오 사장은 재빨리 옷매무새를 가다듬고 일어섰다. 그는 이사의 눈을 똑바로 쳐다보며 다시 한 번 더 그에게 경고했다.

"명심하시오. 지금 당신들이 하는 이 일은 반드시 대가를 치르게 될 것이오. 내가 한 말이 허튼 소리가 아님을 내 반드시 보여주리다. 오늘 안으로 모든 일을 원래대로 되돌려 놓으시오. 안 그러면 당신과 나는 이 땅에서 같이 살아가기 힘든 사이가 될 것이오."

그 경고가 끝남과 동시에 그는 바닥에 세워놓았던 가방을 집어 들고 뒤돌아 방을 나왔다. 그는 복도를 몇 발작 걸은 후 비상문을 열고 계단이 있는 통로로 들어섰다. 4층까지 빠른 걸음으로 내려가 그 층계 앞에 붙어 있는 푯밀을 확인하고는 다시 비상문을 열고 복도로 빠져나왔다. 그곳은 영업부서와 시장관리부서가 함께 있는 층이었다.

그는 복도를 유유히 걸으며 문 열린 사무실 안을 이리저리 살폈다. 여러 명의 직원들이 책상 앞에 앉아 각자의 업무를 보고 있었다. 그 중 밝은 창가에서 창을 등지고 앉아 일하는 한 남자가 보였다. 조금 낯익은 얼굴이었는데, 지난 번 이사와 같이 자기 사무실에 찾아왔던 그 남자 같이 보였다.

책상 배열로 보아하니 그 남자는 부서 책임자임에 틀림이 없었다. 40대 초반쯤은 되었을 것 같은 그는 앞에 서 있는 한 직원에게 무언가를 말하며 그에게 지시를 내리고 있었다.

한편 그 남자도 오 사장을 발견했다. 부하 직원과 대화를 나누다가 맞은편 문 앞에 서 있는 오 사장과 우연히 눈을 마주친 것이다. 그는 처음에는 아무렇지도 않게 생각하고 그에게서 바로 눈길을 돌렸다. 하지만 다시 힐끔힐끔 훔쳐보아도 그가 여전히 자기에서 눈길을 거두지 않자, 그는 좀 이상하다 생각하고 자리에서 일어나 오 사장을 응시하기 시작했다. 혹시 자기에게 무슨 볼일이라도 있어 온 사람은 아닌가 하는 생각이 들었던 것이다. 그는 한 손으로 안경을 치켜 올리고 오 사장의 얼굴을 살폈다. 낯설지 않은 사람 같았지만 바로 기억은 나지 않았다. 그는 그가 누굴까 생각하며 오 사장을 좀 더 유심히 살폈다. 그러다 그는 그를 알아보고는, 속으로 그가 여기를 어떻게 찾아왔지 하고 생각했다. 자기를 계속 쳐다보는 걸로 봐선 자기에게 할 말이 있어 온 것 같았는데, 그래도 그가 이런 데까지 찾아와 자기를 만나려고 하는 것이 좀 이상해 보였다. 그래서 그는 그 사실을 확인하기 위해 오 사장에게로 천천히 걸어갔다.

남자가 다가오자, 오 사장은 오른손에 들고 있던 가방을 천천히 들어 올렸다. 그리고 왼손으로는 가방의 아래를 받치고 오른손으로는 겉에 쌓여 있던 여러 겹의 포장 비닐을 벗겨내기 시작했다. 곧 양쪽 두 잠금장치까지도 풀기 시작했다. 남자의 발걸음이 자신에게 더 가까이 다가오자, 그는 그 남자의 움직이는 위치를 보며 마음속으로 한 지점을 설정했다. 그 지점에서 자신의 계획을 펼쳐 보일 모양이었는데, 그 지점은 남자가 세 발작만 더 내밀면 곧 도달할 곳이었다. 오 사장은 그것을 기대하며 한손으로 가방을 열어 재칠 준비를 했다. 한 발, 두 발, 남자가 다가오다 드디어 세 번째 발걸음을 바닥에 내디뎠다. 오 사장은 마음속으로 예비하고 있던 동작을 활짝 펼쳐 보였다. 조련사가 악어 입을 벌리듯, 그는 상대를 향해 그 가방을 쫙 열어젖혀 보이며 곧바로 그것을 그를 향해 집어 던졌다.

한편 걸어오던 그 남자는 오 사장이 갑자기 가방을 들어 올려 그것의 포장지를 벗기자 뭔가 이상한 예감이 들었다. 그것은 그가 평생 한 번도 경험해보지 못한 동작이었지만, 본능적으로 위험한 몸짓이라는 것이 느껴졌다. 그래서 그는 오 사장에게로 다가가던 발걸음을 멈추어 되돌아서려 했다. 하지만 걸어가던 관성 때문에 걸음은 바로 멈춰지지가 않았다. 최소 세 발작은 돼야 멈춰 설 수 있을 것 같았는데, 그쯤은 돼야 가던 걸음을 멈춰 뒷걸음질할 수 있을 것 같았다. 그는 그러기로 작정하고 다리에 제동장치를 걸었다. 하지만 멈추는 도중 다시 생각해보니 아직 위험이 정확히 확인되지도 않은 상태에서 단지 불안한 상상만으로 뒷걸음질 치면 좀 이상해 보일 수도 있을 것 같았다. 게다가 상대가 자기를 계속 쳐다보고 있는 상태에서 자기가 그 눈빛을 무시하고 바로 돌아서버리면 자신의 행동이 무척 어색해 보일 것도 같았다. 일단 그는 세 번째 걸음에서 멈춰선 후, 그것이 무슨 동작인지 정확히 확인되면 바로 후퇴하자 생각하고 뒤돌아서려던 마음을 유보했다. 그렇게 해도 늦지 않을 것 같아 보였던 것이다. 어쨌든, 그 남자는 마음속으로 세 번째를 예약해 놓고 있었다.

드디어 남자의 최후 걸음이 바닥에 부딪혔다. 그런데 아나나 다를까 그의 처음 느낌처럼 상대의 가방이 열리며 그것이 자기 쪽으로 날아올 모양새를 취하고 있었다. 남자는 얼른 그 위험을 감지하고 재빨리 내디딘 발을 거두었다. 그리고 방향을 틀어 가방을 피하기 위해 자기가 왔던 길로 급하게 내달렸다. 검은 가방이 자기보다 더 빨리 움직여 마치 육상 경기에서 뒤따르던 주자가 앞 선 주자를 폭발적으로 따라잡을 때처럼 느껴졌다. 그는 다급해졌다. 어서 빨리 피하든지 아니면 다른 방법을 강구해야했다. 안 그러면 큰 변을 당할 것만 같았다. 아직 자신이 이 일을 겪어야만 하는 이유는 알시 못했시만, 그는 그 일이 터지고 난 후의 후유증은 분명 알 수 있을 것 같았다. 일단 그는 체면 불구하고 20대 청년이 힘을 다해 뜀뛰기하듯 개구리처럼 옆으로 폴짝 뛰었다.

다행히 그는 그 가방과의 충돌은 피할 수 있었다. 하마터면 그 위험물에 맞아 큰 사고를 당할 뻔했는데 잘 피한 덕에 그 위험에서는 벗어났다.

하지만 남자를 맞추지 못한 그 가방은 중력으로 인해 점점 바닥으로 가라앉고 있었다. 그러다 마침내는 바닥에 착륙해 둔탁한 마찰소리와 함께 안에 들어있던 물질이 사방으로 퍼져 나왔다. 파편처럼 튀어나오던 그 내용물은 재수 없게도, 그 남자의 옷에 제일 먼저 도달했다. 심지어 그것은 공기를 가르며 날아와 그의 팔과 다리 그리고 얼굴에까지 묻기 시작했다. 그것은 그 특유의 냄새를 발산하며 그의 흰 상의와 바지에 스며들었다. 남자는 처음에는 그것이 무엇인지 몰라 비명을 지르지 않았지만, 가까이서 그것의 정체를 확인하고는 곧바로 소리 지르며 힘들어하는 표정을 지었다. 조금만 더 빨리 눈치 채서 더 멀리 날아올랐더라면 그것을 피할 수 있었을 텐데 하며, 그는 지나간 시간을 후회했다. 그는 그렇게 누군가의 책상 위에 엎어져 비명을 마구 질러댔다.

한편, 조용하던 사무실에 그렇게 갑자기 한 남자의 비명소리가 횡횡하자, 일하던 부하 직원들은 사무실 한 가운데쯤에서 고통스럽게 울부짖는 사람에게로 눈길을 돌렸다. 누군가의 책상 위에 엎어져 그 얼굴이 잘 보이지는 않았지만, 차림으로 보아하니 자신들의 상사임에 틀림이 없었다. 그들은 각자의 업무를 중단하고 무슨 일을 당한 것 같은 그에게로 달려갔다. 그러나 몇 발작도 못가 곧 포기하고 말았는데, 사무실 한 가운데, 그러니까 그 가방이 떨어진 지점에서부터 시작해 어떤 기체의 확산 현상이 사방으로 빠르게 진행되고 있었던 것이다. 그 기체는 마치 잔잔한 호수 한가운데 떨어진 돌맹이가 큰 파동을 일으키며 퍼져나가는 것처럼 그 상사를 중심으로 사방에 선 굵은 진동을 일으키며 퍼져나갔다. 그러자 사무실 직원들은 그 기체의 진행방향대로 파도를 타듯 후각을 차단하기 시작했다. 그들은 먼저는 손으로 코와 입을 막았고, 그것으로 부족하자 각자 주위에 있던 옷가지 내지는 수건으로 얼굴을 감싸 맸다. 그리고 인상을 찌푸리며 뒤로 물러났고, 도저히 참을 수 없자 사무실을 빠져나가기 시작했다. 순식간에 건물 4층이 아수라장으로 변해 버린 것이다.

오 사장도 손수건으로 자신의 코와 입을 막았다. 그는 혼란스런 그 상황을 태연하게 지켜보며 자신의 계획이 성공했음을 마음속으로 자축했다. 순식간에 건물 한 층의 업무가 모두 마비된 걸 보고 그는 다음에는 더 강력한 걸 준비해서 회사 전체의 업무를 중단시켜야겠다고 생각했다.

잠시 후, 그는 얼굴을 손수건으로 가리고 혼란스런 복도를 유유히 걸어나왔다. 모두들 일어난 그 소동으로 인해 각자의 후각과 시각에만 신경 쓰고 있었기 때문에 그에게 관심을 가지는 사람은 아무도 없었다. 그 때문에 그는 어떠한 제지도 받지 않고 그 건물을 빠져나올 수 있었다.

그는 곧 1층 출입문을 빠져나와 주차된 자신의 차로 걸어갔다. 거기에 다다랐을 때쯤 신고를 받고 도착한 경찰관 두 명이 무선 연락을 하며 그에게로 다가오고 있었다. 그들은 협박 사건 외에 또 다른 사건이 같은 건물 내에서 발생했다는 연락을 받으며 걸어오고 있었는데, 자신들 바로 옆으로 지나가는 그 사람이 바로 그 범인인줄은 모르고 관제소와 이렇게 교신하고 있었다.

"같은 건물 4층에서 새로운 신고 접수. 그곳으로 먼저 출동하시기 바랍니다."

"지금 올라가는 중. 무슨 사건입니까?"

"누군가 가방 안에 인분을 가득 담아 사무실 안으로 던졌다고 합니다. 지금까지 확인된 피해자는 3명입니다. 필히 안전장비를 착용해서 접근하시기 바랍니다."

"곧 출동하겠습니다."

두 경찰관은 그 교신이 끝나자 바로 자신들이 타고 온 경찰차로 되돌아갔다. 그리고 방독면과 장갑을 준비해 다시 건물 안으로 들어갔다. 들어가며 한 경찰관이 범인을 이렇게 욕했다.

"이런 더러운 자식. 이것 우리가 다 처리해야 하는 거잖아. 나중에 잡히기만 해봐라. 입에 모두 져 넣어줄 테다."

그 날의 사건은 방송을 타고 전국으로 퍼져나갔다. 그 냄새처럼.

다음날 오 사장은 경찰에 체포되었다. 혐의는 협박죄, 특수폭행죄였다. 그는 체포되어 그 죄들에 대하여 무죄하다고 강력히 주장했다. 상대가 자기에게 먼저 큰 피해를 주어 자신도 어쩔 수 없이 한 행동이라는 게 그 근거였다. 하지만 그의 주장은 냄새나는 확실한 증거물과 법에 대한 잘못된 인식으로 받아들여지지 않았다. 그는 곧 검찰로 넘겨져 법원 재판까지 받았다. 거기서 그는 자신의 무죄를 입증하지 못해 형을 선고받았다. 징역 6월에 집행유예 1년이었다. 확실한 유죄였다. 그가 또다시 죄를 저지른 것이다.

그는 판결이 확정되자 분노했다. 자신은 정당한 권리를 행사한 것뿐인데, 피해자인 자기가 무슨 이유로 벌을 받아야 하는지 이해가 되지 않았던 것이다. 먼저 싸움을 걸어와 자기 보호 차원에서 약간의 대응을 한 것뿐인데 그것이 왜 정당행위로 받아들여지지 않는지 전혀 납득이 되지 않았다. 상대는 자기보다 더 몹쓸 짓을 한 놈들인데 왜 그들에게는 죄를 묻지 않는지, 그는 정말 억울해하며 자신의 참담한 심정을 토로하지 않을 수 없었다.

그 후 그는 한동안 회사에 나가지 않았다. 아니, 사실은 나갈 필요가 없었다. 이미 한쪽 혈관이 막혀버렸는데 다른 쪽에서 아무리 열심히 혈액을 공급해봐야 아무런 소용도 없었기 때문이다. 그는 마음의 울분만 간직한 채 집에만 틀어박혀 아무런 도움도 되지 않는 고민으로 시간을 보냈다. 지금까지 자신이 꿈 꿔오던 것이 순식간에 박살나자, 그 허탈감과 상실감으로 더 이상 무언가를 해 볼 의욕을 가지지 못했다. 그가 다시 불운아가 된 것이다.

하지만 윤호는 그런 와중에도 마비된 회사를 살려보기 위해 포기하지 않고 이리저리 방법을 찾아보았다. 그는 혹시나 하는 마음으로 이미 여러 번 찾아가 사정했던 주인들에게 다시 찾아가 애원했는데, 행여나 마음을 바꾸어 자기들과 다시 거래하려는 가게가 생길 수도 있지 않을까 해서였다. 하지만 주인들의 마음은 여전했다, 그들은 미안해하면서 어쩔 수 없는 거부 의사를 다시 한 번 더 표시했다. 지켜보고 있을지 모르는 포식자의 눈이 무서워 그렇게 할 수는 없다는 것이었다. 충분히 이해가 가는 변명이긴 했지만 완전히 이해되진 않았다. 그들도 뭉쳐서 자기들의 권리를 주장하면 현재보다 더 많은 이익을 가져갈 수 있을 텐데, 누구 하나 그렇게 하려는 사람은 없었다. 그들은 더 많은 이익보다는 잡음 없는 장사를 원했던 것이다. 그렇게 그는 들어가는 곳마다 실망스러운 답만 들었고, 지치고 힘든 시간만 반복이었다.

하지만 완전히 실망스러운 것은 아니었다. 그중에서도 조금이나마 희망을 걸어 볼 수 있는 곳이 있었는데, 바로 그 여주인이었다. 그녀는 한 남자를 위해서라면 위험까지도 무릅쓸 줄 아는 의리의 아낙네였고, 받은 도움은 반드시 기억해 두었다가 때가 되면 잊지 않고 보답하는 은혜 갚는 여인이었다. 그녀는 진정 여인 중의 여인이요, 남자보다 나은 용사였다. 그녀는 참 믿음직스런 버팀목이었다. 그런 그녀가 지금 아무도 모르게 장윤호를 돕고 있었다.

그녀가 장 대리에게 은혜 갚는 방법은 아주 은밀했다. 그녀는 이미 시중에는 유통하지 못하게 된 제품을 자신의 가게를 찾아오는 몇몇 믿을 수 있는 단골에게만 몰래 판매했다. 물론 그녀는 자신의 가게에 그 물건을 가져다놓고 건네주는 행위는 하지 않았다. 그것은 아주 위험해서 며칠이 못 돼주위에 소문이 나게 뻔했기 때문이다. 대신, 그녀는 자신의 단골로부터 제품 주문을 받은 후 그들이 원하는 장소에 발신 주소를 장 대리 회사로 적어 택배 형식으로 보내 주었다. 겉으로는 그녀의 가게와는 무관함을 내세우면서도 안전하게 거래하기 위해서였다.

하지만 그녀에게서 그런 식으로 제품을 주문해 받아보는 손님 수는 그리 많지 않았다. 워낙 조심해서 거래하다 보니 아무에게나 그렇게 판매할 수는 없었기 때문이다. 그럼에도 그 판매량은 예전의 판매 수량과 비교해 볼 때 별 다른 차이가 없었는데, 가게마다 이 제품의 판매가 갑자기 중단되자 이미 그 제품에 대해 열혈애호가가 된 여성들이 다시 구입하지 못하면 어떡하나 하며, 불안한 마음에 이 제품을 한 상자씩 구매해 집안에 쌓아 두고서 사용했기 때문이다. 또한 그것은 마음에 무슨 정보를 넣어두고서는 혼자 조용히 간직하지 못하는 그녀들의 성격 때문이기도 했는데, 그녀들은 '쉿! 비밀인데…' 하면서 주위 지인들의 몫까지도 대신해서 주문해 주고 있었던 것이다. 정말 대단한 여성들이었다. 그녀들을 위해서라도 이 제품은 끝까지 살아남아야만 할 것 같았다. 역시 사람이든 제품이든 제대로 되기만 하면 그 가치를 알고서 찾는 사람이 끊어지지 않는가 보다!

아무튼 그녀의 이런 식의 판매는 오 사장의 법원 판결이 확정되기까지, 그리고 확정되어 그가 집에서 분을 내고 있는 동안에도 계속되었다. 그 제품은 그의 억울한 사정하고는 아무런 상관없이 애타는 소비자들에게는 잊히지 않고 계속 팔려나가고 있었던 것이다. 끊어질 법도 했지만 그것은 용케 버티고 있었다. 기름 없는 불꽃처럼 그것은 곧 꺼져버릴 것도 같았지만 여전히 살아서 타고 있었다. 이유가 무엇이었을까? 왜 사라지지 않고 그렇게 계속 팔리고 있는 것이었을까? 그건 아마 제품의 질이 좋아서 그랬을 것이다. 하지만 어디 품질만 좋다고 그렇게 되는 것이었을까? 그것을 찾는 소비자들이 충성스러웠기에 가능한 일이 아니었을까? 하지만 충성스런 소비자들만 있다고 해서 다 되는 것이었을까? 판매자, 그러니까 멋있는 그 여주인이 있어야, 그녀가 그것을 중계해줘야, 그들이 사갈 수 있지 않았을까? 그래, 그녀가 있었기에 그 제품은 조금이라도 팔릴 수 있었다. 그런데 그녀는 왜 그것을 그렇게 팔려고 하는 것이었을까? 그것을 팔지 않아도 자신의 생계에는 전혀 문제가 없는데. 그건 바로, 장윤호, 그 남자 때문이었다. 장 대리, 그가 그 제품을 애타게 팔고자 했기 때문이었다. 그래서 그녀가 안타까운 마음에 그를 도와주고자했던 것이다. 그렇게 본다면 그 제품은 본질적으로 장 대리 때문에 그나마 팔리고 있었다.

'아, 이 남자. 참 복 받은 사람이다! 이렇게까지 그를 생각하는 여인이 있다니!'

아무튼 그 제품은 오 사장이 없는 중에도 그렇게 조용히, 몰래 그리고 조금씩 팔려나가고 있었다.

그러던 어느 겨울날이었다. 이 여주인, 아니 이 의로운 여인이 장 대리를 불렀다. 그러자 장 대리는 이 여주인의 호출에 얼른 달려갔다. 이 회사의 존폐가 그녀의 한 마디 한 마디와 그녀의 손짓 하나 하나에 달려 있는데, 그런 아슬아슬한 사정을 보면서도 어찌 이 거룩한 여인에게 의지하며 나아가지 않을 수 있단 말인가! 더욱이 그녀는 이 분야의 전문가이자 남편으로부터 유용한 정보를 얻어 오고 있는 유능한 정보원이 아닌가! 그러니 그런 그녀의 분부라면 어떤 것도 마다하지 않고 달려가는 것이 올바른 행동이었다.

그래서 윤호는 저녁 8시, 가게가 문을 닫을 때쯤 그녀의 가게로 찾아갔다.

그가 가게 문을 열고 들어섰을 때 아직도 손님이 보였다. 역시, 그녀는 혼자 있는 법이 없었다. 늘 손님과 함께 했는데, 그것이 그녀의 능력이자, 아름다움이었다.

"안녕하세요, 사장님. 저 왔어요."

그가 밝은 목소리로 인사했다. 다시 예전 초심으로 돌아간 것이다. 상황이 다시 역전되다보니 그럴 수밖에 없었다.

"아, 장 대리. 빨리 왔네! 비행기 타고 왔어?"

허나 그녀는 초심으로 돌아가지 않았다. 그랬다간 이 회사는 의지가지할 곳 없이 무너지고 마는 것이다.

"잠시만 기다려줘. 지금 손님 마무리하면 우리 차 한 잔 해." 여주인이 손님의 귀에 들리지 않게 그에게 조용히 말했다.

"네, 저는 신경 쓰지 마시고 일하세요. 기다리고 있을게요."

장 대리는 손님이 나갈 때까지 가게 한 쪽에 서서 기다렸다. 그동안 여주인은 마지막 남은 한 손님에게서 물건 값을 받아내기 위해 온갖 표정을 지으며 최선을 다했다.

마침내 가게에 있던 한 손님이 떠나며 영업이 종료되었다. 그녀는 이내 간판 불을 끄고 잠시 그날의 매상을 확인했다. 이미 계산해 놓았는지 몇 분도 안 되어 확인을 완료했다.

곧 그녀가 차를 두 잔 준비했다. 상큼한 향이 나는 유자차였다.

"장 대리, 여기 오는데 좀 추웠지? 그래서 내가 집에서 담근 유자차 준비했어. 한 잔 마셔봐. 향이 참 좋아." 여주인이 찻잔을 건네며 말했다.

장 대리는 뜨거운 산을 두 손으로 건네받고, 찻잔 속에서 올라오는 진한 향을 천천히 들이마셨다. 정말 싱그럽고 젊은 향이었다. 그는 그것을 입김으로 식혀가며 살짝 맛을 보았다. 집에서 직접 담근 차라, 정말 맛이 진하고 느낌이 풍부했다.

"정말 좋은데요. 맛이 아주 진하고 부드러워요. 어릴 때 우리 할머니가 이 차를 많이 담그셨는데, 그때 마시던 깃보다 맛이 더 좋아요." 장 대리가 감탄하며 말했다.

"그래? 장 대리가 이렇게 맛있어 할 줄 몰랐네. 그럼 내일 집에 있는 것도 가져와야겠다. 장 대리가 이렇게 좋아하면 한 병 넣어주게." 여주인이 자기가 직접 담근 차를 마시고 좋아하는 장 대리를 보며 기뻐 말했다.

잠시 두 사람은 간판 꺼진 가게 안에서 차를 마시며 소소한 이야기를 나눴다. 그녀는 간혹 장 대리에게 알쏭달쏭한 표현을 써가며 살짝살짝 다가 갔지만, 장 대리는 변함없이 그녀의 애매한 접근에 선을 그으며 부드러운 차단막으로 자신의 주위를 둘러쳤다. 그는 불미스런 진전이 발생하지 않길 바라는 마음에서 그녀 앞에서 계속 균형 있게, 알맞게 나아갔다. 그러면서 그녀가 정해진 틀을 벗어나지 않도록, 자기도 오해의 여지를 주지 않도록 말과 행동을 단속했다. 그는 그녀와 적당한 거리를 유지하며 적절한 교제와 슬기로운 외교를 펼쳐나갔다. 모든 것을 잃지 않고 잘못된 곳에 발을 들이지 않도록 가장 합당한 처신으로 자신을 계속 관리해 나갔던 것이다.

"그런데 오늘은 무슨 일로 부르신 건가요?" 장 대리가 적당한 때에 분위기를 끊으며 말했다. "혹시 우리 회사에 도움이 될 만한 일인가요?"

그러자 여주인이 표정을 바꾸며 말했다.

"장 대리! 장 대리는 참 이상한 사람이야. 자기 회사도 아니면서 왜 그렇게 매일 사장처럼 회사 일에 신경을 써? 사장은 회사에 나오지도 않는다면서 말이야."

여주인이 좀 심통이 난 것 같았다. 사실, 사장은 나 몰라라 하며 회사에 나오지 않고 있었는데 직원 혼자서 무너져가는 회사를 살려보겠다며 돌아다니는 것이 누가 봐도 이해가 되지 않았다. 그래서 그녀도 지금껏 참고 있다가 얄미운 사장을 대하듯, 그의 선량한 직원에게 한 소리를 한 것이었다. 그러나 그건 한 소리라기보다는 그를 안타까워하는 마음에서 하는 위로였을 뿐 그를 직접 겨냥해서 하는 불평은 아니었다.

"우리 사장님도 지금 집에서 대책을 궁리하고 있어요. 어차피 출근해 봐야 할 일도 없는데 회사는 나와서 뭐하겠어요? 저만 출근하면 됐죠." 장 대리가 오 사장의 변호인처럼 말했다.

그 말에 여주인이 딱하다는 표정을 지으며 그에게 말했다.

"장 대리는 참 슬픈 사람이다."

"네? 슬프다니요?"

"좋은 사람 밑에서 일했으면 참 인정받고 돈도 많이 벌었을 텐데, 그 이상한 사장 밑에서 일하는 바람에 괜히 고생만 하고 빛도 못 보잖아. 그러니 슬픈 사람 아니야?"

"아, 그런 뜻이었군요." 장 대리가 별 것 아닌 것을 듣고 안심했다는 듯 말했다.

"내가 참, 장 대리를 봐서 말 안하고 있었는데, 지난 번 장 대리 사장이라는 사람이 저지른 그 일 있잖아. 왜 그 더러운 인분을 회사 사무실에 던진 일 말이야." 여주인이 조금 열을 올리며 말했다.

"아, 네. 그 일요?" 장 대리가 할 말 없어하는 사람처럼 기어가는 목소리로 말했다.

"그때 그 일로 내가 얼마나 고생한 줄 알아?"

"네? 고생요?" 장 대리가 의아한 표정을 하며 말했다. "사장님이 그 일 때문에 왜 고생하신 거죠? 그 일이 사장님과 무슨 상관이 있다고요."

여주인이 잠시 망설이다 대답했다.

"그날, 그 사장이 누군가를 향해 그 인분을 던지다가 바닥에 잘못 던졌다고 했잖아. 그런데, 사실, 그 더러운 물체에 맞을 뻔 했던 사람이 바로 우리 남편이었어."

"네? 뭐라고요?"

장 대리는 놀랐다. 그분이 그 사건에 관계된 인물일 줄이야 생각지도 못했던 것이나.

"나도 우리 신랑이 잘했다고 생각지는 않는데," 그녀가 조금 화가 난 듯 말했다. "그래도 어떻게 사람을 향해 그런 걸 던질 생각을 다 할 수가 있어? 좀 심하다고 생각지 않아? 우리 신랑이 잘 피했기에 망정이지, 만약 그걸 그대로 덮어썼다고 생각해 봐. 어찌 됐겠어? 아마 회사에서 냄새나는 사람이라며, 사람들이 그 사람 주위에는 얼씬도 안했을 것 아니야?"

장 대리는 아무런 대꾸도 할 수 없었다. 그녀의 심정이 충분히 이해되었기 때문이다.

"그 사람," 그녀가 계속 말했다. "그날 회사에서 샤워하고 옷까지 모두 갈아입었다고 했는데, 그래도 그 날 이후로 그 사람만 집에 들어오면 이상한 냄새가 난다 말이야. 옷이며 피부에 조금 튄 것이 씻어도 사라지지 않고 계속 남아 있나봐. 그래서 내가 여기 가게에 있는 진한 향수며 화장품이며 모조리 가져다가 우리 신랑 얼굴과 손발에 싹싹 발라줬는데, 그래도 하루만 지나면 화장품 냄새는 다 사라지고 그 이상한 냄새만 남더라고. 그래도 요즘은 시간이 지나서 그때보다야 좀 나아지긴 했지만. 그래도 그 사람만 옆에 오면 그 이상한 냄새 때문에 내가 머리가 아파죽겠어. 그 사람은 그 냄새를 계속 맡고 있으니깐 무감각해져 잘 모른다지만, 나는 여기서 이런 화장품 냄새만 맡고 있다가 집에 들어가니깐 그 냄새 때문에 괴로워 죽겠단 말이야. 이제 그 냄새만 맡으면 우리 남편 생각부터 떠올라. 그게 완전히 남편의 체취가 돼버린 것 같아. 어떻게 남자 몸에서 그런 냄새가 날 수 있지? 내가 맡아도 괴로운데 회사에서 같이 일하는 사람들은 얼마나 괴로울까?" 여주인이 냄새나는 남편을 떠올리며 불쾌한 듯 말했다.

그녀의 말을 듣자 장 대리는 조금 불안해졌다. 그 사건의 피해자가 정확히 누구인지 몰랐을 때는 아무렇지도 않았는데, 그 피해자의 가장 가까운 가족과 그 가족이 지금 당하는 고통을 알고 나니, 그녀가 자기들 회사에 대한 도움을 끊지는 않을까하는 걱정이 되었기 때문이다.

그는 당장 뭐라 대꾸해야 할지 생각이 나지 않았다. 그것은 자신이 저지른 일이 아니라 자기 사장이 저지른 일이었는데 직원인 자신이 그 일에 대해 사장을 대신해 바로 사과하자니 그것은 아직도 분노하고 있는 자신의 고용주 의사를 무시하는 것 같았고, 그렇다고 그 일은 자신과는 무관한 일이니 나한테는 그 책임을 묻지 말아달라며 모른 척 회피하는 것도 인간의 도리상 맞지 않아보였기 때문이다. 그래서 그는 미안한 눈빛을 하며 그녀의 눈치만 살폈는데, 그녀가 그 일에 대해 얼마만큼 기분 나쁘게 생각하는지, 그리고 그녀가 그것을 어디까지 따지고 들려하는지 그녀의 정확한 속마음을 알아야 그녀의 마음을 누그러뜨리기 위한 다른 대처라도 해 볼 수 있을 것 같아서였다. 그렇게 그는 갑자기 달라진 분위기에 당황해 하며 그녀의 눈치를 살피고 있었다.

그러자 그의 그런 눈빛을 이해한 듯, 그녀가 그의 마음을 이렇게 안심시켜주었다.

"뭐, 이건 장 대리하고는 상관없는 일이니깐 내가 더 이상은 말 안하겠지만. 그래도 그런 사장 밑에서 일하는 장 대리를 보니 내가 마음이 참 안 좋네. 내가 보기엔 그 회사 사장하고 대리 위치가 바뀌었으면 딱 어울릴 것 같은데. 어쨌든, 장 대리 회사 사장은 그 일로 이미 벌을 좀 받았으니까 내가 더 이상 그 말은 할 필요가 없지. 그리고 우리 남편도 회사의 나쁜 지시를 따르다가 오물 좀 뒤집어썼으니 거기에 대해 뭐라 불평할 것도 못 되고. 그러니 지난번 일로 서로 한번 씩 치고받았다 생각하고, 이제부터는 앞날만 생각하며 나아가는 게 좋지 않겠어? 그게 서로에게 도움이 될 테니 말이야. 안 그래? 장 대리."

그 말에 장 대리는 안심했다. 그녀가 회사의 위태로움과 그녀 남편이 당한 피해를 모두 '주거니 받거니'로 취급해, 어느 누구도 가해자가 아니면서 피해자도 아닌 걸로 만들어 주었던 것이다. 그녀가 모든 것을 원점으로 되돌려 서로의 상처도 없애버렸고 원한도 없애버렸다.

그는 보이지 않는 한숨을 쉬었다. 지난 번 사건으로 더 이상 그녀의 도움도 못 받고 회사가 무너지는가 싶었는데, 그녀가 현명하게도 이성적 결단을 내려주는 바람에 다시 회사에 희망이 생겼다. 이 지혜로운 여인이 사사로운 감정에 치우치지 않고 전체 상황을 올바르게 잘 판단해주어 약자만 뒤집어쓰지 않고 강자만 위로 받는 일 없이 문제가 아주 깔끔하게 처리된 것이다. 그녀가 듣는 이의 귀가 부담스럽지 않도록, 또 그의 마음이 불안하지 않도록 이 사태를 아주 부드럽게 잘 마무리 지어주었다.

그는 이제 이 여인을 마음속으로 존경스럽게 바라보았다. 그녀의 깊이를 모를 때는 그냥 여자인줄로만 알았는데, 그녀의 속생각을 들어보고 그 마음에서 내리는 판단을 받아보니 그 내면이 허술하거나 사리분별 못하는 그런 어설픈 여자가 아니었다. 한 때는 가정도 소홀히 여기고 인륜적 부끄럼도 가벼이 여기는 엉성한 여자정도로만 생각했는데, 이제 와 보니 형세를 잘 볼 줄도 알고 생각도 깊이 할 줄 아는 현명한 여인이었다. 겉보기에는 요즘 세상 사람처럼 이욕에 눈이 밝고 거치레만 신경 쓰는 그런 여자쯤으로 보였는데 중요한 일 앞에서는 속에 감추어진 보석 같은 내면을 온화하게 잘 드러낼 줄 아는 아주 아름다운 여인이었다.

그는 이 여인을 보며 자신에 대해 한번 생각해 보았다. 만약 이 여주인을 만나지 못했다면 지금 자기는 어떻게 되었을까? 이 여인을 만났던 못 만났던, 자기는 이 상황을 지혜롭게 잘 풀어나갈 수 있었을까? 글쎄, 알 수 없는 문제였다. 아직까지 이 상황에 대한 결론이 나지 않았으니 무어라 판단할 수는 없었다. 또 앞으로 어떠한 변수가 나타날지도 알 수 없었기 때문에, 지금 이 순간만 보고서 섣불리 결론지을 수도 없었다. 확신할 수 있는 건 아무것도 없었고 예측의 자료도 부족했다. 그건 정말 답하기 어려운 문제였다.

하지만 확실한 것이 한 가지 있었는데, 그것은 그녀라는 존재의 필요성이었다. 이 여인은 지금 이 상황에서 자기에게 가장 많은 도움을 줄 수 있는 사람이었다. 그리고 자기가 아는 유일한 도움이었다. 그래서 지금은 이 여인한테서 많은 도움, 유익한 도움을 받아야만 했다. 그것이 지금 시점에서 생각해 볼 수 있는 가장 적합한 답이었다. 어쩌면 그러라고 이 여인을 만난 건지도 몰랐다. 어린아이에게 보호자가 필요하듯, 아직 세상에 초보인 자신에게 능숙한 이 여인의 도움이 필요해 그녀가 자기에게 붙었는지도 몰랐다. 알 수 없는 일을 마음대로 상상하기도 힘든 일이지만, 당면한 상황에서 보이는 일을 잘못 해석하기도 어려운 일이다 그래서 정답이라고 쓰여 있지는 않지만 돌아가는 상황으로 봤을 때 가장 확실하고 가까운 쪽으로 그는 해석해 보기로 했다.

'그녀를 만난 건 우연이 아니고 지금의 이 상황을 위해 준비된 것이다. 그러니 현명하게 생각해서 받을 수 있는 도움은 모두 받아라.' 이것이 그의 최종 생각이었다.

"네. 그런 것 같네요. 지난 번 일은 서로 다 잊고 다시 방법을 찾는 게 좋을 것 같네요." 장 대리가 그녀의 말에 맞장구쳤다.

"그래. 으르렁거려봐야 서로 손해만 본다니깐. 이미 지난 걸 끄집어내서 탓해 봐야 뭐하겠어? 앞으로 살아갈 일만 생각하는 게 서로에게 더 낫지. 그러니 장 대리도 사장한테 그렇게 집에서 머리만 쥐어뜯지 말고 다시 출근해서 살아갈 방법이나 궁리하라고 그래. 나이도 있는 사람이 어째 젊은 사람보다 못할까? 꿍하게 집에만 있으면 무슨 길이라도 생기나? 뭐라도 방법을 찾아야 길이 생기지. 안 그래? 장 대리." 그녀가 야무지게 말했다.

"네, 그야 그렇죠."

장 대리는 이제 그녀의 말이라면 뭐라도 호응할 태세가 되어 있었다.

"그래서 말인데," 그녀가 본론으로 들어가는 말을 끄집어냈다. "장 대리 회사도 이제부터는 다른 방식으로 물건을 팔아보는 게 좋을 것 같아. 이미 이런 가게에서는 물건을 유통하기가 힘들어졌으니, 방법을 여기서만 찾을 게 아니라 다른 길을 뚫어보는 게 더 낫지 않겠어?"

"네? 다른 길요?"

"그래. 방법도 없는 곳에서 방법을 계속 찾으면 뭐하겠어? 아니다 싶으면 과감하게 눈길을 다른 데로 돌려야지. 그래서 난 이참에 장 대리 회사가 가게를 차려서 직접 물건을 팔아 봤으면 하는데."

"네? 저희 더러 직접 가게를 차리라고요?" 장 대리가 의외의 말을 듣고서 놀라 말했다.

"응. 지금은 회사 제품이 한 개 밖에 없으니 가게를 차려도 좀 썰렁할 수는 있겠지만, 그래도 차츰 제품 종류를 늘려가면서 팔면 회사 광고도 되고 제품도 많이 팔 수 있을 거야. 그건 회사에서 직접 판매하는 거니까 다른 기업의 유통 방해도 받지 않잖아. 그리고 나중에 그게 잘 되면 다른 곳에 또다시 가게를 열면 되는 거고. 그렇게 해서 가게를 계속 늘려갈 수만 있다면 지금 공장에서 만드는 제품은 모두 소화할 수 있을 것 같은데. 안 그래?"

"우리가 직접 팔면 만든 물건을 모두 다 소화할 수 있다고요?"

"그래. 내가 보기엔 지금으로선 그 방법밖에 없을 것 같아. 내가 우리 가게 손님들한테 장 대리 회사 제품을 몰래 주문 받아서 팔아 주긴 해도, 내가 혼자서 그렇게 조용히 파는 것보다야 회사가 직접 판매처를 차려서 큰 소리 내며 파는 게 더 좋지 않겠어? 그리고 우리 남편 말을 들어보니 다음 달쯤이면 장 대리 회사 제품과 경쟁할 제품이 시장에 출시된다고 하던데, 만약 그 제품이 시장에 출시돼서 빨리 인기를 얻으면 장 대리 회사는 더 이상 일어날 수도 없을 거야. 그러니 더 늦기 전에 이런 방법이라도 택해서 한번 도전해 보는 게 어떨까 생각하는데. 내가 보기에 그건 그리 가망 없을 것 같지도 않아. 왜냐하면 우리 가게 단골들이 그 물건 사 가는 걸 보면 알 수 있거든. 그 사람들은 절대 낱개로 사가지 않아. 모두 상자 단위로 주문해서 사가지. 그 사람들이 그렇게 주문하는 건 다른 사람들 것까지도 같이 주문해서 그런 거야. 그건 무슨 의미냐 하면, 기존 소비자들은 이 제품을 사서 쓰고 싶은데 어디서 파는지 알지 못하니깐 아는 사람을 통해서 그렇게 대신 주문해서 쓴다는 거야. 그만큼 소비자들의 이 제품에 대한 충성도가 크다는 뜻이지. 아직 그런 소비자들이 살아있는 한 다른 기업 제품이 출시되더라도 절대 시장에서 외면 받지는 않을 거야. 그러니 잘 판단해 보고 빨리 시도해 보는 게 좋을 것 같아. 시간을 늦추다 보면 이 제품에 대한 향수도 점점 옅어지니깐 말이야. 그럼 기존 소비자들도 다른 곳으로 이동을 하게 돼 있어."

그 말에 장 대리는 어떠한 거절도 반문도 하지 않았다. 아니, 할 필요가 없었다. 이미 그녀가 자신의 경험과 판단으로 그 모든 것을 생각해 놓고 그렇게 해주기만을 기다리고 있는데, 다른 어떤 길을 살핀단 말인가!

장 대리가 그녀의 말에 확신을 보이며 이렇게 말했다.

"희망이 있을까요? 그럼 해 보도록 할게요. 아니, 저는 이미 잘 될 거라는 확신이 드는데요. 사장님이 제안하신 거라면 분명 잘 될 게 틀림없어요. 제가 우리 사장님한테 말해서 당장 해보자고 말할게요. 그럼 사장님도 절대 거절 하지 못할 거예요."

그는 속으로 생각하기를, '이 분야에 경험 있고 유능한 이 여주인이 하는 조언이라면, 그것은 그녀에게 뭔가 느껴지거나 어느 정도 예감이 되어서 하는 조언일 것이다. 그러니 그건 절대 놓쳐서는 안 되는 기회다. 게다가, 그녀는 이때를 위해 준비된 사람이 아닌가!' 했다.

그녀가 말했다.

"그런데, 솔직히 그 방법이 잘 될지는 나도 잘 모르겠어. 하지만 한번 시도해보는 게 좋을 것 같아. 이미 벌여놓은 일인데 이렇게 손해만 보고 접을 순 없잖아. 물론 금전적 손해야 그 오 사장 혼자서 감당하면 된다지만, 그래도 그 밑에서 일하는 직원들까지 일자리를 잃어서는 안 될 것 아니야."

사실, 그녀는 오 사장이 망하는 것과 다른 직원들이 일자리를 잃는 건 관심이 없었다. 그건 그들의 사정이었고 자신과는 전혀 무관한 일이었다. 단지 그녀가 이렇게 신경 쓰는 건 한 남자, 장 대리 때문이었다. 장 대리, 그가 일자리를 잃으면 다시는 그를 볼 수 없을 것 같아서였다.

그는 그녀에게 소녀시절의 감성을 불러일으켜 준, 그리고 자신을 젊고 설레게 만들어 준 남자였다. 그런데 그런 그를 놓치게면 다시 현실 세계로 돌아와 기계처럼 살 수밖에 없었다. 그래서 현실에만 빠지지 않도록 만들어 준 그를 오래 잡아두기 위해, 그녀는 자신과는 무관하면서도 남편과는 원수인 이 회사를 돕고자했다. 어찌 보면 그건 참 유치하고 어리석은 행동이었지만, 이 여자는 그런 여자였다. 그녀는 경제적으로는 부족한 것이 없었지만 감성적으로는 매우 목말라 있던 여자였다. 그녀는 돈으로는 채우지 못하는 마음속 빈 공간을 애정이라는 애타는 감정으로 채우기 위해 어떤 큰 대가라고 지불할 용의가 있던 여자였다. 그녀는 메마르고 차가운 현실을 풍성하게 살아가긴 했지만 부드럽고 낭만적인 이상을 심히 갈구하는 꿈의 여인이었던 것이다. 그 때문에 그녀는 그 목표가 되어 준 남자를 놓치지 않기 위해 많은 투자를 하고 있는 중이었다. 어쩌면, 그건 그녀 인생 최고의 투자인지도 몰랐다.

두 사람은 그날 가게에서 그런 대화를 나누었다. 그리고 그 대화내용을 실행해 보는 게 좋겠다는 결론을 얻었다. 그것은 노련한 한 여인에게서 나온 생각으로, 무기력한 남자들이 행동으로 옮기기만 하면 되는 일이었다.

그 결과야 알 수는 없는 일이었지만, 그건 그냥 넋 놓고 당하는 것보다야 훨씬 나은 방법이었다.

이제, 장 대리는 오 사장을 만나 이 일을 설명하고 그가 겁 없이 이 일을 추진하도록 만들어야 했다.

너희보다 앞서가시는 주 너희 하나님께서
이집트에서 너희를 위하여 너희 눈앞에서 행하신 모든 것에 따라
친히 너희를 위하여 싸우시라.
— 신명기 1: 30

12

　그날 윤호는 여주인과 헤어지고 오 사장과 바로 전화통화를 했다. 다음 날 해도 상관없었지만, 여주인이 제시한 방법이 너무 기대되고 확신이 커 오 사장이 내리는 결정을 빨리 듣고 싶었기 때문이다. 하지만 그는 오 사장으로부터 어떠한 대답도 들을 수 없었는데, 그가 이미 너무 술에 취해 무슨 말을 해도 알아듣지 못했기 때문이다. 그래서 그는 오늘은 안 되겠다 싶어 횡설수설하는 전화기에 대고, '사장님 내일 뵙겠습니다.' 하고 그냥 끊어 버렸다. 상대가 자기 말을 들을 준비가 되어있지 않는데 계속 그렇게 통화해봐야 아무런 소용도 없는 일이었다.

　그는 다음날 오후에 오 사장에게 다시 전화했다. 다행히 그 시간에는 그가 정신을 차리고 있었다. 그는 전날 술을 얼마나 마셨는지 통화하는 목소리가 평소 그의 목소리 같지 않았다. 마치 중년에 변성기를 겪는 사람 같았다.

　"사장님," 윤호가 전화기에 대고 그에게 말했다. "지금 바로 사무실로 나와 주셨으면 좋겠습니다. 어제 제가 좋은 정보를 하나 들었는데 회사에 많은 도움이 될 것 같습니다. 빨리 추진하면 좋은 기회가 될 수도 있을 것 같습니다. 그러니 지금 바로 사무실로 나오셔서 결정해 주시기 바랍니다."

　오 사장은 그 말에 어떤 알 수 없는 희망을 느꼈는지 그에게 이렇게 말했다.

　"좋은 정보라고? 무슨 정보? 그 놈들이 잘못했다며 나한테 빌기라도 하겠대? 그럼 내가 바로 가지. 그 놈들이 나한테 용서 구하는 모습을 보고 싶었거든."

오 사장은 무언가 기대되긴 했어도 그것이 무엇인지 물어보지는 않았다. 자기는 회사에 나가지 않고 거의 포기한 채 집에서만 지내고 있는데, 장 대리는 끝까지 포기하지 않고 회사를 위해 이래저래 움직이며 도움이 될 만한 정보라는 것을 찾아왔기 때문이다. 그것은 회사 주인이라는 사람으로선 참 부끄러운 일이었다. 세상을 좀 더 살아 젊은 그보다 더 많은 경험을 가졌다고 자부했던 자신이 오히려 위기 앞에서는 젊은 사람 뒤에 숨는 꼴이었으니, 그런 자신의 모습을 생각하면 참 비겁하고 우스워보였다. 그래서 그는 장 대리의 전화를 받고서도 그에게 그 정보가 무엇이냐며 바로 묻질 않고 오히려 그런 정보에는 기대를 걸지 않는 사람처럼 다른 말을 꺼내 자신의 부끄러움을 살짝 덮어버렸다.

"아닙니다. 사장님." 윤호가 말했다. "그런 게 아니라 해볼 만한 다른 방법이 생겼습니다. 자세한 얘기는 만나서 말씀드릴 테니 지금 바로 사무실로 나와 주십시오."

오 사장은 다른 방법이 생겼다는 윤호의 말에 마음이 많이 움직였다. 그것은 아무것도 보이지 않던 어둠 속에서 한줄기 새어 들어오는 빛을 보는 기분이었다.

"알았네. 지금 바로 가지."

오 사장은 더 이상 아무 말 않고 전화를 끊었다. 장 대리가 가져온 좋은 정보라는 것이 무엇인지는 몰랐지만, 그것을 직접 만나 들어보고 싶었던 것이다.

그는 전화를 끊자마자 바로 사무실로 출근할 준비를 했다. 어찌 해 볼 방법을 찾지 못해 집에서 온갖 상상과 안 좋은 생각만으로 시간을 보내고 있었는데, 전혀 생각지도 못하게 장 대리가 새로운 방법이라는 것을 찾아와 그는 그 의외의 방법이라는 것에 죽어가던 심장이 다시 뛰는 것을 느꼈다. 마치 새 건전지로 갈아 끼운 장난감이 이전보다 더 활기차게 움직이는 느낌이었다. 그는 그 희망의 에너지를 품고서 집안을 분주히 돌아다니며 오랜만에 자신을 단장했다.

두 시간 후, 오 사장은 오랜만에 말끔히 차려입고 사무실로 들어섰다. 그가 사무실에 들어섰을 때는 장 대리 혼자서 그를 기다리고 있었다. 다른 직원들은 이미 회사 영업이 마비되면서부터 출근을 하지 않고 있었다. 그들은 처음 며칠은 출근했으나 출근해도 아무 할 일이 없자 오 사장이 그들에게 집에서 대기상태로 근무할 것을 지시했던 것이다.

그런데 오 사장이 그들에게 내린 그 대기상태의 근무라는 것은 참 애매한 근무방법이었다. 일을 하는 것도 아니요, 회사를 그만둔 것도 아닌, 반실직상태에서 기약 없이 회사의 회복만을 바라보며 기다리는 것이었다. 차라리 회사를 확실히 그만두고 다른 일자리를 알아보는 것이 낫지, 이런 식으로 거의 두 달째 아무 일도 하지 않고 집에서만 기다리는 것도 참 힘든 일이었다. 하지만 그들은 아무 말 없이 그렇게 대기하고는 있었는데, 그나마 회사에서 적은 수당이라도 지급되고 있었기 때문이다. 그러나 그들이 나가는 것은 거기 예약된 일이나 마찬가지였다. 희망 없어 보이는 회사에서 마지막까지 기대를 걸며 남는다는 것은 젊은 그들에게는 참 어리석어 보였기 때문이다.

오 사장은 오랜만에 출근해 자기 자리에 앉았다. 그의 자리는 그가 회사에 마지막으로 출근했을 때의 모습 그대로였다. 회사 서류들은 정리되지 않은 채 서류꽂이에 마구 끼워져 있었고, 책상은 차를 마시다 흘린 자국과 찻잔이 그 위에 놓여 생긴 동그란 자국으로 누렇게 물들어 있었다. 회사가 갑자기 이렇게 되다보니, 누구하나 그런 것에 신경 쓰며 정리할 생각을 하지 못했던 것이다.

장 대리는 오 사장이 자리에 앉자 그에게 다가가 어제 여주인이 자기에게 해준 밀을 꺼냈다. 여주인이 가세를 얻을 것을 제안한 사실과 여주인의 남편이 누구였는가 하는 말이었는데, 오 사장은 여주인의 남편에 대한 사실을 알게 되자 다소 놀라는 눈빛을 보였다. 도와주려는 여주인과 방해하려는 남자가 같은 집에서 부부로 살고 있었다니 정말 믿기지가 않았던 것이다. 상식적으로 부부는 옳든 그르든 거의 같은 길을 걷기 마련인데, 그 부부는 정말 반대 행보를 보이고 있었다. 아내는 남편이 불쾌한 피해를 당했는데도 거기에 아랑곳 않고 남편의 원수를 도우려 했고, 남편은 이 조그만 회사가 아내의 가게에 무시 못하는 이익을 가져다주었는데도 그 점을 무시하고 이 회사를 무너뜨리려 했다. 그것은 두 사람 사이의 이해가 참 상반되는 행위이었다. 그럼에도 그들은 그런 것들을 모두 무시한 채 각자의 생각대로 자신들의 길을 걷고 있었다.

그래서 그는 그 일에 대해 잠정적으로 이렇게 결론을 내렸는데, '원수처럼 사는 한 부부가 서로의 이익을 해치는 데서 각자의 행복을 만끽하는구나.' 하고서 말이다. 그의 수준에 딱 맞는 해석이었다. 아무튼, 오 사장에게 있어서 그 두 부부의 일은 정말 획기적인 사건이자 아주 이해하기 힘든 이야기였다.

잠시 후, 오 사장은 장 대리의 말을 모두 듣고서 새로운 가게를 여는 것에 대해 생각하기 시작했다. 그가 보기에 장 대리가 전한 그 소식은 의외이긴 했어도 유익한 정보 같았다. 그것은 완전히 무너져가는 회사에 작은 희망의 불씨라도 지펴볼만한 가치 있는 조언이었고, 지금 상황에서 해볼 만한 최선의 시도였으며, 가능성이 전혀 없어 보이지는 않는 방법이었다. 그 여주인이 자신의 회사를 이렇게 도와주려한다는 것이 다소 의심되기는 했지만, 그래도 그 방법으로 인해 자신의 회사가 지금보다 더 나쁜 상황에 빠질 것 같아 보이지는 않았다.

그는 곧 장 대리에게 이렇게 말했다.

"그 여주인 말이야. 믿을 수 있는 여잔가? 혹시 남편과 짜고서 나를 더 괴롭히려는 건 아닌가?"

그 말에 장 대리가 단호하게 말했다.

"그 분은 절대 그런 분이 아닙니다. 그 분만큼 실력과 신용을 겸비한 분도 없습니다. 그러니 그분의 판단력과 조언을 한번 믿어보시기 바랍니다."

장 대리가 그렇게 말하니 오 사장은 어느 정도 믿음이 갔다. 다른 사람 같으면 이래저래 의심해 볼만도 했지만, 끝까지 회사에 남아 회사를 살려낼 방법을 찾고 있는 그의 말이라면 믿지 않을 수가 없었던 것이다. 그는 그녀의 말대로 한번 해보기로 하고 그 자리에서 바로 결심을 굳혔다.

다시 오 사장의 회사가 가동되기 시작했다. 오 사장은 그 가동의 첫 번째 작업으로 목 좋은 자리에 가게를 하나 임차했는데, 적당한 가게가 알맞은 시점에 나오는 바람에 계약이 빨리 성사되어 그 내부 수리까지 아무 탈 없이 마칠 수 있었다. 그는 곧 지금까지 회사 창고에 쌓여 있던 제품들을 가져와 새 가게에 진열시켰다. 제품이 단일 품종이다 보니 복잡한 장식이나 그 외에 어떠한 장치도 필요 없이 간단히 마무리 지을 수 있었다. 이제 바로 물건을 판매해도 될 정도였다. 하지만 그러기 전에 해결해야 할 문제가 하나 있었다. 그 물건들을 판매할 직원들을 구하는 일이었다. 지금까지 자기들은 공장에서 물건을 가져와 그것들을 공급하는 일만 해왔기 때문에, 고객들에게 직접 물건을 팔아 본 적이 없었던 것이다. 그래서 그런 일에 능숙한 판매원이 있어야 했다.

그들은 별 것 아니라 생각했던 그 문제를 만나자 그 문제로 이틀을 고민했다. 그러다 그것을 이런 식으로 해결해 보기로 했는데, 장 대리가 아는 최고의 판매원에게 찾아가, 자기들이 뽑은 여성 사원 두 명을 그녀 밑에서 일주일 간 교육시켜주도록 부탁하는 것이었다. 그러면 그들에게 손님 대하는 감각이 빨리 생겨 새로 연 가게에서 잘 해낼 수 있을 것 같았던 것이다. 하지만 그렇게 되려면 그녀가 그것을 먼저 허락해줘야 했다. 항상 손님들로 바쁜 그녀가 그 일을 허락해 줄지는 알 수 없었지만, 일단 장 대리는 그 전설의 판매원을 찾아가 한번 부탁해 보기로 하고, 다음 날 그녀를 찾아가 자기들의 사정을 그녀에게 말했다.

그랬더니 그녀가 이렇게 답했다.

"뭐, 내가 장 대리 부탁이라면 거절 할 수 있나? 그 두 사람 나한테 보내. 그러면 내가 일주일 만에 모든 비법을 전수해 줄 테니."

역시 그 전설의 판매원은 장 대리라는 남자 앞에서는 어떤 것도 거절하지 못했다.

"그런데, 조건이 있어."

하지만 그녀는 그 부탁을 쉽게 들어 줄 생각은 없었다. 그녀가 장 대리에게 의외의 조건을 하나 붙였다.

"장 대리도 여기 와서 같이 교육 받아. 그래야 나중에 그 두 사람 모두 없어도 계속 장사할 거 아니야. 사람 일은 모르는 거니까 미리 대비해 놔야지. 안 그래?"

아주 옳은 판단이었다. 이런 업종의 판매원은 근무 수명이 길지 않아 미리 사람을 예비해 놓을 필요가 있었다. 그래서 길게 내다본다면 사업주가 되려는 사람은 만일을 대비해 다른 사람을 준비해 놔야 했다. 하지만 아무리 그렇다 하더라도 남자더러 화장품 판매 교육을 받으라 하다니, 좀 찜찜한 면이 있었다. 그러나 장 대리는 거절하지 않고 그녀의 조건을 바로 수락했다. 그녀의 의도는 알고 있었지만, 회사 사정이 급하다 보니 그 교육 담당 교수의 요청을 거절할 수 없었던 것이다.

그렇게 그 전설의 판매원 밑에서 일주일간의 교육은 시작되었고, 장 대리를 포함한 세 사람은 무사히 교육을 잘 마쳤다. 그들은 모두 상냥한 얼굴과 애교 넘치는 말투로 손님 대하는 방법과 손님의 심리는 잘 간파해 더 많은 제품을 사도록 유도하는 기술을 습득했다. 그들은 곧 가게에 투입되었고 대부분의 준비를 끝마쳤다. 이제 가게를 열어 물건을 팔기만 하면 되었다.

드디어 가게를 개업하는 날이 되었다. 가게 앞에는 알록달록 커다란 꽃장식과 풍선 장식이 달렸다. 가게 문은 안이 훤히 들여다보이도록 개방되어 손님들이 자유로이 드나들 수 있도록 했다. 그리고 가게 안에는 이 가게의 유일한 화장품과 그것에 대한 설명이 전시되어 있었는데, 거기에는 이렇게 적혀 있었다.

'개업 기념 특별 할인 판매. 반값에 가져가 발라보세요. 아주 특별하고 유명한 화장품입니다. 효과 없으면 모두 환불해 드립니다.'

그것은 그동안 창고에 쌓여져있던 재고를 빨리 처분하기 위한 그들만의 극단적 처리방법이었다.

그들은 오전부터 인근 지역에 대대적인 홍보를 시작했다. 두 명의 남자 직원은 거리를 돌아다니며 개업한 가게와 그 제품을 알렸고, 두 명의 여자 판매원은 가게 앞을 지나가는 여자들에게 상냥하게 웃으며, 한번 발라보라며 그 제품을 권유했다.

그러자 오전까지는 별 반응이 없던 사람들이 오후에 조금씩 모여들기 시작했다. 여자 손님들은 그 제품을 얼굴에 한번 발라보고는, 가격과 품질이 그리 나쁜 것 같지 않다며 하나씩 사가기 시작했다. 그 중 이 제품에 대해 이미 알고 있던 사람들은 그것을 여러 개 구매해 갔는데, 그들은 그 제품이 시장에서 이미 단종된 줄 알고 아쉬워하다가 뜻하지 않은 곳에서 그 제품이 판매되는 것을 보고는 너무나 반가워 다른 여자들보다 더 많이 사간 것이었다. 게다가 그 제품은 평소 자기들이 사 쓰던 가격보다 더 싸게 팔리고 있었기 때문에, 거의 공짜처럼 느껴져 몇 개씩 더 사가지 않을 수 없었다. 그녀들 입장에서는 자기들 동네에 그 가게가 생긴 것이 참 감사한 일이었다.

그렇게 가게를 연 첫날 손님들의 반응은 대체로 좋았다. 매출액도 생각했던 것보다 나쁘지 않게 나왔다. 단일 제품으로만 가게를 장식해서 물건을 팔아도, 사가는 손님들은 그런 것과는 상관없이 제품과 가격에 만족해하며 생각보다 많이 구매해 갔다. 거품과 포장으로만 부풀려진 제품보다는 오히려 소박하면서도 알찬 그런 제품이 그들에게는 더 만족스러웠던 같았다.

가게를 연지 일주일이 지났다. 가게 안은 손님들의 출입으로 더 분주해졌다. 말하기 좋아하는 여자들이 조금씩 자랑해 주는 바람에 몇 정거장 떨어진 곳에 사는 사람들도 찾아와 제품을 구매해 갔고, 기존 소비자들 가운데 구매를 원하던 자들도 누군가로부터 그 가게 위치를 전해 듣고는 먼 거리를 마다않고 찾아와 물건을 구입해 갔던 것이다. 참 고맙고 놀라운 고객들이었다.

이제 시간은 흘러 한 달이 지났다. 경쟁사의 모방 제품이 드디어 시장에 출시되었다. 그 제품은 고급스런 유리병에 담겨 대대적인 광고와 함께 소비자들 앞에 등장했다. 기업은 최고의 광고 시간대를 잡아놓고서 많은 비용을 들여가며 그 제품을 알리기 시작했다. 그들은 우아하면서도 단아한 모습의 한 젊은 여성의 피부를 영상 광고에 노출시켜 여러분도 며칠간만 써

보면 이렇게 될 수 있다고 소비자들을 유혹했다. 그녀는 현재 최고의 인기를 누리고 있는 여배우였는데, 결혼 안 한 남자들의 목표이자 결혼한 남성들의 위안이었다. 기업은 그런 인기 여배우를 통해 신제품 광고를 내보내며 그녀를 따라하려는 여성 고객들의 마음을 사로잡으려했다. 사지 않을 수 없게 만들어 발라보지 않을 수 없게 만들려는 작전이었다. 그 광고는 그렇게 시청자들의 구매욕을 자극하며 전국으로 매일 매일 퍼져나갔다.

한편, 한 달이 지나자 이 단출하면서도 멋없는 가게는 여성 손님들로 넘쳐나기 시작했다. 그것은 화장품을 구매하려는 손님들 때문이기도 했지만, 여자들만의 유익한 정보를 얻기 위해서였다.

오 사장은 장 대리를 통해 경쟁사의 제품이 곧 출시될 거라는 소식을 듣자 그에게 무슨 대책을 세워야 하지 않겠느냐고 보챘다. 아직은 겨우 숨만 쉬며 연명하는 회사인데 경쟁자들이 침입해 오면 아무런 수도 쓰지 못하고 주저 않을 게 분명했기 때문이다. 그래서 장 대리는 며칠을 고민하다가 한 가지 착상을 해냈는데, 가게에서 손님들을 상대로 무료 화장법을 가르치는 것이었다. 화장 전문가를 데려와 가게를 찾아오는 손님들을 상대로 화장술을 가르치기도 하고, 또 원하는 사람들한테는 그녀가 직접 그들에게 화장을 해주기도 하다 보면 자기들 가게와 제품에 대한 관심을 더 끌 수 있을 것 같았던 것이다. 젊은 남자가 어떻게 그런 생각을 해냈는지. 아마도 그 여주인의 가게에서 일주일간 다소곳이 교육을 받고 오더니 떠오른 생각인 것 같았다. 아무튼 그는 그런 여성 친화적이면서도 실용적인 광고를 통해 여심을 사로잡아 매출을 올려보려 했고, 그것을 곧 오 사장에 보고하고 바로 시도해 보았다.

그런데 이게 어찌 된 일인가! 그것이 이 가게의 완전 인기 상품이 되어버렸다. 평소 길거리를 지나다는 모습으로 봐선 그런 쪽에는 전혀 관심이 없을 것 같던 여자들이 세련된 화장법을 무료로 가르쳐 준다니깐, '이제야 나도 이 세상에 얼굴을 내밀 수 있겠구나.' 하며 몰려들기 시작한 것이다.

그녀들은 가게 안 좁은 공간에 촘촘히 모여앉아 앞에서 한 여성을 앉혀 놓고 이런저런 화장품으로 시술하는 강사를 쳐다보며 경의와 찬탄의 소리를 내질렀다. 그들은 그 화장술이 끝날 때에는 마치 신기한 마술 공연을 본 양 그 마술사에게 박수까지도 쏟아 부었다. 그들이 처음 보기에 아줌마라 여겨졌던 사람이 강사의 손놀림에 의해 아가씨로 둔갑해 있었기 때문이다. 여자들은 그 변신한 여성을 보며 무슨 신의 작품이나 장인의 손기술을본 듯 무척 신기해했고, 세상에 저런 기술도 있었구나 하며 자기들도 그런 기술의 도움을 한번 받아 보고자했다. 그래서 그 상술은 2주 만에 그 한 동네를 완전히 점령해 그 동네 여자들을 거의 포로로 만들어버렸다. 그녀들은 하루에 두 번 열리는 그 강습에 참여하기 위해 대기번호를 받아가며 그 시간을 기다렸고, 그 강습이 끝난 뒤에는 이 가게 화장품을 꼭 한 개씩은 사들고 돌아갔다. 그녀들도 그 신기한 무료 강습이 너무나 고마워, 거기에 대한 감사를 그런 식으로 보답하고자 했던 것이다. 세상에 공짜 없음을 깨닫게 해주는 아주 조화로운 반응이었다.

그렇게 해서 마침내 그 가게는 그 지역의 소문거리가 되었다. 그곳은 그 지역에 사는 여자들뿐 아니라, 그 동네를 어떠한 사연으로든 한번 방문한 여자는 반드시 들러야 하는 지역 명품 가게가 돼버린 것이다. 그것은 가게를 연지 석 달 반 정도 만에 이룬 쾌거였는데, 그 덕에 폐기처분당할 위기에 처했던 제품들은 다시 날개를 달고 날기 시작했고 주인을 찾지 못해 그동안 창고에만 갇혀있던 제품상자들도 눈에 띄게 많이 소진되었다. 모두 하늘을 나는 양탄자 덕분이었는데 그 양탄자가 날아와 추락하던 오 사장과 그의 사업을 떠받쳐 주었기 때문이다. 물론 그 양탄자로 말할 것 같으면, 그것을 짠 사람은 여주인과 장 대리였다. 그들은 오랜 경험과 젊은 생각을 잘 배합해 조직이 가늘거나 성기지 않도록 그 고급 직조물을 잘 짜나갔고 그렇게 해서 만들어진 작품을 오 사장을 위해 날려 보냈다. 그들은 비록 자신들이 그것을 짜도 자기들이 소유하지 못한다는 것을 알고 있었지만, 그래도 그 훌륭한 작품을 만들어내기 위해 거기에 열심히 공을 들였고 그 공 들인 작품을 오 사장이 그것을 타고 멋지게 날아오르도록 그에게 날려 보냈다. 그런 두 사람의 노고와 희생정신 덕에 오 사장은 그것의 최대 수혜자가 되었다. 거의 무임승차나 다름없는 혜택이었는데, 그렇게 보면 오 사장은 절대 운 없는 사람이 아니었다. 단지 지금까지 제대로 된 운을 만나지 못했을 뿐이었다.

하지만 그것만으로 오 사장의 문제가 모두 해결된 것은 아니었다. 그동안 투자에 쏟아 부은 돈을 완전히 회수하려면 그 혜택만으로는 많이 부족했다. 비록 가게가 잘 되고 있었고 재고도 많이 줄긴 했지만, 지금까지 들어간 투자자금이 많다보니 그 가게 하나로 모든 손해가 만회되지는 않았다. 그래서 그는 이제부터 그 부분을 해결해야 하는 고민에 놓이게 되었다. 그것만 잘 해결할 수 있으면 회사를 다시 이전 수준으로 회복시켜 다시 한 번 더 이전의 꿈들을 붙들어 볼 수 있었다.

그런데 장 대리는 그런 점들을 이미 알고서 미리 준비하고 있었다. 그는 이 가게를 차리기에 앞서 지금의 이 사업 방식에 대해 여주인으로부터 듣고서 그것에 따라 이 가게를 개업한지 한 달이 되는 시점, 그러니까 가게에 손님들이 몰려들기 시작한 시점부터 다른 곳에 빨리 새 가게를 열어야 하지 않나 생각하고 그 위치를 물색하고 있던 중이었다. 이미 다른 기업에서는 자기들 회사와 비슷한 제품을 만들어 시장에서 대대적인 광고를 하고 있는데, 자기들은 몇 달 째 영업을 못하다가 이제야 겨우 영업을 재개하는 터라 거기서 조금만 우물쭈물했다간 그 큰 기업에 모든 시장을 다 빼앗길 수 있었기 때문이다. 그래서 그는 이미 서너군 데 가게를 찾아놓고서 그 가운데 하나를 지목해 저곳에서도 가게를 한 번 더 열어보면 어떨까하고 생각하고 있었다. 그러던 차, 몇 달 만에 그 첫 번째 가게가 크게 번창하는 모습을 보자 그는 이내 오 사장에게 자신의 생각을 말해야겠다고 생각하고는 그에게 두 번째 가게를 열자고 제안했다. 그런데 그 일을 추진하기에 앞서 그는 다른 두 가지 제안을 더 추가했는데, 회사의 미래를 좀 더 길게 내다보기 위해서였다.

먼저, 그는 현재 가게에서 판매하는 제품이 단일 품종이므로 그 제품 수를 늘릴 것을 제안했다. 한 제품만으로 수익을 올리기보다는 다른 제품과 함께 수익을 거두는 것이 회사 이익에 도움이 되고 그 발전가능성에도 유리한데, 지금의 제품 수는 너무 단조로워 이 상태로 계속 가다간 소비자들이 자기들 제품에서 등을 돌릴 수 있었던 것이다. 그것은 초라한 기업이 성장하고자 하면 반드시 넘어야 할 산이었는데, 대부분은 이 고비를 넘지 못해 더 크게 성장하지 못한 채 주저앉고 말았다.

그리고 두 번째로 그가 올린 제안은 그 여주인에게는 자기들 회사의 제품을 아주 싼 값에 공급하자는 것이었다. 그녀의 가게는 이미 기초가 잘 다져진 곳이었고, 그 가게를 드나들며 홍보해 줄 수 있는 고객들도 많았다. 그래서 그 가게를 통해 자기들 가게를 알리면 다른 지역에까지도 자기들 제품의 영역을 쉽게 넓힐 수 있었다. 그러면 빠른 시간 내에 재고도 모두 없앨 수 있고, 다시 공장을 가동해 이전처럼 이익도 남길 수 있었다. 물론 그것으로 인해 여주인의 입장이 난처해질 수도 있겠지만, 그것은 예전처럼 그녀는 자기들 물건에 대해 주문만 받고 공급은 자기들 회사가 직접 고객에게로 해주면 쉽게 해결할 수 있었다. 그런 이유로 그는 오 사장에게 그것은 서로에게 좋은 상생 전략이자 자기들 회사가 더 빨리 회복할 수 있는 기회라 말하고 그렇게 해볼 것을 제안했다.

하지만 실제 그가 그렇게 제안한데에는 다른 숨은 속뜻이 있었다. 바로 보은(報恩)이었다. 그녀가 자기들 회사에 아무런 대가없이 베풀어 준 은혜에 대해 그녀에게 감사와 성의를 표시해야 한다는 도덕적, 인격적 배려였던 것이다. 그녀 없이는 자기들 회사가 전혀 회생할 수도 없었는데, 그런 그녀의 은혜를 잊고서 모른 척 넘어간다는 것은 정말 배은망덕한 행위였다. 그래서 그는 어떤 식으로든 그 마음에 보답해야 한다는 생각으로 그것을 오 사장에게 제안했던 것이다.

하지만 그는 이 부분에 대한 생각은 오 사장에게 표현하지 않았다. 왜냐하면 오 사장은 그 여주인에 대한 보답은 생각지도 않았고, 그런 건 할 필요도 없다 여기고 있었기 때문이다. 그가 생각하기로 오 사장은 그 여자는 그녀의 남편과 한 통속이 되어 자기를 해칠 수도 있는데다 이미 그녀 남편의 회사도 자기에게 많은 손해를 입혀, 오히려 자신은 그런 당연한 정도의 보상은 받을만한 자격이 있다고 여기는 것 같았다. 그래서 그는 괜히 그 생각을 드러냈다가 그런 부분 때문에 거절당할 수도 있겠다 싶어 순전히 자기들 회사의 이익 관점에서만 그에게 그 내용을 설명했다. 젊은이가 꽤나 깊은 통찰력으로 상대의 마음을 꿰뚫어보고 있었다.

아무튼 오 사장은 그런 숨겨진 속내는 생각지 못하고 장 대리가 그렇게 제안하자 그것을 모두 수긍했다. 그는 곧 장 대리에게 회사 제품 수를 늘릴 방법을 찾아볼 것과, 그 여주인의 가게에는 당분간 원가 이하의 가격으로 자기들 제품을 공급해 줄 것을 지시했다. 자신이 이익을 얻으려면 조금은 꺼림칙해도 그렇게 할 수밖에 없었던 것이다. 하지만 그는 당분간만이라는 단서를 붙여 그렇게 하도록 허락했는데, 아직 자기는 그 여자를 완전히 믿지 못하겠다는 표시였다.

어쨌든 오 사장이 그렇게 결정해주자 장 대리는 바로 그 여주인을 찾아가서 자신의 사장이 내린 지시와 허락을 그녀에게 말해주었다.

그 말을 들은 여주인은 오 사장의 그 지시에 대해서는 이렇게 말해 주었다.

"일단 우리 가게에서 많이 팔리면서 또 쉽게 만들어 낼 수 있을 것 같은 제품을 내가 몇 개 알려줄 테니 그런 제조회사를 찾아서 회사 상표를 입혀 한번 팔아봐. 내가 보기에 그건 시간도 오래 걸릴 것 같지 않고 절차도 많이 복잡해 보이지 않아. 단지 지금은 소량으로만 만들어서 판매해야 하다 보니깐 비용 부담이 좀 생길 수는 있을 거야. 하지만 그건 뭐 투자한다는 생각으로 시도해 봐야지. 처음 장 대리가 우리 가게에 물건 가져왔을 때도 무료로 나눠 줬잖아. 그때도 그렇게 큰 투자를 했는데 지금이라고 못하겠어? 비틀거리는 회사가 다시 살아나려면 뭐라도 해 봐야지. 안 그래?"

여주인은 장 대리 일이라면 귀찮아하지도 않고 그렇게 친절히 알려주었다.

그리고 그녀는 오 사장이 한 허락에 대해서는 이런 식으로 말했다.

"그거 오 사장이라는 사람이 나를 생각해서 그렇게 하지는 않았을 거고… 자기 회사 홍보된다고 하니깐 울상 지으면서 그렇게 했겠네. 물론 장 대리는 나를 생각하는 마음으로 그렇게 하는 게 좋다고 말했겠지만 말이야. 안 그래? 호호. 아무튼 나야 손해 볼 거 없지. 오 사장한테 고맙다고 전해줘. 나도 우리 가게 오는 손님들한테 그 제품 직접 사고 싶으면 거기로 가라고 말해줄게. 그럼 서로가 좋고 장 대리도 목표한 대로 된 거 맞지?"

그녀는 두 남자의 마음을 정확히 꿰뚫어 보고 있었다. 두 사람의 성품이 전혀 다르다는 것을 알고 있었기에, 눈치 빠른 그녀는 듣지 않고서도 그들의 생각을 모두 알고 있었던 것이다. 참 똑똑한 여자였다.

그리고 그녀는 도리에 맞는 마음의 판단도 내릴 줄 알았는데, 그건 아마 빚지지 않고 인생을 살아보려는 그녀의 성격 때문이었을 것이다. 그녀는 누구로부터 무엇을 받던, 받은 것은 반드시 되갚아 주어 자기 마음의 의무를 다하려했다. 빚지고 사는 것은 창피한 일이라 생각해 어떤 것을 받았을 때는 그 담긴 마음이 무엇이든 그것에 대해 일단 감사표시를 하고, 그 받은 것에 다시 다른 것을 담아 되돌려 주려했다. 그래서 그녀는 오 사장의 이번 결정이, 그가 이번에 자기한테서 받은 도움 때문에 거기에 대한 성의표시로 하는 것이 아니라 전적으로 자기 회사를 위해서 그렇게 한다는 것을 눈치 채고 있었음에도 그런 일에 대해서는 일단 고맙게 받아들이고 그에게 다른 방법으로 보답하고자 했던 것이다. 정말 세상 좀 살 줄 아는 여자였다. 이 신비로운 여자는 보통의 처세술로 세상을 살아가는 여자 아니었다. 정말 만나기 힘든 여자요, 만났으면 행운이라 할 만한 여자였다.

그렇게 이 회사는 이 똑 부러지고 야무진 여자의 도움을 받아 다시 일어설 준비를 했다.

곧 장 대리는 그녀로부터 몇 가지 제품을 받아 그것과 비슷한 화장품을 만들어 내기 위해 제조회사 서너 군데를 알아보았다. 그가 알아본 바에 의하면 그 제조업체들은 이름만 달랐지 거의 유사한 제품을 만들어내고 있었다. 거의 똑같은 성분이 늘어간 화장품에 각 회사마다 약간씩 다른 향을 첨가한다든지, 농도를 조절하기 위해 순서만 약간 뒤바뀐 공정을 하는 식이었다. 그러다 보니 그 제품들의 실제 효과는 거의 비슷했고 시장에서 팔리는 가격도 큰 차이가 없었다. 단지 다른 것이 있다면 제품 포장의 방법과 그 질이었는데, 실제로는 그것에 따라 각 제품 판매력이 결정되고 있는 것 같았다. 즉, 누가 봐도 신경 써서 만든 것 같은 포장재로 시장에 내놓은 제품은 소비자들에게 그 선호되는 정도가 컸고, 그 인상도 좋게 여겨지는 것 같았다.

그래서 그는 세 가지 종류의 제품을 선정한 후 전문 회사를 통해 거기에 알맞은 포장 도안을 해보았다. 현재 시장에서 팔리고 있는 것보다 좀 더 세련된 외형을 만들어 보고자하니, 그 작업도 여간 힘든 일이 아니었다. 그 작업을 마치는 데에만 거의 두 달이나 소요되었다.

드디어 여러 번의 작업 끝에 가장 고급스러워 보이면서도 소비자의 마음에 깊이 담길 것 같아 보이는 도안들이 하나씩 만들어졌다. 그는 곧 새로 만들어 낸 화장품에 그렇게 여러 번 신경 써서 만든 제품 포장재를 결합시켜 그것을 가게에 들여와 전시하며 판매하기 시작했다. 아직 알려지지 않은 회사의 생소한 제품이었지만, 원래 잘나가던 회사의 대표 화장품과 같이 판매하니 그 판매량은 약간씩 늘어갔다. 자칫 실패했으면 경험 없는 회사에게는 큰 짐이 될 수도 있는 시도였지만, 다행히 그 제품들은 그럭저럭 판매되어 나갔다.

그렇게 그는 회사의 1호 가게를 만들어 낸 후, 회사의 다른 제품을 몇 개 더 만들어 냄과 동시에 2호 가게를 준비해 나갔다. 그 준비는 이미 첫 번째 가게를 열면서 얻은 경험이 있었기 때문에 그리 어렵지 않게 할 수 있었다.

곧 회사 사무실과 멀리 떨어진 곳에, 그리고 구매력을 가진 여자 손님들도 많이 거주하는 곳에 가게 하나가 더 열렸다. 첫 번째 가게를 연지 여덟 달 만에 다시 여는 가게였는데, 회사의 2호 가게였다. 그 2호 가게가 위치한 지역은 이전 가게보다 좀 더 젊은 세대들이 거주하는 곳이다 보니 그 홍보 수단이 좀 더 젊어지고 세련되게 변형된 것 외에는 앞서 하던 것과 거의 같은 방식대로 여성 소비자들에게 접근했다. 그러자 반응은 한 달 만에 찾아왔는데, 여자들이 몰리기 시작한 것이다. 전보다 좀 더 넓은 상가에 가게를 열었기 때문에 찾아오는 사람들의 수는 1호 가게보다 더 많았고, 따라서 재고들이 빠져나가는 속도도 빨랐다. 아직까지는 영업 목표를 창고와 공장에 쌓인 재고를 모두 소진하는 것으로 잡고 있어서 회사의 영업이익적인 측면에서는 자랑할 게 없었지만, 그래도 그것은 무척 희망적이고 다행스런 전개였다. 모두 그 고무적인 현상을 지켜보며 안도의 한 숨을 내쉬었다.

그렇게 시간은 석 달이 지났다. 1호점, 2호점 모두 선전을 하고 있었다. 그러자 오 사장은 다시 다음 가게를 준비했다. 그도 이제는 자신감이 좀 생겼는지 이전보다 더 과감히 나아가기로 했다. 임차료를 좀 더 주고서라도 광고가 확실히 될 만한 곳에 가게를 얻기로 한 것이다. 물론 거기에는 장 대리가 그렇게 도전해 보자고 해서 그렇게 결정한 면도 있었지만, 오 사장 그가 보기에도 이제는 다시 실패하지 않겠구나 하는 어렴풋한 확신이 들어서였다.

3호점도 두 달의 준비 끝에 문을 열었다. 그것은 이전 두 개의 가게보다 좀 더 짜임새 있게 지역 상권에 얼굴을 내밀었는데, 깨끗하고 맑은 문양의 가게 간판과 밝고 시원한 느낌의 내부 장식이, '앞으로 우리는 이런 형태의 가게를 열어 소비자들에게 계속 다가가겠습니다.'라 표시했다. 드디어 회사 고유의 상표와 실내 장식이 만들어진 것이다. 그것은 처음 두 번의 허둥지둥한 경험으로 만들어낸 결과였지만, 아주 순발력 있고 탁월한 시도였다.

오 사장은 3호점의 그 내·외부 장식을 보고 무척 흡족해 했다. 이전의 막무가내식 장식보다는 훨씬 더 깔끔하고 상징성 있게 보였던 것이다. 하지만 장 대리의 눈에는 뭔가 좀 모자란 듯 했는데, 색의 강렬함이 부족해 보였고 문양이 좀 예스러워보였다. 그래서 그는 아직 완전히 다듬어지지 않은 조각품을 보는 양, 계속 다듬고 바꿀 만한 부분을 찾았다. 역시 젊은 나이가 좀 더 혁신적인 것을 바라고 그것을 추구하는 모양이다.

그 세 번째 가게도 역시 홍행 성공이었다. 이전보다 더 번화한 곳에서 영업하다보니 그 홍보 효과가 상당했다. 그래서 그곳은 어느 한 지역 사람만 십중석으로 방문하기보다는 인근 지역 빛 여타 좀 널다 싶은 곳에서도 방문하는 가게가 되었다. 사람들은 그 가게 이름을 말하며 그 앞을 약속 장소로 잡기도 했고, 지나가다가 그 가게 안에서 물건 사는 사람들의 모습을 보고는 호기심이 발동해 한번 들어가서 그곳 물건을 구경하기도 했다. 그렇게 그곳도 앞선 두 가게처럼 길지 않은 시간 안에 많은 손님들을 끌어 모을 수 있었다. 역시 임차료가 비싼 만큼 고객은 확실히 확보되었다.

하지만 이상하게도, 오 사장은 그 일에 대해 이전 가게에서의 성공만큼 기뻐하지 않았다. 세 점포는 열심히 물건을 팔아 주었고 그동안 쌓인 재고도 많이 소진되어 갔지만, 그의 얼굴은 오히려 처음보다 못해 보였다. 그건 그에게 아직 돌아오는 이익이 없었기 때문이다. 게다가 가게를 세 군데 열면서 들인 자금으로 인해 이제 더 이상 가동해 볼만한 자금도 남아있지 않았다. 그러니 겉으로는 장사를 잘해 돈을 버는 것 같아 보였지만, 아직 자신에게 돌아오는 수입이 없다보니 그로서는 즐거운 마음이 생길 리가 없었다. 제 날짜에 월급을 꼬박꼬박 받아가는 직원들이야 이제 가게가 잘 되니 자기들은 다시 일할 수 있겠구나 하며 아무 생각 없이 예전처럼 열심히 일만 하면 되었지만, 수입과 지출을 따져 여러 곳에 분배하고 투자해야 하는 사장으로서는 정말 곤혹스럽고 잠 못 이루는 상황이 아닐 수 없었다. 그래서 그는 그 속 타는 가슴으로 이러지도 저러지도 못한 채, 빨리 이익금이 생기기만을 바라며 마냥 기다릴 뿐이었다.

그렇게 피 말리는 두 달이 지나자, 그의 그런 고민도 일정 부분 해소되기 시작했다. 그동안 못 팔고 남아 있던 재고가 모두 사라지면서 세 가게에서 들어오는 수입으로 이윤이 조금씩 남았기 때문이다. 제품 할인율이 높은 바람에 아직 큰 수익으로 돌아오진 않았지만, 그래도 1년 이상 만져보지 못한 수익금이 조금씩이라도 들어오니 그는 약간의 숨통이 틔는 느낌이 들었다.

일단 더 이상의 손해는 발생하지 않는 상태에서 회사 수입이 조금이라도 잡히자 오 사장은 슬며시 또 한 번의 욕심이 생겼다. 그건 다시 다음 가게를 열 수 있으면 수입이 더 생길 텐데 하는 자연스럽고 당연한 마음이었다. 하지만 그의 욕망과 함께 할 자금이 부족했다. 이미 많은 돈을 쓴 상태였기 때문에, 만약 다시 가게를 열기 위해 지금 조금 남아 있는 돈을 모두 거기에 쏟아 부으면 직원들 월급이며 이미 재고가 바닥난 제품의 재생산을 위한 자금이 부족해 그것을 구하기 위해 매일 머리 아픈 고민을 밤낮으로 해야 했다. 그것은 다시 지옥 같은 생활로 접어드는 길이었고, 땅을 치며 후회할 일상으로 빠져드는 함정이었다.

그래서 그는 지금 자신의 자금만으로는 더 이상 뭔가를 해 볼 수 없다 생각하고 다른 방법을 찾기 위한 궁리를 시작했다. 그러다 지역할당형매장을 만들어 점포수를 늘릴 방법을 생각해내고는 거기에 한번 도전해 보기로 했다. 투자 밑천이 부족한 자신에게는 지금 그 방법이 가장 알맞아 보였던 것이다. 하지만 거기에는 넘어야 할 산이 몇 개 있었다. 아직 제품 인지도가 널리 퍼지지 않은 상태에서 회사에 자신의 점포를 열어달라며 들어올 업주가 있을지 불분명했고, 또 그들의 수입을 어느 정도 보장할 만한 제품 수와 고객수도 너무 적었다.

　그래서 그는 그런 방법을 해결함과 동시에 지역 점포를 늘릴 방법은 없을까하고 다시 고민하기 시작했다.

　예루살렘이 피폐하고 그것의 성문들이 불탔으니,
　오라, 우리가 예루살렘 성벽을 건축하여 다시는 수치거리가 되지
　말자.
　— 느헤미야기 2: 17

13

윤호는 하루에 세 점포를 돌아다녔다. 오전에 한 군데, 오후에 두 군데. 그가 그 점포들을 돌면서 주로 하는 일은 각 매장별로 두 명씩 배치되어 있는 여자판매원들을 교육시키는 일이었다. 그것은 아무것도 아닌 것 같아 보여도 그런 교육 덕에 자기들 가게와 제품에 대한 손님들의 인식이 달라졌기 때문에, 그는 같은 말을 반복해도 하루도 거르지 않고 그 일을 했다.

그리고 거기에 더해 그가 거기서 하는 일이 하나 더 있었는데, 그곳에 드나드는 손님들을 상대로 그들의 취향과 제품 구매 행태를 조사하는 일이었다. 그 조사를 바탕으로 그는 회사가 앞으로 어떤 방향으로 나아갈지 오 사장과 함께 고민하며 준비했는데, 그가 그렇게 매장을 매일 돌아다니는 것도 사실은 모두 이 핵심적 업무를 수행하기 위해서였다. 교육도 중요하긴 했지만 그건 단지 이 일의 부수적 업무일 뿐이었다.

그런 일들을 끝내고 나면 그는 다시 사무실로 돌아와 그날의 몇 가지 잡다한 업무를 처리했다. 젊은 직원들이 대부분 회사를 떠나고 없었기 때문에 예전에 그들이 처리하던 일을 그가 대신 처리하는 것이었다.

이제 이 회사에 남아 있는 사람이라곤 오 사장, 박도원 그리고 장윤호, 그렇게 셋뿐이었다. 모두 초창기 인물들이었는데, 이후 들어 온 다른 직원들은 회사가 위태롭게 되자 이제 이 회사는 더 이상 희망이 없다 생각하고서 한 명씩 회사를 떠나기 시작했다.

직원들이 그렇게 떠나자 오 사장은 더 이상 사람을 구하지 않고 남아 있는 사람으로만 회사를 꾸려나갔다. 당시 회사 상태로 봤을 땐 남아 있는 그들마저도 회사에 많은 부담이 되었지만, 그래도 그 두 사람마저도 떠나보내면 회사는 아예 문을 닫는 거나 마찬가지였기 때문에 그는 그 두 사람에게는 아쉬우나마 약간의 대우를 해주며 그들도 할지 모를 딴 생각을 잠재웠다.

다행히 그들은 그의 곁에 남아 주었다. 한동안 흔들리던 회사를 보며 그들도 마음 속 갈등을 많이 했지만, 같이 시작한 회사가 그렇게 위태롭게 무너져가는 상황에서 그냥 모른 척 나오지는 않았던 것이다. 비록 소용없어 보이고 희망 없어 보여도 그들은 사람에게 좀 더 많은 가치를 두며 오지락과 함께 했다. 그런 선택으로 그들은 처음 얼마간은 혹독한 시간을 보내야 했다. 그러나 어느 순간부터 따스한 기운이 불어오며 완전히 얼어붙었던 몸을 조금씩 녹일 수 있게 되었다. 회사가 다시 일어설 기미를 보이자, 끝까지 떠나지 않고 자리를 함께 지켜 준 그들에게 오 사장이 조금이나마 보상을 해준 것이었다. 그건 그들이 지금까지 잠잠히 참고 버텨온 고통에 대한 보상으로는 많이 모자랐지만, 그래도 어려운 시간을 통과할 때에 비하면 정말 감사한 일이었다. 게다가 그것은 인색한 사장으로부터 받는 보상이었기에 체감 가치는 실제 가치 보다 훨씬 더 높았다. 때문에 그들은 읽었던 기운을 다시 회복하며 지금까지 오 사장과 함께 해 올 수 있었다.

시간은 저녁 9시를 조금 넘겼다. 윤호는 나머지 잡무를 모두 마무리하고 자리를 정리했다. 하지만 그는 퇴근을 하지 않고 자리를 지켰는데, 아직도 한 가지 할 일이 더 있었기 때문이다. 그것은 회사의 미래와 관련되면서 자신의 장래와도 연관된 중요한 일이었다.

그날도 그랬지만, 그는 각 매장을 방문하면서 늘 느끼는 것이 있었다. 아직도 회사 제품 수가 너무 적다는 것과 판매가 한 가지 제품에만 너무 집중되고 있다는 것이었다. 그것은 지금 이 회사가 지닌 가장 큰 약점이자 불안 요소였다. 지금까지는 한 가지 제품만으로도 여심을 잘 사로잡아 승승장구 해왔지만, 앞으로도 그런 재미없는 전략에 고객들이 계속 부응해 줄지는 미지수였다. 왜냐하면 더 이상 매력적인 제품을 보지 못한 고객들은 단조롭고 심심한 제품군에 실망해 다른 회사 제품으로 눈길을 돌릴 수 있었고, 더 이상의 매력적인 제품을 내놓지 못한 회사는 다양하고 잠재적인 경쟁자가 존재하는 시장에서 오래 버티지 못하고 찻잔 속 태풍처럼 흐지부지 사라질 수 있었기 때문이다. 그건 지난번 경험에 비추어 보아도 그러했는데, 경험이 부족한 회사가 방심하고 있던 사이 생각지도 못했던 경쟁자들이 나타나 자기들 뒤를 조사하며 집어삼키려했던 것이다. 그래서 그는 그 사건 이후로 앞날을 위해 빨리 준비해야겠다는 생각으로 다음 날을 위한 대비를 시작했다. 그러지 않으면 또다시 근심과 위기상황에 내몰릴 수 있었기 때문이다. 다시 사람들을 찾아다니며 굽실거려야 할 수도 있었고, 지나온 때를 후회하며 자신의 불안정한 직장 생활까지도 불평할 수 있었다. 그건 정말 다시는 하고 싶지 않은 끔찍한 생활이었다.

그런데 사실 그런 건 모두 회사 사장이 고민해야 할 문제였다. 단지 직원일 뿐인 그가 그런 복잡하고 머리 아픈 고민을 할 이유는 없었다. 모든 판단과 결정은 소유주가 내리는 것이고 그에 따른 책임과 손익도 모두 그에게 돌아가는 것인데, 아무런 권한과 책임도 없는 그가 그렇게 나서서 그러한 고민을 할 필요는 없었다. 그건 정말 주제넘은 일이었다.

하지만 사장은 그런 일을 잘 감당할 만큼 야무지거나 솜씨 있는 사람이 아니었다. 모든 것을 그에게 다 맡겨 놓고 그의 지시만 잘 따르면 될 만큼 믿음직스럽고 책임감 있는 인물도 아니었다. 만약 그를 그렇게 믿고서 모든 것을 그에게 다 맡겨 놓았다간 얼마 못가 회사는 또다시 위기를 맞을 수 있었다. 그러니 그라도 나서서 회사가 다시는 위기에 처하지 않을 방법을 찾지 않을 수 없었던 것이다. 그러지 않으면 이 회사는 무능한 선장이 지휘하는 배처럼 망망대해를 떠다니다가 결국은 깊은 바다 속으로 가라앉을 게 분명했다. 그건 재능 없는 선장의 배에 탄 대가가 무척 처참한 경우였다.

그런데 이에 대해 오 사장은 장 대리가 그런 일에까지 신경 쓰며 일하는 것은 당연하다고 생각했다. 그는 장 대리에게 나름 많은 월급을 주고 있다 생각했고, 또 그런 급여에 걸맞게 그가 자기를 대신해 그렇게 일해야 한다고 생각했기 때문이다. 그래서 자기 딴에는 많은 값을 지불하고 사왔다 생각되는 장 대리를 그는 그저 단순 업무에만 투입해 가치 없이 내버려 둘 생각은 없었다. 골치 아픈 일에는 장 대리를 내세워 방법을 찾아볼 생각이었고, 그것을 바탕으로 회사를 꾸려나갈 계획이었다. 마치 시장에서 높은 값에 사온 짐승을 주인이 그 가치만큼 부려먹으려는 것처럼, 그도 장 대리를 그렇게 써먹으며 그에게서 그만한 가치를 뽑아내려고 했던 것이다. 물론 그가 장 대리에게 두 번의 큰 빚을 지고 있어 그를 다른 이들처럼 함부로 대할 순 없었다. 하지만, 그래도 그도 그에게 일자리를 제공한 사실이 있기 때문에, 그 지나간 일에만 매달려 그를 무조건 특별히 대우할 건 아니었다. 자신에 대한 그의 과거 위치는 인정하되, 정확한 계산을 위해 그를 급여만큼은 확실히 써먹으면 되었다. 그래서 그는 장 대리가 매일 밤늦게까지 사무실에 남아 일해도 미안하다거나 감사하다는 마음은 별로 가지지 않았다.

윤호는 자리에 앉아 차를 한잔 마시며 현재 회사가 판매하는 제품들을 쳐다보았다. 모두 네 종류의 제품들로 한 가지 제품 외에는 별 특별한 게 없었다. 나머지 제품들은 한 가지 특별한 제품을 사러 왔다가 거기에 덧붙여 사가는 매력 없는 제품일 뿐이었다. 차별화 된 것이 아니었기에 굳이 그것들만 사가기 위해 매장에 올 필요는 없었던 것이다.

그는 그 한 가지 제품, '피부미인'을 손으로 만지작거리며, 이만한 제품을 또 하나 더 만들어 낼 수는 없을까 하고 생각했다. 만약 그럴 수만 있다면, 회사 매출은 지금의 배로 늘어나 다시 한 번 더 도약해 볼 수 있었다.

그는 그런 생각으로 그 제품의 성분들을 유심히 살펴보았다. 여러 가지 성분들이 적혀 있었지만 대부분은 알지 못하는 것들이었다. 긴 이름의 성분이 화학적 명칭으로 적혀 있어서 그건 관련 전공자가 아니고서는 그 각각이 어떤 작용을 하는지 알 수 없을 것 같았다. 하지만 그런 중에도 그가 알아볼 수 있는 것이 하나 있긴 했는데, 성분표시 제일 앞쪽에 적혀 있는 꽃잎 추출물이었다. 어떤 꽃인지는 모르겠지만, 꽃잎을 말리고 녹여서 만들었다는 그런 의미인 것 같았다. 그리고 성분표시 중 제일 먼저 등장하는 걸로 봐선, 그 성분에서 이 화장품의 주된 효능이 나온다는 것 같았다.

그는 '이것을 다른 제품에도 넣어서 팔아보면 어떨까?' 하고 생각해 보았다. 만약 이 화장품의 주된 효능이 여기서 나오는 것이라면, 이것을 다른 제품에도 넣어서 팔면 매출을 지금보다 더 크게 올릴 수 있을 것 같았다.

그렇게 생각하니 그는 다른 제품에는 들어 있지 않은 그 성분의 정체가 갑자기 궁금해지기 시작했다. 그것이 무슨 효과를 나타내는지, 어느 꽃잎에서 추출한 것인지 알 수 있다면 그것을 이용해 다른 제품에도 응용해 볼 수 있을 것 같았는데, 거기에는 자세한 설명이 적혀 있지 않았다.

그는 자리 앉아 이 화장품에 대해 곰곰이 생각해 보았다. 그가 알기로 이 화장품은 오 사장이 특허를 얻어 만들어 낸 제품이었다. 그런데 그 특허라는 것은 많은 연구와 실험을 통해 나오는 결과물로, 평소 끈기 있게 이것저것 생각하며 만들어보는 사람이 아니고서는 만들어내기 힘든 소유물이었다. 그런데 사장이 그런 걸 만들어서 세상에 내놓았으니 조금은 의심이 가지 않을 수 없었다. 아니, 자신이 알고 있는 한 오 사장이 이런 걸 만들어 세상에 내놓는다는 것은 정말 상상 이상의 불가능한 일이었다.

또한, 이 화장품은 회사 자체의 연구실이나 공장에서 제조되는 것이 아니라 외주 업체에 맡겨져 만들어지고 있었다. 그런데 그렇게 되면 그 특허 기술이라는 것은 외부에 노출되어 다른 사람이나 회사에 유출될 수 있었다. 그런데 지금까지 그런 문제로 소동이 일어난 적은 한 번도 없었다.

이것은 지금까지 그가 이 회사에서 일하면서 한 번도 생각해 보지 못했던 문제였다. 그는 단지 제품을 배달하거나 유통 가게를 늘리는 일에만 집중해왔기 때문에 각 제품이 무엇으로 만들어지는지, 그리고 그 제품이 어떻게 만들어졌는지에 대해서는 관심이 없었다. 그러니 이 제품에 대해 누가 물어보면 그냥 피부노화를 방지하고 문제점을 개선한다는 식으로만 설명하고 말뿐, 그냥 어려워만 보이는 성분과 그 제조법에 대한 사연 같은 건 관심 밖에 있었다.

그런데 이제와 생각해보니 여기에는 이해되지 않는 비밀스런 구석이 느껴졌다. 만약 이 제품에 자기가 알지 못하는 그런 비밀스런 일이 숨겨져 있다면, 그건 어쩜 지금 상황에서 새로운 해결책이 될 지도 몰랐다.

그렇게 생각하다 보니 시간은 어느 듯 저녁 11시를 훌쩍 넘어 서 있었다.

그는 책상위에 놓인 화장품들을 모두 정리하고 사무실을 나왔다. 집으로 돌아가는 길에 그는 계속 그 꽃잎 추출물이라는 것이 무엇일까 하고 생각해보았다. 별 것 아닐 수도 있는 그 성분이 실은 어떤 놀라운 기술일 수도 있었다. 그래, 정말 그럴 가능성도 있었다. 이 화장품을 한번 써본 여자들이 이 화장품에 대해 그렇게 열광하는 걸 보면, 그것은 무슨 특이한 성분인 것이 분명해 보였다. 아니면 그 성분이 아닌 다른 성분이 그럴 수도 있었다. 아무튼 어떤 성분인지는 몰라도 이 화장품 안에는 무언가 특별한 능력을 지닌 성분이 들어있는 게 틀림없었다. 그는 집에 도착하기까지 내내 이 생각에 사로잡혀 있었다.

다음날 그는 오전 업무를 마치고 바로 사무실로 들어왔다. 그가 사무실에 들어왔을 때 오 사장은 아직 사무실을 떠나지 않고 자리를 지키고 있었다. 장 대리는 그가 점심을 먹으러 사무실을 나가기 전에 그에게 뭔가를 물어보기 잠시 눈치를 살폈다.

그런데 오 사장이 먼저 그를 불러 물었다.

"장 대리, 이 근처에 구둣방 어디 있는 줄 아나?"

"네." 장 대리가 대답했다. "맞은편 도로가 우측으로 조금 걸어가다 보면 골목이 하나 나오는데, 거기서 안으로 들어가면 한 군데 있습니다."

"어디, 푸른 바다 식당 있는 그 골목 말인가?"

"네. 맞습니다."

"거기까지 가야 하나." 오 사장 걸어가기 싫다는 듯 혼잣말로 중얼거렸다.

윤호가 그 소리를 듣고서 일어서며 말했다.

"사장님, 그럼 제가 가서 맡기고 올까요?"

"그대 주겠나?" 오 사장이 나다 않고 대답했다.

"네. 어차피 저도 그 방향으로 가야하는데 가면서 맡기고 가지요."

"그래. 그럼 이 구두 굽 양쪽 다 수선해 달라고 그래."

오 사장이 신고 있던 구두를 벗어 큰 종이봉투에 넣었다. 장 대리는 오 사장 자리로 가서 그것을 건네받고는 다시 자기 자리로 향했다. 그러다가 갑자기 뭐가 생각난 듯 다시 몸을 돌려 오 사장에게 말했다.

"그런데 사장님, 혹시 그 푸른 바다 식당에 자주 들리십니까?"

"가끔." 오 사장이 그를 쳐다보지도 않고 말했다.

"그렇군요. 그런데 그 식당 음식이 다른 곳에 비해 맛있지 않습니까?"

"조금." 오 사장이 이번에는 그를 쳐다보며 대답했다.

"그렇죠. 그곳에서는 매달 색다른 음식을 만들어 내놓더라고요. 그래서 사람들이 질리지 않고 먹을 수 있는 그 곳에 자주 가나봅니다. 물론 저도 그곳에 가끔 들러서 사 먹곤 하는데, 매달 처음 보는 음식들을 즐길 수 있어 참 좋더라고요."

그 말을 듣자 오 사장은 장 대리가 갑자기 왜 저런 말을 하나 하며 그를 빤히 쳐다보았다. 혹시 그곳 주인이 장 대리에게 광고 좀 해달라고 부탁한 건 아닌가 하는 생각이 들기도 했다. 하지만 지금까지 그는 단 한 번도 자기 앞에서 그런 허튼 소리를 한 적이 없었다. 그래서 그는 좀 이상하다 생각하며 그를 쳐다볼 뿐이었다.

그러자 장 대리가 오 사장의 그 눈빛을 알아채고서 말했다.

"제가 왜 사장님한테 이런 엉뚱한 말씀을 드렸냐 하면, 그 식당이 이름처럼 장사하니까 장사가 잘 되는 것 같아 그랬습니다."

"뭐, 이름처럼 장사하니 장사가 잘 되더라고?" 장 대리의 말에 귀가 솔깃해진 오 사장이 말했다.

"네. 그 식당 주인은 그 이름의 의미대로 장사하는 것 같습니다. 그러니 장사가 그처럼 잘 되는 것 같습니다. 그렇다고 제가 거기에 대해 그 식당 주인에게 물어 본 건 아니지만 말입니다."

"의미라니, 그게 무슨 말이지?" 오 사장이 그에게 물었다.

"아, 그건 그 식당이 푸른 바다라는 이름처럼 남들 안하는 음식을 계속 만들어 내고, 거기에 더해 사람들이 좋아하는 다양한 입맛까지 연구하니 손님들이 많이 몰릴 수 없는 말입니다. 뭐, 요즘 잘 나가는 가게들을 보면 대부분 그렇게 장사하더라고요. 안 그러면 살아남기 힘들거든요. 우리도 그런 식으로 해보면 참 좋을 텐데 말입니다."

장 대리가 은근히 그를 유인했다.

"그런 식으로라니? 우리도 그렇게 할 만한 방법이 있나?"

오 사장이 끌려들었다.

"네. 그런데 그 전에 한 가지 물어보고 싶은 게 있습니다."

"뭐지?"

"어제 일하다 갑자기 생각난 건데 말입니다. 우리 제품 피부미인에 들어가는 성분 중에 꽃잎추출물이라는 것이 있던데, 그 추출물이 어떤 건지 조금 알 수 있을까요?"

그 말을 듣자 오 사장의 표정이 갑자기 바뀌기 시작했다. 그는 양 눈썹에 힘을 주며 질문하는 장 대리의 눈빛을 살폈다.

장 대리는 오 사장의 그런 표정을 보자 거기에는 분명 무언가 비밀로 된 성분 같은 것이 있구나 하고 생각했다. 하지만 그는 아무 소리하지 않고 오 사장의 반응만 기다렸다. 사장이 보유한 기술인데 그것에 대한 내용을 알려고 그 대답을 강요할 수는 없었던 것이다.

그러나 곧 오 사장은 장 대리의 의도가 불순하지 않을 거라 생각했는지, 자세하지는 않지만 대충은 알 수 있도록 그에게 말해주었다.

"그건 몇 가지 꽃에서 뽑아낸 성분들로 만들지. 그 성분들은 피부노화 방지에 효과가 있는 걸로 알려져 있어. 뭐, 피부에 방부제 같은 역할을 해준다고 보면 될 거야."

그 대답을 듣자 장 대리는 오 사장이 자신의 질문을 완전히 피하지는 않는다 생각하고, 그에게서 좀 더 자세한 내용을 알기 위한 초석을 깔았다.

"아, 그렇군요. 그 성분에 그런 특별한 효과가 있었군요. 그래서 피부미인이 특별했던 거였군요. 거기에 그런 비법이 숨어있었다니 저는 생각지도 못했습니다. 참 대단한 성분인가 봅니다."

하지만 오 사장은 거기 대해서는 더 이상 아무런 반응을 하지 않았다. 대신 그는 다른 것을 알고자 했다.

"그런데 우리가 해 볼만 한 방법이라는 게 뭔가?"

오 사장이 그렇게 묻자 장 대리는 더 이상 둘러말하기보다 바로 말하는 게 좋겠다 생각하고 대답했다.

"그건 그 꽃잎추출물이라는 성분으로 다른 제품도 만들어 보는 겁니다."

일단 장 대리는 거기까지만 말했다. 오 사장이 그 성분의 가치를 어느 정도로 중요하게 여기고 있는지 몰랐기 때문이다. 만약 그가 자신만의 비법이라 생각하고서, 중요한 그 기술에 대해 자기에게 더 이상 공개하거나 설명하기를 꺼린다면 그 일은 추진하기 힘들었다. 아무리 회사를 위하는 일이라지만, 자기 노력의 결실인 그 기술을 사업 확장이라는 명목으로 그의 의사에 반해서까지 공개를 요구할 수는 없었다. 그것은 비상식적이고 무례한 행동이었다. 그래서 그는 사장의 그 기술에 대한 인식이 어느 정도인지부터 먼저 확인한 뒤, 자신의 생각을 더 말해 볼 요량으로 잠시 시간을 두며 그의 마음을 관찰했다.

"그걸로 다른 제품도 만든다?" 오 사장이 혼잣말처럼 말했다.

그 소리를 듣고서 장 대리가 말했다.

"네. 그 성분이 말씀하신 것처럼 그런 탁월한 효과를 발휘하는 것이라면 다른 제품에도 넣어서 몇 가지를 출시해 보는 겁니다. 그 성분이 다른 성분과 반응했을 때 효능이 감소한다면 몰라도, 그렇지 않고 그 효과가 계속 유지된다면 다양하게 이용해 보는 것도 좋을 것 같습니다."

그러고 그가 좀 더 힘을 주어 말했다.

"지금 우리 회사 제품들을 보면 피부미인 외에는 특별한 것이 없습니다. 다른 것들은 모두 특징 없는 제품들뿐입니다. 그런데 다른 기업에서는 이미 피부미인과 유사한 제품을 출시해 대대적인 광고를 내보내며 우리 제품을 따라오려 하고 있습니다. 아직은 출시 초반이라 그것이 우리 제품 판매에 크게 영향을 미치지는 않지만, 시간이 흐르면 상황이 어떻게 변할지는 알 수 없습니다. 아무래도 비슷한 제품이라면 소비자들은 잘 포장되고 이름 있는 회사 제품을 선호할 가능성이 큽니다. 만약 그렇게 된다면 우리 회사의 매출은 급격히 감소할 것이고, 우리는 다시 위기를 맞게 될 겁니다. 그러니 그 전에 빨리 다른 수를 써서 대책을 마련해야 합니다. 그런 대책으로 제가 한번 생각해 본 것이 그 꽃잎 추출물이라는 성분을 다른 제품에도 넣어서 출시해 보는 것이었습니다. 하지만 제가 그 성분의 내용과 제조 기술

같은 것을 정확히 알지 못하니 뭐라 더 말씀 드리기는 힘들 것 같습니다. 거기에는 제가 알지 못하는 많은 걸림돌 같은 것이 있을 수 있는데 그것도 모르고서 제가 너무 단순히 말씀드리는 것일 수도 있기 때문입니다. 하지만 사장님께서는 그 기술을 잘 아시니 제가 말씀드린 제안을 한번 검토해 보시고, 그것이 가능하다면 그런 쪽으로 시도해 보는 것도 좋을 것 같습니다."

장 대리는 그렇게 말하고 오 사장의 반응을 기다렸다. 공개하기 곤란할 수도 있는 성분에 대해서는 더 이상 묻지 않고, 자신의 그 생각에 대해서는 오 사장이 알아서 판단해 주기를 바라는 마음에서였다. 괜히 회사를 위한 답시고 주제넘게 행동할 필요는 없었다.

오 사장은 장 대리의 말이 끝나도 아무 말 없이 가만히 생각하는 표정만 지었다. 자신의 비밀을 아무에게도 공개하기 싫은데 어쩔 수 없이 말해야만 하는 상황에 놓인 사람처럼, 그는 가끔 고민하는 빛을 보였다.

오 사장이 잠시 후 입을 열었다.

"지금은 점심시간이니 그 이야기는 다음에 하도록 하지."

그러고 그는 자리에서 일어나 아무 말 없이 사무실을 나가버렸다. 처음에 관심을 보이는 것 같던 오 사장이 그렇게 별 말 없이 사무실을 나가버리자 장 대리는 사장이 그 방법을 꺼리는구나 하고 생각했다. 어쩌면 좋은 방법이 될 수 있을지도 몰랐는데, 이제 그 방법은 더 이상 오 사장에게 말하면 안 될 것 같았다. 그는 어제 밤부터 나름 고민해 온 일이 이렇게 아무런 성과 없이 끝나버려 조금 허무하게 느껴졌다.

시계를 보니 점심시간이었다. 그는 오 사장의 구두가 든 종이봉투를 들고 사무실을 나와 그것을 구둣방에 맡긴 후, 그날 점심을 푸른 바다 식당에서 먹었다.

그 후 일주일이 지났다. 그동안 오 사장은 장 대리에게 며칠 정도 출장을 다녀올 테니 회사에 무슨 일이 생기면 연락하라고만 말하고 사무실을 비웠다. 장 대리는 그가 다녀올 때까지 자신의 업무 외에 다른 직원들의 업무까지도 챙겼다.

며칠이 지나자 오 사장이 다시 출근했다. 그는 그날 오후 늦게까지 사무실에 남아 장 대리가 들어오기를 기다렸다. 저녁 8시가 되자 그가 사무실로 들어왔다. 오 사장은 바로 장 대리를 불렀다.

"장 대리."

"네."

그는 바로 오 사장 자리로 갔다.

그러자 오 사장이 그에게 물었다.

"이게 무언지 아나?"

오 사장의 책상 위에 작은 유리병 하나가 놓여 있었는데, 거기에는 액체가 반쯤 담겨져 있었다.

"향수 같은데요." 장 대리가 대답했다.

"향수? 그래. 완전히 틀린 건 아니지. 하지만 틀렸어."

그 말을 듣자 장 대리는 '무슨 소리지?' 하며 의아한 표정을 지었다.

그러자 오 사장이 장 대리의 그 표정을 알아차리고 다시 말했다.

"이걸 향수처럼 사용할 수도 있겠지만, 실제는 그런 용도로 만들어지지 않았다는 말이야."

그 말을 듣고서 장 대리는 저것이 무얼까 하고 다시 생각해 보았다. 하지만 정확히 알 수가 없어, 전혀 모르겠다는 표정을 지으며 오 사장에게 물었다.

"그럼 이건 무슨 용도로 만들어진 물건입니까?"

"뭐 생각나는 것 없나? 자네가 지난번에 나한테 말한 것 있잖나."

장 대리는 그 말을 듣자 머릿속에 갑자기 무언가가 떠올랐다.

"그럼… 혹시 이게 그겁니까?"

장 대리는 아닐 수도 있다는 생각에, 그것의 정체는 정확히 말하지 않고 단지 그런 식으로만 확인했다.

"그래. 이게 그걸세. 이게 바로 피부미인의 비법이라네."

장 대리는 그 작은 병에 든 액체를 다시 유심히 살펴보았다. 잘 익은 사과를 꽉 짰을 때 나오는 그런 빛깔의 액체가 투명한 유리병 안에 얌전히 담겨져 있었는데, 그것은 겉으로 봤을 땐 아무 신기할 것도 없고 가치 있어 보이지도 않는 평범한 액체일 뿐이었다. 그런데 거기서 특별한 효능이 나온다고 하니 그저 신기하고 놀랄 따름이었다.

장 대리가 그 유리병에서 눈을 떼지 못하고 말했다.

"여기서 그런 마법과 같은 효능이 나왔군요. 여자 손님들을 열광하게 만든 것이 바로 이 액체의 힘이었군요. 어떻게 이 안에 그런 비밀이 들어 있을 수 있죠? 정말 믿기지가 않습니다."

그는 보지 못했을 때는 그저 단순 액체 정도이겠지 생각했는데, 그것을 바로 자신의 눈앞에서 확인하니 신비한 느낌이 들었다. 아무것도 아닌 것처럼 보이는 액체 속에 특별한 능력과 대단한 기술이 결집되어 있다니, 더 이상 무슨 말을 해야 할지 몰랐다. 차라리 겉보기도 화려하고 특별하면 그 놀라움이 덜 하련만, 오히려 너무 단순하고 평범해 한층 더 신비하고 강렬한 느낌이 들었다. 역시 이 세상 모든 것은 그 속에 무엇이 들어 있는가가 중요해 보였다.

"장 대리. 내가 이것을 어떻게 얻은 줄 아나?" 오 사장이 감탄하고 있는 장 대리를 쳐다보며 물었다.

"그거야 사장님께서 직접 개발하신 것이 아닙니까?"

하지만 그것은 장 대리의 진짜 생각이 아니었다. 이것을 오 사장이 만들었다는 것은 말도 안 되는 일이었다. 무슨 내막이 있는지는 모르나, 오 사장이 이 기술을 보유한데는 그의 노력이 들어가지 않은 것만은 분명했다. 그러나 오 사장 앞에서 그런 내색을 할 수 없어 그는 '저는 지금까지 이것은 사장님이 개발한 기술인 줄로만 알고 있었습니다.'라는 정도로만 표현하면서, '민약 그게 아니라면 그 사연을 좀 알려주십시오.'라는 드러나지 않는 요구도 했다. 순진해 보이는 대답이었으나, 사실 그 속에는 그의 그런 의도가 숨겨져 있었다.

"다들 그런 줄 알고 있지. 하지만 이건 그렇게 해서 얻은 물질이 아니야."

"네? 그럼 다른 방법으로 얻으셨단 말씀이신가요?" 장 대리가 조금은 과장된 목소리로 말했다. 오 사장의 숨겨진 사연을 듣고 싶어서였다.

"이건 아주 운 좋게 만난 물질이지. 아마 여자를 그런 식으로 만났다면 내 평생 그 여자를 여왕처럼 모셨을 거야. 정말 말도 안 되는 우연이었지. 하지만 우연치고는 너무 횡재였어."

오 사장이 그런 식으로 말하니 장 대리는 그 사연이 너무나 궁금해졌다. 도대체 무슨 우연이 그에게 그런 횡재를 가져다주었다는 건지, 그는 그것을 빨리 들어보고 싶었다.

그가 오 사장에게 슬쩍 그 사연을 요구했다.

"예전에 무슨 좋은 일이 있었나 봅니다. 사장님."

"그래. 그때는 몰랐지만 나중에서야 그 일이 나에게 찾아 온 행운이었다는 걸 알게 됐지. 우리 제품 피부미인이 불티나게 팔리는 걸 보면서 말이야. 사실, 난 처음에 피부미인이 이처럼 잘 팔릴 거라고는 기대하지 않았어. 괜찮은 사업이 될 거라는 정도는 생각했지만 이 정도까지일 줄은 정말 몰랐지. 물론 그건 이 안에 든 이 성분 덕분이지."

그렇게 오 사장은 자신의 예전 이야기를 조금씩 풀어놓기 시작했다.

"내가" 오 사장이 계속 말했다. "이 성분을 만난 건 이 회사를 차리기 몇 개월 전쯤의 일이었어. 나는 그때 무슨 사업을 할까 고민하며 여기저기를 돌아다니고 있었지. 그러다 어느 산길을 차를 타고 넘어가는데 차가 산 중턱쯤에서 고장이 나버렸어. 거기는 지나가는 차들이 거의 없어 도움을 구하기 참 힘든 곳이라 그때는 참 난감했어. 하필 그런데서 차가 고장 나니 말이야. 게다가 그곳은 통화도 잘 안 되는 지역이었어. 그래서 난 이러지도 저러지도 못한 채 차가 한 대라도 지나가기만을 기다리고 있었지. 그렇게 반 시간정도 기다렸나? 밑에서 차가 한 대 올라오는 게 보이더군. 그래서 난 그 차 탄 사람한테 도움을 구해야겠다 싶어 그 차가 가까이 오기만을 기다렸지. 얼마 후 그 차가 내가 있는 곳까지 오자 난 거기 탄 사람한테 다가가 좀 도와달라고 부탁했지. 그랬더니 나하고 나이가 비슷해 보이는 사람이 차에서 내려 내 차를 이리저리 살펴봐 주더군. 그러고 나서 그가 하는 말이 정비소로 끌고 가서 고쳐야 할 것 같다는 거야. 그러면서 이 근처에는 그런 곳이 없으니 자기 집에 가서 고치자 그러더군. 그래서 나는 그 사람에게 집이 어디냐고 물었지. 그랬더니 그가 손으로 어딘가를 가리키며 바로 저기 옆이라고 그러더군. 난 그가 가리키는 쪽을 살펴보았지. 거기는 모두 나무로만 둘러싸여 있어 사람이 거주할 만한 공간은 보이지 않았어. 그래서 나는 저 사람이 도대체 어디를 가리키며 말하는 건가하고 생각했지. 그러자 그가 내 생각을 알아차리고 자기 집은 나무숲에 가려져 거기서는 잘 안 보인다 그러더군. 그 말에 난 그냥 그런가보다 생각하고 그가 내 차를 자기 차에 연결할 때까지 기다렸지. 그렇게 10분쯤 기다렸나? 그가 두 차를 연결해서 출발 준비를 모두 끝냈지. 그러고 그가 나에게 자기 차에 타라 그러더군. 그래서 난 아무 생각 없이 그 사람 차에 타려했지. 그런데 그 순간 좀 이상한 생각이 들더라고. 약간 무서운 느낌마저도 들었어. 뭐냐하면, 아무도 없는 그런 곳에서 내 차를 끌고 보이지도 않는 자기 집에 가자 그러니, 그가 혹시나 나를 잡아다가 이상한 곳에 가두려는 건 아닌가 하는 생각이 들었던 거야. 왜 요즘 그런 일이 가끔 일어나잖나. 사람 잡아다가 노예처럼 부려먹는 일 말이야. 그래서 난 혹시나 그가 그런 사람은 아닌가 생각하고 좀 주저했지. 그러자 그 사람이 나를 보고 왜 안타느냐고 그러더군. 그래서 난 그때 탈까말까 마음속으로 무척 고민했어. 이거 타면 아마 난 이 세상에 다시는 못 나올 수도 있는데 하면서 말이야. 하지만 난 곧 그 사람 차에 탔어. 그가 내 생각을 이미 다 알아차리고 겁내지 말고 타라 그랬거든. 자기를 믿어도 된다면서 말이야. 그리고 다시 생각해 보니, 그 차에 안 탈수가 없겠더라고. 몇 시간 있으면 해도 지는데다, 그때 마침 점심도 안 먹어 배가 무척 고팠거든. 그래서 난 일단 그 사람 말을 믿고 그의 차에 올라탔지. 그러고 그가 운전하는 대로 한번 따라 가봤어. 그랬더니 그기 차를 몰고 좀 더 올라가다가 오른쪽으로 차를 돌리더군. 그쪽으로 길이 하나 나있었거든. 그때 난 그런 곳에 그런 길이 나 있을 줄이야 생각지도 못했어. 그곳은 차 한 대 정도 들어갈 만한 길이었는데, 양쪽으로 나무들이 쭉 늘어서 있어 마치 어두운 굴을 통과하는 기분이었어. 키 큰 나무들 때문에 빛이 잘 들어오지 않았거든. 아무튼 그는 그 길에 접어들자마자 그때부터 마치 큰 도로를 달리 듯 신나게 달리는 거야. 도로가 포장되어 있지 않아 털썩털썩 거리는 데도 말이야. 그렇게 그가 그 그늘진 길을 따라 10분쯤 달렸나? 저 멀리 앞쪽에서 환한 빛이 보이기 시작하더군. 사실, 그때 난 그 빛을 보고서 얼마나 안심했는지 몰라. 그 사람 집이 그런 어두운 곳에 있으면 어떡하나 하고 생각했거든. 만약 그런 곳에 집이 있었다면 나 같이 아무것도 모르고서 그곳까지 따라간 사람은 이 세상에서 조용히 사라질 수도 있겠더라고. 하지만 그 사람이 쉬지 않고 계속 앞에 보이는 빛을 향해 달리니, 난 그런 건 아니구나 생각하고 안심했지. 아무튼 그때 난 그 빛을 보고서 다행이다 싶어 크게 한 숨을 쉬었지. 그렇게 난 졸았던 마음을 진정시키고 그곳을 통과해서 나왔어. 그런데 이게 웬일인가! 내 눈 앞에 전혀 생각지도 못한 광경이 펼쳐져 있는 게 아닌가! 그건 정말 내 평생에 처음 보는 장면이었어. 마치 신세계를 보는 느낌이었어. 장 대리, 그때 내가 뭘 봤는 줄 아나?" 오 사장이 하던 말을 멈추고 장 대리에게 물었다.

"아니요, 전혀 모르겠습니다. 뭘 보셨습니까?"

오 사장이 말했다.

"당연히 자네가 그걸 어떻게 알 수 있겠나? 나도 가까이 있으면서 그런 곳이 있을 줄은 상상도 못했는데 말이야."

오 사장이 하던 말을 끊고 갑자기 그런 소리를 하자, 장 대리는 그곳에 뭐가 있었는지 정말 궁금해졌다. 그래서 그는 아무 말 않고 오 사장의 이어질 말에 귀를 기울였다.

"그곳엔 말이지." 오 사장이 다시 말하기 시작했다. "자네가 지금까지 보지 못한 천국이 있었어. 그래. 그건 정말 천국이었지. 사람을 정말 깜짝 놀라게 할 만한 세상이었어."

오 사장이 한 번 더 뜸을 들이자 답답해진 장 대리가 물었다.

"사장님, 도대체 뭘 보셨습니까?"

"하하하! 내가 말하지 않았나. 천국을 보았다고. 그곳은 꽃으로 가득 찬 천국이었어."

"네? 꽃으로 가득 찬 천국이라고요?" 장 대리가 놀라 말했다.

"그래. 거긴 완전히 꽃만 존재하는 세상이었어. 내 앞에 펼쳐진 산이 모두 꽃으로만 덮어있었어. 그 색이 너무도 화려하고 다채로워 그때 내가 본 색깔이 도대체 몇 개인지도 모를 정도였어. 아마 이 세상 모든 물감을 다 풀어놓아도 그 정도는 아니었을 거야. 사실 난 여자들이나 좋아하는 그런 자질구레한 식물은 딱 질색인데, 그때 내가 본 그 꽃들은 그런 하찮은 물건이 아니었어. 정말 환상적이었지. 딱딱한 내 마음에도 그렇게 충격을 줄 정도였으니 말이야. 그러면 어느 정도였는지 자네도 짐작할 수 있지 않겠나?" 오 사장이 자기 말에 놀라고 있는 장 대리를 쳐다보며 말했다.

"그때" 오 사장이 다시 고개를 돌려 그 당시를 생각하며 말했다. "그렇게 내가 그 광경에 너무 놀라 아무 소리도 못하고 있자 옆에 있던 차 주인이 나를 쳐다보며 이렇게 묻더군. '마음에 드시나요?' 하고서 말이야. 그래서 내가 그 사람한테 이렇게 말했지. '이런 걸 보면서 지금껏 마음에 안 들어하던 사람이 있던가요? 그럼 그 사람은 아마 이 세상 사람이 아닐 겁니다.' 그래. 그걸 보고서도 마음이 움직이지 않은 사람이 있었다면 그는 정말 심장이 이미 멈춘 사람이었을 거야. 그래, 정말 그랬지."

오 사장이 잠시 그때 광경을 회상하는 표정을 지어보였다.

"그렇게" 그가 계속 말했다. "내가 평생 처음 보는 그 광경에 놀라 입을 다물지 못하고 있자 그가 내게 내려서 한번 구경해 보겠느냐고 묻더군. 그래서 나는 괜찮다고 대답했지. 왜냐하면 차에서 내려 그 넓은 곳을 다 돌아다녔다간 그날 차도 못 고치고 그곳을 못 빠져 나갈 것 같았거든. 그래서 난 그자한테 그냥 집으로 바로 가자 그랬지. 그랬더니 그가 차를 몰고 집까지 바로 가더군. 그렇게 해서 우리는 그 사람 집 근처 창고 같은 곳까지 가서 내렸어. 그건 목재들로 지어진 아주 큰 건물이었는데 뒤쪽으로는 집과 이어져 있더군. 그는 거기 도착하자마자 바로 내 차를 손보기 시작했어. 얼마나 솜씨가 좋은지, 30분 정도 만에 내 차를 완전히 수리해 놨어. 그래서 난 그자가 내 차를 수리해 준 대가로 뭐라도 줘야겠다 싶어 차 안 여기저기를 뒤졌지. 그렇지만 줄만한 게 아무것도 없더라고. 그러자 그가 그걸 보고서 나한테 아무것도 줄 필요 없으니 그냥 저녁이나 먹고 가라 그러더군. 그래서 난 도와준 사람이 그렇게 말하니 그냥 갈 수가 없어서 일단 그 사람

집으로 같이 들어갔지. 그때 난 그 집으로 들어가면서 산비탈에 펼쳐진 그 광경을 다시 한 번 더 쳐다봤는데, 정말 눈을 떼지 못하겠더군. 석양에 물든 그 꽃들이 마치 군중처럼 보였어. 그건 정말 살아 움직이는 사람과도 같았어. 아무튼, 난 그때 그 광경을 보고서 다시 한 번 더 놀랐지. 그렇게 난 그 사람 집으로 들어가서 그와 함께 식사를 했어. 그가 손수 차려주더군. 그런데 말이야, 그때 차려진 음식들 대부분이 내가 처음 먹어보는 것들이었어. 재료가 대부분 꽃이었는데 그것들은 그냥 볼 때는 참 좋았지만 실제 먹어보니 맛은 별로더군. 하지만 그 양반이 몸에는 좋다 그래서 어쩔 수 없이 먹기는 했지. 하지만 난 별 맛이 없어서 나중에는 먹다 말았어. 그러자 그가 나를 보고서 하는 말이, 거기는 죽은 사람도 살려낼 수 있을 만큼 신비로운 성분이 들어있으니 맛이 없어도 좀 더 먹어두라 그러더군. 그러면서 또, 내가 만약 그것들을 계속 먹으면 늙지 않고 살 수도 있다 그러더군. 그래서 난 그 소리를 듣고서 속으로 웃었지. 미친 사람하면서 말이야. 세상에 늙지 않고 살 수 있는 사람이 어디 있나? 안 그런가?" 오 사장이 약간 비웃는 듯한 표정을 지어보이며 말했다.

"네, 그러면 좋겠지만 그건 좀 허풍 같네요." 장 대리가 말했다.

사실 그는 오 사장의 이야기를 듣느라 그 진실여부에는 관심이 없었다. 단지 그는 오 사장이 거기서 무슨 일을 겪었는지 계속 들어보고 싶을 뿐이었다. 그래서 오 사장이 계속 이야기 할 수 있도록 그는 그의 생각에 즉시 동조해 주었다.

"그건 좀 허풍 정도가 아니지. 완전 미친 소리지." 오 사장이 말했다. "사람이 늙지 않고 산다는 것은 있을 수도 없고 있어서도 안 되는 일이야. 자네, 만약 70대 노파가 20대 여자 모습을 하고서 돌아다닌다고 생각해 봐. 어떻게 되겠나? 장 대리 자네는 아마 그 노파하고 결혼하게 될지도 모른다고. 얼굴만 보면 아가씬데 자네가 무슨 수로 그 여자가 할머니라는 걸 알아낼 수 있겠나? 안 그래?"

"아, 그럴 수도 있겠군요." 장 대리가 대충 대답했다.

"그래서," 오 사장이 계속 말했다. "내가 그 사람한테 '그랬으면 참 재밌겠네요.'라고 말했지. 어차피 미친 사람 말인데 그렇게라도 위로해 줘야지 뭐. 그런데 그때 그가 '재밌겠네요.'라는 내 말을 듣고서 '재밌는 것 하나 보여줄까요?' 하더군. 그래서 난 보여 달라고 그랬지. 그러자 그가 바로 자기 아내를 부르는 거야. 사실, 난 그때까지만 해도 그가 결혼 안하고 혼자서 사는 사람인 줄 알았어. 왜냐하면 그런 외딴 곳에서 그런 이상한 소리를 하며 지내는 걸 보면 여자는 당연히 없겠다 싶었거든. 그런데 그가 갑자기 자기 아내를 부르니 난 그때 좀 당황했지. 어쨌든 그가 그렇게 자기 아내를 부르자, 잠시 후 저기서 누가 걸어오는 소리가 들리더군. 그래서 난 그 아내라는 여자가 걸어오는구나 생각하고 눈을 들어 그녀가 들어올 입구 쪽을 바라봤지. 그러자 어떤 여자 한 명이 곧 내 앞에 나타났어. 그런데 말이야, 장대리."

오 사장이 고개를 돌려 장 대리를 쳐다보았다. 장 대리도 오 사장과 눈을 맞추며 그가 무슨 말을 할지 뚫어져라 쳐다보았다. 그의 생각에는 그가 무언가 흥미로운 말을 할 것만 같았다.

"그 여자는" 오 사장이 말했다. "내가 보기에 그 남자의 아내가 아니었어. 왜냐하면 그 여자는 젊은 여자였거든. 그래서 난 그때 저 여자는 이 사람의 딸인가 보다 하고 생각했지. 그 정도는 돼 보였거든. 그런데 그게 아니었어. 그 남자가 그 딸 같은 여자를 보면서 여보라고 불렀거든. 그래서 난 그때 그가 내 앞에서 농담하는 줄 알았어. 그런데 그게 또 아니더라고. 왜냐하면 그 여자가 그 남자한테 '네, 여보'라고 대답했거든. 그때 난 그 두 사람이 그런 소리를 주고받는 걸 보고서 정말 놀랐지. 그 남자가 그런 젊은 여자와 결혼했다는 것이 도저히 믿어지지가 않았거든. 그건 정말 말도 안 되는 일이었어. 그 두 사람은 나이차가 최소 20년은 날 것 같았는데, 그런 나이차를 극복하고서 그가 그런 젊은 여자를 얻었다니, 그건 정말 일어나서는 안 될 일이었지. 어쨌든 난 그때 그 남자가 그런 해서는 안 되는 일을 했다고 생각하니 그자가 갑자기 미워지기 시작하더군. 사실 그건 내가 미워할 일도 아니지만 말이야. 그래도 난 그 남자가 그런 식으로 사는 걸 보고 정말 반칙 같다는 생각이 들었어. 완전 퇴장감이지. 하지만 그러면서도 난 그 비법을 좀 알았으면 싶더라고. 나도 그런 반칙 같은 인생을 한번 살아보고 싶었거든. 하하. 어쨌든 그 두 사람은 정말 어울리지는 않지만, 그래도 부부인 건 확실했어."

장 대리는 오 사장이 그런 식으로 지난날의 비밀을 말해주자 거기에 완전히 빠져들어 아무 말 없이 그의 이야기에만 집중했다. 마치 할머니가 재밌게 들려주는 옛날이야기에 홀딱 빠져 넋 놓고 듣는 어린아이 같아 보였다.

"그런데 말이야." 오 사장이 계속 말했다. "내가 더 놀란 게 있었어. 그건 그 남자가 그 어린 아내와 결혼했다는 것보다 더 놀란 사실이었지. 그날 난 그 말을 듣고서 완전히 경악해버렸어."

오 사장이 그렇게 말하자, 장 대리는 그게 도대체 무엇일까 하고 생각했다.

"네? 경악요?" 장 대리가 말했다.

"그래, 경악. 날 정말 놀라 자빠지게 만드는 일이었지."

"무슨 말을 들으셨길래 경악까지 하신 겁니까? 사장님." 장 대리가 너무 궁금해서 물었다.

그러자 오 사장이 바로 대답해 주었다.

"그건 바로, 그 어린 아내가 어리지 않다는 거였어."

"네? 어리지 않다고요? 그게 도대체 무슨 말씀입니까?"

장 대리는 오 사장의 말이 도저히 이해되지 않았다.

"실은" 오 사장이 말했다. "그 남자는 반칙을 하지 않았다는 말이야. 그 남자는 그런 반칙을 할만큼 유능한 남자가 아니었던 거였어."

"네? 반칙이 아니라고요?"

"그래. 그 남자는 사실 자기보다 나이 많은 여자랑 결혼했어. 바로 그 젊은 아내 말이야."

"네? 그 여자가 남편보다 나이가 더 많았다고요?" 장 대리가 흥분하며 말했다. "그런데 어떻게 그런 일이 일어난 거죠?"

그는 오 사장의 말이 여전히 이해가 되지 않았다.

"그래서 그 남자가 거기에 감추어진 비밀을 나에게 얘기해 주더군."

오 사장은 그날 그 남자에게서 들은 말을 이야기하기 시작했다.

"그 남자는 원래 생물학 박사였어. 자기말로는 어릴 때부터 각종 식물 이름 외우는 재미에 빠져 살았다 그러더군. 그래서 어릴 때부터 각종 백과사전과 해외 유명 서적을 구입해서 거기에 있는 꽃과 풀과 나무 이름을 모두 외웠다는 거야. 그는 그 공부가 너무 좋아 평생 그런 일을 하며 살려했다 그러더군. 그래서 그는 대학에서 생물학을 공부한 후 대학원에 진학해 연구원의 길로 들어섰지. 그런데 그는 거기서 우연히 결혼할 여자를 한 명 만나게 됐어. 바로 그 젊은 아내 말이야. 하지만 당시 그녀는 그 남자보다 젊어 보이지 않았다고 하네. 왜냐하면 여자가 남자보다 다섯 살이나 더 많았거든. 그래서 두 사람이 어딜 같이 다니면 사람들은 그들이 애인사이인 걸 잘 몰랐다는 거야. 그래서 남자는 그 여자가 좀 더 젊어지는 방법은 없을까 생각하고, 여러 가지 논문을 찾아 읽었다 그래. 역시, 연구원답더군. 나같으면 그 문제를 좀 더 쉽게 해결했을 것 같은데 말이야. 그 늙은 여자는 차버리고 어린 여자로 교체하면 될 것 아닌가. 그런 쉬운 방법이 있는데 그는 왜 그런 힘든 방법을 고집했는지 몰라. 어쨌든 그는 그 무모한 연구를 그렇게 시작한 거야. 그리고 박사학위를 딴 후 그 산속으로 들어가서 본격적으로 그 연구에 돌입했지. 그런데 그는 처음에서는 그 연구를 어디서부터 시작해야할지 몰랐다고 하네. 이 세상 그 어디에 그녀를 위한 물질이 존재하는지 몰랐거든. 그래서 그는 처음 몇 년간은 무척 헤맸다 그러더군. 그러던 어느 날, 그는 무슨 책을 읽다가 거기서 영감을 하나 얻었어. 무슨 동산이라 그러던데. 아무튼 그는 그 동산에 어떤 나무 한 그루가 자라고 있있는데, 만약 인간이 그 나무에서 나는 열매를 먹으면 평생 늙지 않고 살수 있다 그러더군. 그것은 아주 오래전에 존재하다가 지금은 완전히 사라진 나무인데 그 나무에 든 성분과 비슷한 성분을 찾아낼 수 있으면 그녀를 젊게 만들 수 있지 않을까 하는 생각을 한 거였어. 그래서 그는 그날 이후 머릿속으로 계속 그 나무만 생각했다고 하더군. 그런데 어느 날, 그는 꿈에서 그 나무를 보게 됐다 그러더군. 그래서 잠에서 깨자마자 꿈에서 본 그

나무 모양을 토대로 모든 책을 뒤졌다고 하네. 그것과 비슷하게 생긴 나무가 있나 해서 말이지. 그런데 그는 그렇게 찾다가 그 나무와 비슷하게 생긴 나무 하나를 책에서 진짜 발견했다 그러더군. 그는 그것을 본 순간, 바로 이거다 생각하고 그때부터 그 나무만 연구하기 시작한 거야. 그래서 그는 집 앞에 그 나무를 여러 그루 심어놓고 다양한 방법으로 그 안에 든 성분들을 추출해 봤다고 하네. 그리고 그걸 가지고 그 여자에게 다양한 방법으로 실험해 봤지. 하지만 아쉽게도 아무런 성과도 얻지 못했다 그러더군. 거기에는 특별한 물질이 들어있지 않았던 거야. 그래서 그는 몇 년 후에는 꿈에서 본 그 나무를 포기하고 말았다고 하더군. 자기가 찾던 나무는 이제 이 세상에 더 이상 존재하지 않는 걸로 생각해 버린 거지. 그는 그 일로 그때 많이 실망했다 그러더군. 신은 왜 그것을 모두 없애버렸나 하면서 말이지. 아무튼, 그러고서 그는 자기 아내가 젊어지는 것도 그때 같이 포기해 버렸다고 했네. 그래서 몇 년 동안 마당에 심어 놓고 실험했던 그 나무들도 모두 뽑아버렸지. 대신 그는 그 자리에 여러 가지 꽃들을 심었어. 자기 여자가 그걸 보면 위로가 되어 조금이라도 젊어지지 않을까 생각해서 말이야. 역시 과학자도 실망하면 그렇게 미신적이 되나봐. 아무튼, 시간이 지나자 그 자리에는 다양한 꽃들이 피어나기 시작했어. 그리고 그 여자도 그것을 매일 즐기며 행복하게 지냈지. 어린 남편이 그렇게까지 애써 주는데 나이 많은 아내가 그렇게라도 보답해야지. 안 그런가? 아무튼 그렇게 해서 시간은 한 달, 두 달 지나갔고, 그녀는 매일 뜰에 핀 그 꽃들을 바라보며 흘러가는 그 세월을 즐겼지. 그런데 참 이상한 일이지. 시간이 꽤 많이 지났는데도 그 꽃들은 질 생각을 안 했다는 거야. 거기 마당에 심어놓은 녀석들은 뭘 먹었는지 시간을 완전히 초월해 처음 피어났을 때의 모습을 그대로 간직했다 그러더군. 그래서 그 남자는 그 일이 너무나 신기해 다른 곳에도 그 꽃들과 같은 종자들을 심어봤다고 하네. 혹시 그것들도 그렇게 오래 피어있나 해서 말이지. 하지만 새로 심은 그 꽃들은 자기 날짜만 채우고는 모두 시들어버렸다더군. 그걸 보고서 그는 혹시나 하는 마음에 자리를 옮겨 꽃들을 다시 심어봤다고 하네. 예전 그 나무가 심겨졌던 자리에 말이야. 그런데 신기한 일이지. 그 자리에 심긴 꽃들은 시간이 지나도 생기를 잃지 않고 계속 피어있었다는 거야. 같은 종류의 꽃을 자리만 바꿔 심었을 뿐인데 말이지. 그래서 그는 그때부터 그 나무를 다시 주목하기 시작했어. 그 나무가 심어져 있던 자리에 심은 꽃들만이 시간을 잊고 계속 피어있는 걸 보면, 그 나무로부터 무슨 영향을 받은 게 틀림없었거든. 그렇게 해서 그는 그 후 많은 실험 끝에 재미난 사실을 하나 알아냈는데, 그건 어떤 특별한 성분이 그 나무가 심어져 있던 자리에서 피어난 꽃들에서는 모두 발견되었다는 거야. 원래 꽃에서도 발견되지 않았던 성분인데 말이지. 그래서 그는 그 성분을 가지고 여러 가지로 실험해 봤다고 하네. 그 결과 그 나무가 심어져 있던 자리에서 피어난 꽃들이 그렇게 오랫동안 아름다움을 유지할 수 있었던 것은 바로 그 성분 때문이었다는 것을 알아낸 거야. 그래서 그는 그때부터 그 성분으로 자기 아내에게도 실험해 봤다더군. 그런데 그 성분을 어떻게 추출해서 사용하느냐에 따라 그 효과가 많이 달랐다고 하는 거야. 어떤 것은 효과가 거의 없는 것도 있었고, 또 어떤 것은 놀라울 정도로 효과가 뚜렷했다 그러더군. 그래서 그는 그 효과가 뛰어난 성분만을 추출해서 자기 아내에게 매일 먹이고 발라주며 오랫동안 그녀를 관찰했지. 그랬더니 처음 1년 정도는 초기 효과가 금방 나타났다 그러더군. 하지만 2, 3년이 지났을 때는 그 효과가 계속 유지되는 수준으로만 나타나고 특별히 더 개선되는 흔적은 느끼지 못했다고 하네. 그래서 그는 그 초기 효과만으로 만족하고 더 이상의 기대는 안했다는 거야. 뭐, 그렇다 해도 그 여자는 예전보다 훨씬 더 젊게 보였으니 그게 어딘가? 요즘 여자들은 조금만 젊게 보인다 해도 별 난리를 치며 좋아하는데 말이야. 아무튼, 그렇게 시간은 흘러 그 성분을 사용한지도 어느 듯 15년이나 지났어. 두 사람 나이도 어느 듯 15살이나 더 든거지. 그런데 15년이나 지난 어느 날, 그 남자는 우연히 거울을 보다가 자기 얼굴이 무척 많이 늙어진 걸 발견했다고 하네. 그래서 그는 자기 몸에 무슨 이상이 생겼나 생각하고서 검사를 해봤다 그러더군. 하지만 그의 몸에는 아무런 이상이 없었어. 자기 나이에 딱 맞는 신체였다는 거야. 그렇지만 그 남자는 자기 모습이 좀 이상해 보여, 내 모습이 왜 이렇지 하고서 계속 생각해 봤다더군. 그러다 그는 지금껏 생각지 못했던 사실을 하나 깨닫게 되었는데, 바로 자기는 정상적으로 늙어가고 있었지만 자기 아내는 그렇지 않았다는 거야. 무슨 말이냐 하면, 그가 그렇게 늙어가는 동안 그의 아내는 노화가 거의 진행되지 않았다는 거야. 그런데 그것도 모르고서 그는 자기가 많이 늙었다고 생각한 거였어. 완전히 착각한 거였지. 늙지 않는 아내를 보면서 지금껏 자기도 그 정도의 모습일거라 생각했던 거였어. 멍청한 사람. 그걸 15년이나 지나서야 깨닫다니… 그는 그동안 거울로 자기 얼굴을 한 번도 안 봤다는 말 아닌가. 그리고 그동안 그의 아내도 자기 남편한테 그런 소리를 한 번도 안했고 말이야. 역시 그런 연구만 하는 사람들은 정말 재미없는 사람들이라니까. 도대체 외모에는 전혀 관심을 두지 않는단 말이야. 아무튼 그 후 그가 알아낸 바에 의하면, 그 성분은 그녀 몸에 들어가서 노화를 거의 멈추고 있었어. 그래서 그녀는 인체 노화가 완전히 정지된 채 매년 일 년씩 나이 먹도록 만들어진 이 세상에서 몸은 늙지 않고 나이만 먹어 가고 있었던 거야. 그녀에게 나이는 단순한 숫자에 불과했던 거였지. 어떤가? 장 대리. 정말 신기하고 재밌지 않나?"

장 대리는 오 사장의 그 말에 아무런 대답도 할 수 없었다. 그 사실이 너무 믿기지 않았기 때문이다. 세상에 노화를 정지시키는 물질이 있었다니, 그것은 정말 말도 안 되는 소리였다.

"그래, 놀랄 줄 알았어. 나도 그때 놀랐으니까." 오 사장이 아무 말 않고 있는 장 대리를 보며 말했다. "아니, 사실 난 나중에야 놀랐어. 왜냐하면 난 그때 그자의 말을 믿지 않았거든. 어떻게 그 말을 곧이곧대로 믿을 수 있겠나. 그건 아주 비상식적이고 비과학적인데 말이야. 그래서 그때 난 '이 박사 양반이 연구를 너무 많이 해서 좀 미쳐버렸구나!'하고 생각했지. 누가 그런 허황된 소리를 그대로 믿겠나? 자네라도 그렇지 않겠나?"

"네. 전혀요." 장 대리가 고개를 절레절레 흔들며 말했다.

"그래. 자네도 역시 못 믿겠지? 그건 완전 헛소리야. 안 그런가?"

"네, 그 박사라는 사람의 말은 완전 거짓말입니다." 장 대리가 넋 나간 사람처럼 말했다.

"그래. 자네도 그렇게 생각하지?" 오 사장이 말했다. "그런데, 그때 그 사람이 나에게 한 가지 질문을 하더군. 무슨 질문이냐 하면, 자기가 나보다 나이가 몇 살이나 더 많을 것 같냐는 질문이었어. 그래서 난 나하고 나이가 비슷할 것 같다고 그랬지. 왜냐하면 내 눈으로 보기에 그 남자는 50세 정도밖에 안 돼 보였거든. 흰 머리가 좀 나있고 주름이 굵긴 했지만, 그래도 아직 힘은 많아 보였어. 그래서 난 그 사람에게 '50세 정도는 되지 않았나요?' 하고 대답했지. 그랬더니 그 남자가 빙긋 웃으며 하는 말이, 자기를 그렇게 젊게 봐주니 고맙다 그러더군. 그래서 난 그 사람에게 '그럼 나이가 어떻게 되십니까?' 하고 되물었지. 그랬더니 그가 하는 말이, 자기는 70세를 이미 오래전에 넘겼다는 거야. 자기도 그 추출물에 그런 노화 억제 성분이 들어있다는 걸 안 순간부터 그것을 계속 먹어 노화가 그때부터 완전히 멈추었다 그러더군. 사실 난 그때 말이지, 그 남자가 하는 그 말을 듣고서 더 이상 놀라지 않았어. 왜냐하면 난 이미 마음속으로 그를 미친 사람으로 간주해버렸거든. 전혀 말도 안 되는 그런 소리를 계속하는데 어떻게 그를 정상적인 사람으로 취급하겠나? 안 그런가? 그래서 난 그때부터 그가 하는 말에 더 이상 큰 반응을 보이지 않았어. 그러자 그가 내 놀라지 않는 표정을 보고서 내가 이제 더 이상 자기 말을 믿지 않는다고 생각했는지 자기 지갑에서 신분증을 꺼내더라고. 그리고 나에게 그것을 건네주며 한번 확인해 보라 그러더군. 그래서 난 그것을 건네받아 거기 적혀있는 그의 태어난 년도를 한번 확인해 봤지. 그랬더니 이게 웬일인가! 그는 정말 70세를 넘겼더라고. 정말 나보다 나이가 한참이나 많았어. 난 그때 정말 혼란스러웠지. 뭐가 뭔지 모르겠더라고. 그 남자와 그렇게 같이 있다 보니 나도 점점 거기에 빠져드는 것 같았어. 꼭 뭔가에 홀린 듯한 기분이었지."

오 사장은 거기까지만 말하고 장 대리를 한번 쳐다보았다. 그가 지금까지 자기가 한 말을 믿는지 확인하기 위해서였는데, 지금 그의 표정으로 봐선 믿는 눈치가 아니었다. 오히려 그 부부를 의심하는 눈치였다.

오 사장이 다시 말하기 시작했다.

"그렇게 그 남자의 이야기를 듣는 사이 해는 완전히 기울어 주위는 모두 어두워졌어. 그래서 난 그 남자의 말을 그렇게 계속 더 듣고 있어야 하나 생각하며 일어날 준비를 했지. 만일 그가 한 말이 모두 꾸며낸 이야기라면 서둘러 거기를 도망쳐 나와야 했거든. 그가 거기서 나한테 무슨 미치광이 짓을 할지 모르니 말이야. 이건 좀 이상하게 들리겠지만, 그때 내 생각에는 만약 그가 거기서 나를 해친다면 내 시신은 사람들이 찾지도 못하는 그 꽃밭에 묻힐 것만 같았어. 몇 시간 전에 그 사람 집으로 들어갈 때 석양빛에 본 꽃들이 군중처럼 보였던 것은 어쩜 실제 사람이 거기에 묻혀 그렇게 보였을 수도 있었거든. 그들이 죽어 꽃으로 피어나서 말이야. 아마 자네도 그때 거기 있었다면 그렇게 생각했을 거야. 그 정도로 거긴 사람이 아무도 없어 적막하고 으스스했거든. 물론 아름다운 곳이기는 했지만 말이야. 아무튼, 날이 어두워지니 그렇게 별 생각이 다 들더라고. 그런데 그때 갑자기 그 아내라는 여자가 나에게 이런 말을 하는 거야. 거기서 하룻밤 묵고 가라고 말이야. 안 그래도 겁을 잔뜩 집어먹고 있던 나는 그 말에 갑자기 온 몸에 소름이 쫙 돋는 걸 느꼈어. 그 여자의 그 말이 마치 그날 밤 날 죽이겠다는 말처럼 들렸거든. 그래서 난 그 여자의 그 말에 뭐라고 대답해야 할지 몰라 속으로 대답을 삼켰지. 왜냐하면 내가 그러지 안겠노라 거절하면 그 여자가 그 자리에서 나를 바로 해칠 것 같았고, 그러겠노라 승낙하면 그 두 사람이 내가 자는 사이 조용히 해칠 것 같았거든. 그래서 난 거절도 못하고 승낙도 못한 채 속으로 벌벌 떨고 있었지. 그런데 다행히 그 남자가 나서서 나를 구해주더군. 그가 오늘은 이만 돌아가고 다음에 다시 오는 게 좋겠다고 그랬거든. 그래서 난 그 말을 듣자 바로 자리에서 일어섰지. 기회가 왔을 때 빨리 도망쳐야 했거든. 그런데 내가 그렇게 자리에서 일어나자 그 여자가 다시 나를 잡지 않겠나. 뭘 하나 줄 게 있다면서 말이야. 그래서 난 그 여자한테 '다음에 다시 오면 주세요.' 하고 말했지. 하지만 그 여자는 '아니요. 조그만 선물이니 오늘 받아가세요.' 하고 말하더군. 그래서 난 하는 수 없이 흉기일지도 모를 그 선물이라는 것을 받기 위해 조마조마한 마음으로 기다렸지. 그랬더니 그 여자가 어디론가 사라졌다가 곧 다시 나타나더군. 그리고 나에게 조그만 선물이라며 뭔가를 하나 내밀었는데, 바로 이런 유리병이었어. 물론 그때 그건 이것과 좀 다른 거였지만 말이야. 그건 그 부부만이 사용하는 아주 탁월할 성분이었거든. 아무튼, 그때 그 여자가 나한테 이런 유리병 하나를 선물로 건네주자 난 그게 뭐냐고 물었지. 그랬더니 그 대답을 그 남자가 대신 해주더군. 꽃잎 추출물이라고 하면서 말이야. 난 그때 그것을 한번 쳐다보고는 얼른 주머니에 넣었지. 사실, 그때 그건 나에게 중요한 물건이 아니었어. 중요한 건 내가 거기서 살아 나가느냐 못 나가느냐 하는 거였거든. 죽고 나서 그런 걸 발라봤자 뭐하겠나? 살아있는 피부에나 효력이 있는 것을 말이야. 그래서 난 그것을 재빨리 받아 챙기고는 차를 타기 위해 거기를 얼른 나왔지. 그러자 그 부부도 밖에까지 따라와 나를 배웅하더군. 그러면서 그들은 시간나면 다음에 다시 한 번 오라 그러더군. 그 말을 듣자 난 속으로 이렇게 생각했지. '내가 뭣 하러 여기에 다시 오냐. 다시 오면 날 꽃밭에 파묻을 거면서.' 하고서 말이야. 아무튼, 그 날 밤 난 거기를 그렇게 빠져나왔어. 정말 공포의 시간이었지. 지금까지 살면서 그렇게까지 무서웠던 적은 없었어. 어쨌든, 그러고 그날 난 집에 무사히 도착했지. 집에 오니 마치 천국에 온 기분이더군. 그런데 집에 와서 보니 내 바지 무릎 부분이 찢어져 있지 않겠나. 그 찢어진 부분에는 피까지 묻어 있었어. 내가 거기를 빨리 빠져나오느라 어딘가에 찍혔던 모양인데, 난 그 것도 모르고서 그날 그렇게 집까지 온 거였어. 그 정도면 내가 그날 그 부부 때문에 얼마나 놀랐는지 자네도 알겠지. 피까지 났는데도 그것도 모르고서 그렇게 왔으니 말이야. 아무튼, 난 집에 와서야 내 무릎에 상처가 난걸 알았고, 그 아픔을 조금씩 느끼기 시작했어. 그런데 그때 그 상처를 보니 무슨 못 같은 것에 긁힌 것 같더라고. 그래서 난 집안을 뒤져 상처에 치료하는 약을 한번 찾아봤어. 쇠에 씰렸으면 빨리 소독해야 했거든. 하지만 집에는 준비해 놓은 약이 없더라고. 그래서 난 일단 물로 그 상처부위를 씻어냈지. 파상풍에라도 걸리면 큰일 나니깐 말이야. 그런데 그때 갑자기 내 머릿속에 그 유리병이 생각나더라고. 그 꽃잎추출물 말이야. 그것이 꼭 소독제 역할을 해줄 것만 같았거든. 그래서 난 주머니에서 얼른 그 병을 꺼내 상처 부위에 모두 발랐지. 냄새는 향긋한 게 참 좋더라고. 역시 꽃잎추출물이라 그런지 꽃내음이 가득했어. 그렇게 그날 난 그 상처부위를 임시로 치료하고 잠이 들었지. 그리고 다음날 점심 경에야 눈을 떴어. 난 일어나자마자 욕실로 들어갔는데, 그때 정말 신기한 걸 발견했어. 뭐냐하면, 내 무릎에 난 그 상처가 거의 다 아문 거였어. 전날 확인했을 때는 상처가 좀 깊게 난 것 같았는데, 그날 보니 마치 한 달은 족히 치료한 것처럼 거의 말끔히 치료되어 있었어. 그래서 난 그때서야 어제 그 사람들이 미친 게 아니었다는 걸 알게 됐지."

그 말을 마친 후 오 사장은 장 대리를 다시 쳐다보았다. 그가 이제는 믿는지 보기 위해서였는데, 그는 여전히 의심하는 눈치였다. 그럼에도 이제는 조금 믿는 것 같기도 했는데, 그가 반 정도는 정신 나간 사람 얼굴을 하고서 서 있었기 때문이다.

오 사장이 그의 그런 모습을 보고 다시 말하기 시작했다.

"장 대리, 나도 그때 그런 표정을 지었다네. 자네가 지금 하고 있는 그 표정 말이야. 그걸 직접 보는 나도 믿을 수가 없었거든. 그래서 난 그날 집에만 틀어박혀 아무것도 하지 않고 전날 있었던 일만 생각했지. 그것 말고는 아무것도 할 수가 없더라고. 너무 충격적인 사실이라 믿기지가 않았거든. 그래서 난 그 마법 같은 성분을 다시 한 번 더 시험해보고 싶더라고. 하지만 그걸 내가 이미 상처에 다 발라버렸으니 그렇게 할 수가 없었어. 그래서 난 그때부터 고민을 했지. 이것을 구하기 위해 다시 그곳으로 찾아가야하나 하고서 말이야. 사실, 그 부부가 나에게 해코지하는 것만 아니라면 난 얼마든지 거기에 가도 상관이 없었어. 왜냐하면 아까 말한 것처럼 그들이 나에게 다시 오라 그랬거든. 그런데 그것이 그들이 날 속이기 위한 방법이었다면 그렇게 할 수는 없었어. 아무튼, 난 그때 그런 식으로 이래저래 생각하며 무릎에 난 그 상처를 계속 확인했지. 그랬더니 점심때 봤을 때보다 더 많이 아문 것 같더라고. 그런데 그때, 그걸 보고 있으니 '이걸로 사업을 하면 어떨까.' 하는 생각이 문득 떠오르더군. 이렇게 신비한 효능을 가진 성분이라면, 그것으로 뭘 만들어 팔아도 잘 될 것만 같았거든. 그래서 난 그곳에 다시 찾아가 그 부부에게 사업을 같이 하자고 제안하면 어떨까 하고 생각했지. 그러면 그들도 좋고 나도 좋잖아. 그래서 난 다음 날 정말 용기를 내어 그들을 다시 찾아갔지. 그리고 그들을 보자마자 내 무릎에 난 상처 얘기부터 꺼냈어. 그랬더니 그들은 별거 아니라는 반응을 보이더군. 그것은 그 추출물이 가진 효능 중 하나일 뿐이라면서. 그리고 그들은 일단 잘 왔다며 나더러 같이 들어가서 점심이나 먹자 그러더군. 그렇게 해서 그날 난 거기서 그들과 함께 점심도 먹고, 또 그 남자와는 꽃밭도 같이 걸었지. 그러면서 이런 저런 얘기도 나눴어. 그러다가 내가 본격적으로 그에게 사업 이야기를 꺼냈지. 그랬더니 그 남자가 그 사업은 가능성이 전혀 없다 그러더군. 그래서 난 그에게 그런 신비한 효능을 가진 성분을 파는데 어떻게 그게 가능성이 없을 수 있느냐고 말했지. 그러자 그 남자가 하는 말이, 그 추출물은 생각만큼 그렇게 쉽게 얻어지는 물질이 아니라는 거야. 게다가 그것은 아주 미량으로만 추출 가능하기 때문에, 수천 송이의 꽃을 재배하면 겨우 지난 번 그 유리병만큼의 양만 얻을 수 있다 그러더군. 또, 그건 보관상으로도 어려움이 많아서 3일만 지나면 별 쓸모가 없어진다는 거야. 그뿐만 아니라 그 나무를 심었던 자리는 단 한 번만 이용할 수 있기 때문에 다음에 그 자리에 심은 꽃은 다시 이용하지 못한다고 했네. 그도 그것 때문에 여러 차례 실험해 봤는데, 역시 그 자리에 꽃을 두 번 심어서 얻은 추출물에서는 그 특별한 성분이 발견되지 않았다는 거야. 그러면서 하는 말이, 지금 앞에 펼쳐진 꽃밭에는 이미 한번 심었던 자리에 다시 심은 꽃들이 많아서, 사실 보이는 그 전부를 다 이용할 수는 없다는 거야. 정말, 그때 난 그 말을 듣고서 힘이 다 빠지더군. 다시 찾아올 때까지만 해도 벼락부자가 되는 줄 알았거든. 그런데 막상 그 내막을 듣고 나니 내 앞에 둥둥 떠다니던 돈다발이 공중으로 완전히 증발돼 버리는 느낌이 들었어. 하지만 난 다른 방법은 없을까 하고서 그에게 좋은 방법은 없는지 물어봤지. 그랬더니 그 남자가 하는 말이, 방법이 될 수 있을지는 모르겠지만 지난 번 그 유리병에 든 성분보다는 효능이 훨씬 못한 것은 좀 더 생산해 낼 수 있다 그러더군. 그건 보관기간도 길어 짧게는 반년에서 길면 1년까지도 사용할 수 있다 그랬어. 그래서 난 그에게 그것은 얼마나 생산이 가능하냐고 물었지. 그랬더니 그가 이미 추출해 놓은 것이 있으니 그곳으로 같이 가서 보자 그러더군. 그래서 우리는 그것이 보관되어 있는 창고로 갔지. 그랬더니 그곳에는 정말 그 추출물이 보관되어 있었어. 그것은 맥주병만한 유리병에 담겨져 있었는데, 내가 보기에 그것들은 삼사백 개 정도는 되어 보였어. 그런데 그때 그가 그걸 나에게 보여주면서 하는 말이, 자기는 효능이 우수한 것만 사용하기 때문에 그것보다 효능이 떨어지는 그것들은 잘 사용하지 않는다 그러더군. 그때 난 그 말을 듣고서 이것들은 나를 위해 이렇게 준비되어 있었구나 하고 생각했지. 그래서 난 그 사람에게 이것으로라도 사업을 하면 잘 되지 않겠느냐고 말했어. 그랬더니 그가 하는 말이, 그건 장담할 수 없다 그러더군. 효능이 많이 떨어져서 말이야. 게다가 그 유리병 중에는 몇 년이 지난 것도 있어서 진짜 써 볼만한 건 그리 많지 않다는 거야. 그 말을 듣고 난 또 실망했지. 거기 있는 모두가 다 사용 가능한 건 줄 알았으니까 말이야. 그런데 그때 갑자기 내게 이런 생각이 들더군. 거기 있는 그 추출물에 효과가 뛰어나다는 그 성분을 조금 섞어서 사용하면 어떨까 하고서 말이야. 그럼 그 효과가 더 좋아질 수도 있지 않겠나? 그래서 난 그에게 그 생각을 말했지. 그랬더니 그가 하는 말이, 그 효과 좋은 추출물은 거기에 섞어도 효능이 곧 사라지기 때문에 아무런 소용이 없다 그러더군. 그러면서 그건 원래 자기 아내만을 위해 만든 것이기 때문에, 솔직히 다른 이들에게까지는 공개하고 싶지 않다 그러더군. 게다가 그걸 공개함으로써 생각지도 못한 문젯거리가 발생할지도 몰라 더욱 그렇게 할 수는 없다는 거야. 그러면서 그냥 자기는 처음 목표했던 대로 그것으로 자기 아내만 젊게 만들고, 그 덕에 자기도 젊게 사는 걸로 만족하고 싶다 그러더군. 참, 대책 없고 답답한 양반이었어. 그런 기술이라면 이 세상 돈을 모두 쓸어 담고도 남을 텐데 말이야. 그런데도 그는 자기 아내하고 그런 곳에 처박혀 살아서 그런지, 도무지 그런 쪽으로는 생각을 못하더라고. 아무튼, 난 그날 그에게 그런 소리만 듣고서 집으로 돌아왔지. 사업을 하면 충분히 돈을 벌 수 있을 텐데, 그가 그렇게 답답한 생각만 하니 나도 어쩔 수가 없더라고. 하지만 난 포기하지 않고 집에 와서도 계속 생각해 봤지. 그것으로 돈을 벌 수 있는 다른 방법은 없을까 하고서 말이야. 그 놀라운 효능을 가졌다는 추출물을 그냥 그대로 썩게 내버려둘 순 없잖아. 어떻게라도 잘 한번 이용해 봐야지. 그래서 난 창고에 쌓여 있던 그 성분으로라도 돈을 벌어볼 생각에 다시 방법을 찾기 시작했지. 그런데 그 성분의 효과가 많이 떨어진다는 것과 그 양이 별로 많지 않다는 게 문제였어. 난 그 문제로 집에서 며칠간 고민을 했지. 그러다 방법을 하나 찾아냈는데, 그것은 바로 화장품이었어. 일반 화장품에 그 추출물을 조금 섞어서 팔아보는 거였어. 창고에 남아 있던 그 추출물의 양이 그리 많지 않아서 그 원액을 그대로 팔 수는 없는 거고…. 대신, 화장품에 그 추출물을 조금 넣어서 팔면 그나마 좋을 것 같았어. 난 그렇게 생각하고 그에게 다시 찾아가 그 생각을 말했지. 그랬더니 그가 그 방법은 그리 나쁘게 생각하지 않더라고. 창고에 남아 있는 추출문은 어차피 자기도 거의 사용하지 않는데다가, 그것은 세상에 공개해도 별다른 영향을 미치지 않을 테니 그렇게 한번 해 보라 그러더군. 그러면서 그가 나에게 그 기술에 대한 특허를 하나 보여줬는데, 그건 그가 오래전에 받은 거였어. 그는 그것을 나에게 내밀면서 그걸 잘 한번 이용해 사람들의 이목을 끌어보라 그러더군. 그래서 내가 그에게 이렇게 물었지. '아니, 세상에 그 성분을 공개하지 않겠다면서 그 특허는 사람들에게 왜 보여주라 그러는 거요?' 하고서 말이야. 그랬더니 그가 하는 말이, 그 특허 내용은 겉만 신기술이지 실제로는 별 가치가 없다 그러더군. 왜냐하면 그 꽃잎추출물을 얻기 위해 사용되는 꽃은 오직 그 나무가 심어졌던 자리에서 피어나야 효과가 있는데, 그 특허에는 그 나무에 대해서는 어떠한 말도 해놓지 않았기 때문이라는 거야. 그리고 자기는 그 나무에 대해서는 아무에게도 말하지 않을 것이기 때문에, 그걸 아무리 이용해 봤자 그 성분에 대해서는 알아내지 못할 거라 그러더군. 그 말은 곧 그 기술은 오직 자기에게만 쓸모 있다는 거였는데, 그 말을 듣고 보니 참 일리는 있더라고. 그런데 그런 생각을 할 줄 아는 양반이 왜 큰 돈 벌 생각은 안 하는지 참 이해가 안 가더군. 어쨌든 그렇게 해서 우리는 그 사업을 하기로 결정했고, 그 특허는 내가 그에게서 사들였어. 어차피 그건 그 사람 말고는 아무에게도 소용없는 기술인데 그 특허가 누구 소유이든 무슨 상관이겠나? 그리고 그도 그렇게 생각하니, 그 일은 아주 쉽게 진행됐지. 결국, 우리 피부미인은 그렇게 탄생한 거야."

드디어 장 대리는 피부미인에 대한 사연을 모두 듣게 되었다. 그는 무언가에 깊이 감동을 받은 사람처럼 입을 약간 버린 채 유리병 안에 든 그 액체를 다시 바라보았다.

오 사장은 장 대리의 그런 모습을 보고서 엷은 미소를 지었다. 밋밋하고 재미없는 세상에 그런 비밀스런 이야기는 아무나 간직하며 살 수 있는 것이 아닌데, 자기가 그런 걸 직접 겪고서 아랫사람에게 말해 줄 수 있었다 생각하니, 자기 딴에는 그것이 여간 자랑스럽고 뿌듯한 것이 아니었던 것이다.

오 사장이 계속 말했다.

"처음에 난 이 피부미인을 만들고 나서 과연 이것이 성공할 수 있을까 의심했어. 왜냐하면 거기 들어가는 그 꽃잎추출물은 효과가 미약한데다가 미량만 들어갔기 때문이지. 그래서 난 처음에 그것이 특허 제품임을 강조하며 유통가게에 홍보하기 시작했어. 자네도 기억하다시피, 초반기 우리가 제품을 무료로 나누어 주던 그때 말이야. 사실, 그때 난 그걸로 수개월 내에 승부를 내지 못하면 이 사업을 빨리 접을 생각이었어. 핵심 성분이 너무 적게 들어가 그 효과가 그리 탁월하지 않은데다 유통기한도 그리 길지 않아 빨리 팔리지 않으면 손해만 볼 것 같았거든. 그래서 난 당시 여자들 반응만 이래저래 살피며 초조히 기다렸지. 그런데 반응이 생각보다 크게 나타나서 그때 난 좀 놀랐어. 그것도 엄청난 입소문을 달고서 나오니 말이야. 여자들은 효능이 뛰어난 성분이 많이 들어가 있지도 않은 우리 피부미인이 뭐가 그리도 좋아서 사용하는 것인지, 그것은 만들어 내는 족족 모두 동나버리고 말았어. 사실 나중에 안 거지만, 그 박사 양반이 효과가 떨어진다며 창고에 보관해 두었던 그 추출물들은 효과가 대단한 것이었어. 그것은 단지 그와 그의 아내가 사용하는 추출물에 비하면 효과가 아주 떨어진다는 거였지, 일반 미용 성분으로서는 시중에 나와 있는 그 어떤 성분보다도 효능이 뛰어났어. 그런데 그자는 그걸 별 효과가 없다며 창고에 처박아 두고 썩히려 했으니, 얼마나 바보 같은 짓을 하고 있었냔 말이야. 만일 내가 그것을 세상에 가지고 나오지 않았다면 어찌 됐겠나? 아마 여자들은 평생 그런 좋은 성분을 발라보지도 못하고 그냥 늙어가지 않았겠나? 그러고 보면 이 피부미인은 나와 그 박사 양반의 합작품인 셈이지. 아무리 좋은 성분을 만들면 뭐하나. 그것을 잘 이용할 줄 알아야지. 안 그런가?"

그러고 오 사장은 자기 자신이 자랑스러운 듯 장 대리를 슬쩍 한번 쳐다보며 빙긋이 웃었다.

"그럼, 그 추출물은 아직도 생산이 되고 있습니까?" 유리병에 든 성분을 한참 쳐다보고 있던 장 대리가 말했다. "그때 창고에는 쓸 만 한 것이 그리 많이 남아있지 않았다고 하셨잖습니까? 그러면 그 추출물은 모두 바닥나서 우리 제품도 곧 생산을 못하게 될 텐데…"

"아니야," 오 사장이 그의 말을 잘랐다. "그런 일을 없을 거야. 그것은 계속 생산되고 있어. 나도 맨 처음에는 그것이 염려되어 자네처럼 그렇게 생각했지. 하지만 그것은 필요하다면 더 생산해낼 수 있어. 그때 그의 말에 의하면, 그동안 자기는 그것이 많이 필요치 않아 그냥 조금씩만 만들어 사용했다더군. 하지만 이제부터는 많이 필요하게 되었으니 더 만들어야겠다 그러는 거야. 하지만 그러기 위해서는 시간은 좀 걸린다고 했어. 왜냐하면 그것을 더 만들어 내려면 새로운 자리에 꽃들을 심어야 하는데, 그러기 위해서는 먼저 나무를 더 심어야 하기 때문이지. 그런데 그렇게 해서 꽃들이 피어난다 해도 그것을 이용하기까지는 1년은 더 걸린다고 그러더군. 난 그때 그 소리를 듣고서 그동안은 창고에 남아 있는 그 추출물로 어떻게든 버텨야겠구나 생각했지. 그래서 피부미인에는 그 추출물을 조금만 넣어 사용했어. 그런데 우리 피부미인이 많이 팔려나가기 시작하면서 그 추출물도 빨리빨리 없어지기 시작했지. 그때는 아주 아슬아슬했어. 추출물은 거의 바닥이 나가는데 수요는 계속 몰려 자칫 우리 피부미인의 생산을 일시중단해야 할 수도 있었거든. 하지만 운 좋게도 그런 일은 일어나지 않아. 그때 새로운 추출물이 막 나오기 시작했거든. 어떻게 그렇게 딱 맞아 떨어져서 나오던지, 약간 신기하다는 생각도 들더군. 아무튼 그렇게 그 고비를 넘기고 나자 나중에는 우리 회사에 더 큰 위기가 생겼지. 다른 회사가 우리 영업을 방해하던 일 때문에 말이야. 겨우 물량을 확보해놨더니 그 놈들 때문에 그것을 사용해보지도 못하고 창고에서 그냥 썩히게 될 판이 된 거야. 실제 그 추출물 중에는 그렇게 해서 못 쓰게 된 게 거의 반이나 됐어. 보관 기간이 반년에서 길어야 1년밖에 되지 않다보니 그 효능이 모두 사라진 거지."

오 사장은 거기까지 말하고 잠시 얼굴을 찡그렸다. 당시 그 일 때문에 마음에서 분노가 일어났던 거였다.

그가 책상위에 놓인 식어버린 차를 벌컥 마시고 다시 입을 열었다.

"장 대리."

"네."

"자네가 우리 제품 모두에 그 추출물들을 넣어서 판매하면 어떻겠느냐고 했잖아. 사실 그것은 좋은 생각이지만 한 가지 제약이 있어. 뭐냐하면, 그것의 물량확보야. 지난 번 우리 회사가 잠시 가동을 중단한 이후로 박사가 그 추출물을 만들지 않았거든. 그래서 다른 제품에도 그것을 넣어 사용해 보려 해도 그럴 수가 없어. 물론 그렇게만 할 수 있다면 나도 좋겠지만 말이야."

"그럼, 지금으로선 그건 불가능한 일이겠군요." 장 대리가 말했다.

"그런데 말이야." 오 사장이 갑자기 표정을 바꾸기 시작했다. "그게 또 그렇지가 않더군. 그 박사가 이번에 아주 이쁜 짓을 해 놨더라고. 하하."

"네? 그게 무슨 말씀입니까?" 장 대리가 약간 기대에 찬 마음으로 반응했다.

"며칠 전 난 그곳에 다시 찾아갔지. 자네가 말한 방법대로 해보려면 먼저 그 박사한테 그 추출물을 더 많이 생산해 낼 수 있는지부터 물어봐야 했거든. 그래서 일단 그것부터 알아보기 위해 그를 다시 찾아갔지. 하지만 그가 하는 말이, 그런 방법은 없다는 거야. 그것을 생산하기 위해서는 많은 꽃을 재배해야하고, 또 그것을 이용해 자기가 아는 방법대로 추출해야 하는데, 아직까지 자기는 다른 방법은 찾지 못해서 그것은 예전 방식 그대로 만들어야 한다 그러더군. 난 그때 그 말을 듣고서 그럼 이건 안 되겠구나 하고 포기해 버렸지. 사실 난 이번에 그것에 대해 그렇게 기대하고서 간 건 아니었어. 아무튼 그가 그렇게 말하고서 나를 차에 태우고 어디론가 데리고 가더군. 난 그가 그냥 꽃밭이나 한번 구경시켜 주려나보다 생각하고 그냥 가만히 있었지. 그런데 그가 차를 타고 꽃밭을 쭉 돌다가 꽃밭의 경계에서 돌아오지 않고 다른 쪽으로 더 넘어가더군. 그래서 난 그곳은 처음 가는 곳이라 지금 어디로 가느냐고 그에게 물었지. 그랬더니 그가 하는 말이, 곧 알게 될 테니 그냥 앞만 보고 있으라 그러더군. 그래서 난 지금 이 영감이 뭘 하려는 거지 하며 그냥 그의 말대로 앞만 처다봤지. 그랬더니 잠시 후 내 눈 앞에 갑자기 새로운 광경이 펼쳐지는 게 아니겠나. 뭐였냐 하면, 거기에 또 다른 꽃밭이 있었던 거야. 그가 이웃 산에도 새로운 꽃밭을 하나 더 가꾼 거였는데, 그 규모가 처음보다 훨씬 더 커서 내가 입을 다물지 못할 정도였어. 당시 우리 회사는 가동을 못하고 있었는데도 그는 무슨 생각으로 그런 곳에 그렇게 큰 꽃밭을 가꾸었는지 참 알 수가 없더군. 아무튼 그가 그것을 나에게 보여주면서 하는 말이, 자기는 그 추출물을 더 많이 생산해 낼 수 있는 방법은 아직 찾지 못했지만 그것을 더 많이 만들어 낼 수 있는 꽃은 많이 심어 놨다 그러더군. 난 그 말을 듣는 순간 얼마나 기쁘든지, 그때 그 영감을 꼭 한번 껴안아주고 싶더군. 얼마나 기특한 짓을 해 놨던지 말이야."

오 사장이 장 대리를 처다보았다.

"장 대리, 우리 이제 더 많은 추출물을 얻을 수 있게 됐어. 다른 제품에도 그 성분을 넣어서 팔아볼 수 있게 됐다고. 물론 조금 기다리긴 해야 하겠지만. 그래도 그건 지금까지 우리가 버텨온 시간에 비하면 아무것도 아니지 않는가? 안 그래? 하하하."

그 소리를 듣자 장 대리의 입가에도 엷은 미소가 번지기 시작했다. 그도 처음에는 오 사장의 말을 듣고서 그것은 안 되겠구나 생각하고 기대를 접었는데, 갑자기 그런 생각지도 못한 말을 듣고서 그 반가움과 놀라움에 기쁨을 감출 수가 없었던 것이다.

그는 그런 기쁨을 안겨준 박사가 너무나 멋지게 생각되었다. 모두 기운

빠져 지쳐있을 때에도 그는 포기하지 않고 새로운 밭을 가꾸고 있었다니. 그의 부지런함과 의지가 정말 대단해 보였다. 위기의 순간에도 절망의 순간에도 누군가는 그렇게 준비하며 기다렸다는 것에, 그는 정말 감사하지 않을 수 없었다.

그렇게 그날 밤 장 대리는 오 사장의 과거 비밀스런 만남에서부터 시작해 그가 사업을 전개하기까지의 모든 과정을 듣게 되었다. 그것은 비록 오 사장의 경험이긴 했지만 자신의 실제 경험처럼 생생하게 느껴졌다. 더욱이 그 박사 부부의 이야기는 정말 아름다워 오래도록 그의 마음속 깊이 간직될 것 같았다.

주 하나님께서 동쪽으로 에덴에 동산을 세우시고
자신이 지은 남자를 거기 두셨으며
또 주 하나님께서 땅으로부터 보기에 아름답고
먹기에 좋은 모든 나무가 자라게 하시니
그 동산의 한 가운데에는 생명나무와 선악을 알게 하는 나무도 있었더라.
— 창세기 2: 8~9

주 하나님께서 이르시되,
보라, 남자가 우리 중의 하나같이 되어 선악을 알게 되었도다.
이제 그가 자기 손을 들어 생명나무에서 나는 것도 따서 먹고
영원히 살까 염려하노라, 하시고
이같이 그분께서 그 남자를 쫓아내시고
에덴의 동산 동쪽에 그룹들과 사방으로 도는 불타는 칼을 두어
생명나무의 길을 지키게 하시니라.
— 창세기 3: 22~24

14

넉 달이 지났다. 드디어 나머지 제품에도 그 꽃잎 추출물 성분이 들어가기 시작했다. 그것들은 이제 신제품 수준을 넘어서 완전히 다른 무기를 장착한 획기적인 제품이 되었다. 시장에서 두 번째 돌풍을 일으키기에 모자람 없는 조건이었다.

신제품들이 만들어지자 오 사장과 장 대리는 그것들이 출시될 날만을 기다렸다. 그들은 이미 피부미인을 통해 어느 정도 인지도를 쌓은 매장에 다시 그와 비슷한 제품들을 가져와 판매하면 매출은 첫날부터 배로 뛸 거라 생각하고, 이전처럼 수요가 폭발적으로 늘어나 공급을 제대로 하지 못하는 일이 없도록 다음 제조에 사용할 추출물까지도 미리 준비해 놓았다. 그들은 이제 미리 대비하는 자세까지도 갖출 줄 알았다.

드디어 세 가지 신제품이 출시되었다. 두 사람은 기대감에 부풀어 그날 아침부터 세 군데 매장을 모두 돌았다. 전날까지 준비한 것들이 차질 없이 진행되는지 점검했고, 매장을 찾아오는 고객들의 반응도 직접 눈으로 확인했다. 다행히 첫날 반응은 좋았다. 오랜 기간 준비한 덕에 자신들이 생각한 것처럼 모든 것이 순조롭게 진행되었다. 계속 그렇게 나가기만 하면 나중에는 피부미인만큼 매출이 늘어날 수 있을 것 같았다.

하지만 그런 기대는 얼마 후 엇나가버렸다. 판매를 개시한지 한 달 동안은 신제품 출시 효과로 매출이 많이 늘었지만, 그 후로는 다시 이전 수준으로 후퇴하기 시작한 것이다. 분명 거기에도 피부미인에 들어가는 좋은 성분이 들어갔지만, 그럼에도 그것들은 이상하리만치 인기를 누리지 못했다.

무슨 이유에선지 소비자들은 여전히 피부미인에만 관심을 가지고 그것만 구매해 갔다.

그렇게 되자 오 사장과 장 대리는 당황했다. 이제는 모두 꽃잎 추출물 성분이 들어가 그 효능도 거의 비슷해졌는데, 소비자들의 관심은 여전히 피부미인 쪽으로만 기우니 그 상황이 이해가 되지 않았다. 그래서 그들은 고객들의 관심을 다시 끌어보고자 매장을 찾아오는 고객들에게 신제품에 대한 광고를 더 많이 내보내며 시제품도 더 많이 나누어 주었다. 어쩌면 신제품에 대한 홍보와 정보전달 부족 때문에 소비자들이 지속적으로 관심을 가지지 않을 수도 있었던 것이다. 그들은 매일 매일 그렇게 대대적인 홍보를 하며 소비자들이 다시 그 신제품들에 관심을 가지도록 유도했다.

하지만 그것도 별 효과는 없었다. 고객들은 그 제품들을 몇 차례 사용해 보고도 여전히 피부미인에만 관심을 가졌다. 피부미인 초기 상황과는 완전히 다른 전개였는데, 정말 알 수 없는 반응이었다. 그런 상황은 석 달이 지나도 지속되었다. 불티나게 팔려나갈 걸 예상하고 준비해 놓았던 추출물도 이제는 유효기간을 넘길 판이었다. 지금의 팔려나가는 속도로 봐선, 아마 그 중 반 정도는 그 위기를 못 넘길 것 같았다.

상황이 그렇게 되자 장 대리는 정말 곤혹스러웠다. 자신이 제안해서 실행한 사업이 2차 부흥커녕 오히려 그 결과가 믿음과는 완전히 다른 방향으로 나타났으니 그는 어찌할 바를 몰랐다. 그래서 그는 생각지도 못한 그 결과를 뒤집어보고자, 전보다 더 분주히 움직이며 그 해결책을 찾아보았다. 무료제품을 좀 더 만들어 매장을 찾아오는 손님들에게 직접 나누어 주기도 해보고, 이전에 하지 않았던 다양한 홍보수단으로 대대적인 광고도 해보았다. 피부미인도 처음에는 그런 식으로 일어났기 때문에, 그와 비슷한 식으로 좀 더 노력하면 그때처럼 반응이 올 거라 생각했던 것이다.

하지만 그것도 아무런 소용이 없었다. 소비자들의 마음은 여전히 그의 노력과는 반대로 움직였다.

그렇게 되자 그는 문제의 본질을 좀 더 자세히 찾아보고자 피부미인이 시장에 처음 등장한 때의 상황과 지금의 상황을 비교해 보았다. 당시와 비교해 뭐가 부족한지만 알 수 있으면 그 부분만 바로 잡으면 되었기 때문이다.

그는 당시의 상황을 되짚어 보았다. 당시 피부미인은 별 예쁘지도 않은 용기에 담겨져 화장품 가게를 찾아오는 고객들에게 무료로 건네졌다. 지금 보면 촌스러울 만치 단순하고 멋없는 외형이었지만, 사용자들은 그런 것에 관계없이 피부미인에 대단한 관심을 보였다. 그런 반응 덕에 그것은 어느 순간부터 유료 판매로 전환되었고, 납입하는 가게수도 점점 늘어났다. 특별할 게 없는 전략에 단지 효능이 우수한 성분이 들어가 이루진 결과였다.

그는 그런 과정을 처음부터 지켜보아 피부미인의 성공 이유와 그 전략을 잘 알고 있었다. 그래서 이번에도 그와 비슷하게 소비자들에게 신제품들을 선보였다. 하지만 결과는 그보다 훨씬 못하게 나타났으니, 거의 참패에 가까운 수준이었다. 아무리 생각해도 피부미인보다 못한 부분이 없었고 특별히 차이나는 부분도 없었다. 단지 차이점이 있다면 그것을 일반 유통 가게가 아닌, 회사가 직접 운영하는 매장에서 판매한다는 것뿐이었다. 하지만 그런 점이 이렇게 다른 결과를 만들어 낼 수 있는지는 의문이었다. 그것은 제품을 판매하는데 있어 비본질적인 부분이었는데, 그런 비본질적인 차이가 제품 판매에 커다란 영향력을 주기는 힘들어 보였기 때문이다.

하지만 그는 그것을 확실히 알아보고자 도움이 필요할 때면 늘 찾아가는 여주인을 또 찾아갔다. 그는 그녀를 만나 그 이유를 설명하고, 신제품들을 그녀의 가게에 찾아오는 단골들에게 무료로 나누어 줄 것을 부탁했다. 물론 그녀는 어떤 거절의 말도 없이 그의 부탁을 승낙해 주었다. 무료 제품을 받는데 그의 부탁을 거절할 이유가 없었고, 그가 다시 자기 가게에 매일 들를 기회가 생겼는데 주저할 까닭이 없었던 것이다. 그래서 그녀는 장 내리의 부탁을 들어주면서 그가 매일 그녀의 가게에 늘러 손님늘의 반응을 조사해 보도록 했다.

하지만 그곳에서도 반응은 예전 같지 않았다. 예전에 피부미인을 무료로 나누어 줄 때는 한번 사용해 본 손님들이 그것을 다시 얻어가 사용했지만, 이번에는 그런 반응을 별 보이지 않았던 것이다. 그들은 신제품들을 그냥 일반 시제품 수준 정도로만 생각하는지 몇 번 받아가 사용해 보고도 좋다는 평가 대신 오히려 피부미인만 칭찬하며 그것을 주문해갔다. 단골인 그들이 그런 반응을 보이는 걸로 봐선 그녀의 가게를 찾는 다른 사람들의 반응도 별반 다를 것 같지는 않았다.

일단 그는 그녀에게 그 이유가 무엇일지 물어보았다. 어쩌면 경험 많은 그녀라면 그 해답을 찾을 수 있을지도 몰랐다. 하지만 그녀도 그 답을 알지는 못했다. 몇 주간 자신이 그 제품들을 직접 사용해 보며 효과를 확인했지만, 그 효과에 비해 지금의 소비자들의 반응은 너무도 약했던 것이다.

이제 판매 장소가 소비자들의 반응에 영향을 미치지 않았다는 것은 확실해졌다. 역시 그런 것이 이런 결과에 영향을 줄 리는 없었다.

그 후 그는 더 심각한 고민에 빠져버렸다. 그런 쪽에서라도 다른 결과가 나왔으면 지금의 판매 부진의 원인을 찾아낼 수 있었는데, 거기서도 결과가 같게 나와 이제는 원인도 모른 채 지금의 상황을 극복해야 하는 부담만 안게 되었다.

그는 자신이 제안해서 시작한 일이 어떠한 성과도 내지 못한 채 손해만 보고 접어야 할 위기에 처하게 되자 점점 오 사장을 대하기 힘들어졌다. 오 사장이 사무실에 있는 시간에는 잘 들어올 수도 없었고, 그와 함께 있으면 뭐라고 대답해야 할지 몰라 계속 그의 눈치만 살폈다. 그는 가급적 오 사장을 피하기 위해 매장에서 늦게까지 일하다 사무실로 들어왔다. 아무런 해결책도 찾지 못한 채 그런 식으로 사람을 피해 다녀야 한다는 것이 참 서글펐다. 예전에 회사가 완전히 기울어질 지경에서 그것을 살려내다시피 한 것이 자신이었건만, 이제는 회사가 자기의 잘못된 판단 때문에 기울어질 위기에 처하게 되어 그는 큰 짐을 진 듯 마음이 힘들었다. 이전 자신의 노력에 대한 기억은 모두 잊히고 지금의 잘못된 결과만 부각되는 것 같아 많이 섭섭하기도 했다. 더욱이 거기에 대해서 다른 누구에게도 원망할 수 없어 부담 많은 가슴은 더 답답하기만 했다.

그는 늦게 퇴근해 집에 가도 잠을 이룰 수가 없었다. 지금의 상황을 해결하기 위해 침대에 누워서 이런저런 생각 끝에 겨우 잠든 지도 벌써 몇 주째나 지속되었다. 그의 얼굴에는 근심이 가득 고였고 웃음기는 완전히 메말라버렸다.

그렇게 그가 우울하고 근심어린 표정을 보이자 할머니는 무슨 안 좋은 일이 있냐며 그에게 물어보았다. 하지만 그는 할머니가 해결할 수 있는 문제가 아닌데 괜히 말해봐야 할머니 마음만 아프게 할 것 같아, 아무 것도 아니라며 그녀의 질문을 회피해 버렸다. 할머니는 손자의 고민을 알기라도 한다면 조금이라도 위로해 줄 수 있으련만 전혀 알 수가 없어 답답하기만 했다. 그렇다고 손자가 겪고 있는 일이 무엇인지 더 이상 물어 볼 수는 없었다. 말하고 싶어 하지 않는 그의 마음을 건드려 그의 고통을 더 무겁게 하고 싶지는 않았기 때문이다.

대신 그녀는 몇 주째 계속되는 손자의 침묵을 보며 기도하기 시작했다. 자기가 해결해 주지 못하는 문제를 그녀의 아버지께 맡기면, 그가 이번에도 잘 해결해 주실 수 있을 거라 믿었던 것이다. 그래서 그녀는 예전처럼 다시 방안에서 무릎을 꿇고 그분께서 부탁했다. 그러다 머릿속에 무언가 하나 떠올라 그것이 손자에게 답이 될지는 모르겠지만 그가 발견하기를 바라며, 그의 책상 위에 무언가를 펼쳐놓았다.

윤호는 그날도 집에 늦게 들어왔다. 그의 얼굴은 말 못하는 근심으로 많이 말라 있었다. 그의 머리는 신제품 매출이 늘어나지 않는 이유를 찾아 그것의 부진을 만회하는 일로만 가득 차 있었기 때문에, 그가 하루 종일 먹는 음식이라곤 간단한 빵 몇 조각과 음료수 몇 모금뿐이었다.

그는 방에서 옷을 갈아입고 책상 앞에 앉았다. 팔짱을 낀 채 멍하니 앞을 보다가 책상 위에 놓인 무언가를 발견했다. 오랫동안 할머니가 간직해 온 성경이었는데, 그는 그것이 여기에 왜 펼쳐져 있을까 하고 생각했다. 아마 낮에 할머니가 이 책상에 앉아 그것을 읽었던 같았다. 그는 몸을 앞으로 당겨 책상 쪽으로 다가갔다. 눈에 띄는 주홍색 형광펜 자국이 할머니의 성경에 그어져 있었는데, 그는 무심히 그 그어진 구절을 읽어보았다.

그 순간, 그의 정신이 번쩍 들었다. 그의 지쳐 있던 마음도 갑자기 한 곳으로 쏠리기 시작했다. 그의 머릿속 고민은 이제 어디로 갔는지 보이지도 않았다. 그는 눈을 크게 뜨고 다시 한 번 더 그것을 읽었다. 신기하게도 자신의 사정을 정확히 알고 거기에 대한 답을 알려주는 것 같았다. 그것은 단 몇 줄의 글일 뿐이었지만 마치 살아서 움직이는 것 같았다. 그는 가슴에 화살을 맞아 신음하는 사람처럼 자리에 앉아 소리 없는 신음을 했다. 그러고 눈동자를 한 곳에 고정한 채 방금 읽은 구절을 다시 음미했다.

그것을 무어라 설명할 수 있을까? 아무런 위협도 능력도 없다 생각했던 물체가 갑자기 빛과 같은 속도로 날아와 자신의 마음을 강타했을 때의 순간을 이와 같다 표현할 수 있을까? 아니면, 둔해진 머리에 갑자기 망치가 날아와 한 대 얻어맞고는 정신을 번쩍 차릴 때의 순간을 이렇다 말할 수 있을까? 글쎄, 아닐 것이다. 지금의 이 순간은 그 어떤 방법으로 표현해도 정확히 설명할 수는 없을 것 같았다.

잠시 후 그는 의자에서 일어나 침대에 누웠다. 조금 전까지 만해도 회사 일 외에는 아무것도 생각할 수 없었던 그는 이제 그 구절 외에는 아무것도 생각할 수 없었다.

그날 밤 그는 그것을 수십 번 되뇌다 잠이 들었다. 정말 오랜만에 깊이 자는 잠이었다. 아무 꿈도 꾸지 않았고 한 번도 깨지 않았다. 마치 아무 걱정 없이 잠든 어린 아이처럼, 그는 그렇게 아무 걱정 없는 얼굴로 그 밤을 편히 보냈다.

"힘으로 되지 아니하고 능력으로 되지 아니하며
오직 내 영으로 되느니라."
만군의 주가 말하노라.

― 스가랴 4: 6

15

김수영, 그녀는 계란형의 작은 얼굴에 고운 피부와 반짝이는 머릿결을 가진 예쁜 여자다. 그녀의 조약돌 같이 맨들맨들한 이마는 보름달처럼 화사하게 빛났고, 동그란 눈은 검은 눈동자가 맑게 드러나도록 시원하게 열려있었다. 한가운데 반듯하게 자리 잡은 높은 코는 솜씨 좋은 장인의 작품처럼 매끄럽게 잘 솟아있었고 가지런한 치아와 도톰한 입술은 고운 턱 선위에 조화롭게 잘 배치되어 있었다. 그래서 그녀를 보면 우아하면서도 단아한 느낌을 가질 수 있었고, 쾌활하면서도 야무진 성격임을 짐작할 수 있었다. 사람들이 그녀를 보며 백년 만에 한번 볼까말까 한 여자라 칭찬하거나, 천사가 사람의 모습을 하고 나타나면 아마 저런 모습에 가장 가깝지 않을까 하며 예찬하는 것도 모두 그녀의 그런 아름다움 때문이었다.

그런 그녀가 사람들에게 주목받기 시작한 것은 5년 전 어느 한 영화에 출연하면서부터였다. 거기서 그녀는 아리따운 여인의 모습으로 등장해 많은 남성들의 마음을 사로잡았는데, 그 덕에 그녀가 출연한 영화는 그해 상반기 최고의 흥행작이 되었고 그녀 또한 그해 최고의 여배우로 선정되어 많은 관심을 받기 시작했다.

그 후 그녀는 자신의 미모를 좀 더 뽐낼 수 있는 영화에 출연해 다양한 모습으로 연기했다. 지적인 여대생 모습으로 나오기도 했고, 수백 년 전 공주의 모습으로 나오기도 했다. 모두 그녀의 외모와 잘 어울리는 역할들이었는데, 그 때문에 그녀는 배우로서의 자질도 한층 더 갖추게 되었다. 하지만 그런 상승세에도 불구하고 그녀는 잠시 동안 휴식을 갖기 위해 대중에게서 사라졌는데, 이전의 고정된 모습에서 벗어나 새로운 배역에 도전하기 위해서였다.

당시 그녀는 자신의 미모에 대중이 일찍 피로감을 느끼지 않을까 많이 염려했다. 젊음이라는 것에는 한계가 있는데, 언제까지 외모로만 대중들 앞에서 자신을 호소할 수는 없었기 때문이다. 그래서 그녀는 다른 모습으로도 한번 도전해 보고자 연기력이 뛰어난 배우들을 찾아가 그들에게서 자신의 부족한 점을 듣고 새롭게 갖추어야 할 점도 지도받았다. 배우로서의 생명을 연장하기 위한 최고의 방법은 역시 연기의 깊이와 품격을 갖추는 것이었기 때문이다.

그런 시간이 지난 후, 그녀는 자신이 도전해 볼만한 새로운 작품을 하나 선정했다. 그것은 이전에 그녀가 하던 고착화된 연기에서 벗어나 완전히 파격적인 모습으로 등장하는 작품이었는데, 거기서 그녀는 자신의 예쁜 모습은 모두 벗어버리고 인간 내면의 본성을 아주 거침없이 잘 표현하는 연기를 선보였다. 그것은 어떻게 보면 그녀에게는 잘 어울리지 않는 역할일 수도 있었지만, 그럼에도 그녀는 과감히 도전했고 그 결과 사람들은 오랜만에 다른 모습으로 출연하는 그녀의 모습에 신선함을 느껴 그녀의 영화에 몰려들기 시작했다. 대중은 한결같고 매력 없는 역할만 하는 예쁜 배우보다는, 참신하고 독특한 모습으로 자신을 드러내려는 배우에게서 더 신선하고 묘한 아름다움을 느꼈던 것이다.

그 후 그녀는 배우로서의 실력과 명성을 더 쌓게 되었다. 순식간에 영화계와 광고계에서도 가장 모시고 싶어 하는 여배우가 되었다. 제작자나 광고주는 이미 대중들에게 좋은 평가를 받고 있는 그녀의 등장만으로도 사람들에게 큰 관심과 파급효과를 불러일으킬 거라 생각해, 두둑한 출연료나 광고료를 준비해 그녀 앞에 줄을 섰다. 그녀는 결국 대중 앞에 얼굴을 내민 지 3년 만에 최고의 몸값을 자랑하는 여배우가 되었고, 최정상의 인기를 누리는 광고모델이 되었다.

지금껏 그녀가 나오는 영화이나 광고를 한 번도 보지 못한 사람이 있을까? 그렇다면 그 사람은 아마 이 세상과 등을 돌린 채 홀로 살아가는 사람일 것이다. 지금 거리를 걷고 있는 젊은 남자를 세워 한번 조사해 보라. 그러면 열에 하나는 그녀의 사진 한 장쯤은 지갑이나 그의 소지품 어딘가에 넣어 다닐 것이고, 그들 중 절반은 결혼을 했음에도 그러고 있을 것이다. 사람은 각자 제 나름의 이상형이 있다고 하지만, 그녀는 그런 제 각각의 이상형 중에서도 공통되고 좋은 것들만 모아 놓았기 때문에 남자들은 각자 자기가 좋아하는 유형의 여자가 있으면서도 늘 그녀를 마음에 품고 있었고 그녀 보기를 애인 보듯 즐겨했다. 그 정도로 그녀는 자석 같은 매력을 가진 여자였던 것이다.

하지만 그런 대중적 인기를 얻으면서 그녀는 많은 불편함을 겪게 되었다. 이전에는 자유롭게 하던 그녀의 사적인 활동이 이제는 모든 사람들의 눈을 의식해야 하는 탓에, 조심스레 이루어져야 했기 때문이다. 근처를 나갈 때도 그녀는 늘 외모에 신경 써야 했고, 가까운 누군가를 만나러 갈 때도 혹시나 관찰하며 따라오는 눈은 없나 조심해야 했다. 대중이 그녀에게 관심을 가지듯, 그녀도 이제는 어쩔 수 없이 대중의 눈과 입에 관심을 가지지 않을 수 없게 되었다. 하지만 그런 불편함에도 불구하고 그녀는 예전 생활의 대부분을 부족함 없이 할 수 있었는데, 그녀의 여동생이 그녀를 잘 보조해 주었기 때문이다.

동생은 김수영보다 세 살 아래로 외모에 있어서는 그녀만 못했다. 하지만 동생은 성격과 성품이 좋아 자기 언니 일이라면 어떤 거절도 않고 잘 들어주었다. 집 안팎으로 모든 관심이 언니에게만 집중되어 조금 섭섭한 마음이 들 수도 있었지만 그녀는 어떤 질투나 시기심도 없이 언니의 일을 자기 일처럼 잘 도왔다. 덕분에 언니는 자신의 사적인 일을 특별한 불편 없이 해결할 수 있었다.

수영이 그렇게 동생으로부터 도움 받는 일 중에는 옷이나 화장품, 그리고 잡다한 개인용품을 구매하는 일에 관한 것이 많았다. 물론 그것들은 주위 다른 사람들을 통해 구입할 수도 있었지만, 그래도 어릴 때부터 같이 자라온 자기 핏줄에게 부탁하는 것이 그녀는 더 편했던 것이다.

한번은 그녀가 촬영을 모두 마치고 가족들이 사는 집에 온 적이 있었다.

그녀는 한 달에 몇 번씩은 가족이 있는 본가에 들러 쉬다가곤 했는데, 그 날도 가족과 같이 식사하며 쉬기 위해 들른 것이었다. 그녀는 식사를 마친 후 조금 쉬다가 잠자리에 들기 위해 화장대에 앉았다. 유명해진 만큼 신경 써야 할 부분이 많았기에, 그녀는 피곤해도 피부 관리는 늘 빠지지 않고 했다. 그런데 그날은 그녀의 가방에 늘 넣고 다니던 화장품이 몇 개 밖에 없었다. 촬영 하는데 신경 쓰느라 집에서 준비해 오는 것을 잊었던 것이다. 그래서 그녀는 동생 방으로 들어가 그녀의 화장품을 몇 개를 빌렸다. 물론 동생은 자기가 사용하던 화장품을 언니에게 기꺼이 빌려주었다. 뿐만 아니라 언니가 가끔 집에 오면 사용할 수 있도록 그녀의 방에 화장품을 몇 개 사서 준비해두어야겠다고 생각했다. 참 착한 동생이었다.

다음날, 동생은 친구를 만나 언니가 사용할 화장품을 같이 사러가기로 했다. 수영은 평소 유명 회사 제품을 사용하고 있었기에 그녀는 언니가 선호하는 화장품을 사러가기 위해 백화점에 갈 생각이었다. 하지만 그녀의 친구가 그보다 더 좋은 제품이 있다며 다른 곳에 가보기길 권했다. 자기가 사용해 보니 가격이 그렇게 비싸지 않으면서 유명 회사 제품보다 효과가 더 뛰어나더라는 것이었다. 그래서 동생은 친구의 그 말을 듣고서 그곳에 한번 가보기로 했다.

오후에 두 사람은 그 매장을 찾았다. 매장 안은 아주 산뜻했고 점원들도 아주 친절했다. 그녀는 친구가 권하는 제품을 손에 들고서 이래저래 살펴보았다. 처음 보는 낯선 이름이었는데, 겉으로 봐선 일반 화장품과 별 다를 것 같지 않았다. 하지만 친구가 그것은 매력 없는 일반 화장품처럼 생각하면 안 된다고 말해, 그녀는 그것이 어느 정도인지 궁금해 자기도 한번 사용해 보기로 했다.

그녀는 그것을 두 개 집어 들고 계산대로 향했다. 친절한 점원이 그녀에게 새로운 제품이 나왔으니 한번 사용해 보라며 다른 제품들을 몇 개 넣어주었다. 그녀는 생각지도 않았던 그 화장품들을 받자 기분이 좋아, 만약 이 화장품이 친구의 말처럼 정말 효과가 좋다면 다음에도 또 와야겠다고 생각했다. 그녀는 계산을 끝내고 매장을 나왔다.

그리고 일주일 후 수영이 다시 집에 들렀다. 그녀는 새로운 작품을 준비 중이라 얼굴이 좀 야위어 있었다. 작품 속 인물을 사실적으로 연기하기 위해 한 동안 식사를 가볍게 하고 있었던 것이다.

동생은 수영의 그런 모습을 보자, 피부 빛이 별 안 좋아 보인다며 얼마 전에 자기가 사온 화장품을 그녀에게 건네주었다. 친구의 권유로 산 화장품인데 자기도 한 주 써 보니 역시 다르더라며, 그것을 계속 사용해 보길 추천했다. 유명 제품이 아니면 사용하지 않던 수영은 동생이 그렇게 추천해 주니 그것을 한번 사용해 보기로 했다.

그렇게 또 2주가 지났다. 수영은 이제 새 영화를 찍는 작업에 돌입해 평소에도 작품 속 인물의 모습을 하고 있었다. 그래서 몇 주 전보다 좀 더 야윈 얼굴로 가족들 앞에 나타났다. 하지만 그녀의 피부는 야윈 만큼 어둡다거나 거칠어 보이지 않았다. 오히려 얼굴빛은 더 화사하고 밝아보였다. 동생은 언니의 그런 모습을 보고서 그녀가 자기가 사다준 화장품을 꾸준히 사용하고 있구나 생각했다. 그녀 자신도 그런 효과를 체험하고 있었기 때문이다.

두 사람은 그날 밤 그 화장품에 대해 수다를 떨었다. 이 제품을 어디서 구입했는지, 언제부터 나오기 시작한 제품인지, 그리고 서로에게 어떤 효과가 있었는지. 그녀들은 지금껏 그 제품을 사용해 본 여성들과 마찬가지로 비슷하거나 똑같은 소리를 했다.

수영은 이제 그 화장품을 화장대 제일 앞에 두고 사용했다. 그녀는 밤낮으로 동생이 사다주는 그 화장품만 바르며 피부를 관리했고 그 효과를 매일 만끽했다. 예전에 자기가 그토록 즐겨 사용하던 제품들은 이제는 손도 잘 대지 않았는데, 무명 세품이 어느 날 갑자기 등상해 이선 제품들을 모두 밀어내 버린 것이다.

동생은 이제 한 달에 한 번씩 그 매장에 들리게 되었다. 언니가 그 화장품을 워낙 많이 발라 그녀가 그것을 공급해 주어야 했던 것이다. 물론 자신도 언니 덕에 그 화장품을 많이 쓸 수 있어 좋긴 했다.

그렇게 그 자매가 그 화장품을 쓰기 시작한지 석 달이 지났다. 수영의 촬영분은 이제 한 장면밖에 남지 않았다. 그동안 작품 속 인물에만 열중하다 보니 평소 자신의 모습과는 완전히 다른 생활을 할 수밖에 없었는데, 이제는 원래 자신의 모습으로 돌아가 이전의 것들을 조금씩 즐길 수 있게 되었다. 게다가 그 마지막 촬영분이라는 것은 지금까지 그녀가 연기해 온 인물이 변모해 새로운 인물로 등장하는 장면이었기 때문에, 예전 모습을 회복하기 위해 그녀는 다시 자신을 가꿀 필요가 있었다.

그녀는 그 마지막 장면의 촬영을 며칠 앞두고 가족들이 사는 집에 잠시 들렀다. 평소 자기가 필요로 하는 것들과 음식들을 좀 얻어가기 위해서였는데, 물론 그 중에는 그녀가 몇 달 전부터 즐겨 사용하게 된 화장품을 동생에게서 받아가는 것도 포함되어 있었다.

하지만 그날은 동생이 집에 없었다. 이틀 전에 갑자기 일이 생겨 출장을 가버린 것이다. 동생은 지금껏 한 번도 그렇게 갑작스레 집을 떠난 적이 없었는데, 이번에는 무슨 급한 일이 생겼는지 서둘러 해외로 가버리고 없었다. 수영은 그녀의 엄마로부터 필요한 것 몇 개만 받아 집을 나섰다. 그녀가 그날 가지고 가려 했던 주된 물건은 동생이 매달 구입해 놓는 화장품이었지만, 아쉽게도 동생이 갑자기 출장 가버리는 바람에 그것만은 가져갈 수 없었다. 동생이 돌아올 때까지는 하는 수 없이 남아있는 것을 아껴 사용해야 했다.

그녀는 밝은 햇살이 비치는 도로를 달렸다. 운전을 하며 집에 도착하면 할 일들을 생각했다. 그러다 문득 생각난 것이 있어 차를 다른 방향으로 돌렸는데, 지금 달리는 도로에서 머지않은 곳에 동생이 매달 들리는 그 화장품 매장이 있었던 것이다. 평소 같으면 사람들 출입이 많은 곳은 꺼렸던 그녀였지만, 그 순간은 무슨 용기가 났는지 그녀는 그곳에 잠시 들러 그 화장품을 몇 개 사기로 했다. 아마 지금의 외모가 예전과 좀 달라 사람들이 자신을 알아보지 못할 거라 생각했던 것 같다.

그녀는 그 화장품 매장 근처에 도착해 차를 세웠다. 주위에 주차할 마땅한 곳이 보이지 않아 그녀는 비상등을 켠 채 차 안에서 모자를 꾹 눌러쓰고 가벼운 스카프로 목과 입 주위를 가렸다. 가방에 있던 코트도 꺼내 자신의 몸을 대부분 가렸다. 마지막으로 선글라스도 썼는데, 그 모습이 마치 투명인간이 자신의 외형이 이러하다는 걸 보여주려는 듯 했다. 그녀는 그런 모습으로 자신을 다시 한 번 더 점검했다. 외부로 노출된 부분을 최대한 적게 하기 위해 얼굴 주위를 감싸고 있던 모자와 스카프를 몇 번 더 만지작거렸다. 그리고 그녀는 이정도면 됐겠지 생각하고 차를 천천히 움직여 매장 바로 앞 도로가에 세웠다. 그녀 생각에 3분 정도면 그 화장품을 사서 나올 수 있을 것 같았다. 그녀는 차 문을 열고 도로에 한 발을 내디뎠다. 시원한 바람과 따뜻한 햇살이 산뜻하게 느껴지는 날이었다.

한편, 신제품을 출시한지 다섯 달이 다 되도록 큰 반응이 없자 윤호는 지금껏 기대하며 기다렸던 부분을 거의 다 포기해 버렸다. 실패로 돌아간 그 신제품들을 유효기간이 지나기 전에 모두 처리하기 위해 그는 매장을 찾는 손님들에게 그것들을 이전보다 더 많이 나누어 주었다. 예전 같으면 큰 광고효과를 노리며 하던 일이 이제는 재고처리를 위한 방편이 되었다.

그는 안타깝고 씁쓸한 마음으로 그 신제품들을 바라보았다. 성공했으면 정말 좋았으련만, 생각처럼 되지 않아 다시 한 번 더 인생의 쓴 맛을 느껴야했다. 그는 다시 한 번 더 매장 판매원들에게 피부미인을 사가는 손님들에게는 그 사가는 수만큼 포장된 제품들을 나누어 주라고 지시했다. 어차피 얼마 있으면 사용할 수도 없는 제품들인데, 그렇게라도 처분해서 매장 인심을 얻는 게 나아보였다.

그는 매장 한 곳에 서서 이 손해를 어떻게 만회해야 하나 생각했다. 이것이 자기 사업 같으면 자기만 손해 보고 말면 되겠지만, 자기 사업이 아니라 자기를 믿고 맡긴 사장의 사업이다 보니 많은 부담과 자책이 되지 않을 수 없었다. 그는 돌아서서 가게 유리창을 통해 밖을 내다보았다. 참 밝고 화창한 날씨였다. 낮 시간이라 도로는 출퇴근 시간 때처럼 차들로 붐비지 않았고, 거리는 띄엄띄엄 오가는 사람들로 여유로워 보였다. 마음이 무거운 그는 그 장면을 보니 마음이 더욱 무겁게 느껴졌다. 자기 아닌 모든 것은 저렇게 평화로워 보이는데, 이 세상에 오직 자기만 근심에 쌓여 있는 것 같았다. 하지만 한편으로 이제 모두 끝났다 생각하니 마음의 짐이 예전보다는 조금 가볍게 느껴지기도 했다. 또, 어제 읽었던 그 구절도 마음에 많은 안식을 주었다. 그는 유리창을 통해 들어오는 햇살을 맞으며 잠시 그 따스함을 받았다.

그때 그 차분함 중에 그의 눈에 들어오는 것이 하나 있었다. 흰색의 값비싼 외제 승용차 한 대였다. 그것은 노란 비상등을 깜빡이며 인근 도로가에서 그가 있는 매장 쪽으로 천천히 다가오고 있었는데, 아마 매장을 찾아온 손님 같아 보였다. 그 차는 곧 그가 서있는 바로 앞 도로가에 멈추어 섰다. 그 장면을 보고 있던 그는 주위를 두리번거렸는데, 그곳은 주차하면 몇 분 내에 바로 단속되는 곳이었기 때문이다. 그는 그것을 잘 알고 있었기에, 평소 차를 가지고 오는 손님이 있으면 건물 뒤편 주차장이나 자리가 없을 경우 인근 유료주차장에 주차할 것을 권유했고, 그러다 간혹 손님이 그 불편함 때문에 돌아가려 할 것 같으면 그가 나가서 대신 그 차를 잠시 봐주곤 했다. 그런데 지금 이 비상등을 켠 차도 보아하니 그렇게 말하면 주차장보다는 그냥 돌아가려 할 것 같았다. 이 시간대에 저 자리에 저렇게 주차하는 사람들 대부분은 그랬기 때문이다. 하지만 저 사람이 가게를 찾아 온 손님이라면 일단은 주차장에 차를 넣도록 부탁해 봐야 했다. 그게 여러모로 안전했기 때문이다. 그는 그렇게 생각하고 손님일 가능성이 많아 보이는 그 차를 보며 곧 내리게 될 사람을 주시했다.

곧 운전석 문이 열렸다. 차 안에서 한 여자가 내리기 시작했는데, 그녀는 초록색 모자와 꽃무늬가 예쁘게 그려진 스카프로 자신의 얼굴을 가리고 있었다. 지금 바깥 날씨로 봐선 그렇게 하면 좀 더울 수도 있을 것 같았지만, 여자들이란 원래 더위 속에서도 그렇게 멋 부리기를 좋아하니 그는 그 모습에는 별 신경 쓰지 않았다. 대신 주위를 둘러보며 다른 것에 신경을 쓰기 시작했는데, 어디서 나타날지 모를 주차단속원들이었다.

그는 매장 안에서 좌우 거리를 살피며 단속원들이 있나 찾아보았다. 그들은 평소 두 명씩 짝지어 다녔는데, 푸른색 상의에 노란색 모자를 쓰고 있어 조금만 관심을 가지고 보면 멀리서도 잘 알아볼 수 있었다. 하지만 지금은 주위를 둘러봐도 그런 모습을 한 남자들은 보이지 않았다. 그는 다시 차에서 내린 그 여자에게로 관심을 돌렸다. 그녀는 이미 차 문을 닫고 인도로 올라와 있었다. 바람에 흩날리는 예쁜 스카프를 한 그녀는 역시 그의 생각대로 매장을 찾아온 손님이었다.

그녀가 곧 문을 열고 매장 안으로 들어오자, 매장 점원들이 그녀를 보며 친절히 인사했다. 그리고 윤호도 그녀에게 인사했다.

그는 그녀에게 다가가 조심스레 말을 건넸다.

"저, 손님, 죄송하지만, 여기 도로가는 주차 단속이 심해 빨리…"

윤호는 차를 주차장에 넣는 것이 좋겠다고 말하려다가 갑자기 멈췄다. 왠지 그때는 그렇게 하지 않아도 될 것 같아서였다.

그가 말을 바꾸었다.

"아니, 제가 잠시 손님 차를 봐 드릴 테니 편안하게 둘러보시고 필요한 것 있으면 구입하시기 바랍니다."

그는 지금까지 그렇게 말해 본 손님이 없었지만, 그때는 이상하게도 그런 말이 나왔다. 그는 그 손님이 물건을 고를 동안 밖을 내다보며 도로 주위를 살폈다. 아직까지는 안전해 보였다.

그 사이 그 여자 손님은 아무 말 없이 자기가 찾는 화장품 쪽으로 다가가 그것을 몇 개 집어 들고는 바로 계산대로 향했다. 그녀가 그것들을 계산대 위에 올리고 지갑에서 신용카드를 꺼내 점원에게 내밀자 점원이 계산하기 시작했다.

그런데 바로 그때, 윤호가 갑자기 문을 열고 미친 듯이 밖으로 뛰쳐나갔다. 단속원들 때문이었다. 그들은 어디서 기다렸다 나타났는지, 그가 잠시 한눈 판 사이 어느새 그녀의 불법 주차된 차 앞에 서 있었다. 윤호는 아차 싶어 부리나케 뛰어가 그들 앞을 막아섰다. 손님에 그 차를 봐 준다고 했는데 그러지도 못하고 단속 당하게 될 판이었다. 그는 체면이고 뭐고 없이 그들 앞에 서서 고개를 숙인 후, 지금 바로 차를 뺄 테니 기다려달라며 그들에게 사성을 했다. 그러자 다행히 단속원들은 그의 말을 들어주었다. 당장 이동시키겠다는데 굳이 단속까지 할 필요는 없었던 것이다. 윤호는 곧 매장 안으로 뛰어 들어갔다.

수영은 이미 남자 점원이 큰 소리를 내며 매장 밖으로 뛰쳐나가는 것을 보았기 때문에 그가 자기에게 다가오면 무슨 말을 할지 알고 있었다. 남자 점원이 다가와 빨리 차를 주차장으로 이동시켜야겠다고 말하자 그녀는 그의 말을 더 듣지도 않고 급히 문을 열고 도로가에 주차된 자기 차로 향했다. 주차단속으로 자기 신분이 노출되는 것을 피하고 싶었던 것이다.

그녀는 인도를 가로질러 도로가에 세워 둔 차에 다가갔다. 혹시 단속원들이 자기를 알아볼까 싶어 그녀는 고개를 조금 숙이고 운전석에 앉았다. 그리고 바로 시동을 걸어 차를 출발시켰다.

그녀는 차를 몰고 가며 차창 밖을 두리번거렸다. 주위 주차장을 찾기 위해서였는데, 그곳은 도심이라 그런 곳을 찾기가 힘들었다. 그녀는 계속 직진하며 여기저기 주차할만한 곳을 찾아보았지만, 큰 건물 외에 그런 곳은 보이지 않았다. 그녀는 차를 돌려 반대편 차선으로 매장 앞을 지났다. 그리고 또다시 차를 돌려 매장 앞 도로를 지났다.

그녀는 그런 식으로 벌써 그 도로를 세 번씩이나 지났다. 그동안 시간은 15분이나 흘렀다. 그녀는 주차할 곳을 찾지 못하자 서서히 지치기 시작했다. 그렇게 주차할 곳도 찾지 못한 채 차만 타고 돌아다닐 것이 아니라 차라리 차를 잠시 매장 앞에 정차시켜 놓고 빨리 들어가 화장품과 카드를 받아 나오는 것이 좋아 보였다.

그녀는 다시 매장 앞 반대편 도로를 지나며 매장 근처를 살폈다. 단속원 같은 사람은 보이지 않았다. 그녀는 다시 차를 돌려 매장 앞에 차를 세웠지만, 여전히 단속원들은 보이지 않았다. 그녀는 차를 정차시킨 후 얼른 내려 여자의 빠른 걸음으로 매장 안으로 들어갔다.

윤호는 문이 열리며 20분 전 손님이 다시 들어오자, 반갑기도 하고 미안하기도 해 그녀에게 바로 다가갔다. 지금까지 손님에게 이렇게까지 불편함을 준 적이 없었는데, 그날따라 무슨 박자가 그리도 맞지 않는지, 그 여자 손님은 자기가 주차장 위치를 알려주기도 전에 먼저 밖으로 뛰쳐나가버렸다. 그렇지 않았다면 건물 바로 뒤편에 있는 주차장에 차를 주차해 놓고 벌써 물건을 사갔을 텐데, 자기가 그 여자 손님보다 한 박자 늦는 바람에 괜히 손님에게 불편함만 주었다.

그는 매장을 찾아 온 손님을 그렇게 고생시켜 너무도 미안한 마음에 그녀에게 다가가 정중히 사과부터 했다. 그리고 계산대 위에 포장해 놓은 그녀의 구매품과 다른 제품들을 두 손으로 집어 들고 그녀에게 건네주었다. 그녀가 산 물건은 피부미인 세 개였지만, 그보다 훨씬 더 많은 양이었다. 그녀가 차를 이동시키러 나가서 한참 동안 돌아오지 않자 그가 미안한 마음에 다른 신제품들까지도 한가득 담아 넣은 것이었다. 그것을 양손에 받아 든 그녀는 마치 백화점에서 물건은 잔뜩 사들고 나온 귀부인 같아 보였다. 그녀가 그렇게 화장품들을 두 손으로 받아들자, 그는 다시 한 번 더 죄송하다 말하며 그녀에게 고개를 숙였다. 그리고 그는 곧 그녀가 편히 매장을 나갈 수 있도록 문을 열어주었다.

한편, 수영은 남자 점원이 자기가 구매하지 않은 제품들까지도 그렇게 가득 건네주자 조금 당황스러웠다. 그녀는 단지 자기가 구매한 제품만 가져가면 되었지만, 전혀 생각지도 못한 다른 제품들까지도 받아 쥐자 이것을 어찌해야 하나 생각했다. 사실 그것들은 그녀가 아직 사용해 보지도 않은 제품이라 그렇게까지 많이 받아갈 필요가 없었다. 지난번처럼 동생이 한번 사용해 보라며 추천해 주는 것이면 몰라도 아직 생소한 그런 제품들은 집에 가져가면 쌓아두기만 하고 바르지 않을 게 뻔했다. 그래서 그녀는 그것들을 그렇게까지 많이 받아 갈 필요 없이 한 개 정도만 받고 나머지는 모두 돌려주자 생각했다. 하지만 남자 점원이 너무도 정중하게 건네주며 고개를 숙이는 바람에 그녀는 그것을 받아들지 않을 수가 없었다. 게다가 밖에는 차가 잠시 정차되어 있어 조금이라도 더 지체하면 단속당할 수도 있었기 때문에, 일단 시간을 아끼자 생각하고 그녀는 아무 말 없이 그것들은 받아들고 남자 점원이 열어놓은 출입문으로 향했다.

그런데 바로 그때, 남자 점원이 '안 돼요!' 하고 소리치며 그녀보다 거기를 더 빨리 빠져나갔다. 그 점원의 이상한 행동에 놀라, 그녀는 저 남자가 갑자기 왜 저러나 하며 그를 쳐다보았다. 좀 전 그 주차단속원들이 다시 나타나 자기 차 앞에 서 있었는데, 남자 점원이 그들을 발견하고서 그렇게 달려

나간 것이었다. 그녀는 그것을 보자 다급해져 어서 빨리 거기를 나가야겠다고 생각했다. 그녀는 곧 양손에 물건을 든 채로 매장 밖을 나갔다. 단속원들과 그를 막아선 남자 점원이 그녀의 차 앞 쪽에 서 있었기 때문에, 차 뒤를 돌아서 운전석에 앉으면 별 탈 없이 출발할 수 있을 것 같았다. 그녀는 그런 생각으로 인도를 가로질러 걷다가 뒤로 돌아가기 위해 방향을 조금 틀었다.

그런데 무사히 진행될 것 같았던 그녀의 걸음은 거리를 걷던 한 사람이 그녀의 방향이 틀어질 걸 예상치 못하고 부딪치는 바람에 방해를 받고 말았다. 그녀는 그와 부딪치자마자, 왼손에 들고 있던 비닐포장지를 놓쳐 바닥에 떨어뜨렸고, 그 속에 있던 제품들도 밖으로 쏟아져 나와 길바닥에 깔렸다. 그녀는 순간적으로 일어난 그 일에 당황해 하며 재빨리 그 물건들을 주워 담았다. 그리고 얼른 일어서서 다시 자신의 차로 향해 뛰었다. 하지만 바로 제지당하고 말았는데, 그녀와 부딪친 노인이 그녀에게 호통을 친 것이다.

"젊은 사람이 정신을 어디 두고 다니길래, 지나가는 사람도 못보고 이렇게 사람을 치는 거야. 그리고 사람을 쳤으면 미안하다는 소리나 하고 가지, 예의도 없이 그렇게 모른 척 하고 가면 어떡해?"

그녀는 노인의 그 큰 소리에 당황했다. 사실 그건 그녀가 예의 없어 그런 게 아니라 자신의 정체가 노출될까봐 그랬던 것뿐이었다. 그런데 자기가 예의 없어 그러는 것처럼 보여 조금은 답답하기도 했다. 하지만 뭐라 변명할 수 없는 상황이라 그녀는 일단 잠자코 노인 앞에서 고개를 숙였다. 그리고 더 이상 그 자리에 서 있으면 안 되겠다 싶어 몸을 숙이고 재빨리 운전석 쪽으로 뛰었다. 운전석 옆에 서자 그녀는 손잡이를 잡아 당겼다. 그런데 재수 없게도 이번에는 쥐고 있던 비닐포장지 손잡이를 놓쳐, 화장품들을 다시 바닥에 떨어뜨리고 말았다. 그것들은 화사하게 내리쬐는 태양빛을 받으며 다시 한 번 더 반짝였다.

그 사이 주차 단속원들은 자기들 앞을 막아서며 단속을 방해하는 점원과 약간의 실랑이를 벌이고 있었다. 그러다 점원이 한번만 더 봐달라며 계속 비켜주지 않자, 그 중 한 명이 몇 발작 뒤로 물러서서 단속용 카메라를 꺼냈다. 주차 단속을 방해받자 더 이상은 안 되겠다 싶어 단속을 방해하는 장면을 찍기로 한 것이다. 그는 카메라를 자신의 얼굴 앞으로 가져갔다.

그런데 그들 뒤에서 여자가 도로 위에 떨어진 물건을 줍는 것이 보였다. 그는 카메라를 내리고 그쪽으로 눈을 돌렸다. 조금 전에 본 여자였는데, 그녀가 도로 위에서 위험한 행동을 하고 있었다. 그는 일단 카메라 찍는 것을 멈추고 재빨리 그곳으로 걸어갔다. 단속보다는 일단 그 위험부터 제거해야 했던 것이다.

그는 여자 옆으로 다가가자마자 떨어진 물건부터 같이 주웠다. 그 중 몇 개가 차 밑으로 들어가 손을 길게 내밀어야했는데, 그렇게 해서 겨우 두 개는 끄집어냈지만 깊이 들어간 나머지 한 개는 손을 뻗어 꺼내기가 힘들었다. 아무래도 차를 앞으로 이동한 후에 꺼내야할 것 같았다. 그는 옆에 서 있던 여자를 올려다보며 차를 앞으로 좀 빼라고 말했다. 그러자 여자는 곧 차에 타서 시동을 건 후 앞으로 차를 조금 이동시켰다.

차 밑으로 들어간 화장품이 드러나자 단속원은 그것을 집어 들고서 그녀가 앉아있는 운전석으로 다가갔다. 그리고 닫힌 유리창을 손으로 가볍게 두드렸다. 그러자 유리창이 아래로 부드럽게 내려가며 그녀의 옆모습이 가까이서 보이기 시작했는데, 단속원은 그녀의 옆모습을 보자 순간 자기가 알고 있는 사람이 아닌가 하고 잠시 자신의 눈을 의심했다. 그가 알고 있는 사람 중에 그녀와 아주 비슷한 사람이 있었던 것이다. 그는 화장품을 들고 있던 손을 유리창 안으로 집어넣으며 그녀의 옆모습을 유심히 살폈다. 그녀가 화장품을 건네받아 안으로 당기자, 그는 좀 더 정확한 판단을 내리기 위해 쥐고 있던 화장품에 힘을 주었다.

잠시 후 단속원은 손에 힘을 빼고 그녀에게 친절한 목소리로 이렇게 말했다.

"여기는 주차금지 구역이라 단속이 심하니 다른 곳에 주차하시기 바랍니다."

그 말에 운전석에 앉아 있던 여자는 고개도 돌리지 않고 작은 목소리로

"네," 하고 대답한 뒤, "이제 가도 되나요?" 하고 물었다. 그러자 단속원은 태연하게 "그럼요." 하고 대답하고서, 그녀가 거기를 떠날 수 있도록 차 앞쪽에 서 있는 두 사람에게 비킬 것을 말했다.

그녀는 거기를 떠나며 거울로 뒤를 보았다. 세 남자가 가만히 서서 자기차를 지켜보고 있었다. 아직 집에는 동생이 돌아올 때까지 사용할 수 있는 화장품이 좀 남아있었는데, 어쩌자고 이렇게 매장까지 찾아와 일을 벌여놓았나 하며 그녀는 후회하기 시작했다.

가슴이 답답해진 그녀는 조금 가다가 앞 쪽 두 유리창을 살짝 내렸다. 차안으로 바람이 들어와 조금 시원한 느낌이 들었지만 옆 좌석에서 소리가 나 조금 짜증이 났다. 비닐 포장지들이 바람에 날리는 소리 때문이었는데, 그 소리를 듣자 그녀는 바닥에 던지다시피 그것들을 내려놓았다. 받고 싶지 않았던 그것들 때문에 오늘 두 번씩이나 길에 앉아 그것들을 주워 담아야했고, 또 그 때문에 하마터면 자신의 모습이 노출돼 생각지도 못한 일을 겪을 뻔 했다. 정말 거추장스러운 화장품들이 아닐 수 없었다.

그녀는 기분 전환을 위해 음악을 틀었다. 신나는 음악이 흘러나와 조금 전의 일은 이내 잊고 음악에 조금씩 빠져들었다. 곧 조금밖에 알지 못하는 노랫말도 흥얼대기 시작했다. 그런데 그때 그녀가 갑자기 놀라는 표정을 하며 차를 도로가에 세웠다. 그리고 얼른 지갑을 열어 신용카드를 찾아보았는데, 보이지 않았다. 아까 급히 나오느라 그것을 챙기지 못했던 같았다. 그녀는 얼굴을 핸들에 묻고 또다시 후회와 자책을 시작했다. 이제 끝이라 생각했는데 또다시 그 매장으로 가야하다니, 재수 없는 그 하루가 정말 원망스러웠다.

그녀는 다시 차를 돌려 왔던 길로 되돌아갔다. 출발했던 곳에 다다르자, 이제는 딱지를 떼여도 상관없다 생각하고 당당히 매장 안으로 걸어 들어갔다. 일이 이렇게까지 된 건 모두 다 그 주차위반 딱지 때문이었는데, 얼마되지도 않는 그 범칙금 하나쯤은 이제 각오하고 이번에는 이 매장출입을 완전히 끝낼 생각이었다.

한편, 그녀가 다시 매장 안으로 들어서자 윤호는 하던 일을 멈추고 그녀에게 다가갔다. 단골조차도 이렇게 하루에 세 번씩 매장을 찾는 경우가 없었는데, 오늘 처음 온 손님은 무엇이 잘못 되었는지 다시 또 찾아와 그는 그 이유가 정말 궁금하지 않을 수 없었다.

그래서 그가 그녀에게 다가가 그 이유를 물었다. 그러자 그 일일 최다 방문 고객이 그에게 조용한 목소리로 이렇게 대답했다.

"신용카드를 안 받아갔어요."

그 말에 윤호는 깜짝 놀라, 계산대에서 손님 물건을 계산하고 있던 여점원에게 다가가 혹시 그 손님에게 카드를 빠뜨리고 안돌려 줬는지 물었다. 그러자 그 점원이 카드를 하나 꺼내며, "이것 아까 화장품 받아 가실 때 돌려드리려고 했는데, 갑자기 뛰어나가시는 바람에 못 돌려드렸어요." 하고 대답하고는 얼른 그 손님에게 다가가 그 카드를 공손히 내밀었다.

"손님, 카드 여기 있습니다." 점원이 손님에게 말했다. "제가 아까 다른 손님과 대화하느라 손님이 오신 걸 미처 못 봤어요. 나중에야 알고서 따라나갔지만 이미 차가 출발해서 저도 어쩔 수가 없었습니다. 정말 죄송합니다."

그러고 점원은 고개를 숙였다. 손님은 그 점원의 정중한 사과에 자신도 미안한 마음이 들어 같이 고개를 숙였다. 사실 그건 그 점원의 실수라기보다는 자신의 실수였다. 아무 말 없이 갑자기 매장을 뛰쳐나갔으니 그 점원도 어쩔 수가 없었던 것이다.

윤호는 그런 두 사람을 보고 있다가 손님의 차가 갑자기 생각나 밖을 한 번 쳐다보았다. 오늘 그것 때문에 두 번씩이나 밖을 뛰쳐나가야 했는데 지금 또다시 그래야 하는 건 아닌지 걱정이 되었던 것이다. 하지만 지금은 그럴 필요가 없을 것 같았다. 이전 두 번과는 달리 이번에는 그 단속원들이 보이지 않았다. 그는 만약 이번에도 그들이 다시 나타나 단속하려면 죽기 살기로 그들을 막아설 작정이었다. 손님을 오늘 이토록 번거롭게 했으니 그건 정말 당연한 일이었다.

그가 밖을 주시하며 여자 손님에게 말했다.

"손님, 오늘 많이 불편하셨죠? 정말 죄송합니다. 다음에 오실 때는 이런 불편함이 없도록 제가 모든 조치를 취해 놓겠습니다. 그러니 오늘 있었던 일은 용서해 주시기 바랍니다. 자, 지금 밖에 아무도 없으니 같이 나가시죠. 제가 안내해 드리겠습니다."

그는 먼저 출입문을 열고 차를 향해 뛰어나가 주위를 두리번거렸다. 혹시 반대편 도로가에 단속원들이 있을지 몰라 거기도 살펴보았지만 보이지 않았다. 그는 다시 돌아와 그녀가 걸어오는 앞에서 근엄하게 그녀의 길을 호위했다. 마치 그녀의 경호원 같아 보였다. 그녀를 주차단속원들로부터 지키기 위한 그의 과잉 친절이었다.

한편, 수영은 남자 점원이 자기 앞에서 그렇게 길을 안내하자 아무 거절 없이 그를 조용히 따랐다. 평소 그녀는 그런 경호를 많이 받아봤기에 누가 자기를 그렇게 보호해줘도 전혀 어색하거나 쑥스럽지 않았다. 그녀는 남자 점원이 차 옆에 서서 주위를 살피자 그에게 가벼운 인사를 건네고 차 앞을 돌아 운전석 쪽으로 걸어갔다.

그런데 그때 매장 옆 건물에서 소리가 나기 시작했다. 여러 명의 사람들이 환호를 하거나 잡담할 때 들여오는 소리였는데, 그녀는 그 소리를 듣자 무심결에 그곳으로 고개를 돌렸다. 남녀 십여 명이 매장 옆 건물에서 자기를 쳐다보고 있었다. 몇몇은 그녀가 돌아보자 그녀의 이름을 부르기도 했고 그녀에게 손을 흔들기도 했다. 또 그녀가 나타날 것을 이미 알기라도 했는지 몇몇은 미리 준비한 카메라로 그녀의 모습을 찍기도 했다.

그녀는 그 장면을 보자 순간 당황해 얼마 남지도 않은 발걸음 멈추었다. 사람들이 그런 곳에 옹기종기 모여 자기를 지켜보고 있을 줄은 생각지도 못했던 것이다. 그들은 한가한 오후 거리 어디에 숨었다 그렇게 모여 들었는지 마치 준비한 사람들처럼 자기를 쳐다보고 있었다. 지금까지 자기를 알아 본 사람이 없었기 때문에 혹시 그들이 착각하고 거기 서 있는 건 아닌가 하는 생각도 들었지만, 자신의 이름을 부르는 걸로 봐선 그들은 이미 알고서 거기에 서 있는 것 같았다. 일단 그녀는 거기를 빨리 벗어나야겠다 생각하고 다시 고개를 돌려 운전석 쪽으로 향했다.

바람이란 어떤 때는 참 도움이 되기도 하지만, 때론 참 밉기도 하다. 필요로 할 때 나타나면 그것은 더 나할 나위 없이 좋은 것이지만 필요하지 않거나 필요하다해도 과하게 나타나면 처음부터 없느니만 못한 존재다. 더운 여름날 땀 흘리며 일하는 노동자에게 그건 훌륭한 선풍기이자 손수건이 되지만 수확기를 앞둔 농부나 불붙은 건물에서 시간을 다투며 싸우는 소방관에겐 나타지 않았으면, 나타났다하더라도 무사히 지나갔으면 하는 방해물이다. 어느 것이나 필요한 때에 적당한 역할을 하지 못하면 무익하고 원망스런 존재로 여겨지게 마련인데, 이 바람이라는 것도 역시 그 예외가 아니다.

화창한 햇살 아래 약간 더운 열기가 올라오는 거리를 지나다니는 행인에게 그날의 바람은 맛있는 음식에 보기 좋은 재료를 얻은 것처럼 훌륭한 조합이었다. 하지만 아무 탈 없이 잠잠히 불어줬으면 하는 김수영 그녀에겐 참 밉상 맞고 심술궂은 존재였다.

그녀가 차 문을 열기 위해 손잡이를 잡는 순간 바람이 불어왔다. 그것은 어찌 그리도 정확히 조준했는지, 그녀가 지금 둘러 맨 스카프의 가장 연약한 곳을 파고들어 그것의 묶음을 힘차게 풀어버렸다. 그 때문에 그것은 그녀의 목을 떠나 공중으로 잠시 날아다녔고, 그러다가 서 있던 누군가의 발 앞으로 다가가 살포시 내려앉으며 몇 번 두둥실거렸다.

그 사람은 자기 앞으로 날아온 그녀의 스카프를 재빨리 집어 들고서 거기에 묻었을지도 모를 먼지를 털어냈다. 그리고 잠시 거기에 묻은 그녀의 채취를 눈과 코로 감상했는데, 정말 황홀하고 끝내주는 향기였다. 그는 곧 주위의 부러움을 안고 그것의 주인에게로 다가가 그것을 건네주었다. 오늘 벌써 두 번째였다.

그 남자가 너 이상 모른 척 하지 않고 그녀의 이름을 불렀다.

"저, 김수영씨 맞죠?"

모자와 선글라스를 쓰고 있긴 했지만, 얼굴 중 눈 아래가 드러나 있어 그녀를 많이 보아 온 사람이라면 누구라도 그녀가 그녀라는 것을 확실히 알 수 있었다.

"오늘 두 번씩이나 이렇게 만나다니 정말 영광입니다. 저는 김수영 씨 팬입니다. 그리고 저기 있는 저 사람들은 제 동료와 이쪽 거리에서 일하는 사람들인데, 저들도 저만큼이나 김수영 씨를 좋아합니다. 오늘 제가 저들에게 김수영 씨 차를 단속하려했다고 말하니 제 말을 안 믿더라고요. 그래서 제가 그 믿음을 심어주려고 저들을 다 불러냈어요. 그런데 김수영 씨가 이렇게 다시 돌아올 줄은 정말 몰랐네요. 그냥 다시 왔으면 좋겠다는 마음으로 저들을 데리고 나온 것이었는데. 사실 제가 이 차를 다시 본 순간 얼마나 기쁜든지, 지금까지 주차단속을 하면서 이렇게까지 기뻤던 적은 없었습니다. 아무튼, 이제 제 말이 사실이라는 걸 저 사람들이 직접 보고 확인했으니 저는 정말 만족합니다. 오늘은 저에게 운이 참 많이 따르는 것 같습니다. 그래서 제가 오늘은 김수영 씨 차를 특별행사 차량으로 인정해서 단속에서 제외시키도록 하겠습니다. 그러니 더 이상 주차 걱정은 하지 마시고 천천히 일 보시다 가십시오. 그리고 다음에 여길 다시 오셔도 주차장보다는 이 도로가를 이용해주시면 좋겠습니다. 헤헤."

단속원은 평소 자기가 한번 만나보고 싶어 하던 김수영을 직접 본 탓에, 마음을 주체하지 못하고 그녀가 듣기 싫어하는 말까지도 그렇게 늘어놓았다.

수영은 멀리서 십여 명이 자기를 지켜보는 가운데 이 단속원이 쓸데없는 말을 길게 늘어놓자, 어쩌지도 못하고 그 자리에 서서 그의 말을 끝까지 들었다. 그의 말이 끝나기도 전에 홱 돌아서버리면, 혹시라도 나중에 자신에 대해 예의 없는 배우라 소문이 날까 봐 신경 쓰였기 때문이다.

그녀는 그 단속원의 말이 끝나자 바로 돌아서서 차 문을 열었다. 차에 앉자마자 그녀는 바로 시동을 걸고, 눈치 없이 아직도 차 앞을 막고 서는 있는 그 단속원을 보며 조심스러운 손짓으로 좀 비켜 달라고 표시했다. 그러자 단속원은 싱긋 웃으며 인도 위로 올라섰다.

그녀는 차를 몰고 그 자리를 벗어나며 이번에도 거울로 차 뒤를 살폈다. 여러 명의 남녀가 그녀가 출발한 자리로 몰려나와 그녀에게 손을 흔들고 있었다. 손 흔드는 그들은 대부분 남자들이었지만 간혹 여자도 보였다. 그 모습을 보며, 그녀는 '오늘 내가 왜 여기 오려고 한 거지.' 하며 다시 후회하기 시작했다. 그냥 지나갔으면 아무 일 없이 집에 도착해 벌써 쉬고 있었을 테지만, 아직도 같은 도로에서 이렇게 운전하고 있는 자신을 생각하니 참 한심해 보였다. 그녀는 참 안 풀리는 하루다 생각하며 더 이상 이 화장품을 사기 위해 자신이 직접 매장에 들르는 일은 없을 거라 다짐했다. 그러면서 동생 생각을 했는데, 평소 늘 옆에서 아무런 불평 없이 자기 일을 보조해 주던 그녀가 오늘은 아주 특별하고 감사하게 여겨졌다. 그런 생각들을 하며 수영은 화창한 공기 속을 쭉 가로질러 달렸다.

한편, 윤호는 젊은 사람들이 매장 옆 건물에 모여 환호하는 소리를 듣자 상황이 어찌된 것인지 몰라 어리둥절한 표정으로 차 옆에 서서 일어나는 일을 지켜보았다. 아까 자기와 실랑이를 벌였던 주차 단속원이 손님에게 다가가 그녀의 스카프를 건네주며 잠시 무슨 말을 했는데, 그의 말이 끝나자마자 그녀는 바로 돌아서서 그녀의 차에 탔고 그녀의 차가 출발하자 저기서 있던 사람들이 몰려나와 그녀의 차를 보며 손을 흔들고 환호했다. 그는 그 장면을 보며 이 사람들이 왜 이러나 하고 생각했다.

그때 그 중 한 여자가 그에게 다가와 이렇게 말을 건넸다.

"김수영이 이 매장에 자주 오나요? 주로 무슨 화장품 사가요?"

"네? 누구요?"

그는 그 여자의 말이 무슨 소린지 몰랐다.

"김수영요. 저 사람 영화배우 김수영이잖아요. 저리고 다니면 우리가 모를 줄 알아요?"

그는 자신의 귀를 의심했다. 영화배우 김수영이라면 지금 최고의 인기배우인데, 그런 그녀가 조금 전 손님이었다니 도저히 믿기지가 않았던 것이다. 게다가 그녀는 지금 피부미인의 경쟁 제품 광고모델이 아닌가? 그런 그녀가 이런 곳에 직접 찾아와 피부미인을 사갔다니, 정말 놀랍지 않을 수 없었다.

그가 그렇게 조금 전 여자 손님의 정체를 알고서 놀라움과 충격으로 아무 말도 못하고 있자, 그 말을 옆에서 들은 그 주차단속원이 그를 대신해 그녀에게 이렇게 대답해 주었다.

"그건 내가 알아요. 김수영이 화장품을 한가득 차에 싣다가 그것들을 도로가에 흘려 내가 주워줬거든요. 그런데 정말 많이 구입해 갔어요. 아마일 년 치 쓸 화장품은 될 것 같더라고요."

그러고 그 주차단속원은 그가 본 제품들 이름을 모두 알려주었는데, 신기하게도 그 이름들을 정확히 기억하고 있었다.

윤호는 그 단속원이 그 이름을 정확히 기억하고서 사람들에게 그렇게 알려주자 얼마 전까지만 해도 미워 보이고 성가셔 보였던 그가 이제는 조금예뻐 보이기도 했다.

모여 있던 사람들은 아직도 자리를 떠나지 않고 그녀가 남기고 간 채취를 그리워했다. 그들은 모두 마음이 한껏 고조되어 서로 얘기를 주고받다가 나중에는 각자가 아는 사람들에게 전화를 걸어 자신이 오늘 본 장면을 자랑했다. 그들은 그렇게 10여분을 매장 앞 인도에 모여 웅성대다가 하나둘씩 흩어지기 시작했다. 어떤 사람은 길을 걸으며 문자 메시지를 보내기도 했고, 또 어떤 이들은 매장 앞에서 잠시 사진을 찍은 뒤 전화하며 걸어가기도 했다. 그들이 모두 사라진 자리에는 이제 원래의 모습만 남았다.

하지만 윤호는 여전히 그곳에 서서 오늘 무슨 일이 일어났는지 되짚어보았다. 하루에 세 번 매장을 방문한 손님. 그 손님에게 유난히 많이 나누어 줬던 무료 신제품들. 그녀가 그것들을 바닥에 흘려 그녀의 정체가 주차 단속원에게 탄로 났던 일. 그리고 그런 그녀가 김수영이라는 사실. 그것은 연출하려 해도 힘들 것 같은 일이었는데, 그 일들이 바로 오늘 자기가 보는 앞에서 일어났다.

그는 한참을 서서 오늘 있었던 일을 머릿속에 저장했다. 그런 후 매장 안으로 들어가 신제품들을 담아 두었던 커다란 빈 상자를 하나 가져 나왔다. 그는 김수영이 주차했던 도로 근처 인도 위에 그것을 세워놓고는 그 위에 이런 글을 크게 써넣었다.

'오늘 김수영이 다녀간 자리. 그녀는 무엇을 바를까요? 궁금하면 매장 안으로 들어와서 확인해 보세요.'

그는 그 글을 마르고 닳도록 쳐다보았다. 그리고 다시 매장 안으로 들어갔다.

이것이 너희 가운데 표적이 되리라.

이후에 너희 자손들이 자기 아버지들에게 물어 이르되,

이 돌들은 무엇을 뜻하나이까? 하거든,

너희는 그들에게 대답하기를,

전에 요르단의 물들이 주의 언약 궤 앞에서 끊어졌나니

곧 언약궤가 요르단을 건널 때에 요르단의 물들이 끊어졌으므로

이 돌들이 이스라엘 자손에게 영원토록 기념이 되리라. 하라

— 여호수아 4: 6 ~ 7

16

　김수영의 등장은 정말 대단한 효과를 가져왔다. 그것은 오직 기적이라는 말로 밖에는 설명될 수 없을 것 같았는데, 그녀가 매장을 방문한 이후 사람들은 너도나도 소문을 듣고 몰려와 그녀가 산더미처럼 쌓아놓고 바른다는 제품을 사가기 시작했기 때문이다. 그들 가운데는 누구한테서 무슨 말을 듣고서 찾아왔는지, '김수영 화장품'을 달라고 해서는 그것들을 그녀처럼 두 손에 잔뜩 들고 가기도 했다. 그런 반응으로 이미 만들어져 유통기한이 다 돼가던 제품들은 순식간에 바닥이 났고, 다시 제조해 소비자들에게 내놓은 제품들마저도 며칠 만에 동나버렸다. 이제 그것들을 구매하기 위해서는 매장 앞에서 줄까지 서가며 예약해야 했다. 정말 믿기 힘든 일이었다.

　그런데 그건 그 정도로 끝나지 않았으니, 평소 매장 앞을 자주 지나다니던 차와 행인들이 그곳 매장 앞의 긴 줄을 보자 저곳에서 무슨 물건을 팔길래 사람들이 저렇게 줄까지 서가며 사려하나 하고는, 그들도 그 긴 줄에 꼬리를 더 붙여나갔다. 관심 없던 사람들마저도 그 희한한 현상에 동요되어 덩달아 그 구매에 참여하게 된 것인데, 그 현상은 자그마치 6개월간 지속되었다. 그러자 이곳 매장은 전국에서도 유명한 곳이 되어 지방 곳곳에서 소문을 듣고 찾아오는 사람들로 더욱 더 붐비게 되었다. 그들은 말로만 듣던 '김수영 화장품'을 구매해 가서는 자기들이 직접 그것들을 사용해 보고는 역시 김수영이 이 제품들을 사용한 이유가 있었구나 하며 자기들이 사는 지역에 그것들을 전파하기 시작했다. 그것은 속도가 너무 빨라 마치 번식력 강한 씨알 하나가 땅에 심겨져 주위 여러 곳에 자기 종족을 퍼트리는 것 같았다.

　사실 그 신제품들로 말하자면, 그것들은 피부미인과는 효과 면에서 별다를 바가 없었다. 그것들도 며칠 바르면 피부미인을 바른 듯 얼굴빛이 화사해졌고, 좀 더 지속적으로 바르면 피부에 생기가 돌아 몇 년 전 아름다움도 볼 수 있었다. 같은 꽃잎추출물 성분이 들어갔으니 그 효과가 피부미인과 비슷하게 나타나는 것은 당연한 일이었다. 그런데도 이 신제품들이 처음에 고전을 면치 못했던 것은 피부미인과 중복효과가 나타나면서 사람들이 이 제품들만의 효과를 몰라봤기 때문이다. 만약 그들이 그것들만 따로 사서 사용했다면 그 효과가 피부미인만큼이나 탁월함을 쉽게 알 수 있었겠지만, 안타깝게도 대부분의 소비자들은 피부미인 없이 그것들만 사가지는 않았다. 처음 방문 목적이 유명세를 타고 있는 피부미인이었는데, 그것 아닌 다른 것들만 사간다는 것은 목적을 잃은 구매일 뿐이었다. 그래서 사람들은 처음에는 그 신제품들에 조금 관심을 가지다가, 그 후로는 피부미인으로도 충분하다 생각하고 더 이상 그 신제품들에는 관심을 가지지 않았던 것이다.

　그런데 김수영이라는 존재가 나타나면서 소비자들의 그런 구매행태와 착각을 완전히 깨뜨려버렸다. 그녀가 그날 매장에 나타난 이후 사람들은 그녀가 억지로 한가득 받아갔던 그 신제품들을 그녀의 애장품이라 착각하고는 그녀를 따라 하기 위해 피부미인 없는 그것들만 구매하기 시작한 것이다. 그러면서 예전에 피부미인과 같이 사용하던 사람들에 의해서는 알려지지 않았던 효과가 '김수영 화장품'이라 불리는 그 신제품들에도 들어있다는 걸 알게 되었다. 게다가 김수영은 다른 기업의 화장품 광고모델이었는데, 그럼에도 그 기업 세품이 아닌 이 회사 제품들을 가득 들고 갔으니 그들은 그녀가 사용하는 제품에 대한 호기심과 그녀를 따라하려는 욕망으로 관심을 더욱 더 그 신제품들 쪽으로 쏟아 부었다. 높은 몸값으로 광고하는 그녀가 자기가 광고하는 제품 대신 다른 제품을 사용한다는 것은 그만큼 그 상대 제품에 매력이 있다는 증거요, 그녀가 광고하는 제품은 거기에도 못미친다는 반증이었기 때문이다. 그건 사실 여부를 떠나, 사건의 경위를 전

허 알지 못하는 그들로서는 그렇게 밖에 생각할 수 없는 일이었다.

아무튼, 상황이 그렇게 갑자기 변하자 그 혜택은 고스란히 오 사장에게 돌아갔다. 그는 바쁜 가운데 매일 공장을 드나들며 신제품들을 최대한 빨리 생산해서 그것들이 만들어지는 즉시 매장에 공급해 줄 것을 요구했다. 과거 피부미인이 불티나게 팔리던 때에도 그는 그렇게 매일 제조공장을 드나들며 그런 요구를 한 적이 있었지만, 지금은 제품 수가 그때보다 더 많아졌고 또 그것을 찾는 대기 수요가 끊임없이 이어져 그 당시보다 더 제조업체를 보채지 않을 수 없다. 그 때문에 그는 자기가 마치 그 제조업체 사장인 양 지시하며 공장 가동시간과 생산량을 늘렸는데, 사라진 줄 알았던 기회를 확실히 살려내기 위해서는 그로서는 당연한 일이었다.

그런 상황은 상당기간 지속되었다. 그러자 그는 자신의 사업을 전국으로까지 확장하기 위해 자신과 함께 할 투자자와 사업주를 모으기 시작했다. 그동안 부족한 자본과 제품에 대한 낮은 인지도로 하지 못했던 일인데, 이제는 세 매장이 연일 손님들로 가득 메워지자 그 일이 가능해진 것이다.

그가 사업설명회를 개최하자 이미 그 회사 제품들에 대해 소문을 전해들은 사람들이 몰려들기 시작했다. 그들은 지금이 바로 이 사업에 뛰어들 때라며, 그의 회사와 계약을 맺고 각 지역에 자기들의 매장을 열기 시작했다. 그러자 처음 3개로 시작한 매장은 두 달 만에 10개로 늘어났고, 그 10개의 매장이 다시 한 달 만에 20개로 늘어났다. 제품들의 인기만큼이나 많은 사업주들이 몰려들면서 시작 초기부터 매장 수가 빨리 늘어난 것인데, 그런 식의 성장세는 1년간 지속되어 매장은 전국적으로 100여 개까지 늘어났다. 그야말로 전광석화 같은 팽창이었다.

그렇게 시간은 흘러 3년이 지났다. 이제 오지락은 전국적으로 알아주는 상호와 제품을 보유한 한 기업의 대표이사가 되었다. 그는 이전 초라한 사무실에서 벗어나 이제는 새로 지어진 건물에서 수십 명의 직원들을 거느리며 일하는 경영인이 되었다. 매일 자신의 집 앞까지 데리러 오는 멋진 차와 두 명의 비서도 거느리게 되었다. 이전에는 만날 수도 없었던 유명 사업가들과 만나 같이 식사하며 대화도 나누게 되었고, 일 년에 몇 번씩은 지역의 국회의원을 만나 간단한 행사에 참여하기도 했다. 그의 얼굴은 가끔 경영 잡지나 신문에 나왔고, 그의 성공비결을 연구하는 대학이나 기관도 생겨나기 시작했다. 그야말로 꿈도 꿀 수 없었던 신분상승이었다.

그러나 그렇게 이전에는 생각할 수도 없었던 위치에까지 오르자, 그는 예전의 모습을 많이 탈피하게 되었다. 그에게 주어진 높은 직함과 사회적 인지도로 인해 그의 목에는 많은 힘이 들어갔고, 눈에는 이전에 보이지 않던 교만도 곧잘 내비치었다. 또 자기 밑에 일하는 사람들을 많이 두게 되자, 어느 순간부터는 아랫사람도 자기 방식과 사고대로 다루기 시작했다. 그는 자기에게 맞지 않는 의견을 내놓는 사람에게는 여러 사람들이 보는 앞에서도 호되게 꾸짖었고, 가끔 그의 개인적인 단점까지도 들먹이며 창피를 주었다. 내적으로 전혀 준비되지 않고 교양이라곤 누구에게도 배워본 적이 없던 사람이 갑자기 자기에게 몰려오는 재물과 명예를 주체하지 못하고 함부로 사용하게 될 때, 주위에서 그를 지켜보는 사람들은 겉으로는 웃으면서도 속으로는 눈살을 찌푸리게 마련인데 오지락, 그가 점점 그런 사람으로 변해가고 있었다.

한번은 새로 출시할 신제품과 그것의 광고모델을 선정하는 일로 각 부서별 간부 직원들과 임원들이 모여 회의하는 자리가 있었다. 평소 그는 그런 자리에서는 말을 많이 하지 않고 회의 과정을 전체적으로 지켜보다가 결정적이거나 중요한 때 나서서 회의의 결론을 맺거나 지시를 내렸는데, 그날은 그의 기분이 외부에서 있었던 어떤 일로 몹시 상해 있었던 터라 중간에 발언하는 사람의 말을 끊고 그에게 심한 말을 하기 시작했다.

"그게 도대체 생각이나 하고서 하는 말인가? 그런 의견이나 내놓으면서 회시기 주는 월급이나 꼬박꼬박 받아 간다는 게 부끄럽시노 않나? 다음에도 그런 소리 할 것 같으면 여긴 아예 들어올 생각도 하지 마!"

거기까지는 봐줄만 했다. 아랫사람을 업무 능력에 관한 말로만 꾸짖었으니, 옳든 그르든 그의 인격을 건드리건 아니었다.

하지만 그는 곧 그 한계를 넘어서버렸으니, 인격 모독의 말까지도 내뱉어버린 것이다.

"원래 노는 걸 좋은 하는 인간들이 일은 게을리 하는 법이지. 그러니 저렇게 몸이 커질 수밖에. 아마 자네가 회사 일에 조금만 더 관심을 보였더라도 지금과 같은 그런 꼴은 아니었을 거야. 내 지금 자네를 보니 뭘 보는 듯하구만. 잡혀 먹힐지도 모르고서 마구 먹어대는 것 말이야. 저런 걸 회사 간부라고 앉혀놓다니, 차라리 강아지 한 마리를 그 자리에 앉혀 놓는 게 더 낫지. 월급은 안 주도 되니 말이야."

그는 가끔 회의 중간에 한 번씩 화를 내기는 했으나, 그날은 어찌된 일인지 감정을 전혀 조절하지 못하고 해서는 안 될 그런 말까지 내뱉고 말았다.

그런데 일이 그렇게만 마무리 되었으면 그나마 좋았으련만, 상황은 더욱 악화되었다. 오지락으로부터 그런 말을 들은 사람은 여러 사람들 앞에서 모욕당한 일에 몹시 부끄러워하며 회의가 끝날 때까지 얼굴을 들지 못했다. 그는 회의가 끝나자 조용히 자리를 떠나 자신이 좀 전에 당한 일에 몹시 힘들어하며 회사를 일찍 퇴근해 버렸다. 그리고 다음날도 출근했다가 다시 점심쯤 퇴근해버렸다. 전날 회의석상에서 있었던 일을 들은 사람들이 그가 그날 출근하자, 그를 동정하듯 친절히 대해 주었기 때문이다. 그들은 단지 그의 마음을 위로하기 위해 그렇게 대한 것뿐이었지만, 오히려 그런 행동이 그에게는 더 부끄러운 일이 되어버렸다. 물론 그를 동정한 사람들이 잘못한 건 아니었지만 그런 동정으로 인해 그가 자신의 무능과 존재 가치에 대해 더 깊이 생각해 보게 되었으니, 오히려 모른 척 지나가 주는 게 더 좋았을 수도 있었다. 아무튼 그런 일로 그는 다음날 회사에 출근하지 않았고, 그 다음날도 나오지 않았다. 그와의 연락은 모두 끊겼고 그의 사정을 알 방법은 전혀 없었다.

그렇게 일주일이 흘렀다. 그가 드디어 회사에 출근했다. 하지만 예전 같지 않았는데, 그의 머리는 평소 모습처럼 단정히 빗겨져 있지 않았고 수염은 며칠 동안 면도하지 않은 사람처럼 덥수룩해 있었다. 그의 그런 모습은 일을 하기 위해 출근했다기보다는, 오히려 일을 그만두고 나가려는 것처럼 보였다. 게다가 일찍 출근했는지 그의 자리는 사람들이 출근하기도 전에 모두 깨끗이 정리되어 있었다. 그의 책상 옆에는 짐을 담아 놓은 상자도 보였다. 역시 그는 회사 일을 정리하기 위해 온 것이었다. 그는 그날 사직서를 제출하고 바로 회사를 떠났다. 그리고 한 달 뒤 그의 소식을 누군가가 알려주었는데, 그가 어느 섬으로 낚시하러 갔다가 혼자 탄 배에서 파도에 휩쓸려 실종되었다는 것이었다. 평소 그는 낚시할 때는 모든 장비를 갖추었는데 그날은 파도가 잔잔해 아무렇지도 않겠지 생각하고 그냥 가벼운 차림으로 갔다가 갑자기 일어난 파도에 휩쓸려 물속으로 빨려 들어간 것 같다는 것이었다.

하지만 회사 사람들은 그 소식을 전해 들었을 때 그가 왜 혼자서 낚시를 하러 갔는지 이해하지 못했다. 그는 평소 사람들과 어울려 다니는 것을 좋아해 절대 혼자서 여행하거나 낚시하는 법이 없었다. 그럼에도 그가 그렇게 혼자서 낚시를, 그것도 사람의 출입이 드문 곳으로 갔다는 것은 이미 그가 마음속으로 무언가를 결심한 것이 틀림없었다. 그것은 들려오는 여러 가지 정황으로 봐서도 그러했는데, 그가 낚시하던 배에서 그의 장화와 겉옷 그리고 몇몇 낚시 도구들이 가지런히 발견되었기 때문이다. 파도가 휩쓸고 갔다 하기에 그것들은 너무도 정리가 잘 되어있었다.

아무튼, 그 소식 이후 회사 분위기는 많이 침체되었고 직원들의 회사에 대한 애사심도 흔들리게 되었다. 각 부서별 간부 및 임원들도 오 대표와 업무상 갖는 회의에서는 모두 긴장하며 발표하게 되었다. 그들은 잘 준비된 안건과 내용도 몇 번씩 검토해 오 대표의 눈 밖에 나는 일이 없도록 했고, 문제의 소지가 생길 것 같은 발언은 회사에 도움이 될 만한 것이라 해도 기회를 미루고 내용을 축소시켜 회의석상에 안전하게 내놓았다. 받아주고 들어주는 사람이 포용적이고 실수를 너그러이 이해해 준다면 그들도 회사에 이익이 될 수 있는 자신들의 생각을 사유로이 발표하셨지만, 자신의 마음에 들지 않거나 다른 생각을 가진 것에 대해 가차 없이 차단하고 면박을 준다면 굳이 위험을 무릅써가면서까지 그런 발언을 할 필요가 없었던 것이다.

그렇게 오지락의 그 기업은 도전 정신으로 일어나 크게 성장했지만, 사람을 다스릴 줄 모르는 기업주의 어리석고 미련한 품성으로 인해 직원들의 조직에 대한 충성도라든지 신뢰도는 상대적으로 많이 약했고 자유로운 발전도 상당한 제약을 받았다.

하지만 그렇다 하더라도 그 기업은 계속 성장해 나갔고 시장에서의 경쟁력과 사회적 인지도도 점점 더 높여 갔다. 대표이사의 능력과 자질이 부족하다고 해서 회사의 경쟁력까지 부족하진 않았던 것이다. 그것은 내부에서 일어나는 일과는 다르게 오히려 순풍을 타고 나아갔다.

오지락이 대표이사에 오른 지 4년째 되는 해에는 전국 매장 수가 400여 개까지 늘어났고, 매출도 매년 기록적으로 성장해 나갔다. 기업의 인력도 이제는 700여 명으로 늘어나 그들 모두를 수용할 건물도 더 필요해졌다. 무슨 기운이 그 기업을 둘러싼 것인지, 그 기업은 그렇게 폭주 기관차처럼 지칠 줄 모르고 달리고 있었다.

한편 장윤호, 그에게도 많은 변화가 일어났다.

먼저, 실패한 줄 알았던 신제품이 어느 날 갑자기 유명해지며 전국적 인기를 얻게 되자 그도 덩달아 유명세를 타게 되었다. 그것은 그가 김수영의 차를 지켜내기 위해 세 번씩이나 매장 밖으로 뛰쳐나갔던 일 때문이었는데, 그 일로 그는 그날 이후 '김수영의 호위무사'라는 칭호까지 얻으며 사람들 입에 오르내리게 되었다.

사람들 말에 의하면 그는 어느 화장품 매장의 남자 판매원으로, 고객의 편의와 안전을 위해서라면 자신의 몸을 불사르면서까지 손님을 지키고 보호하는 사람이었다고 한다. 그런 투철한 직업 정신 때문에 그는 어느 날 그곳을 방문한 김수영의 눈에 띄게 되어 가끔 그녀의 심부름을 해주게 되었고 더러는 그녀의 경호 업무도 맡았다고 한다. 그런데 경호 업무를 보는 사람이라면 보통은 검은색 옷에 멋진 자세로 경호 대상을 보호하기 마련인데, 그는 김수영의 정체가 노출되는 것을 염려해 경호 중에도 작업복차림의 아주 소탈한 모습으로 그녀 주위에서 그녀를 보호했다고 한다. 그러면서 사람들과의 마찰로 인해 그녀가 불미스런 일에 말려들지 않도록 되도록이면 힘에 의한 제압보다는 고개 숙이고 비는 방법으로 사람들을 물리쳤고, 또 누군가가 그녀에 대해 물으면 자기는 마치 그녀를 모르는 것처럼 대답하며 사람들의 질문을 회피했다고 한다. 소문에 의하면 그는 자기가 지켜야하는 사람이 있다면 비록 자신이 굴욕적으로 보이거나 우습게 여겨지는 한이 있더라도 그에 상관치 않고 자신의 일만 묵묵히 하는 사람이었고, 또 자신의 임무가 끝났더라도 경호 대상의 개인적 일에 대해서는 끝까지 침묵하는 믿음직스런 남자였다는 것인데, 누가 퍼트린 것인지 진실과는 거리가 좀 있어보였지만 그래도 소문은 꽤 재밌게 나 있었다.

하지만 그 소문의 힘은 얼마나 대단했던지 그가 있는 매장에 들러 화장품을 사가는 사람들 중에는 김수영을 보는 대신 그를 만나 악수하며 그의 사진을 찍어가는 사람도 있었다. 그러면서 그들은 김수영이 요즘은 뭘 하며 어떻게 지내는지, 그리고 언제쯤 매장에 들리면 그녀를 한번 볼 수 있는지 그에게 묻기도 했다.

그는 처음에 그런 대우와 질문을 받았을 때 기분이 조금 들떠 그녀의 유명세로 자신과 매장을 좀 알려볼까 생각하다가, 잘못하면 뜻하지 않은 오해를 받을 수 있겠다 싶어 자신은 김수영을 잘 알지도 못하고 또 그녀와는 아무런 상관도 없다고 그들에게 솔직히 대답해 주었다. 하지만 그의 그런 진심과는 달리 사람들은 그가 역시 듣던 대로 입이 무겁고 충직하다며, 저러니 김수영이 저 사람을 안 쓸 수가 있나 하며 오히려 그를 더 치켜세웠다. 아무튼, 그는 그 일로 인해 한동안 사람들로부터 유명세를 탔고 그를 보기 위해 매장에 들리는 여성 팬까지도 생기게 되었다.

하지만 그건 그에게 일어난 사소한 일일 뿐이었다. 그 후에 그에게는 더 놀라운 일이 일어났으니, 그건 그 회사의 사업이 전국적으로 확장되면서 그가 오지락 다음 가는 자리에 올라 30대 초반의 젊은 나이에 부사장이 되었다는 것이나. 그선 그 선까지만 해노 그에게 일어날 거라고는 생각지도 못했던 일이었다.

그는 한때 대학을 졸업하고 갈 바를 몰라 하던 청년이었다. 인생이 자신이 계획했던 것과는 전혀 다른 길로 접어들어 한때 원망과 불평으로 고통스러운 시간을 보내야 했고, 또 앞도 보이지 않던 그 시간 속에서 자기 인생의 방향도 잡지 못한 채 장님과도 같은 인생을 살아야 했다. 누구 하나 도움 받을 만한 곳이 없었고 주어진 환경에도 의지할 수 없었다. 그래서 작은 곳에서라도 인생을 출발시키지 않을 수 없어 일단 그 길이라도 가자 생각하고는 그곳에서 최선을 다해 걸었고, 또 그 새로운 곳에서 이전에 배우고 익힌 것들을 잘 적용해 부족한 자신의 사회생활에 조금이나마 보탬이 되도록 했다. 그런 과정 속에서 그는 세상을 좀 더 알아갔고 거기에 대한 대처법도 조금씩 터득하게 되었다. 도중 몇 번의 갈등되는 상황이 나타나기도 했지만, 그 상황에서 그는 머리로 계산하기보다는 도리와 의리로 무장하며 문제를 해결하는 방법을 찾았고, 그러면서 뜻하지 않은 도움으로 위기를 잘 넘겼다. 결국 그런 과정을 통해 그는 31세의 젊은 나이에 부사장 자리에 오르게 되었고 지난 시간에 대한 최고의 보상을 받는 사람이 되었다. 이제와 돌아보면 그것들은 이해할 수 있는 시간이지만, 당시로서는 정말 심각하고 아슬아슬하기만 한 순간들이었다.

그리고 오지락도 그것을 잘 알고 있었기에 그를 그렇게 대우해 준 것이었다. 사실, 그 기업에는 장윤호보다 사회적 경험이나 능력 면에서 뛰어난 사람들이 많았다. 하지만 오지락은 처음부터 자신과 함께 하며 회사의 성장을 이끌어 온 장윤호가 이 회사에 가장 적합한 인물이라 생각해 그를 자신의 지위 바로 아래 두고서 회사 일을 맡겼다. 외부에서 흘러들어온 자칭 똑똑하다는 사람들보다는 처음부터 자기와 인연을 맺어 온 그가 더 미더웠고 일을 맡기기 편했기 때문이다. 그도 그럴 것이 회사가 커지면서 들어온 중간 간부급 이상의 사람들은 모두 돈과 직위를 계산하며 들어온 사람들이었지만, 부사장은 처음부터 자신이 데리고 들어와 몇 차례의 위기를 겪으면서도 자신 곁에서 떠나지 않고 계속 보좌해준 오래된 인물이었다. 게다가 그는 회사가 이렇게까지 성장하게 된 데에 결정적인 역할을 한 인물이기도 했다. 그런 그를 두고 다른 사람에게 회사 일을 맡긴다는 것은 정말 몰염치하고도 어리석은 일이었다.

또한 오 대표는 장윤호가 누구보다도 회사를 위해 힘쓰며 밤낮으로 고민하는 인물이라는 것을 모르지 않았다. 비록 그가 자기 아래 사람으로서 자신의 지시를 받긴 했지만, 지금의 이 기업과 자신의 지위가 있기까지는 그에게 많은 공이 있다는 것을 그는 인정했다. 그래서 다른 이사들 말은 별 대수롭지 않게 생각해도 부사장의 말은 귀담아 들으며 그의 의견을 존중해 주었고, 또 다른 사람에게는 기분에 따라 함부로 하는 경향이 있어도 부사장에게만은 살갑게 대하며 부사장으로서의 품위를 충분히 지켜주었다. 그가 부사장에게 여러모로 빚이 있었기 때문에 그를 그렇게 대우해 주는 것은 정말 합당한 조치였던 것이다.

하지만 대표이사와 부사장과의 그런 관계를 잘 알지 못하는 사람들은 회사가 성장하며 자리를 잡아나갈 시기에 이러쿵저러쿵 많은 말을 해대기 시작했다. 특히 외부에서 영입되어 이 회사에 들어온 이사들은 젊은 장윤호가 부사장 자리에 앉아 회사 내부의 중요 업무를 지휘하자 그의 나이와 경력만 보고는 그를 마음속으로 많이 낮추어 보았다. 그들은 그가 이 분야에 대해 무엇을 그리 많이 알아 올바른 지시를 내리겠냐며, 그가 내리는 판단과 생각에 대해 때때로 많은 의문과 반대를 표명하기도 했다.

하지만 그럴 때일수록 부사장은 침착하게 대응하며 자신의 능력이 빛남을 증명해 냈는데, 자신의 생각에 대해 반대 의견을 가지고 의문을 제기하는 사람들과 만나 그들의 주장과 생각을 끝까지 경청하며 옳고 그름에 대해 여러 이사진들과 논의했던 것이다. 그는 늘 자신의 판단이 잘못됐을 수도 있다 생각했기 때문에 자기보다 경험과 연륜 면에서 앞선 사람들의 의견을 결코 버리지 않았고, 또 그들의 생각을 항상 참고했다. 그런 과정 속에서 그는 자신의 과오와 부족한 점을 깨달으면 다른 의견을 제시했던 그 사람의 의견을 바로 반영했고, 또 자신의 의견이 여러모로 판단했을 때 유리하다고 생각되면 자신의 판단이 옳은 이유를 다른 이들에게 설명해주며 만약 자기가 잘못된 판단을 내렸음이 나중에 확인된다면 즉시 수정해서 일을 바로잡겠다고 약속했다. 그러면 그의 능력에 대해 의문을 품으며 약간 무시하는 마음을 가졌던 사람들도 더 이상 그에게 반대 의견을 제시할 수 없었는데, 그들의 의견은 이미 여러 사람들 앞에서 충분히 설명되어 전달되었고, 또 다른 이들도 그들의 의견에 대해 여러 면에서 검토해 그 의견의 장단점을 판단했기 때문에 무조건 자신들의 의견이 부사장의 의견보다 더 좋다고 주장할 수만은 없었기 때문이다. 결국 젊은 부사장은 이런 현명한 대처법으로 완전치 않은 의견을 제시하며 자기가 마치 옳은 양 주장하는 자들의 입을 완전히 침묵시켜 버렸고, 여러 사람들 앞에서 부사장 자신의 포용력만 빛나게 해주는 결과를 낳게 했다.

하지만 그런 과정에 도달하기까지 순탄치만은 않았다. 그도 경험이 부족하다 보니 판단을 잘못내리는 경우가 있었고 연륜 있는 이사들의 반대에 부딪치면서 결정을 보류하는 경우도 많았다. 하지만 여러 번의 그런 의견 교환 과정과 그것들 간의 조화로운 합의점을 찾으려는 노력을 통해 사람들은 그 방법이 오히려 더 좋은 결과를 이끌어낸다는 걸 알게 되었고 또한 자신들도 더 발전되었다는 것을 깨닫게 되었다. 그러면서 처음에는 그가 젊은 사람이라 그의 능력을 의심하며 조금 얕잡아 보았던 사람들도 나중에는 그의 들어주는 능력이 남들보다 탁월함을 알게 되어 그를 서서히 부사장으로 인정하기 시작했다. 결국 그들은 경험은 많지만 독선적인 사람이 함부로 행동하는 것보다는 오히려 부사장처럼 충분히 상대의 의견을 받아주면서 필요할 때는 상대를 이해시키는 방법이 각자의 의견이 다른 상황에서 모두를 하나로 끌고 가는데 훨씬 낫다는 것을 알게 되었다.

사실 그들 대부분은 오랜 직장 생활을 하면서 상사의 불합리한 판단과 지시에 못마땅해 하며 뒤에서 많은 불만을 가져 보았던 사람들이었다. 때로 그들은 상사의 지시에 아무 말 못하고 복종해야 했던 적이 있었고, 자신의 생각을 전달해 보지도 못한 채 마음속에 넣어두어야 했던 적도 많았다. 그런데 그런 그들이 이제 자기보다 젊은 상사를 만나 자신들의 의견을 그 어느 때보다 자유로이 개진할 수 있게 되자 이제는 자기들이 그 젊은 부사장보다 낫다 생각하고는 그 앞에게 한 수 가르치기 위해 이전에 하지 못했던 자신들의 능력을 발산하기 시작했고, 그러면서 가끔 자신들의 생각이 옳다는 것을 보이기 위해 증명되지도 않은 세상 경험이나 나이가 들면서 생긴 고집스런 주장도 끌어들였다. 하지만 그럴수록 그 생각에 동의하지 않는 상대가 제시하는 반론에 의해 자신들의 생각도 모순덩어리임을 알게 되어 나중에는 그들도 좀 더 신중한 발언을 하게 되었고, 많은 생각과 조사과정을 거쳐 설득력 있는 의견만 제시하게 되었다.

그들은 지금까지 그런 과정을 거의 거쳐보지 못했던 자들이었다. 그래서 자신의 부족함을 제대로 다듬어 볼 기회도 없었다. 그런데 부사장과 그런 식으로 여러 다양한 생각과 관점 속에서 토론하며 스스로 자기 내부의 문제점들을 발견하게 되자 그들도 조금씩 겸손과 포용을 배우게 되었다. 시간이 갈수록 그들은 난잡한 의견보다는 준비되고 절제 있는 의견을 가져와 여러 사람들 앞에 발표하게 되었고, 또 자신의 잘못된 관점을 미리 스스로 찾아 후에 공격당하는 일을 사전에 방지하려 했다. 그것은 누군가 나서서 가르쳐준 것이 아니었지만 부사장과 함께 하는 그 회의를 통해 그들 스스로 깨우치고 터득하게 된 것들이었다. 자유로운 분위기에서 진행되는 회의가 그들에게는 그야말로 좋은 훈련소가 된 것이었는데, 그들이 그런 식으로 부사장과 2년을 지내자 그들도 안팎으로 많이 깎이고 다듬어져 이전 보다 훨씬 더 깊은 모양새를 갖추게 되었다.

이제 그들은 부사장이 젊다고 생각하지 않았다. 대신 그들은 그가 자신들보다 더 노련하다고 생각했다. 그들은 자신들의 생각과 행동이 조금씩 변화되고 준비되어지는 것을 보면서 나이와 경험이 모든 것을 나타내는 것은 아니구나 하는 생각도 하게 되었다. 처음부터 잘못된 생각과 고집으로 가득 채우면 그 경험이라는 것이 오히려 사람이나 단체의 행동에 방해를 일으켜 원하던 목적지에서 더 멀어지게 할 수도 있는데 그들도 이제는 그런 것을 조금이나마 인식하고 자기들만의 생각과 주장에서 한 발씩 물러나는 것도 배우게 된 것이다.

그렇게 그들은 지난 몇 년의 시간동안 젊은 부사장을 경험하면서 그의 능력을 검증했고, 그의 판단이나 방법이 옳다는 것을 인정하게 되었다. 비록 부사장도 부족한 점이 많았지만 그래도 그는 여러 사람들 앞에서 자신의 부족한 것을 공개하며 그 부족한 점을 배우려 했기 때문에 그들은 그에게 쉽게 접근하며 그와 소통할 수 있었다. 그 결과 그들은 회사의 대표이사와는 다른 그릇을 가진 부사장을 신뢰하게 되었고, 그러면서 그가 중간에서 자신들과 대표이사와의 관계를 잘 조절해 줄 것을 기대했다. 실제 그들은 그런 역할을 해주는 그를 방패막이로 삼아 가끔 그를 통해 자신들의 의견을 오 대표에게 전달하기도 했다.

그렇게 그가 부사장에 오른 지 4년이 조금 넘는 시점에, 그는 여러 사람들로부터 인정받는 젊은 부사장이 되었다. 경력이 출중한 이사들도 이제 더 이상은 그를 얕잡아 보거나 그의 능력을 의심하지 않았다. 그는 독선적이 아니라 많은 의견을 수렴해서 분석하는 사람이었기 때문에 그에게는 어떤 의견을 제시해도 무시당하거나 즉석에서 거부당하는 일이 없었다. 그는 조금 부족한 의견이라 해도 다시 보완해서 제시할 수 있는 기회를 주었기 때문에 그에게는 늘 새로운 의견을 자유로이 가져다 보일 수 있었다. 이런 그에게 사람들은 편히 다가갈 수 있었고, 그렇기 때문에 회사 사람들은 대표이사보다는 부사장을 더 신뢰하게 되었다.

그렇게 그가 회사 내부에서 조직을 세워나가며 이끌어 간지도 5년이 다되어갔다. 그동안 회사 조직은 많이 정비되었고 사회적 기반도 탄탄히 다져졌다. 중견 기업으로서의 면모도 조금씩 갖추어 초기 성장기 때의 분주함이나 어수선함도 거의 다 사라졌다. 게다가 회사 안팎의 환경도 대부분 긍정적인 방향으로 흘러 특별히 예상치 못한 문제가 발생한다거나 과도한 욕심을 부린다거나 하는 일만 없다면, 이 회사는 지속적인 성장세를 이어갈 수 있을 것 같았다.

그렇게 회사의 내부적 모양과 내실이 다져지자 이제 회사 내부 경영은 부사장이 모두 맡아서 처리했다. 사업주의 자질이 부족한 상황에서 그가 위아래 연결 고리 역할을 잘 해주어 모두로부터 신임을 받았던 것이다.

그렇게 되자 오지락은 외부로 손을 뻗기 시작했다. 그는 먼저 회사의 외형 확장을 위해 많은 사람들과 접촉하며 친목을 다지기 시작했다. 그가 그렇게 친목을 다지기 위해 만나는 사람들은 주로 지역의 고위 공무원이라든지 권세 있는 현역 정치인 내지는 그런 사람들과 교류하려는 사업가들이었다. 그는 처음 그들을 만났을 때 자신이 이런 부류의 사람들과 만나는 것이 옳은 것인지 어떤 건지 잘 몰라 그들을 만나면서도 조금은 조심스러워했다. 왜냐하면 그들은 분명 자신과 지내온 세월의 과정이 다를 것인데, 그런 그들과 만나 대화를 나누다 보면 자기의 부족한 말주변이나 지식이 드러나 창피를 당할까 두려웠기 때문이다. 하지만 그는 계속 그런 자리에 참석하게 되면서 그들은 자기의 학식이나 지식에 대해서는 조금도 신경 쓰지 않는다는 것을 알게 되었다. 오히려 그들은 자기의 현재 재력과 사회적 지위에만 관심을 가지고 있었다. 그 때문에 그들은 자기가 어떤 수준의 말을 해도 크게 호응해주었고, 심지어 자기를 끊임없는 도전과 창의정신으로 새로운 사업을 일구어 낸 유능한 기업인으로까지 인정해 주었다. 그래서 그는 점점 그런 자리를 즐기기 시작했고 더욱 더 그들 앞에서 담대해져갔다. 그는 이전에는 자기 내면의 부족한 부분을 가리기 위해 사용했던 절제된 언행을 이제는 전략적인 차원의 무기로 발전시켜 사용하기도 했고, 그런 방법을 통해 자신의 대외 인상을 더 돋보이게도 만들었다. 또한, 그는 같은 말이라도 어떤 지위나 재력을 가진 사람의 입에서 나온 말이냐에 따라 사람들이 거기에 반응하는 자세도 다르다는 것을 깨닫게 되어, 더 이상 그들 앞에서 눈치 보는 일 없이 자유로이 발언했다.

그렇게 오 대표의 대외 활동이 다양한 사람들과의 교류를 통해 그 영역을 점점 넓혀 나가자, 그는 세상을 살아가는 방법이 꼭 정해진 길로만 걸어가야 하는 것이 아니라 새로운 방법으로 다양하게 걸어갈 수도 있다는 것을 알게 되었다. 예전에 그는 돈을 많이 버는 방법은 회사를 일으켜 그 사업을 크게 키우는 것이 유일한 방법이라고 생각했는데, 이제는 그 외에도 일구어진 사업을 잘 이용해 적절한 방법으로 그 규모를 넓혀 나갈 수 있다는 것도 알게 되었다. 그것이 비록 법의 허술한 점을 이용하는 방법이긴 했지만, 그래도 권세 있는 사람이라면 그런 방법을 사용하고 있기 때문에 그것이 굳이 자기 혼자만 거부할 일은 아니라 생각했고, 그렇게 벌어들이는 돈이 회사 규모를 늘려 그것과 관계된 많은 사람들에게 혜택을 주기 때문에 그것이 꼭 자기 혼자만 배불리며 잘 살고자 하는 일도 아니고 치부했다.

그는 그렇게 결과만 좋아하는 사람들과 자주 만나게 되면서 점점 더 과정보다는 결과에 많은 가치를 두게 되었고, 그러면서 과정이야 어떻든지 좋은 결과를 얻어 그것으로 더 좋은 결과를 만들어내면 된다는 식의 사고를 갖기 시작했다. 한마디로, 그는 생각의 방향을 잘못잡고 있었다.

경건치 아니한 자들의 계획대로 걷지 아니하고,

죄인들의 길에 서지 아니하며, 조롱하는 자들의 자리에 앉지

아니하는 사람은 복이 있나니,

그는 주의 율법을 기뻐하며,

그분의 율법을 밤낮으로 묵상하는도다.

그는 물 있는 강가에 심은 나무,

곧 제 철에 열매를 맺는 나무 같으며,

그의 잎사귀 또한 시들지 아니하리로다.

그가 하는 것은 무엇이든지 형통하리로다.

경건치 아니한 자들은 그렇지 아니하며

오직 바람에 날리는 겨와 같도다.

그러므로 경건치 아니한 자들이 심판 때에 서지 못하며

죄인들이 의로운 자들의 회중에 들지 못하리니,

의로운 자들의 길은 주께서 아시나

경건치 아니한 자들의 길은 망하리로다.

— 시편 1편

17

　오지락, 그가 새로 시작한 일은 투자회사 설립이었다. 그는 현재 잘 돌아가는 기업과는 별개의 신설 법인을 하나 더 설립해 그것을 현재 기업의 자회사로 편입시키고, 그 자회사를 통해 몇몇 중소규모의 경쟁력 있는 회사를 인수했다. 치열한 영업 전략과 이어지는 타 기업들의 신제품 도전 공세 속에서 그들과 맞서 싸우기 위해서는 더 나은 제품과 기술이 필요하다는 것이 그 이유였다.

　이 투자회사가 설립되자, 그는 먼저 다양한 지식과 경험을 가진 투자 전문가들을 통해 해마다 많은 영업이익을 남기고 현금을 타 기업에 비해 많이 보유한 회사들을 찾아냈다. 그렇게 찾아낸 회사들 중에서 투자회사나 그 주주들에게 향후 몇 년간 상당한 이익을 안겨다 줄 거라 판단되는 회사를 선정해 이 신설 투자회사의 사장에게 모회사의 자회사에 대한 지원을 부탁하게 했다. 그러면 이 모회사는 이사회를 통해 여러 가지 타당성과 가능성을 검토한 후 자회사를 위해 자금을 대여해 주거나 금융기관에 자기들의 담보를 직접 제공해 자회사가 대출을 받을 수 있도록 도왔다. 그렇게 받은 자금으로 그 자회사는 신정된 피인수 기업의 주식을 사들여 그 기업을 손에 넣었는데, 이 과정은 겉으로 보아선 특별히 문제될 것 없었고 성장을 원하는 회사라면 한번 시도해 볼만 한 일이었지만, 실상 그 속내는 겉모습과는 많이 달랐다.

　이사회가 열리기 이틀 전이었다. 부사장의 방으로 들어가기 위해 한 사람이 기다리고 있었다. 문 앞에서 기다리고 있던 그는 방에서 누군가 나오자 곧 노크를 하고 그 방으로 들어갔다.

"아, 어서와. 바쁜데 불러서 미안해." 부사장이 그를 보며 말했다.

"아닙니다. 부사장님이 부르시면 언제든지 달려와야죠." 박도원이 친한 웃음을 보이며 말했다.

그는 오지락이 대표이사에 취임하면서부터 그의 비서 역할을 수행해 오고 있었다. 부사장처럼 그도 오랜 세월동안 오지락과 함께 한 덕에 그 자리에 앉게 된 것이다.

부사장이 곧 그에게 자리에 앉으라 권하고는 가벼운 서류를 하나 가지고와 그 앞에 앉았다.

"다름이 아니라 모레 열릴 이사회 안건에 대해 뭐 좀 물어보려고 불렀어." 부사장이 자리에 앉으며 그에게 말했다.

"이사회 내용이라면 저보다는 부사장님이 더 잘 아실 텐데, 제가 뭐 알려 드릴 게 있겠습니까?" 박도원이 말했다.

"우리 회사 일이라면 그럴지 모르지만 자회사 일이라면 비서실장이 나보다 더 나을 것 같아서. 난 그쪽 업무를 정확히 모르잖아. 투자업무라는 건 원래 전문성이 요구되는데, 나 같은 사람은 도움 없이는 그쪽 일을 알기가 힘들거든. 그래서 도움 좀 구하려고 불렀어." 부사장이 말했다.

"저도 그쪽 일에는 문외한이긴 마찬가지입니다. 하지만 부사장님이 물어 보시면 제가 아는 한도 내에서 뭐든 답변해 드리죠. 그런데 저 보고 비서실 장 실력이 왜 그것 밖에 안 되느냐고 그러시면 안 됩니다."

"그래도 나보다 못하면 잔소리는 좀 들어야지. 안 그래?" 부 사장이 장난 기 섞인 소리로 말했다.

부사장은 곧 가지고 온 서류를 들어야 보며 박도원에게 한 가지를 물었다.

"모레 이사회 안건 중에 자회사 대출에 대한 담보 제공 건이 올라 와 있 던데, 이번에 자회사가 인수할 회사는 뭐하는 회사인지 정확히 알 수 있을 까. 지난번 인수한 회사도 우리 업종과는 별 연관성이 없었는데 이번에 인 수할 회사도 우리 업종과는 연관성이 없더라고. 도대체 무슨 계획으로 이

들 회사를 인수하는 거지? 벌써 우리 쪽에서 자회사에 제공한 담보와 자금이 상당한데 말이야. 같은 계열사라고 이렇게 계속 지원해 줬다가는 나중에 우리가 힘들어질 것 같아."

부사장의 눈빛이 심각하게 변해 있었다.

"제가 알기로 이번에 인수할 회사는 금속 가공 업종 중에 그런대로 잘 나가는 회사입니다. 지난번 피인수회사처럼 내실도 튼튼하고요. 물론 영업이익도 매년 꾸준히 늘어나서 현금도 많이 보유하고 있습니다." 박도원이 말했다.

"음, 그거야 나도 이미 들어서 알고 있어. 그보다 지금 내가 알고 싶어 하는 건, 그 회사가 우리 쪽과 무슨 연관된 사업이 있느냐 하는 거야." 부사장이 말했다.

"글쎄요. 제가 알기로 특별히 연관된 건 없는데요."

"뭐? 연관된 게 없다고?"

"네."

"처음 자회사를 설립할 때 우리 기업의 경쟁력을 높이기 위해 설립한 것 아니었어? 그래서 비슷한 업종 중에서 투자처를 찾아 그것들을 인수하기로 했고. 그런데 우리 기업과 상관없는 곳에 이렇게 투자한다고? 그럼 자회사의 투자 계획이 바뀌었단 말이야?" 부사장이 의아해 하며 말했다.

"물론 저도 처음에는 그렇게 진행될 줄로만 알았는데, 지금 하는 걸 보면 저쪽 자회사에서 꼭 그렇게만 하는 것 같지는 않습니다. 투자회사로 설립된 거니까 일단 좋은 기업이 보이면 모회사 업종과는 상관없이 인수를 하려고 합니다."

"뭐? 좋은 기업만 보이면 인수하려 한다고?"

"네."

부사장이 쥐고 있던 서류를 내려놓고 의자에 등을 천천히 기댔다.

"그러면 그런 기업을 인수하는데 지금 우리한테 담보 제공을 요청한단 말이야? 우리와는 전혀 관계가 없는데도?"

"지금은 그럴지 모르지만 나중에는 어떤 관계가 생길수도 있지 않겠습니까?"

"어떤 관계라니? 무슨 말이야?"

"같은 업종으로서는 아니더라도 다른 면에서는 서로 이익을 나눌 수 있는 경우 말입니다. 뭐, 이건 제 생각일 뿐입니다만 우량기업을 인수해 놓으면 나중에 우리 기업의 자금 사정이 좋지 않을 때 그쪽으로부터 도움을 조금 받을 수 있는 경우 말입니다."

"그럼 나중에 그런 도움을 받자고 지금 그 기업들을 인수한다는 거야?"

부 사장이 고개를 갸우뚱거렸다.

"아니, 뭐 꼭 그런 건 아니고… 제 생각이 그렇다는 말씀입니다. 그 외에도 저쪽 투자회사에서 그것을 인수하기로 결정한 다른 이유가 있겠죠."

부사장은 잠시 생각에 잠겼다. 그는 왼팔로 반대쪽 팔꿈치를 받치며 오른손으로는 턱을 만졌다.

그가 다시 입을 열었다.

"사장님은 요즘 저쪽 자회사 사장을 자주 만나시나?"

"지난주까지는 일주일에 서너 번 만나셨습니다."

"지금은?"

"지금은 전화로 자주 연락하시는 편입니다."

"그럼, 사장님이 저쪽 사장과 만나실 때 비서실장도 거기에 같이 참석하나?"

"사장님이 필요하실 땐 참석합니다. 그 외에는 나중에 사장님 지시만 받습니다."

"지시만 받는다?"

"네."

부사장은 잠시 비서실장의 눈을 바라보았다.

"갑자기 저를 그렇게 쳐다보시니 제가 눈을 어디에 맞춰야 할지 모르겠습니다." 박도원이 부사장의 눈빛에 어색한 표정을 지으며 약간 능청스럽게 말했다.

부사장은 몸을 다시 앞으로 당겨 두 팔꿈치를 탁자에 올렸다. 그가 깍지

낀 손으로 턱을 받치고 박도원을 처다보며 말했다.

"야, 박도원."

"네."

"우리 같이 일한지 얼마나 됐지?"

"벌써 10년 넘었습니다."

"그럼, 사람이 10년 동안 같이 일하면 어떻게 되는 줄 알아?"

"글쎄요, 어떻게 되죠?"

"눈빛만 봐도 상대가 뭘 생각하는지 알게 되지."

"그렇습니까? 몰랐네요."

"몰랐다고?"

"네."

"그런데, 내 눈은 왜 피하지?"

"네? 제가 언제 눈을 피했다고 그러십니까?"

"어라, 이제는 긴장도 하네."

"긴장요? 긴장한 적 없는데요."

"야, 박도원!"

"네."

"바른대로 말해."

"뭘요?"

"너 더 아는 것 있지?"

"아니요. 없는데요. 저도 거기까지 밖에는 모릅니다."

"뭐? 거기까지 밖에 모른다고?"

"네."

"너, 사장님한테 무슨 지시 받은 것 있지?"

"네? 지시라니요? 무슨 지시요?"

"나한테 아무 소리하지 말라는 지시 말이야."

"아니요. 그런 적 없습니다."

"내가 지금 아무것도 모르고서 너한테 묻는 줄 알아? 들은 얘기가 있어서 물어보는데. 똑바로 말 안 해?"

"아니, 무슨 말씀을 들으셨다는 겁니까?"

부 사장이 다시 의자에 등을 기댔다.

"내가 듣기로, 지금까지 인수된 그 기업들은 투자 외 목적으로 인수된 기업들이었어. 겉으로는 우리 기업의 경쟁력 강화를 위한 목적을 내세웠지만, 실은 다른 목적도 포함되었단 말이야."

"……."

"그 회사들이 인수되고서부터 그쪽 경영진들이 모두 교체됐어. 뭐, 거기까지는 별 문제 삼지 않는다 해도, 그 다음부터가 문제야."

"문제라뇨?"

"그 기업들의 경영상태가 갑자기 악화됐단 말이야."

"……."

"그전까지 경영상 아무 문제가 없던 회사들이 휘청거리며 그 회사 현금이 어디론가 조금씩 새어나갔고, 또 그 회사 주가가 갑자기 요동치기 시작했어. 게다가 그동안 한 번도 유상증자를 하지 않았던 회사가 갑자기 유상증자를 하겠다며 이사회 의결을 통과시켰지. 이런 일은 자회사가 그 기업의 경영권을 손에 쥐고서부터 발생하기 시작했는데, 그건 처음부터 무슨 계획을 하지 않고서야 절대 일어날 수 없는 일이야. 어때? 비서실장. 내 말이 틀렸나?"

"……."

"만약 그런 일이 계획적으로 진행되어 그 피인수기업에 문제가 생긴다면 그건 거기에 투자한 자회사만 영향을 받는 게 아니야. 그 자회사는 처음부터 우리 모회사의 영향력과 자금에 의해 세워졌기 때문에, 그 회사를 세운 이 회사까지도 영향을 받을 수밖에 없다고. 지금 우리 회사가 그 자회사를 위해 대여해 준 금액이 얼마인지 너도 모르진 않을 거야. 우리 회사가 그동안 노력해서 장만한 자산과 현금의 많은 부분이 지금 자회사를 위해 투자되고 있어. 그런데 그 자회사가 그런 귀중한 자금을 잘 사용해서 투자를 잘 하면 좋은데, 지금 하는 걸 보면 일을 정말 엉뚱한 방향으로 진행시키고 있어. 마치 철없이 자란 부잣집 도련님이 아버지의 재력만 믿고서 돈을 함부로 쓰는 격이라고. 솔직히 난 그 투자회사에는 별 관심이 없어. 처음부터 우린 투자회사로 출발한 게 아니니깐 말이야. 그런데 그런 태생이 다른 두 회사가 계열사 관계를 맺으며 같이 공존한다는 것이 난 마음에 들지 않아. 게다가 그 투자회사는 밑바닥부터 일어난 기업이 아니라, 우리 모회사의 자금만을 이용해 세워진 기업이잖아. 그런데 그런 기업을 위해 지금껏 우리가 힘써 벌어들인 돈을 빌려주는 것이, 솔직히 난 좀 아깝기도 해. 또 그 기업의 지금 하는 행태를 보면 더더욱 그래. 비서실장, 우린 이 기업의 밑바닥에 서부터 같이 성장해 온 사람들이야. 많은 위기를 겪으면서도 우린 여기를 떠나지 않고 끝까지 버텨왔다고. 그런데 그런 우리가, 이 회사가 잘못되는 걸 보게 되면 마음이 어떻겠어? 많이 아프지 않을까? 우린 인생의 첫출발을 여기서 시작했는데 말이야. 만약 이 기업에 문제가 생겨 어느 날 갑자기 문을 닫게 되면 지금까지 우리가 노력하며 수고해 온 것들은 한꺼번에 물거품이 되고 말아. 그럼 우리가 여기에 투자한 청춘도 같이 물거품이 되고 말겠지. 어디서 그것을 보상받을 수 있겠어? 우리가 스스로 이 회사를 지키지 않았는데 말이야. 박도원, 지금 내가 무슨 말을 하고 있는지 알겠어? 지금 우리 회사는 겉으로는 잘 돌아가는 것처럼 보여도 실은 조금씩 썩어 들어가고 있다고. 처음에는 아무것도 아닌 것처럼 생각되던 조그마한 상처가 매일 알게 모르게 몸 전체로 퍼져나가는 것처럼 말이지. 그런데 이사들은 사장님 눈치만 보면서 사장님 계획에 그대로 따르기만 하고 있을 뿐이야. 사장님 눈 밖에 나면 자기들 자리만 위태로워질 테니 말이지. 하지만 그렇게 계속 가다간 우리 기업은 탈이 나서 어느 날 갑자기 쓰러지고 말 거야. 우리의 침묵이 계속 길어지면 이 기업도 점점 기울어질 수밖에 없는 거지. 그러니 어서 빨리 누구라도 나서서 이 일을 막아야 해. 안 그러면 우리도 어느 순간에 그 기업들처럼 무너지고 말거야. 내가 오늘 너를 왜 부른지 알겠어? 바로 이것 때문이야. 지금 우리 회사가 어디로 가고 있는지 아무도 걱정하지 않는다고.”

잠시 방 안에 침묵이 흘렀다. 도원은 눈을 떨구어 탁자를 쳐다보았고, 부사장은 그의 그런 눈을 똑바로 바라보았다. 눈을 마주치진 않았지만 두 사람 사이에는 보이지 않는 어떤 정신적 교류가 오가는 듯 했다.

그때, 전화소리가 울렸다. 도원이 상의에서 자신의 전화기를 꺼냈다.

"사장님한테서 온 전화입니다."

도원은 부사장에게 그렇게 말하고 잠시 그 앞에서 걸려 온 전화를 받았다. 통화는 길지 않았다. 그는 '곧 가겠습니다.'라 말하고 전화를 끊었다.

"사장님께서 지금 바로 올라오라고 하십니다." 도원이 끊긴 전화기를 들고서 부사장의 눈치를 살피며 말했다.

부사장은 그를 보며 다시 한 번 더 말했다.

"도원아, 내 말 명심해. 건강한 사람이 어느 날 갑자기 드러눕는 건 반드시 큰 사고 때문에 그런 것만은 아니야. 아무것도 아니라 생각했던 사소한 것을 미리 치료하지 않아 그럴 수도 있다고. 지금 이 회사는 후자의 경우야. 빨리 치료하면 아무것도 아닌 것처럼 넘어갈 수 있지만, 만약 계속 잘못된 선택을 하게 되면 이 회사는 보장을 받을 수 없게 된다고."

"네, 무슨 말씀인지는 알겠지만… 일단, 저는 지금 사장님이 부르셔서 빨리 가 봐야겠습니다. 그 일은 다음에 다시 만나서 논의하시는 게 어떻겠습니까?" 박도원이 난처한 표정을 지으며 말했다.

부사장은 그의 눈빛을 바라보다 고개를 옆으로 돌렸다.

도원은 곧 부사장의 방을 나왔다. 그는 닫힌 문을 뒤로하고 한 숨을 내쉬었다.

그 후 이틀이 지났다. 이사회는 예정대로 오후 3시에 개최되었다. 이사들 모두 일찍 나와 자리에 앉아있었다. 그들은 아직 들어오지 않은 한 명의 이사, 오지락을 기다리고 있었다.

그들은 오 대표가 들어오자 앉은 자리에서 자세를 바로 잡았다. 그가 자리에 앉자 이사회가 바로 시작되었다.

이사회가 열린지 10분도 되지 않아 한 개의 안건이 통과되었다. 아무도 반대하지 않았고 그런 의견을 표명하는 사람도 없었다. 이제 마지막 한 개의 안건만 남았다.

"그럼, 다음 안건으로 넘어가겠습니다." 이사회의 진행을 맡은 한 이사가 말했다. "그 전에 잠시 알려드릴 말씀이 있습니다. 당 회사의 규모가 커지고 계열사 관계가 생기면서 그에 따른 임원 인사를 단행할 필요가 생겼습니다. 그래서 몇 분이 승진하며 직위가 변경될 예정인데, 먼저 현재 대표이사를 맡고 계신 오지락 사장님께서는 회장님으로 승진하실 예정입니다. 지금까지 사장님께서는 우리 기업 경영에만 관여해 오셨는데, 앞으로 회장님으로 승진하시게 되면 자회사를 포함한 우리 그룹 전체 경영을 맡으실 예정입니다. 그리고 다음으로, 장윤호 부사장님도 승진하실 예정입니다. 오지락 사장님께서 회장님으로 승진하시면서 장 부사장님께서는 우리 기업의 사장님이 되실 예정입니다. 지금까지 장 부사장님께서는 우리 기업의 성장과 발전을 위해 많은 공헌을 하셨습니다. 그래서 앞으로도 우리 기업을 잘 이끌어 가실 거라 기대되어 이번 승진 인사에 포함되셨습니다. 그리고 나머지 다른 분들의 인사에 관한 사항은 지금 마지막 논의 중인 관계로 이번 주에 확정이 되면 다시 발표해 드리도록 하겠습니다. 이번 인사는 다음 달부터 적용될 예정이니 참고하시기 바랍니다. 그럼, 다시 다음 결의사항으로 넘어가겠습니다."

부사장은 자신의 승진 소식을 듣자 놀랐다. 지금까지 이렇게 예고 없이 승진인사가 단행된 적은 한 번도 없었기 때문이다. 그것은 너무나도 갑작스런 발표라, 듣는 순간 당황스럽기까지 했다. 하지만 그는 겉으로는 아무런 내색도 하지 않았다. 부사장 자리에 오른 시기도 아주 빨랐는데, 이렇게 사장자리에 오르는 것까지도 빨라 다른 이사들의 눈치가 보였기 때문이다. 지금 그의 마음은 기쁘기보다는 오히려 부담스럽기만 했다.

"이번 안건은 자회사에 대한 팀보 제공 건입니다." 사회사가 나음 안선을 말하기 시작했다. "우리 기업은 이전에도 한 차례 자회사에 대해 담보를 제공한 바가 있습니다. 그리고 그것으로 투자수익이 발생해 그 제공된 담보를 모두 회수했습니다. 그래서 이번에도 자회사의 요청에 의한 담보 제공을 심의할 예정인데, 이 담보 제공도 역시 자회사가 피인수기업을 인수하는데 사용될 예정입니다. 참고로 우리 모기업은 아직도 담보 제공의 여유분이 충분합니다. 자, 그럼 지금부터 이 안건에 대해 의견이 있으신 분들은 말씀해 주시기 바랍니다."

사회자의 말이 끝나도 모두들 앉아서 특별한 말없이 자기들 앞에 놓인 서류만 들여다보았다. 이전에도 한번 진행된 일이라 이번에도 통과되겠지 생각하고서, 그들은 가끔 옆 사람과 몇 마디 말만 주고받을 뿐 더 이상 본인들의 의견은 내놓지 않았다.

그들이 그렇게 아무 말 없이 앉아 있자, 사회를 맡은 이사가 그들에게 다시 한 번 더 담보 제공 이유를 설명했다.

"아시다시피, 이번에도 자회사가 투자할 곳은 수익성과 성장가능성을 두로 갖춘 기업으로서 동종 업계에서도 경쟁력이 있다고 평가받는 기업입니다. 만약 이번에 우리 자회사가 이 피투자처를 인수하게 되면 다른 사업으로의 영역을 더 넓힐 수 있게 될 뿐만 아니라 우리 그룹 차원에서도 한층 더 몸집을 불릴 수 있는 좋은 기회가 될 것입니다."

참여한 이사들은 사회자의 말이 끝나도 여전히 거기에 대해 별다른 의견을 내놓지 않았다.

사회자가 말했다.

"그럼 더 이상 이사님들의 의견이 없는 관계로 이번 안건에 대하여 바로 표결에…"

그때 부사장이 손을 들었다.

"아, 네. 부사장님 말씀하시죠." 사회자가 그를 보고 말했다.

"제가 알기로 그 자회사의 처음 설립 목적은 우리 기업의 경쟁력 강화와 시장 확대였습니다. 그래서 피인수기업도 우리 기업과 동종업계이거나 관련 있는 기업이 대상이었습니다. 그런데 이번에 인수하는 기업은 우리 기업과는 공통 영역이 전혀 없어 보입니다. 혹시 자회사의 투자목적이 바뀌어 다른 업종으로 투자하기로 한 것입니까? 만약 그렇다면 우리가 지금까지 자회사를 위해 지원해 온 자금들은 모두 우리 그룹의 몸집 불리기 차원에서 지원해 온 것이 되는데, 그건 자금의 효율적인 사용면에서 보면 불리하지 않겠습니까? 우리와는 전혀 다른 기업들을 인수함으로써 오히려 사업의 집중력이 떨어졌으니 말입니다."

부사장의 이 질문에 이번에도 이 의결은 통과되겠지 생각하던 이사들이 그를 쳐다보며 부사장이 무슨 의도로 그런 말을 꺼낸 것인가 궁금하게 생각했다. 이 안건에 대해 반대하기 위해 그런 말을 꺼냈다면 그건 곧 오 대표에 대해 반대하는 것이었는데, 두 사람 사이의 관계를 봐선 그럴 리는 없어 보였다.

그때 오 대표가 바로 나서서 그 질문에 답했다.

"아닙니다. 지금의 자회사는 몸집을 불리기 위해 존재하는 회사가 아닙니다. 그것은 우수한 기업을 발굴해서 그곳에 투자하고, 그 투자를 통해 벌어들인 이익금으로 다시 다른 곳에 투자해 수익을 창출하기 위해 설립된 회사입니다."

오 대표가 부사장의 질문에 그렇게 답변하자, 오 대표의 얼굴을 쳐다보고 있던 이사들은 다시 부사장 쪽으로 고개를 돌렸다. 그들은 부사장이 그 답변에 대해 어떻게 반응할지 궁금해 했다.

하지만 오 대표가 계속 말을 이어갔다.

"우리 자회사는 겉만 화려한 기업보다는 내실이 튼튼한 기업만 선별해서 투자를 진행하고 있습니다. 모회사의 위상에 힘입어 세워진 자회사가 잘못된 곳에 투자해 손해를 보게 된다면, 같은 계열사인 우리 기업도 큰 피해를 보게 될 것이기 때문입니다. 그것은 우리가 처음부터 자회사를 세운 취지하고는 상반된 일입니다."

모두들 아무 말이 없었다.

"그리고 오해 없기를 바라는 마음에서 하는 말인데," 오 대표가 계속 말했다. "자회사는 처음에 모회사와 동종 업계의 기업을 인수해 우리 기업의 경쟁력을 강화하면서 전체 그룹의 통일성을 유지하기 위해 설립되었습니다. 하지만 투자를 진행하다보니 동종 업계 중에서만 견실한 기업을 찾아내 투자한다는 것이 힘든 일임을 알게 되었습니다. 선택의 폭이 좁다 보니 그 조건에 맞지 않는 기업들이 대부분이었고, 지금의 우리 모기업의 경쟁력에 도움이 될 수 있을지 의문이 가는 기업들이 상당수였기 때문입니다. 그래서 시야를 좀 더 확대해 굳이 동종업계가 아니라 하더라도 경쟁력과 미래 성장성을 갖춘 기업이라면 투자하기로 방향을 수정하였습니다. 지금까지 자회사가 인수한 기업들은 모두 그런 기업들이었습니다. 튼튼하고 내실이 다져진 회사로서 지금부터 계속 키워나가면 우리 그룹차원에서 많은 도움이 될 만한 그런 기업들 말입니다. 참고로 자회사가 그런 기업들을 인수하려는 이유를 좀 더 자세히 말하자면, 사업을 하다보면 어느 순간 현금 흐름이 막힐 때가 있습니다. 그럴 때면 회사채를 발행한다든지 유상증자를 해 자금을 조달할 수도 있습니다. 하지만 난 우리 기업이 그런 식으로 위기에 대응하기를 바라지 않습니다. 내부적 역량으로 스스로 해결하기를 원합니다. 그래서 그런 방법으로 평소 그룹 전체의 자금을 많이 쌓아둠으로써 필요할 때 언제든지 그것을 유통할 수 있게 하는 겁니다. 그러면 다른 기업보다 한층 더 빨리 위기에 대응할 수 있기 때문입니다. 지금 자회사는 모회사의 역량에 많이 의존하고 있긴 합니다만, 그것은 기업이 자립할 시기의 한시적인 일일 뿐입니다. 우리 자회사는 곧 스스로 자립하게 될 것이고 지금보다 더 큰 힘을 기르게 될 것입니다. 그러면 우리 그룹 간에는 서로 도움을 주고받는 일이 생기게 될 것이고, 그것을 통해 더 탄탄하고 모범적인 관계를 맺게 될 것입니다. 지금 자회사가 경쟁력 있는 기업들을 인수하는 데 우리 기업이 도움을 주고자하는 이유는 모두 그런 이유 때문입니다. 앞날을 대비해 미리 준비해 두자는 의미지요."

오 대표가 그렇게 말을 마치자 그의 말을 경청하고 있던 이사들은 고개를 끄덕였다. 그동안 의문스러워해 오던 부분을 오 대표가 확실히 설명해주니 더 이상 이 의결사항에 대해 반대할 이유가 없다고 생각했던 것이다.

하지만 부사장은 달랐다. 그는 오 대표의 이 말이 겉으로만 잘 포장된 위장술임을 알고 있었다. 사실 그 이사회에 참석한 대부분의 이사들도 알게 모르게 들은 바가 있어, 오 대표의 그 말에 대해 약간의 의문은 품고 있었다. 하지만 그들은 스스로의 최면에 걸려 그런 부분을 완전히 지워버렸다. 이성적인 접근보다는 감정과 권위에 복종하려는 마음 때문이었는데, 그들은 그저 오 대표가 하는 말이 진심이기를 바라며 그가 진행시키려하는 일이 모기업에는 피해 주는 일없이 잘 되기만을 바랄뿐이었다. 반면 부사장은 오 대표의 권위와 판단은 존중해야 된다고는 생각했지만, 잘못된 부분이 있으면 바로잡아야 한다고 생각했다. 선장이 딴 생각에 사로잡혀 암초를 보지 못하고 돌진하는데, 그만 믿겠다며 그냥 내버려 두는 것은 자신을 포함한 모든 사람을 죽음으로 내모는 것이나 마찬가지였기 때문이다.

부사장이 용기를 내어 다시 말했다.

"제 생각에도 자회사를 통해 그런 위기 대처 능력을 키운다는 것은 긍정적인 일인 것 같습니다. 우리 회사가 지금까지는 거침없이 성장해왔지만 언제 위기를 맞아 흔들리게 될지 모르고, 또 그럴 때 모회사가 키운 자회사를 통해 큰 도움을 받을 수 있다면 정말 환영할 만한 일이기 때문입니다."

다른 이사들은 거기까지 그의 말을 듣고 마음속으로 고개를 끄덕였다.

"하지만 한 가지 짚어봐야 할 일이 있습니다."

부사장의 말이 급변하자, 모두들 그의 얼굴로 다시 시선을 집중시켰다.

"자회사는 투자처를 선별하는 실력은 아주 탁월했습니다. 그들이 인수한 기업들은 모두 시장 경쟁력과 실력을 두로 겸비했고 현금 유동성도 풍부한 기업들이었기 때문입니다. 분명 인수하기에는 나무랄 데 없는 기업들이었습니다. 하지만 그 후부터가 문제입니다. 제가 정확히 평가를 내릴 수는 없지만, 상식적인 선에서만 판단해 본다면 처음에 잘 나가던 그 기업들은 인수된 후부터는 이상하게도 이전과 같은 매력을 상실하게 되었습니다. 기대 대신 고민만 앞서는 기업이 되어버렸다는 말씀입니다. 들리는 말에 의하면 그것은 그들 기업 내부의 경영 방식에 많은 변화가 생겼기 때문이라고 합니다. 물론 그건 경영진이 교체되었기 때문이겠죠. 경영이라는 것은 한 사람 또는 그와 관계된 몇 사람에 의해 방향을 잡아가기 나린인네 그 교체된 경영진들은 이전 경영진들과는 완전히 다른 방향으로 그 기업들을 경영한 것 같습니다. 그것은 지금 나타나는 결과만 봐도 알 수 있는 일일 것입니다. 그동안 탄탄한 입지를 자랑해오던 기업이 경영진이 교체된 후 몇 개월 만에 누구나 걱정하는 기업이 되었기 때문입니다. 그것은 그곳 경영진들의 오판이 아니고서는 불가능한 일입니다. 만약 그곳 경영진들이 계속해서 그런 잘못된 방식의 경영을 고집해 나간다면 그들 기업은 한순간에 문젯거리로 전락할 수 있습니다. 그럼 그 피해는 고스란히 거기에 투자한 자회사로 돌아가게 될 것이고, 그 다음은 그 자회사를 위해 지원해 준 우리 모회사에게 오게 될 것입니다. 그것은 우리가 바라던 결과가 아닙니다. 그래서 저는 이번 담보 제공 건에 대해서는 좀 더 깊은 논의가 필요하다고 생각합니다. 그것은 이전에도 똑같은 방식의 담보 제공이 있었고, 또 그로 인해 별 문제가 없었으니 이번에도 그런 식으로 담보를 제공해도 괜찮지 않겠느냐 하는 그런 논의가 아니라, 그 기업들이 인수된 후부터 내부 경영에 이상이 생겼으니 지금까지 투자해 놓은 투자처들의 문제점을 찾아서 그곳을 어떻게 바로 잡을 것인지, 또 어느 정도까지 회복된 후에 담보를 제공할 것인지 대한 심도 있는 논의를 말하는 것입니다. 만약 이런 점들에 대한 사전 논의 없이 일방적이고 지속적으로 자회사에 대해 담보를 제공하게 된다면, 우리 기업은 결국 뜻하지 위험을 떠안아 위기를 맞게 될 것입니다. 그렇기 때문에 저는 이 점들을 먼저 바로 잡은 후에 우리 기업이 자회사를 위해 지원해주는 것이 좋지 않을까 생각합니다. 기업을 인수해서 부실화된 집단만 소유하느니보다는, 조금은 늦더라도 신중한 자세로 경영이 정상화되는 과정을 지켜본 후에 지원하는 것이 그룹 전체적인 차원에 보아 옳기 때문입니다."

대표이사를 제외한 나머지 이사들은 자기들을 최면에서 풀려나가게 하는 부사장의 발언에 정신이 번쩍 들었다. 그러면서 지금까지 속에 있으면서도 함부로 표현하지 못해 마음에만 담아두었던 말을 젊은 부사장이 대신 말해 주어 가슴이 시원하다고 생각했다. 그동안 권위에 눌리고 눈치에 사로잡혀 보이는 사물을 다른 사물로 둔갑시켜 스스로 다르게 보려고 애써 왔는데, 부사장이 지금처럼 용기 있게 자신의 의견을 표명해주자 그들도 처음 자신들의 판단이 잘못된 게 아니라는 생각을 하기 시작한 것이다.

그러나 오 대표는 의외의 그 반론에 흥분하기 시작했다. 만일 다른 사람이 그에게 그런 식으로 반기를 들고 나와 거의 다 돼가던 의결을 막았다면 그는 그 자리에서 그에게 심한 불벼락을 내리며 호되게 꾸짖었을 테지만, 지금 그에게 의결을 보류해 줄 것을 요구하며 반대 의견을 제시하는 사람이 그의 부사장이다 보니 그는 불타오르는 감정을 속으로 삭이지 않을 수 없었다. 그는 거침없이 흘러내려가던 물살이 장애물을 만나 거친 물보라를 만들어낼 때처럼 마음속에서 그런 분노를 토해냈다. 하지만 겉으로는 평정심을 잃지 않은 것처럼 무표정한 얼굴을 하고 앉아 의장으로서의 체통을 지켰다.

곧 오 대표가 입을 열어 다시 말하기 시작했다. 그의 목소리는 이전의 침착함은 사라져 사뭇 다르게 들렸다.

"물론 부사장의 의견도 좋기는 합니다. 우리 회사를 아끼는 마음에서 내는 의견이니 충분히 고려해 볼만 하다고 생각됩니다. 하지만 우리가 자회사를 위해 지원한 담보는 지금까지 한 번도 위험에 빠진 적이 없습니다. 그것들은 모두 우량 기업을 인수하기 위해 지원되었고, 실제 인수된 기업들은 모두 그런 기업들이었습니다. 그 후 경영진이 교체되면서 회사 사정에 문제가 생겼다는 것은 갑자기 기업 환경이 변화되면서 거기에 빨리 적응하지 못해 생긴 일시적인 사정일 뿐입니다. 새로 교체된 경영진들은 제가 알기로 기존의 경영진들보다 젊고 유능합니다. 그들은 여러 나라의 유명 대학에서 전문 경영과정을 이수한 인재들로, 다양한 지식에 바탕을 두고 실전에서 수년간 경험을 쌓은 인물들입니다. 그런 그들이 이번에 새로 인수된 기업에 경영진으로 들어오면서 기존 체계와 조금 마찰을 빚은 것은 그들이 젊고 도전적이기 때문에 어쩔 수 없이 생긴 일들입니다. 모두들 기존의 방식에 길들여져 있다 보니 새로운 것을 추구하는 초기 변화 과정에서 약간의 부조화가 발생한 것이지요. 그런데 그것을 두고 잘못된 경영 방식이라느니, 회사 내부 경영에 문제가 발생했다느니 하고서 판단하는 것은 경영의 생리 현상을 좀 더 깊이 이해하지 못해 발생한 오해일 뿐입니다. 아직 인수한지 몇 년도 되지 않는 기업들의 초기 진통 과정만 보고서 그렇게 섣불리 판단하는 것은 난 너무 이르다고 생각합니다. 그들에게도 좀 더 시간을 주고 기회를 준다면 기존에 잘 해오던 방식을 변화시켜 한 층 더 발전된 모습의 회사를 가꾸리라 나는 믿습니다. 그래서 나는 이번 의결 사항이 신속히 처리되어 자회사가 새로운 기업을 인수하는 데 걸림돌이 되지 않기를 바랍니다."

오 대표의 발언이 끝나자 모두들 그로부터 눈을 돌려 그의 생각을 짐작하기 시작했다. 그들은 오 대표의 말에서 그의 의지와 자신들을 향한 은근한 압력을 느꼈기 때문에, 그의 생각을 따르지 않았을 경우 훗날 겪게 될 사태와 그의 의견에 찬성했을 경우 뒤탈 없이 지낼 사정을 비교하며 마음속에서 한쪽을 정했다.

"그럼 더 이상의 의견 제시가 없는 관계로 바로 이 안건을 표결에 부치도록 하겠습니다." 사회자 말했다. "이번 자회사에 대한 담보 제공 건에 대하여 찬성하시는 분들은 손을 들어 주시기 바랍니다."

곧 오 대표를 포함한 15명의 이사들이 자신의 의견을 표명하기 시작했다. 14명의 이사들이 손을 들어 찬성 의사를 표시했는데, 오직 한 사람만이 손을 들지 않았다.

"열네 분이 이 안건에 대해 찬성하셨습니다. 따라서 이 안건은 통과 되었습니다. 이로써 오늘의 의결사항들은 모두 처리가 되었습니다." 사회자가 말했다.

부사장은 눈을 아래로 떨어뜨리고 탁자를 바라보았다. 그는 압도적인 다수결 결과에 대해 아무 말도 할 수 없었다. 누구 하나라도 자신의 편이 되어 주었더라면 마음이 덜 무거웠을 것이나, 홀로 당한 패배에 그는 어쩔 도리 없이 침묵해야만 했다. 그는 오 대표와 눈을 마주치지 않기 위해 그가 자리에서 일어나 회의장을 빠져나가기까지 그를 쳐다보지 않았다.

잠시 후 회의장내의 모든 이사들이 나가자, 그도 마지막 발걸음을 옮겨 조용히 자기 방으로 향했다.

그 후 석 달이 지났다. 새로운 소식이 들려왔다. 자회사가 인수한 기업 중 한곳이 파산 위기에 처했다는 것이다. 이미 그런 조짐이 보여 소문은 조금씩 돌고 있었으나, 실제로 그 일이 일어나니 그 소식을 접한 이사들은 마음이 편치 않았다. 자신들에게 직접적인 책임이 있는 건 아니었지만, 그렇다고 완전히 책임이 없는 것도 아니었기 때문이다.

하지만 다행히 그 회사를 인수하기 위해 모회사가 지원해 주었던 자금은 이미 모두 거두어졌고, 자회사의 피해도 전혀 없었다. 단지 손해를 보며 무너져야 했던 건 그 피인수기업 한 곳 밖에 없었다.

사장 장윤호는 그 소식을 접하자 인수된 다른 회사들의 사정도 알아보았다. 그들 대부분도 경영 상황이 예전만 같지 않았다. 역시 이 일들은 우연히 일어난 것이 아니었다. 모회사와 투자회사는 전혀 영향을 받지 않고 피인수기업 혼자서만 무너진다는 것은 있을 수 없는 일이었기 때문이다. 그쪽에서 이루어지는 투자방식과 경영방식이 정확히 알려지지는 않았지만, 그건 아주 비상식적이고 비도덕적인 행태임에는 틀림없었다. 그는 이런 잘못된 일에 모회사가 연결되어 마음이 불편했다. 또, 한 기업의 책임자로서 자신도 본의 아니게 연관되어 마음이 괴로웠다. 하지만 지금 당장에 해 볼 만 한 일은 없었다. 단지 이 회사가 더 이상은 그런 부당한 일에 도움을 주어서는 안 된다고 생각할 뿐이었다.

너는 악한 자들로 인하여 초조해하지 말며
사악한 자를 부러워하지 말라.
악한 자에게는 보상이 없으며
사악한 자의 등잔불은 꺼지리로다.
— 잠언 24: 19-20

　사장 장윤호가 회장 오지락에게 자신의 의견을 용기 있게 표현한 이후, 오 회장은 몇 가지 일에 있어서 사장을 조금씩 배제하기 시작했다. 그것은 주로 재무와 관련된 일로써, 후에 그는 그 결과만 사장에게 알려주며 그런 일들은 전문가들이 나서서 처리하는 것이 속도 면이나 효율성 면에서 낫다는 이유를 덧붙였다. 그의 생각에 사장이 그 일에 대해 알게 될 경우 또다시 자신이 하려는 일에 반대할 것 같아서였다.

　사장은 처음에 그런 식의 통보를 받았을 때 기막혀 아무 일도 할 수가 없었다. 기업의 실제 경영을 담당하고 있는 상태에서 자기가 알지 못하고 그렇게 결정되는 부분이 생기면 다른 일을 수행하는데 많은 어려움을 겪어야 했기 때문이다. 하지만 그것보다 더 기막히고 충격적인 것은 그런 일이 결정되기 전에 회장이나 담당자들로부터 그 어떠한 사전 예고도 듣지 못했다는 것이었다. 그것은 일의 전문성을 넘어서 그의 사장으로서의 지위를 무시하는 처사였고, 자존심을 건드리는 행위였다. 그가 비록 비전문가라 할지라도 그는 회사의 사장으로서 모든 사정을 다 알아야 했고, 또 그렇게 해야만 회사를 정상적으로 이끌어 갈 수 있었다. 그런데 처음부터 자신을 배제한 채 이미 결정된 일들을 다른 이사들과 같이 사후에 그 결과만 알려준다면, 그것은 그의 능력뿐만 아니라 존재까지도 가벼이 여기는 행위였다. 정말 어이없고 기분 나쁜 대우가 아닐 수 없었다.

　그는 그 일을 어떻게 받아들여야하나 고민하기 시작했다. 이미 돈의 흐름과 관계된 일에 있어서는 자신의 역할이 많이 배제되었기 때문에, 사장으로서의 자신의 권한은 이전보다 많이 축소되어 있었다. 그런 상황에서 사장이라는 직위만 유지한 채 회사를 이끌어가기에는 많은 어려움이 있었다.

그는 여러 고민 끝에 일단 내게 주어진 직책에는 충실하자 생각하고, 다음에도 이처럼 이미 결정된 일에 대해 뒤늦게 통보받고 당황하는 일이 없도록 회사 내의 소식통을 이용해 조용히 정보를 수집하기로 했다. 사실 그는 그럴 필요가 없는 사장이었지만, 회장이 그를 경계하며 일을 혼란스럽게 만들다 보니 그도 자신이 해야 할 일들에 대해 그렇게라도 대응하며 사정을 미리 파악하지 않을 수 없었다.

그가 그렇게 자신의 위치를 지키기로 생각한지 일주일 후, 사장의 방으로 재무 담당자 중 한 명이 들어왔다. 그는 지금까지 사장에게 자신의 의견을 표현하며 회사의 발전 방향에 대해 좋은 생각들을 많이 늘어놓았던 인물이었다. 그도 처음에는 부사장이 젊다고 생각해 그를 많이 얕잡아 보았지만, 그 후 부 사장의 아름다운 처신과 지혜로운 소통 과정을 보며 그에 대한 생각을 완전히 바꾸게 되었다.

두 사람이 대화를 나누기 시작했다.

"어제 송금된 금액은 얼마였습니까?" 사장이 재무 담당 이사에게 물었다.

"20억 원이었습니다."

"사용처에 대한 어떤 언급은 있었습니까?"

"토지 구입비용이라고 말씀하셨습니다."

"토지라고요? 무슨 토지를 말씀하시는 거지요?"

사장이 의아해 하며 묻자, 이사가 대답했다. 그의 눈빛이 조금 불편해 보였다.

"정확한 말씀은 하지 않으셨는데, 지난번 회사가 사용할 토지를 찾고 있는 중이라는 말씀을 하신 걸 보면 아마 공장 부지를 짓지 위한 토지가 아닌가 생각됩니다."

사장은 잠시 생각에 잠겼다. 공장을 짓기 위한 토지 매입은 지금 회사 사정을 고려해 잠시 보류하는 쪽으로 가닥잡고 있었는데 일방적으로 그렇게 토지를 매입하겠다며 회사 자금을 인출해 갈 리는 없었다. 몇 번씩이나 그런 식으로 회사 자금을 인출해 간 것을 보면, 아마 다른 사정에 의한 자금 인출인 것 같았다.

"그럼 두 달 사이에 인출된 금액은 총 얼마나 됩니까?" 사장이 재무 담당 이사에게 다시 물었다

"50억 원입니다."

"그럼 지금 회사 자금은 여유가 있습니까? 자회사에게 빌려준 자금 중에 아직 돌려받지 못한 것도 있는데, 이런 식으로 회사 자금이 계속 빠져나가면 조만간 문제가 생기지 않을까요?" 사장이 걱정스런 표정으로 물었다.

"최근 일 년 사이에 투자비 명목으로 빠져 나간 금액이 여느 때보다 많긴 합니다만, 회사 영업이익이 꾸준히 증가하다보니 그 자리는 무리 없이 메워지고 있습니다."

"그럼 영업이익 증가 추세가 멈추었을 때는 문제가 생길 수도 있겠군요."

"뭐, 일시적으로 그럴 수는 있습니다."

사장은 오 회장이 공개적으로 결정된 일에 회사 자금을 사용하는 것이 아니라 독자적인 판단으로 그것을 사용해 염려되었다. 회사 설립 초기에는 전혀 하지 않던 일을 최근 들어 자주 하는 것을 보면, 아마 회장의 생각이 잘못된 방향으로 가고 있는 것 같았다.

"그런데, 혹시 이것들 말고도 제가 모르는 자금 인출이 있었습니까?" 사장이 물었다.

"금액은 그리 많지 않지만 몇 번 있었습니다."

"그럼 그것들은 무슨 명목으로 사용하신 겁니까?"

"그것들도 모두 투자비 명목으로 사용하셨습니다."

"투자비 명목으로요?"

"네."

"그렇다면 지금 회장님의 이런 판단에 조언을 주는 사람이 있습니까?"

"글쎄요. 직접적으로 말씀하시는 것이 아니라 제가 뭐라 선불리 판단하기는 곤란합니다."

"그럼 짐작이 가는 사람은 있으신가 보군요."

"그건… 제 짐작뿐이라 말씀드리기가 좀 조심스럽습니다."

그러자 사장이 그를 진지하게 바라보며 말했다.

"이사님. 이사님도 아시다시피 지금 회장님은 회사 재정에 대한 문제를 내부 전문가들에게만 맡기고 있지 않습니다. 다른 이들로부터 자문을 구했든, 어떤 다른 방법을 배우셨든, 외부에서 대부분 결정해서 회사 내부 관계자들에게 독자적으로 지시를 내리고 있습니다. 만약 이런 일들이 이 회사 본래의 사업 목적과 관계없이 진행되어 피해가 발생한다면, 결국 그 피해는 이 회사와 그 안에서 일하는 우리들에게 돌아오게 됩니다. 그런데 우리가 그런 일을 그냥 쳐다만 보아서야 되겠습니까?"

듣고 있는 이사의 표정이 무거워 보였다.

"이사님, 저는 지금 이런 일이 잘못된 방향으로 더 커지기 전에 빨리 바로 잡고 싶습니다. 하지만 자회사가 생기고서부터 회장님은 저쪽 사람들 말에만 귀를 기울이다보니 지금 제가 해 볼 수 있는 것이 많지 않습니다. 그러니 이사님께서 저를 좀 도와주셨으면 좋겠습니다. 이사님은 재무를 담당하고 계시니 회장님의 현재 자금 사용처에 대해 다른 누구보다 더 빨리 눈치 채고 있지 않습니까? 저는 이사님의 그런 빠른 정보가 없으면 이 회사를 바로잡을 수가 없습니다."

사장은 이사가 무언가를 알면서도 자기에게 제대로 털어놓지 않는다고 생각해 그의 마음을 돌려세우기 위해 그에게 잠시 시간을 주었다.

그러자 이사는 갈등하는 표정을 지으며 잠시 고개를 숙였다가, 다시 고개를 들고 말했다.

"저쪽 자회사 경영진과 변호사들이 조언하고 있는 것 같습니다."

"자회사 사람들이요?"

"네."

"그럼 그들이 회장님께 어떤 내용의 조언을 하는지 알고 있습니까?"

그 말에 이사가 조금 난처해하는 모습을 보였다.

그러자 사장이 그런 그를 보며 다시 말했다.

"회장님은 지금 가지 말아야 할 곳으로 길을 잘못 들었습니다. 그리고 손대지 말아야 하는 일에 손을 잘못 대었습니다. 만약 이것이 한 사람의 문제로만 끝난다면 그나마 불행 중 다행이라 하겠지만, 실제 이것은 한 사람의 문제가 아닙니다. 기업은 누구 한 개인의 소유가 아니기 때문입니다. 모두들 이곳을 통해 개인의 생활을 영위해 나가고, 이곳을 통해 가족의 삶을 꾸려나갑니다. 그런데 그런 곳을 한 사람이 자기 마음대로 해도 되는 양 함부로 움직이게 되면, 그 피해는 그 속에 연관된 개체들 하나하나에게 돌아가게 됩니다. 만일 이 일이 계속 이런 식으로 돌아가게 내버려 두면 이사님과 저도 그 피해자가 될 수밖에 없습니다. 비록 경영주가 자신의 지위를 이용해 회사를 마음대로 움직일 수 있다고 해도, 타인의 삶과 관련된 일에 대해서까지 영향을 끼쳐서는 안 됩니다. 그것은 자신의 위치에 대한 착각이고, 타인의 권리에 대한 오해입니다. 그리고 아무리 기업의 목표가 돈을 많이 벌어 이익을 남기는 것이라 해도 남이 이루어 놓은 결과와 성과를 빼앗는 행위까지 목표가 되어서는 안 됩니다. 그것은 마치 해충이 다른 생물의 피를 빨아 먹는 것과 마찬가지입니다. 자신의 배를 불리자고 타인에게 피해를 주는 것이 어찌 정당하고 떳떳한 일이 될 수 있겠습니까? 그것은 정말 이기적이고 나쁜 생각입니다. 모든 것에는 정도(程度)가 있고 그 정도를 넘어서지 않기 위한 규율이 있습니다. 그런데 기업이 정상적인 방법을 무시하고 비정상적으로 돈을 벌고자 하면, 그 정도와 규율은 파괴되고 맙니다. 뿐만 아니라 다른 질서에까지도 영향을 주어 많은 피해를 일으키게 됩니다. 오랜 시간과 노력에 의해 만들어진 기업이라는 터전은 빠른 시간 안에 무너져 내릴 것이고, 동시에 그 조직에 몸을 담고 있던 각 개인의 삶도 하루아침에 붕괴되고 말 것입니다. 그것은 한 사람의 잘못된 생각에 의해 빚어지는 참사로, 개인의 욕심과 이기심이 마지막 한계를 넘어섰을 때 나타나는 비극입니다. 지금 우리 회사는 불행하게도 그 두 가지 문제를 동시에 떠안고 있습니다. 개인이 기업을 사적으로 이용해 그 구성 조직원들에게 피해를 줄 위험과, 기업이 다른 기업을 비도덕적으로 소유해 그 조직 자체를 붕괴시키는 문제 말입니다. 그것은 절대 가서는 안 되는 길이며, 손을 대면 반드시 큰 피해가 생길 수밖에 없는 방법입니다. 그런데 이미 이 회사는 그 두 가지 잘못된 행위에 대해 책임을 져야 할 입장이 되었습니다. 처음부터 알고서 연관되었든, 나중에야 그 연관된 것을 알았든, 이미 그런 일이 진행되고 있다는 것을 스스로 안 이상은 그 책임에서 벗어날 수 없습니다. 이제 우리는 그 잘못된 길에서 이탈하기를 주저해서는 안 됩니다. 결과가 어떠하다는 것을 알고도 그 길을 계속 간다는 것은 자살행위나 마찬가지이기 때문입니다."

사장은 이사의 마음을 완전히 돌려 세우기 위해 그에게 좀 더 다가갔다.

"이사님도 이 일에 대해 본의 아니게 연관되어 마음이 많이 힘드실 겁니다. 그래도 바른 길을 가도록 노력해야 합니다. 비록 지금 진행되고 있는 일을 처음으로 되돌려 놓지는 못한다 해도, 할 수 있는 데까지 한번 막아봐야 합니다. 눈치가 보이고 압력이 느껴져도 앞으로 더 큰 문제 속에서 괴로워하는 것보다야 그것이 훨씬 더 낫기 때문입니다. 그러니 저에게 숨기지 마시고 아는 대로 모두 말씀해 주시기 바랍니다."

사장이 그렇게까지 설득하자 이사는 이미 마음속으로 결단을 내린 듯, 눈에서 그의 의지를 나타냈다.

그가 허리를 세우고 사장에게 말했다.

"실은, 지금 회장님께서는 비자금을 만들고 있습니다."

"비자금을요?"

"네. 자회사를 통해 해외에 페이퍼 컴퍼니를 만들고 그것을 통해 비자금을 만드실 모양입니다. 이번에 인출된 자금도 아마 그와 관련해서 빠져나간 것 같습니다."

사장은 그 말을 듣자 놀라지 않을 수 없었다. 이미 대충 짐작은 하고 있었지만 담당자로부터 그 사실을 직접 들으니 오 회장의 비행이 정말 염려되지 않을 수 없었다.

"게다가" 이사가 계속 말했다. "지금 자회사가 하는 투자는 잘 나가는 회사를 인수한 후 그곳 자금을 자회사 쪽으로 빼돌리기 위함입니다. 처음부터 현금을 많이 보유한 회사를 선택한 것도 모두 그런 이유 때문이었습니다. 그러기 위해 그곳 경영진들도 모두 교체했고요."

"그럼 지금까지 우리가 자회사를 위해 담보를 제공한 것도 모두 그들이 그런 일을 쉽게 할 수 있도록 도와준 셈이었군요."

"네. 결론적으로 보면 그런 셈입니다. 그들이 그렇게 대출 받은 자금으로 중소규모의 잘 나가는 기업들을 매입했으니 말입니다."

"그럼 이사님은 그와 관련해서 회장님으로부터 직접 지시 받은 사항이 있습니까?"

"네. 회장님께서는 지금 빠져나가는 이 자금에 대해서는 다른 어느 누구에게도 발설하지 말라고 하셨습니다. 그러면서 특히 이 일과 관련해서 사장님에게는 아무런 보고도 하지 말 것을 지시하셨습니다. 그건 지난 번 이사회 의결 때 사장님이 자회사에 대해 반대 입장을 내놓으셨기 때문입니다."

이사는 더 이상 숨길 필요 없다 생각하고 자기가 아는 모든 것을 털어놓았다.

"그리고 회계장부와 관련해서도 몇 가지 지시를 내리셨는데, 이번처럼 회사 자금이 인출되면 일단 그것은 회사가 필요에 의해 사용한 비용으로 처리하거나 가지급금으로 처리해서 나중에 자회사에서 현금이 들어오면 잠시 보충해 넣으라고 하셨습니다. 그것은 회계장부상으로나 은행계좌 상으로 그 돈이 메워진 것처럼만 보이면 나중에 세무조사나 감사 때 별 탈 없이 빠져나갈 수 있기 때문입니다. 경영주들은 보통 이런 식으로 탈세나 비자금을 많이 조성하는데, 회장님께서 이런 지시를 내리시는 걸 보면 지금 그런 작업을 진행하고 있는 걸로 보입니다. 그리고 인사조직과 관련해서도 몇 말씀하셨는데, 지금까지 회사 전반을 경영해 오시던 사장님의 권한을 재무 외쪽으로 축소시키고, 재무와 관련한 보고는 제가 바로 회장님께 보고 드리는 걸로 손질하겠다고 하셨습니다. 돈과 관련해서는 철저히 사장님을 배제시킬 목적인 것 같습니다."

그 외에도 이사는 자기가 오 회장의 방에서 지시 받은 내용과 거기에 담겨 있는 그의 목적을 사장에게 설명해 주었다. 그는 그동안 회장으로부터 그런 지시를 받으며 마음이 많이 꺼림직 했는데, 그것을 다른 누군가에게 말할 수 있어 오히려 시원한 느낌이 들었다. 잘못되어 간다는 것을 알면서도 마지못해 할 수밖에 없었던 일이지만, 사장이 나서서 그의 마음과 행동을 제지시켜주니 그는 고마운 마음까지도 들었다.

사장은 이사가 털어 놓은 말을 모두 듣고 나자 오 회장이라는 인물에 대해 다시 한 번 생각해 보게 되었다. 10년이 넘도록 같이 일해 왔지만, 오지락이라는 사람에게서는 한 번도 인간적인 감정을 느껴 볼 수 없었다. 그는 철저히 자기위주였고 인간에 대한 신뢰라고는 전혀 없는 사람이었다. 그는 무언가를 나누어 주면서도 그것이 자신에게 이익이 되는지를 먼저 생각했고, 무언가를 받아도 그것에 담긴 고마운 뜻을 생각할 줄 몰랐다. 그는 처음부터 이기적인 사람이었고 무정한 인간이었다. 성공에 대한 확실한 철학이 없었고, 그것을 어떻게 사용해야 하는지도 깊이 생각할 줄 몰랐다. 그는 자신의 타고난 본성에 충실하며 그것을 마음대로 즐기기만 할 뿐이었다. 그는 현실에 빠져 자신의 결말이 어떻게 될지 생각지도 못하는 사람이었고, 지금 자신이 얼마나 위태한 상황에 놓여 있는지도 보지 못하는 소경이었다.

이제 사장은 드러난 오 회장의 비리에 대해 어떻게 대처해야하나 생각했다. 선주를 설득해 진로를 바꿀 것인지, 아니면 침몰이 예상되는 배에서 뛰어내려 목숨을 구제할 다른 방법을 찾을 것인지. 그는 갈림길처럼 보이는 그 상황에서 현명한 판단을 내려야했다.

하지만 이미 두 사람의 길은 다르게 보였고, 그 길을 조화롭게 맞추기도 힘들어 보였다. 선주가 이미 귀를 막고 눈을 감았는데 그에게 좋은 길을 알려준다 한들 그가 알아들을 리도 없을 것 같았다.

그 후 일주일이 지났다. 회사는 어느 때와 같이 분주하면서도 차분하게 돌아갔다. 모두들 각자의 일에 충실했고 그 환경도 변함이 없었다. 그런데 갑자기 뜻밖의 소식이 들려와 모두들 놀라지 않을 수 없었다. 재무 담당 이사가 회사를 갑자기 그만두었다는 것이다. 아무도 사전에 눈치를 채지 못했는데, 그의 사표가 회사에 제출되고서야 사람들은 그 사실을 알게 되었다. 개인 사정에 의한 사퇴라고 알려졌지만 그 사정은 도통 알 수가 없었다.

사장도 이사의 사퇴 소식을 듣고 놀라지 않을 수 없었다. 얼마 전까지만 해도 두 사람은 회사 일에 대해 진진한 대화를 나누었는데, 갑자기 이사가 사퇴했다는 소식을 전해 들으니 그는 그 이유가 무엇인지 정말 궁금하지 않을 수 없었다. 시기상으로 이사가 자기에게 오 회장과의 밀담 내용을 모두 털어 놓은 지 얼마 되지 않은 때라 혹시나 하는 마음이 들기도 했다.

그는 사퇴한 이사를 만나 그 이유를 한번 들어보려고 했다. 하지만 지금은 만날 수 없는 형편이니 다음에 기회가 되면 만나는 게 좋겠다는 답변만 들을 수 있었다. 무슨 이유로 그가 갑자기 회사를 떠났는지 더 궁금해지지 않을 수 없는 대답이었다. 정말 개인적 사정에 의한 사퇴인지, 아니면 그가 알지 못하는 또 다른 사정에 의한 사퇴인지. 그는 그 실체를 정확히 알기만 바랄 뿐이었다.

그러던 어느 날, 그는 회사를 그만둔 그 이사로부터 문자를 하나 받았다. 거기에는 사장의 비서가 어떻다는 것에 대해서는 쓰여 있지 않았지만, 새로 들어온 그 비서에 대해 좀 알아보라는 내용이 들어 있었다. 사장은 그 문자를 받자 그때부터 그녀에 대해 진지하게 생각해 보게 되었다.

두 달 전, 2년 가까이 일 해오던 그의 여비서가 어느 날 갑자기 다른 곳으로 이동한 탓에 새로운 비서가 들어왔다. 그녀는 대학을 막 졸업하고 들어온 신입이었는데, 그 때문에 그는 그녀의 어설픈 실수에 조금의 불편함을 느꼈다. 하지만 그녀를 보면 자신의 옛 시절이 떠올라 당분간 자기가 그녀에게 적응해야 되겠구나 생각하며 그녀가 적응할 때까지는 별 말없이 기다려 주었다. 그녀가 실수로 전화를 잘못 걸어도 그는 아무 소리 없이 그냥 넘어갔고, 중요한 대화중에 방에 노크를 하고 들어와 필요한 건 없는지 물어봐도 나중에 그녀를 조용히 불러 일을 어떻게 하면 잘하는 건지 알려줄 뿐 그녀에게 특별한 말은 하지 않았다. 그런데 이사로부터 그 문자를 하나 받고나서 그녀를 생각해 보니 그녀가 다르게 보이기 시작했다.

먼저 사장의 비서로 신입 사원을 붙인다는 것은 정말 이상한 일이었다. 아직 사회 경험도 부족한 사람을 능숙한 업무보조가 필요한 사장의 비서

자리에 바로 앉히게 되면 사소한 부분에서도 전달이 잘 되지 않아 경영자의 업무에 많은 지장을 줄 수 있었기 때문이다. 그럼에도 그런 그녀를 그 자리에 앉혔다는 것은 인사 담당자의 불찰이었거나 누군가의 지시가 있었을 경우 두 가지였다. 하지만 인사 담당자가 그런 초보적인 실수를 할 리는 없었다.

그리고 그녀가 실수하던 상황을 되짚어 보아도 그건 결코 사소하게 생각할 일은 아닌 것 같았다.

한 번은 그 여비서가 전화를 걸다 잘못 걸어 사장인 자기에게 전화를 건 적이 있었다. 그런데 그것은 원래 회장 비서실에 걸려다 잘못 건 전화였다. 하지만 그녀는 전화가 연결되자마자 상대가 누구인지도 확인하지 않고 사장인 자기에게 '사장님 지금 방에 혼자 계십니다.'라고 말해 자신을 좀 어리둥절하게 만들었다. 그때 그녀는 당황해 하며 '아니, 회장님 비서실에서 뭘 좀 빌리려고 전화를 걸었다 잘못 걸었습니다.'라고 말했지만, 이제와 생각해 보면 그 실수에는 무언가 숨은 의미가 있어 보였다.

그리고 또 한 번은 그녀는 부르지도 않았는데 사장 방으로 들어와 필요한 것은 없는지 물어본 적이 있었다. 그때는 좀 심각한 내용이라 방 안에서 상대와 대화를 오래 나누고 있었는데, 그녀는 그 분위기를 끊듯 들어와 대화중인 두 사람에게 방해 아닌 방해를 했다. 당시에도 그것은 의도치 않은 실수라 생각해 그녀를 바로 돌려보냈지만, 그것도 지금 와 생각해 보면 전혀 의도치 않은 실수 같지 않았다. 왜냐하면 그 대화 상대는 바로 이번에 사퇴한 재무 담당 이사였고, 그 대화 내용도 회장의 비행에 관한 것이었기 때문이다.

그렇게 그녀의 실수라고 여겨 당시에는 아무렇지도 않게 지나갔던 일들이 이제와 생각해 보면 의심되는 부분이 한두 가지가 아니었다.

그래서 그는 그녀가 어떻게 발탁되어 자신의 비서로 오게 되었는지 알기 위해 인사 담당자로부터 그녀에 관한 자료를 건네받았다. 그러나 거기에는 그녀에 대한 특별한 내용이나 그녀가 회사 내 누군가와 연관되어 있다는 내용은 없었다. 단지 그녀는 대학을 막 졸업하고 이 회사에 들어온 신입 사원으로만 나타나 있을 뿐이었다. 그는 그녀에 대해 좀 더 자세히 알기 위해 인사 담당자를 불러 그녀가 어떻게 해서 자신의 비서로 발령받아 오게 되었는지 물었다. 그러자 담당자는 그녀가 그 업무에 적임자라 생각되어 그 자리에 앉게 되었다고 대답했다. 하지만 사장은 그의 대답을 들을 때 그가 말을 약간 더듬거리는 것을 느꼈다.

그래서 그가 이미 아는 척 그에게 다시 물었다.

"그녀를 소개한 사람이 누구입니까?"

그 말에 더 이상 숨길 수 없을 것 같다 생각한 그 담당자가 사실을 털어 놓았다.

"우리 자회사 사장입니다. 그녀는 그 분의 딸입니다."

그 말을 듣자 사장은 놀라지 않을 수 없었다. 그녀가 자신이 그토록 못마땅하게 생각한 자회사 경영인의 딸이었다니, 마치 뒤통수를 한 대 맞는 기분이었다.

사장이 다시 인사 담당자를 똑바로 처다보며 물었다.

"그런데 그 자회사 사장이 왜 자신의 딸을 제 비서로 앉히려고 한 거죠?"

"저, 그건 회장님께서 그렇게 하라고 지시하셨기 때문입니다."

"네? 회장님이요?"

"네. 저도 나중에 안 거지만, 회장님께서 자회사 사장에게 대학을 졸업하는 딸이 있다는 걸 알고서 그분에게 그녀를 사장님 비서실에 앉히는 게 어떻겠냐고 먼저 제안했다고 합니다. 그래서 그 자회사 사장이 우리에게 전화를 걸어 자신의 딸을 사장님 비서실에 들어가게 해달라고 부탁했습니다. 그리고 나중에 회장님께서도 저희 쪽에 직접 전화를 걸어 그런 지시를 내리셨고요."

그 말에 사장은 입을 다물지 못했다. 그건 더 이상 물어볼 것도 없이 회장이 그녀를 자신의 정탐꾼으로 세우기 위한 것이었다. 자기가 회장이 하려는 일에 걸림돌이 된다고 생각해, 그가 자기와 가장 가까우면서도 표 나지 않는 곳에 감시하는 사람을 심어 놓으려 했던 것이다. 그건 지난 번 재무 담당 이사가 사퇴하기 직전의 상황을 생각해 봐도 분명했는데, 그녀는 부르지도 않았는데도 그 이사와의 대화 도중 자기 방으로 갑자기 들어왔고, 또 전화도 회장 비서실에 하려다 잘못 걸어 자기에게 했기 때문이다. 정말 무섭고도 충격적인 사실이 아닐 수 없었다.

사장은 생각했다. 지금 오 회장은 잘못된 사람들과 친하게 지내며 스스로 인생을 망치고 있다고. 철없던 시절 친구를 잘못 만나 후회하는 인생길로 빠져드는 경우가 있는데, 지금 오 회장은 나이 들어 그런 길로 가고 있었다. 그가 나쁜 그들을 만나 잘못된 길로 가고 있든, 그들이 잘못된 오 회장을 만나 나쁜 길로 가고 있든, 그들 모두는 서로를 잘못 선택해 같이 잘못된 길로 가고 있었다.

그는 이 시점에서 자신이 할 수 있는 일이 무엇인지 생각해 보았다. 이미 자기 주위에는 적이라 할 수도 없는 적이 둘러싸고 있어, 혼자서 그들에게 대항하며 무언가를 바꿔보기는 불가능해 보였다. 솔직히, 그는 이 상황에 대항하기보다는 할 수만 있다면 피하고 싶었다. 자기편이 되어주는 사람은 아무도 없었고, 또 대항해 본다한들 자기에게는 아무런 유익함도 없었기 때문이다. 그는 단지 회장 밑의 사장이었고, 주주 아래 경영인일 뿐이었다. 자기가 나선다고 해결될 일은 아무것도 없었다.

그 후 그는 며칠을 고민하다 자신의 길을 선택했다. 자신의 책상에 앉아 자신의 의지를 표현한 글을 썼고, 그것을 다 쓴 뒤 깨끗이 정리된 책상 위에 올려놓았다. 사장으로서의 마지막 본분을 다하기 위해 그는 그날 오후에 열릴 이사회도 준비했다. 그는 이미 모든 결정을 끝낸 상태라 이제 그 무엇에도 연연할 것이 없었다.

시간이 되자 이사회가 개최되었다. 그는 자리에 조용히 앉아 한 달 전 한 명의 이사가 물러나면서 그 자리에 새로 들어온 이사가 회사 발전을 위해 최선을 다할 것을 약속하는 인사말을 들었다. 그의 말이 끝나자 그는 그가 정말 그렇게 해주기를 바라는 마음에서 그에게 박수로 응답했다.

그리고 그 순서가 끝나자 이사회가 바로 진행되었다. 그날 의결사항은 역시 자회사와 관련된 안건이었다. 그것은 그리 길지 않은 시간에 의결에 들어갔고, 한 사람만 아니었다면 이번에도 만장일치로 통과될 뻔했다. 역시 손을 들지 않은 사람은 사장 한 명뿐이었다.

의결이 통과되자 그는 바로 발언 기회를 요구했다. 그러자 모든 이사들은 이번에는 그가 어떤 식으로 오 회장에게 반기를 들고 나올지 불안해하며 그를 쳐다보았다. 하지만 오 회장은 그 상황을 이미 예상했는지 침착하기만 했다.

사장이 일어서서 말했다. 그의 목소리는 당당했다.

"저는 오늘 이 의결에 대해 반대의견을 표시했습니다. 만약 저까지도 동의를 했다면 이 의결은 이번에도 만장일치로 통과되어 의사록에 부끄럽게 기록될 뻔했습니다."

모두들 수군거리기 시작했다. 하지만 오 회장의 표정은 여전히 변함이 없었다.

"저는" 사장이 계속 말했다. "지난번에도 여러분과 다른 의견을 던졌습니다. 하지만 저 한 명의 반대 의견이다 보니 아무런 효과가 없습니다. 그렇다하더라도 그 의사표현이 전혀 효과가 없었으리라고는 생각지 않습니다. 여기 있는 이사님들 중에는 분명히 마음속으로 거기에 동의하는 분들이 있었으리라 믿기 때문입니다."

듣고 있던 이사들은 회장의 눈치를 살피기 시작했다. 그들은 사장이 갑자기 자기들도 그 반대의견에 동의했다며 끌어들이는 것 같아 마음이 편치 않았다.

사장이 계속 말했다.

"저는 우리 이사회가 존재하는 이유에 대해 이렇게 생각합니다. 회사의 업무집행에 관하여 올바른 결정을 내리고, 각 이사의 직무집행이 올바른지 감독해서 회사가 그 존재 목적에 합당하게 활동하도록 만드는 것이라고 말입니다. 다시 말해 이곳에서 올바른 결정을 내려 전체 회사의 경영이 수월하고 효율성 있게, 그러면서도 사회에 합당하게 돌아가도록 만드는 것이 이 이사회의 존재 목적이라고 생각합니다. 하지만 이 이사회가 정말 그런 역할을 담당했는지는 한번 생각해 볼 필요가 있을 것 같습니다. 왜냐하면 우리는 그동안 아주 소심했고 소극적이었기 때문입니다.

먼저 우리는 이사회 결의사항이 있을 때마다 올바른 결정을 내렸는지부터 살펴봐야 할 것 같습니다. 그것은 이사들 각자가 자기의 소신을 지키며 이 이사회에서 적극적으로 자기의 의견을 표명했는지를 확인하면 알 수 있을 것 같습니다. 하지만 그것은 모두 각자의 마음속에 들어 있는 것이라 겉으로만 봐서는 알 수가 없습니다. 그렇기 때문에 우리 모두가 사안의 내용을 깊이 짐작하고 있으면서도 그 짐작에 맞서기 위한 의사를 표명했는지를 보고서 판단하는 것이 좋을 것 같습니다. 그렇게 해도 무리는 아닐 것입니다."

오 회장을 제외한 듣고 있던 이사들 모두는 가슴이 모두 오그라드는 걸 느꼈다. 그들은 사장이 무슨 말로 자신들과 회장을 비난할지 겁이 났다.

"최근 2년 동안" 사장이 말했다. "우리는 이 회사의 자산에 관해 몇 가지 의결을 하였습니다. 그것은 주로 투자회사로 설립된 자회사가 피인수기업을 사들이는데 필요한 자금을 얻을 수 있도록 돕는 일들이었습니다. 여러분들도 알다시피, 그렇게 자회사가 인수한 기업들 대부분은 이미 무너져 내렸거나 지금 무너지기 일보 직전입니다. 어느 날 갑자기 건장한 체격의 남자가 쓰러지는 것처럼 말입니다. 사람이든 기업이든 문제가 없던 곳에 문제가 생기면 거기에는 반드시 이유가 있습니다. 아무런 이유 없이 단지 우연에 의해 그런 일이 일어날 수는 없기 때문입니다. 여러분은 혹시 그 이유가 무엇인지에 알고 계십니까? 저는 그 이유를 알지 못합니다. 하지만 그 책임의 발원지가 어디인지 정도는 정확히 잘 알고 있습니다. 바로 이 이사회가 그 발원지이기 때문입니다. 이사들은 각자에게 권한이 있으면서도 그것을 사용할 줄 몰랐고, 책임이 있으면서도 그 책임에 무감각했던 것입니다. 그러다보니 이런 일련의 사태에 방조자가 되고 말았습니다. 서는 여러분이 지금 두려워하고 눈치 보는 것이 무엇인지는 모릅니다. 그러나 만약 그 대상이 사람이라면 여러분은 시야를 너무 짧게 보신 겁니다. 지금 무서운 것은 무서운 것이 아니라 일시적인 착각일 뿐이…"

"집어치워!"

오 회장이 사장의 말을 끊고 나섰다. 그는 끝까지 침착히 대응하려했으나, 사장이 자신을 견주어 말하는 바람에 더 이상 참지 못하고 그에게 소리를 질렀다.

"지금 무슨 소리를 하는 거야! 누구 들으라고 그런 소리를 지껄이는 거야!"

오 회장의 분노를 본 이사들은 모두 겁먹은 자세를 취했다. 지금까지 그에게서 그렇게까지 화난 모습을 본 적은 없었기 때문이다. 그는 마치 새끼 잃은 사자가 울분을 토하듯 그런 분노를 표출하고 있었다.

"지금 이사회 결정에 대해 불만을 토로하는 거야? 이 사람들이 소신도 없이 내 눈치를 보며 의결했다고 나를 비난하는 거야? 네놈이 회사 경영을 얼마나 안다고 그런 소리를 지껄이는 거야? 오갈 데 없는 놈을 사장 자리까지 앉혀 놨더니 이제 와서 나를 욕해? 이런 은혜도 모르는 놈! 넌 깨끗해서 반대표를 던졌고, 다른 이사들은 더러워서 찬성표를 던졌단 말이냐? 네놈이 얼마나 깨끗해서 다른 사람들을 모두 비난하는 거야! 젊은 놈이 겁도 없이 이사회에서 입을 함부로 놀리다니, 네놈이야 말로 권한도 모르도 책임도 모르는 녀석이야! 어디서 건방지게 설쳐대는 거야!"

오 회장이 분을 참지 못하고 그렇게 말을 마음대로 내뱉자, 이사들은 시선을 모두 아래로 떨어뜨렸다. 잘못했다간 불똥이 자기들에게까지 튈까봐 두려웠던 것이다. 그들은 어서 빨리 그 상황이 종료되기만을 바랐다.

"여기 있는 이사들!"

오 회장이 이사들을 향해 고개를 돌렸다. 이사들은 이제 자기들에게도 불호령이 떨어지겠구나 생각하며 긴장하기 시작했다.

"사장의 말에 의하면 당신들은 생각도 할 줄 모르고 소신도 없는 사람들인데, 그럼 당신들은 정말 이 자리에 참석할 때마다 그런 바보 같은 짓을 했단 말이오? 누구 눈치나 살피면서?"

회장이 묻자 그들은 바늘방석에 앉은 듯 서로의 눈치만 살피며, 누구 하나 나서서 대답하려 하지 않았다.

"왜 대답이 없는 거요? 당신들은 정말 그런 명청한 짓을 했냐 말이오!"

그러자 그들이 일제히 입을 열어 부인하기 시작했다.

"아닙니다."

"그럴 리가 있겠습니까? 이런 중요한 자리에서…"

"전혀요."

"저는 제 판단에 따라 결정했습니다."

모두들 회장의 눈치를 살피며 기어들어가는 목소리로 대답했다.

"그런데 여기 있는 당신들 사장은 왜 아니라고 하는 것이오! 마치 내가 당신들을 조종한 것처럼 말이오."

오 회장은 다시 고개를 돌려 사장을 쳐다보았다.

"이봐, 장 사장. 갑자기 무슨 근거로 이 이사회를 싸잡아 비난하는 거야? 이 회사에 무슨 불만이 있어서 그런 소리를 지껄이냐 이 말이야! 어디 그 잘난 생각이 뭔지 한번 말해 봐!"

사장은 물러서지 않았다. 그는 피하지 않고 대답했다.

"저는 제가 잘났다고 생각해서 이런 소리를 하는 것이 절대 아닙니다. 단지 지금 이 회사의 돌아가는 상황이 예전 같지 않아 비난을 무릎 쓰고서라도 드리는 말씀일 뿐입니다. 회사가 잘못된 길로 가고 있는데 어찌 가만히 보고만 있을 수 있겠습니까?"

"회사의 길이 왜 잘못됐다는 거야? 잘 나가고 있는 회사에 무슨 그런 말도 안 되는 소리를 하는 거야?" 오 회장이 험한 인상을 쓰며 말했다.

"회장님께서 잘 된다고 하시는 기준은 단지 이 회사에는 아직 문제가 없다는 것뿐입니다. 하지만 그것은 착각입니다. 지금 이 회사의 자금이 어느 쪽으로 흘러들어가고 있는지 한번 생각해 보십시오. 그것이 지금 이 회사를 위한 진정한 투자에 흘러들어가고 있습니까? 아니, 그것은 지금 회사의 발전과는 진혀 관계없는…"

"뭐야!? 이, 이 놈이! 말이면 다 지껄여도 되는 줄 알아?"

오 회장이 사장의 말을 더 이상 듣지 않고 끊어버렸다. 그의 분노는 참을 수 있는 수준을 이미 넘어서 있었다.

"네놈이 지금 무슨 근거로 그런 소리를 하는 거야!? 지금 나랑 한번 해보자는 거야? 감히 네놈이 사람들 앞에서 나를 비난하고 나서다니. 이런 버르장머리 없는 놈!"

오 회장이 몸을 부들부들 떨었다. 잔을 움켜쥔 그의 손에는 힘이 들어간 것이 보였다.

"너 같은 놈은 이제 더 이상 이 회사에 있을 자격이 없어! 지금 당장 여기서 떠나! 내 눈 앞에서 완전히 사라져!"

하지만 사장은 오 회장의 그 말이 전혀 두렵지 않았다. 그는 지금 자신이 잘못하고 있다고 생각지 않았던 것이다. 오히려 누군가 한 번은 나서서 회장의 비리에 대해 질책해야 한다고 생각했다. 이런 일을 자신이 직접 하게 된 것이 많이 부담스럽긴 했지만, 그래도 용기 있게 말하는 것이 옳았다.

사장이 말했다.

"제 자리에는 이미 사직서가 올라가 있습니다. 저는 이 회사를 떠나는 것이 두렵지 않습니다. 단지 제가 두려운 건 이 회사가 위태로워지지 않을까 하는 것입니다. 회사는 한 개인의 소유물이 절대 아닙니다. 이곳은 많은 사람들의 삶이 연관되어 있는 생업의 터전 입니다. 그렇기 때문에 기업은 반드시 그 사람들의 삶까지도 고려하며 행동을 결정해야 합니다."

사장은 곧바로 고개를 돌려 앉아 있는 이사들을 향했다.

"여기 계신 이사님들, 저는 이제 더 이상 이 회사의 사장이 아닙니다. 하지만 여러분은 여전히 이 회사의 이사들입니다. 그러니 부디 여러분은 이 회사와 그 구성원을 위하는 진정한 길이 어떤 것인지 잘 생각하시고 행동해주시기 바랍니다."

"그만둬!" 오 회장이 소리쳤다.

하지만 사장은 계속했다.

"여러분이나 저나 힘없기는 마찬가지입니다. 그래서 여러분의 마음이 어떠한지는 저도 잘 알고 있습니다. 하지만 힘이 없다고 해서 계속 침묵만 하시면 나중에는 그 대가를 요구받게 됩니다. 잘못된 판단은 반드시 대가를 요구하기 때문…"

"그만두라고 했잖아!"

그 말과 동시에 사장 뒤쪽 벽에서 '퍽'하는 소리와 함께 유리잔이 깨졌다.

순식간에 사방으로 물과 파편이 튀었다.

"이 놈! 장윤호! 네놈이 감히…!"

오 회장이 사장을 무섭게 노려보며 그에게 손가락질 했다. 그 장면을 지켜본 이사들은 모두 두려워 겁을 잔뜩 집어먹었다. 그들은 거기서 무슨 더 큰 일이 벌어지지 않을까 걱정되었다.

"지금 당장 이 회사에서 떠나! 더 이상 내 눈에 띄지 마! 네놈이 다시 내 눈 앞에 보이는 날에는 내가 너를 가만 두지 않겠다."

오 회장은 떨리는 목소리로 그렇게 말하고 곧 회의장을 떠났다. 그의 뒷모습에서도 그의 진노가 느껴질 정도였다.

남은 이사들을 회장이 나가자 입을 굳게 다문 채 서 있는 사장을 쳐다보았다. 그의 얼굴에서도 무서운 기운이 느껴졌다. 하지만 그것은 그의 의지가 담긴 단호함일 뿐, 회장에게서 보이는 그런 분노는 아니었다.

그들은 그 무거운 정적 가운데 사장 뒤쪽으로 다시 시선을 돌렸다. 깨어진 유리 조각과 벽에서 흘러내리는 물이 보였다. 그것은 마치 두 사람 사이의 인연을 말해 주는 것 같았다. 더 이상 붙일 수도, 주워 담을 수도 없는 인연. 그 두 사람 사이의 관계는 그렇게 완전히 깨져 버린 것 같았다. 그들은 이제 자신들의 자리가 어떻게 될지 걱정되었다. 이 일로 자신들까지도 자리에서 물러나게 되는 건 아닌지, 그들은 자신들의 미래가 불안하기만 했다.

그들 사이에 다툼이 격렬하여 그들이 서로 갈라져 떠나니,
형제들이 바울을 하나님의 은혜에 맡기매…

— 사도행전 15: 39~40

19

그는 다시 장윤호로 돌아왔다. 그 어떤 사회적 지위도 명예도 없는 평범한 사람으로. 그는 한때는 잘 나가다 완전히 추락해 버린 야구선수였고, 또 한때는 특급 승진한 유명기업 사장이었다. 하지만 지금은 모두 연기처럼 사라져버렸고, 과거의 상처와 영광에서 벗어난 구직자일 뿐이었다.

그의 지나온 10여 년의 시간을 되돌아보면 굴곡의 연속이었다. 예정된 길이라고 믿었던 곳에서 벗어나 미처 몰랐던 세상에 내몰려야 했고, 그러면서 해결해야 할 장애물들을 계속 마주해야 했다. 문제들이 나올 때마다 그것을 어떻게 막아야 하는지도 모르면서 막아냈고, 또 그것들은 어떻게 대처하다보니 사라졌다. 산이 나타나면 헐떡거리며 넘었고 강이 나타나면 숨을 참으며 건넜다. 어떤 해결책을 찾아놓고서 간 것이 아니라 가면서 방법을 만들었고 쉬면서 길을 뚫었다. 갈림길 앞에서는 누구 하나 길을 지시해 주는 사람이 없어 고민 끝에 길을 선택했고, 그 안에서 새로운 길을 만들어 나갔다. 다른 길로 접어들었더라면 다른 방법으로 대처했겠지만, 어차피 다른 길을 선택했더라도 같은 문제를 만날 건 뻔했기 때문에 후회 없이 앞으로만 나아갔다. 어느 것 하나 분명한 게 없었지만 가면서 분명해 졌고, 뒤돌아보니 자신의 길이었다.

그는 지나온 길을 되돌아보며 인생이 고통스럽고 길이 보이지 않아 죽을 것만 같아도 매 순간 적당한 때마다 길이 열린다는 것을 느꼈다. 비록 그것은 눈에 보이지 않게 은밀하게 열리는 경우가 많았지만, 그래도 피할 길은 준비되어 있다는 것을 경험했다. 그는 이번에도 그런 길이 있으리라 확신했다. 지난 경험에 비추어보면 분명했기 때문이다. 인생은 생명과도 같아서 정해진 때가 되기까지는 절대 죽는 법이 없었다. 지금의 위치가 어디든 그것은 결국 제 갈 길을 찾게 되어 있었고, 그 길에 서면 지나온 여정을 되돌아보며 그 의미를 생각해 보게 되어 있었다.

그는 회사를 나온 후 한동안 일자리를 구하지 않았다. 대신 숨 가쁘게 달려온 시간동안 놓쳤던 것들에 관심을 가져보았다. 몇 달 동안 혼자 차를 몰고 여행을 다니기도 했고 취미로 낚시도 즐겨보았다. 때로 높은 산에 오르기도 했고 잠시 그림을 배워보기도 했다. 악기를 좀 다뤄볼까 해서 바이올린을 잠시 손에 대기도 했지만, 그것은 타고난 소질이 없어 빨리 포기해 버렸다.

그렇게 그는 이런저런 할 만한 것들을 생각해 놓고 마음이 가는 것들에 조금씩 손을 대었다. 비록 거창한 일은 아닐지라도 그런 것들을 해보고 안 해보고는 훗날 많은 차이가 있을 것 같아서였다.

하지만 시간이 지나자 조금씩 싫증나기 시작했다. 그것들은 지금처럼 잠시 시간이 생겼을 때 해보면 좋은 것일 뿐, 지속적인 목표로 삼기는 힘들었던 것이다.

그는 반 년간의 그런 자유로운 생활을 정리하고 새로운 길을 찾기로 마음먹었다. 아직 한창 일해야 할 나이에 계속 그런 식으로 시간을 보내기는 너무나 아까웠다.

그는 어떤 일을 해야 할지 생각해 보았다. 지금까지 걸어온 것처럼 직장을 구할 것인지, 아니면 가게라도 차려 자기만의 사업을 시작해 볼 것인지 자기 길을 여러 분야에서 찾아보았다. 하지만 어느 것이 자기의 길이라고 분명히 지시하는 것은 없었다.

일단 그는 차를 타고 매일 도시 속 여기저기를 돌아다녔다. 전시장도 돌아다녔고 행사장도 돌아다녔다. 큰 곳도 찾아다녔고 작은 곳도 찾아다녔다. 비록 자기가 잘 알지 못하는 분야라 해도 그는 재미삼아 찾아다녔고 거기서 새로운 길을 생각해 보았다.

그러던 어느 날씨 좋은 여름날, 그는 한 미술관으로 향했다. 아는 사람들은 그곳을 '세상에서 가장 예쁜 미술관'이라고 불렀는데, 상쾌한 공기, 아름다운 경치, 한적한 공간 외에도 그곳에는 그 자체로서 예술품이라 할 만한 건물과 정원이 있었기 때문이다.

차를 몰고 주택들이 여유롭게 자리 잡은 길로 들어서니 도심과는 다른 분위기가 느껴졌다. 산 아래에 있는 곳이라 역시 공기가 완전히 달랐다. 그곳에서 좀 더 올라가니 좀 전 보다 더 한적한 공간이 나타났다. 앞으로는 나무들이 우거져 있었고 뒤로는 지금까지 올라온 길이 훤히 내려다 보였다. 다른 곳보다는 약간 높은 곳이라 그냥 걸어오긴 부담스러웠지만, 일단 도착해서 그곳 경치를 감상하면 그런 생각이 싹 가실 만큼 아름다운 곳이었다. 이런 곳에 누가 미술관을 지을 생각을 했는지 정말 궁금하지 않을 수 없었다. 도시 안이지만 굉장히 은밀하게 보존된 곳이라 많은 사람들이 찾아오기는 힘들 것 같은데 이런 곳에 미술관을 지을 생각을 한 걸 보면, 아마 미술에 정말 관심이 있는 사람들만을 위해 지은 것 같았다.

그는 확 트인 주차장에서 내려 미술관 건물 쪽으로 걸어 올라갔다. 푸른 이끼가 낀 자연석 계단 밟는 느낌이 푹신했다. 계단 위로 완전히 올라서니 지금까지는 보이지 않던 정원이 나타났다. 알록달록한 여름 꽃과 푸른 잎들이 싱그럽게 어우러져 보는 이의 가슴을 한없이 감동시켰다. 그는 잘 가꾸어진 그 정원을 보며 이곳이 도시 안에 자리 잡은 미술관이라는 생각을 잠시 잊었다.

그는 돌이 깔린 바닥을 천천히 걸으며 정면에 마주하고 있는 건물을 올려다보았다. 멋진 외벽은 잘 다듬어진 돌로 이루어져 있었고, 그 외벽에는 넝쿨식물들이 푸른 색종이처럼 무성하게 자라고 있었다. 출입문 양 옆으로는 사람 조각상 두 개가 정면을 바라보며 서 있었는데, 그것들은 눈가에 웃음을 머금은 채 두 팔을 벌리고 서 있어, 마치 그곳 방문객을 환영하는 듯 했다. 그는 그 건물을 바라보며, 어쩌면 여기는 깊은 숲 속 왕이 사는 성이 아닌가 하고 느꼈다. 비록 웅장함에 있어서는 거기에 못 미친다하더라도, 풍겨 나오는 분위기는 결코 거기에 뒤지지 않는 모습이었다.

그는 잠시 미술관 전경을 감상하다 건물 안으로 들어섰다. 안에서는 조용한 음악이 흐르고 있었는데, 누구 하나 듣는 사람은 보이지 않았지만 깊은 클래식 음악은 잔잔한 물결처럼 위에서 흘러 내려오고 있었다. 마치 주인 없는 집에 몰래 들어온 느낌이 들었다.

그는 출입문 앞에서 서서 잠시 내부를 둘러보았다. 위로는 3층까지 공간이 시원하게 뚫려 있어 건물 천장이 바로 보였다. 그 뚫린 공간의 좌우로는 각각 두 개의 난간이 아래위로 있었는데, 2층과 3층이 동일한 모양이었다. 그곳에서 태양빛의 조명이 퍼져 나와 윗공간을 선명하게 비추고 있었기 때문에, 흰 색으로 칠해진 벽은 잡티 하나 없는 어린 아이 피부처럼 깔끔하게 보였다. 게다가 아래쪽 어디선가 옅게 들어오는 자연 채광 때문에 그 내부 분위기는 아주 생동감 있게 보였다.

그는 그 빛이 어디서 들어오는지 살펴보았다. 출입문에서 맞은 편 양쪽으로 열린 공간이 보였는데, 아마 거기서 들어오는 것 같았다. 그는 그곳으로 천천히 걸어가 왼쪽을 돌아보았다. 문이 하나 있었는데, 아마 이곳 관리인이 사용하는 공간인 듯 했다. 그는 다시 오른쪽으로 돌아보았다. 마주보는 벽 쪽으로 외부와 통하는 문이 하나 보였다. 문 위쪽 투명 유리창에서 은색의 빛이 들어오고 있었는데, 외부와 통하는 문인 것 같았다. 그는 그곳으로 한번 나가보기로 했다. 이곳을 한번 찾아 온 사람들 말에 의하면 이 미술관에는 실내 전시실보다 더 멋진 전시실이 밖에 있다고 했는데, 아마 저곳이 거기로 통하는 문인 듯 했다. 그는 복도같이 생긴 그 공간을 따라 조용히 걸었다. 문 앞에 다다르자 손잡이를 돌려 문을 살짝 밀었다. 그러자 현관처럼 생긴 공간이 보였는데 시원한 공기가 상쾌하게 들어왔다. 그는 문을 좀 더 밀어 그곳으로 발을 내디뎠다. 몸을 돌려 왼쪽을 바라보니 생각지도 못한 핑경이 펼쳐져 있었다.

그것은 정말 어떻게 표현해야 할지 몰랐다. 아마 가장 어울리는 단어가 있다면 동화라 해야 옳을 것 같았다. 어릴 적 그림책에서 보던 동화 같은 정원이 펼쳐져 있었기 때문이다. 그곳은 정말 요정이 날아다닐 듯 했고 예쁜 사슴이 뛰놀 듯 했다. 지금까지 누구 하나 손대지 않았던 곳 같았고, 그렇기 때문에 앞으로도 손을 대면 안 될 곳 같았다. 정말 아름답고 예쁜 정원이었다.

　그는 감동한 표정으로 그 정원을 찬찬히 살펴보았다. 작게 만들어진 길 양쪽으로 각양각색의 꽃들이 심겨져 있었는데, 몇 가지 색인지 모를 정도로 꽃들은 마치 수채화처럼 펼쳐져 있었다. 그리고 그 꽃들은 길을 따라 양쪽으로 연속적 무늬를 만들어내며 작게 지어진 오두막으로 이어졌는데, 그 오두막은 마치 할아버지 수염처럼 잎이 무성한 나무 그늘 아래 있어 마치 그 안에 있는 누군가를 위해 시원한 공기를 만들어 주려는 듯 했다. 다시 그곳에서 눈을 돌려 왼쪽을 바라보면 길이 계속 이어지는 것을 볼 수 있었다. 그 길은 양쪽에 잘 다듬어진 초록의 정원수들로 인도되어, 그 속을 걸으면 마치 호위병들의 호위를 받으며 걷는 느낌이 들 것 같았다. 그 길을 좀 더 지나면 두 사람이 나란히 걸으면 딱 좋을 만큼 아담한 연분홍 장미터널이 나타났다. 그 양 옆과 위로 피어난 장미꽃들이 어찌나 싱그럽고 화사한지 마치 반짝이는 별들을 거기에 붙여놓은 것 같았다. 비록 그 것은 사람에 의해 만들어진 표가 나긴 했어도 정말 아름답고 순수한 자태였다. 그는 그 화려한 터널을 보며 동화 속 공주를 떠올렸다. 그 빛깔이 너무나 아름답고 부드러워 아름다운 공주가 지나가면 정말 잘 어울릴 것 같았다.

　그렇게 그 길은 장미동굴을 통과한 후 다시 흐드러지게 피어있는 두 번째 꽃밭을 통과했다. 그 꽃무더기는 세 가지 색의 꽃들이 이국적 분위기를 물씬 풍기며 피어 있었는데, 그것들은 긴 나무통에서 흘러나오는 물에 의해 일정한 속도로 돌아가는 조그마한 물레방아로 다시 이어졌다. 마치 그림을 보는 듯 했고, 살아있는 동작이 그 그림 속에 들어가 있는 듯 했다.

　그렇게 그 길은 한 바퀴를 완성해서 그가 서 있는 곳으로 다시 되돌아왔다. 이 모든 광경이 푸른 담쟁이 식물을 옷 삼고 있는 높다란 담벼락에 둘러싸여 있어, 마치 아름다운 성 안의 왕을 위한 공간 같았다. 그는 그 정원을 보니 이곳을 방문하는 사람들이 왜 이곳을 세상에서 가장 예쁜 미술관이라 말하는지 알 것 같았다. 미술관 내부에서 보다 이곳 바깥에서 더 아름다운 작품을 보았기 때문일 것이다.

그는 밝은 태양 아래 화려하게 빛나고 있는 그런 정원을 보자, 그곳에 한 번 들어가 보고 싶은 생각이 들었다. 여기까지 와서 이렇게 아름다운 예술품을 감상하지 않고 간다면 정말 의미 없는 방문일 것 같았다. 그는 길이 시작되는 꽃밭을 바라보며 한 발을 내디뎠다.

그때, 누군가의 목소리가 저 왼편에서 들려왔다. 가늘고 부드러운 여자 음성이었다.

"어떻게 오셨나요?"

그는 내디딘 한 발을 뒤로 물려 목소리가 나오는 쪽으로 돌아보았다. 조금 전 자신이 걸어왔던 복도에서 젊은 한 여자가 걸어오고 있었다.

"저, 잠시 여기를 구경하려고 하는데요." 그는 자기 쪽으로 걸어오는 여자를 쳐다보며 대답했다.

"죄송하지만 여기는 당분간 들어갈 수 없어요. 손을 봐야 할 곳이 좀 있거든요." 여자가 문 앞까지 다가와 말했다.

"아, 그런가요? 너무나 아름다워서 한번 걸어보려고 했는데…" 그가 아쉬운 투로 말했다.

"어쩌죠? 일주일 정도는 있어야 다시 구경할 수 있을 것 같은데요. 대신 안에 전시된 작품들을 한번 감상해 보세요. 거기도 좋은 것들이 많거든요." 여자가 남자를 보며 밝은 음색으로 말했다.

"그래요?" 그가 여자의 얼굴을 유심히 쳐다보며 대꾸했다. 느낌이 좀 이상했다.

"아, 참. 여기를 어떻게 이용하는지 한번 물어보려고 했는데. 혹시 입장권 같은 건 구입 안 해도 되나요?" 그가 그녀를 바라보며 물었다.

"네. 입장권은 따로 구입 안 하셔도 돼요. 내신 관람하고 돌아가실 때 2층에 마련된 모금함에 약간의 기부금만 넣어주세요."

"기부금이라고요? 어디에 기부하는 거죠?" 그가 여자와 좀 더 대화하고 싶어 물었다.

"아, 그건 여기 미술관에 작품을 전시한 화가들 중에 아직 자립하지 못한 화가들을 위해 기부하는 거예요. 실력은 있지만 아직 작품들이 잘 알려지지 않아 생계에 곤란을 겪는 화가들이 좀 있거든요. 그래서 그들을 후원하기 위한 기부금이에요." 여자가 상냥하게 대답했다.

"아, 그렇군요."

남자는 시간을 좀 더 끌고 싶었지만 더 이상 할 말이 생각나지 않았다.

"2, 3층이 모두 전시관인데 작품들은 거기서 감상하시면 돼요. 그럼 즐기시다 돌아가세요."

그녀는 곧 뒤돌아서서 반대쪽을 향해 걸어갔다.

윤호는 그녀가 걸어가는 뒷모습을 바라보았다. 등까지 내려온 긴 생머리에 푸른빛이 감도는 원피스차림의 그녀는 좀 전 장미 터널을 볼 때 떠오른 공주 같았다.

그는 아쉬운 마음이 들었지만 정원을 눈으로만 한 번 더 감상하고 그곳에서 나왔다. 여자가 말해 준대로 그는 곧바로 2층 전시실로 향했다. 출입문 왼쪽으로 난 계단을 따라 2층 전시실로 올라가니 확 트인 공간이 나타났다. 벽을 따라 그림들이 여럿 전시되어 있었는데, 밝은 조명들이 걸려있는 작품들을 비추고 있어 그 색이 실제보다 더 선명하게 보였다.

그는 왼쪽부터 그림들을 감상하기 시작했다. 걸려있는 작품들은 모두 풍경화였는데, 거기에 걸려 있는 처음 몇 개의 그림만 자세히 본 후 그는 걸음을 좀 더 빨리해서 걸었다. 그의 눈에는 그것들이 가치 있게 보이지 않았던 것이다.

벽을 따라 마지막으로 전시된 그림까지 오니 그 옆으로 통로가 하나 보였다. 마치 학교 다닐 적의 교실 복도 같은 느낌이 들었다. 그는 그곳으로 한번 들어가 보았다. 긴 복도가 건물 끝에서 끝까지 길게 이어져 있었다. 앞쪽 벽에는 몇 개의 작은 창이 나 있는 것 같았는데, 그것들은 두꺼운 커튼으로 완전히 가려져 있어 빛이 거의 들어오지 않았다. 아마 작품 감상을 위해 그렇게 차단해놓은 듯 했다.

그는 복도를 따라 오른쪽으로 걸었다. 스무 걸음쯤 걸으니 방금 들어올 때와 같은 통로 하나가 더 나타났다. 그 통로 쪽으로 방향을 틀어 들려다 보니 좀 전 전시실과 마주보는 또 다른 전시실이 나타났다. 2층 두 개의 전시실이 그렇게 그 복도를 통해 연결돼 있었던 것이다.

그는 그 전시실로 나와 다시 그곳에 전시된 작품들을 살펴보았다. 이곳에는 인물화만 걸려 있었는데, 역시 감동은 느껴지지 않았다. 그는 그 작품들을 보며 이것들을 과연 왜 전시할까 생각했다. 비현실적인 얼굴에 아름답지도 않은 모습을 보면 보는 사람의 마음도 즐겁지 못한데, 그런 그림을 화가들은 예술이라며 그린다는 사실이 그는 좀처럼 이해가 되지 않았다. 그는 이번에도 속도를 높여 그림들 앞을 빨리 지나갔다.

그런데 그림들을 반쯤 통과할 때쯤, 아래쪽에서 발걸음 소리가 들려왔다. 아까 1층에서 들었던 것과 비슷한 구두소리였다. 그 소리는 점점 커지더니 계단 밟는 소리로 변해 들려왔다. 그가 있는 전시실 쪽으로 올라오는 것 같았는데, 그 소리를 듣자 그의 가슴이 갑자기 떨리기 시작했다. 좀 전 1층 현관에서 느낀 아쉬움이 이제는 알 수 없는 설렘으로 다가오고 있었다.

그는 어떤 자세를 취하고 있어야 하나 생각했다. 팔짱을 끼고 있어야 할까? 턱을 손으로 바치고 있어야 할까? 아니면 두 손을 앞으로 정중히 모은 채 그림만 뚫어지게 처다보고 있어야 할까? 발소리는 점점 커져 오는데 어떤 자세를 취해야 할지 몰라 그는 짧은 시간동안 그 모든 동작을 다 연습해 봤다. 일단 팔짱을 낀 채 그림을 보는 척 자세를 잡았다.

곧 구두소리가 같은 층에서 들려왔다. 그러자 그는 갑자기 자세를 바꿔 팔짱 낀 두 팔 중 하나를 풀어 턱 아래로 가져갔다. 지금 생각해 보니 그 자세가 가장 좋을 것 같았던 것이다. 그는 손으로 턱 끝을 잡고 작품을 감상하는 척 했는데, 마치 작품에 깊이 빠져 있는 사람 같이 보였다.

곧 누군가 그에게 다가와 낮은 목소리로 말했다.

"서…"

여자 목소리였지만 그는 못 느낀 척 계속 그림만 바라보았다. 무척 떨리는 순간이었다.

"저, 죄송한데요…"

여자가 다시 한 번 더 그에게 말을 걸자 그가 깊은 감상 중에 그 목소리를 알아들은 척 천천히 돌아섰다. 역시 그의 눈앞에는 조금 전 그 여자가

서 있었다. 그의 심장이 더 빨리 뛰기 시작했다. 몸에서는 이상한 전율도 느껴졌다.

"아, 네." 그가 대답했다.

목소리가 갈라져 나와 순간 부끄러운 마음이 들었지만, 여자는 아무렇지 않은 듯 그에게 말했다.

"제가 아까 말씀을 안 드렸는데요. 오늘부터 미술관 일부를 수리해야 해서 관람시간이 조금 조절됐어요. 원래는 6시까지 관람해도 되지만 오늘은 공사 일정 때문에 30분 후에 여기를 닫으려고 해요."

그는 그녀의 말하는 모습을 보고 넋을 잃었다. 그녀의 움직이는 입술이 어찌나 예쁘던지, 지금까지 보아온 그 어떤 입술하고도 비교가 되지 않았다. 그것은 그녀의 얼굴 중에 따로 살아 숨 쉬는 또 하나의 생명체라 해도 될 것 같았다.

하지만, 그 때문에 그는 그녀가 한 말을 제대로 이해하지 못했다.

"아, 그래요? 6시 30분에 마친다고요?"

여자는 좀 전 1층에서 볼 때까지만 해도 괜찮던 남자가 갑자기 엉뚱한 소리를 하자 그가 혹시 청력이 약한 사람이 아닌가 하고 생각했다.

그래서 그녀가 좀 더 크게 말했다.

"아니요. 30분 후면 미술관 관람이 끝난다고요."

그녀가 목소리를 높여 말하자 그는 곧바로 정신을 차렸다. 그녀의 입술에 빠져있는 동안 그녀가 한 말을 정확히 알아듣지 못했던 것 같았다. 그는 좀 전 상황을 빨리 바로 잡기 위해 일단 혼잣말부터 했다.

"아, 30분은 무척 아쉬운데! 이 작품들은 꽤나 심오해서 시간을 좀 더 들여서 봐야 할 것 같단 말이야."

그가 다시 여자를 보며 말했다.

"아, 제가 작품에 좀 빠져있느라 제대로 알아듣지 못한 모양이로군요. 죄송합니다. 작품에 집중하다보면 가끔 그럴 때가 있습니다."

그 말을 들은 여자는 부드러운 표정을 지어보였다.

"아, 그러셨군요. 미술 쪽에 관심이 많으신 분인가 봐요. 그림을 정말 열심히 감상하시네요."

여자의 그 말에 그는 조금 당황했지만 차분히 대응했다.

"뭐, 그냥 생활의 일부분이죠. 인간이 그리는 작품에는 많은 사상들이 내포되어 있어 깊이 고찰해보면 우리 삶에 도움 되는 부분이 참 많거든요."

그는 거기까지 말하고 나니 그 뒤가 고민되었다. 난생 처음 해보는 말이라 어떻게 짜맞추어나가야 할지 몰랐던 것이다. 하지만 그녀가 거기서만 끝내주면 아무런 문제가 없었다.

"어머, 작품을 철학적으로 감상하시네요. 예전에 어떤 교수님도 그러셨는데."

하지만 상황은 바라던 대로 되지 않았다.

"아, 그런가요?" 그가 말했다. "그 분도 저와 생각이 비슷하신 분인가 보군요."

그는 거기서 그 정도로 끝나길 바랐다.

"그런가 봐요. 그 분은 그림에서 인간의 한계와 가능성을 동시에 배운다고 하셨어요."

하지만 그녀가 더 어려운 걸 말해버렸다.

그는 일단 가볍게 받아 넘겼다.

"그 분은 그런 관점에서 보시는군요. 저도 그런 걸 가끔 느끼긴 합니다."

"그럼, 그 외에도 또 느끼시는 게 있나 봐요?"

"네?"

말을 잘못 해버린 것 같았다. 그런 질문이 나올 줄은 생각지도 못했다.

"네. 뭐릴까?"

그는 무슨 말을 해야 할지 몰랐다.

"음… 그러니까…"

말을 더듬기 시작했다.

"하, 예술은 역시 이렇게 설명하기가 곤란하다니깐…. 음, 그래. 이렇게 말하면 되겠군요. 음… 그러니까, 논리적이지 않고 계산적이지 않은 인간의 감성이, 음…"

그의 등에서 식은땀이 나기 시작했다. 처음부터 길을 잘못 든 것 같았다. 그냥 짧게 끝내고 말 걸. 그는 후회하기 시작했다.

"예술 작품에는 들어 있기 때문에, 음…"

창작의 고통이 그를 짓눌렀다.

"작품을 깊이 감상하다 보면, 음…"

죽을 것만 같았다.

"인간의 연약함과 두려움을 동시에 느낄 수 있죠."

드디어 완성했다. 마지막 부분이 좀 마음에 들지 않았지만, 그래도 그런 대로 괜찮아 보였다. 대신 그녀가 다시 물어보지 않으면 좋을 것 같았다. 무슨 말을 했는지 도저히 기억이 나지 않았다.

"우와! 정말 그림을 깊이 있게 보시네요."

그녀가 의외로 좋은 반응을 보였다. 그것이 윤호의 즉흥적인 대답이었음을 그녀는 전혀 알지 못하는 것 같았다.

"그냥 취미 생활 정도로만 하고 있습니다. 하하."

이제야 그의 입에서 웃음이 나왔다. 하지만 이제 더 이상은 그녀가 물어보지 않으면 좋을 것 같았다.

"취미 생활이라고 하기엔 수준이 꽤나 높은 것 같은데요." 그녀가 그의 웃는 모습을 보며 밝은 얼굴로 말했다.

"뭐…"

그는 그녀의 말에 잘못 대꾸했다간 다시 곤경에 빠질 것 같아 말을 줄였다.

"그냥, 그렇죠."

그는 웃는 얼굴로 어깨를 한번 으쓱이며 이렇게 짧게 말하고 말았다.

그러자 그녀가 그를 잠시 쳐다보다가 말했다.

"그럼 아직 30분정도 남았으니까, 그때까지 좀 더 감상하시다 돌아가세요."

그녀가 돌아서려고 하자 그는 갑자기 아쉬운 마음이 들었다.

"저, 잠시만요." 그가 그녀를 붙잡았다.

"네?"

그녀가 돌아서려다 다시 그를 쳐다보았다.

"기부금은 어디에 내면 되죠? 2층에 모금함 같은 건 안 보이던데요."

그는 사실 기부에는 관심이 없었다. 이런 그림을 그리는 사람들에게 기부금을 내는 것이 과연 옳은 것인지 의심이 될 정도였다.

"아, 그건 저기 있어요."

그녀가 그쪽 전시실 한 가운데 있는 도자기를 가리켰다.

"아, 저게 모금함이었군요." 그가 그녀가 가리키는 것을 보며 말했다. "저는 저기 멋진 도자기 하나가 놓여 있길래, 무슨 공예작품을 전시해 놓은 줄 알았어요."

사실 그건 그의 눈에 방금 들어 온 것이었다. 어찌 보면 휴지통 같기도 한 것이, 미술에 관심이 없는 그의 눈에 바로 들어 올 리가 없었다.

"자, 오늘은 멋진 작품들을 많이 감상했으니 기부금을 좀 내야겠군!" 그가 여자에게 들리도록 말했다. "그런데 사람들은 기부금을 보통 얼마나 내나요?"

그녀가 대답했다.

"일정하지는 않아요. 좋은 작품을 감상했다고 생각하는 사람들은 많이 내고, 그림 쪽에는 별 관심이 없는 사람들은 적게 내고. 뭐 그때마다 다 달라요."

그녀의 그 말에 그는 과연 얼마를 내면 그녀에게 부끄럽지 않을까 생각했다. 좀 전 자기가 그림에 대해 무척 깊이 아는 것처럼 말했으니 적은 금액을 넣었다간 자신의 정체가 탄로 날 것 같았다.

그는 주머니에서 지갑을 꺼내 모금함으로 걸어갔다. 모금함 앞에 다다르자 그는 지갑에서 돈 나오는 것이 보이도록 약간 비스듬히 서서 그녀가 보기를 원하며 지갑에서 최고 금액의 지폐를 꺼냈다. 그리고 그것을 공중으로 약간 높이 들어 올려 조금 느린 동작으로 도자기에 집어넣었다. 그는 곧바로 몸을 자연스럽게 틀어 다시 그녀 쪽을 쳐다보았다. 자신의 뛰어난 눈

감각으로 판단하건데, 그녀는 분명 자기가 모금함에 지폐를 넣는 것을 보았다. 그것도 최고 금액의 지폐를. 그는 뿌듯한 마음이 들었다.

그가 다시 그녀 앞으로 다가가 섰다.

"작품에 값을 매기기가 좀 그래서, 가난한 작가들 후원 차원에서 약간 넣었습니다." 그가 물어 보지도 않은 말을 자랑스레 꺼냈다.

"감사합니다. 후원 받는 화가들에게는 많은 도움이 될 거에요."

그 말에 그는 마치 어린 아이가 심부름을 잘해서 엄마한테 칭찬 받듯 속으로 기뻐했다.

"아니에요. 이 정도로 후원이 들어와서야 화가들이 작품 활동을 제대로 할 수 있겠어요? 더 많은 사람들이 여기에 동참해야죠. 그래야 좋은 작품들이 많이 나오지요. 아무튼 조금이라도 도움이 되었으면 좋겠네요."

그가 그렇게 말하자 그녀가 빙긋이 웃었다.

하지만 그는 더 이상 할 말이 없었다.

잠시 어색한 침묵이 흐르자 그녀가 말했다.

"그럼 전 이만 가 볼게요. 좋은 시간 보내세요."

그 말에 그의 가슴이 갑자기 아려오기 시작했다. 그녀를 떠나보내기가 너무 아쉬웠던 것이다. 그는 다른 말로 잠시나마 그녀를 더 잡아보려 했지만, 더 이상 그녀에게 할 말이 생각나지 않았다. 어쩔 수 없이 그녀를 보내야만 할 것 같았다.

그녀는 곧 뒤돌아서서 올라왔던 계단을 향해 걸어갔다. 그는 그녀의 모습을 놓치지 않기 위해 끝까지 그녀에게서 눈을 떼지 않았다.

그때, 그녀가 갑자기 뒤돌아보았다. 그는 얼른 눈을 딴 곳으로 돌렸다.

"저, 다음 주 수요일이면 공사가 모두 끝나요. 미술관은 그때 다시 개관하려고 하는데 오늘 감상 못하신 작품은 그때 와서 다시 감상하셔도 돼요."

그 말에 그는 꺼져가는 등불에 다시 기름이 공급되는 것처럼 터질 듯한 기쁨을 느꼈다. 하지만 겉으로는 표내지 않았다.

"수요일이라? 다음 주는 무척 바쁠 것 같은데…." 늘 한가한 그가 말했다.

"뭐, 그때 가서 시간이 되면 다시 한 번 들리도록 하지요."

여자는 눈가에 웃음을 지으며 다시 돌아섰다. 구두소리는 계단 아래를 완전히 벗어나 점점 작아졌다. 이제 2층 전시실에는 그만 홀로 남게 되었다.

그러자 그는 두 팔을 벌려 만세를 외쳤다. 비록 입으로는 소리를 내지 않았지만 그의 표정은 포효하는 사자 같았다. 그는 사람 없는 전시실에서 다리를 떨고, 팔을 돌리고, 폴짝폴짝 뛰기도 하며, 이리저리 전시실을 누비고 다녔다. 관객 없는 무대에서 한 춤꾼이 새로운 몸짓을 연습하는 듯 했다. 그는 그렇게 이 세상 모든 것을 얻은 듯 그 곳 전시실을 휘젓고 다녔다.

잠시 후 그는 춤을 멈추었다. 그의 이마에는 땀방울이 송골송골 맺혀있었다. 그는 정신을 차리고 다시 그녀의 말을 상기했다.

'다음 주 수요일에 꼭 오세요.'

그녀의 말은 꼭 그렇게 들렸다.

그는 수요일까지 무엇을 하며 기다릴까 생각했다. 그날까지 마치 백 년은 걸릴 듯 했다.

무슨 옷을 입을까? 몇 시쯤에 오면 될까? 그날 방문객이 많으면 어떡하지? 그는 부푼 마음을 억제하지 못하고 그날이 빨리 오기만을 기대했다.

그는 마음을 가다듬고 옷매무새를 정리했다. 그런 후 다시 원래 모습으로 계단을 내려왔다. 마치 걸작을 감상하고 온 듯한 사람처럼 보였다. 그는 1층 복도에 서서 그녀가 들어갔을 곳을 유심히 쳐다보았다. 그녀가 저기 너머 있을 거라 생각하니 가슴이 떨려왔다. 잠시 그곳을 쳐다보며 그는 좀 전 본 그녀의 얼굴을 떠올렸다. 정말 가슴 뛰는 모습이었다.

곧 그는 돌아서서 미술관을 나왔다. 정면에서 보는 그 건물은 징말 멋있어 보였다. 하지만 그보다 더 멋진 것이 저 안에 있었다. 비록 오래 감상하지는 못했지만 무척이나 아름답고 설레는 예술품이었다. 그는 그 건물을 마주보며 속으로 이렇게 외쳤다.

'기다려요, 공주! 내가 반드시 당신을 구하러 오리다. 보고 싶더라도 꼭 참아야 해요. 나도 그럴 테니!'

그는 잠시 마음속으로 무언가 중얼거린 후, 이내 몸을 돌려 주차장으로 향했다.

주 하나님께서 이르시되,
남자가 홀로 있는 것이 좋지 못하니
내가 그를 위하여 합당한 조력자를 만들리라 하시니라.

— 창세기 2: 18

20

여섯 날이 지났다. 그녀를 보기 위해서는 아직도 하루를 더 기다려야 했다. 지금까지 기다려 온 시간도 길었는데 남은 하루는 더 길게 느껴졌다.

그는 그동안 단 한번 밖에 본 적 없는 그녀가 잘 기억나지 않을까 싶어 그녀를 계속 생각했다. 그녀가 입었던 푸른색 원피스. 등까지 흘러내리던 긴 생머리. 그녀가 말할 때 움직이던 분홍빛 입술. 그는 그녀에 대한 기억을 할 수 있는 한 최대한 들추어내 음미했다.

하지만 시간이 지남에 따라 그녀의 모습은 조금씩 옅어져갔다. 선명했던 그녀의 얼굴은 어느새 비슷한 모습의 여자 얼굴로 변해갔고, 말할 때 내던 그 청아한 목소리도 이랬든가 저랬든가 애매하게 들리기 시작했다. 그는 그녀만 생각하면 마음이 설레고 기분이 좋았지만, 그녀의 모습이 모래 위 그림처럼 서서히 사라지자 그 설렘도 조금씩 잦아드는 걸 느꼈다.

그러자 그는 그녀가 어떤 사람일까 생각하며 그녀에 대한 생각을 이어갔다. 미술관에 있는 걸 보면 그곳 직원일 수도 있었고, 아니면 그곳에 자신의 작품을 전시한 화가일 수도 있었다. 하지만 그날 미술관엔 그녀 외에 다른 사람은 보이지 않았던 걸 생각하면 그곳 소유주와 가까운 관계일 수도 있었다.

그는 그녀가 몇 살 쯤 되었을까도 생각해 보았다. 긴 생머리에 원피스 차림을 한 걸 보면 아직 서른은 넘지 않은 것 같았지만, 그래도 워낙 세련된 차림을 하고 있어 그보다 더 될 수도 있을 것 같았다. 또, 그녀가 전에 무엇을 하던 사람일까도 짐작해 보았다. 처음부터 미술관에서 일하던 사람일지, 아니면 다른 일을 하다 거기 오게 된 사람일지. 하지만 그건 짐작하기가 너무 힘들었다. 그녀에 대해 아는 정보가 너무 없었기 때문이다.

그밖에도 그는 그녀가 어디에 사는지, 그녀의 이름은 무엇인지, 무엇을 전공했는지, 가족은 몇 명인지, 좋아하는 음악은 무엇인지, 무엇에 관심이 있는지, 그녀의 성격은 어떨지 등등 그녀에 대한 궁금증을 머릿속에서 계속 이어갔다.

그런데 그 중 그가 특히 궁금해 하는 것이 하나 있었는데, 그것은 그녀에게 남자가 있는가 하는 것이었다. 만약 남자가 있다면 지금의 이런 생각은 모두 허황된 상상일 뿐이었다. 그것은 혼자서 좋아하고 혼자서 마음 아파하는 짝사랑일 것인데, 그건 정말 바라지 않는 결과였다.

그는 그녀에게 남자가 있으면 어떡하나 생각하니 갑자기 불안해지기 시작했다. 만약 그녀에게 남자가 있다면 자신은 그녀에게서 버림받은 거나 마찬가지였다. 자기는 이렇게 그녀를 생각하고 있는데 그녀는 자기 대신 다른 남자를 생각하다니, 정말 슬픈 일이었다. 어떻게 자기를 두고 다른 남자를 좋아할 수 있는지. 그녀는 정말 매정한 여자다. 그럼 처음부터 나타나지나 말지 왜 나타나서 사람 마음을 이렇게 아프게 한단 말인가! 심술궂은 사람! 그냥 정원에서 모른 척 해줬으면 조용히 미술관만 구경하다 돌아갔을 텐데. 무슨 이유로 나를 유혹해 이토록 괴롭힌단 말인가! 그대, 무정한 여자여! 그리고 나는 왜 거기를 다녀와서 이렇게 속앓이를 한단 말인가! 아! 괴로운 인생아!

그는 그녀가 보고 싶어 며칠 동안 그녀만 그리워하다가 이제는 아픈 상상으로 그녀가 미워 보이기 시작했다.

하지만 시간이 조금 지나자 그런 망상은 모두 사라지고 다시 설렘이 찾아왔다. 그는 다시 그녀를 좋아하기 시작했다.

드디어 그녀를 다시 만나기 위해 손꼽아 기다려 온 수요일이 되었다. 그는 밤새 그녀만 생각하다 잠을 얼마 못 잤지만 금세 정신을 차리고 일어나 깨끗이 샤워부터 했다. 그리고 아침 식사를 했고, 식사를 마친 뒤에는 바로 양치를 했다. 양치한 후에는 사흘 전부터 골라 놓은 옷으로 갈아입었다. 그날 준비한 옷은 노란색 반팔 셔츠에 파란 면바지였는데, 여자 눈에 화사한 느낌을 심어주기 위해서는 그 색의 옷이 최고일 것 같아서였다. 그는 잘 다려진 그 옷을 입고 어제 산 양말도 신었다. 구두는 손질이 잘 돼 마치 새 신처럼 보였다. 그는 말끔하게 차려 입은 옷과 반짝이는 구두를 신고 집을 나서기 전 다시 한 번 더 자신의 모습을 점검했다. 일주일 동안 준비해 온 차림이라 그런대로 괜찮아 보였다.

그는 차에 타자마자 클래식 음악부터 틀었다. 미술관에 들어섰을 때의 느낌을 지금부터 느끼고 싶었던 것이다. 그는 가는 내내 그 음악을 들으며 오늘은 그녀가 어떤 모습을 하고 있을까 하고 상상했다. 지난번과 같은 차림일지, 아니면 오늘은 다른 느낌일지. 그는 그녀의 모습이 정말 궁금했다.

하지만 목적지에 가까워 오자 설렘과 불안이 동시에 찾아왔다. '설렘'이라 함은 그녀의 상큼한 모습을 오늘 다시 볼 수 있는 즐거움이었고, '불안'이라 함은 그녀가 자기를 몰라보면 어쩌나 하는 실망감이었다. 하지만 그 두 가지 마음을 모두 억제하기 위해 그는 필요 없는 상상을 모두 날려버렸다. 지금은 그 어떤 감정도 지나치게 나와선 안 되는 때였다. 그는 마음을 진정시키기 위해 숨을 한번 크게 들이마셨다.

40분 뒤 미술관에 도착해 차에서 내리니 태양빛이 강하게 내리쬐었다. 땅에서 올라오는 뜨거운 열기는 마치 그녀에 대한 자신의 마음을 몸소 느끼는 듯 했다. 그는 하얀 구름이 드문드문 떠다니는 맑은 하늘을 올려보며 오늘 일이 잘 되기를 기도했다. 그리고 곧 뒤돌아 미술관으로 향했다. 미술관으로 올라가는 돌계단 밟는 느낌이 좋아 오늘도 지난번처럼 그녀를 가까이서 볼 수 있을 것 같았다.

정원을 지나 미술관 문 앞에 이르니 심장이 콩닥콩닥 뛰기 시작했다. 그는 뛰는 가슴에 손을 올리고 마음을 진정시켰다. 너무 긴장해 얼굴이 뜨겁기까지 했다. 이러다 오늘 그녀 앞에서 실수하는 건 아닌지 불안한 생각도 들었다. 하지만 목전에서 엉망으로 만들 순 없었다. 며칠을 준비해 여기까지 왔는데, 절대 그럴 순 없었다. 그는 다시 한 번 더 숨을 크게 들이마시며 마음에 용기를 불어넣었다.

드디어 한 발을 내밀어 출입문 앞으로 다가섰다. 손잡이를 당겨 문을 여니 지난번처럼 안에서는 조용한 음악 소리가 들려왔다. 같은 음악인지는 알 수 없으나 같은 종류인 건 분명했다. 그는 무릎에 힘을 주어 건물 안으로 들어갔다. 뒤에서 문이 닫히자 음악 소리는 더욱 선명하게 들려왔다.

그런데 내부 모습이 많이 변해 있었다. 지난번엔 양쪽이 모두 하얀 벽으로 가려져 있었는데, 지금은 왼쪽 벽이 유리로 되어 있었다. 그녀가 드나들던 곳이 지금은 예쁜 카페로 변해 있었던 것이다. 그는 혹시나 그녀가 그 안에 있는지 살펴보았다. 하지만 아직 영업을 하는 것 같지는 않았다. 예전에 그녀가 드나들던 공간이 사라져 그는 그녀를 어디서부터 찾아야 하나 생각했다. 일단 2층부터 찾아보는 것이 좋을 것 같았다. 그곳에 그녀를 위한 공간이 새롭게 마련되어 있을 수도 있었다.

그는 지난번처럼 왼쪽 계단을 통해 위층으로 향했다. 마지막 계단을 오르니 넓은 공간이 나타났다. 하지만 거긴 지난번과 같은 모습이었고, 또 그때처럼 사람도 보이지 않았다. 그는 오른쪽으로 고개를 돌려 건너편 전시관을 살폈다. 지난번 그녀와 대화를 나누었던 전시실이었는데, 하얀 난간 때문에 아래쪽까지는 완전히 볼 수 없었지만 서 있는 사람의 상반신 정도는 충분히 확인할 수 있었다. 그는 그녀가 그곳에 있는지 살폈지만 거기도 없었다. 두 사람이 나란히 걸으며 그림을 감상하고는 있었지만 그녀의 모습은 아니었다.

그는 한층 더 올라가 보기로 했다. 지난번엔 거기까지 올라가보지 않았지만, 그곳에도 전시실이 있다는 것을 그녀로부터 들어 알고 있었다. 그는 혹시 그녀가 그곳에 있지 않을까 생각하고 다시 계단을 통해 위층으로 올라갔다. 계단을 완전히 벗어나 3층에 오르니 역시 넓은 전시실이 눈앞에 나타났다. 그곳에는 그림 뿐 아니라 몇 가지 조각품도 전시돼 있었는데, 그림에 관심이 없는 사람은 조각품에도 관심이 없다고, 역시 그의 눈에 그 조각품들은 들어오지 않았다. 게다가 그는 지금 살아있는 예술품 중 가장 아름다운 작품을 찾고 있는 중 아닌가! 그런데 그 작품 외에 다른 어떤 작품이 그의 눈에 들어온단 말인가! 또한 거기엔 그 작품과 견줄 만한 작품도 없었다.

그는 거기서도 그녀를 찾았다. 하지만 아무도 보이지 않자 이번에도 건너편 전시실로 고개를 돌렸다. 아래층과 같은 구조라 역시 사람의 상반신 정도는 확인 가능했으나, 거기에서도 그녀는 보이지 않았다.

그는 이제 그녀를 어디서 찾아야 하나 생각했다. 그녀가 전시실에 없으면 어느 공간에 들어가 있을 게 분명한데, 그녀가 볼 일이 있어 그곳에서 나오지 않는 이상은 그녀를 만나기는 힘들 것 같았다.

그는 그녀가 나올 때까지 기다려야 하나 생각했다. 하지만 그녀가 거기서 나오기만을 마냥 기다릴 수는 없었다. 그곳이 어디인지도 모르지만, 안다 해도 그렇게 하면 자기 모습이 이상하게 보일 수도 있었다. 그렇다면 그녀를 만나기 위해 다음에 다시 와야 하나? 하지만 다음에 온다 해도 그녀를 만날 수 있는 보장은 없었다. 그때도 지금처럼 안에 들어가 있으면 볼수가 없기 때문이다.

그는 그녀를 나오게 하는 좋은 방법은 없을까 하고 생각했다. 만약 그녀를 거기서 나오게만 할 수 있다면 어떻게든 그녀를 만나 말을 걸어 보겠는데, 지금은 그 기회를 잡을 방법이 도저히 보이지 않았다.

그는 무거운 발걸음으로 올라왔던 계단을 내려갔다. 낙심한 마음에 발소리는 요란했다. 그는 터벅터벅 계단을 밟으며 그녀를 마음속으로 불렀다.

'공주, 내가 왔소. 어서 나오시오. 그대, 도대체 어디 있는 것이오. 얼굴이나 한번 비춰주오.'

그 순간, 그의 머릿속에 어떤 장소가 하나 떠올랐다. 그는 자기가 그곳을 왜 빠뜨렸나 생각하고 다시 다리에 힘을 주어 걷기 시작했다.

'공주, 거기 있으시오! 내가 지금 거기로 가고 있소!'

그는 1층으로 내려와 방향을 왼쪽으로 틀었다. 그리고 곧바로 빛이 들어오는 오른쪽 통로로 향했다. 지난번 걷고 싶어 했던 바로 그 정원으로 가는 중이었는데, 그곳을 향하는 그의 눈에서는 불빛이 반짝였다. 그의 애타는 심장이 그의 눈에 연료를 공급해 주는 것 같았다.

정원으로 들어가는 문 앞에 이르자 그는 잠시 마음을 가다듬었다. 이곳이 그녀를 만날 수 있는 마지막 장소였다. 잠시 후 그는 그녀가 거기 있기를 바라며 손잡이를 천천히 돌렸다. 문을 밀자 태양빛이 가득 들어와 마치 그녀에게서 나오는 빛처럼 느껴졌다. 그는 두근거리는 마음으로 현관으로 나갔다. 그토록 바라던 그녀를 생각하며 정원 쪽으로 고개를 돌렸는데, 그의 눈에 먼저 들어온 건 다채로운 색의 꽃들이었다. 하지만 그것들은 이제 지난번처럼 아름답게 느껴지지 않았다. 그의 마음은 지금 그것들을 받아들일 만한 여유가 없었던 것이다.

그는 눈을 크게 뜨고 정원 곳곳을 살폈다. 그녀가 꽃 속에 있으면 놓칠지도 몰라 꽃과 꽃 사이도 살폈다. 오른쪽부터 시작해 왼쪽으로 고개를 돌렸고, 그녀가 보이지 않자 다시 오른쪽으로 고개를 돌렸다. 그는 그 동작을 마치 타자기가 움직이는 듯 반복했다.

하지만 그녀를 찾을 순 없었다. 그녀보다 못한 식물들만 난잡하게 피어 있을 뿐, 이 세상 가장 아름다운 꽃은 그 어디에도 보이지 않았다. 마지막으로 품었던 기대가 다시 꺾이며 그의 가슴이 아파왔다. 그는 가슴을 움켜쥐고 그 아픔이 빨리 사라지기를 바랐다. 하지만 그 아픔은 오직 그녀만이 치료할 수 있었다.

그는 가슴에 손을 얹고 정원 쪽으로 천천히 걸었다. 꽃밭을 따라 걸으며 앞에 보이는 오두막으로 향했다. 어쩜 그녀가 그곳에 곤히 잠들어 있는지도 몰랐다. 그는 생기 없는 눈으로 그곳을 향해 계속 걸었다. 오두막에 다다르자 창 쪽으로 고개를 내밀었다. 바깥 태양이 워낙 밝아 안은 상대적으로 어두웠기에, 그는 어두운 공간을 실눈으로 살폈다. 하지만 공주님의 안식처일까 해서 마지막으로 희망을 걸었던 그곳은 단지 물건을 쌓아두는 창고일 뿐이었다. 그는 다시 밝은 태양 아래서 절망감을 느꼈다. 태양은 오늘 왜 이리도 밝은지 오히려 슬프게만 느껴졌다. 꽃은 생기가 넘쳤지만 그것이 그의 마음을 더욱 우울하게 만들었다. 그 정원은 이제 더 이상 아름다워 보이지 않았다. 일주일 전만해도 놀랍도록 아름답게 보이던 곳이 이제는 슬픔의 장소로 변해버렸다. 세상은 이토록 밝건만 그의 마음은 점점 어두워만 갔다. 삶이 무기력하게 느껴졌고 우울증도 찾아왔다. 그는 힘없이 걸으며 그녀를 생각했다. 그녀도 이 길을 걸었을 텐데, 지금 그녀는 아무데도 보이지 않았다.

그는 어느새 정원을 한 바퀴 돌아 현관 앞으로 와 있었다. 그곳은 그가 지난주에 그토록 한번 돌아보고 싶어 했던 곳이었건만, 이제는 아무런 감흥도 없었다. 그는 그녀가 지난번처럼 다시 한 번 더 나타나 정원에 들어가면 안 된다고 말해주길 바랐다. 그런 기대를 품고 그는 살짝 열린 현관문 쪽으로 다가가 그녀가 있을지도 모를 문 뒤쪽을 두근거리는 마음으로 들여다보았다. 기대 반, 환상 반. 그는 그녀 만나기를 소원하며 그녀를 찾았다. 지난번에는 파란 원피스 차림으로 다가왔지만, 오늘은 더 화사한 차림으로 다가올 수도 있었다. 그는 그녀의 음성을 기대하며 그녀를 향해 눈을 크게 떴다. 하지만 그녀는 보이지 않았다. 복도는 한없이 조용했고 그녀의 흔적은 그 어디에도 없었다. 사랑했던 이가 어디론가 사라져버린 후의 느낌과도 같았다.

그는 다시 미술관 안으로 들어왔다. 왼쪽에 보이는 화장실로 들어가 찬물로 얼굴을 적셨다. 거울 앞에 선 자신의 모습을 보니 오늘 아침과는 너무도 달랐다.

그는 절망과 슬픔에 쌓여 미술관을 나왔다. 뒤돌아서서 마주한 그 건물은 이제 쓸쓸하게만 느껴졌는데, 마치 공주 잃은 성처럼 보였다. 그는 다시 뒤돌아서서 저 멀리 산 아래 여유롭게 자리 잡은 건물들을 바라보았다. 공기는 조용하고 시야는 시원하게 뚫려 모든 것이 안정적으로 느껴졌다. 그는 그 풍경을 보며 자기도 저렇게 마음이 편안하면 좋겠다고 생각했다. 지금은 마음이 너무도 무겁고 우울하기만 했다.

그는 무거운 발걸음을 옮겨 주차장으로 향했다. 설레며 올라왔던 길이 이제는 힘없이 내려가야 할 고통의 길로 변해버렸다. 이제 어디로 가야하나? 그녀도 못 만나고 이렇게 돌아가야 하다니, 정말 예상치 못한 결과였다. 저기 계단에서는 발소리가 들려왔다. 누군가 미술관을 구경하러 온 것 같았다. 그는 자기처럼 우울하지 않을 그 사람이 부러웠다. 멋진 건물. 아름다운 정원. 그리고 이상한 그림들. 이것들을 아무런 아픔 없이 마음껏 감상할 수 있을 그 사람이 지금 이 순간만은 정말 부럽게 느껴졌다.

돌계단 밟는 소리는 어느 듯 계단 윗부분까지 올라와 있었다. 그는 걷다 말고 그 소리가 올라오는 쪽으로 시선을 고정했다. 먼저는 머리카락이 보였고 곧바로 눈썹도 보였다. 한 계단이면 그 모습을 완전히 볼 수 있을 것 같았는데, 느낌이 조금 이상했다.

드디어, 다음 발걸음이 돌계단에 부딪쳤다. 그는 눈을 크게 뜨고 곧 드러날 그 얼굴을 뚫어져라 바라보았다. 그 얼굴을 확인한 순간 그의 몸에 전율이 흘렀다. 오늘 자신의 마음을 그토록 지치고 우울하게 만든 그녀가 지금 바로 이 순간에 나타난 것이 아닌가! 정말 믿기지 않는 순간이었다. 너무 반가웠고, 반갑다 못해 달려가 그녀를 왈칵 끌어안고 싶었다. 그는 점점 드러나는 그녀의 모습을 보며 행복을 느꼈다. 그 순간이 얼마나 기쁘고 행복한지 평생 잊지 못할 것 같았다. 그는 자기가 그녀를 얼마나 좋아하는지 그 순간 자신의 마음을 확인할 수 있었다.

계단을 모두 오른 그녀는 그동안 내려다보고 있던 고개를 들었다. 고개를 들어 무심히 앞을 보니 한 사람이 서 있었다. 노란 상의에 파란 바지를 입고 있는 남자였는데, 그녀 생각에 그는 자기가 계단 위로 올라오는 동안 자기를 계속 지켜보고 있었던 것 같았다. 그녀는 그 남자가 누구인지 그의 얼굴을 잠시 살폈지만, 한번 본 듯한 그 얼굴이 바로 기억나지 않자 곧 고개를 숙이고 남자가 서 있는 쪽을 피해 약간 떨어져 걸었다.

그녀가 자기를 의식해 조금 떨어져 걷자, 남자는 그녀가 가려는 길 쪽으로 천천히 다가가 그녀에게 말을 걸었다.

"저, 안녕하세요."

여자가 고개를 살짝 들어 남자를 약간 경계하는 눈빛으로 쳐다보았다.

"지난주 수요일에 왔던 사람인데요. 공사 끝나고 오늘부터 개관한다고 해서 다시 들렀습니다."

남자의 그 말을 듣자 그녀는 그제야 그가 생각난 듯 얼굴 표정을 천천히 바꾸었다.

"아, 네. 저는 누구신가 했네요. 지난 번 심각하게 그림을 감상하시던 그

분이셨군요. 죄송해요. 제가 몰라봤어요."

여자가 그에 대한 경계를 풀자 그녀에게서 아름다운 모습이 나타났다.

남자가 그 모습을 보며 말했다.

"네. 기억하시는군요."

"그럼요. 지금까지 그렇게 깊이 있게 그림을 감상하시는 분은 못 봤거든요."

남자는 여자가 자신을 그렇게 기억해 주니 기분이 좋았다.

"그런가요? 그날따라 여기 있는 그림들이 제 눈에 깊이 들어왔어요. 그래서 제가 그 그림들을 좀 즐기며 감상했나 봅니다."

"아니, 조금이 아니라 많이 즐기시던데요."

그러고 그녀가 깜찍한 표정을 지어보였다.

남자는 여자의 그 모습을 보고 거기에 빠져들었다. 정말 매력적인 얼굴이었다. 이 세상 그 어디에서도 그런 모습은 볼 수 없을 것 같았다. 여자가 어찌 저리도 아름다울 수 있는지, 정말 놓치기 싫을 정도였다. 하지만 거기에 계속 빠져 있을 수는 없었다. 대화가 끊어지면 그녀가 바로 미술관으로 들어갈 게 분명했다.

그가 그녀와의 대화가 끊기지 않도록 곧바로 그녀에게 말을 걸었다.

"그런데, 어디를 수리한 거죠? 제 눈에는 1층 카페 밖에 수리된 곳이 안 보이던데요."

"네, 맞아요. 거기만 수리했어요. 원래는 정원도 같이 손보려고 했는데 거긴 여름이 지나서 손보기로 했어요."

"아, 그렇군요."

그는 다음에 무슨 질문을 해야 할지 몰랐다.

하지만 다행히도 그녀가 그에게 대신 질문해 주었다.

"그런데 오늘은 3층까지 모두 감상하셨어요?"

남자는 여자의 그 반가운 질문에 어떻게든 시간을 길게 끌어보려 했다.

"네. 지난번에 시간 관계상 2층에서 감상 못했던 그림들 모두 감상하고 3층 작품도 감상했죠. 그런데 3층 작품들은 더 심오하던데요. 마치 깊은 바다를 탐색하는 기분이었어요. 뭐랄까, 지금까지 한 번도 본 적 없던 심해어를 본 것 같았어요. 그건 완전히 새로운 어종이었…죠."

어떻게든 말을 이어 보려던 남자가 말을 줄이기 시작했다. 강하게 내려쬐는 볕 때문에 그녀가 얼굴을 찡그리고 있었던 것이다. 순간 그는 그녀의 얼굴을 가려 줄 물건은 없을까 주위를 살폈다. 혹시 넓은 나무판자라도 있으면 그것을 우산처럼 가려주고 싶었지만, 거기엔 파릇파릇한 식물만 있을 뿐 그녀를 위한 물건은 보이지 않았다.

그는 이제부터 어떻게 해야 하나 생각했다. 대화를 계속 이어나가자니 그녀의 아름다운 얼굴이 태양에 탈 걸 같았고, 대화를 줄이자니 그녀가 들어가 버릴 것 같았다. 그의 가슴은 다시 불안해지기 시작했다. 순간, 그는 다음에 또다시 오기 위한 사전예약을 생각해냈다.

"그런데 3층에 있던 그 조각품들은 제가 아직 감상을 다 못했어요. 그건 제가 다른 작품과 비교해 감상하면 좋을 것 같아서 감상을 좀 미뤄두었거든요."

"그래요? 그럼 언제든지 오셔서 다시 감상하세요. 작품을 무척 깊이 있게 감상하시는 분이신데 자세히 보셔야죠." 햇빛에 눈을 약간 찌푸린 그녀가 웃으며 말했다.

그는 더 이상 할 말이 생각나지 않았다. 뭘 다시 물어볼까 해도 그녀와 가진 시간이 너무 적어 그녀의 관심을 끌만한 것이 잘 떠오르지 않았다. 두 사람은 잠시 말없이 서로를 서먹서먹하게 쳐다보았다.

그러다 그녀가 말했다.

"그럼 다음에 또 오셔서 감상하세요. 저는 이만 들어가 볼게요."

여자의 그 말에 그의 가슴이 갑자기 내려앉았다. 만남의 기쁨만큼이나 이별의 그 슬픔은 상당했다.

그녀는 곧 돌아서서 미술관 안으로 들어갔다. 바깥 햇살이 무척 따가워 그녀도 힘들었던 것 같았다.

그는 다시 미술관 앞에 덩그러니 홀로 남게 되었다. 마음이 무척 허탈했다. 마치 다시 잡은 물고기를 또다시 놓친 느낌이었다. 게다가 그 물고기를 얼마나 애타게 기다려 왔던가! 그 허탈감은 정말 어마어마했다.

그는 울고 싶었지만 눈물은 나오지 않았다. 여자라면 눈물을 잘도 흘렸겠지만, 남자다 보니 그런 건 나올 생각도 하지 않았다. 그는 그저 저 먼 산만 바라보며 오늘은 너무 힘들다고 생각할 뿐이었다. 정말 설레며 기다려온 날이었건만, 오늘이 가장 우울한 날이었다. 팔다리에서 다시 힘이 빠져나가며 축 늘어지기 시작했다. 몸에서는 더 이상 힘이 나올 것 같지도 않았다. 병원에 가면 지금 이 증세를 고칠 수 있을까 생각해 보았지만, 지금 이 세상이 그만한 실력을 가졌는지는 의문이었다. 그는 지금 너무 힘이 없어 아무것도 생각할 수가 없었다. 다만, 지금은 가슴이 아프다는 것 밖에는 느끼지 못했다.

> 오 예루살렘의 딸들아, 내가 너희에게 당부하노니
> 너희가 나의 사랑하는 이를 만나거든
> 내가 사랑으로 인하여 병이 났다고 그분께 전하려무나.
> ― 솔로몬의 아가 5: 8

21

그 후 사흘이 흘렀다. 그동안 윤호는 사랑앓이를 했다. 그의 가슴 한 가운데는 돌이 박힌 듯 답답하고 아프기만 했다. 밥을 먹어도 맛이 없었고 걸어 다녀도 힘이 없었다. 모든 마음을 그녀에게 빼앗겨 아무것도 할 수가 없었다. 시간을 되돌릴 수만 있다면 그 미술관에 방문한 사실을 모두 지워버리고 싶었지만, 이미 일어난 일을 다시 되돌릴 순 없었다. 그녀만 만나지 않았어도 지금의 이런 일은 겪을 필요가 없었는데, 지난 시간이 정말 후회스럽기만 했다.

그는 마음을 정하고 그녀를 잊기 위해 노력했다. 그녀를 나쁜 여자로 생각했고 유부녀로 간주했다. 자기와 마주 섰을 때 그녀의 모습은 진짜 모습이 아니라 본 모습을 가리기 위한 거짓된 모습이라 생각했다. 그녀를 자신이 본 최악의 여자라 혹평했고, 그녀는 만나보면 오히려 실망만 할 여자라 까내렸다.

하지만 그녀를 잊으려 애쓸수록 그녀는 마음속에서 더 아름다운 모습으로 나타나 자기를 잊지 말 것을 애원했다. 그녀를 포기하기로 했던 마음을 포기하지 않을 수 없게 만드는 자태였다. 그리고, 다시 생각해 보니 그녀를 잊어서도 안 될 것 같았다. 어쩌면 그녀도 자기를 좋아할 수 있는데, 그런 그녀를 다른 누군가에게 보낼 수는 없었다. 그건 자신이 발견한 보물을 남이 가지도록 포기하는 거나 마찬가지였다. 어떻게 발견한 보물인데 이렇게 쉽게 포기한단 말인가! 그건 정말 안 될 일이다. 다시 그런 여인을 만날 수 있다는 보장도 없는데, 그런 위험을 감수하면서까지 그녀를 포기할 수는 없었다. 아니, 그런 여인이 다시 나타난다 해도 그녀만큼은 좋을 것 같지 않았다. 그는 다시 원래대로 되돌아왔다.

시간도 되돌릴 수도 없고 그녀를 마음에서 지우기도 이렇게 힘드니 이제는 어떻게 해야 하나? 남은 방법은 하나 밖에 없었다. 그녀를 다시 만나 어떤 식으로든 자신의 마음을 표현하는 것이었다. 자신의 가슴은 이렇게 녹아내리는데, 더 이상 그녀의 사정을 봐줄 필요가 없었다. 그녀에게 남자가 있든, 그녀가 자기에게 관심이 없든, 그것은 이제 중요치 않았다. 지금 정말 중요한 건 자기의 마음을 어떻게든 그녀에게 전달하는 것이었다. 그것만이 지금 이 병의 유일한 처방전이었다. 결국 그는 미술관을 다녀온 지 일주일 만에 다시 미술관으로 향했다.

그가 미술관에 도착한 시간은 오후 4시가 다 되어서였다. 관람이 종료되는 6시까지 두 시간 동안 작품을 관람하다가, 그녀가 관람이 끝났음을 알리기 위해 자신에게 다가올 때, 그녀에게 자신의 마음을 말해 볼 생각이었다. 그 시간이라면 주위에 사람도 없을 테고 그녀도 일이 끝나 말하기 딱 좋을 때였다.

문을 열고 미술관에 들어서니 새로 만든 카페에서 서너 사람이 이야기를 나누고 있었다. 그는 그들 중 그녀가 있는지 살폈지만 그녀의 모습이 보이지 않자, 곧바로 2층 전시실로 올라갔다.

2층 전시실로 올라가 벽에 걸린 그림들을 보았다. 지난번 왔을 때 보았던 그 그림들이었는데, 역시 눈에 잘 들어오지 않았다. 그는 그림들 앞을 빠른 걸음으로 스쳐지나갔다. 모두 통과하고 시계를 보니 5분도 채 걸리지 않았다. 앞으로 기다려야 할 시간이 자그마치 1시간 45분이나 남아있었다. 그는 그녀를 만나기에 앞서 그 지루한 시간을 어떻게 보내야 하나 생각했다. 마음은 온통 그녀 생각뿐인데, 이런 의미 없는 그림들 앞에서 그렇게 긴 시간을 때우려하니 참 난감했다. 그는 3층에 올라가 보기로 했다. 그곳은 지난번 왔을 때 자세히 보지 않았던 곳이라, 그나마 그곳에서는 시간을 좀 더 보낼 수 있을 것 같았다.

그는 3층 전시실에 올라가 다시 다른 작품들을 구경하기 시작했다. 하지만 아래층에서나 위층에서나 작품이 눈에 들어오지 않기는 마찬가지였다. 그는 이번에도 스쳐지나가듯 그 작품들을 통과했다. 시계를 보니 여기서도 5분밖에 지나지 않았다. 5분이 결코 짧은 시간이 아님을 몸소 체험할 수 있었다. 그는 남은 시간을 어떻게 흘려보내야 하나 생각했다. 이러다 6시가 오기 전에 지쳐 쓰러질 수도 있을 같았다.

그는 난간 쪽으로 걸어가 두 팔을 걸쳤다. 반대쪽 전시실을 바라보며 저쪽에서는 몇 분 만에 관람을 끝낼 수 있을까 생각해 보았다. 아마 지금보다 더 빨리 끝낼 수도 있을 것 같았다. 지난번 그녀 앞에서 작품을 무척 진지하게 감상하는 척했던 자신의 모습을 생각하니 참 한심하게 느껴졌다. 미술 작품을 단거리 육상 경기만큼이나 빨리 보는 사람이 그녀 앞에서는 몇 시간씩 감상하는 사람처럼 말해놨으니, 만일 그녀가 이런 사실을 알면 무척 실망할 것 같았다. 그는 한숨을 쉬며 고개를 떨어뜨렸다.

그 순간, 그녀가 1층 복도를 지나 출입문을 향해 걸어가는 것이 보였다. 꿈에도 그리던 아름다운 그녀를 보자 그는 가슴이 뛰기 시작했다. 그녀의 모습이 너무도 아름다워 말로 표현할 수 없을 정도였다. 저런 여자를 잊고 다른 남자에게 보내려했다니, 그는 자기가 정말 바보 같은 생각을 했구나 생각했다.

그녀가 출입문을 열고 사라지자 그는 그녀가 어디로 가는지 빨리 따라가 보기로 했다. 혹시 그녀가 미술관 밖으로 나가는 것이라면, 오늘 그녀에게 자신의 마음을 표현하려 했던 계획이 실패할 수도 있었다. 그는 재빨리 돌아서서 계단을 향해 뛰었다. 관람하던 몇몇 사람이 계단소리에 놀라 쳐다보았지만 그는 그런 것에는 아랑곳하지 않고 쏜살같이 1층으로 내려와 그녀가 방금 빠져나간 출입문을 열고 밖으로 나갔다. 미술관에서 나온 그는 조급한 마음으로 그녀를 찾았다. 하지만 그녀가 주위 어디에도 보이지 않자 바로 돌계단을 향해 뛰었다. 그녀가 갈 만한 곳은 그곳 밖에 없었기 때문이다.

그는 계단 맨 위에 이르러 주차장을 향해 내려다보았다. 그녀가 밝은 태양빛을 받으며 걸어가는 것이 보였다. 주차된 어느 차 쪽으로 걸어가고 있었는데, 모습을 봐서는 미술관을 나가려는 것처럼 보였다. 오늘 관람이 끝나면 미술관에서 그녀에게 조용히 고백하려 했던 계획이 엉망이 되는 것 같았다. 그는 거기 서서 잠시 고민하기 시작했다. 그녀를 따라가 어떻게든 오늘 자신의 마음을 고백할지, 아니면 기회를 다시 다음으로 미룰지. 하지만 오늘 그녀에게 말 못하면 다시 며칠을 죽은 사람처럼 지낼 수도 있었다. 그러지 않기 위해서는 오늘은 어떻게든 그녀에게 표현을 해야 할 것 같았다. 비록 이런 자신의 모습이 이상하게 보이겠지만 그래도 어쩔 수 없는 일이었다.

그는 그런 생각으로 곧바로 계단을 내려갔다. 그녀에게 자신의 모습을 들키지 않기 위해 그는 잠시 나무 뒤에 숨었다가 그녀의 차가 주차장을 빠져나가자 서둘러 자신의 차로 달려가 그녀의 차를 뒤따르기 시작했다.

다행히 그녀의 차를 미술관에서 얼마 떨어지지 않은 곳에서 발견할 수 있었다. 그는 곧 속도를 줄이고 그녀의 차 뒤를 조용히 따르기 시작했다. 누군가 그녀를 미행한다는 인상을 주지 않기 위해 그는 최대한 조심하며 그녀의 뒤를 밟았다.

그녀의 차가 차들이 많이 다니는 큰 도로에 들어서자 그는 그녀의 차를 놓치지 않기 위해 그녀의 차 뒤로 좀 더 가까이 다가갔다. 하지만 그러다가 그녀에게 들킬 수도 있어서 그는 두 차량 사이 간격을 고무줄처럼 탄력 있게 유지했다. 그렇게 20분 동안 두 차는 연결된 기차처럼 달렸다. 그러다가 그녀의 차가 어느 건물 앞 도로가에 서자 그는 그녀에게 들키지 않기 위해 그녀의 차가 주차된 곳에서 30미터 정도 떨어진 뒤 쪽에 주차했다. 거기서 그는 그녀가 어디로 가는지 보기 위해 얼굴을 손바닥으로 반쯤 가린 채 그녀를 조심해서 쳐다보았다.

그녀는 차에서 내리자 뒷좌석에 있는 물건을 꺼내었다. 분위기로 봐선 누군가를 만나러 가는 것 같이 보였다. 하지만 이런 곳에서 사람을 만날 생각을 했다니 좀 이상한 생각도 들었다. 왜냐하면 그곳은 길 양쪽으로 7, 8층 높이의 건물들이 다닥다닥 붙어있어 해가 이렇게 긴 여름날에도 도로에는 짙은 그늘이 드리워져 분위기가 어두워 보였고, 또 거리를 오가는 사람들도 적어 마치 사람이 떠난 텅 빈 도시 같은 느낌이 들었기 때문이다. 하지만 그녀가 이런 곳에 온 데는 무슨 이유가 있을 것 같았다. 그는 일단 그녀를 좀 더 지켜보기로 했다.

하지만 그는 그녀의 모습을 오래 지켜보지는 못했다. 그녀가 차에서 내리자마자 손가방과 좀 전에 차에서 꺼낸 물건을 들고서 주차된 차 옆 건물로 들어가 버렸기 때문이다. 그는 그녀의 모습이 사라지자 그녀가 몇 층으로 올라가는지 한번 따라 들어가 확인해볼까 생각했다. 그녀가 그 낡은 건물의 몇 층에 올라가는지 알면 건물 외벽에 붙은 간판으로 그녀가 여기 온 목적을 대충 알 수 있을 것 같아서였다.

그는 곧 차에서 내려 그녀가 들어간 건물 쪽으로 다가갔다. 건물 앞 계단을 조심조심 올라 건물 안으로 들어서니 정면에 낡은 승강기 보였다. 그녀가 올라간 층수를 확인하기 위해 그는 승강기가 멈춰진 층수를 확인했다. 하지만 승강기가 작동되지 않아 그녀의 목적지는 알아낼 수 없었다. 승강기 문 앞에는 '점검 중'이라는 낡은 종이가 붙어 있어, 이미 작동되지 않은지 오랜 된 듯 했다. 그는 그녀가 올라간 층수를 알아내지 못하자 곧바로 뒤돌아서서 그녀가 올라갔을 계단을 바라보았다. 거기로 그녀의 뒤를 한번 밟아볼까 생각했지만, 그는 이내 마음을 접고 그 건물을 빠져나왔다. 그런 행동은 그녀를 무척 불쾌하게 하는 행동이었기 때문이다. 물론 지금의 이런 행동도 그러했지만.

그는 다시 차로 돌아와 운전석에 앉았다. 차 안 공기가 무척 더웠지만 그는 그녀가 알아볼까 싶어 창문만 살짝 열어 놓고 차 안에서 그녀를 기다렸다. 마치 범인을 잡기 위해 잠복근무하는 형사처럼 보였다.

그렇게 시간은 30분이나 흘렀다. 그의 엉덩이와 다리는 땀으로 젖어버렸다. 그는 기다리다 지쳐 그녀가 들어간 건물에서 눈을 떼어 도로 이곳저곳을 살펴보았다. 도로 양쪽에 일렬로 주차된 차들. 지어진지 오래된 건물들. 사라지기 한 시간 전인 해. 그 빛이 건물들 틈 사이를 살며시 통과해 희미하게 비추고 있는 낡아빠진 간판들. 그리고 가끔 골목 사이사이에서 나와 좁은 도로를 건너는 사람. 그는 그런 거리를 보며 참 힘없는 도로라 생각했다. 여기서 조금만 더 걸어 나가면 바쁘게 지나가는 사람들로 가득한 도로가 나오는데, 이곳은 그 도로와 얼마나 떨어졌다고 이런 모습을 보이는지, 정말 대조적이었다. 그는 다시는 오고 싶지 않은 그런 도로를 감상하다 그녀가 들어간 건물 쪽으로 다시 눈을 돌렸다.

그때 건물 안에서 누군가 나오는 것이 보였다. 그는 걸어 나오는 그 사람이 그녀가 아닌가 하고 눈을 크게 뜨고 살폈다. 하지만 곧 실망하고 말았는데, 걸어 나온 사람은 남자였던 것이다. 어떤 젊은 남자가 바지 주머니에 손을 넣고 나와 길 건너편으로 걸어가는 것이었다. 그는 잠시 흥분했던 가슴을 쓰러 내리며 그 남자가 사라지는 모습을 바라보았다. 길 건너 어느 건물로 들어가는 것이 보였는데, 두 건물을 그렇게 드나드는 걸로 봐선 아마이 거리에서 일하는 사람 같았다. 그는 그 남자가 시야에서 완전히 사라지자 다시 그녀가 들어간 건물로 눈을 돌렸다. 들어간 지 40분이 다 돼가는데, 그녀는 무엇을 하는지 아직도 나올 생각을 하지 않았다. 이런 낡은 건물에서 그렇게까지 오래 있을 이유는 없어 보였는데…. 조금 이상한 생각도 들었다.

그런 생각을 하고 있을 때 그 건물 안에서 다시 한 사람이 나오는 것이 보였다. 건물 안이 어두워 정확히 보이지는 않았지만 형체의 윤곽을 봐선 그녀일 가능성이 높았다. 그는 숨을 죽이며 계속 건물 입구 쪽을 바라보았다. 순간, 그의 눈에서 빛이 났다. 걸어 나온 사람은 정말 그녀가 맞았던 것이다. 며칠 만에 나오는 사람처럼 그녀가 걸어 나오고 있었다.

그녀는 곧바로 운전석으로 걸어가서 운전석 문을 열었다. 그리고 오른손에 들고 있던 손가방을 운전석 위에 올려놓더니 뒷좌석 문도 열었다. 그녀는 곧 허리를 숙이고 뒷좌석에 있는 무언가를 만졌다. 그가 앉아 있는 차 안에서는 정확히 보이지 않았지만 포장된 어떤 물건을 확인하는 것 같았다.

그러는 동안 저기서는 한 남자가 걸어오고 있었다. 그녀가 방금 나온 건물에서 조금 전 나왔던 그 남자였다. 그는 어디서 구했는지 조금 전까지만해도 쓰고 있지 않던 모자를 꾹 눌러쓴 채 걸어오고 있었다. 걷는 모양새가 주위 무언가를 확인하는 듯 했는데, 어느새 그 남자는 차 없는 도로를 건너 얼마 전 그가 나왔던 건물 입구 계단까지 올랐다. 거기서 그는 뒤돌아서더니 건물 앞에 세워진 차를 한번 살핀 후 올라섰던 계단에서 내려와 그 차 쪽으로 천천히 다가갔다.

윤호는 모자 쓴 그 남자가 계단에서 내려와 그녀의 차 쪽으로 다가가자, 그 남자가 왜 그쪽으로 다가가는지 이상하게 생각했다. 주위에 아무도 없는 상황에서 남자가 여자에게 그렇게 다가간다는 것은 정말 의심스러웠기 때문이다. 그는 남자가 그녀의 차 앞까지 다가와 그녀 쪽을 몰래 살피자 운전석문 손잡이에 손을 올렸다. 만약 그 남자가 그녀를 조금이라도 해코지했다간 바로 뛰쳐나갈 생각이었던 것이다. 차림도 남루한데다 행동까지도 불량스러워 보이는 녀석이 감히 자신의 어여쁜 여인을 건드릴 생각을 하다니, 그건 도저히 용서할 수 없는 일이었다. 그건 그녀가 자기를 알아보고서 여기는 어떻게 왔느냐 따져 물어본다 해도 기필코 나서서 해결해야 할 문제였다. 그는 그런 생각으로 다리에 꽉 힘을 준 채 그 남자가 어디까지 행동하는지 지켜보았다. 녀석이 운전석까지만 다가가도 그는 재빨리 뛰쳐나갈 생각이었다.

그런데 그 남자는 정말 윤호가 설정해 놓은 경계선까지 오고 말았다. 그녀가 차 안으로 몸을 조금 집어넣고 있는 모습을 보더니 열려있는 운전석 문 쪽으로 살며시 다가갔던 것이다. 윤호는 그 장면을 보고 손잡이를 급히 잡아당겨 재빨리 차 밖으로 나왔다. 그는 차 옆에 서서 그 남자가 무슨 짓을 하려는지 눈을 부릅뜨고 쳐다보았다.

하지만 그 남자는 운전석까지만 다가가고 더 이상은 그녀에게 다가가지 않았다. 대신 그는 운전석 위에 있던 그녀의 손가방을 거머쥐고는 재빨리 방향을 틀어 달아나 버리는 것이었다. 윤호는 그 장면을 보자 그녀에게는 아무런 불상사가 일어나지 않아 안심하긴 했지만, 그녀의 중요한 물건이 사라졌으니 빨리 찾아와야겠다 생각했다. 그는 절도범이 그녀의 손가방을 들고 저 멀리서 뛰기 시작하는 순간부터 그 남자를 뒤쫓기 시작했다.

그러나 그녀는 그런 사실도 전혀 모른 채 뒷좌석 물건만 살피고 있었다.

그러다가 누군가가 자신의 뒤로 급히 뛰어가는 소리를 듣고서야 무슨 일인가 하고 뒤돌아보았다. 지금 도로에는 그렇게 뛰어갈 만한 이유가 없어보였는데 남자가 그렇게 급하게 뛰어가는 모습을 보고는 그녀는 그가 왜 저렇게 뛰어가나 생각했다. 남자의 차림으로 봐서도 그렇게 뛰어다닐 사람은 아닌 듯했다. 그녀는 그 남자가 뛰어가는 모습을 계속 지켜보다가, 그가 건물 사이 골목 안으로 들어가는 걸 보고서 그에게서 시선을 돌렸다. 그녀는 곧 열려 있는 운전석 문을 닫고 다시 뒷문을 향해 돌아섰다. 그러다 순간, 그녀는 이상한 생각이 들어 운전석 쪽으로 다시 고개를 돌렸다. 운전석 위에 올려둔 자신의 가방이 보이지 않았던 것이다. 그녀는 급히 문을 열어 자신의 가방을 찾았다. 하지만 어디에도 보이지 않자 그녀는 방금 달려간 그 남자 쪽으로 재빨리 고개를 돌렸다. 그녀 생각에 그가 달려가고 나서 가방이 없어진 게 분명했다.

한편, 절도범을 쫓아 골목 안으로 들어선 윤호는 골목에서 절도범을 놓치면 완전히 놓칠 수도 있겠다 싶어 앞만 똑바로 쳐다보며 뛰었다. 그러자 앞에서 달리던 절도범이 뒤에서 들려오는 그 발소리를 듣고서 불안한 눈빛으로 뒤돌아보았다. 자기를 쫓아오는 사람이 없을 줄 알았는데 누군가 자기 뒤를 따라 오고 있었다. 그는 자신의 범행이 들켰구나 생각하고 그때부터 속도를 높이기 시작했다.

윤호는 절도범이 그렇게 속도를 높여 뛰는 것을 보고서 놈이 죽을 힘을 다해 뛰는구나 생각하고 속도를 좀 더 높여 뛰기 시작했다. 하지만 녀석을 골목 안에서는 잡기 힘들 것 같아 그가 골목을 벗어나면 어느 방향으로 도망가는지 알아두기 위해 녀석의 방향을 확인했다. 끝 지점에서 녀석이 오른쪽으로 방향을 트는 것이 보였다. 그것을 보고 그는 남은 거리까지 홀로 골목길을 뛰었다.

윤호도 곧 골목길을 통과했다. 통과하자마자 그는 바로 오른쪽으로 방향을 틀었다. 녀석이 너무 멀리 달아났으면 다른 방법을 강구해 볼 생각이었는데, 다행히도 녀석은 그리 멀리 않은 곳에서 달아나고 있었다. 체력이 떨어졌는지 녀석은 숨을 헐떡거리며 뛰고 있었다. 녀석의 그런 모습을 보고 윤호는 다시 힘을 내어 뛰기 시작했다. 이미 자신의 추격 범위를 넘어갔으면 따라가는 걸 포기하고 말겠지만 충분히 가능성 있어 보이는 거리에서 그가 달아나고 있으니 다시 힘이 솟아났던 것이다. 그는 계속 절도범을 쫓아갔다.

그러나 이와는 달리 쫓기는 절도범은 골목에서부터 모든 힘을 다해 뛰었던 관계로 큰 길에서는 빨리 달아나지 못했다. 그는 자기를 쫓아오는 사람 때문에 빨리 달아나야함에도 불구하고 몸이 마음대로 움직여 주지 않아 연신 뒤돌아보며 따라오는 추적자와의 거리만 확인했다. 마치 마라톤 경주에서 앞선 주자가 뒤 선수를 경계하며 뛰는 것처럼 보였다. 그는 그렇게 추적자와의 거리를 확인하며 추적자도 자기처럼 힘이 빠지기만을 바랐다. 하지만 비실대며 도망가는 자신의 모습이 추적자에게는 오히려 더 큰 힘이 되었는지 추적자의 체력은 떨어지지 않았다.

한편 절도범을 쫓던 윤호는 조금만 더 힘을 내면 잡을 수 있겠다 싶어 끝까지 힘을 다해 뒤쫓았다. 거리는 점점 좁혀져 어느새 처음 거리의 반이 되었고, 좀 더 달리니 다시 그 반이 되었다. 거리가 20m쯤으로 좁혀졌을 때는 주위 사람들의 도움 없이도 녀석을 잡을 수 있을 것 같았고, 간격이 15m로 줄어들었을 때는 이제 거의 다 잡은 것 같은 생각이 들었다. 하지만 그때부터 그의 체력도 급격히 떨어지기 시작했으니, 10m가 되자 조금 의심이 되기 시작했고, 7m가 되자 빨리 이 상황이 종료되기를 바랐다. 5m에서는 숨이 멎을 것 같았고, 3m에서는 달리는 것이 더 이상 불가능해 보였다. 그도 이제 거의 죽어가고 있었던 것이다.

그렇게 그들은 예정에도 없던 술래잡기를 하느라 이제는 숨 쉬는 것조차도 힘들어했다. 쫓기는 사람은 빨리 달아나야 함에도 몸이 말을 듣지 않아 환자처럼 호흡했고, 쫓는 사람은 삽시간에 너무 과로해 노인처럼 숨을 헐떡였다. 두 사람은 마치 포탄이 빗발치는 전쟁터에서 도망 나온 병사처럼 비틀대며 달렸다. 주위 사람들은 그런 그들을 이상하게 쳐다보았지만, 그들은 그런 것에는 신경 쓰지 않고 어서 빨리 그 상황이 종료되기만을 바랐다. 숨이 차서 이제는 어디든 바로 드러눕고 싶을 정도였다.

그런데 그들은 정말 그렇게 하고 말았으니, 윤호가 3m에서 약간 모자라는 지점까지 따라왔을 때 더 이상 달릴 수 없다 판단하고서 최후의 방법을 사용했기 때문이다.

그는 그 거리에서 더 이상 뛸 수 없다 생각되자 마지막 남은 모든 힘을 자신의 양다리에 집중시켜 단 한 번의 발돋움으로 땅을 힘껏 박차고 공중으로 날아올랐다. 그리고 공중에서 손을 쭉 뻗어 있는 힘을 다해 녀석의 한쪽 다리를 붙잡았다. 잡은 다리를 놓치지 않기 위해 그는 그것을 힘껏 자신의 가슴 쪽으로 잡아당겼고, 잡고 있는 다리 위로 자신의 얼굴을 올려 아래로 힘껏 눌렀다. 그러자 절도범의 가늘고 가벼운 다리 무릎이 꺾이며 바닥에 쿵하고 부딪쳤다. 곧바로 녀석의 상체도 앞으로 쓰러져 바닥에 닿았다. 순식간에 두 사람이 길바닥에 엎어진 것인데, 만약 그들에게 조금이라도 힘이 남아 있었다면 거기서 뒹굴며 치고 박고 할 수도 있었겠지만 힘이 완전히 빠진 그들은 그럴 수도 없었다.

곧 윤호는 숨을 고른 후 주위 누군가에게 도움을 청했다.

"도와주세요! 절도범을 잡았어요!"

그가 그렇게 숨찬 목소리로 도움을 요청하자 근처에서 이를 보고 있던 한 사람이 급히 달려와 그를 돕기 시작했다. 그 사람은 엎드린 절도범의 상체를 위에서 꽉 누르고 그의 팔을 뒤로 꺾었다. 절도범이 더 이상 움직일 수 없게 되자 그는 다른 누군가에게 경찰에 신고할 것을 부탁했다. 그러자 누군가 곧바로 경찰에 신고하는 목소리가 들려왔다.

윤호는 그 소리를 듣고서 몸에서 힘을 빼기 시작했다. 이제 자신의 할 수 있는 건 다했으니 나머지는 시민들에게 맡기기로 한 것이다. 범인도 잡고 그녀의 가방도 되찾으니 그는 그 상황이 만족스러울 따름이었다.

하지만 그가 그런 만족감을 느끼고 있을 때쯤 그에게 번개가 번쩍하고 내리쳤다. 그가 몸을 일으키려 할 때 엎드린 절도범이 발로 그의 얼굴을 세게 걷어 찬 것이었다. 그것은 하늘에서 내린 번개가 아니라 사람이 만들어 낸 번개였기에 소리는 크지 않았지만 그에게 가해진 충격은 상당한 듯했다.

그는 곧바로 말의 뒷발길질에 걷어차인 사람처럼 앞으로 넘어지기 시작했다. 그의 상체는 다시 절도범의 다리 위로 포개졌고 동시에 그의 정신도 나가버렸다. 그 모습을 지켜보던 주위 사람들은 놀라 그에게로 달려갔다. 그들 중 몇 사람은 절도범의 팔다리를 눌러 그를 다시 제압했고, 몇 사람은 쓰러진 윤호의 상태를 살폈다. 다행히 숨은 쉬고 있었지만 정신을 잃은 듯했다. 그들은 그가 빨리 정신을 차리도록 그를 흔들어 깨웠다. 그러자 잠시 후 그의 입에서 약한 신음소리가 들려왔다.

그 후 3분이 지나 경찰차 두 대가 도착했다. 곧바로 구급차도 도착했다. 신고를 받고 도착한 경찰들은 일단 절도범에게 수갑을 채운 후 그가 훔쳐 달아나려던 가방을 주워 그것을 범행의 증거물로 압수했다. 범인의 신병을 확보한 경찰관 두 명은 범인을 차에 태워 경찰서로 데려갔고 나머지 경찰관 두 명이 현장에 남아 사건을 수습했다. 그 사이 구급대원들은 차에서 내리자마자 바로 윤호의 상태부터 확인했다. 아직 완전하지는 않지만 그의 정신은 대부분 돌아와 있었다. 그들은 일단 그에게 산소 호흡기를 씌우고 바로 구급차에 실었다.

그가 그렇게 구급차에 실려 병원으로 출발하려 할 때쯤 그녀도 그 사건 현장에 도착했다. 그녀는 도난당한 가방 안에 전화기가 들어 있어 바로 신고할 수 없자 도움을 구하기 위해 차를 타고 큰 도로로 나왔다가 우연히 그곳 사건 현장을 발견한 것이었다.

그녀는 경찰차와 구급차가 동시에 도로가에 정차해 있는 모습을 보고는 직감적으로 그것이 자신의 도난 사건과 관계있을 거라 생각하고 차를 세워 바로 경찰관에게 다가가 말했다.

"제가 조금 전에 가방을 하나 도난당했는데요. 혹시 그것 때문에 여기 오신 건가요?"

"가방을 도난 당하셨다고요?" 남아서 사건을 수습하고 있던 경찰이 그녀에게 말했다. "도난당한 가방이 혹시 갈색 가죽 가방인가요? 이만 크기의 가방요."

경찰관이 그녀의 가방 크기 만 한 사각형을 허공에서 그려보였다.

"네, 맞아요. 혹시 그 가방을 찾으셨나요?"

"네, 좀 전 절도범에게서 그 가방을 찾았습니다."

그녀는 자신의 가방을 찾았다는 경찰관의 말에 다행스런 표정을 지었다. 자기 주위에 아무도 도와 줄 사람이 없었는데, 이렇게 쉽게 가방을 찾아 그녀는 믿기지가 않았다.

"그럼, 그 절도범도 잡았나요?" 그녀가 물었다.

"네. 행인들이 잡았습니다. 그런데 도난당한 가방을 찾으시려면 일단 피해자 분도 경찰서로 가서서 피해물품에 대한 확인을 해주셔야 합니다."

그 말에 그녀는 당연하다는 듯 받아들였다. 자신의 가방도 되찾고 절도범도 잡았는데 그런 일이야 못할 이유가 없었다.

"네. 그럴게요. 지금 바로 가면 되나요?"

"네. 지금 저희들과 같이 가시죠."

경찰관 두 명은 곧 그 곳 사건 현장을 마무리 짓고 그녀에게 그녀의 차로 자기들 뒤를 따라 오라 말한 뒤 거기를 떠났다.

한편 구급차에 실려 병원에 온 윤호는 도착하자마자 몇 가지 검사부터 받았다. 겉으로 나타난 정신적 이상 증세는 없었지만, 뇌에 보이지 않는 상처를 입었을까 봐 한번 확인하기 위해서였다.

검사결과는 그가 응급실에 한 시간 정도 누워 있으니 나왔다. 다행히 뇌쪽에는 아무런 이상이 없다고 했다. 하지만 얼굴에 큰 타박상을 입어 며칠 간 병원에서 치료받아야 한다고 했다. 그는 그 말을 듣자 속으로 한숨을 쉬었다. 예전에도 한 달 가량 병원에서 지낸 적이 있었는데, 이번에도 다시 그런 생활을 할 걸 생각하니 답답했던 것이다. 하지만 자신의 지금 얼굴 상태를 보면 어쩔 수 없을 것 같았다. 왼쪽 눈 주위로는 파린 멍이 들어 크게 부어 있었고, 입술도 터져 검붉은 피가 흉하게 고여 있었던 것이다. 마치 난타당한 권투선수 같아 보였다. 그는 자기 얼굴을 그 꼴로 만들어 놓은 그 절도범 녀석을 용서할 수 없을 것 같았다. 사람의 얼굴을 거의 괴물 수준으로 만들어 놓았는데, 녀석을 다시 만나면 지금 자신의 모습과 똑같은 모습으로 만들어 주고 싶었다. 게다가 그 녀석은 오늘 자신의 일을 모두

망쳐놓은 녀석이 아닌가! 녀석만 나타나지 않았어도 오늘 그녀한테 자신의 마음을 한번 털어놓는 것이었는데, 녀석 때문에 오늘 계획이 모두 수포로 돌아가 버리고 말았다. 정말, 여러모로 용서할 수 없는 녀석이었다. 그 많고 많은 날 중 녀석은 왜 하필 이런 날을 선택했는지. 만나면 반드시 한방 먹여주고 싶었다.

그가 그렇게 병실에 누워 자신의 훼방꾼에 대한 분을 토하고 있을 때 할머니가 병원에 도착했다. 할머니는 손자가 오후에 멀쩡한 모습으로 집을 나갔는데 갑자기 사고를 당했다는 연락을 받자 오는 내내 불안해서 기도만 했다. 예전에도 그가 경기를 하다가 큰 부상을 당한 적이 있어 이번에도 그런 끔찍한 사고를 당한 건 아닌가 하는 염려가 되었던 것이다.

그녀는 병원에 도착해서도 손자가 입원한 병실로 바로 들어가지 못하고 복도에서 기도만 했다. 기도하더라도 이미 일어난 일이 바뀌는 건 아니었지만, 그래도 손자에게 큰 일이 없었으면 하는 마음에서였다.

잠시 후, 그녀는 마음을 단단히 먹고 손자가 입원한 병실 문을 천천히 열었다. 두 명의 환자가 누워 있는 것이 보였는데 한 명은 목에 깁스를 한 채 멀쩡한 얼굴로 누워 있었고, 다른 한 명은 피멍이 든 얼굴에 멀쩡한 몸으로 누워 있었다. 그녀는 그들 중 손자가 보이지 않자 병실을 잘못 들어왔나 생각하고, 병실 문 앞의 이름을 확인하기 위해 밖으로 나갔다.

그러자 그때 누군가 그녀를 불렀다.

"할머니!"

그녀는 병실 안에서 손자의 목소리와 비슷한 소리가 들리자 다시 문을 열었다. 누군가 침대에서 몸을 일으켜 자신을 쳐다보고 있었는데, 퉁퉁 부은 얼굴에 피멍자국이 크게 들어 있어 누군지는 바로 알아볼 수가 없었다. 하지만 곧 낯설지 않은 그 얼굴이 자신의 핏줄임을 알아보고 그녀는 곧바로 바닥에 주저앉아 울기 시작했다. 도저히 믿기지 않는 모습이었던 것이다.

손자는 할머니가 바닥에 주저앉자 놀라 할머니에게로 다가갔다. 그리고 아무 말 없이 할머니를 일으켜 세우고는 그녀를 침대 옆 의자에 앉혔다. 자신의 모습이 어떠한지 알고 있었기 때문에 그는 지금 할머니의 마음이 어떠한지 충분히 이해할 수 있었다. 자기가 할머니라 해도 그럴 수밖에 없을 것 같았다.

그가 우는 할머니를 진정시키기 위해 침착하게 말을 꺼냈다.

"할머니, 걱정 마세요. 멍만 크게 들었을 뿐 보이는 것만큼 큰 상처는 아니에요."

하지만 할머니를 안심시키기 위해 꺼냈던 그 말은 오히려 할머니의 마음을 더 자극시켰다. 그의 발음이 정확하지 않았기 때문이다.

그는 할머니가 더 슬피 울자 다시 할머니를 안심시키기 위해 말을 꺼냈다.

"할머니, 상처는 며칠만 지나면 다 가라앉아요. 그리고 검사 결과 다른 데는 아무런 이상이 없대요. 그러니 안심하셔도 돼요."

말을 하면 상처 때문에 입술이 따끔거렸지만, 윤호는 그런 표를 내지 않기 위해 참고서 끝까지 말을 이었다. 하지만 할머니는 얼굴을 가린 채 계속 울기만 했다.

그는 더 이상 무슨 말로 할머니를 안심시켜야 할지 몰랐다. 그냥 시간이 흘러 할머니가 이 상황에 빨리 적응하기만을 바랄 뿐이었다.

그날 두 사람은 더 이상 아무 말도 하지 않았다. 할머니는 손자가 말을 하면 아파할까봐 아무것도 묻지 않았고, 손자는 자신의 발음 때문에 할머니가 또 슬퍼할까봐 그녀가 먼저 말을 꺼내기까지는 그냥 지켜보기만 했다. 그들은 그날 밤을 그렇게 병실에서 보내며 서로가 빨리 안정되기를 바랐다.

그렇게 하루가 지났다. 그는 아침에 간단한 식사를 하고 치료를 받았다. 입술이 아파 음식을 제대로 먹지 못한 그는 치료하는 의사에게 음식 심기는 것이 힘들다며 고통을 호소했다. 그러자 의사는 입술의 붓기가 빠질 때까지는 많이 씹지 않아도 되는 부드러운 음식만 먹을 것을 권했다. 다른 방법은 없나 해서 물어 본 것이었는데, 무척 실망스러운 대답이 아닐 수 없었다. 많이 공부한 의사의 대답이나 자신이 유일하게 알고 있던 방법이나 전혀 다를 바가 없었기 때문이다.

그는 치료를 받은 후 할머니에게 어제 있었던 일에 대해 설명해 주었다. 할머니의 표정으로 봐선 무척 궁금해 하는데도 자기가 말하면 입술의 상처 때문에 아파할까봐 참고 있는 것 같아서였다.

할머니는 그의 설명을 모두 듣고 나자 그제야 조금 안심하는 표정을 지어 보였다. 큰 사고를 당해서 입은 상처가 아니라 용감한 일을 하다 입은 상처라 하니 그나마 다행스럽게 보였던 것이다. 하지만 그런 일에는 처음부터 끼어들지 않았으면 좋았을 걸 하는 생각도 들었다. 그 대가가 너무도 혹독해 보여 마음이 아팠기 때문이다. 그녀는 손자로부터 설명을 듣고 나서는 더 이상 눈물을 흐리지 않았다. 알지 못하는 궁금증이 마음에 가득하면 불안하기 마련인데, 이제는 상황이 변한 건 없어도 그 마음속 궁금증은 모두 해소되었기 때문이다. 그녀는 이제 손자를 돌보는 일만 신경 썼다.

오후 1시가 되자 그는 점심 식사를 마쳤다. 어젯밤 거의 뜬 눈으로 보낸 할머니를 집에 보내놓고서 그는 잠시 눈을 붙였다. 잠은 몇 십분 만에 깼는데, 깼을 때는 마치 집에 온 것처럼 포근하게 느껴졌다. 짧은 수면이었지만 정말 깊이 잔 것 같았고, 많이 먹지 못한 몸도 힘이 많이 충전된 듯 했다. 평소와는 달리 이상하리만치 몸 상태가 좋게 느껴졌다. 그는 잠시 자리에 누워 그 평온함을 느꼈다.

그런데 옆에서 무언가 움직이는 것이 느껴졌다. 아주 여리고 가는 움직이었는데, 그 느낌이 강해 온도를 가진 어떤 생명이 자기 옆에 와 있는 것 같았다. 할머니가 집에 다녀오기에는 흘러간 시간이 너무 짧았기에 그는 이번 사건을 조사하는 경찰관이 와 있는 건 아닌가 생각하고, 누운 자세에서 고개를 옆으로 돌려 자신의 짐작이 맞는지 확인했다.

그 순간, 그는 놀라지 않을 수 없었다. 정말 믿기지 않는 일이 일어났던 것이다. 자신이 그토록 보고 싶어 하던 그녀가 자신의 침상 옆에 서 있는 것이 아닌가! 그는 너무도 놀라 순간 자신의 눈을 의심했다. 아직 잠에서 완전히 깨지 않아 환상을 보는 것 같았다. 어쩌면 지금 천국에 와 있는 건지도 몰랐다.

그는 너무 놀라 자리에서 바로 일어났다. 그녀를 향해 돌아 앉아 그녀가 정말 그녀인지를 확인했다. 그런데 정말 그녀가 맞았다. 천사 같은 그녀가 하늘에서 내려와 자기 옆을 지키고 서 있는 것이었다. 그는 그녀에게서 풍겨 나오는 체취를 맡아보았다. 마치 천국의 꽃내음인 듯 향기로웠다. 가까이 있는 그녀에게서 나오는 온기도 느껴보았다. 생명의 기운처럼 정말 온화했다. 그녀가 지금 왜 여기에 와 있는지는 알지 못했지만, 그는 그녀를 이렇게 가까이서 볼 수 있어 너무 행복했다. 그건 찰나의 행복이었지만 아주 강렬했다. 지금껏 자신이 느껴보았던 모든 행복을 다 합친다 해도 이 보다 더 진할 수는 없었다. 세상을 다 준다 해도 느낄 수 없을 행복감이었고, 다시 태어난다 해도 맛볼 수 없을 황홀감이었다. 너무 좋고 너무 행복해 이 순간이 영원히 계속 되기만을 바랐다.

하지만 자신의 모습을 생각하는 순간, 그 영원 같던 시간은 순식간에 사라져버리고 말았다. 그는 자신의 모습을 깨닫자 곧바로 그녀에게서 얼굴을 돌리고 그 모습을 보이지 않기 위해 손으로 얼굴을 가린 채 고개를 숙였다. 지금 자신의 모습이 너무 부끄러워 할 수만 있다면 그녀에서 도망가고 싶은 심정이었다. 말로는 다 표현할 수 없을 것 같던 행복이 이제는 말도 할 수 없는 고민으로 변해버렸다.

주 하나님께서 아담을 깊은 잠에 빠지게 하시니
그가 잠들매 그분께서 그의 갈비뼈 중의 하나를 취하시고
그것을 대신 살로 채우시며
주 하나님께서 남자에게 취한 그 갈비뼈로 여자를 만드시고
그녀를 남자에게로 데려오시니
— 창세기 2: 21~22

22

거리에서 경찰을 만나 자신의 가방을 도둑맞았다고 신고한 그녀는 인근 10분 거리에 있는 경찰서에 도착해 자신의 도난당한 가방부터 확인했다. 가방에는 약간의 긁힌 자국이 있긴 했지만 자신의 가방과 똑같았고, 가방 속 물건도 모두 그녀의 것이 맞았다.

사라진 물품이 없다는 것까지 모두 확인하자 그녀가 경찰에게 말했다.

"제 가방이 맞아요. 카드랑 현금도 그대로고 없어진 물건도 없어요."

"그럼 여기에 본인 확인 좀 해주시겠습니까?" 경찰관이 그녀에게 서류를 한 장 내밀며 말했다.

그녀는 그 서류를 받아 작성한 후 그에게 제출했다. 그러자 경찰관이 그녀에게 물었다.

"아까 범인의 모습을 보셨다고 하셨죠?"

"네. 그런데 얼굴은 보지 못했어요. 뛰어가는 뒷모습과 옷차림만 봤어요."

"그럼 그때 보신 뒷모습과 옷차림으로 범인을 확인 좀 해주실 수 있습니까?"

그녀는 그 남자의 모습을 정확히 기억하고 있었기 때문에, 그 모습을 확인하는 데는 별 문제가 없을 거라 생각했다. 하지만 한 가지 걸리는 게 있었다.

"그런데 그 사람하고 마주해야 하나요?"

"아닙니다." 경찰이 대답했다. "그건 걱정 안 하셔도 됩니다. 상대는 피해자분을 볼 수 없습니다. 오직 피해자분만 상대를 볼 수 있습니다."

"그러면 확인해 드릴게요."

그녀가 수락하자 경찰관이 그녀를 범인이 있는 곳으로 데려갔다. 그리고 그가 손가락으로 누군가를 가리키며 말했다.

"저기 저 사람이 맞습니까?"

그녀는 경찰이 가리키는 사람을 보았다. 한 남자가 벽을 향해 서 있었다.

"저 남자를 말씀하시는 건가요?" 그녀가 말했다.

"네." 경찰이 대답했다.

"아니, 저 남자가 아닌데요. 제가 본 사람은 저렇게 마르지 않았어요. 그리고 옷차림도 저러지 않았고요."

"네? 저 사람이 아니라고요?"

경찰관은 그녀로부터 예상외의 답을 듣자 의아한 표정을 지어보였다. 분명 그 남자가 사건 현장에서 체포되어 온 인물이 맞았고, 피의자 본인도 자신이 그 가방을 훔쳤다고 자백했는데, 그녀만 다른 반응을 보였다. 그는 혹시 그녀가 잘못 알고 있는 건 아닌가 생각했다.

그가 그녀에게 다시 물었다.

"아까 범인의 얼굴은 못 보셨다고 하셨죠? 단지 뛰어가는 뒷모습만 보시고요."

"네. 제가 차안의 물건을 살피고 있는데, 뒤에서 뛰어가는 소리가 들려 돌아보니 한 남자가 뛰어가고 있었어요. 그래서 이상한 느낌이 들어 운전석에 올려 둔 제 가방을 보았죠. 그랬더니 가방이 사라지고 안보였어요. 그래서 순간 저는 그 남자가 가지고 달아난 거라 생각했죠. 그런데 제가 본 그 사람이 범인이 아닌가요?"

경찰관이 잠시 생각하더니 입을 열었다.

"아, 제 생각엔 피해자께서 뭔가 좀 착각하신 것 같습니다. 저기 저 남자는 행인들에 의해 현장에서 붙잡힌 사람이 맞습니다. 그리고 본인도 자신이 가방을 훔쳐 달아나다 잡혔다고 자백했고요. 그러니 저 남자가 이 절도 사건의 범인인 것은 분명해 보입니다. 그런데 피해자께서는 그 당시 저 사람을 본 게 아니라고 하니 아마 제 생각에는 그곳에서부터 범인을 쫓던 다른 사람을 보고 착각하신 것 같습니다."

"네? 제가 착각을 했다고요?" 그녀가 믿어지지 않는다는 표정으로 말했다. "분명 주위에는 제 뒤로 달려간 그 남자밖에 없었어요. 또 그 남자가 지나가자마자 제 가방이 바로 사라졌고요. 그런데도 제가 착각을 했단 말인가요?"

그녀는 자신의 생각으론 분명 그 남자밖에는 범인으로 지목할 수 있는 사람이 없는데, 어떻게 다른 남자가 범인이 될 수 있는지 궁금했다. 그건 건물 사이 골목을 지나면서 범인이 달라지는 격인데, 그건 마술 공연에서나 가능한 일이지 어떻게 실제로 그런 일이 일어날 수 있는지 이해가 되지 않았다. 그녀는 오히려 경찰이 범인을 착각한 것이 아닌가 하고 생각했다.

그러자 경찰관이 의아해 하는 그녀의 얼굴을 보고서 말했다.

"제가 볼 땐 피해자께서는 범행 이후의 일부 장면만 보고서 범인을 오인하신 것 같습니다. 현장 목격자들의 진술에 의하면, 저 남자는 다른 누군가에게 쫓기다 거리에서 잡혔습니다. 그 남자가 절도범을 잡아 넘어뜨리고서 도와달라고 해 그때부터 사람들이 달려들어 그를 도왔다고 했습니다. 그 말은 실제 저 피의자를 잡은 사람은 그곳을 지나가던 행인들이 아니라, 처음부터 저 사람을 쫓던 다른 남자라는 거죠. 제가 보기에 피해자께서는 그 남자가 달려가던 모습만 보고서 그를 범인이라 생각하셨던 것 같습니다. 하지만 실제로는 그가 범행 현장을 처음부터 목격하고서 범인을 잡으러 간 것 같습니다. 그건 좀 있다 조사해보면 자세히 알 수 있겠지만, 일단 지금 정황으로 봐선 그게 가장 유력해 보입니다."

경찰관의 설명을 듣자 그녀는 놀랐다. 만약 그게 사실이라면 자기가 큰 실수를 할 뻔한 것이다.

"그게 정말인가요?"

"아마도 그런 것 같습니다." 경찰관이 고개를 끄덕이며 대답했다.

"그럼, 그 사람은 어떻게 됐죠? 처음부터 범인을 쫓았다는 그 분 말이에요." 그녀가 다시 경찰관에게 물었다.

"그 사람은 현장에서 부상을 입어 병원에 실려 갔습니다. 범인에게 얼굴을 심하게 걷어차여 그 자리에서 잠시 기절한 모양입니다."

"네? 기절을요?"

남자가 기절했다는 말에 그녀는 가슴이 덜컥 내려앉았다. 자기가 범인으로 오해했던 그 남자에게 너무도 미안한 마음이 들었던 것이다. 미안함을 넘어 오히려 죄스럽기까지 했다.

"현장에서 기절했다가 구급차가 와서야 정신을 차렸다고 했는데, 그 후로는 어찌됐는지 저도 잘 모르겠군요. 그건 병원에 연락해서 알아보면 될 겁니다. 아, 그보다는 저희가 직접 가서 확인해 보는 게 더 나을 것 같군요. 어차피 저희도 그의 진술을 들으려면 지금 병원에 가봐야 하니 말입니다."

그 말을 듣자 그녀는 그 남자가 걱정되었다. '그 후로는 어찌됐는지 저도 잘 모르겠군요.' 하는 경찰관의 말이, 그에게 큰 일이 생긴 것 같다는 말처럼 들렸기 때문이다.

잠시 후 그녀는 경찰서를 나왔다. 돌아가는 차 안에서 오늘 일이 어떻게 일어났는지 생각해 보았다. 여태껏 이런 도난 사고를 당한 적이 없었는데, 오늘은 거기에 더해 자신을 도와주려 했던 사람을 범인으로까지 오인했다. 게다가 그 남자는 크게 다쳐 병원에 실려 가기까지 했다. 짧은 순간에 일어난 그 사건의 무게감이 이만저만 크게 느껴지는 것이 아니었다.

그녀는 얼마 가다 도로가에 차를 세웠다. 아무래도 그 남자의 상태부터 확인해 보는 게 좋을 것 같았다. 혹시 그에게 안 좋은 일이 생겼다면, 자신이 그 원인을 제공한 데 대해 조금이나마 책임을 져야 할 것 같았다. 어찌보면 그냥 모른 척 넘어갈 수도 있었지만, 그렇게 하기에는 양심이 허락하지 않았다.

그녀는 전화기를 들고 경찰서에 전화했다. 그리고 그 남자가 입원한 병원과 그의 이름을 알아내자 곧바로 그 병원으로 출발했다.

30분 후, 그녀는 병원에 도착했다.

그녀가 응급실 데스크로 가 간호사에게 물었다.

"장윤호 씨라고, 한 시간 전에 여기에 구급차로 실려 온 분이 있나요?"

"장윤호 씨요?"

"네."

"잠시만요."

간호사는 그 이름을 확인하기 위해 환자 명부를 살폈다.

"네. 얼마 전에 얼굴을 다쳐서 여기 오셨네요." 간호사가 말했다. "지금은 뇌 검사를 마치고 검사결과를 기다리고 있어요."

"네? 뇌 검사를요? 그렇게 많이 다쳤나요?"

"얼굴 쪽에 충격을 받으셨는데, 아직 검사 결과가 안 나와 지금은 뭐라고 말씀 드릴 수가 없어요."

그 말에 그녀는 마음이 무거웠다. 모두 자신의 책임처럼 느껴졌다.

"그럼, 결과는 언제 쯤 나오죠?" 그녀가 물었다.

"1시간 정도 있으면 나올 거예요. 그런데 환자 보호자 분 되시나요?"

"아니요. 보호자는 아니에요."

"그럼 오늘은 면회가 안 될 거예요. 얼굴 부위 상처 때문에 안정을 좀 취해야 하거든요."

"그럼 언제쯤 면회가 가능할까요? 저 때문에 이렇게 돼서 제가 뭐라 인사라도 드려야 하거든요."

"검사 결과 특별한 문제가 없다면 아마 내일은 면회를 할 수 있을 거예요."

"내일요?"

"네."

그녀는 내일까지 어떻게 기다리나 생각했다. 혹시나 그동안 그에게 안 좋은 일이라도 생기면 면회가 불가능할 수도 있었기 때문이다.

그녀가 그렇게 어찌 해야 하나 하며 잠시 서 있자 그때 그녀 옆으로 누군가 다가와 물었다.

"실례지만 혹시 장윤호 씨 하고는 어떤 관계가 되십니까?"

어느 낯선 남자가 묻자 그녀는 고개를 돌려 그를 쳐다보았다. 그녀는 혹시 그가 그의 가족이 아닌가 하고 생각했다.

"오늘 그분이 저를 도와주셨어요. 그런데 누구시죠?"

"아, 조금 전에 경찰서에 오셨다는 바로 그 피해자 분이시군요. 저는 장윤호 씨를 만나러 온 순경입니다."

남자가 그녀에게 자신의 신분증을 보여주자 그녀가 곧바로 그에게 물었다.

"그럼 장윤호 씨를 만나보셨어요? 지금 그 분의 상태는 어떻죠?"

"저도 여기 도착한 지 얼마 되지 않아 아직 장윤호 씨를 만나지는 못했습니다. 검사 결과가 나오면 그때 봐서 잠시 만나보고 가려 합니다.

"그래요?"

그녀는 다시 실망스런 표정을 지었다.

"그런데 어떡하죠? 오늘 면회를 못해서." 경찰이 실망한 그녀의 표정을 보고서 말했다. "피해자 분은 오늘 돌아갔다 다음에 다시 오셔야 할 것 같은데요."

"글쎄요. 저도 어떡해야 할지 모르겠네요."

"그럼 제가 나중에 장윤호 씨를 만나면 상태를 알려드릴까요? 별 이상이 없다면 내일 다시 면회 오시면 되잖습니까?"

"알려 주신다고요?"

"네. 어차피 오늘은 환자의 안정을 위해 못 만난다고 하니 그게 더 나을 것 같은데요. 굳이 결과를 알기 위해 여기서 기다릴 필요는 없지 않습니까? 제 생각에는, 나중에 나오는 결과를 보고서 조금 안정이 된 후에 인사를 드리는 게 더 나을 것 같은데요."

그 말을 듣자 그녀는 오늘은 어쩔 수 없이 돌아가야겠구나 생각했다. 아픈 사람 앞에서 감사표시 하는 것도 경우에 맞지 않을 것 같았기 때문이다.

"그럼 나중에 연락 좀 주시겠어요?"

"네, 그러죠. 제가 나중에 장윤호 씨를 만나면 바로 연락을 드리도록 하겠습니다."

그녀는 순경에게 자신의 연락처를 건네주었다. 그리고 병원을 나왔는데, 병원을 나와서도 그녀는 마음이 편치 않았다.

다음날. 그녀는 오전에 미술관을 들렀다가 점심쯤에 다시 병원으로 향했다. 전날 병원에서 만난 그 순경에게서 그 남자에게 별 이상이 없다 것과 다음날 오후부터는 면회가 가능하다는 것을 들었던 것이다.

그녀는 병원에 도착해 어제 본 그 간호사에게 물었다.

"장윤호 씨 상태는 어떤가? 머리에는 이상이 없다고 들었는데, 다른 곳도 괜찮은가요?"

"네. 다행히 머리에는 이상이 없는 걸로 나왔어요. 환자분은 얼굴 타박상만 치료하면 돼요."

간호사로부터 다행스러운 대답을 듣자 그녀는 조금 안심되었다.

"그럼 지금 면회가 가능한 가요?" 그녀가 물었다.

"네. 지금쯤이면 점심식사가 끝났을 테니 한번 올라가 보세요."

그녀가 그의 병실을 묻자 간호사가 알려주었다. 그녀는 곧 그가 입원했다는 병실로 올라갔다. 병실 안에는 두 개의 침대가 있었는데, 한쪽은 환자가 어딘가 가고 비어 있었고 다른 쪽에는 한 남자가 누워 있었다. 그녀는 살며시 다가가 '장윤호'라는 이름이 어느 침상에 붙었는지 확인했다. 누워 있는 남자의 침대 위에 그 이름이 보였다. 그녀는 그의 침상 쪽으로 다가가 그의 얼굴을 내려다보았다. 자고 있는 그의 한쪽 얼굴이 심하게 부어 있어 마치 기절한 사람처럼 보였다. 얼마나 심하게 맞았는지 얼굴을 제대로 알아 볼 수가 없을 정도였다. 저렇게 맞아가면서까지 범인을 잡으려 했다니 그의 용기가 참 대단해 보였다.

그런데 그의 얼굴을 계속 쳐다보고 있으니 좀 이상한 느낌이 들었다. 잘 알아볼 수는 없지만 낯설지 않은 사람처럼 보였던 것이다.

그녀는 그의 얼굴을 좀 더 자세히 보기 위해 그에게 좀 더 다가갔다. 눈과 입이 많이 부어올라 그의 원래 얼굴형은 잘 알아볼 수 없었지만, 그가 자신이 알고 있는 누군가임에는 틀림이 없었다.

그 순간 자고 있는 남자가 꿈을 꾸는지, 그의 얼굴에서 미소가 나타났다. 그녀는 남자의 그런 모습을 보자 누군가 비슷한 미소를 짓던 사람이 생각났다. 최근 미술관에 와서 작품을 감상한 사람이었는데, 그의 웃을 때 입주변 표정과 지금 이 남자의 입 모양이 조금 비슷했다. 하지만 그 남자가 여기에 왜 누워 있단 말인가? 어떻게 그 남자가 어제 그 현장에 나타나 자기 가방을 훔치고 달아나던 남자를 쫓을 수 있겠는가? 그녀는 그냥 그와 닮은 남자가 아닌가 하고 생각했다.

그때 자고 있던 남자가 눈을 떴다. 남자가 눈을 뜨자 그녀는 침상 쪽 가까이 가져갔던 발을 뒤로 한 발짝 물렸다. 자기가 먼저 말을 건네면 방금 잠에서 깬 남자가 놀랄 수 있을 것 같아 그녀는 남자가 자기 쪽으로 돌아볼 때까지는 아무 말 없이 서서 기다렸다.

곧 남자가 옆으로 고개를 돌렸다. 그녀와 눈이 마주치자 그가 다치지 않은 반대쪽 눈을 크게 뜨고서 그녀를 한참 쳐다보았다. 그 순간 그녀는 그에게 무슨 말부터 꺼내야 하나 생각했다. 그러나 남자가 갑자기 얼굴을 가리며 돌아 앉아 그녀는 조금 당황했다. 자신의 얼굴이 부끄러워 그 모습을 보여주지 않으려는 듯 했다.

그녀가 곧 그에게 조심스럽게 말을 꺼냈다.

"저, 저는 한민아라고 하는데요. 어제 도난당한 제 가방을 찾아주셔서 감사 인사를 드리려고 이렇게 찾아왔어요."

그녀는 그렇게 말하고 그가 뭐라 대꾸할지 기다렸다. 하지만 남자는 꼼짝도 하지 않고 앉아 있기만 했다.

그녀가 다시 입을 열었다.

"그런데 이렇게 많이 다쳐서 제가 무슨 말씀을 드려야할지 모르겠네요. 몸 상태가 아무렇지도 않으시다면 제가 깊이 감사 인사를 드리는 게 맞겠지만, 지금은 너무나 안 좋아 보여 제가 그렇게 말씀드리기도 너무 죄송스럽게 생각되네요. 아무튼 어제 제 가방을 찾아주셔서 너무 감사드립니다. 그리고 이렇게 다친데 대해서는 죄송스럽게 생각합니다."

그녀의 그 말을 듣자 남자가 잠시 후 작은 목소리로 대답했다. 그는 여전히 자신의 부끄러운 모습을 손으로 가리고 있었다.

"아, 뭘요? 전 그냥 나쁜 짓 하는 사람을 잡은 것뿐인데요."

남자의 목소리를 듣자 그녀는 그가 자기가 생각하던 그 남자가 맞나 생각했다. 그의 발음이 정확하지 않아 지난번 그의 목소리하고는 조금 다르게 들렸기 때문이다.

그녀가 그에게 말했다.

"전 그때 아무런 도움을 받지 못해 제 가방을 아주 못 찾는 줄 알았어요. 그런데 이렇게 뜻밖의 도움으로 되찾게 되어 얼마나 감사한지 모른답니다. 만약 그때 그쪽에서 용감하게 나서서 절 도와주지 않으셨다면 전 아마 제 가방을 영영 못 찾았을 거예요. 정말 제가 뭐라고 감사해야 할지 모르겠네요. 다시 한 번 더 감사 말씀드립니다."

그러자 남자가 방금 전보다 밝은 목소리로 대답했다.

"그래도 가방을 찾을 수 있어서 참 다행이네요. 하마터면 도둑을 놓칠 뻔했는데 말입니다."

남자의 말투로 봐선 그가 정말 기뻐하는 것 같아 보였다.

"그런데, 혹시 저를 모르시나요?" 그녀가 갑자기 다른 말을 꺼냈다. "혹시 몇 주 전에 미술관에 오신 분 아닌가요?"

그 말에 남자가 갑자기 얼어버렸다. 그는 뭐라 대답해야 할지 몰라 침대만 내려다보았다.

"저는 미술관에서 일하는데요." 그녀가 말했다. "얼마 전 저희 미술관에 오신 분하고 좀 닮아 보여서 그래요. 그때 그분이 그림을 좀 남달리 감상하셔서 제가 기억하고 있거든요."

하지만 남자는 여전히 아무 말 없이 침대만 내려다보았다.

분위기가 이상해 진 걸 느낀 그녀가 다시 말했다.

"혹시 제 말이 실례가 되었다면 사과드릴게요. 전 그냥 그분하고 느낌이 좀 비슷해서 물어 본 거였는데…."

그때 남자가 조심스레 말을 꺼냈다.

"여기서 다시 만나게 될 줄 생각지도 못했네요. 조금 전에 여기 오신 걸 보고서 제가 얼마나 놀랐는지 모릅니다. 이 넓은 도시에서 이렇게 다시 만나게 되다니 정말 깜짝 놀랐어요. 아마 확률적으로 따져 봐도 그건 거의 불가능한 일일 거예요. 그런데 그런 불가능한 일을 직접 겪게 되어 참 신기했습니다."

"어머, 정말 맞군요." 그녀가 놀라는 표정을 지으며 말했다. "우리 미술관에 오셨던 그분이셨군요."

"네. 세상 참 좁네요." 남자가 어색한 웃음소리를 내며 말했다. "저도 조금 전 아가씨를 보고서⋯ 아니, 제가 뭐라 불러야 할지 몰라서⋯."

그녀가 바로 말했다.

"제 이름은 한민아예요. '민아 씨'라고 부르시면 돼요."

"아, 네. 좀 전에 민아 씨라고 하셨죠. 이름이 참 예쁘군요."

그는 그녀의 이름을 부를 수 있어 너무나 좋았다.

"전 장윤호 라고 합니다."

"네. 알고 있어요."

"네? 제 이름을 안다고요?" 그가 그녀를 살짝 돌아보며 말했다.

"네. 어제 경찰서에 물어보고 알았어요. 제가 병원에 오려고 물어봤거든요."

"아, 그랬군요."

그가 부은 얼굴로 환상적인 표정을 지어보였다. 그녀가 이미 자신의 이름을 알고 있어 기분이 너무도 짜릿했던 것이다. 그녀를 여기서 다시 만난 것도 놀라운데, 그녀가 자신의 이름까지 알고 있어 선물을 두 배로 받는 느낌이었다.

그녀가 말했다.

"사실, 어제도 이 병원에 왔었어요. 많이 다치셨다고 해서 가만히 있을 수가 없더라고요. 그래서 경찰서에 갔다 바로 여기로 왔는데, 환자가 안정을 취해야 한다고 해서 그냥 돌아갔어요."

그 말에 그의 마음이 벅차올랐다. 너무도 행복헤 그 감격을 이루 다 말할 수 없을 것 같았다. 그녀가 자기도 모르는 사이에 어제도 병원에 들렀다는 것이 믿기지 않았던 것이다.

하지만 그가 그 좋은 감정을 숨기고서 말했다.

"아, 그러셨군요. 어제는 제가 너무 아파 일어날 수가 없었습니다. 그래서 의사가 면회를 못하게 했나 봅니다."

"어머, 많이 아프셨나 봐요? 상처가 좀 심하게 난 것 같은데." 그녀가 애처로워하는 표정을 지어보이며 말했다.

"아, 네." 그가 대답했다. 그의 말투가 조금 과장돼 보였다. "저는 어제 정신을 잃은 줄 몰랐는데 제가 그랬다 그러더군요. 기절까지 할 정도였으니 좀 심하게 다치긴 다쳤나 봅니다. 아직도 머리가 이렇게 아픈 걸 보면 후유증이 좀 길 것 같기도 합니다. 제 평생 이렇게까지 아파 본 적이 없었는데…. 그래도 어제는 뭐, 좋은 일을 하다 그렇게 되었으니 전 괜찮습니다. 평생 후유증에 시달릴 수는 있겠지만 그래도 뭐 어쩌겠습니까? 제가 참지 못해서 당한 일이고, 그만한 보람도 있었으니까 됐죠. 아, 참! 그 가방은 무사하죠?"

"네. 좀 긁히긴 했지만, 그래도 없어진 물건은 없었어요."

"네? 긁혔다고요? 아, 이런! 내가 좀 더 조심했어야 했는데. 녀석이 차 안에 있던 그 가방을 몰래 가져가는 바람에 저도 급하게 쫓아가다가 넘어지면서 긁혔나 봅니다. 정말 죄송합니다."

"아니에요. 가방을 다시 찾은 것만도 다행인데요. 그 정도 자국은 수선하면 다시 깔끔하게 사용할 수 있어요. 그런 건 신경 안 쓰셔도 돼요."

그녀가 오히려 더 미안해하자 그가 좀 더 용기를 냈다. 그의 발음은 입안에 큰 사탕을 하나 집어넣고서 말하는 것처럼 들렸다

"저는 어제 그 쪽 길을 가게 될 줄은 정말 몰랐습니다. 그곳은 원래 제가 다니던 도로가 아니었거든요. 근처에 주차할 곳이 보이 않아 주차를 하기 위해 어쩔 수 없이 그곳에 들어가게 된 겁니다. 그런데 제가 거기서 잠시 주차를 하고 내리는데, 누군가 건물에서 나와 민아 씨 차 쪽으로 다가가지 않겠어요. 물론 저는 그때 그 분이 민아 씨인지는 전혀 몰랐습니다만. 어쨌든 그때 제가 느낌이 좀 좋지 않아 눈을 그쪽으로 돌리고 있었죠. 혹시나 하는 마음에서 말이죠. 그런데 정말 제 느낌대로 안 좋은 일이 일어난 게 아니겠어요. 그 남자가 민아 씨 가방을 훔쳐 달아난 겁니다. 저는 그때 그걸 보자 한 가지만 생각나더라고요. 그 남자를 쫓아가서 잡아야겠다는 것 말이에요. 아무도 없는 도로에서 여자분 혼자 남자를 어떻게 잡으러 가

겠어요? 그것도 불량스럽게 생긴 남자를 말이죠. 그래서 제가 그를 쫓아갔죠. 그리고 그를 쫓아 큰 도로까지 나왔어요. 거기서 저는 사람이 많아 잘못하면 놓칠 수도 있겠다 싶어 전력을 다해 달려가 그의 다리를 잡고 넘어뜨렸죠."

오전과는 달리 그의 입은 쉬질 않고 움직였다.

"다행히 저는 절도범을 넘어뜨리고 그 가방을 손에 넣었어요. 제 손에 그 가방이 들어오니 전 일단 안심이 되더라고요. 하지만 그 때문에 제가 다른 것을 생각하지 못했어요. 그 가방을 잡느라 그 사람을 제 손에서 놓친 겁니다. 그런데 녀석이 그것을 알고 제 얼굴을 발로 걷어차는 게 아니겠어요? 순간, 저는 정신을 잃고 쓰러지고 말았죠. 그 후로는 제가 기억이 잘 안 나지만 발에 걷어차인 그 순간에는 무척 괴로워했던 것 같아요. 그 후 정신을 차리고 보니 바로 여기 이 병원이 아니겠어요?"

그는 어제 자신의 미행을 숨기기 위해 거짓 이유를 대지 않을 수 없었다. 그리고 그녀의 마음을 사로잡기 위해서는 과장된 표현도 하지 않을 수 없었다.

"어머, 그러셨군요." 그녀가 말했다. "저는 어제 그곳에 어떻게 오셨나 생각했는데, 우연히 오셨다 그 일을 목격하신 거였군요."

"네. 어제 그 근처에 일이 있어 우연히 들렀다가 그 일을 목격한 겁니다."

그는 그녀가 자신의 말을 믿는다 싶어 한 번 더 확신을 심어주었다.

"그런데 우연치고는 너무 재밌고 신기하네요." 그녀가 말했다, "아니, 제 말은 다치신 게 그렇다는 게 아니라… 그런 일이 동시에 일어났다는 게 그렇다는 말이에요. 오해하지 않으셨으면 해요."

"아니요." 그가 말했다. "오해는요? 저도 그렇게 생각하는데요. 어제 있었던 일은 저나 민아 씨에게 평생 한번 있을까 말까 한 일일 거예요. 그런데 그런 일이 같은 장소에서 그것도 동시에 일어났으니 누가 그걸 우연히 일어난 일이라고 믿겠어요? 그리고 그 일이 잘 마무리되기까지 했으니 말이죠."

"그래도 잘 마무리 되었다고 하기엔 너무 많이 다치신 것 같은데요." 그녀가 걱정스러운 눈빛으로 말했다.

"뭐 이쯤이야! 그래도 가방을 찾은 게 어디예요. 저보다 가방이 더 비쌀 것 같은데. 그렇지 않아요? 하하." 그가 장난스럽게 말했다.

"아니에요. 사람하고 물건하고 어떻게 그런 비교를 해요? 차라리 가방을 잃어버리는 게 더 낫죠."

그녀가 진지한 표정을 지어보이자 그는 그녀의 예상치 못한 반응에 당황했다. 농담으로 한 말이 그녀에게는 이상하게 들린 것 같았다. 그는 분위기를 빨리 바꿔야겠다고 생각했다.

"하하. 농담이에요. 너무 놀라지 마세요. 전 그냥 가방을 되찾아 너무 좋아서 그런 것뿐이니까요. 아! 그런데 갑자기 왜 이렇게 아프지?"

그가 머리에 손을 얹고 고개를 좌우로 살짝 흔들었다.

"어머, 어디가 아프세요?" 그녀가 걱정스런 표정으로 말했다. "간호사한테 연락할까요?"

"아니에요. 간호사에게는 말하지 마세요. 단지 머리가 갑자기 아픈 것뿐이에요. 이건 그 사람들이 낫게 할 수 있는 통증이 아니에요. 그랬다면 제가 벌써 간호사를 불렀죠. 잠시 휴식을 취하면 괜찮아질 거예요. 너무 걱정하지 마세요." 그가 조금 엄살을 부리며 말했다.

"쉬어야 하는데, 제가 너무 시간을 뺏은 것 아닌가요? 제가 너무 많이 방해했나 봐요." 그녀가 걱정스런 눈빛으로 말했다.

"아니에요. 그런 게 아니에요."

분위기를 바꾸기 위해 한 말에 그녀가 생각치도 못한 반응을 보이자 그가 놀라 그녀를 쳐다보며 다급하게 말했다.

"그래서 그런 게 절대 아닙니다. 의사 말로는 뇌에 자극을 많이 주면 좋다고 그랬어요. 그리고 그런 자극 중에 제일 좋은 방법이 말을 많이 하는 거라 그러더군요. 그러니 그런 점은 전혀 신경 안 쓰셔도 됩니다. 이건 단지 뇌가 자극을 받아 좋아지고 있다는 증거일 뿐이에요."

그는 그녀를 붙잡기 위해 좀 더 말을 빨리했다.

"뇌에 자극을 주기 위해 말을 많이 하려면 대화할 상대가 필요한데, 지금 민아 씨가 딱 알맞게 와 주셔서 저는 얼마나 감사한지 모른답니다. 지금 제

머리는 다른 약으로 치료하기보다는 자연스런 대화로 치료하는 게 더 좋습니다. 그래야 치료비도 덜 들고 무료한 시간도 빨리 보낼 수 있거든요. 의사들이 처방해 주는 약이야 잠시 통증만 가라앉히는 것뿐인데, 그런 거에 계속 의존했다가는 이 병원을 언제 빠져나가겠어요? 아마 평생 병원 신세를 져도 안 될 겁니다. 설사 운 좋게 퇴원했다 해도 의사는 계속 병원에 나와 검사를 받으라고 할 텐데, 그러면 저도 귀찮고 의사도 싫지 않겠어요? 저는 한창 나이라 일을 해야 하는데 계속 병원만 다니니 귀찮고, 의사는 그런 저의 짜증 섞인 얼굴을 정기적으로 보아야 하니 더더욱 싫을 겁니다. 그러니 그건 두 사람에게 전혀 도움이 되지 않는 방법이에요. 병이란 항상 자연스럽게 고쳐야 잘 고쳐지는 법이에요. 그런데 억지로 약물을 투여한다든지 뇌에 전기 자극을 준다든지 하면, 그 당시에는 정상적인 사람처럼 보일지 모르지만 나중에는 그 사람이 어떤 바보로 변할지 누가 알겠어요? 그건 효과 면에서도 좋지 않을 뿐더러 부작용도 너무 심해서 저는 되도록이면 그런 방법은 피하고 싶습니다. 저는 단지 가장 자연스러우면서도 간단한 방법인 대화를 통해 이 머리를 치료해 보고 싶습니다. 그러니 민아 씨는 지금 저를 방해하고 있다 생각지 마시고, 오히려 자연 치유에 도움을 주고 있다고 생각해 주시기 바랍니다. 그래야 저도 편하고 민아 씨도 편할 것 아닙니까? 이것이야 말로 일석이조 아니겠어요?"

그의 긴 말을 듣고서 그녀는 그를 바라보며 생각했다. '이 남자 어제 거기에 나타난 건 정말 우연이었을까? 혹시 다른 의도가 있었던 아니었을까?' 그녀가 보기에 지금 그가 말하는 건 다친 사람의 입에서 나올 법한 말이 아니었던 것이다. 과연 다른 사람에게 말했다 해도 그렇게 많은 말을 했을까 싶을 정도로 그의 입에서 나온 말의 양은 상당했다. 그건 이쩌면 연설문 같이 느껴지기도 했는데, 입술을 심하게 다친 사람이 어떻게 그렇게 말을 많이 할 수 있는지, 그의 숨겨진 마음이 조금 의심될 정도였다.

그녀는 지난 번 미술관에서 본 그에 대한 장면들을 생각해 보았다. 그림을 무척 오래 감상하던 일과 자기에게 다가오려는 듯 살며시 걸어오던 그 일이, 이제와 보면 그냥 아무런 의도 없이 한 것 같아 보이지는 않았다. 어쩌면 그가 자기를 만나기 위해, 그리고 말을 걸기 위해 그런 행동을 했었을 수도 있을 것 같았다. 보통 미술관에 오는 사람들은 작품보다는 그곳 풍경과 내부의 예쁜 장식을 보기 위해 오는데, 그는 남들과는 달리 작품 감상에 너무 많은 초점을 두었기 때문이다.

그래서 그녀는 만약 그의 그런 행동들이 자기를 위한 것이었다면 어제 그 일도 그런 건 아니었을까 하고 생각했다. 그의 말마따나 그 넓은 도시에서 그렇게 만난다는 것은 정말 드물고 힘든 일이었는데, 그런 일이 신기하리만치 일어났으니 조금 미심쩍은 생각이 들지 않을 수 없었던 것이다.

하지만 그가 이렇게 심하게 다친 걸 보면 꼭 그렇게 여길 수만도 없을 것 같았다. 정말 그의 말처럼 우연히 그곳을 지나가다 자신을 도운 것인지도 몰랐다. 세상에 그런 일이 있지 말라는 법도 없는데, 그런 신기한 일이 일어났다고 해서 무조건 이상하게 여기기도 좀 무리가 있어 보였다.

그렇지만 이 남자가 자기에 대한 특별한 감정을 가지고 있다는 것만은 완전히 무시할 수는 없을 같았다. 비록 직접적인 말은 안 해도 그 느낌이라는 것이 너무 강해, 그의 마음이 보이지 않게 와 닿았기 때문이다. 그리고 그것은 지금 그의 행동을 통해서도 알 수 있을 것 같았다.

잠시 후, 그녀가 말했다.

"네. 그럼 저도 방해한다는 생각은 하지 않을게요. 대신 아프시면 좀 누워 있다가 얘기하세요. 그래야 저도 마음이 편하죠."

"아, 그래요. 그러면 되겠군요. 그런데 병 문환 오신 분을 세워놓고 제가 어떻게 누워 있을 수 있나요? 그럼 제 마음이 더 편치 않잖아요."

그녀가 침상 옆에 있던 의자를 보며 대답했다.

"그럼, 저도 여기 앉아 있으면 되죠."

"아, 그러면 되겠군요. 그런데 제가 지금까지 손님을 세워 놓고 말하고 있었군요. 정말 죄송합니다."

"아니에요. 별로 오래 서 있지도 않았는데요."

그녀가 곧 의자에 앉았다.

그때 간호사가 병실로 들어왔다. 그녀가 그의 침상으로 다가와 링거액을 확인했다.

"장윤호 씨, 얼굴은 좀 괜찮으세요? 어제보다는 붓기가 조금 빠진 것 같은데, 아픈 데는 없나요?" 간호사가 말했다.

"네, 조금 나아진 것 같긴 한데, 그래도 아직까지는 많이 힘드네요." 그가 조금 아픈 표정을 지어보이며 대답했다.

"통증은 일주일정도 지나면 많이 가라앉을 거예요. 그동안은 진통제를 드릴 테니 그때까지만 좀 참으세요. 다른 데 불편하신 건 없어요?" 간호사가 말했다.

"네. 다른 데는 불편한 곳이… 아, 머리가 약간 아프긴 합니다. 하지만 아직까지는 참을 만합니다." 그가 아까 그녀에게 한 말을 생각하고서 대답했다.

"그래요? 많이 아프세요?" 간호사가 물었다.

"아니요, 지금은 괜찮네요. 이제는 신경 안 써도 될 정도예요."

"그래요? 그럼, 나중에 아프면 연락하세요. 머리 쪽 이상은 없는 걸로 나왔지만 그래도 퇴원할 때까지는 조심해야 하니까요. 그리고 오전에 의사 선생님이 말씀해주신 것처럼 머리는 많이 움직이지 않는 것이 좋아요. 그리고 말도 되도록 삼가세요. 그래야 머리 쪽에 통증이 덜 발생하니까요. 아시겠죠?"

그 말에 그의 표정이 갑자기 굳어졌다. 그는 그녀가 혹시 그 말을 들었으면 어쩌나 생각했다. 만일 그랬다면 빨리 빠져나갈 방법을 찾아야 했다. 허나 알맞은 대응책이 바로 생각나지가 않았다. 단지 좀 전에 간호사가 했던 그 말을 그녀가 못 들었기만을 바랄 뿐이었다.

그러나 그의 기대와 달리 그녀는 그 말을 정확히 듣고 말았다. 그리고 그의 얼어버린 듯한 표정도 보았다. 그래서 그녀는 순간, 내 느낌이 맞구나 하고 생각했다. 그러나 그녀는 간호사의 그 말을 못 들은 척 하고 간호사가 병실을 나가자 그의 어찌할 바를 모르는 마음을 위로하기 위해 바로 화제를 바꾸었다.

"혹시 지난번에 미술관에 왔다 구경하지 못한 작품들은 다 보셨나요? 다음에 와서 좀 더 관람해야겠다고 하셨는데, 아직 다 못 보셨으면 다시 와서 관람하세요. 지난 번 기부금도 많이 넣어주셨잖아요. 퇴원하고 다시 오시면 제가 미술관에서 차 한 잔 대접해 드릴게요. 물론 그 정도로야 이번 일에 대해 충분한 보답이 될 수는 없겠지만 말이에요."

"네? 미술관에서 차를요?" 그가 조금 전의 얼어버린 듯한 표정을 바꾸고 말했다.

"네. 지난 번 미술관 수리를 하면서 1층 사무실을 카페로 만들었거든요. 아, 참! 지난번에 와서 한번 보셨죠?"

"네. 지난번에 가서 한번 봤죠. 정말 좋던데요. 물론 제가 안에는 들어가 보지 않았지만 말이에요."

"그럼 다음에 오시면 안도 구경해 보세요. 제가 거기서 과일이랑 차를 대접해 드릴게요. 미술관 카페라 다른 곳보다는 조용하게 차를 드실 수 있을 거예요."

그녀가 미소 띤 얼굴로 그를 보며 말했다. 그녀가 보는 그의 얼굴은 엉망이었지만 보기 싫지는 않았다. 오히려 편안하고 친근하게 느껴졌다. 많이 본 사람도 아닌데 그런 느낌이 들어 그녀는 좀 이상한 생각도 들었다.

"그렇겠군요." 그가 말했다. "거긴 다른 곳보다 조금 조용하게 차를 마실 수 있겠군요. 아무래도 다른 곳보다는 사람들 출입이 많지 않을 테니 말이죠. 그럼 제 얼굴이 다 나으면 한번 들릴게요."

"네. 꼭 오세요. 그리고 지난번에 정원도 못 둘러 보셨는데 거기도 한번 구경해 보시고요."

"아, 참. 제가 거기도 안 둘러봤군요. 지난번에 미술관 내부 그림만 감상하느라 거기에 가 본다는 걸 깜빡했네요. 그럼 다음에 가면 거기도 한번 둘러봐야겠군요."

그녀가 그를 보며 말없이 미소만 지었다.

그는 그녀의 그런 미소를 보며 오늘따라 무슨 일이 이렇게도 잘 풀리나 생각했다. 어제까지만 해도 인생이 참 우울하게 느껴졌는데, 어찌된 것이 하룻밤 사이에 그 우울함이 완전히 다르게 변해버렸다. 화가 변하여 복이 되고, 나쁜 일이 오히려 좋게 변한다더니 오늘 일이 바로 그런 걸 두고서 한 말인 것 같았다.

그는 그녀를 보며 저 여자가 내 사람이 되면 참 좋겠다고 생각했다. 그녀의 태도나 말씨를 보면 교양이라든가 상대를 배려하는 마음이 일반 여자와는 달랐고, 그녀에게는 말로 표현할 수 없는 포근함과 묘한 매력이 느껴졌기 때문이다.

그는 이제 일이 이렇게 변해버렸으니 그녀에게 좀 더 적극적으로 다가가야겠다고 생각했다.

아담이 이르되, 이는 이제 내 뼈 중의 뼈요, 내 살 중의 살이라.
그녀를 남자에게서 취하였으니 여자라 부르리라, 하니라.
— 창세기 2: 24

23

여름이 지나가자 가을이 그 자리를 대신하고 있었다. 한참 무덥던 날에는 숨쉬기도 힘들 든 공기가 이제는 그 속에 차가운 기운을 품고 있어, 이러다 곧 겨울로 접어들 것 같았다.

그동안 윤호의 얼굴은 거의 정상으로 회복되었다. 그는 얼굴이 회복되자마자 바로 미술관을 찾아가 그녀가 만들어주는 차와 과일을 즐겼다. 처음에는 일주일에 한번 정도 마시러 가던 차를 그녀와 좀 더 친해지자 그는 그 횟수를 두 배로 늘려 마셨다. 물론 처음에는 그 방문 목적이 미술 감상인 것처럼 했지만, 나중에는 그녀가 그의 방문을 더 기대하자 바로 카페로 들어가 그녀와 오붓한 시간을 가졌다.

그때쯤, 한 중년 여성이 도심의 어느 건물을 나와 앞에 대기하고 있던 차에 탔다. 그녀의 얼굴에는 수심이 가득해 보였다.

그녀가 말없이 한참을 가다가 전화기를 들었다.

"이 변호사. 어떻게 됐어요? 뭐 좀 알아 본 건 있어요?"

무슨 일을 시켜놓고 그 결과를 애타게 기다려 온 사람처럼 그녀가 전화기에 대고 물었다.

"뭐, 그게 사실이에요? 그럼, 지금 어디까지 진행된 거예요?"

그녀의 얼굴에 심각한 표정이 나타났다.

잠시 후, "그래요, 그럼 좀 더 알아보고 연락하도록 해요." 하고 그녀가 전화를 끊었다.

그녀는 원래 바깥일을 하던 여성이 아니었다. 집안 일만 해오던 주부였는데, 남편이 갑자기 세상을 떠나자 어쩔 수 없이 그의 사업을 떠맡게 된 것이었다. 그것은 사회 경험이 부족한 주부에겐 여간 힘든 일이 아니었다. 하지만 오랫동안 남편과 함께 일해 오던 사람들이 그녀 밑에서 그녀를 잘 보조해 주었기에, 그나마 매 고비 때마다 힘든 상황을 넘기고 있었다. 그런데 그런 와중에 뜻하진 않은 일이 발생해 그녀의 머릿속이 복잡해졌다. 그것은 회사 내부 사정으로 인한 문제도 아니었고, 외부 경영 환경이 갑자기 악화되어 발생한 문제도 아니었다. 그러나 그 때문에 느끼는 피로감은 그에 못지 않게 컸다.

그녀는 23살에 자기보다 두 살 많은 남자를 만나 결혼했다. 남자는 군을 제대하자마 군에서 익힌 기술로 바로 취업을 한 사람이었는데, 그가 일하던 곳에 그녀가 취업하면서 두 사람은 만나게 된 것이었다.

두 사람이 결혼한 지 2년이 되자 딸이 태어났다. 가족이 한 명 늘자 남편은 돈을 좀 더 벌어 보기 위해 다니던 회사를 그만두고 그동안 조금 모아 두었던 돈으로 작은 가게를 하나 차렸다. 하지만 가게는 그가 기대했던 것만큼 잘 되지 않아 처음부터 많은 애를 먹었다. 아무리 노력해도 성공하기 힘든 것이 장사인데, 더군다나 경험도 없이 시작했으니 어려울 수밖에 없었다. 그는 빚까지 지게 되자 가게를 어떻게 할지 고민하기 시작했다. 잘 되라는 희망을 품고서 시작한 것이었지만 현실이 녹록지 않으니 빨리 그 상황을 벗어날 새로운 방법을 모색해야 했던 것이다. 결국 그는 많은 고민 끝에 가게를 접기로 결심했다. 더 이상은 버틸 수가 없어 다시 직장을 구하는 게 나아보였기 때문이다.

다행히 일자리는 빨리 구해졌다. 빚도 빠른 시일 안에 모두 갚을 수 있었다. 그가 가족을 먹어 살려야 한다는 생각으로 달려들다 보니 그의 다급한 심정과 성실성을 알아본 그의 사장이 그에게 많은 기회와 보상을 제공해 주었던 것이다. 그 덕에 그는 2년 만에 그동안 생긴 빚을 모두 정리하고 궁핍했던 생활에서 벗어날 수 있게 되었다.

그 후로도 그는 그런 마음을 버리지 않고 계속 열심히 일했다. 한번 실패를 맛본 것이 그에게는 좋은 자극제가 되어 젊은 시절부터 열심히 노력하지 않으면 절대 성공할 수 없다는 것을 확실히 깨닫게 된 것이다.

그는 직장을 다니면서도 배우기를 게을리 하지 않았다. 자신이 알지 못하던 기술을 접하게 되면 그것을 익히기 위해 밤낮으로 공부했고, 그것을 숙련될 정도로 익히고 나면 다시 다른 분야로 눈을 돌렸다. 그 때문에 그의 사장이 그에게 다양한 연수기회와 회사 연구과제에 참여할 기회를 주었고 그 덕에 그는 비슷한 경력의 다른 이들보다 더 앞서 나가게 되었다.

그러던 어느 해, 그는 생각지도 못한 기회를 하나 잡게 되었다. 자신이 다니던 회사와 거래를 하던 한 회사가 경영이 악화되면서 그가 그 회사를 인수하게 된 것이다. 당시 그의 사장은 만약 그 회사가 다른 사람에게 넘어가면 여태까지 자신과 원활하게 해오던 거래가 좀 어려워질 거라 생각해, 그것을 차라리 자신이 인수하면 어떨까 생각하고 있었다. 하지만 그에게는 경영하고 있던 회사가 있었고, 또 그것만으로도 자신의 일이 벅찼기 때문에 다른 믿을 수 있는 사람이 인수해 자기 회사와 거래하는 게 좋겠다는 쪽으로 생각을 바꾸었다. 그러던 차 사장은 성실하고 믿을 수 있는 그를 생각하고는 당시 모은 돈이 없던 그를 불러 자신이 인수자금을 모두 지불할 테니 그가 그 회사를 인수해 회사를 키워 나가는 것이 어떻겠냐고 제안했다. 물론 그 인수자금은 사업을 일으켜 그가 나중에 차츰 갚아나가는 조건이었다.

그런 뜻밖의 제안을 받자 그는 주저하지 않고 받아들였다. 평소 사업에 대한 열망을 떨쳐버리지 못하고 있던 차에, 둘째까지 태어나 그 기회를 절대 놓칠 수가 없었던 것이다. 그는 회사를 넘겨받자마자 곧바로 필요 없는 군더더기부터 없애 버렸다. 직원은 믿을 수 있는 사람으로만 남기고 대폭 줄였고, 회사의 필요 없는 자산도 모두 정리해 부채를 최소화시켰다. 그러자 1년 후, 희망 없던 기업이 조금씩 회복의 기미를 보이기 시작했다. 거래하는 회사의 수와 매출이 조금씩 늘어났고 부채도 많이 줄었다. 2년째에는 그동안 회사가 지고 있던 부채가 모두 정리되고 이윤까지도 생겼다. 3년 후, 그는 자신이 그의 전 사장에게 지고 있던 빚까지도 모두 갚고 아무런 부담 없이 사업을 할 수 있게 되었다.

그 후로 그는 20년간 그 회사를 성장시켜 나갔다. 아무 밑천 없이 시작한 사업이었지만 노력과 열정만으로 세계적인 기술을 보유한 회사를 만들어 냈다. 사람이 뚜렷한 목표와 포기하지 않는 마음만 있으면 얼마든 성공할 수 있다는 것을, 그가 자신과 그의 직원들에게 똑바로 보여준 것이다.

하지만 그런 그의 사업만큼 그의 인생은 굳건하지 못했다. 사업은 단단한 초석 위에서 번창했지만, 그의 삶은 더 뻗어나가지 못했던 것이다.

여느 때와 같이 그가 회사 연구원들과 함께 연구실에 남아 일하던 때였다. 그는 잠시 화장실을 다녀오겠다며 나가버리고는 오랫동안 돌아오지 않았다. 그러자 연구원들은 이상하다 생각하고 밖으로 나가 그를 찾았다. 그가 간다고 했던 화장실과 휴게실까지도 뒤져보았지만 보이지 않아 그 중 한 명이 그의 방으로 들어가 그를 찾았다. 다행히 그가 자신의 의자에 앉아 자고 있는 것이 보였다. 그 직원은 사장이 피곤해서 잠시 쉬는구나 생각하고 조용히 문을 닫고 나왔다. 하지만 몇 발작 가다 조금 이상한 느낌이 들어 직원은 다시 그의 방으로 들어갔다. 평소 조그만 인기척 소리에도 반응하는 사장이었지만, 조금 전에 그가 들어갔을 때에는 아무런 움직임도 보이지 않았던 것이다. 그는 자고 있는 사장을 불러보았다. 하지만 그는 조용히 앉아만 있을 뿐 어떠한 반응도 보이지 않았다. 직원은 이상하다 생각하고 사장에게 다가가 그를 흔들어 깨웠다. 순간, 팔걸이에 올라가 있던 사장의 팔이 아래로 축 늘어지며 그의 몸이 옆으로 기울었다. 직원은 놀라 사장을 붙잡았다. 얼른 사장을 의자에 곧게 앉히고는 다시 흔들어 깨웠다. 그러나 아무런 반응도 보이지 않자 그는 다른 동료들을 부르기 위해 급히 밖으로 달려 나갔다. 놀라 달려온 사람들은 서둘러 그를 차에 태워 병원으로 데리고 갔다. 하지만 병원에 도착하기 전 사장은 이미 숨을 거두고 말았다. 자신의 몸을 돌보지 않고서 너무 무리한 탓에 과로사 한 것이었다. 그들은 모두 놀라 아무 말도 할 수가 없었다. 순식간에 한 사람의 인생이 바뀐 것에 충격을 금지 못했던 것이다.

하지만 그들보다 더 충격을 받은 사람들은 그의 가족이었다. 그들은 이 소식을 전해 듣자 아무 말도 못하고 주저앉아버렸다. 평소 건강에 아무 이상 없던 남편이자 아버지였기에, 그들은 그런 일을 갑자기 당하리라고는 상상도 하지 못했다. 그들은 처음에는 눈물 없이 슬퍼하기만 했지만, 시간이 지나면서 점점 더 그의 빈자리가 느껴지자 그때부터 소리 내어 울기 시작했다.

하지만 그것도 잠시였다. 가장이 갑자기 사라지면서 그가 하던 사업이 모두 중단되자 먼저 그것부터 해결해야 했다. 작은 가게 정도라면 빨리 팔아 그것을 정리하면 됐겠지만, 400여 명이나 되는 직원들이 그곳에 터를 잡고 있었기 때문에 함부로 그 사업체를 팔고 나올 수는 없었다. 일단 그들은 다른 이를 세우고 임시적으로 회사를 끌고나가도록 했다. 하지만 앞으로도 계속 그렇게 나아가기는 부담스러웠다. 기업을 제대로 이끌어나가려면 방향을 잡아주는 대표가 절실히 필요했기 때문이다.

당시 그녀는 집안 일만 하던 주부로서 남편이 하던 사업에 대해서는 자세히 몰랐다. 남편의 사업체는 고도의 기술력으로 일어난 기업이어서 그 분야와 관련된 사람이 아니라면 정말 이해하기 힘든 내용이었기 때문이다. 하지만 남편이 갑작스레 세상을 떠나자 그녀는 아무런 준비가 되지 않은 상태에서라도 그 사업체를 물려받지 않을 수 없었다. 회사를 그냥 방치했다간 지금까지 남편이 이루어 놓은 업적과 재산을 모두 날릴 수 있었기 때문이다.

그녀는 일단 남편의 사업을 급하게 물려받았다. 하지만 집안일과 자식들 키우는 일에만 신경 써 온 주부라 남편 없이 하는 그 사업은 정말 힘들 수밖에 없었다. 비록 오랫동안 남편과 함께 일해 오던 사람들이 그녀 밑에서 그녀를 보조해 주기는 했지만, 그래도 사업에 대해 전혀 문외한인 그녀가 지금까지 남편이 해오던 만큼의 역량과 실력을 발휘하기에는 턱없이 모자랐다.

그녀는 남편이 경영해 오던 사업을 물려받은 이후로는 한 번도 집에 일찍 들어간 적이 없었다. 예전에 남편은 회사 경영과 연구 개발에 몰두하느라 그랬지만, 그것을 이어받은 그녀는 남편이 이루어 놓은 그 사업을 따라잡기 위해 그래야만 했다. 그녀는 마치 어린아이가 글을 처음 배울 때처럼 밤늦게까지 회사에 남아 그동안 남편이 이루어 놓은 사업을 공부했다. 때로는 너무 복잡하고 때로는 너무 머리가 아파 그만두고 싶을 때가 많았지만, 자기에게 주어진 책임이 있었기 때문에 힘들어도 그녀는 회사를 지켜나갔다.

하지만 그런 노력에도 불구하고 그녀는 자신의 한계를 넘어서지는 못했다. 남편만큼 기술과 연구에 열정이 있는 것이 아니었기 때문에, 아무리 노력한다 해도 따라잡기가 힘들었던 것이다. 물론 경영자가 기술까지 모두 배워야 하는 것은 아니었지만, 그래도 그 기업은 기술력으로 일어선 기업이었기 때문에 거기에 대한 기본 지식과 흘러가는 추세 정도는 알아야 큰 약점 없이 경영을 해 나갈 수 있었다. 그러나 그런 일에는 너무도 거리가 먼 그녀였기에 그녀는 매일 힘든 시간을 보낼 수밖에 없었다.

그런 벽에 부딪치자 그녀는 자신이 과연 이 회사를 맡아 잘 이끌어나갈 수 있을까 걱정하기 시작했다. 아무리 열심히 배운다고 해도 기술이라는 것이 그렇게 쉽게 이해되는 것도 아니고, 게다가 사업을 해 본 경험도 없이 이것저것 여러 가지를 갑자기 하다 보니 그 모든 것을 동시에 감당하기 힘들었던 것이다. 그래서 그녀는 그나마 짧은 기간 안에 배울 수 있는 회사 전체의 경영은 자신이 맡고, 기술에 대한 연구와 책임은 다른 전문가에게 맡겼다. 임시적인 해법으로 그렇게라도 해서 회사를 유지할 수밖에 없었던 것이다. 회사가 앞으로 나아가지는 못한다 해도 자기 때문에 후퇴해서는 안 되었다.

그런데 그녀가 그런 식으로 2년 가까이 회사를 맡아오고 있을 때쯤, 회사는 다시 생각지도 못한 큰 암초를 만나게 되었다. 어느 주주가 나타나 그 회사의 지분을 상당 수준까지 확보한 것이었다. 그것은 시장에서 합법적인 방법과 자유로운 매매 방식에 의해 획득한 것이었기에 어찌 보면 아무렇지도 않게 생각할 수 있었다. 하지만 그 주주가 어떤 사람인지를 알면 그렇게 생각할 수만도 없었다. 그 주주는 단 한명의 개인이었지만, 들리는 바에 의하면 그의 뒤에는 연결된 하나의 기업이 있다고 했다. 아직은 소문일 뿐이라 확인은 해 봐야겠지만 그 기업은 그런 식으로 회사의 지분을 확보한 후에 대상 기업을 집어삼키는 것으로 알려져 있었다. 지금까지 그렇게 피해를 본 기업도 몇 있었고, 또 지금도 그런 식의 사냥이 조용히 진행되고 있다고 아는 이들 사이에는 소문이 퍼져있었다.

그런 일까지 생기자 그녀는 당황하지 않을 수 없었다. 회사를 경영하는 일이 너무도 힘들어 손을 놓고 싶을 정도였다. 조금이나마 짐을 내려놨다 생각하면, 또다시 해결해야 할 문제가 생겨 도무지 안심하고 지낼 수 있는 날이 생기질 않았다.

일단 그녀는 생각지도 못한 그 일의 내막부터 알아봐야겠다고 생각했다. 지금까지 대주주들의 지분 변동률 없이 나가던 회사에 갑자기 새로운 주주가 들어왔으니, 그가 회사 주식을 매입한 목적과 그의 정체부터 한번 조사해 봐야했다. 표면상으로는 그냥 개인의 주식 매매인 것처럼 했지만, 그러기에는 그가 지금까지 시장에서 인수한 지분의 양이 상당했다. 자칫 방심하고 있다가는 남편이 지금껏 이루어 놓은 기업의 경영권까지 가져갈 수도 있었다. 그래서 그녀는 지금 변호사와 거기에 대한 여러 가지 대책을 논의하고 있는 중이었다.

어느새 그녀를 태운 차가 목적지에 도착했다. 도심에서는 차가 막히면 차 속에서 지내는 시간이 지루하게 느껴지지만, 지금은 무언가를 고민하며 오느라 어떻게 도착한지도 모르고서 금세 도착했다. 그녀는 차에서 내리자마자 계단을 걸어 바로 건물 안으로 들어갔다.

그때, 윤호와 민아는 1층 미술관 카페에 앉아 차를 마시고 있었다.

"민아 씨."

윤호가 민아를 불렀다. 그는 이제 그녀의 이름을 자연스럽게 불렀다.

"네." 민아가 대답했다.

"가을하면 뭐가 생각나요?"

"음… 글쎄요. 고궁?"

"고궁요?"

"네, 어릴 때 엄마랑 손잡고 그런 데를 많이 다녔거든요. 이상하게도 엄마랑은 항상 가을에 거길 다녔어요. 그래서 어릴 때 찍은 사진을 보면 가을 고궁에서 찍은 사진들이 많아요."

"그래요? 민아 씨 어머니가 민아 씨를 왕비처럼 키우고 싶으셨나 봐요. 그래서 장차 왕비가 되도록 거길 미리 구경 시키셨나 보네요."

"그럴지도 모르죠."

그녀가 웃으며 말했다.

"그런데 윤호 씨는 가을하면 뭐가 생각나요?"

"전 가을하면 운동화가 생각나요."

"운동화요?"

민아가 의외라는 표정을 지어보였다.

"네. 제 운동화는 어릴 때부터 가을이면 늘 닳았거든요. 그래서 가을에는 운동화가 제일 먼저 생각나요."

"참 특이하네요. 왜 하필 가을에 운동화가 닳죠?"

"제 생일이 가을인데, 그때마다 운동화를 사 신어서 그래요."

"네?"

민아가 무슨 뜻인지 모르겠다는 표정을 지어보였다.

그러자 윤호가 그녀의 그런 표정을 알아보고 말했다.

"할머니는 제 생일에는 늘 운동화를 사 주셨죠. 그래서 전 몇 달 전부터 신고 다니던 운동화가 빨리 닳도록 하기 위해 멀쩡하던 신발을 마구 구겨 신고 다녔어요. 그러면 정말 제 운동화는 생일 전에 어느 곳이든 한 곳이 닳아 신지 못할 정도가 됐죠."

"이상하다. 왜 그랬죠? 그냥 신던 운동화는 그대로 신고 나중에 할머니가 사 주시는 운동화는 그냥 받으면 되잖아요. 굳이 그렇게 새 운동화를 받기 위해 일부러 신발을 닳도록 만들 필요가 있었어요?"

그러자 윤호가 미소 지으며 대답했다.

"저도 그런 줄 알고 한 번은 생일 때까지 운동화를 멀쩡하게 신었던 적이 있었어요. 그랬더니 할머니는 운동화 말고 다른 걸 사 주시더라고요."

"다른 거요? 뭐죠?"

"옷이요."

"어머, 생일 선물로 옷도 좋잖아요."

"그런데 전 그 옷이 마음에 들지 않았어요."

"마음이 들지 않았다고요? 무슨 옷인데 마음에 들지 않았어요?"

"정장이었거든요. 부잣집 도련님처럼 아래위로 주름이 잘 잡힌 정장을 한 벌 사 주시더라요."

"어머, 할머니가 정말 멋쟁이시네요. 어린 윤호 씨한테 벌써 그런 옷을 다 사 주시다니요."

"그런데 전 그 옷이 너무 싫었어요. 그런 옷을 주위 친구들이랑 같이 입고 다니면 상관이 없는데, 저 혼자서만 그렇게 입고 다니니 친구들한테 놀림감이 될 수밖에 없었거든요. 그래서 전 그 옷을 단 한 번만 입고 그 다음부터는 절대 입지 않았어요. 그리고 다음 생일부터는 절대 그런 옷을 선물받지 않기 위해 가을 전에는 무조건 운동화를 닳도록 만들었죠."

"호호. 그래서 가을마다 운동화가 닳았군요. 전 처음에 우연히 그렇게 된 줄 알았는데, 이제 보니 그게 아니었네요."

민아가 재밌다는 표정을 지으며 예쁘게 웃었다. 윤호도 그런 민아의 모습을 보며 기분 좋게 웃었다.

그가 잠시 차를 한 모금 마시고 다시 말을 꺼냈다.

"그리고 또 생각나는 게 있어요."

"또? 뭔데요?" 그녀가 궁금하다는 듯 물었다.

"사실은 생각난다기보다는 앞으로 계속 생각날 것 같은 거예요."

"궁금하다. 뭐죠?"

그녀가 이번에는 그에게서 무슨 재미난 이야기가 나올까 하며 그를 바라보았다.

"지금 마시는 이 차요."

"이 차요?"

"네, 전 지금까지 가을에 이렇게 아늑한 곳에서 차를 마셔본 적이 없었거든요. 그래서 시간이 지나면 지금 이 가을에 마시는 차가 머릿속에 깊이 남을 것 같아요. 마치 이 차 향처럼 말이에요."

그녀는 그의 말뜻을 알고 있었다. 직접적인 표현은 아니었어도 지금까지 그의 말투와 행동을 통해서 느낄 수 있었기 때문이다.

"그럼, 지금 윤호 씨는 시간이 지나도 기억 속에 오래 남을 추억을 만들고 있는 거네요."

윤호를 바라보는 그녀의 눈빛이 촉촉했다.

"그것보다는… 평생 남을 추억을 만들고 있는 셈이죠."

그가 민아를 은은한 눈빛으로 바라보았다.

그때 카페 문이 열렸다. 한 여성이 카페 안으로 들어왔다. 그녀는 먼저 두 사람 중 뒤돌아 앉은 민아부터 보았다. 그 후 남자 쪽으로 시선을 돌렸는데, 그녀는 그 남자를 처음 보는 거였지만 그를 쳐다보는 눈빛이 신중했다. 마치 그의 정체가 무엇인가 하고 짐작하는 사람처럼 보였다.

민아가 문 열리는 소리를 듣고서 뒤돌아보고 말했다.

"엄마!"

그 소리에 윤호는 놀라 자리에서 반쯤 일어섰다.

"엄마, 연락도 없이 여길 어떻게 왔어요?" 민아가 엄마의 갑작스런 방문에 놀라 말했다.

하지만 그 여성은 대답 대신 잠시 두 사람의 분위기를 살폈다.

곧 그 여성이 두 사람을 번갈아 보며 대답했다.

"내가 회사에서 나오기 전에 전화를 했는데 네가 받지 않아서 그냥 출발했어. 그런데 오면서 차에서 다시 전화한다는 걸 내가 깜빡했구나."

윤호는 말하는 도중 자기를 가끔 쳐다보는 그녀의 눈빛이 조금 부담스럽게 느껴졌다.

"그린데 갑자기 무슨 일이에요?" 민아가 물었다.

"무슨 일이긴? 넌 요즘 엄마한테 연락도 안하고 뭐하니? 하도 궁금해서 엄마가 여기까지 찾아왔잖아."

"난 엄마가 너무 바쁘니간 그냥 연락 안했죠."

"그래도 엄마한테 가끔 전화라도 하지 그러니."

그녀는 오랜만에 만나는 딸에게 말하면서도 계속 서 있는 남자의 얼굴을 힐끔힐끔 쳐다보았다. 윤호는 자신을 보는 그녀의 그런 눈빛에서 약간의 차가움 같은 것을 느꼈다.

"그런데 엄마 여기 정말 오랜만이네요. 한 2년은 넘은 것 같은데."

"그러니? 벌써 그렇게 됐구나!"

"엄마, 일단 여기 좀 앉아요."

민아는 그녀의 엄마를 다른 자리로 안내했다. 그녀는 엄마가 윤호를 조금 이상한 눈빛으로 쳐다본다는 것은 알았지만 일단은 모른 척했다.

그녀의 엄마가 자리에 앉자 그녀가 말했다.

"엄마, 오늘은 회사에 안 들어가 봐도 돼요?

"응. 오늘은 그냥 좀 쉬고 싶구나. 나중에 시간 봐서 들어가든 하련다."

"엄마, 무슨 힘든 일 있어요? 표정이 별 안 좋아 보이네요."

그 말에 그녀의 엄마는 대답 대신 한숨을 내쉬었다.

그 모습을 보고서 민아가 말했다.

"엄마, 일단 제가 커피 한잔 가져다 드릴게요."

민아는 바로 자리에서 일어섰다. 그녀는 커피기계 앞으로 가서 엄마를 위한 차를 한잔 만들었다. 커피를 뽑는 도중 그녀는 엄마를 한번 쳐다보았는데, 엄마가 옆 자리에 놓인 가방을 여는 척하며 윤호 씨를 몰래 살피고 있었다. 윤호 씨는 그런 엄마의 눈을 피하기 위해 다른 곳으로 눈길을 돌렸다. 그녀는 빨리 그 불편한 분위기를 깨야겠다고 생각했다.

"엄마, 설탕은 필요 없죠?" 민아가 기계에서 커피를 받으며 말했다.

"응. 우유만 조금 넣어서 줘."

윤호는 두 사람이 말을 주고받을 때 그녀의 엄마 쪽으로 고개를 잠시 돌렸다. 직장 생활을 한다고 하기엔 조금 화려해 보이는 차림이었다.

민아가 곧 커피를 가지고 그녀의 엄마에게로 다가갔다. 윤호는 빈 찻잔에 손을 올려 차를 마시는 척 했다.

"엄마, 뜨거워요. 조금 식으면 드세요." 민아가 탁자 위에 커피를 올려놓으며 말했다. "엄마, 그런데 회사에 무슨 일 있어요? 그동안 미술관에 안 오시던 분이 갑자기 이렇게 오신 걸 보면 무슨 일이 생겼나 봐요."

"글쎄다. 제발 그러지 않아야 할 텐데. 회사에 생각지도 못한 일이 좀 생겼구나."

"생각지도 못한 일이라뇨? 무슨 일이에요? 회사가 잘 안 돌아가요?"

민아가 걱정스런 눈빛으로 그녀의 엄마를 쳐다보았다.

"아니, 그런 건 아니고. 그냥 누가 우리를 좀 괴롭히려나 보다."

"네? 괴롭혀요? 누가요?"

"글쎄, 아직은 좀 더 알아봐야 해. 지금 이 변호사가 그자들이 누군지 알아보고 있는 중이다."

"그럼 엄마 그 일 때문에 힘들어서 여기 온 거에요?"

그녀의 엄마가 뜨거운 커피를 조금 입에 대다 말고 내려놓았다.

"그 일도 그렇고, 너도 한번 보고 싶고 해서 겸사겸사 왔어."

그녀의 엄마가 다시 한 숨을 내쉬었다.

"그런데 넌 요즘 어떻게 지내니? 엄마한테 연락도 좀 하고 그러지. 넌 이 엄마가 걱정도 안 되든?"

그녀의 엄마가 딸을 원망스런 눈빛으로 쳐다보았다.

"나야 엄마 바쁘실까봐 그냥 연락 안하고 조용히 있었죠. 지난번엔 엄마한테 연락해도 바쁘다며 빨리 끊곤 그랬잖아요."

"그래도 네 목소리는 한 번씩 들려주고 그래야 엄마가 걱정을 안 할 것 아니야. 지금까지 잘 살던 집에서 그냥 같이 살면 될 것을 왜 나가서 이렇게 엄마를 걱정시키는 거야? 결혼도 안 한 딸애가 말이야."

그녀의 엄마가 말하는 도중 고개를 살짝 돌려 남자를 한번 쳐다보았다. 말끔하게 생긴 얼굴이었지만, 한 쪽 눈가에 옅은 상처 같은 것이 있어 조금 어두워 보였다. 그녀는 그를 살짝 훔쳐보디기 다시 딸에게로 고개를 돌렸다. 그리고 딸에게 그가 누구냐는 고갯짓을 했다.

그러자 민아가 더 이상 모른 척 할 수 없을 것 같다 생각하고 일어서며 말했다.

"아, 참! 엄마, 잠시만요."

민아가 윤호에게 다가갔다.

"윤호 씨, 미안해요. 오래 기다렸죠? 엄마가 오셔서 이야기 하느라 제가 말씀을 못 드렸네요. 저 분은 우리 엄마에요."

그녀가 몸을 돌려 다시 그녀의 엄마에게 말했다.

"엄마, 이분은 장윤호 씨라고 해요. 제가 얼마 전에 길에서 가방을 도둑 맞았는데 이분이 쫓아가서 제 가방을 찾아주셨어요."

엄마는 딸의 그 말에 자리에서 일어섰다. 딸을 도와줬다는데 가만있을 수가 없었던 것이다.

"아, 그래?" 그녀가 남자를 쳐다보며 딸에게 말했다.

그녀가 곧 그에게 인사했다.

"우리 딸에게 그런 친절을 베푸셨는데 제가 모르고 있었군요. 정말 감사 드립니다."

"아닙니다. 제가 아니었어도 다른 사람들이 도왔을 텐데요." 윤호가 대답 했다. 그도 이미 자리에서 일어나 있었다.

"이 분, 그때 직접 도둑을 잡았어요." 민아가 말했다. "그런데 그 일 때문 에 병원에 입원했어요. 얼굴을 맞아 기절했거든요. 하마터면 큰일 날 뻔했 어요."

그 말에 그녀의 엄마가 윤호 앞에서 더 공손한 태도를 보였다.

"아, 그래요? 정말 큰일 날 뻔했군요."

민아가 엄마에게서 고개를 돌려 윤호 쪽으로 향했다.

"윤호 씨, 우리 같이 차 마셔요. 여기 와서 앉아요."

그 말에 그녀의 엄마와 윤호가 조금 불편해 하는 모습을 보였다.

"아니에요. 전 이만 가봐야죠. 두 분 오랜만에 만나신 것 같은데, 이제 두 분이서 이야기 나누세요."

그는 자신이 거기에 끼어봤자 서로 어색하기만 할 뿐 서로 편한 대화를 하지 못할 거라 생각했다.

"민아 씨, 오늘 차 잘 마셨어요."

윤호가 곧 고개를 돌려 그녀의 엄마를 쳐다보았다.

"그럼, 전 이만 가 보도록 하겠습니다. 두 분이서 좋은 시간 보내시기 바랍니다."

그러고 그가 그녀의 엄마에게 정중히 고개를 숙였다.

"어머, 윤호 씨, 정말 가시려고요?"

"네. 오래 있었는데, 이제 가 봐야죠."

그 말에 그녀의 엄마가 윤호를 보며 말했다.

"아니, 여기서 차 한 잔 더하시고 가시지 왜 벌써 가시려고요? 제가 와서 괜히 불편하게 됐나 보네요."

"아닙니다. 오늘 차는 많이 마셨습니다. 저도 이제 가야 할 시간이 됐습니다."

민아가 조금 미안해하면서도 아쉬운 표정을 지었다.

"그럼, 윤호 씨 다음에 시간 되면 다시 와서 마셔요."

"네. 그럴게요."

그러고 윤호는 두 사람에게 인사하고 카페를 나왔다. 이제 두 모녀만이 카페에 남았다.

그녀의 엄마가 먼저 입을 열었다.

"민아야, 저 사람이 정말 널 도와 준 것 맞니?"

"네. 윤호 씨가 제가 도둑맞은 가방을 찾아줬어요. 왜요? 못 믿겠어요?"

"그러면 고맙다는 인사만 하고 말지 뭣 하러 여기까지 남자를 데리고 와? 저러다가 너한테 다른 마음 품으면 어쩌려고?"

그녀의 엄마가 약간 불만스런 표정을 지어보였다. 딸이 자신이 알지 못하는 남자를 함부로 만나는 것이 싫었던 것이다. 게다가 지금은 아버지가 없어 딸을 보호해 줄 사람이 없는데, 딸이 혹시나 이상한 남자를 만날까봐 걱정되기도 했다.

"다른 마음이라뇨? 무슨 마음요?"

"남자가 여자를 만나는데 무슨 마음을 품겠니? 너한테 접근해서 만나려고 하겠지."

"참, 엄마는. 윤호 씨가 나쁜 사람도 아닌데 뭐. 만나면 안 되나요? 그리고 윤호 씨는 이미 우리 미술관에 몇 번 관람 왔던 사람이에요."

"뭐? 여길 몇 번 왔던 사람이라고? 그런 사람이 널 도와줬단 말이야?" 엄마가 딸의 얼굴을 똑바로 쳐다보며 말했다. "아니, 그런 경우가 어딨어? 이 넓은 땅에서 도움 받을 사람이 없어서 하필 여길 왔던 사람한테 도움을 받아? 그게 말이나 되니?"

"그게 왜 말이 안 돼요? 우연히 그럴 수도 있죠. 그리고 윤호 씨는 그날 자신이 도와준 사람이 저인지도 몰랐어요. 그냥 도둑을 잡아야겠다고 생각하고서 무작정 잡으러 간 게 절 도와준 거였어요. 저라는 걸 알게 된 건 제가 다음날 병원에 인사하러 찾아갔다가 서로 이야기하면서 알게 된 거예요."

그 말에 그녀의 엄마가 고개를 돌리며 약간 무안한 듯 말했다.

"그래? 그럼 뭐 다행이고."

하지만 민아는 그 말이 이상하게 들렸다.

"네? 다행라고요? 뭐가 다행이라는 거예요?"

"아니, 저 남자가 너한테 일부러 접근하려고 그렇게 도와준 게 아니라서 다행이라는 거지. 미술관에서 널 보고 좋아서 그렇게 했을 수도 있잖아."

"엄마도 참! 엄마는 오늘 윤호 씨를 처음 보면서 왜 그렇게 이상하게 봐요? 그 사람 그런 사람 아니에요."

민아는 엄마가 윤호 씨를 안 좋게 보는 것 같아 좀 못마땅했다.

"내가 뭘 이상하게 봤다고 그래? 그냥 그럴 수도 있다는 거지. 요즘 세상이 워낙 험해서 딸 가진 엄마라면 한번쯤 생각해 볼 수도 있는 거잖아. 그런데, 너 왜 저 남자를 감싸는 거야? 너 혹시 저 남자랑 사귀는 거니?"

"하, 엄마! 오늘 따라 아주 예민하시네! 엄마, 회사 일이 힘들어서 여기 오셨으면 오늘 그냥 여기서 좀 쉬었다 가세요. 왜 이상하게 그러세요?" 민아가 엄마에게 조금 토라진 투로 말했다.

"내가 예민한 게 아니라 그건 엄마로서 당연한 거야. 그런데 너 한번 대답해 봐. 너 저 남자 만나는 거 맞니?"

"엄마, 나도 이제 서른 살이에요. 남자랑 같이 앉아서 차도 한 잔 못할 나이에요? 그리고 남자랑 같이 차 마시는 게 꼭 사귀는 것도 아니잖아요. 더군다나 날 도와줬던 사람한테 감사 표시로 그러는 건데."

사실 민아는 엄마가 너무 직선적으로 물어 그 대답을 피하고 싶었다. 그녀도 엄마의 그 질문에 대해 한번 생각해 볼 시간이 필요했던 것이다.

그녀의 엄마가 단호하게 물었다.

"그래서 너 저 남자를 사귄다는 말이야, 아니라는 말이야? 너야말로 왜 자꾸 말을 돌리면서 엄마를 이상하게 만들어? 어서 바른대로 말 해 봐!"

민아는 잠시 머뭇거렸다. '아니에요.' 라고 대답하려니, 마음이 조금 이상했던 것이다.

"얘가? 너 정말 저 남자를 만나는 거 맞구나! 거 봐, 엄마 느낌이 맞네! 내가 여길 처음 들어올 때부터 두 사람 앉아 있는 게 좀 이상하다 했어. 도와 준 사람한테 그냥 인사하는 그런 모습이 아니었다고."

민아는 엄마의 그 말에 더 이상 대꾸하지 않았다. 그녀는 고개를 돌려 다른 곳을 바라보았다.

"너 엄마 똑바로 쳐다보고 말해 봐! 너 저 남자랑 지금까지 몇 번 만났어?"

그녀의 엄마 목소리가 조금 전보다 높아졌다.

"어서 말해 봐!"

"그냥 여기서 차 몇 번 마신 것뿐이에요."

민아는 부인하기보다 사실만 말하고 싶었다.

"그런데 엄마, 제가 뭐 잘못한 사람처럼 왜 그래요? 제가 남자 만나는 게 뭐 잘못된 거예요?"

"네가 남자를 만나는 게 잘못됐다는 게 아니라, 네가 저 사람에 대해 잘 알고서 만나는 건지 난 그게 걱정이 돼서 그러는 거야. 단지 밖에서 우연히 그런 일로 도움 좀 받았다고 해서 남자를 이렇게 함부로 만나서는 안 될 거 아니야. 지금까지 어떻게 살아 온 사람인지도 모르는데, 저 남자를 뭘 믿고서 함부로 만나?"

"엄마, 윤호 씨는 막 살아 온 그런 사람이 아니에요. 그리고 우리가 만난다고 하기엔 아직 그렇게 가깝지도 않고요. 그냥 지금은 차 마시면서 서로에 대해 이야기하는 사이일 뿐이에요."

"민아야. 너 그런 순진한 소리 하지마라. 남녀 관계는 그러다 갑자기 가까워지는 법이다. 게다가 너 같이 순진한 여자는 한번 남자한테 빠지면 이 것저것 생각 안하고 넘어가게 돼 있어. 너, 저 남자에 대해 뭐 좀 들은 건 있어? 자기가 어떤 사람이라고 말 안하든? 내가 안 봐도 아마 저 남자 너한테 심하게 과장해서 말했을 거다. 원래 남자들이 여자들 앞에서는 다 그렇거든. 그런데 너 그거 절대 다 믿으면 안 된다. 혹시, 너 이 미술관이 네 소유라고 말한 건 아니겠지?"

"엄마, 그런 소리를 내가 왜 해요? 내가 뭐 아무것도 모르는 바보인가요?"

"엄마는 네가 남자한테 빠져서 멋도 모르고 그런 말을 했을까봐 걱정이 돼서 그러는 거야. 남자들이 여자 집안 재산을 보고서 그렇게 접근하는 경우도 있거든."

"엄마, 윤호 씨는 절대 그런 사람 아니에요. 그 남자는 순수하고 착한 사람이에요."

"얘가? 네가 저 남자를 몇 번 만났다고 그걸 알아? 지금은 네 앞에서 그렇게 보이려고 일부러 그럴 수도 있잖아."

"엄마, 나도 그 정도는 볼 줄 알아요. 그런데 저 사람은 절대 그런 사람이 아니에요."

"네가 지금 저 남자한테 쏙 빠졌구나! 이를 어떡하냐?"

"뭘 어떡해요? 내가 이상한 남자 만나는 것도 아닌데."

"그러면 하나 물어보자. 저 남자 뭐하는 사람이야? 뭐 내세울만한 직업은 있어?"

그 말에 민아는 입을 닫았다. 엄마가 지금은 물어보지 않았으면 하는 질문이 나왔기 때문이다.

"말해 봐! 뭐하는 남자야?"

그녀의 엄마가 딸의 얼굴을 똑바로 주시했다.

"얼마 전까지 회사 다니던 사람이에요." 민아가 말하기 싫어하는 사람처럼 대답했다.

"그럼 지금은?"

민아가 잠시 머뭇거리다가 작은 목소리로 대답했다.

"지금은 다른 일을 알아보고 있는 중이래요."

"뭐? 그럼 지금은 직업도 없다는 말 아니야. 아이고, 민아야, 너 어쩌자고 이러니? 너 지금 직업도 없는 남자를 만난다는 말이야? 얘가 지금 남자한테 단단히 빠졌네."

"엄마, 윤호 씨는 처음부터 직업이 없던 사람이 아니에요. 새로운 일을 해보기 위해서 지금은 자신에게 맞는 일을 알아보고 있는 중이래요. 꼭 무슨 일자리가 없이 노는 사람처럼 보지는 마세요."

"그게 뭐가 달라? 어쨌든 지금은 무직자라는 거 아니야."

민아는 엄마의 무직자라는 말이 조금 안 좋게 들렸다. 정말 그가 무능해서 무직자가 된 것도 아니고 직업을 바꾸려다보니 일시적으로 그렇게 된 것인데, 그것을 마치 직업도 없이 놀고만 있는 사람처럼 말하니 기분이 좋지 않았던 것이다.

민아가 말했다.

"그건 엄마가 꼭 이때 직업을 구하는 중에 물어봐서 무직자처럼 보이는 거지, 직장을 구하고 나서 물어봤으면 엄마가 그렇게 생각하지 않았을 것 아니에요."

"얘 좀 봐! 너 저 남자 변호사니? 왜 자꾸 저 남자를 두둔하는 거야? 몇 번 밖에 안 만났다면서 얘가 지금 저 남자를 오래된 애인처럼 감싸고도네! 저 남자가 너한테 무슨 말을 했길래 너 이렇게까지 넘어간 거야? 내가 처음 볼 때부터 저 남자 느낌이 안 좋다했더니…."

민아는 더 이상 대꾸하지 않았다. 괜히 말을 디 했다가는 엄마의 마음만 자극해 장윤호라는 남자를 더 이상하게 만들 것 같았다. 엄마는 지금 자신의 딸만 생각하느라 그 남자의 인격과 성품은 완전히 무시하고 있었다. 딸이 제대로 알지 못하는 남자한테 빠지는 것을 막기 위해, 어떻게든 딸 앞에서 상대 남자를 까내려고 했다.

그녀가 아무 말 없이 앉아 있자 그녀의 엄마가 말했다.

"3년 전 너희 아빠 돌아가시고 나서부터 난 혼자서 너희 두 딸을 어떻게 결혼시켜야하나 걱정하고 있었다. 아빠 살아계셨다면 주위에 좋은 사람 알아봐서 짝을 맺어주면 됐겠지만 이 엄마는 너희들한테 그렇게 짝 지워줄 수 있는 사람이 없기 때문이야. 그러면 너희들이라도 좀 알아서 좋은 사람을 만나주면 좋은데, 네 동생 유나는 결혼은 생각 없다며 유학 가 버렸지, 너는 다니던 대학원 그만두고 여기 이 미술관에 틀어박혀 있지. 이 엄마가 지금 너희들 때문에 얼마나 답답한지 아니? 너라도 우리 집안에 좀 도움될 수 있는 남자를 만나 이 엄마 걱정을 덜어 주면 좋은데, 어째 기껏 만난다는 남자가 이렇게 직업도 없는 남자니? 민아야, 지금 이 엄마가 힘이 다 빠진다."

민아는 푸념 섞인 엄마의 그 말에 어떠한 대꾸도 할 수 없었다. 그녀도 엄마의 그 심정을 충분히 이해할 수 있었기 때문이다. 지금까지 딸 둘만 지극 정성으로 키워오다가 갑자기 해본 적도 없는 사업을 물려받게 되었으니, 지금 엄마가 겪는 고통은 보통의 기업가가 감당해야 하는 것의 몇 곱절은 되었을 게 분명했다. 집안에 아들이라도 있어 엄마를 대신해 그 사업을 물려받았다면 엄마에게 던져지는 부담이 덜 했을 테지만, 딸 둘이 모두 사업과는 거리가 먼 분야에만 관심이 있었으니 엄마가 지금 겪고 있는 부담은 상당했을 것이다.

"엄마." 민아가 말했다. "엄마 마음은 저도 알아요. 그런데 지금 제가 남자를 사귀는 것도 아니고, 그냥 잠시 차만 마시며 상대를 알아가고 있는 중이잖아요. 그러니 엄마는 너무 앞서서 그렇게 걱정만 하지 마세요."

그녀의 엄마가 목이 마른지 커피를 한 모금 마셨다. 그리고 잠시 후 그녀가 옆에 놓인 가방을 잡으며 말했다.

"아이고, 모르겠다! 오늘은 내가 머리가 아파서 너 좀 만나면서 쉬려고 했더니 여기 와서 머리만 더 아프게 됐구나. 이제 네 일은 네가 좀 잘 알아서 해줬으면 좋겠구나. 예전 같으면 엄마가 나서서 이래라 저래라 하며 말렸을 테지만 지금은 엄마가 할 일이 있어서 그렇게 할 수도 없어. 그러니 이제는 네가 엄마 마음 잘 헤아려서 판단해 주길 바란다."

그녀가 일어날 자세를 취했다.

"엄마, 제 일은 걱정 마세요. 저 어린애 아니에요. 저도 잘 판단할 수 있어요."

"그래. 그럼 네 일은 네가 알아서 잘 좀 해. 이제 엄마는 그만 가 봐야겠다. 여기 있어도 마음이 편치가 않네."

그녀의 엄마가 자리에서 일어섰다. 딸 때문에 마음이 무거워진 그녀는 올 때보다 더 힘이 없어 보였다.

그녀는 곧 딸과 인사를 나누고 미술관을 나왔다. 주차장에 대기하고 있던 차에 타자마자 그녀는 바로 회사로 향했다.

누가 현숙한 여인을 찾겠느냐?
그녀의 값은 루비보다 훨씬 더 나가느니라.
그녀의 남편은 그 땅의 장로들 가운데 앉을 때에 성문 안에서 알려지느니라.
— 잠언 31: 10, 23

24

저녁 11시. 낮에 딸을 잠시 만난 그녀는 회사로 돌아간 뒤 일을 끝내고 집으로 향했다. 그녀가 보통 집으로 향하는 시간은 저녁 10시쯤이었지만, 그날은 일이 있어 한 시간 더 늦게 출발했다.

그녀를 태운 차가 집 앞에 도착하자 그녀가 운전기사에게 말했다.

"김 기사. 내일은 아침에 일이 있으니까 한 시간 일찍 와요."

"네, 사장님. 그럼, 아침 7시에 차를 대기시켜 놓고 있겠습니다."

"그래요. 그럼 조심해서 들어가요."

"네. 편히 쉬십시오."

그녀가 차에서 내린 후, 운전기사는 그녀가 집 안으로 들어가는 걸 확인하고서 자신의 집으로 향했다. 원래는 차를 회사에 주차시켜 놓은 후 가야했지만, 그날은 시간이 너무 늦어 그녀가 그에게 그 차를 타고 바로 집으로 가도록 허락한 것이다.

집 근처에 도착하자 그는 주차시킬 곳을 찾았다. 늦은 시간에는 주차할 장소가 잘 생기지 않았지만, 그날은 운 좋게도 빈자리가 하나 있었다. 그는 차를 그곳에 주차시켜놓고 자신의 허름한 5층 아파트 안으로 들어갔다. 그가 사는 집은 가장 아래층이라 다섯 계단만 올라가면 바로 집이었다.

그가 현관문을 열자마자 어떤 이름을 불렀다.

"몽구야!"

그 소리에 방 안에서 어린 남자아이 한 명이 뛰어나왔다. 아이는 그 남자를 보자 바로 그에게 안기며 혀 짧은 소리로 말했다.

"아빠!"

"아이쿠, 내 새끼. 지금까지 안자고 뭐했어? 아빠 기다렸어?" 남자가 환한 얼굴로 아이를 안으며 말했다.

"응. 아빠 보고 싶었어."

아이는 좋아서 그의 목을 끌어안았다. 남자는 그런 아이를 안고서 방으로 들어갔다.

"몽구 엄마! 나왔어."

그가 방에서 다시 한 사람을 부르자 침대에 누워 있던 여자가 방금 잠에서 깬 모습으로 돌아보았다.

"몽구 아빠, 지금 왔어? 몇 시야?"

"12시. 몽구 혼자 놀게 내버려 두고 잔 거야?"

"아니, 같이 자다가 몽구 혼자 깨서 놀았나봐. 저녁은 먹었어?" 여자가 잠에서 들 깬 목소리로 남자에게 말했다.

"먹었지. 지금이 몇 신데 여태까지 안 먹었겠어?"

그가 고개를 돌려 아들을 쳐다보았다.

"몽구야, 너도 밥 먹었어? 엄마가 오늘 맛있는 거 해줬어?"

남자는 아내와 말할 때와는 달리 안고 있는 아이에게는 연신 행복한 미소를 지어 보였다.

"응. 고기 먹었어."

"아이고, 내 새끼 고기 먹었어요? 많이 먹었어?"

"응. 많이 먹었어."

아빠와 어린 아들은 잠시 서로를 껴안은 채 뺨을 비비며 장난쳤다.

잠시 후, 남자가 아내 쪽을 돌아다보며 물었다.

"그런데 현관에 있는 저 신발은 뭐야? 오늘 집에 누가 왔었어?"

그가 들어올 때 본 낡은 구두 한 켤레를 가리켜며 하는 소리였다.

"오늘…."

여자가 대답하려 하자, 누군가 뒤에서 먼저 대답했다.

"내 신발이야!"

세 사람만 사는 집에 갑자기 어떤 남자 목소리가 나, 남자는 놀라 재빨리 뒤돌아보았다. 그는 순간 집에 도둑이 들었나 생각했다.

"잘 지냈어?"

그가 뒤돌아보자 한 남자가 방문 밖에 서서 그를 쳐다보고 있었다.

"아니, 이게 누구야?"

그는 생각지도 못한 인물의 갑작스런 출현에 놀랐다.

"진주, 언제 나왔어?"

"오늘 나왔지. 오늘이 3년째 되는 날이거든. 그동안 몽구 녀석 많이 컸더구만. 내가 들어갈 때만해도 말 못하는 갓난아기였는데."

남자는 잠시 진주의 얼굴을 살폈다. 예전보다 살이 좀 빠져있었다.

"그동안 고생이 많았나보네."

"응. 거긴 원래 그런 곳이잖아."

진주는 잠시 멋쩍은 표정으로 남자를 쳐다보았다.

"그런데 동구. 손님이 찾아왔는데 이렇게 가만히 세워만 둘 거야? 오늘 출소 기념으로 한잔 해야지."

그 말에 남자는 대답 대신 아내 쪽으로 고개를 돌렸다.

"몽구 엄마, 오늘 진주 출소 날인 거 알았어?"

"아니." 여자가 이제야 침대에서 일어서며 대답했다. "잊고 있다가 오늘 낮에 오빠한테 전화 받고서 알았어."

"집에 있으면서 그것도 안 챙기고 뭐했어?" 남자가 안고 있던 아이를 내려 놓으며 말했다.

그 말에 여자가 퉁명스럽게 대답했다.

"그걸 무슨 집안 기념일이라고 내가 기억해 뒀다 챙겨? 동네 부끄럽게."

그 모습을 본 금진주가 두 사람 사이에 끼어들었다.

"두 사람 진정해. 오늘 같이 좋은 날 내 앞에서 부부싸움하면 날더러 다시 교도소 들어가라고 저주하는 꼴이야. 그러니 진정하고 우리 술이나 한잔 하자. 나라야, 오랜만에 술 상 좀 차려봐라. 우리 셋이서 술이나 하자."

"이 밤에 자야지, 술은 무슨 술이야? 그리고 우리 몽구 잘 시간 넘었어.

마시고 싶거든 두 사람이나 마셔!" 금나라가 짜증 섞인 투로 대꾸했다.

"얘 봐라! 넌 오빠가 오늘 나왔는데 반갑지도 않니?"

"반갑기는? 반가워 할 사람을 반가워해야지. 교도소를 제 집처럼 드나드는 사람을 내가 뭐 하러 반가워해?"

금진주는 여동생이 자신의 요청을 거절하자 화가 났다. 하지만 어린 조카 앞이라 뭐라 말할 수는 없었다. 그도 체면이 있어 제 집 아닌 곳에서는 함부로 할 수 없었던 것이다.

"진주, 우리끼리 부엌에서 마시자. 애 엄마는 몽구 때문에 내일 아침 일찍 일어나야 해."

우동구는 자신도 내일 아침 일어나야 해 바로 잠자리에 들어야 했지만 오랜만에 보는 금진주가 한잔 하자고 하니 무정하게 굴 수는 없었다. 그는 곧 금진주를 부엌으로 데리고 가 냉장고에 있는 몇 가지 음식으로 직접 술상을 차렸다. 두 사람은 오랜 만에 만나는지라 한동안 술만 마셨다. 그러다 술기운이 조금씩 오르자 옛 이야기부터 시작해 지금까지 기억에 있었던 일로 분위기를 조금씩 띄웠다.

그러다가 금진주가 물었다.

"그런데 동구. 너 양복 입고 있는 모습 보니 전혀 다른 사람 같은데. 언제부터 그렇게 하고 다닌 거야?"

"한 6개월 정도 됐어. 회사에 취업했거든." 우동구가 술잔을 내려놓으며 대답했다.

"그래? 좋은 회사인가 보네! 양복 입고 다니는 걸 보면."

금진주가 부러운 듯 그를 바라보았다.

"양복 입는다고 다 좋은 회사냐? 월급을 많이 줘야 좋은 회사지. 이건 단지 내가 사장 차를 운전해야 하니깐, 거기에 맞게 차려입은 것뿐이라고. 내가 아무리 좋은 회사를 다닌들 운전기사밖에 못해 먹는데 그 회사가 좋든 나쁘든 나랑 무슨 상관이겠냐?" 우동구가 조금 불만스런 표정을 지으며 말했다.

"그래도 사장 차를 운전하면 돈은 많이 벌 것 아니야?" 금진주가 말했다.

"많이 벌긴?" 우동구가 말했다. "사장차를 운전하든 누구차를 운전하든 운전기사 월급은 거기서 거기야. 특별한 기술도 필요 없는 직업인데 뭣 하러 회사가 운전기사한테 많은 월급을 주겠냐? 그냥 겉으로만 보기 좋을 뿐이지 쥐꼬리만 한 월급 받기는 다른 운전기사하고 마찬가지야."

"그래? 난 또 네가 그렇게 입고 다니길래, 돈을 많이 버는 줄 알았지. 그러면 너도 별 거 아니구나!"

"그래. 나도 별 거 아니지. 돈을 모두 날리는 바람에 나도 지금은 어쩔 수 없이 이렇게 먹고 사는 것뿐이야. 우리 몽구 녀석 저렇게 커 가는데 내가 아빠로서 가만히 있을 수는 없잖아."

우동구는 마음이 조금 괴로운 듯 술잔을 급히 비웠다. 금진주도 그를 따라 술잔을 비우고 안주를 하나 씹었다.

"그런데," 금진주가 다시 우동구에게 물었다. "너 거기 어떻게 들어갔어? 사장이 너에 대해서 알면 안 써줬을 텐데."

그러자 우동구가 술잔을 채우며 금진주에게 물었다.

"진주, 너 내 이름이 뭔지 알아?"

"뭐긴 뭐야. 우동구지. 내가 바보인 줄 아나?"

"그래, 바보 맞네!" 우동구가 피식 웃으며 말했다.

"뭐? 내가 바보라고?"

"그래. 난 더 이상 우동구가 아니거든. 날 그렇게 아는 사람은 여기 있는 우리 집 사람들뿐이야. 다른 사람들은 날 다른 이름으로 불러."

"다른 이름? 그게 뭔데?"

"김봉수."

"뭐? 김봉수?"

"그래. 솔직히 내가 그런 곳에 운전기사로 어떻게 들어가겠냐? 나한테 전과가 있다는 걸 알면 그 사람들은 써 주지도 않을 텐데 말이야. 그래서 내가 돈을 좀 들여 신분 세탁을 했지. 이름도, 나이도, 출생지도 모두 바꿔서 말이야. 안 그러면 취업을 할 수가 있어야 말이지."

그 말에 금진주가 그를 감탄하는 표정으로 바라보았다.

"야! 동구. 넌 역시 머리가 좋은 녀석이야! 어떻게 그런 생각을 다 할 수 있지. 나도 그렇게 하면 일자리를 구할 수 있으려나?"

"야, 넌 그런 생각 하지도 마! 넌 신분 세탁을 백번 하느니 차라리 죽었다 다시 태어나는 게 더 빨라. 그런 얼굴을 누가 써 주냐?" 우동구가 그를 비웃듯 쳐다보며 말했다.

"하긴 그래. 나라도 안 써 줄 거야!"

금진주도 자신을 비웃었다. 그는 우동구 앞에서는 늘 순한 양처럼 굴었다.

두 사람은 다시 술잔을 기울였다. 그리고 술잔을 내려놓으며 우동구가 금진주를 진지한 눈빛으로 쳐다보았다.

"그런데 넌 이제 뭐하며 살 작정이야? 계속 그렇게 교도소만 드나들 순 없잖아."

"이봐, 동구! 우리나라는 복지 국가야. 내가 직업이 없어 돈을 못 벌면 국가가 나를 먹여 살리게 돼 있다고. 그러니 나에 대해서는 그런 걱정 말고 오늘은 술이나 마시자."

금진주는 몇 년 만에 술을 마신 탓에 이미 취해 있었다.

"이건 널 걱정해서 하는 말이 아니야." 우동구가 말했다. "나와 우리 가족을 걱정해서 하는 말이라고. 너 돈 없고 직업 없으니 이제부터 우리 집에서 같이 지내려고 할 것 아니야. 그럼 이 좁은 집에 네 사람이서 같이 지내게 되는데, 그럼 우리 몽구가 불편해서 어떻게 지내겠어. 안 그래도 좁은 집인데 말이야."

그 말에 금진주가 혼자서 술을 따르고 비웠다. 그는 취기가 많이 올라 얼굴이 붉게 물들어 있었다.

"동구. 그 일이라면 너무 걱정하지 마. 나도 그 정도는 생각할 줄 안다구. 그러니 조금만 기다려 봐. 곧 일자리를 구해 볼 테니."

금진주는 갑자기 자신의 인생이 비관적으로 느껴졌다. 몇 년 전까지만 해도 몰랐던 일이 이제는 나이가 좀 더 드니, 그 느낌이 사뭇 다르게 다가왔던 것이다.

그가 다시 술잔을 비우다 문득 생각난 것이 있어 말했다.

"그런데 동구, 우리 지난 번 그 돈 다시 찾을 수 없을까?"

"무슨 돈?" 금진주의 뜬금없는 말에 우동구가 그를 쳐다보며 말했다.

"우리가 사기 당했던 그 돈 말이야. 그 돈만 다시 찾을 수 있다면 내가 이 집을 빨리 나갈 수 있잖아."

"야, 진주. 이제 그 소리는 그만 집어 치워! 난 그때 그 일만 생각하면 지금도 잠이 안 와. 그러니 다시는 그런 소리 내 앞에서 하지도 마!"

우동구는 술잔을 연거푸 두 번 비웠다. 10여 년 전 장사하다가 실패한 일 때문에 속이 상했던 것이다. 당시 두 사람은 오지락을 피해 먼 지방으로 도망갔다가, 거기서 가짜 건물주와 계약을 맺고 사기를 당하고 말았다.

금진주가 말했다.

"처음부터 장사가 너무 잘 되는 바람에 우리가 깜빡 속은 거야. 그게 녀석들이 꾸민 일인지도 모르고서 말이지. 그때 우리가 그 가게를 사겠다고 나서지만 않았어도 피해가 그렇게 크지는 않았을 텐데, 녀석들이 쳐놓은 미끼를 덥석 무는 바람에 돈만 왕창 날리고 말았어."

금진주는 당시의 아픈 기억을 되새기며 술잔을 연거푸 비웠다.

"동구. 우리가 직접 그 녀석들을 잡을 수 없을까? 녀석들을 잡기만 하면 내가 어떻게든 놈들한테 빼앗긴 그 돈을 찾을 수 있겠는데 말이야."

"이 멍청아. 그 놈들은 벌써 그 돈 다 써버렸을 텐데 잡아봤자 뭐해. 난 이제 더 이상 그 소리 듣기도 싫어. 그러니 그런 소리 하지도 마! 이건 다 자업자득이라고."

우동구가 화난 얼굴로 술잔을 단숨에 비웠다.

"그럼 우리가 나쁜 짓을 해서 그렇게 됐단 말이야? 우리가 그 놈 돈을 등 쳐먹어서?" 금진주가 말했다.

"그런 건 아니지만, 그래도 그랬을 수도 있다는 말이야." 우동구가 말끝을 약간 흐리며 대답했다.

"그래도 그놈 오지락은 우리한테 그렇게 당했어도 싸. 우리가 그 놈한테 돈을 얼마나 열심히 벌어다 줬는데. 그런데도 그 구두쇠는 그런 고마운 것도 모르고서 자기 것만 챙겼잖아."

금진주가 화난 얼굴로 술잔을 다시 비웠다.

"진주. 우리 오지락 이야기는 더 이상 하지 말자. 갑자기 그 인간 이야기는 뭐 하러 꺼내? 이제 난 그 인간은 다 잊었어. 그러니 너도 빨리 잊고 다른 일자리나 알아봐. 그래야 우리 몽구가 이 좁은 집에서 그나마 편하게 지낼 수 있을 것 아니야?"

우동구가 마지막 남은 술을 모두 비웠다.

"그건 염려 말라고 했잖아. 나도 다 알고 있다고."

금진주도 남은 술을 모두 비웠다.

"그런데 오랜만에 마시니 기분이 참 좋다. 동구 술 좀 더 없어?"

"없어. 이제 그만 들어가서 자. 난 내일 일찍 출근해야 해."

"그렇구만. 넌 직업이 있어 좋겠구나. 난 언제쯤 너처럼 될까? 아! 그래도 오늘은 모처럼 자유를 느꼈어."

두 사람은 곧 자리에서 일어섰다. 그리고 그날 밤 어떻게 잠든 지도 모르고서 각자의 방에서 골아 떨어졌다.

다음날. 우동구는 아침 일찍 일어나 사장을 태우러 갔다. 그는 몇 시간 밖에 자지 못해 몸이 피곤했지만, 정신을 바짝 차리고 운전해 다행히 약속 시간보다 5분 일찍 사장 집에 도착했다. 하지만 사장을 태워 회사에 도착하자 긴장은 곧 풀려 몸은 다시 피곤해지기 시작했다. 그는 곧 자신의 자리에 앉아 꾸벅꾸벅 졸기 시작했다. 그러나 그것도 잠시. 오전에 사장이 어디론가 외출한다고 해, 그는 졸린 얼굴로 다시 차를 대기시켰다.

그가 사장을 태우고 회사를 출발한지 5분이 지나자 사장의 전화벨이 울렸다.

"이 변호사. 지금 어디에요?" 사장이 전화기에 대고 말했다.

사장은 요즘 차를 탈 때마다 변호사와 전화 통화를 자주 했다.

"그럼 거기서 기다려요. 지금 제 차가 그 앞을 지나는 중이니 같이 가도록 해요."

사장이 전화를 끊고 바로 우동구에게 말했다.

"김 기사. 이 변호사가 저기 저 건물 앞에서 기다리고 있으니 좀 태워 가도록 해요."

그 말에 우동구는 핸들을 꺾어 차를 인도 쪽으로 붙였다. 변호사가 보이자 그는 경적을 울려 그가 타도록 했다.

그가 타자 사장이 그에게 말했다.

"이 변호사. 확인해 봤어요?"

"네. 지금 그쪽에서 몇몇 주주를 설득하고 있는 것 같습니다."

"설득을요?"

사장의 눈에 심각한 표정이 나타났다.

"결국 그들이 일을 이렇게까지 만들고 마는군요. 그런데 그 사람들은 누구죠?"

"두 사람은 우리 회사 이사로 있는 하 인우 씨와 고 상진 씨고, 다른 한 사람은 회사 경영권에는 관여하고 있지 않은 방 현태 씨입니다. 저들이 이들 세 사람 지분만 확보해도 회사 경영권은 저쪽으로 넘어가게 됩니다."

"그럼, 지금 저들이 그 사람들을 어디까지 설득한 거죠?" 사장이 물었다.

"저쪽 회사에서 사람을 보내 지금까지 그들과 두 차례 접촉한 것 같습니다. 제가 보기에 아직 그들의 마음이 선 것 같지는 않습니다. 하지만 저쪽 회사에서 계속 저들 입에 맞는 조건을 제시하면 돌아설 수도 있을 것 같습니다."

그 소리에 사장의 입에서 한 숨이 나왔다.

"그자들이 왜 하필 우리 회사를 노리는 거죠? 이렇게 많은 기업들 중에 말이에요." 그녀가 궁금해서라기보다는 한탄스러워 말했다.

"글쎄요. 그러나 지금은 그것보다는 우리 쪽에서 먼저 손 쓸 방법부터 생각하셔야 합니다. 그렇지 않으면 회사가 위험에 처할 수 있습니다."

그 말에 사장이 탄식을 뒤로 하고 다시 변호사에게 물었다.

"그럼 우리가 확보 할 수 있는 지분은 어느 정도까지 인가요?"

"지금 있는 주주들 중 몇몇만 잘 설득하면 지분을 거의 반 정도 확보할 수 있을 겁니다."

"그런데 그 사람들이 우리 편이 되어줄까요?"

"제가 볼 때는 별 문제 없을 거라 생각됩니다. 그 사람들은 우리 회사의 기술력과 발전가능성을 보고서 투자한 사람들이기 때문입니다. 그래서 이 회사가 다른 목적을 가진 주주에게 넘어가는 것을 좋지 않게 생각할 겁니다. 그러니 그들만 잘 설득해서 그 지분을 확보할 수 있으면 회사 경영권 방어에는 전혀 문제가 없습니다."

"그럼 먼저 그 사람들부터 만나 지금 이 상황을 설명해야겠군요. 이 변호사가 먼저 그들을 한번 만나 봐요. 그리고 제 도움이 필요하면 언제든지 연락하도록 하세요."

"네, 일단 제가 그들에게 연락은 해 놨습니다. 아마 이번 주 금요일이면 그들을 만날 수 있을 겁니다."

"잘 하셨어요. 지금 제가 믿을 수 있는 사람은 이 변호사뿐이에요. 그러니 이 변호사가 이 회사를 위해 수고 좀 해주세요."

"네, 그건 걱정 마십시오. 저도 전 사장님의 도움을 많이 받은 터라, 이 회사가 다른 주주에게 넘어가는 건 절대 원치 않습니다."

그녀가 고개를 끄덕이고 말없이 창밖을 쳐다보았다.

"그런데 지금까지 그 기업한테 넘어 간 회사는 몇 개 정도 되나요? 그렇게 넘어가고서도 아직 살아있는 회사가 있나요?" 그녀가 다시 그에게로 고개를 돌려 물었다.

"지금까지 사들인 회사는 모두 6개고, 지금처럼 사들이려고 준비하는 회사는 2개인 것 같습니다. 그리고 그 중 4개가 경영악화로 정상 가동이 되지 않고 있습니다."

"정말 무섭군요. 타인이 힘겹게 이루어 놓은 기업을 자신의 욕심을 채우기 위해 순식간에 무너뜨리다니 말이에요. 어떻게 그런 마음으로 기업을 세울 수가 있죠?"

"다들 돈만 추구하다보니 잘못된 생각에 빠져든 거죠."

"그런다고 행복하지도 않을 텐데." 그녀가 다시 창밖을 바라보며 혼잣말처럼 말했다. "그자들 얼굴이나 한번 보고 싶군요. 얼마나 뻔뻔하게 생겼는지."

"생긴 건 뭐… 그냥 사람처럼 생겼습니다. 단지 마음이 삐뚤어졌을 뿐이죠."

"그런데 그 기업은 언제부터 그런 짓을 하기 시작한 거죠?" 그녀가 다시 고개를 돌려 앞을 보며 말했다.

"최근에 세워진 기업이라 그리 오래 되지는 않았습니다. 한 3년 조금 넘은 것 같습니다."

"그럼 지금 3년 밖에 안 된 기업이 30년이나 다 돼가는 우리 기업을 노린다는 말이에요? 정말 어이가 없군요. 이건 뭐, 어린 꼬마한테 당하는 꼴이잖아요."

"그 기업만 따지면 그런데, 실은 그 뒤에서 받쳐주는 기업이 하나 있습니다. 그러니 저들이 여러 회사들을 건들 수 있는 겁니다."

"받쳐주는 기업이라니요? 그럼 후원자 역할을 하는 기업이 있었단 말인가요?"

"네."

"도대체 뭐하는 기업이죠?"

"화장품 기업입니다. 요즘 크게 성장한 그 '여인 기업' 말입니다. 그 회사가 이 회사의 모회사입니다. 그 회사가 뒤를 봐주니 이렇게 과감하게 할 수 있는 겁니다."

"아니, 화장품 회사가 왜 그런 일을 꾸미는 거죠? 도대체 그 회사 경영주는 어떤 사람이길래 이런 나쁜 짓을 하는 거예요?" 그녀가 불만과 짜증이 섞인 투로 말했다.

"예전에 조그만 화장품 회사를 차렸다 그걸로 일어선 사람입니다. 아마 들어보셨을 겁니다. 피부미인이라고. 그게 그 회사 화장품입니다. 그게 여자들 사이에서 불타나게 팔리면서 그자도 일어선 겁니다. 그런데 그렇게 크게 일어서고 나니 더 큰 욕심이 생긴 것 같습니다. 왜 돈을 갑자기 많이 번 사람들이 종종 그러지 않습니까?"

"정말 세상 일 모르겠군요. 그런 자한테 그런 쓸데없는 행운이 돌아가다니 말이에요."

"그러게 말입니다. 재물이 꼭 사람의 인품을 보고서 따르는 건 아닌 것 같습니다."

"그자에게 간 재물은 정말 눈이 멀었나 보네요." 그녀가 그 경영주를 경멸하듯 말했다.

"……."

"그런데 그는 무슨 능력으로 그런 회사를 세운 거죠? 원래 그 분야에서 알아주던 사람인가요?"

"그렇지는 않습니다. 예전에는 그도 별 볼일 없던 사람이었습니다."

"별 볼일 없다니요?"

"예전에는 소규모 사채업을 했다는데, 그때는 그것으로 별 재미를 못 봤나봅니다."

"사채업을요? 그 자가 그런데도 손을 댔었나요? 허, 참. 그 자가 그걸로 성공했었더라면 더 큰 일이 벌어질 뻔했겠군요. 없는 사람들 돈을 그자가 다 착취했을 테니 말이에요. 탄탄하고 착실한 기업도 이렇게 괴롭히는데, 없는 사람들은 얼마나 더 괴롭혔을까!" 그녀가 그를 비난하듯 말했다.

"그랬을 테죠. 오 회장 그 사람의 지금 하는 행태로 봐선, 더 심하면 심했지 덜하지는 않았을 겁니다."

"그자가 오 회장인가요?

"네."

"나쁜 사람 같으니라고!"

"오지락 회장 그자는 자신의 회사 내에서도 평판이 좋지 않습니다."

그내 갑자기 달리던 차가 급징거리며 멈추어 섰다. 그 바람에 뒷죄석에서 대화하던 두 사람이 앞으로 넘어졌다. 놀란 두 사람은 곧 자세를 바로 잡은 후, 무슨 일이 일어났는지 운전기사를 쳐다보았다.

"김 기사! 뭐하는 거야? 차를 갑자기 이렇게 세우면 어떡해?" 변호사가 운전기사에게 소리쳤다.

"아이고, 죄송합니다. 앞에 고양이 한 마리가 갑자기 뛰어드는 바람에…

정말 죄송합니다. 사장님. 어디 다치신 데는 없습니까?" 운전기사가 무척 당황해 하며 사장에게 물었다.

"다친 데는 없는데, 그러면 미리 소리라도 좀 지르지 그랬어요. 놀랐잖아요." 사장도 무척 놀랐던지 평소의 그녀답지 않게 약간의 짜증 섞인 투로 말했다.

"정말 죄송합니다. 그러려고 했는데 너무 갑자기 일어난 일이라 저도 어떻게 할 수가 없었습니다. 다시는 이런 일이 없도록 하겠습니다."

운전기사는 거울로 뒤에 앉은 사장을 쳐다보며 어쩔 줄 몰라 하는 표정을 지어보였다.

"다음에는 조심하도록 해요." 사장이 말했다. "다친 데 없어요?"

"네. 저는 괜찮습니다."

"그럼 됐어요. 고양이 때문에 그랬다는데 뭐 어쩔 수 없죠. 다시 출발해요."

"네. 사장님."

사실, 고양이는 없었다. 그건 우동구, 그가 핑계를 대기 위해 지어낸 이야기일 뿐이었다. 만일 그의 말처럼 정말 차 앞에 고양이가 갑자기 나타났다면 그건 그가 들은 이름, 오지락을 고양이로 둔갑시켜 상상으로 봤기 때문일 것이다.

그는 다시 운전하며 조금 전 그 충격적인 이름을 떠올렸다. 그 이름을 듣는 순간 그는 온 몸에 소름이 쫙 돋는 걸 느꼈다. 어제 금진주와 대화 도중 그의 이름을 몇 년 만에 다시 꺼냈는데 그 이름을 오늘 다시 들어 무척 놀라 흥분되었던 것이다. 어떻게 그 이름을 이틀 연속 들을 수 있는지 정말 놀랍기만 했다. 죽은 듯 거의 감추어져 있던 이름이 오늘 다시 되살아난 듯 했다. 그건 우연이라고 하기엔 너무 있을 수 없는 일 같았고, 필연이라고 하기엔 너무 갑작스러운 일이었다. 하지만 그것보다 더 놀랍고도 믿을 수 없는 일이 있었는데, 그건 그가 회장되었다는 사실이었다. 그것도 처음 들어보는 회사가 아닌 자신도 이미 들어 알고 있는 회사였다. 10여 년 전만해도 그런 일은 꿈도 꿀 수 없었는데 어떻게 그가 그런 불가능을 가능으로 만들어냈는지 이해가 되지 않을 정도였다. 그동안 그에게 무슨 일이 있었으며, 또 그가 어떻게 그런 성공을 할 수 있었는지 정말 궁금하기만 했다.

그는 그날도 밤늦게까지 일하다 집으로 돌아왔다. 집 안에 들어서자마자, 그는 평소와는 달리 아들 이름 대신 다른 이름부터 불렀다.

"진주!"

금진주는 그날도 술에 취해 몽구 방에서 자고 있었다. 그는 우동구가 부르는 소리에 잠이 깨 눈을 반쯤 뜬 상태로 누워 그를 쳐다보았다.

"동구, 이제 퇴근했어?" 그가 졸린 눈으로 말했다.

"야, 진주. 어서 일어나봐. 오늘 차 안에서 정말 기절초풍할 이야기를 들었어." 우동구가 다급한 표정으로 금진주에게 말했다.

"뭐? 차에 기절해서 들려갔다고?" 금진주가 흔들흔들 몸을 일으키며 말했다.

"이런 멍청이!"

우동구가 금진주의 허벅지를 한번 걷어찼다.

"너 오늘 또 술 마셨지? 내가 우리 몽구 보는 앞에서는 술 마시지 말라고 그랬지. 너 한 번만 더 몽구 보는 앞에서 술 마시면 이 집에서 내쫓아 버릴 거야."

우동구는 하려던 말은 뒤로 하고 다른 말부터 했다.

"어쨌든 그건 그렇고. 진주, 어서 정신 차려봐. 내가 오늘 놀라운 사실을 하나 듣고 왔어. 너도 이 소리 들으면 술이 번쩍하고 깰 거야."

"무슨 소리를 듣고 왔길래 그래?" 금진주가 여전히 잠이 들 깬 눈을 하고서 말했다.

"우리 어젯밤에 오지락 얘기했잖아. 그런데 그 오지락이 오늘 정말 나타났어."

"뭐? 그 놈이 아직도 살아 있었어?" 금진주가 대수롭지 않게 말했다.

"그래. 살아있는 것뿐만 아니라, 그 오지락이 대단한 인물이 되어 나타났다고."

"대단한 인물?"

"그래. 너도 듣고 나면 정말 깜짝 놀랄 거야. 그 정도로 녀석이 대단한 인물이 되어 나타났어."

"그래? 대단한 인물이라면 뭐가 있을까? 교도소장? 간수?"

아직도 정신이 몽롱한 금진주는 우동구의 말을 이해하지 못했다.

"야, 이 멍청아! 빨리 술 좀 깨봐! 오지락이 회장이 되었다고. 그것도 아주 큰 회사의 회장 말이야."

"뭐!? 정말?" 금진주가 눈을 크게 뜨며 대꾸했다.

"그래. 녀석은 지금 우리하고는 비교할 수 없을 정도로 높아졌다고."

"와! 그럼 축하해줘야겠네!"

그 말에 우동구는 안 되겠다 싶어 앉아 있는 금진주의 멱살을 잡고 흔들었다.

"이런 바보 같은 자식아! 어서 정신 차려봐! 너 어제 날더러 우리한테 사기 친 그 녀석들 잡아 그 돈 도로 찾자고 했지? 그러면 너도 그 돈 가지고서 이 집을 나갈 수 있다고 하면서 말이야. 그런데 그럴 필요가 없게 됐어. 그보다 더 큰 돈을 벌 수 있게 되었다고."

"뭐? 그보다 더 큰 돈이라고?"

금진주가 정신을 조금 차리는 것 같았다.

"그래! 그것보다 훨씬 더 큰 돈을!"

"그럼, 다시 가게를 차릴 수 있을 만큼?"

"그래! 너랑 나랑 하나씩 차릴 수 있을 만큼!"

그 말에 금진주의 눈에서 갑자기 빛이 나기 시작했다. 마치 꺼진 전구에 전기가 들어와 다시 빛을 내는 것 같았다.

"그거 정말이야? 동구. 지금 날 놀리는 것 아니지?"

"내가 지금 널 놀려서 뭐해? 그러니까 어서 빨리 정신이나 차려보라고!"

우동구가 잡고 있던 멱살을 다시 흔들었다. 그러자 금진주의 정신이 돌아왔는지, 그가 오히려 우동구의 몸을 밀치고 그의 멱살을 잡았다.

"동구, 정말 날 놀리면 안 돼. 나 실망하면 어떻게 변할지 몰라. 그러니 사실대로 말해야 해."

금진주는 자신의 가게를 가질 수 있다는 말에 마음이 부풀었다.

"그래, 알았어. 그러니 이 손 좀 치우고 저리 비켜 앉아."

"그래. 미안. 동구. 어서 말해봐!"

금진주가 잡고 있던 손을 놓고 뒤로 물러앉았다.

그러자 우동구는 이제 금진주 정신이 거의 돌아왔다 생각하고 오늘 들은 이야기를 말하기 시작했다.

"오늘 내가 차 안에서 사장과 변호사가 하는 말을 들었는데, 오지락이 여인 기업의 회장이라는 거야. 넌 그 기업이 어떤 곳인지 잘 모르겠지만, 그 기업은 우리 몽구 엄마도 쓰고 있는 화장품을 만들어 파는 회사라고. 너도 길거리를 다니다 보면 그 회사 화장품 파는 가게들을 많이 볼 수 있을 거야. 그런데 그 회사를 오지락이 일으켰다는 거야."

"뭐? 그럼 오지락이 부자가 되었다는 소리야?" 금진주가 놀라 말했다.

"부자 정도가 아니라, 그 정도면 완전히 재벌이 된 거지."

"그래? 아니, 그 놈이 어떻게 그렇게 큰 부자가 된 거지?"

"그건 나도 아직 몰라. 하지만 지금 그건 별 중요치 않아. 나중에 알아봐도 되니깐 말이야. 지금 중요한 건 우리한테도 기회가 왔다는 거야."

"뭐? 기회가 왔다고?"

"그래. 오늘 내가 듣기로, 오지락이 우리 회사를 집어 삼키려한다는 거야. 우리 회사 사장이 되려고 말이야."

"뭐? 오지락이?"

"그래."

"그럼, 너 이제 오지락이 차를 몰아야겠네."

"이 멍청한 녀석아! 내가 오지락 차를 왜 몰아? 그 녀석은 자기 운전기사가 있을 텐데. 그리고 그건 지금 내가 하려고 하는 말하고 아무런 상관도 없단 말이야. 그러니 내 말이나 똑똑히 들어!"

"그래, 알았어. 동구. 입 다물고 들을게. 어서 말해봐."

"오지락이 지금 우리 회사 주주들 가운데 몇 명을 통해서 우리 회사 지분을 확보하려나 봐. 그러면 자기가 우리 회사를 손에 넣을 수 있게 되거든. 그런데 우리 사장도 거기에 대해 다른 주주들을 설득하려고 해. 그건 서로가 회사의 경영권을 차지하기 위해 지분 싸움을 한다는 말인데, 그 덕분에 우리는 돈 벌 기회가 생겼단 말이야. 오지락이 우리 회사를 차지하는 데 우리가 도와주면 되거든."

"뭐? 우리가 오지락을 돕는다고?"

"그래. 우리가 오지락이 이 회사를 차지할 수 있도록 도와주는 거야. 그러고 그 대가를 오지락한테 받아내는 거야."

"뭐? 그 대가를 받는다고? 그런데 우리가 무슨 수로 오지락을 도와주고서 그 대가를 받는다는 거야? 우린 아무런 능력도 없잖아."

"진주, 내말 들어 봐. 우리가 녀석을 돕는 방법은 간단해. 우리 사장이 지금 경영권 방어를 위해 다른 주주를 찾아가 설득하려 하는데, 그 정보를 우리가 오지락한테 알려주면 되는 거야. 오지락도 지금 이 회사를 손에 넣기 위해 다른 주주의 지분을 많이 확보하려 하고 있거든. 하지만 우리 사장이 더 많은 지분을 확보해 버리면 오지락은 이 회사를 자기 손안에 넣을 수 없게 돼. 그러니 우리가 오지락이 더 많은 지분을 확보할 수 있도록 중요한 정보를 그에게 알려주면 된다고."

"그런데 동구, 우리에겐 오지락에게 넘겨 줄 그런 정보가 없잖아. 너는 이렇게 운전기사나 하고 있는데 무슨 수로 우리가 오지락에게 그런 정보를 넘겨준다는 거야?"

그러자 우동구가 금진주의 눈을 똑바로 쳐다보며 말했다.

"진주. 너 예전에 우리가 오지락 돈 가로채서 도망칠 때 내 실력 봤지? 내가 계획한대로 하니까 그 돈 우리한테 들어왔지? 그러니 이번에도 내가 오지락한테 그런 식으로 하면 돈을 받아낼 수 있지 않겠어?"

"그거야…."

"난 오지락이 어떤 존재인지 잘 안단 말이야. 제 아무리 돈을 많이 벌어 회장이 되었다고는 하지만, 그 녀석 멍청한 건 변함이 없을 거라고. 녀석은 귀가 얇아서 자기에게 조금만 이익 되는 소리를 해주면 그걸 그대로 믿어버리거든. 그건 너도 봐서 알잖아."

"그야 그렇지."

"그러니 그런 녀석한테 내가 찾아가서 자기에게 큰 이익을 가져다주는 일로 돕겠다고 나서면, 녀석은 귀가 솔깃해져서 나와 거래를 하려고 할 거라고. 녀석은 그 정도로 단순하거든."

그러자 금진주가 우동구를 존경스럽다는 눈빛으로 바라보았다.

"야! 동구. 너 정말 배짱이 크구나! 아직도 너에 대한 복수로 이를 갈고 있을 오지락을 직접 찾아가겠다니, 어떻게 그런 용감한 생각을 다 할 수가 있지?"

"진주. 사람은 말이지, 인생의 밑바닥으로 떨어졌을 때 가장 용감해 지는 법이야. 내가 지금처럼 이렇게 가족들 부양하며 힘들게 살지만 않았어도 이런 마음을 먹을 수 없었을 거야. 나도 너처럼 결혼 안한 자유의 몸으로 혼자서만 먹고 살면 되니깐 말이지. 그렇지만 지금은 그런 상황이 아니잖아. 앞으로 우리 몽구 크면 돈이 많이 들어갈 텐데. 그러면 지금부터라도 그 돈을 벌기 위해 내가 뭐라도 해야 하지 않겠어? 넌 애가 없어서 잘 모르겠지만, 아빠는 자식을 위해서는 뭐든 할 수 있어. 정말 자식은 눈에 넣어도 안 아픈 존재거든. 그러니 내가 그런 자식을 위해 뭐든 해서 일어서야 하지 않겠어?"

"야! 동구. 넌 보기하고는 참 다르구나. 네 얼굴에는 항상 차갑고 예리한 표정이 흐르는데, 어떻게 자식 앞에서는 그렇게 순하고 부드러운 사람이 될 수가 있지? 난 네가 그런 마음의 반만이라도 내게 품어줬으면 좋겠어. 그러면 나도 너를 보면서 착하게 살 수 있을 텐데 말이야. 참! 내 인생도."

"그럼 네기 내 세끼로 테어나 든기. 그럼 네기 널 주도록 시랑헤 줬을 거 아니야." 우동구가 금진주를 쏘아보며 말했다.

"허, 정말 그랬으면 좋겠다. 그럼 네가 날 위해 뭐든 다 해 줄 것 아니야?" 금진주가 아쉬운 표정을 지으며 말했다.

"아무튼 진주. 지금은 그런 쓸데없는 소리할 때가 아니야. 우린 내일이라도 당장 오지락을 찾아가 거래를 해야 해. 우리 사장이 그보다 더 빨리 지분을 확보해 버리면 이 일은 아무 소용이 없어지거든."

"동구, 그러면 이제 난 뭘 하면 되는 거야? 나도 뭘 해야 할 것 아니야."

"넌 일단 기다리고 있어. 내가 오지락을 만나 거래를 하고 오면 그때 내가 너한테 임무를 줄 테니까."

"그럼 난 네가 오지락한테서 일거리를 받아 올 때까지 기다리고만 있으면 되는 거네. 그래 알았어. 그럼 그때까지 얌전히 집에서 기다리고 있을게."

"그런데," 우동구가 말했다. "너 다시는 우리 몽구 앞에서 술 마시지 마라. 애들 교육상 어른이 그런 모습 보이는 거 안 좋단 말이야. 알았어?"

"응, 알았어. 다시는 몽구 앞에서 술 안 마실게. 그러니 넌 오지락하고 거래나 잘해 와."

두 사람은 한편으론 오지락의 성공에 대해 놀라면서도, 다른 한편으론 그를 다시 이용해 돈 벌 생각에 흥분했다. 그들은 오지락을 자신들이 궁핍하고 아쉬울 때마다 한 번씩 나타나는 기회의 존재로 여겼던 것이다. 그가 아무리 성공했어도 그는 자신들에게는 여전히 쉬워 보이는 존재였고, 다시한 번 더 상대해도 크게 두려울 것 없는 인물이었다.

"그런데 동구. 어떻게 이런 일이 있을 수가 있지?"

잠시 후 금진주가 이해할 수 없다는 표정으로 말했다.

"뭐가?" 우동구가 말했다.

"오지락이 회장이 된 거 말이야. 녀석이 어떻게 그렇게까지 돈을 많이 벌게 된 걸까?"

"글쎄. 그건 나도 아직은 모르겠어. 나도 오늘 차 안에서 그 소리 듣고서 하루 종일 생각해 봤는데, 나도 그 녀석이 어떻게 그렇게까지 성공했는지는 전혀 감이 오질 않아."

"그럼 동구. 네가 차 안에서 들었다는 그 오지락이 우리가 아는 그 오지락이 아닌 거 아니야? 네가 들은 사람이 혹시 이름이 같은 다른 사람일 수도 있잖아." 금진주가 약간 불안해하며 물었다.

"아니야. 녀석은 우리가 아는 그 오지락이 맞아. 그가 예전에 조그만 사채업을 했다고 그랬거든. 그리고 내가 오늘 그가 회장으로 있는 그 회사에 대해서도 알아봤어. 회사 회장이라며 오지락 사진이 붙어 있더라고. 예전보다 좀 더 늙었다는 것뿐이지, 분명 녀석이 맞았어."

"그럼 그가 우리하고 같이 일했던 그 오지락이 맞다는 말이야?"

"그래. 녀석은 분명 예전에 우리하고 같이 일했던 그 오지락이 맞았어."

"그게 사실이었다니 인생은 정말 모를 일이구나." 금진주가 표정을 바꾸고서 말했다. "동구, 나 갑자기 10여 년 전 일이 후회되기 시작해. 만약 우리가 그때 오지락을 배신하지 않고 같이 일했다면 지금 쯤 우리도 오지락처럼 부자가 되었을 것 아니야. 안 그래?"

그 말에 우동구가 단호하게 말했다.

"진주, 절대 그런 바보 같은 생각하면 안 돼. 그때 우리가 녀석을 배신하지 않고 옆에 붙어 있었다 해도, 녀석은 돈을 많이 벌면서 우리를 배신했을 거야. 당시 우린 오지락에게 있어서 그냥 소모품일 뿐이자 돈을 벌어다 주는 개일 뿐이었거든. 녀석은 우리를 단 한 번도 사람답게 대해 준 적이 없었다고. 그러니 녀석이 성공할 때까지 우리가 옆에 붙어 있었다 해도 우리가 녀석한테서 받을 수 있는 몫은 없었어. 아마 돈을 많이 벌면서 딴 생각이 들어 오히려 우리를 내쫓았을 거야. 녀석은 분명 그러고도 남을 존재니까 말이지. 그러니 넌 다시는 그런 어리석은 생각은 하지도 마. 우린 그때 녀석 옆에 붙어 있었다 해도 절대 부자가 될 수 없었어. 알았어?"

금진주가 그의 말이 일리가 있다는 듯 고개를 끄덕이며 대꾸했다.

"동구 네 말을 들으니 정말 그랬을 수도 있었겠다. 녀석이 배를 채우고 나면 중간에 딴 생각이 들어 우리를 걷어찼을 수도 있었을 거야. 그래, 녀석은 분명 그랬을지도 몰라."

"그래. 그러니 넌 다시는 오지락에 대해 그런 생각하지도 마. 그건 사람을 정말 잘못 보고서 하는 생각이야."

"그래, 맞아. 그건 정말 오지락을 잘못 보고서 하는 소리야. 녀석도 우리와 전혀 다를 바 없는 존재잖아."

사악한 자는 스스로 자기 불법들에 걸리며

자기 죄들의 줄에 매이리니

그는 훈계가 없으므로 죽을 것이요,

자신의 큰 어리석음으로 인해 길을 잃으리로다.

― 잠언 5: 22~23

25

오지락은 장윤호와 결별한 이후에도 여전히 자회사에 집중했다. 비록 자신이 처음 세운 기업이 자회사인 투자회사보다 더 큰 규모와 인지도를 자랑하고 있었지만, 그는 거기에 걸맞은 지위와 명성은 누리려 하지 않고 탐욕으로 인해 오히려 자신보다 약한 자를 괴롭히는 데에만 집중했다. 능력에 비해 과한 부와 지위를 누리고 있었음에도 그는 거기 만족하지 못하고 오히려 잘못된 방향으로 가고 있었던 것이다. 그것은 주위에 그를 제어해 줄 사람이 한 명도 없었기 때문이기도 했지만, 그보다는 그의 본 모습과 도량이 지금 자신에게 온 행운을 감당하기에 부족했던 탓이 컸다.

오후 3시. 오지락은 자신의 방에 앉아 업무 보고를 받고 있었다. 업무보고는 한두 명의 이사들이 그의 방에 차례로 들어가 자기 분야에서 진행되는 일과 그 결과를 그에게 설명하고 그의 지시를 받는 식이었다. 만약 아직도 장윤호가 사장으로서 그 회사에 남아 있었다면 그가 알아서 모든 일을 처리한 후 회장인 그에게 보고만 하면 되었지만, 그가 회사를 나가고 난 지금에는 어쩔 수 없이 오지락 그가 직접 회사의 중요 업무를 챙기지 않을 수 없었다.

그런데 오지락은 장윤호가 회사를 나간 이후 그를 대신해 다른 이를 사장으로 세웠다. 오랜 경력과 업계에 대한 많은 지식을 가진 인물로 그가 신임 사장이 되면 무난하게 회사를 이끌어 갈 것 같은 사람이었다. 하지만 오지락은 그 신임 사장을 세워 놓았어도 그의 능력과 사람됨을 완전히 신뢰하지는 않았다. 그것은 그가 신임 사장을 아직 많이 겪어 보지 못했기 때문이기도 했지만, 그 신임 사장이 오랜 세월동안 몇몇 회사를 거치면서 이런 조직과 분야에 대해 회장인 자신보다 더 많이 알고 있었기 때문이다.

한때 오 회장은 사람을 믿다가 크게 실패한 적이 있었다. 그 때문에 그는 사람을 쓰는데 있어서 아주 경계심을 가지게 되었고, 쓰는데 있어서도 아주 주의를 기울였다. 특히 자기 앞에서 아주 호의적이거나 과잉 충성하는 사람은 일체 쓰질 않았는데, 그들의 그런 태도는 내면에 어떤 다른 의도를 가지고 있거나 자신 앞에서 눈속임을 하기 위한 거짓 행동일 가능성이 높았기 때문이다. 그래서 그는 오히려 말이나 행동이 즉석에서 꾸며진 것처럼 과장되어 보이지 않는, 그래서 진지하면서도 무거워 보이는 언행을 하는 사람으로 가려 썼다. 그런 사람은 자기를 크게 높여 준다든지 기쁘게 해주지는 않아도 속에 음흉한 마음은 품지 않아 어느 정도는 믿을 수 있었기 때문이다. 또한 그는 자기보다 일에 대해 더 많은 경험과 지식을 가지고 있는 사람도 마음에서 거리를 두었는데, 그들은 자기보다 그 일에 대해 더 많이 알고 있다는 점을 이용해 자신이 모르는 다른 일을 꽤할 수 있었기 때문이다. 그래서 신임 사장과 같이 풍부한 경험은 있으나, 그것이 오히려 자신에게는 위해가 될지도 모르는 사람은 그의 마음과 능력을 속단해서 그에게 모든 일을 맡기지 않았다.

또, 그는 그룹 전체를 반대자 없이 자신의 손 안에서 마음대로 움직이기 위해 중요한 업무는 남에게 절대 맡기지 않았다. 그런 업무를 맡은 사람이 스스로 옳다고 생각되는 방법으로 자기 앞에서 반대를 하게 되면 자신의 마음에 품은 생각과 계획을 순조로이 진행시켜 나갈 수 없었기 때문이다. 그런 사람은 지난번 장윤호가 보여 준 것처럼 이사회에서 또 자기 의견에 반대표를 던질 수 있었고, 자기의 잘못을 여러 사람들 앞에서 지적해 회사를 어지럽힐 수 있었다. 그래서 그는 그런 주제넘으면서도 모욕적인 사태를 사전에 차단하기 위해 재무 흐름이라든가 사업 확장과 관계되는 중요 업무만큼은 자신이 직접 관리했다.

그 모든 것이 그의 과거 경험과 학습을 통해 나온 결과였는데, 그 때문에 그는 오전부터 자리에 앉아 밀렸던 업무를 직접 보고 받고 있었던 것이다.

오후 4시. 그는 서서히 지치기 시작했다. 그는 도중에 가끔 보고를 흘려 듣기도 했고, 특별히 중요할 것 같지 않은 사안은 나중에 다시 보고하도록 했다. 그러다 도저히 안 될 것 같아 급기야는 그날의 모든 업무를 다음날로 미루었다. 일을 한꺼번에 처리하느라 몸이 너무도 피곤했던 것이다.

그는 사람들을 모두 내보내고 쉬기 위해 의자에 몸을 기댔다. 그리고 눈을 감은 채 이런 일들을 언제까지 자기가 직접 맡아서 해야 하나 생각했다. 다시 믿을 수 있는 한 사람을 구할 수 있다면 그에게 일을 맡겨 놓고 자신은 이런 피곤한 일에서 손을 떼면 되었지만, 그런 사람을 찾아내 일을 맡기는 건 이제 불가능해졌다.

그는 그런 생각을 하다가 잠시 잠이 들었다. 깊이 잠든 건 아니었지만 꿈을 꾸었다. 꿈속에서 다음 날로 미루었던 업무보고를 다시 받았고, 새로운 사람을 구해 자신의 일을 대신 시켰다. 그러다 처음 사업하던 시절로 되돌아가 허름한 사무실에서 일을 보았다. 꿈은 뒤죽박죽 섞이며 과거 인물과 현재 인물이 혼재하며 나타났다. 시간은 두서가 없었고 공간도 제약이 없었다. 과거 모든 것이 한꺼번에 나타나서 연결되었고, 관련 없는 사람들끼리도 마치 아는 사람처럼 대화를 나누었다. 그러다 갑자기 주위가 어두워지며 모든 것이 다 사라져버렸다. 순식간에 그도 어느 공간 속으로 떨어졌다. 한참을 떨어지고 나서야 바닥에 이르렀는데, 거기가 어딘지는 도무지 알 수가 없었다. 그 순간, 저기서 무언가 다가오는 것이 느껴졌다. 어떤 생명체 같았지만 무언인지는 알 수 없었다. 그는 무서워 뒷걸음질 쳤지만 걸음은 무거웠고 생각만큼 움직이지도 않았다. 갈수록 몸은 마비되어 가는 것 같았고 점점 더 공포심이 느껴졌다. 그 사이 그 검은 생명체도 그의 근처까지 나아와 그를 더 두렵게 만들었다. 이제 그는 마지막 남은 힘을 다해 사지를 흔들었다. 그러나 그 순간, 그 검은 물체가 그를 향해 달려들어 그를 집어삼켰다.

'저리 가!'

그는 소리와 함께 잠에서 깨어났다. 주위가 밝아 그제야 그게 꿈이었음을 알았다.

그는 한동안 아무 말 없이 앉아 창밖만 바라보았다. 그러면서 도대체 낮에 왜 이런 꿈을 꾼 것인가 하고 생각했다. 갑자기 많은 업무를 보느라 몸이 피곤해서 그럴 수도 있었지만, 그래도 몸 상태와 연결시키기에는 너무도 이상했다. 그냥 기분 나쁜 정도의 꿈이었다면 몰라도 그건 너무도 무섭고 끔찍했다.

그때 노크소리가 났다. 그러나 그는 아무런 반응도 하지 않았다. 몸도 피곤한데다 꿈자리도 좋지 않아 모든 것이 귀찮게만 여겨졌던 것이다.

그가 그렇게 아무런 반응을 보이지 않자 그의 비서가 조용히 문을 열고 들어왔다. 자리에서 비스듬히 돌아앉은 그를 보며 그녀가 조심스레 입을 열었다.

"회장님, 지금 회장님을 만나 뵙고자 몇 시간 전부터 기다리시는 분이 있습니다."

하지만 오 회장은 여전히 아무런 대꾸도 하지 않았다.

"저, 회장님."

비서는 그가 잠이 들었나 생각하고 다시 한 번 더 그를 조심스레 불러보았다.

그때 오 회장이 짜증 섞인 말투로 말했다.

"뭐야? 아직도 남은 게 있나?"

"아닙니다." 그녀가 깜짝 놀라 대답했다. "그게 아니라 외부에서 온 손님입니다."

"그러면 지금은 피곤하니 돌아가라 그래. 내가 오전부터 여기 앉아 일한 것 모르나?"

비서는 당연히 오 회장이 거절할거라고는 생각했지만, 밖에 있는 사람의 태도가 너무 완강해 이대로 그냥 나가기가 조금 망설여졌다.

그녀가 다시 한 번 더 말해 보았다.

"그래서 저도 오늘은 안 될 것 같다고 했습니다. 그런데 회사를 위한 중요한 일이라며 오늘 꼭 회장님을 만나야 된다고 합니다."

"중요한 일? 무슨 일?"

"그건 직접 만나서 말씀드려야 한다고 합니다. 대신 우동구라는 이름만 말씀드리면 될 거라고 그랬습니다."

"뭐?"

오 회장이 의자를 돌려 앉아 비서를 쳐다보았다.

"방금 누구라 그랬나?"

그는 그 이름이 믿기지 않는다는 듯 놀란 표정을 지었다.

"우동구 씨라고 했습니다. 회장님하고는 예전부터 잘 아는 사이라고 했습니다."

"잘 아는 사이?"

"네."

"어떻게 생겼지?"

비서는 그 사람의 외모를 어떻게 설명해야 할지 몰랐다.

"그냥 키는 좀 큰 편이고, 나이는 30대 중반 정도 되어 보이는 남자입니다."

"그리고?"

"그리고… 머리숱은 많은 편에다가… 가운데 가르마가…."

"차갑던가?"

"네?"

"얼굴에서 찬 기운이 느껴지던가 말이야."

"아, 네. 약간은 그런 인상이었습니다."

오 회장은 책상을 내려다보며 혼잣말로 중얼거렸다.

"그 놈이 여길 어떻게…."

그는 그 자가 누구인지 일 수 있을 것 같았다. 이름과 키와 나이가 자신이 알고 있는 그 사람과 비슷한데다, 그 얼굴에서 풍겨지는 인상까지도 비슷했기 때문이다.

"그런데 그 자가 회사의 중요한 일 때문에 날 찾아왔다고 그랬나?" 오 회장이 다시 비서를 쳐다보며 물었다.

"네. 그렇게 말했습니다."

오 회장은 우동구가 갑자기 왜 나타났나 생각했다. 녀석은 분명 자기에게 지은 죄 때문에 자기를 피해 다녀할 인물인데, 그럼에도 스스로 여기까지 찾아오다니 느낌이 좋지 않았다. 게다가 녀석은 자신이 무엇을 하고 있는지, 그리고 이 회사의 중요한 일이 무엇인지까지도 알고 찾아와 그 찾아온 목적이 정말 의심되지 않을 수 없었다. 녀석의 됨됨이로 보건데 녀석이 이곳을 찾은 의도는 결코 순수하지 않을 게 분명했다.

그는 의자를 창 쪽으로 돌려 앉아 어떻게 해야 하나 생각했다. 10여 년 전의 일을 생각한다면 지금 당장 녀석을 붙잡아 분풀이하는 것이 좋아 보였지만, 지금은 그렇게 할 수는 없었다. 사회적 지위와 보는 눈들 때문에 그렇게 하면 오히려 자신만 손해 볼 수 있었기 때문이다. 대신 녀석이 왜 갑자기 나타났는지부터 알아봐야 할 것 같았다. 만약 녀석이 찾아온 그 목적이 불순한 것이거나 또다시 자신을 속이기 위한 것이라면 그것은 분명 본인이 스스로 매를 맞기 위해 찾아온 것이나 마찬가지였기 때문에, 그에 상응하는 조치를 취하면 되었다. 그리고 그 목적이 정말 그가 말한 것처럼 회사에 관한 중요한 일 때문이라면, 그의 말을 들어본 후에 거기에 대한 적절한 조치를 취하면 될 것 같았다.

그가 다시 의자를 돌려 비서에게 말했다.

"그 자를 들여 보네!"

"네. 회장님."

비서는 곧 돌아서서 밖으로 나갔다.

그녀가 나가자 오 회장은 녀석을 보면 먼저 어떤 식으로 대면할까 생각했다. 다시 보는 것이 결코 반갑지 않은 인물인데다, 과거 놈에 대한 분노 때문에 녀석을 보면 한번쯤은 혼내주고 싶었다.

곧 노크 소리가 들렸다. 오 회장은 문 쪽을 노려보았다. 문 두드리는 소리와 그 간격으로 봐선 녀석이 무척 긴장하며 들어오는 것 같았다.

곧 문이 살며시 열리며 뒤에서 양복 입은 한 남자가 나타났다. 오 회장은 그가 나타나자 그의 얼굴을 찬찬히 살폈다. 가운데서 빗어 넘긴 가르마와 작고 날카로운 눈매 그리고 온갖 쓸데없는 말을 가득 품고 있을 입이, 예전 자신의 밑에서 일하던 우동구의 모습과 똑같았다. 예전보다 좀 더 살이 붙고 말쑥해 보이긴 했지만, 그의 본 모습은 시간이 지난 지금에도 변하지 않았다.

오지락은 우동구를 무섭게 노려보았다. 그동안 잊고 있던 분노가 갑자기 타올라 녀석을 속이 시원해질 만큼 때려주고 싶었다. 아무것도 아닌 녀석이 감히 자기를 속이고 달아났다 10여 년 만에 찾아오다니, 그의 뻔뻔함과 밉살스런 배짱이 정말 추악해 보였다.

그는 주먹을 불끈 쥐고 자리에서 일어나 우동구 쪽으로 다가갔다. 자신이 얼마나 어리석었으면 저런 녀석한테 속아 넘어갔나. 그는 정말 분하다 생각했다. 그는 우동구 앞에 서서 그를 매섭게 노려보며 어떤 방법을 쓰면 녀석이 가장 고통스러울지 생각했다. 자신이 직접 손을 댈 수도 있었고, 사람을 시켜 고통을 줄 수도 있었다. 어떤 방법이든 녀석이 최대한 겁먹을 수 있고 최대한 괴로워할 수 있으면 만족스러울 것 같았다. 그는 마치 사자 한 마리가 생쥐 한 마리를 앞에 두고서 그것을 어떻게 갖고 놀면 가장 재밌을까 하는 모습으로, 한 발 더 우동구에게 다가갔다.

하지만 그는 그런 마음을 바로 접어버렸다. 가까이서 보는 우동구의 얼굴에는 예전만큼의 예리함과 비열함이 보이지 않았기 때문이다. 그도 피할 수 없는 세월의 침식과 삶에 대한 피로감으로 불쌍한 인간으로 변해가고 있었던 것이다. 지난 10여년의 세월을 대충 어떻게 지내왔을지 짐작이 갈 정도였다. 녀석은 여전히 자신의 본 모습을 버리지 못한 채 살아왔을 것이고, 그래서 자신의 무겁고도 알 수 없는 인생의 굴레에서 허우적대며 지내왔을 것이다.

오지락은 찌푸렸던 눈을 폈다. 이제 와 녀석에게 복수한다는 것이 무슨 의미가 있을까 하는 생각이 들었다. 자신의 인생이 우동구 때문에 완전히 망해버렸다면 모를까, 오히려 그 일 후에 더 크게 일어섰으니 굳이 아직도 인생의 밑바닥에서 힘들게 살고 있을 녀석을 혼낼 필요는 없을 것 같았다. 이제는 상대도 안 될 그런 녀석을 건드려봐야 자기에게 돌아올 이득도 없었다. 단지 녀석이 지금 무슨 이유로 다시 나타났는지 알아보고, 또다시 허튼 짓을 하려 하는 것 같아 보이면 거기에 대해서만 단단히 혼내주면 될 것 같았다. 그는 녀석이 먼저 입을 열 때까지 기다렸다.

그러자 우동구가 그것을 눈치 채고 천천히 입을 열었다. 오지락의 눈빛에서 자신의 향하던 분노가 사그라졌음을 그가 보았던 것이다.

"오랜만에 인사드리겠습니다. 회장님. 저 우동구입니다. 저를 잊지는 않으셨겠죠?"

우동구의 첫마디는 공손했지만, 오지락의 태도에 압도되어 많이 주눅 들어있었다.

"회장님께서 크게 성공하셨다는 소식을 듣고서 제가 얼마나 놀라고 기뻤는지 모릅니다. 물론 믿지는 않으시겠지만 말이죠."

우동구는 오지락에게 조심스런 말로 접근하며 그가 지금 자신을 어떻게 생각하나 살폈다.

하지만 오지락은 여전히 입을 굳게 다문 채 아무런 반응도 보이지 않았다.

우동구가 계속 말을 꺼냈다.

"회장님께서는 예전 일 때문에 아직도 저를 원수같이 생각하고 계시겠지만, 저는 그 일로 인해 얼마나 후회하며 지냈는지 모릅니다. 저도 양심이 있는 인간인지라 제가 저지른 일에 대해서는 후회도 하고 반성도 하기 때문입니다. 하지만 이제는 오랜 시간이 지났고 또 회장님께도 이렇게 성공하셨으니 너그러운 마음으로 그때의 저를 용서해 주시기 바랍니다."

"우동구." 오지락이 드디어 입을 열었다. "네놈이 지금 나에게 용서를 구하는 것이냐? 네놈은 아직도 내가 너의 그런 거짓말에 속아 넘어갈 거라 생각하느냐?"

"거짓말이라뇨?" 우동구가 다급하게 부인했다. "회장님, 저는 정말 제 잘못을 알고 있습니다. 제가 회장님께 나쁜 짓 한 대가를 저도 제 인생을 통해 제대로 돌려받았기 때문입니다. 그래서 저는 제가 회장님께 지은 죄로 인해 크게 반성하고 있음을 정말 거짓말 하지 않고 말씀드릴 수 있습니다."

그 말은 오지락이 듣기에도 거짓말 같지는 않았다. 그가 처음부터 변명을 늘어놓는 것이 아니라 자신의 잘못을 말하며 용서를 구했기 때문이다. 하지만 그를 완전히 믿을 수는 없었다. 지금은 그렇게 생각한다 해도 다시 무슨 음흉한 마음을 품을지는 알 수 없었기 때문이다. 우동구는 충분히 그러고도 남을 녀석이었다.

오지락이 말했다.

"우동구, 그런 쓸데없는 소리는 집어치우고 네가 여길 찾아온 목적을 말해라. 네놈이 용서를 구하기 위해 날 찾아왔을 리는 없다. 무엇 때문에 날 찾아 온 것이냐?"

그 말을 듣자 우동구는 오지락이 자기에게 가지고 있던 이전 분노는 많이 잠잠해졌구나 생각했다. 이제 자신이 찾아온 진짜 목적을 찬찬히 말해 봐도 될 것 같았다.

"회장님, 저는 좀 전에 말씀드린 것처럼 지난 10여 년 동안 제 잘못에 대한 대가를 톡톡히 치렀습니다. 제가 거기에 대한 이야기는 자세히 말씀드리지 않겠습니다만, 회장님께서 저를 통해 겪으신 고통만큼이나 저도 충분히 겪었다는 것만은 알아주시기 바랍니다. 그래서 저도 그 후로는 제 잘못을 반성하며 올바르게 살려고 노력했습니다. 행복한 가정도 가지고 내세울 건 없지만 떳떳한 직장도 가지면서 말이죠."

"우동구. 그런 쓸데없는 소리 집어치우고 여길 찾아온 진짜 목적만 말하라니까!" 오지락이 미간을 찌푸리며 우동구에게 소리쳤다.

"네. 지금 말씀드리는 중입니다. 이것도 참고하시면 도움이 될 것 같아 미리 말씀드리는 거였는데, 듣기 싫으시다면 이제는 진짜를 말씀드리겠습니다."

오지락은 더 이상 그의 말을 자르지 않기로 했다. 그럴수록 그의 입에서는 더 쓸데없는 말만 나와 시간을 늦출 수 있었기 때문이다.

"사실," 우동구가 말했다. "전 지금 한 회사에서 운전기사를 하며 지내고 있습니다. 운 좋게도 제가 그 회사 사장님 차를 운전하고 있습지요. 그런데 저는 매일 차로 저의 사장님을 모시다 보면 차안에서 사장님과 그 회사에 대한 정보를 많이 들을 수 있습니다. 그건 회장님께서도 잘 아시겠지만,

차 안에서는 사적인 통화나 비밀스런 얘기도 종종 하기 때문입니다. 그런데 제가 며칠 전에 저의 사장님을 태우고 운전하다가 변호사와 하는 어떤 대화를 들었는데 제가 그때 그 이야기를 듣고서 얼마나 놀랐는지 모릅니다. 하마터면 사고까지 낼 뻔했으니 말입니다. 제가 그때 들은 말은 어떤 회사가 우리 사장님 회사를 집어삼키려하는데, 그 회사가 그러지 못하도록 우리 사장님 쪽에서 먼저 방법을 쓰자는 뭐 그런 내용이었습니다. 사실 저는 그때까지만 해도 기업이 사업을 해서 먹고 사는 줄로만 알았지, 그렇게 기업을 집어삼키면서 먹고 사는지는 몰랐습니다. 그런데 저는 차 안에서 그런 소리를 듣고서 얼마나 감탄했는지 모릅니다. 기업이 꼭 좋은 물건을 만들어 팔지 않아도 다른 방식으로도 먹고 사는 방법이 있으니 말입니다. 하지만 사람들은 그런 것도 모르고서 한 쪽 일에만 골몰하니 얼마나 어리석은 일이겠습니까? 분야를 넓히면 돈을 벌 수 있는 방법도 많은데 말입니다. 왜, 옛말에 머리가 나쁘면 손발이 고생한다고 하지 않았습니까? 역시 사람은 머리를 잘 써야 인생을 편안하게 살 수 있는 것 같습니다. 그래서 저는 그때 머리 잘 쓰는 그 기업이 참 대단하다고 생각했습니다. 아무튼 그건 거기까지만 말씀드리겠습니다. 그리고 회장님, 저는 그때 또 이런 생각도 했습니다. 만약에 우리 회사가 그 다른 기업에게 넘어가면 저는 어떻게 되나 하고서 말이지요. 그 다른 기업이야 그렇게 배를 불리니 좋겠지만 정직하게 살기 위해 어렵게 취업한 저는 회사에서 쫓겨날 것인데, 그러면 전 다시 오갈 데 없는 신세가 되어 힘든 시간을 보내야 할 테고…."

"당장 꺼져!" 오지락이 더 이상 참지 못하고 소리를 내질렀다. "네놈의 입은 여전히 속임수로 가득하구나! 네놈은 지금도 예전처럼 날 가지고 놀려하고 있어. 사람을 시켜 여기서 끌어내기 전에 지금 당장 꺼져!"

"아닙니다. 회장님." 우동구가 겁을 먹고서 다급하게 말했다. "전 지금 회장님을 속이려고 하는 게 아닙니다. 단지 제가 가진 좋은 정보를 회장님께 알려드리려는 것뿐입니다."

"듣기 싫다! 네놈 입에서 나오는 정보라면 들을 필요도 없어. 넌 아직도 날 우습게보고 있어. 감히 내 앞에서 다시 한 번 더 속임수를 쓰려하다니.

넌 어쩔 수 없는 사기꾼이야! 지금 당장 여기서 꺼지지 않으면 오늘이 네놈의 제삿날이 되도록 만들어 주겠다."

우동구는 자신이 오지락 앞에서 시간을 너무 많이 끌었구나 생각했다. 오지락은 이제 유명 기업의 회장으로서 자신하고는 비교도 할 수도 없는 인물이 되었는데, 그런 오지락을 자기가 너무도 쉽게 본 것 같았다. 그는 어서 빨리 본론으로 들어가 그의 화를 누그러뜨려야겠다고 생각했다. 그렇지 않으면 자신의 계획이 모두 수포로 돌아갈 수 있었다.

"회장님, '고운 기업' 아시죠?"

오지락의 표정이 갑자기 변했다.

"제가 그 회사 사장의 운전기사입니다."

"뭐?"

오지락이 우동구의 눈을 똑바로 쳐다보았다.

"며칠 전 제가 차 안에서 회장님 이름을 들었는데, 그때 제가 그 이름을 듣고서 얼마나 놀랐는지 모릅니다. 회장님께서 회장님이 되었다는 사실에도 놀랐지만, 회장님께서 우리 회사에 관심이 있다는 사실에 더 놀랐기 때문입니다. 그때 저는 회장님께서 우리 회사를 인수하기 위해 주식을 매입 중이라고 들었습니다. 그런데 우리 사장도 지금 거기에 대해 준비를 하고 있는 중입니다. 지난번에 제가 우리 사장과 변호사가 하는 말을 들었는데, 회사 경영권 방어를 위해 다른 주주들의 주식을 사들인다고 했습니다. 그러면 지분의 반 이상을 취득할 수 있어 경영권을 방어할 수 있다고 하면서 말이지요. 그래서 지금 우리 회사 변호사가 그들을 만나 설득 중입니다. 조만간 결론이 날 것 같은데, 변호사가 거기에 대한 상당한 자신감을 비쳤기 때문입니다. 제가 오늘 여길 찾아 온 목적은 바로 이 정보를 회장님께 알려 드리기 위해서입니다. 회장님 사업에 조금이나마 도움이 되어드리기 위해서 말이지요. 그런데 제가 어찌 다시 회장님을 속일 생각을 하고서 여기를 찾아올 수 있겠습니까? 이제 회장님과 저는 하늘과 땅 차이인데 말입니다."

그 말을 듣고서 오지락은 입을 다물지 못했다. 어떻게 다시 이런 식으로 우동구와 엮이는지 이해가 되지 않았던 것이다. 우동구는 분명 10여 년 동안 자기를 피하며 살아왔을 것인데, 그가 그렇게 피하고 피해서 온 자리가 지금의 바로 이 자리라니 그저 놀랍기만 했다.

그는 충격 먹은 얼굴로 자신의 자리로 돌아갔다. 그리고 자리에 앉아 이를 어떻게 받아들여야 하나 생각했다. 마음 같아서는 지금 당장 우동구를 내치고 싶었지만, 그가 들고 온 정보를 생각하면 그렇게 할 수는 없었다. 그가 밉고 보기는 싫어도 그 때문에서 자신의 사업에까지 영향을 줄 수는 없었던 것이다.

그는 한참을 앉아 생각하다가 다시 우동구 쪽으로 고개를 돌렸다. 그가 자기에게 그런 정보를 가지고 온 목적이 정말 궁금하지 않을 수 없었다.

"그런데 우동구" 오지락이 입을 열었다. "네놈이 여기 온 진짜 목적이 무엇이냐? 네가 가지고 온 정보는 분명 날 위해 가지고 온 것이 아닐 것이다. 난 네놈을 잘 아는데, 네놈은 분명 지금 뭔가를 생각하고서 여길 왔을 것이야. 너같이 아주 약아 빠진 놈은 노리는 것 없이는 절대 남을 돕지 않거든. 그러니 먼저 그것부터 말해라. 그렇지 않으면 난 너와는 조금도 상대하지 않겠다."

그 말에 우동구는 오지락이 자기가 말한 의도를 대충 짐작했다고 생각했다. 그는 슬슬 자신이 품고 있는 생각을 내놓기로 했다.

"회장님, 제가 그런 걸 어찌 저를 생각해서 가지고 왔겠습니까? 제가 들어보니 그것은 분명 회장님께 도움이 되겠다 싶어서 들고 온 것인데 말입니다. 물론, 그렇다고 그것이 꼭 회장님께만 도움이 된다는 그런 말도 아니지만 말이지요."

"듣기 싫다!" 오지락이 말했다. "네가 온 진짜 목적만 말해라! 다시 그런 쓸데없는 말을 늘어놓으면 당장 여기서 내쫓아버리겠다."

오지락이 아주 단호하게 나오자 우동구는 더 이상 말을 늘려서는 안 되겠다고 생각했다.

"아, 네네. 죄송합니다. 회장님. 그렇다면 제가 지금부터 요점만 말씀드릴 테니 잘 들어보시고 판단해 주시기 바랍니다. 그리고 너무 오해하지 마시고 들어주시기 바랍니다. 자, 그럼 말씀드리겠습니다."

드디어 우동구는 자신이 찾아온 진짜 목적을 오지락에게 말하기 시작했다.

"제가 돌아가는 상황을 보아하니, 지금 회장님과 우리 사장은 한 회사를 차지하기 위한 지분 싸움을 하고 계신 것 같습니다. 그런데 이 지분 싸움에서 이기려면 누구든지 회사 주식의 과반수를 먼저 차지하여야 할 것 같은데, 우리 사장은 그것을 알고 지금 거기에 대한 준비를 잘하고 있습니다. 하지만 제가 잘은 몰라도 회장님은 과반수까지는 생각하고 있지 않으신 것 같습니다. 물론 우리 사장이 그렇게 대응하고 있다는 것을 회장님께서는 지금에야 저를 통해서 아셨으니 그리 하셨겠지만, 그래도 지금 저를 통해 이렇게 알게 된 마당에 회장님께서도 우리 회사를 인수하기 위해 거기에 걸맞은 준비를 하셔야 하지 않겠습니까? 그래서 저는 이 부분에 대해 회장님의 큰 도움이 되어드리고자 합니다. 물론 제가 이렇게 말씀드리면 회장님께서는 제가 운전기사나 하는 주제에 어떻게 그런 도움을 줄 수 있겠느냐고 생각하시겠지만, 오히려 그 때문에 저는 더욱 더 큰 도움이 되어 드릴 수 있다고 생각합니다. 왜냐하면 저는 차 안에서 우리 사장 개인의 일과 회사에 대한 많은 정보를 들을 수 있기 때문입니다. 당장 제가 오늘 가지고 온 이 정보도 제가 차 안에서 듣고서 가지고 온 정보가 아니겠습니까? 그러니 저는 이렇게 아무런 의심도 받지 않고 사장 개인의 것이든 회사의 일이든 알아내 올 수 있는 것입니다."

우동구는 말하면서 약간 거들먹거리는 표정을 지었다.

"회장님. 지금 회장님께서는 그 회사의 대주주가 되기 위해 많은 노력을 기울이시는 것 같습니다. 하지만 그런다고 뜻대로 되지는 않을 것 같습니다. 왜냐하면 노력하는 만큼 많은 정보도 필요한데 지금은 그 정보란 놈이 너무도 부족하기 때문입니다. 그래서 제가 조금 전에 말씀드린 이런 점을 잘 이용하셔서 이번에 우리 사장이 지분의 과분수를 확보하기 위해 설득하고 있는 주주에 대한 정보를 수집하시기 바랍니다. 제가 어제 듣기로는 사장이 고용한 변호사가 이 일로 주주들과 곧 만나기로 했다고 했습니다. 그런데 그렇게 되면 그들이 가지고 있는 지분은 곧 우리 사장에게로 넘어갈 것입니다. 그럼 회장님께서는 이번 인수 건에 대해서는 손을 떼셔야 할 것입니다. 참 안타까운 일이지요. 회장님도 오랫동안 준비하셨을 텐데 말입니다. 하지만 아직은 그 지분이 우리 사장에게로 넘어간 것이 아니니 여전히 희망은 있습니다. 회장님께서 그 계약이 성사되지 못하도록 방해하시면 되니깐 말이지요. 그러면 오히려 그 지분이 회장님 쪽으로 올 수도 있지 않겠습니까? 그리고 또 혹여 그 지분이 회장님께로 다 오지는 못한다고 해도, 그 때문에 시간을 좀 끌면서 다른 이들의 지분을 확보할 수도 있지 않겠습니까? 저는 이런 일이 절대 불가능하다거나 허황된 것이라고 생각하지 않습니다. 왜냐하면 제가 과거에 이루어진 이런 기업 간 인수 건들에 대한 사례를 좀 알아보았는데, 거기에서도 지금과 같은 경우를 많이 발견했기 때문입니다. 아주 가까우면서도 사소한 곳에 신경 쓰지 않는 바람에 인수를 놓친 그런 사례들 말입니다. 회장님께서도 아시다시피 우리 속담에 등잔 밑이 어둡다는 그런 말이 있지 않습니까? 아주 가까운 곳에 관심을 두지 않는 바람에 직접 눈에 보이는 것도 손에 거머쥐지 못한다는 그런 속담 말이지요. 그런데 지금 우리 사장이 바로 그런 경우가 아닐까 생각합니다. 저를 무척 신뢰해서 제가 그런 일을 할 거라고는 전혀 생각지도 못하고 있기 때문에 말입니다. 말씀드리기 정말 송구스러운 이야기이지만, 그건 회장님께서도 과거에 그런 적이 있지 않습니까? 물론 이 점은 제가 회장님께 다시 한 번 더 사과를 드리겠습니다. 아무튼 우리 사장은 지금 회장님과 저의 관계를 전혀 모르고 있습니다. 그래서 아무런 의심 없이 제가 듣는 앞에서도 정보를 흘리고 있습니다. 그러니 회장님께서는 이런 점을 잘 이용하시어 이번 인수 건을 꼭 성공시키시기 바랍니다. 제가 회장님의 확실한 도움이 되어드리겠습니다."

오지락은 우동구의 말을 어디까지 믿어야 할지 몰랐다. 분명 녀석은 자신을 많이 과장했을 것이고 상황도 많이 부풀렸을 것이다. 게다가 그것을 통해 다른 노림수도 가졌을 게 틀림없었다.

"그런데 네놈이 그런 정보를 나에게 주려는 이유가 무엇이냐? 단순히 날 돕기 위한 목적은 아닐 텐데." 오지락이 의심스런 눈초리로 우동구에게 물었다.

그러자 우동구가 기다렸다는 듯 대답했다.

"사실 제가 회장님께 지은 죄가 있어 이런 말씀드리기는 정말 송구스럽습니다만… 저도 이제는 가정을 가지고서 가족들을 먹여 살려야 하다 보니 염치 불구하고 말씀드리지 않을 수 없을 것 같군요."

우동구가 잠시 오지락의 눈치를 살폈다.

"제가 정말 뻔뻔스럽지만 회장님께 한 가지 부탁드릴 것이 있습니다. 그건 제가 이번 일을 도와드리는 대가로 3억 원만 주셨으면 하는 것입니다. 그 정도 돈이라면 회장님도 부담스럽지 않고, 저도 회장님께 과하지 않게 요구할 수 있는 금액이라 생각됩니다. 왜냐하면 이번 일을 통해 회장님께 돌아갈 이익은 그와는 비교할 수 없을 정도로 클 테니 말입니다. 사실 사업을 하다보면 조그만 이익을 얻기 위해서도 많은 투자를 하는 경우가 있지 않습니까? 그런데 이번 일은 적은 투자로도 많은 이익을 얻을 수 있는 경우가 아닐까 생각됩니다. 수익률로 따져보아도 그건 정말 말도 안 되는 경우지요. 그런데 이런 종류의 투자를 아까워해서 그 많은 이익을 놓쳐서야 되겠습니까? 물론 회장님께서는 그 투자금액이 저에게 돌아간다 생각하셔서 무척 아까워하실 수도 있겠지만, 사업을 위해서라면 그런 사소한 감정쯤은 배제해야 하지 않겠습니까? 남에게 돌아가는 이익이 아까워 자신의 그 많은 이익을 포기한다는 것은 정말 어리석은 일이기 때문에 말입니다. 물론 제가 회장님을 어리석다고 말하는 것이 아닙니다. 말을 하자면 그렇다는 그런 의미이지요. 아무튼, 회장님께서는 이번 일을 성공시키고 나면 다시 많은 이익을 누리실 수 있을 것입니다. 그러니 이번 투자를 절대 아까워하지 마시고 과감히 힌번 투자헤 보시기 바랍니다. 감정은 완전히 배제하고서 말입니다. 그러면 제가 반드시 회장님 손에 큰 이익이 돌아가도록 만들어 드리겠습니다."

오지락은 잠시 우동구를 말없이 쳐다보았다. 그의 눈에는 그가 기생충처럼 보였다. 정확한 시점을 잘도 포착해서 자기라는 숙주를 정말 잘 이용해보려는 곰팡이. 그런 걸 부끄러운 줄도 모르고서 자기에게 과감히 요구하고 있으니, 녀석은 정말 얄미운 존재였다. 하지만 그렇다하더라도 그의 제안을 거절하기는 힘들 것 같았다. 만일 그렇게 하면 그의 말처럼 아까운 수입을 놓칠 수도 있었기 때문이다.

오지락이 잠시 고민하다 우동구에게 물었다.

"만약 실패하면 어떡할 거냐?"

그 말에 우동구가 바로 대답했다.

"절대 실패할 리는 없습니다. 왜냐하면 전 이번 일에 제 목숨을 걸 테니 말이지요. 전 반드시 그 회사가 회장님 손에 들어가도록 만들어 드릴 자신이 있습니다. 그리고 제가 두 번 다시는 회장님을 속이는 일도 없을 겁니다. 그러니 정말 저를 한번 믿고 맡겨 주시기 바랍니다."

오지락은 다시 한 번 더 고민했다. 우동구와 거래하는 것이 과연 옳은 것인지 몰랐던 것이다. 하지만 지금 이 상황에선 그를 믿어 보지 않을 수 없었다. 그가 지금 상대 회사의 정보를 가장 가까이서 듣고 있었고, 또 그것이 있어야 또다시 큰 이익을 챙길 수 있었기 때문이다.

오지락이 우동구에게 말했다.

"그럼 지금 일이 어디까지 진행되고 있는지 알아오도록 해라. 그리고 믿을 만한 여러 가지 자료도 구해오도록 해라. 또 그 변호사가 접촉 중이라는 그 주주가 누구인 것까지도 알아 와야 한다. 난 네놈이 이번에도 날 속인다고 생각되면 그 즉시 널 저승으로 보내버릴 것이다. 그러니 절대 다른 생각은 말고 반드시 정확한 정보만 가져오도록 해라. 네놈 주위에는 내 눈을 여럿 심어두겠다. 알겠나?"

"네, 물론이죠. 회장님. 제가 누구 앞이라고 그런 거짓말을 하겠습니까? 이제는 절대 그런 일은 없을 것입니다. 제가 반드시 가치 있는 정보들을 빼내 오도록 하겠습니다. 그리고 필요하다면 이 몸을 바쳐서라도 상대방의 계약을 막아내겠습니다."

우동구는 자신이 원하던 3억 원을 받을 수 있게 되었다는 생각에 기분이 좋았다.

"그런데 회장님. 이건 제가 회장님을 의심해서라 아니라 거래의 안전을 위해서 말씀드리는 건데 말입니다. 회장님께서 그 돈을 저에게 주시는 시점은 회장님께서 우리 사장보다 더 많은 지분을 확보할 수 있는 상태가 된 때에 바로 주시기 바랍니다. 왜냐하면 그때쯤이면 저도 그 회사를 그만두고 나와야 하기 때문입니다. 그렇지 않으면 회사 사람들로부터 의심을 받을 수 있거든요. 그러니 그런 불상사를 사전에 방지하기 위해 그 돈을 가능한 빠른 시점에 지급해 주시기 바랍니다. 그래야 저도 무리 없이 생계를 꾸려 나갈 수 있지 않겠습니까? 또, 그것이 회장님께도 여러모로 안전한 방법이 될 것입니다."

"그런 건 걱정하지 마라. 일만 확실히 해 오면 더 빨리 줄 수도 있다. 그러니 넌 일이나 정확히 해오도록 해라."

우동구는 좋아 어쩔 줄 몰랐다.

"감사합니다. 회장님. 제가 최대한 빨리 이 인수 건이 성사되도록 도와드리겠습니다. 정말 감사합니다. 부디 저만 믿고 맡겨주시기 바랍니다."

오지락은 우동구의 좋아하는 그 모습을 보며 그를 정말 간사한 인간이라고 생각했다.

그렇게 두 사람의 거래는 성사되었다. 서로가 서로를 마음에 들어 하지 않는 그들은 자신들이 원하는 것을 얻기 위해서는 같은 배를 타지 않을 수 없었던 것이다. 하지만 그들이 어디까지 같이 항해할 수 있을지는 아무도 몰랐다.

사람도 자기 때를 알지 못하나니,
물고기들이 재난의 그물에 걸리고 새들이 올무에 걸림같이,
사람들의 아들들도 재난의 때에 그것이 그들에게 갑자기 닥치면
올무에 걸리느니라.
— 전도서 9: 12

26

　윤호는 지난 번 미술관을 다녀오고 난 이후로 마음속에서 지워지지 않는 한 사람이 생겼다. 민아 엄마와의 어색한 만남을 피하기 위해 미술관을 나오다가 주차장에서 만난 남자였다. 당시 그 남자는 검정색 고급 승용차 옆에 서서 시간을 때우려는 양 주위를 걸어 다녔는데, 그러다 지루했는지 운전석에 앉아 차창 밖을 바라보기도 했다. 그는 남자의 그런 모습을 보며 그 남자가 누구일까 생각해 보았다. 큰 키에 잘 빗어 넘긴 머리와 특징적인 눈매가 분명 어디선가 한번은 본 듯한 사람이었다. 하지만 기억이 잘 나지 않자 그는 그 남자를 그냥 무시하고 돌아서서 미술관을 나왔다. 그러나 나중에 집에 와서 그 남자가 생각나자 그에 대해 다시 한 번 더 생각해 보았다. 지금까지 그가 만나 온 사람들을 머릿속으로 쭉 나열하며 그 남자가 자기 인생의 어느 시점에서 만난 사람일까 찾아보았지만, 여전히 그에 대한 기억은 찾을 수가 없었다.

　그리고 이틀 뒤. 그는 다시 민아를 만나기 위해 미술관으로 향했다. 그날도 그는 먼저 카페로 들러 그녀와 차를 마셨다. 그들은 가끔 서로에게 농담도 했고 재밌게 맞장구도 쳤다. 이전보다 한층 더 가까워진 모습이었는데, 마치 연인 사이로 접어들기 직전의 시간 같았다.

　두 사람은 한참 웃고 떠들다 화제를 바꾸었다.

　"민아 씨." 윤호가 말했다. "지난번 어머니하고는 이야기 많이 나눴어요? 그날 두 분 오랜만에 만난 것 같던데요."

　"아뇨." 민아가 대답했다. "엄마가 바쁘다며 조금만 있다 그냥 가셨어요."

"그래요? 전 그때 두 분이서 대화를 많이 나누실 줄 알고 빨리 자리를 피해드렸는데, 어머니께서 오래 계시지 않으셨군요."

"네. 엄마가 일하시느라 많이 바쁘시거든요. 그래서 요즘 엄마 얼굴 오래 보기가 힘들어요."

민아가 조금 아쉽다는 표정을 지었다.

"그런데 지난번 말씀하시는 것 들어보니 어머니가 회사 일로 좀 힘들어하시는 것 같던데, 어머니께서는 직장 다니세요?"

"아니요. 사업하세요."

"사업요?"

윤호는 의외의 그 대답에 약간 놀랐다.

"네. 아빠가 하시던 건데요. 지금은 엄마가 맡아서 하시는 중이에요."

그 말에 윤호는 당시 그녀의 엄마가 자기를 바라보던 모습을 떠올렸다. 자신을 약간 경계하면서도 낮추어 보는 듯한 태도를 취했는데, 마치 부유한 집 사람이 딸이 사귀는 남자의 조건이 마음에 들지 않아 마음속으로 그를 거절하는 모습 같아 보였었다. 그런데 이제와 보니 그녀는 정말 그런 마음으로 자신을 바라본 듯 했다.

윤호가 조심스레 다시 물었다.

"그럼 아버지는 다른 일을 하시나보죠?"

"아니요. 아버지는 돌아가셨어요. 너무 회사 일에만 신경 쓰시다가 갑자기 쓰러지셨거든요."

그 말에 윤호는 뭐라 말해야 할지 몰랐다. 자신이 괜한 걸 물어 본 것 같았다.

"미안해요. 민아 씨. 제가 아픈 걸 물어봤네요."

"아니에요."

민아는 애써 웃어 보였다.

"처음엔 너무 생각지도 못하게 일어난 일이라 많이 슬펐는데, 지금은 시간이 지나면서 많이 잊혔어요."

윤호는 그녀의 집안에 그런 슬픔이 있었으리라고는 생각지도 못했다.

그녀가 계속 말했다.

"그 후로 엄마가 아버지가 하시던 사업을 맡아서 하고 계시는 거예요. 집안 일만 하시던 분이시라 처음엔 아무것도 모르셨는데 지금은 조금 적응해 가고 계세요. 그런데 요즘 회사에 무슨 일이 생겨서 걱정이 많으신가 봐요. 한 가지 해결하고 나면 또 다른 걸 해결해야 하니 사업이라는 게 정말 힘든가 봐요."

윤호는 그녀의 엄마가 지금 얼마나 힘든지 대충 알 것 같았다. 자기도 회사에 있던 시절 예상치 못한 일을 만나면 그렇게 힘들어하며 고민했기 때문이다. 하지만 자신은 회사가 세워질 당시부터 대부분의 일을 파악하고, 또 그 일에 관여했기 때문에 어느 정도 그 장애물을 넘어설 수 있었지만 그녀의 엄마는 사업에 대해 아무것도 모른 채 넘겨받아 정말 힘겨운 시간을 보내고 있을 게 분명했다.

"그래도 민아 씨 어머니는 정말 대단한 분이시네요. 집안일만 하시던 분이 사업을 이어받아 하시기는 정말 힘든데 말이에요."

"그러게요. 하지만 아빠가 예전에 좋은 사람들을 많이 데리고 계셔서 해내고 있는 거예요. 아니면 엄마 혼자서는 절대 못해 내셨을 거예요."

"그럼 민아 씨 아버지가 사업에 대한 감각이 뛰어나셨던 분이셨군요."

"사실 아빠는 집보다는 사업에 관심이 더 많으신 분이셨어요. 그래서 전 어릴 때 아빠랑 놀아 본 기억이 많지 않아요. 그리고 놀아도 거의 아빠 회사에서만 놀았어요. 가끔 엄마가 아빠 도시락 싸서 회사에 가져가면 저도 따라 가서 같이 먹곤 했거든요. 그런데 그것도 잠시였어요. 아빠는 식사 끝나면 바로 일하러 가셨어요. 그러면 우리는 아빠 차 타고 그냥 집으로 돌아왔죠."

민아는 평소 누구에게도 해 본 적 없던 가족 이야기를 윤호에게만 털어놓았다. 오늘따라 그것이 불편하게 느껴지지 않았던 것이다.

"아, 그러면" 윤호가 그녀의 말을 듣다가 갑자기 생각 난 것이 있어 말했다. "혹시 지난번 여기 주차장에 서 있던 차가 민아 씨 어머니 차였나 봐요. 제가 민아 씨 어머니가 여기 오시던 날 주차장에서 검정색 승용차 한

대를 봤거든요."

"검은 색 차요?"

민아는 윤호가 갑자기 엉뚱한 말을 꺼내 이상하게 생각했다.

"네, 운전기사처럼 보이는 사람이 누군가를 기다리는 것처럼 차 안에서 대기하고 있더라고요."

"그럼 엄마 차가 맞나 본데요."

그녀는 말하면서도 그가 왜 그런 말을 꺼내나 생각했다.

윤호가 그것을 눈치 채고 그 이유를 말했다.

"제가 그날 본 그 운전기사가 어디서 본 사람 같아서 그래요."

"운전기사를요?"

"네. 분명 그 사람을 제가 어디서 한번 본 것 같았는데, 어디서 봤는지 기억이 나지 않더라고요. 그런데 지금 갑자기 생각이 나서 말하는 거예요."

"그래요? 언제쯤 봤죠?"

"글쎄요. 그것도 기억이 잘 나지 않아요."

"그럼 오래 전 친구 아닌가요? 어릴 때 보고 헤어져서 기억이 잘 나지 않을 수도 있잖아요. 저도 예전에 초등학교 친구를 오랜만에 봐서 못 알아봤다가 나중에서야 사진을 보고 알게 되었거든요."

"아니요. 제가 친구를 다 기억할 수는 없지만 제 친구 중에는 그런 사람이 없어요."

"그래요? 그럼 어디서 본 거지?"

"제가 알고 싶은 게 그거에요. 저도 그것 때문에 계속 생각해봤는데 도무지 생각이 안 나더라고요."

"제가 알기로 그 분 회사에 들어온 지 몇 개월 안 됐는데."

"그래요? 그럼 그 사람이 회사에 들어오기 전에 봤나 본데요. 제가 그 사람을 지금의 그런 모습으로 본 것 같지는 않거든요."

"그래요? 참 신기하다. 여기서 아는 사람을 만나다니."

두 사람은 그에 대한 이야기를 잠시 주고받았다. 그러다 별 신통한 답을 얻지 못하자 포기해 버렸다.

"도저히 기억이 안 나네요." 윤호가 말했다. "저는 지난번에도 이렇게 찾다가 포기해 버렸어요. 민아 씨, 우리 이제 그건 그만 생각해요. 오늘은 생각날 것 같지도 않으니 말이에요. 이러다 나중에 생각나는 날이 오겠죠."

"그런데 너무 궁금해요. 윤호 씨가 엄마의 운전기사를 예전에 한번 만났다고 하니 말이에요."

"어쩜 제가 비슷한 사람을 보고서 착각한 것일 수도 있어요. 그러니 이젠 잊어요."

윤호는 자기가 궁금해 하던 사람을 민아가 더 궁금해 하자 그녀의 생각을 다른 데로 돌리고 싶었다. 당사자가 없는 상황에서 그에 관한 말을 계속하는 것도 실례가 될 것 같아서였다.

그는 전에 하던 말을 다시 꺼내 그녀의 관심을 다른 곳으로 돌렸다. 그러자 그녀도 이전 대화로 돌아왔다. 그들은 가끔 서로의 눈빛을 바라보며 말없이 마음을 교환했다. 상대가 자기를 어느 정도 마음에 두고 있을까도 생각했다. 두 사람은 그날도 그렇게 서로를 좀 더 알아가며 마음을 열었다.

한편, 우동구는 오지락과의 검은 계약을 성사시키고 나서부터 새로운 희망에 부풀었다. 그는 그날 집에 들어가자마자 바로 자신의 능력을 부풀려가며 금진주 앞에서 그날 있었던 일을 말해 주었다. 그의 마음은 꺼져가던 불씨가 바람을 만나 활활 타오르듯 한없이 즐겁고 기쁘기만 했다. 마치 전쟁터에서 전리품을 가득 안고 늠름하게 귀향한 장병 같아 보였다.

"진주. 내가 뭐랬어?" 우동구가 말했다. "오지락은 내 손안에 있다고 했잖아. 녀석은 조금만 자기한테 이익이 되는 소리를 해주면 앞뒤 안 가리고 그냥 문다니깐. 예전에도 내가 오지락을 그런 식으로 갖고 놀았잖아. 역시 오지락은 오지락이야. 아무리 회장이 되었다고 해도 그렇게 쉽게 넘어오니 말이지. 그런데 진주. 녀석이 그렇게 쉽게 넘어 오는 건 다 내가 실력이 탁월했기 때문이야. 사람이 아무리 우둔하다 해도 그렇게 아무한테나 쉽게 넘어오지는 않거든. 나처럼 사람 마음을 꿰뚫어 보고서 그걸 잘 이용할 줄 알아야 상대도 그렇게 넘어온다고. 그러니 이번 일은 내 말 솜씨가 다시 한번 더 큰일을 해낸 거야. 역시 난 이쪽 방면에는 재주가 흘러넘치나 봐. 계속 이런 재주를 살렸다면 나도 지금쯤은 오지락 정도는 되었을 텐데. 정말 아쉽다."

금진주는 그 말을 듣고서 우동구를 큰일을 해내고 돌아온 사람처럼 우러러 보았다. 그는 우동구가 자기 인생에서 만난 최고의 보물인 양 말과 행동으로써 그를 깍듯이 모셨다.

"동구. 넌 역시 대단한 녀석이야. 말로써 사람 마음 휘어잡는 데는 네가 세계 최고일 거야. 어떻게 그런 능력을 가질 수 있는지 나도 한번 가져보고 싶다. 넌 정말 최고야. 난 네가 있어 너무 든든해. 너만 있으면 어떠한 일도 다 헤쳐 나갈 수 있을 것 같아. 정말 존경한다. 동구. 널 영원한 나의 스승으로 모실께."

그리고 금진주는 자기 인생이 이제는 펴질 수 있겠구나 생각하며 꿈을 꾸기 시작했다. 무슨 가게를 차릴 것이며, 하루에 얼마를 벌 것인지, 그리고 돈을 벌면 다음엔 무슨 사업을 할 것인지, 그는 아직 손에 들어오지도 않은 돈을 세며 마음속으로 즐거워했다.

"동구." 금진주가 말했다. "난 말이지, 이번 일을 끝내고 나면 바로 가게를 하나 차릴 거야. 내가 예전부터 하나 생각해 둔 게 있거든. 그걸 하면 하루에 못해도 100만원은 꾸준히 벌 수 있다고. 난 그렇게 해서 돈을 벌면 내 건물을 사서 가게 임대를 할 거야. 내가 보기에 세상에서 가장 편한 인간들이 건물로 돈을 벌어먹고 사는 인간들이더라고. 그래서 난 나중에 돈을 벌면 놀면서도 돈을 버는 임대업자가 될 거야. 동구. 어때, 내 생각?"

그는 어리석게도 돈이라는 게 특별한 노력 없이도 쉽게 벌어지는 것으로 착각했다. 게다가 돈이라는 목적에만 빠져 돈을 버는 목적은 한 번도 생각해 본 적이 없었다.

아무튼 두 사람은 그렇게 오지락을 발판 삼아 다시 일어설 기회를 잡게 되었다.

다음날 두 사람은 일을 시작했다. 먼저 우동구는 자기가 가지고 있던 돈을 모두 털어 장비를 하나 구입했는데, 도청장치였다. 그는 그것을 바로 금진주에게 건네며 그에게 임무를 하나 주었다.

"진주. 이게 뭔 줄 알아?"

"아니. 이건 처음 보는 물건인데. 이게 뭐지?" 금진주가 우동구가 가져 온 물건을 여기저기 살피며 말했다.

"이게 바로 도청장치야."

"뭐? 도청장치?" 금진주가 놀라 말했다.

"그래. 영화 같은데서 보면 많이 나오잖아."

"와. 그럼 이게 바로 그 첩보원들이 가지고 다니는 물건이네."

"그래. 그러니 넌 앞으로 이거 조심해서 다뤄야 해. 알았어?"

"뭐? 그럼, 이걸 날 주겠다는 말이야?"

"그래. 내가 오지락하고 거래를 해 왔으니 이제는 네가 뒷마무리를 잘해 와야지."

"그야 물론 그래야겠지. 그런데 내가 이걸로 무슨 일을 하면 되는 거야?"

"넌 지금부터 내가 시키는 대로 해서 나한테 계속 보고만 하면 돼."

"보고? 무슨 보고?"

"일단 넌 우리 회사 변호사를 미행해서 그가 한 눈 판 사이에 이걸 그의 가방에 부착해. 그리고 그의 근처를 따라다니며 이 수신기로 그가 하는 말을 계속 듣는 거야. 그러다 그 변호사가 누구와 만나 우리 회사 주식을 인수하는지에 관한 말이 들리면 그걸 꼭 기억해 뒀다가 나한테 알려주면 돼. 그러면 내가 너한테 다시 다른 임무를 줄 테니 말이야."

"그럼 날더러 변호사를 따라다니며 도청하라는 거네. 우와. 그런 멋진 일을 날더러 해 오라고?"

"이 멍청아. 너 그게 얼마나 힘든 일인데 그걸 멋있다고 하는 거야. 그건 영화에서나 멋있는 거지 실제로는 안 그래. 그러니 넌 그런 바보 같은 소리 말고 일이나 제대로 해 와. 안 그러면 너 다시 교도소에 들어갈 수도 있으니 말이야."

"뭐? 교도소? 도청하다가 교도소 들어간단 말이야?"

"그래. 우리가 지금 하는 이 일은 모두 불법이라고. 그러니 조심해서 해야 해."

"와, 이거 보기처럼 멋진 건 아니구나. 빵에 들어갈 각오는 하고서 해야 하니 말이지."

"그러니 넌 지금부터 머리를 잘 써가며 요령껏 일해 오라고. 안 그러면 우리 계획이 이것 때문에 모두 실패로 돌아갈 수 있으니 말이야. 정말 그렇게 되면 너랑 나랑은 가게는 고사하고 다시 바닥으로 추락하는 거야. 알겠어?"

"응. 알았어. 내가 이번만큼은 기필코 주먹이 아니라 머리를 써서 일해 올게."

"그래. 그럼 그 변호사가 누구인지 하고 그가 어디 있는지는 내가 내일 회사에 출근하면 바로 너에게 알려줄게. 그러면 넌 그걸 듣고서 그 변호사 있는 데까지 찾아가서 기회가 생길 때 이 도청장치를 그에게 몰래 달라고. 그러고 나서 그자 근처에 계속 머물면서 이 수신기로 도청을 하는 거야. 알겠지?"

"응. 무슨 말인지 알았어. 내가 모든 걸 듣고서 다 알려 줄께."

"다 알려 줄 것까지는 없어. 내가 필요로 한 것만 알려주면 되니까. 진주. 내가 아까 우리한테 필요한 정보가 뭐라고 그랬지?"

"응, 그 변호사가 누구와 만나 너희 회사 주식을 인수하느냐 하는 거였어."

"그래. 넌 그것만 확실히 알아내면 돼."

"좋아. 내가 반드시 알아내 올게."

"다시 한 번 더 말하지만 이 일은 중요하면서도 위험해. 그러니 넌 정말 조심해서 일해 와야 해. 알겠지?"

"응. 나만 믿어."

"그래. 그럼 이제부터는 이 장치 다루는 법을 알려줄 테니 제대로 듣고서 내일부터 일을 똑바로 해 오도록 해."

그리고 우동구는 도청장치 사용법을 금진주에게 가르쳤다. 그는 금진주가 조금이라도 실수할까 봐 그가 그것을 익숙하게 다룰 때까지 계속 반복시켰다. 그 덕에 금진주는 거의 완벽한 수준에까지 이르러 바로 실전에서도 써먹을 수 있을 정도가 되었다.

날이 밝았다. 우동구는 회사에 출근하자마자 바로 비서실과 사무실 여기저기를 기웃거리며 변호사가 언제 회사에 오는지 알아보았다. 그러나 그에 대해 아는 사람이 아무도 없어, 그는 그의 사무실에 직접 전화를 걸어 의뢰인인 척하며 그의 일정을 물어보았다. 그러자 아무것도 모르는 변호사의 비서가 그가 지금 있는 곳과 변호사의 오후 일정을 알려주었다. 우동구는 그 정보를 듣자 곧바로 전화를 끊고 다시 금진주에게 연락했다.

"진주. 지금 변호사가 법원에 가 있대. 재판 때문에 두 시간 정도는 거기 있을 거라는데, 넌 지금 바로 거기 가서 그자한테 어제 우리가 연습한 것처럼 도청장치를 달아."

"그래. 알았어. 드디어 내 실력을 보여 줄 때가 됐군."

"진주. 절대 들키면 안 돼. 조심해서 사용해야 한다고. 알겠지?"

"걱정 마. 동구. 난 지금까지도 그것만 생각하고 있었어. 그러니 이제는 나한테 맡기라고. 내가 꼭 좋은 정보를 알려줄 테니 말이야."

"그래. 진주. 난 이제부터 너만 믿고 있을게. 그러니 실수 없이 잘 해 와. 그럼 지금 바로 출발해."

"응. 지금 출발할게."

금진주는 우동구와 통화를 끝낸 뒤 바로 변호사가 있는 법원으로 향했다. 그는 가는 내내 가방 속에 든 장치를 만지며 혹시나 그것이 사라지지 않았는지 확인했다. 우동구가 비싼 돈을 주고 산거라 잃어버리면 그로부터 무슨 소리를 들을지 몰랐기 때문이다. 하지만 그 보다는 그것이 있어야 자신의 가게를 하나 가질 수 있었다. 그래서 그는 첨단 군사 장비를 챙기듯 그것을 여러 번 챙겼다.

한 시간 후, 드디어 금진주는 법원에 도착했다. 그는 도착하자마자 바로 재판정이 있는 건물 안으로 들어가 변호사가 재판을 끝내고 나올 때까지 기다렸다. 하지만 한참을 기다려도 나오지 않자, 그는 복도를 돌아다니며 혼자서 변호사에게 도청장치 다는 연습을 했다. 일단 그가 가방에서 멀어지기만 하면 그 장치를 쉽게 달 수 있을 것 같은데, 그를 그의 가방에서 잠시 떨어뜨려 놓는 것이 문제였다. 생각 같아서는 변호사의 가방을 빼앗아 그의 가방에 장치를 부착한 뒤 바로 돌려주고 싶었지만, 그러면 몰래 엿듣는 도청의 의미가 상실되었다.

그러는 사이 법정 문이 열리며 사람들이 나오기 시작했다. 그는 안에서 나오는 사람들을 유심히 살피며 그 중 변호사가 어디 있나 찾아보았다. 하지만 아무리 보아도 자기가 사진으로 본 그 변호사가 없자 그는 여태껏 자기가 다른 법정 앞에서 잘못 기다린 건 아닌가 생각했다. 그는 법정 안으로 들어가 한번 확인해 보기로 했다.

그런데 그 순간, 기다리던 그 변호사가 출입문 쪽으로 걸어 나오는 것이 보였다. 서류 가방을 손에 든 채 그의 의뢰인인 듯한 사람과 같이 나오고 있었는데, 금진주는 그를 보자 그가 바로 자기가 찾는 변호사임을 확신했다. 우동구가 보여준 사진 속 인물과 똑같은데다가 그가 알려준 복장하고도 일치했기 때문이다. 그는 그를 보며 이제 자신의 때가 왔다 생각하고 그 변호사와 그의 가방을 잠시 어떻게 분리시키나 생각했다. 지금까지 많은 방법을 생각해 봤지만 아직까지는 거기에 대한 썩 좋은 방법이 떠오르지 않았다.

일단 그는 자신의 가방에서 조그마한 도청장치를 조심스레 꺼냈다. 손가락 끝으로 그것을 쥐고는 복도에서 의뢰인과 대화를 나누고 있는 변호사 쪽으로 다가갔다. 그가 의뢰인과 대화를 나누느라 다른 곳에 신경 쓰지 못하는 사이, 그의 가방에 몰래 부착해 보려는 것이었다. 하지만 그가 다가가고 있을 때 두 사람이 다시 복도를 걷기 시작했다. 그는 아깝다 생각하고 도청장치를 자신의 바지 주머니에 넣었다. 그는 변호사와 몇 미터 떨어져 걸으며 그가 걷는 만큼 뒤따라갔다. 그러다가 변호사가 의뢰인을 잠시 세워두고 혼자서 화장실로 들어가자 바로 그의 뒤를 따라 들어갔다. 다행히 화장실에는 변호사외에는 아무도 없었다. 그는 그곳이 도청장치를 달기 위한 절호의 장소가 될 거라 생각하고 세면대 앞에 서서 바지 주머니에 손을 넣어 작은 도청장치를 쥐었다. 변호사가 가방을 선반에 올려놓은 채 벽을 향해 선 것을 보자 그는 그의 뒤로 천천히 접근했다. 그리고 그의 바로 뒤를 지나갈 때, 한쪽 팔꿈치로 그의 등을 슬쩍 밀었다.

"어! 어!"

변호사가 갑작스레 일어난 일에 놀라며 한손으로 벽을 짚었다. 무방비 상태에서 당한 공격에 어찌할 바를 몰라 했던 것이다. 그는 서둘러 일을 중단하고 돌아서서 누가 자기에게 이런 무례한 짓을 했나 쳐다보았다. 그러자 한 남자가 자신의 바로 뒤에 서서 자기를 쳐다보고 있었다.

그가 그 남자를 보며 소리쳤다.

"당신 지금 이게 뭐하는 짓이요?"

그 말에 금진주가 공손한 태도로 대답했다.

"선생님. 정말 죄송합니다. 제가 오늘 재판에서 지는 바람에 정신이 나가서 선생님을 제대로 보지 못한 모양입니다. 제발 저를 용서하시고 어서 빨리 손을 씻으시기 바랍니다."

변호사는 그의 얼굴을 보자 더 이상 그에게 말하고 싶은 생각이 들지 않았다. 그는 바로 세면대로 걸어가 손을 씻었다.

그가 투덜대며 손을 씻는 사이, 금진주는 바로 이때다 생각하고 바지 주머니에서 쥐고 있던 장치를 꺼내 주인에게서 잠시 떨어진 변호사의 가방을 보며 도청장치를 어디에 붙일까 생각했다. 아무리 작은 장치라지만 가방 옆면에 달면 곧 들킬 것 같았다. 그래서 그는 얼른 가방을 들어 바닥면에 그것을 부착했다. 변호사는 손을 닦는 중이라 그것을 보지는 못했다. 드디어 그의 첫 번째 작업이 성공한 것이다. 그는 곧 아무 일도 없었다는 듯 변호사 뒤를 지나 유유히 화장실을 빠져나왔다.

그 후로 금진주는 계속 변호사 주위에 머물렀다. 그는 수신 거리를 벗어나지 않기 위해 온갖 방법을 동원하며 그를 도청했다. 생각보다 그는 일을 아주 잘했는데, 변호사가 하는 말을 거의 빠짐없이 들었을 정도였다. 만약 그가 변호사가 하는 말을 조금이라도 이해했다면 그렇게 취득한 정보를 이용해 돈을 조금 벌어 볼 수도 있었을 것이다.

하지만 그는 역시 금진주였다. 그는 예상외로 자신의 임무를 잘 수행한다 했지만, 그럼에도 진짜 잘 했어야 할 일에는 실수를 하고 말았다. 변호사가 손을 씻는 짧은 시간동안 도청장치를 부착하려다 마음이 급해 그만 그것을 마찰로 인해 가장 쉽게 떨어질 수 있는 곳에 붙이고 만 것이다. 그 때문에 도청을 시작한지 5시간이 지나면서부터는 변호사의 음성이 완전히 사라져버렸다.

금진주는 잘 들리던 변호사의 목소리가 갑자기 들리지 않자 혹시 그가 가방을 들고 다니지 않나 생각하고 그가 있는 곳 근처로 가 가방을 한번 확인해보았다. 하지만 가방은 변호사 근처에 있었고 변호사도 아직 아무것도 모른 채 일을 보고 있었다. 무언가 일이 잘못된 것 같았다. 그는 이 일을 어떻게 해야 하나 생각했다. 당장 우동구에게 이 일을 알려 다른 조치를 취해야 할 것 같았지만, 그렇게 되면 그로부터 무슨 소리를 들을지 몰랐기 때문에, 일단 그는 자기 혼자서 해결해 보다가 안 되면 그에게 연락해 보기로 했다.

그러나 곧 자기가 할 수 있는 일이 없다는 것을 알게 되자 그는 고민 끝에 저녁쯤에야 우동구를 찾아가 그 사실을 말했다.

"뭐야? 도청이 안 된다고?" 우동구가 놀라 말했다. "오늘 오후까지 잘 되던 게 왜 갑자기 안 된다는 거야?"

"글쎄. 그건 나도 잘 모르겠어. 변호사 목소리가 계속 잘 나왔는데 오후 늦게부터는 그자 목소리가 갑자기 사라져 버렸어."

"그럼 너 변호사를 놓친 거 아니야?"

"아니야. 내가 변호사를 가는 곳마다 다 따라다녔어."

"그런데 왜 안 나온다는 말이야? 변호사가 그 가방을 가지고 다니는 건 확인해 봤어?"

"그래. 그것도 벌써 확인해 봤지. 그런데 그자 옆에는 계속 가방이 있었이."

"그런데 그게 왜 안 되는 거지? 야, 진주. 좀 더 자세히 말해 봐. 어떻게 하고서부터 변호사 목소리가 안 나온다는 거야?"

"응. 내가 법원에서 그자 가방에 도청기를 달았는데 그때는 아주 잘 들렸어. 그리고 그 자가 오후에 너희 회사에 들렀을 때에도 아무런 문제가 없었어. 그런데 그 후부터 이상하게 안 들리기 시작했어. 대신 여자 목소리만

들리기 시작했는데 그것도 어느 순간부터는 완전히 사라져버렸어. 그리고 그 후로는 완전히 먹통이 돼 버렸어."

"여자 목소리?"

"응. 여자들이 말하는 소리였는데 음질이 좋지 않아 잘 듣지는 못했어. 그런데 그 가방은 분명 그 변호사 옆에 있었어. 동구, 혹시 그 변호사 원래 여자인 건 아니지? 사람들 앞에서는 남자인 척 하다가, 혼자만 있으면 다시 여자로 변하는 뭐 그런 사람 말이야."

"이 멍청아, 무슨 소릴 하는 거야?" 우동구가 금진주에게 화난 목소리로 말했다. "지금 도청이 안 되는데 넌 그런 바보 같은 소리가 나오냐?"

"아니, 난 그냥 갑자기 여자 목소리가 나오길래 그냥 그렇게 생각해 본 거지. 나라고 뭐 그게 믿어지기나 해서 그렇게 말했겠어?"

"집어치워! 지금 그런 소리하고 있을 때가 아니야. 진주. 너 변호사를 계속 따라다닌 건 맞지?"

"그래. 내가 그자가 가는 곳마다 다 쫓아다녔다니깐."

"그럼 여자 목소리는 언제부터 들린 거야?"

"응, 변호사가 너희 회사 안 어느 공간을 들어간 후부터 들리기 시작했어. 그러다 갑자기 모든 음성이 희미해졌고, 그러다 한 시간 쯤 뒤에는 여자 두 명이 대화하는 소리가 들렸어. 그리고 그 변호사가 회사를 나가자 그 때부터는 아무것도 안 들렸어."

금진주의 그 말을 듣고서 우동구는 잠시 생각했다. 변호사가 회사까지 와서 만날 여자는 사장밖에 없었는데, 그럼 금진주가 들은 목소리의 주인공은 사장인 듯했다. 그리고 변호사가 회사를 나오자 모든 음성이 사라져 버린 건 도청장치가 회사 안에 있었기 때문인 듯 했다.

"진주. 너 그 도청장치 어디다 붙였어?" 우동구가 금진주를 쳐다보며 물었다.

"그야 변호사 가방에 붙였지."

"그걸 내가 몰라서 물어? 가방 어디에다 붙였냐고!"

"음, 가방 밑에 붙였어."

"뭐? 가방 밑에? 이런 멍청한 녀석! 그걸 가방 밑에 붙이면 어떡해? 가방을 놓다가 그게 떨어질 수도 있잖아. 가방 옆이나 모서리 부근에 붙였어야지."

"옆에 붙이면 눈에 보일 수도 있잖아."

"가방 옆에 표 나지 않는 곳에 붙이면 되지. 지금 그게 회사 안에 떨어진 것 같잖아. 아이고… 내가 널 믿은 게 잘못이다."

"음… 나도 처음엔 그러려고 했는데… 시간이 너무 촉박해서 어쩔 수가 없었어." 금진주는 무안한 마음에 급히 변명을 늘어놓았다.

우동구는 원망스런 얼굴로 금진주를 쳐다보았다. 하지만 계속 그렇게 금진주를 원망할 수는 없었다. 빨리 이 일부터 해결해야 했다.

그는 감정을 자제하고 고개를 돌리며 이래저래 생각했다. 그의 추측으로는 도청장치가 사장 방 어딘가에 떨어진 것 같았다. 그래서 그녀의 말소리가 들린 것 같았는데, 그렇다면 사장 방에 들어가 그것을 빨리 찾아와야 했다. 하지만 어떻게 찾아올지가 고민이었다. 작은 물건인데다가 사장 방에 들어가 그것을 몰래 찾으면 의심받을 수도 있었기 때문이다.

우동구가 다시 금진주 쪽으로 고개를 돌렸다.

"진주. 내 생각엔 지금 그 도청기가 사장 방 어딘가에 떨어져 있는 것 같아. 그래서 네가 사장 목소리를 들은 것 같아."

"뭐? 그럼 그 여자가 네 사장이었단 말이야? 어떡하지?"

"어떡하긴 뭘 어떡해? 일단 들어가서 찾아와야지. 나중에 비서가 청소하다가 그걸 발견하면 쓰레기통에 버릴 수도 있는데."

"동구. 그럼 네가 들어가서 찾아올 거야?"

"그럼 내가 들어가서 찾아오지 누가 들어가서 찾아 오냐? 사장 비서한테 부탁하면 바로 들킬 테고, 네가 들어가면 도둑이 들었다고 의심할 텐데."

금진주는 그 말에 뭐라 말해야 할지 몰랐다. 자신이 야무지게 처리하지 못한 일을 우동구가 처리하게 생겨 그저 미안하기만 했다.

금진주가 조금 기가 죽어 말했다.

"동구. 그럼 어서 가서 찾아와. 그래야 나도 다시 일을 하지."

우동구는 그 말에 아무런 대꾸도 하지 않았다. 말해봤자 자신의 속만 터질 것 같았다.

"그런데, 동구."

금진주가 불렀지만, 우동구는 아무런 대답도 하지 않았다.

"내가 오늘 들은 목소리가 네 사장이라면 네 사장이 왜 네 얘기를 한 거지?"

그 말에 우동구가 눈동자를 옆으로 굴려 금진주를 쳐다보았다.

"뭐? 사장이 내 얘기를 했다고?"

"그래. 여자 두 명이서 네 이야기를 했어."

"여자 두 명이서?"

"그래. 내가 아까 말했잖아. 여자 두 명이서 대화하는 소리가 들렸다고. 젊은 여자 같은 사람이 너에 대해 먼저 뭐라 물어보니깐, 네 사장이라고 하는 사람이 너에 대해서 뭐라고 대답하더라고."

"무슨 말을 했지?"

"뭐 특별한 말을 한 것 같지는 않았어. 음질이 좋지 않아 내용을 잘 알아듣지는 못 했어. 아, 맞다. 그것 중에 한 가지 들은 게 있었는데, 네가 전에 뭐하던 사람이었냐는 거였어. 그리고 나이가 몇 살인지 하고. 아, 민아라 그랬어. 네 사장이라고 하는 사람이 그 여자를 민아라고 불렀어. 너 혹시 그 여자가 누군지 알아?"

"민아? 알지. 사장 딸인데."

"뭐? 사장 딸?" 금진주가 놀라 말했다. "그런데 사장 딸이 너에 대해서 왜 물어보는 거지? 혹시 그 여자가 너한테 관심 있는 거 아니야?"

"진주, 나 지금 너 때문에 무척 피곤하다. 그러니 제발 그런 엉뚱한 소리 좀 집어치워라." 우동구가 화난 듯, 이를 물고서 금진주를 노려보며 말했다.

"아니, 난 우리 나라가 걱정이 돼서 그러지."

"그건 절대 걱정할 필요 없으니 이젠 제발 그런 말 같지도 않은 소리 그만 좀 하라고! 내가 지금 너 때문에 속이 터질 것 같아!" 우동구가 얼굴을 금진주에게 바싹 내밀며 소리쳤다.

"아이고 귀야! 뭘 그것 가지고 그렇게 흥분해서 그래? 난 그냥 해 본 소린데."

"너 자꾸 주제에서 벗어나는 그런 소리하면 이 일 나 혼자해서 나 혼자 그 돈 갖는다."

그 말에 금진주의 눈이 휘둥그레졌다.

"오! 동구. 미안. 제발 그러지만 마. 다시는 이상한 소리 안 할게. 그러니 너 혼자 그 돈 먹겠다는 말만 하지 말아 줘. 이제부터는 네 말만 잘 듣고 있을 게."

금진주는 자신이 꿈꾸던 미래가 사라질까 봐 걱정되어 이제 더 이상은 우동구를 자극하지 않기로 했다. 단지 조용히 앉아 짧은 말로만 대꾸하기로 했다.

우동구는 그런 금진주를 앞에 두고서 사장 딸이 왜 갑자기 자기에 대해서 물어본 건지 생각했다. 지금까지 그녀와는 특별한 말을 해 본 적도 없었고 자주 만나 본 적도 없었는데, 그녀가 자기에 대해 사장에게 물어봤다는 건 정말 이상했다. 혹시 그녀가 자기에 대해 누군가로부터 듣고서 자기 과거에 대해 조사해 보려는 건 아닌가 하는 생각이 들기도 했다. 만약 그렇다면 자기들이 지금 벌리고 있는 일이 들통 나 실패할 수도 있었다. 과거 자기가 오지락 밑에서 일한 걸 그녀가 알면, 그녀가 사장한테 말해 회사에서 바로 쫓아낼 수도 있었기 때문이다. 그는 이 일을 그냥 두고 봐서는 안 되겠다고 생각했다. 그러기엔 마음이 불안해 다른 일을 제대로 해 낼 수가 없을 것 같았다. 그는 그녀가 자신에 대해 물어본 이유를 한번 알아보기로 했다.

그가 다시 금진주를 보며 말했다.

"진주. 이제부터 내가 하는 말 잘 들어. 지금 우리 일이 이상하게 꼬여 버렸어. 갑자기 이외의 인물이 나타나 우리 일을 방해하게 생겼단 말이야. 그러니 넌 지금 내가 주는 임무를 빨리 좀 해 와야겠어."

"그래, 말만 해. 난 준비됐어."

"넌 내일 당장 사장 딸한테 가서 그 여자에 대해서 좀 알아봐. 그 여자가 누구를 만나는지, 만나서 무슨 말을 하는지 좀 자세히 알아오라고. 갑자기 그 딸이 나에 대해 물어보는 걸 보면 나에 대해 무슨 눈치를 챈 건지도 몰라. 그러니 넌 그 여자를 미행하면서 그 여자가 누구와 접촉하는지, 그리고 무슨 말을 하는지 좀 알아 와. 내말 무슨 말인지 알겠지?"

"물론이지."

"지금 네가 하는 이 일은 아주 중요하니 두 번 다시 실수해선 안 돼. 만약에 또다시 실수하면 우리는 지금 하는 일을 모두 중단하고 여기를 바로 떠나야 할지도 모른다고. 오지락한테서 한 푼도 못 받고 말이야."

"그건 절대 안 되지!"

"그러니 이번만큼은 일을 좀 제대로 해 와. 알겠어? 도청장치는 내가 어떻게든 처리해 볼 테니 말이야."

"그래. 알았어."

금진주는 자신의 실수를 만회할 기회가 생겨 다행이라 생각했다. 그래서 이번에는 정말 실수하지 않고 그녀가 누구를 만나 무슨 말을 주고받는지 반드시 알아내 올 작정이었다.

재물을 모으되 바르게 모으지 아니하는 자는
자고새가 알들을 품되 부화시키지 못하는 것 같아서
그는 자기 날들의 중간에 그것들을 버려둔 채 떠나겠고
끝에는 어리석은 자가 되리라.
— 예레미야서 17: 11

27

낡고 오래된 차 한 대가 미술관으로 향했다. 차는 여기저기 찌그러지고 녹슨 흔적들로 덮여, 못해도 거의 20년의 세월은 달린 것처럼 보였다. 금진주는 우동구에게서 받은 그 차를 몰고 언덕 위로 오르며 이것이 과연 미술관까지 무사히 도착할 수 있을까 생각했다. 속력을 높일 때마다 뒤 소음기에서는 아주 우렁찬 소리가 나는데다가 앞 엔진에서도 적을 향해 전속력으로 돌진하는 탱크소리가 나, 조금만 더 열을 받으면 곧 터져버릴 것 같았기 때문이다.

하지만 그는 차를 조심조심 운전해 겨우 미술관까지 도착했다. 차를 주차하자마자 그는 바로 시동을 끄고 주위를 둘러보았다. 사방은 조용하고 잔잔했지만 아직도 귓가에서는 낡은 엔진소리가 진동하는 것처럼 느껴졌다. 그는 저 멀리 맞은편 산 아래 자리 잡은 집들을 보며 이번 일을 끝내고 나면 자기도 돈을 벌어 그런 집을 가지리라 생각했다.

그는 곧 돌계단을 올라 미술관 건물로 향했다. 문을 열고 안으로 들어서니 단정하고 아늑한 공간이 나왔다. 우동구의 말에 의하면 한민아라고 하는 사장 딸이 이 미술관에서 일하고 있는데, 이제부터 자기는 그녀를 찾아 그녀가 누구와 접촉하는지 알아내야 했다.

그는 일단 관람객인 양 미술관 내부를 둘러보았다. 의미 없는 그림과 이상한 조각들이 쓸데없이 전시되어 있었다. 세상에 태어나 처음으로 미술관을 구경하는 그는 이런 곳을 과연 무엇 하러 만들었나 생각했다. 아무런 가치도 없고 필요할 것 같지도 않은 곳을 만들어 괜히 돈만 낭비하는 것 같았다.

그는 곧 전시품들을 뒤로하고 아래층으로 내려갔다. 1층으로 내려와 건물 내 외부 여기저기를 돌아다니면서 사장 딸로 보이는 여자를 찾았다. 하지만 보이지 않자 그는 여기저기 돌아다니느니 차라리 한 곳에 앉아 드나드는 사람들을 관찰하는 게 낫겠다 생각하고 카페로 들어갔다. 거기서 기다리고 있으면 그녀가 한 번쯤은 거기에 들어올 것 같아서였다.

그는 차를 한잔 시키고 자리에 앉았다. 평일이라 그런지 카페 안은 사람이 없어 좀 지루하고 재미없게 느껴졌다. 그는 잠시 후 점원이 차를 가져오자 차를 몇 모금 마시고 팔짱을 낀 채 눈을 끔뻑거렸다. 전날 밤 잠을 많이 못 잤던 탓에 졸음이 몰려왔던 것이다. 그는 곧 천근만근 같은 눈꺼풀의 무게를 견디지 못하고 얼굴을 천정과 마주한 채 피곤에 지친 사람처럼 졸기 시작했다. 그의 코고는 소리는 조금 전 그가 타고 온 차 소리만큼이나 우렁차게 들렸다.

그는 그런 모습으로 15여분 잤다. 그러다 문 열리는 소리에 놀라 잠에서 깼다. 한참 맛있게 자고 있었는데 좀 더 잤으면 하는 마음이 굴뚝같았다. 하지만 그는 곧 정신을 차리고 식어버린 차를 한 모금 마신 뒤 눈을 돌려 조금 전 들어온 사람을 쳐다보았다. 혹시나 자기가 찾는 사장 딸이 아닌가 해서 쳐다봤지만, 남자였다. 그는 실망하고 고개를 돌려 다시 차를 한 모금 마셨다. 그러다 순간 뭔가 이상한 느낌이 들어 그는 다시 그 남자 쪽으로 고개를 돌렸다. 방금 쳐다본 그 남자 얼굴이 어디선가 본 듯한 낯익은 얼굴이었던 것이다. 그는 그를 유심히 살피며 그가 누구인지 생각했다. 한 번 본 얼굴은 절대 잊어버리지 않는 그였지만, 그를 어디서 봤는지 정확히 기억이 나지 않았다. 그는 그 남자를 계속 힐끔힐끔 쳐다보며 남자가 앉아 있는 자리에서 들려오는 대화 소리에 귀를 기울였다. 혹시나 그 대화를 들으면 그가 누구인지 알 수도 있을 것 같아서였다.

"윤호 씨, 날 속였죠." 민아가 그에게 따지듯 말했다. "미술관 근처까지 와놓고선 지금 집에서 출발하는 중이라 그랬죠?"

"아니요." 윤호가 웃으며 말했다. "그땐 정말 집에서 출발하는 중이었어요. 그런데 차가 너무 빨리 달리는 바람에 지금 도착한 것뿐이에요."

"치. 거짓말."

민아가 그를 웃는 얼굴로 흘겨보았다.

"요즘엔 제 차가 여길 간다 싶으면 알아서 빨리 달리더라고요. 그래서 그리운 고향으로 돌아가는 말처럼 빨리 올 수밖에 없어요."

"그럼 차를 손 좀 봐야겠네요. 차가 자기 주인 말도 잘 안 들으니 말이에요."

"아니, 말을 잘 안 듣는다기보다는 단지 눈치가 너무 빠르다는 것뿐이에요."

그 말에 그녀가 웃었다.

"그런데 어쩌죠?" 그녀가 말했다. "전 윤호 씨가 좀 더 있어야 도착할 줄 알고 아직 준비도 안 했는데."

"무슨 준비요?" 윤호가 무얼까 기대하며 물었다.

"집에서 과일이랑 야채를 좀 가지고 와서 과일샐러드 좀 만들어 보려했거든요. 그런데 이렇게 절 속이고 빨리 와 버렸으니 오늘 제대로 먹기는 틀렸네요."

"와, 과일샐러드요? 그럼 좀 기다렸다 먹으면 되죠."

"그런데 이렇게 마음이 급해서 오신 분이 그때까지 기다릴 수 있을까요? 빨리 먹고 싶다며 다 만들기도 전에 그냥 달라고 하는 것 아니에요?"

"그건 걱정 마세요. 민아 씨가 만들어 주는 거라면 10시간도 더 기다릴 수 있어요."

그 말에 그녀가 다시 웃었다.

"그럼 조금만 앉아서 기다려요. 최대한 빨리 만들어 볼게요. 먼저 차 한 잔 드릴까요?"

"네. 좋죠."

민아가 차를 만들러 가자 윤호는 자리에 앉아 행복한 미소를 지으며 그녀가 있는 쪽을 바라보았다. 달그락 찻잔 부딪치는 소리가 그녀가 있는 곳에서 아름답게 들려와 마치 포근하고 달콤한 자신의 집에 온 듯한 느낌이었다. 그는 곧 고개를 돌려 주위를 둘러보았다. 음악소리는 부드럽게 들려왔고 말소리는 전혀 없어 편안하게 느껴졌다.

하지만 무언가 그의 눈에 들어왔다. 그는 그것을 보자 곧 다른 쪽으로 고개를 돌렸다.

잠시 후 그녀가 차를 한잔 타서 그에게로 가져왔다.

"윤호 씨. 마셔요." 그녀가 차를 탁자 위에 올려놓으며 말했다.

하지만 윤호는 좀 전과 달리 아무런 대꾸도 하지 않았다.

"윤호 씨. 차 드세요."

그녀가 그를 다시 불렀지만, 그는 여전히 반응을 하지 않았다.

"왜 그래요? 윤호 씨."

그녀는 그가 갑자기 이상한 얼굴을 하고 있어 그의 눈빛을 살폈다. 그의 눈동자가 자기를 보는 것 같지는 않았고, 조금 전까지만 해도 웃음기 가득했던 그의 얼굴도 마취제를 맞은 듯 굳어져 있었다. 민아는 그가 왜 갑자기 얼어버린 듯한 표정을 하고 있나 의아해 했다.

"윤호 씨. 왜 그래요? 어디 아파요?"

그래도 그의 입술에는 아무런 움직임이 없었다.

"이봐요. 장, 윤, 호 씨!"

그녀가 그의 이름을 또박또박 부르자, 그제야 그가 정신을 차린 듯 대답했다.

"아, 아니에요. 민아 씨. 갑자기 무슨 생각이 떠올라서 그랬어요."

그 말을 하면서 그는 저쪽 맞은편에 앉은 남자를 보지 않기 위해 몸을 약간 돌려 앉았다.

"윤호 씨. 또 절 놀리려는 거 아니에요?"

"아, 아니에요. 그냥… 무슨 요리일까 생각 좀 하느라 그랬어요."

그는 지금 그녀와의 대화가 머리에 잘 들어오지 않았다.

"민아 씨."

윤호가 민아를 불렀다.

"네."

"우리 같이 요리할까요?"

"네?"

민아가 어리둥절한 표정을 지었다.

"저도 요리 잘 하는데 오늘은 저랑 같이 만들어요. 오늘은 제가 만든 요리를 한번 먹어보세요. 정말 맛있게 만들 자신이 있거든요. 민아 씨는 그냥 옆에서 절 보조만 해주세요. 자, 그럼 같이 가서 만들어요. 어서 일어나요."

윤호가 민아를 재촉하며 일으켜 세우자 그녀는 그가 갑자기 왜 이러나 생각하며 그에게 끌려가다시피 음식 만드는 쪽으로 따라갔다.

한편 금진주는 조금 전 두 사람의 대화를 듣고서 자기에게 차를 팔았던 여자가 바로 사장의 딸, 민아라는 것을 알게 되었다. 그는 사장 딸이 미술관을 관리한다고 해 그녀가 좀 우아한 모습을 하고서 나타날 줄 알았는데 앞치마 차림의 카페 점원 모양을 하고 있어 좀 의외라고 생각을 했다. 돈 많은 집 딸이라면 좀 도도해 보이기도 하고 비싼 옷으로 자신을 꾸미기도 할 것이지만, 그녀는 전혀 예상치 못한 평범한 모습을 하고 있었던 것이다.

그리고 그는 거기에 더해 한 가지 더 알게 된 것이 있는데, 자기가 궁금해서 쳐다본 그 남자 이름이 장윤호라는 것이었다. 아직 그가 누구인지는 정확히 기억나지 않지만, 그 이름으로 추측하건데 그가 자기와 예전에 많이 만나 본 사람 같지는 않았다. 왜냐하면 그는 사람을 몇 번만 만나면 그의 이름과 얼굴을 오래토록 기억했는데 그의 이름은 정말 낯설었기 때문이다.

금진주는 이제 자기가 찾던 사장 딸이 누구인지 알게 되자 그녀를 감시하면서 그녀 옆에 있는 남자도 주시했다. 우동구가 사장 딸이 자신에 대해 무언가를 알아내려고 하는 것 같다며, 그녀가 지금 누구와 만나는지 알아보라고 했는데 그녀가 지금 장윤호 라는 남자와 아주 친한 모습으로 만나고 있었다. 그는 그가 정말 의심되지 않을 수 없었다. 게다가 그의 얼굴이 결코 낯설지 않아 더더욱 그랬다. 일단 금진주는 두 사람이 무슨 말을 하나 살피며, 그 남자를 어디서 보았을까 계속 생각했다.

잠시 후, 윤호가 그녀에 조금 큰 소리로 말했다.

"민아 씨, 지금 만들려는 요리에 재료가 조금 부족한 것 같아요. 여기에는 다른 야채가 조금 더 들어가야 맛있는데, 우리 정원에 가서 야채 좀 따올까요?"

"네? 정원요?"

민아가 어리둥절한 표정으로 그를 쳐다보았다.

"자, 여기 이 바구니를 들고 가서 같이 따오죠."

"윤호 씨. 정원에 무슨 야채가…."

"벌써 다 자랐을 거예요." 그가 그녀의 말을 잘랐다. "자, 빨리 가서 가져오죠. 안 그러면 이거 시들어서 맛이 없어져요."

윤호는 그녀가 더 이상 아무 소리 못하게 그녀의 팔을 잡고 밖으로 데리고 나갔다.

그렇게 두 사람이 카페를 나가자 금진주는 일어서서 그들이 있던 주방 쪽으로 천천히 다가갔다. 몇 가지 야채와 썰다 만 과일 조각들이 그릇 안에 놓여있었는데, 그것을 보고서 그는 저들이 무언가를 만들다 나갔으니 곧 돌아오겠지 생각하고 다시 자리로 돌아가 앉았다.

하지만 20분이 지나도 그들은 돌아오지 않았다. 그래서 그는 이상한 생각이 들어 그들이 나가고서 얼마 만에 들어온 여점원에게 다가가 물었다.

"여기 주인은 어디 있소?"

"네? 주인요?"

"아까 여기 있던 그 아가씨 말이요."

"아, 그 분은 퇴근하셨는데요."

"뭐? 퇴근? 갑자기 무슨 퇴근을 한단 말이요?"

"오늘은 다른 곳에 일이 있어 빨리 가서야 한댔어요."

"뭐? 다른 곳에? 거기가 어디요?"

"그건 저도 몰라요."

"모르긴 왜 몰라? 어서 빨리 대답 안 할 거야?"

금진주가 갑자기 사납게 변하자, 여점원은 겁을 먹었다.

"손님. 전 정말 몰라요."

"그럼 그 남자, 아까 옆에 있던 그 남자는 어딜 간 거야?"

"같이 나갔어요."

"뭐? 같이 나가? 언제 나갔어?"

"제가 여기 들어오기 전쯤에요."

그 말에 금진주는 두 사람이 자기를 피해 달아났구나 생각했다. 아까 남자가 자기를 알아보는 듯 했는데, 역시 그가 자기를 피하기 위해 사장 딸을 데리고 빠져나간 것이 틀림없었다. 그는 일단 점원의 말처럼 정말 그 두 남녀가 미술관을 나갔는지 그 내부와 주변을 샅샅이 살폈다. 하지만 어디서도 두 사람의 흔적이 보이지 않자 그는 곧 돌아서서 주차장으로 향했다.

그는 곧바로 차를 몰고 미술관을 빠져나왔다. 근처 두 사람이 갔을만한 장소가 없나 하고 차를 타고 살폈지만, 어디서도 그들을 찾을 수는 없었다. 그는 그렇게 한 시간 동안 미술관 인근 도로와 그 주위 건물을 맴돌다가 그들을 찾지 못하자 결국 포기하고 말았다.

그 사이, 민아를 차에 태우고 미술관을 나온 윤호는 그곳에서 빨리 멀어지기 위해 차를 힘차게 몰았다. 그는 혹시나 그 남자가 자기를 뒤쫓아 오지는 않을까 가끔 뒤를 확인하기도 했지만, 그 남자의 차로 생각되는 주차장의 그 낡은 차는 어디에도 보이지 않자 안심하고 달리기 시작했다.

영문도 모른 채 따라 나온 민아가 그렇게 운전하는 윤호를 보며 물었다.

"윤호 씨. 그 남자가 누구길래 이렇게 피하는 거예요?"

"민아 씨. 미안해요. 제가 너무 당황해서 말을 못했어요. 아까 그 남자는 제가 오래전에 만난 사람인데, 좀 위험한 사람이라 제가 이렇게 민아 씨를 데리고 나온 거예요."

"네? 위험한 사람이라고요?" 민아가 놀려 말했다.

"네. 그 사람은 제가 대학교 졸업할 때쯤 만난 사람인데, 그때 그가 흉기를 들고서 사람을 위협하는 걸 제가 봤어요."

"네? 흉기를 들고 사람을 위협해요? 그런데 그런 사람이 어떻게 우리 미술관에 찾아온 거죠?"

"글쎄요. 저도 잘 모르겠어요. 저는 민아 씨에게 안 좋은 일이 일어날까

봐 일단 민아 씨만 이렇게 데리고 나왔는데… 저도 그가 거길 어떻게 찾아 왔는지는 전혀 모르겠어요."

사실 윤호는 좀 전 미술관에서 본 그 남자 때문에 놀라 이렇게 피하고 있었지만 그 외에도 다른 이유가 있었다. 그가 그 남자를 알아보면서 동시에 기억해 낸 또 다른 한 명의 남자가 있었기 때문이다. 바로 알 듯 말 듯 기억이 나지 않던 그 운전기사였다. 누구라도 한 번만 보면 잊을 수 없는 좀 전 그 남자의 얼굴을 본 순간, 예전에 그와 같이 있었던 그 운전기사도 동시에 기억해 낸 것이다.

"민아 씨. 제가 지난번에 민아 씨 어머니의 운전기사를 언젠가 한번 본 것 같다고 했잖아요."

"네."

"그런데 저 그 사람 언제 봤는지 이제 기억났어요."

"정말요? 언제 봤어요?"

"아까 미술관에 있던 그 남자 볼 때요."

"네?" 민아가 다시 놀라 말했다.

"그 두 사람을 제가 예전에 같이 봤어요. 대학 마지막 시험을 치고 친구와 술집에서 술을 마시고 있던 때였는데요, 그때 어느 남자가 술집에 들어와 당시 술집에서 일하고 있던 그 운전기사를 위협했어요. 그러자 운전기사는 상대가 한눈 판 사이에 술병으로 그 남자를 공격해서 제압했죠. 그런데 그때 주방에서 칼을 들고 어떤 남자 한명이 나타났는데, 바로 조금 전에 미술관에서 본 그 남자였어요. 그 남자는 나오자마자 손에 쥔 칼로 상대를 찌를 듯이 위협했는데 전 그때 그걸 보고서 가만있으면 안 되겠다 싶어 탁자 위에 있던 유리컵을 들고 그 남자에게 던졌어요. 다행히 그건 그 남자의 손을 맞추면서 다른 남자를 구해냈죠. 하지만 그 때문에 전 잠시 그 두 사람에게 쫓기는 신세가 되고 말았어요. 제가 두 사람을 본 건 바로 그때였어요."

민아는 충격적인 그 말에 어떠한 말도 할 수가 없었다. 칼로 사람을 공격한 그 남자가 무서워서도 그랬지만, 그보다는 엄마 차를 모는 그 운전기사가 무섭게 느껴졌기 때문이다.

"민아 씨." 윤호가 그녀에게 말했다. "아까 본 그 남자, 전에도 미술관에 온 적 있었나요?"

"아니요." 그녀가 떨리는 목소리로 대답했다. "전 오늘 그 남자 처음 봤어요."

"그럼, 그 운전기사는 미술관에 많이 왔었나요?"

"두 번 정도 온 것 같아요. 엄마 심부름으로요."

"그래요? 그럼 민아 씨 어머니가 그 운전기사에 대해 뭐라 말하시는 건 없었나요? 무슨 말썽을 부린다든지, 이상한 행동을 한다든지 하는 것 말이에요."

"아니요. 그런 말은 없었어요. 그냥 엄마 말로는 보기와는 다르게 성실하고 예의바르다고 했어요."

"그래요?"

그는 그녀의 말을 듣고서 잠시 생각에 빠졌다.

"그런데, 윤호 씨." 민아가 생각중인 그를 쳐다보며 입을 열었다.

"네."

"엄마의 운전기사가 아까 그 위험한 사람하고 예전에 같이 있었다면, 엄마한테 빨리 이 일을 알려야 하지 않을까요?"

"글쎄요. 아직은 그러면 안 될 것 같아요."

"왜요? 엄마가 위험하잖아요."

"아니, 그건 아직 모르잖아요. 그리고 아직 나쁜 일이 일어난 것도 아니고요. 단지 지금은 제가 오래전에 본 걸 가지고서 두 사람을 판단하는 것뿐이잖아요. 그러니 확실해질 때까지는 좀 기다리는 게 나을 것 같아요."

"그러다 엄마한테 무슨 일이라도 일어나면요?"

"민아 씨. 우린 그동안 그 두 사람이 어떻게 지내왔는지 전혀 몰라요. 그들이 그동안 아무 일도 저지르지 않고 살아왔을 수도 있고, 예전 모습을 버리고 더 좋은 사람으로 지내왔을 수도 있어요. 그런데 우리가 지금 그 사람들을 함부로 판단하고서 민아 씨 어머니한테 말하면, 오히려 그것 때문에 더 안 좋은 일이 일어날지도 몰라요. 그러니 조금 기다려 봐요. 민아 씨가 어머니 걱정하는 건 알겠지만 지금으로선 그게 제일 좋은 방법인 것 같아요."

"그래도…."

"민아 씨," 윤호가 민아를 안심시키기 위해 차분한 목소리로 말했다. "너무 걱정하지 말고 우리 조금만 기다려 봐요. 제가 이 일이 어떻게 된 건지 좀 알아볼 테니까요. 그러고서 뭔가 수상한 느낌이 있으면 그때 가서 민아 씨 어머니한테 알리기로 해요."

"그런데 윤호 씨가 그걸 어떻게 알아본다는 거예요? 윤호 씨도 그 남자를 오래전에 보고서 오늘 처음 봤다면서요."

"일단 그건 저한테 맡겨요. 제가 어떻게든 알아볼 테니까요."

윤호는 오래전에 그들이 오지락 회사의 돈을 들고 달아났다가 그에게 혼났던 일에 대해서까지는 민아에게 말하지 않았다. 그것까지 말하면 그녀가 더욱 불안해 할 것 같아서였다. 대신 그들이 지금은 다른 삶을 살고 있을 수도 있다는 말로 그녀를 조금이나마 안심시켰다.

그는 이제 운전기사가 아직도 미술관에서 본 그 남자와 만나고 있는지, 그리고 그 남자가 미술관에 무슨 볼일로 찾아왔는지 알아봐야했다. 그런 다음 그 두 사람 사이에 무슨 다른 음모가 오가고 있는 것이 보이면 바로 그들을 경찰에 신고해 민아 엄마에게서 그들을 떨어뜨려 놓아야 했다. 만일 지금 당장 그녀의 엄마에게 말해 그 운전기사를 해고하면, 그들이 그녀에게 무슨 해코지를 할지 몰랐기 때문이다.

오 하나님이여,
내 원수들에게서 나를 건지시고
나를 치려고 일어나는 자들에게서 나를 보호하소서.
불법을 행하는 자들에게서 나를 건지시고
피 흘리는 자들에게서 나를 구원하소서.
— 시편 59: 1-2

28

모처럼 일찍 퇴근한 우동구는 아들 몽구에게 줄 과자를 사서 집으로 향했다. 회사에 취직한 이후로는 아들과 많은 시간을 보내 본 적이 없었기 때문에 그는 그날 집에 들어가면 아들과 즐거운 시간을 보낼 생각이었다.

그가 집안 현관에 들어서자마자 아들부터 불렀다.

"몽구야, 어딨어? 아빠 왔다."

그 소릴 듣고서 아내가 자고 있는 아들을 안고서 방에서 나왔다.

"오늘은 일찍 퇴근했네." 그의 아내가 그를 보고서 말했다.

"응. 오늘은 사장이 다른 차를 타고 가겠다며 일찍 퇴근하라 그랬어. 그런데 몽구 벌써 자네. 몽구야 아빠 왔다. 일어나."

그가 엄마 품에서 자고 있는 몽구를 부르자, 몽구가 눈을 뜨고 아빠를 쳐다보았다.

"아빠."

"응. 내 새끼. 아빠가 몽구 줄려고 맛있는 과자 사왔는데 어서 일어나서 먹자."

몽구는 과자를 보자 졸린 눈을 몇 번 깜빠이며 잠에서 깨려고 애썼다. 그는 아빠가 이렇게 이른 시간에 집에 들어와 조금 낯설게 느껴졌지만, 그 때문에 집안 분위기가 밝아져 기분이 좋았다.

잠시 후 몽구가 잠에서 완전히 깨어나자 우동구는 아이를 데리고 한 동안 신나게 놀았다. 그러다 아내가 차린 저녁 식탁에 앉아 두 사람과 함께 즐거운 식사를 했다. 세 사람이 그렇게 함께 앉아 식사하기도 정말 오랜만이었다.

우동구는 아들을 자기 옆자리에 앉혀놓고 아내와 번갈아 가며 아들 입에 음식을 넣어주었다. 마치 어미 새가 먹이를 물고 와서 새끼 입에 넣어주는 것 같았다. 그는 아들이 먹는 그 모습을 보니 여간 기쁘지 않았다. 자기 입에 넣는 것보다 아들 입에 들어가는 것이 더 좋았다. 그는 사랑스런 그 아들을 보며 그가 튼튼하게 잘 자라 큰 인물이 되어주기를 바랐다.

그렇게 우동구는 아들과 식사를 마치고 나서 다시 아들과 즐거운 시간을 보냈다. 하지만 그는 곧 지쳐 아들을 엄마에게 맡기고 잠시 쉬었는데, 아들과 노는 것이 즐겁긴 했지만 몸도 그만큼 힘들었던 것이다.

그는 거실 소파에 앉아 몸을 기댔다. 기대자마자 졸음이 몰려와 무거워진 눈을 몇 번 깜빡이더니 이내 잠이 들어버렸다. 피곤한 가운데 자는 잠이 정말 꿀맛 같았다. 하지만 그는 곧 그 달콤함에서 깨어나야 했는데, 그가 그렇게 쉬고 있을 때 금진주가 현관문을 시끄럽게 열고서 들어왔기 때문이다.

그는 금진주가 들어오는 걸 보며 그가 왜 벌써 들어왔나 생각했다. 하루 종일 사장 딸을 지켜보며 그녀가 누구와 만나 이야기를 나누는지 알아오라고 했는데, 이렇게 벌써 들어와 또다시 무슨 문제가 생긴 건 아닌가 하는 생각이 들었다.

우동구가 한참 잠에 빠져든 순간 얄밉게 들어온 금진주를 보며 퉁명스럽게 말했다.

"왜 벌써 들어오는 거야?"

그러자 금진주가 의아한 눈빛으로 그를 쳐다보며 대꾸했다.

"그런데 동구, 넌 왜 벌써 들어온 거야?"

"나야 일을 마쳤으니깐 들어왔지. 그런데 넌 내가 시킨 일 해왔어?"

"응. 하긴 했는데."

"하긴 했는데. 또 뭐?"

"그런데, 녀석들이 도망쳐버렸어."

"뭐? 그게 무슨 소리야?"

"그게 말이지…."

금진주가 말을 못하자 우동구는 뭔가 또 잘못됐구나 생각하고 그를 방으로 데리고 들어갔다. 그리고 문을 닫은 후 곧바로 그를 심문하기 시작했다.

"도망쳤다니, 그게 무슨 말이야?"

"응, 사장 딸이 거기서 어떤 남자를 만나고 있었는데, 그 남자가 나 몰래 사장 딸을 데리고 어디론가 도망쳐 버렸어."

"무슨 소릴 하는 거야? 그 남자가 누군데? 처음부터 자세히 말해 봐."

"그럼 내가 처음부터 말할 테니 한번 들어 봐."

그리고 금진주는 재밌는 이야기를 들려주려는 사람처럼 우동구에게 말하기 시작했다.

"내가 미술관에 도착해서 그 사장 딸을 찾다가 못 찾아서 거기 1층에 있은 카페에 들어갔어. 그랬더니 거기에 어떤 여자 점원이 차를 팔고 있더라고. 그래서 난 그 여자에게 차를 한 잔 시키고 자리에 앉았지. 그런데 일은 거기서부터 벌어지기 시작한 거야."

"일이 벌어졌다니? 무슨 일이 벌어졌다는 거야?"

"그래, 내가 지금 그걸 말하려고 하잖아. 그러니 내 말 끊지 말고 그냥 들어 봐. 무슨 일이냐 하면 말이지 내가 거기 카페에 앉아서 사장 딸이 누굴까 하며 찾고 있는데, 그때 어떤 남자가 들어와서 자리에 앉는 거야. 그러자 그 여점원도 그를 따라 그 자리에 앉았더라고. 그리고 그때부터 두 사람의 대화가 시작되었는데, 그런데 글쎄 그 남자가 그 여점원을 민아 씨라고 부르지 않겠어. 그래서 난 그제야 그 여자가 사장 딸이라는 것을 알게 됐지."

"진주." 답답한 우동구가 그의 말에 끼어들었다. "난 지금 네가 그 사장 딸을 어떻게 알아냈는지를 알고 싶은 게 아니라, 거기서 무슨 일이 있었는지를 알고 싶어. 그러니 필요 없는 소리는 다 빼고 요점만 말하라고."

"그래 동구. 그래서 내가 지금 그걸 말하고 있잖아. 그러니 한번 들어보라고. 이것도 다 필요해서 하는 말이니 말이야."

"그래. 알았어. 그냥 듣고 있을 테니까 빨리 말해 봐."

"진작 그러지." 그러고 그가 하던 말을 계속하려 했다. "그런데 내가 어디까지 말했지? 아이! 너 때문에 까먹었잖아."

"남자가 민아 씨라고 부른 것까지 말했어."

"아, 맞다! 내가 거기까지 말했지. 그래. 그렇게 해서 난 그 여자가 사장 딸이라는 것을 알게 됐어. 그런데 거기서부터 이상한 일이 생겼는데 뭐냐 하면 말이지, 사장 딸하고 대화하는 그 남자를 보니 내가 그를 어디서 한번 본 적이 있던 사람 같더라는 거야. 어디서 봤는지는 아직도 기억이 안 나지만, 어쨌든 그 사람을 내가 예전에 한번 본 건 확실했어. 너도 알다시피 내가 한번 본 사람 얼굴은 절대 잊어버리지 않잖아."

"그래서?"

"응, 그래서 난 그 남자를 어디서 봤을까 생각하며 그를 계속 쳐다봤지. 그랬더니 그 남자가 나를 슬며시 피하는 거야. 그런데 그 피하는 눈빛이 좀 이상했어. 뭐라 그럴까, 나를 무서워해서 피하는 것 같기도 했고 자기 정체를 들키고 싶어 하지 않아 피하는 것 같기도 했어. 뭔지는 정확히 모르겠지만 하여튼 그가 날 피하는 건 무척 의도적인 것 같아서."

"의도적이라니? 그게 무슨 말이야?"

"글쎄. 그건 나도 잘 모르겠어. 어쨌든 그 남자는 날 무척이나 경계하는 것 같았어."

"그래서 어떻게 됐어?"

"응. 그 남자가 그렇게 날 피하는 것 같더니 갑자기 사장 딸을 데리고 주방으로 가는 거야. 거기서 같이 뭘 만들자면서 말이지. 그래서 두 사람이 거기서 뭐라 뭐라 하면서 뭔가를 만들었는데, 그러다 남자가 사장 딸을 데리고 밖으로 나가버렸어. 정원에 심어 놓은 무슨 야채를 따오자면서 말이지."

"그래서 너도 따라 나갔어?"

"아니."

"왜?"

"음식을 만들다 나갔으니 당연히 돌아오겠지. 그리고 내가 바로 따라 나가면 두 사람이 날 이상하게 생각할 거 아니야? 그래서 안 따라 나갔지."

"음, 그래. 계속해 봐."

"응. 그래서 난 그들이 나가자 곧 돌아오겠지 생각하고서 그냥 기다렸지. 그런데 그 두 사람은 계속 기다려도 돌아오질 않는 거야. 대신 다른 점원이 와서 그 자리를 지키더라고. 그래서 난 그 점원이 잠시 거기를 봐 주는구나 생각했지. 그건 너라도 그렇게 생각하지 않겠어? 손님이 있는데 자리를 비우면 안 되니깐 말이지."

"그래서? 빨리 말해 봐."

"그래서 난 두 사람을 좀 더 기다렸지."

"그랬더니 왔어?"

"아니."

"그럼?"

"그 두 사람은 날 속이고서 이미 그 미술관을 빠져나가 버린 거야. 야채를 따러 가자며 정원으로 간 건 속임수였고, 그 점원도 날 피하기 위해 거짓으로 세워놓은 거였어."

"그래서 넌 어떻게 했어?"

"어떡하긴? 그걸 안 순간 바로 두 사람을 쫓아갔지. 잡히기만 하면 가만두지 않겠다 하고서 말이야. 그렇지만 이미 그들은 멀리 떠나고 없는데 내가 그들을 어디서 찾을 수 있겠어? 그래도 난 혹시나 하는 마음에 그 동네 주위를 돌며 좀 뒤져봤지. 하지만 그렇게 도망간 사람이 멀리 안가고 거기 근처에 있을 리는 만무하잖아."

"그럼 오늘 일도 허탕치고 만 거네?" 우동구가 금진주를 쨰려보며 말했다.

"아니, 뭘 꼭 그렇게 허탕이라고까지 말할 건 없잖아. 그래도 내가 사장 딸이 누구랑 만나는지 하고 그 남자가 내가 예전에 한번 본 사람이라는 것까지는 알아냈으니, 절반의 성공이라고 말하는 게 맞지 않겠어?"

"뭐? 절반의 성공? 시키는 일마다 다 엉망으로 해 오는데 그게 무슨 절반의 성공이야? 게다가 넌 이제 사장 딸한테까지 기피 인물로 찍혀버렸으니 앞으로 이 일을 어떻게 해 나갈 거야? 사람을 쫓아다니며 감시할 거면 처음부터 얼굴이라도 좀 가리면서 하든지, 그렇게 얼굴을 다 공개하고서 하면 널 보고 도망 안 갈 사람이 어딨냐? 분명 그 둘도 그렇게 해서 도망쳤을 텐데 말이야."

"아니야." 그 말에 금진주가 바로 반박했다. "그건 절대 아니야. 그래서 나도 이번엔 표정 관리를 잘 하고 있었다고. 무섭게 보이지 않으려고 말이야. 그런데도 그 두 사람이 그렇게 도망간 건 그 남자가 날 알아봤기 때문이야. 내가 아까 말했잖아. 그 남자가 날 알아보고서 피하는 것 같더라고. 난 그 남자를 기억해 내지 못했지만 그 남자는 날 정확히 기억하고 있었던 거야. 그래서 녀석이 나한테 들키지 않기 위해 도망간 거라고."

우동구는 금진주의 그 말을 듣고서 더 이상 그의 잘못을 묻지 않았다. 그의 생각에도 그 남자의 행동이 이상해 보였기 때문이다. 두 사람이 서로의 얼굴을 알아본다는 것은 분명 이전에 서로가 한 번쯤은 만났던 일이 있었을 것인데, 남자 쪽에서 먼저 그렇게 알아보고서 피했다는 것은 그가 금진주에게 무언가를 숨겨야 한다든지 반드시 피해야만 하는 어떤 이유가 있었을 것이다.

"그래, 진주. 그럼 네 말대로 그렇다 치자. 그럼 도대체 그 남자가 널 피한 이유가 뭐야? 그렇게 피했을 때는 분명 무슨 이유가 있었을 것 아니야? 아무런 이유도 없이 널 보자마자 피했겠어? 더군다나 사장 딸까지도 데리고 나가면서 말이야."

"그래서 나도 그걸 내내 생각해봤지. 그가 날 보고서 왜 도망갔을까 하고서 말이야. 그런데 아무리 생각해도 잘 모르겠더라고. 그 남자가 누군지만 알면 그 답을 찾을 수 있겠는데, 그게 도저히 기억이 나지 않아."

"혹시, 예전에 너 교도소 있을 때 만난 녀석 아니야? 그때 잠시 만나고서 기억이 나지 않을 수도 있잖아. 네가 지금까지 만난 인간들 대부분은 거기 있었잖아."

"아니야. 녀석은 그렇게 거칠게 생기지 않았어. 우리하고는 완전히 다른 종류였어. 살아온 게 우리하고는 달랐어."

"그걸 네가 어떻게 알아? 사람 얼굴만 보고서 말이야. 나쁜 짓 하는 인간이 얼굴에 뭐 써 붙이고 다니냐? 멀쩡해 보이는 녀석도 알고 보면 전과자가 수두룩한데."

"그래도 그 남자는 그렇지 않았어. 말하는 거라든지 외모에서 풍겨 나오는 것이 그런 인간들하고는 많이 달랐어."

그때 우동구의 아들이 닫힌 문을 열고서 들어왔다. 그는 아빠가 사 온 과자를 들고서 아빠 품으로 들어가 그에게 과자를 하나 건넸다.

그러자 우동구가 그 과자를 입으로 받아먹고서 말했다.

"아이고 맛있네. 우리 몽구가 아빠 입에 넣어주니 과자가 더 맛있어."

그 말에 신이 난 몽구는 또 다른 과자를 하나 더 꺼내어 아빠 입으로 가져갔다. 하지만 우동구는 아들이 과자를 다 먹도록 하기 위해 더 이상 그의 귀여운 친절을 거절했다.

"아니. 아빠는 됐어. 이제 이건 몽구 혼자서 다 먹어. 아빠는 배불러서 더 이상 못 먹어."

그러자 이를 지켜보고 있던 금진주가 말했다.

"아이고, 배고파! 그러고 보니 내가 아직까지도 저녁을 안 먹었잖아. 아까 낮에도 차 한 잔밖에 안 마셨는데, 어서 빨리 밥이나 먹어야겠다."

그리고 그는 좀 전에 몽구가 아빠에게 주려던 과자를 받으려고 그에게 손을 내밀었다.

"몽구야. 그 과자 삼촌 하나만 줄래? 삼촌이 아직까지 밥도 못 먹었거든. 그거 아빠 먹기 싫다는데 그냥 삼촌 줘. 삼촌이 맛있게 먹어줄게. 응? 착하지 우리 몽구."

그 말에 몽구가 아빠에게 주려했던 과자를 삼촌에게 내밀었다.

그때 우동구가 날렵한 동작으로 아이한테서 과자를 받으려던 금진주의 팔을 찰싹 내리쳤다.

"아야!" 금진주가 소리쳤다. "왜 때려?"

"애 주려고 사 온 과자를 네가 왜 빼앗아 먹어?"

우동구는 아들의 과자를 받아먹으려는 금진주가 못마땅했다.

"내가 언제 애 걸 빼앗아 먹었다고 그래? 애가 주는 걸 그냥 받으려는 것뿐인데."

"그게 그거지, 그게 뭐가 달라?"

"다르지. 몽구가 너한테 주려다 거절당한 걸 내가 대신 받는 건데."

금진주는 우동구를 뽀로통한 얼굴로 쳐다보았다.

"삼촌이 돼 가지고서 조카 과자 하나 사주지는 못할망정 그렇게 애 과자에나 손 대고, 부끄럽지도 않아?"

"부끄럽긴? 그냥 배가 고파서 그런 것뿐인데. 그런데 그걸 가지고서 내가 애 과자를 빼앗아 먹는 것처럼 말하면 내가 섭섭하지. 나라고 몽구 과자 받아먹고 싶어서 그랬겠어? 정말…."

금진주는 우동구가 정말 야속하게 생각되었다. 그깟 애 과자 하나 가지고서 그렇게 자기를 구박하다니, 그는 그가 그 순간만은 정말 미워보였다.

"정말, 뭐?" 우동구가 말했다.

"정말…."

금진주는 다음 말을 어떻게 내뱉을까 생각했다. 마음 같아서는 서운하고 화난 감정을 모두 표출하고 싶었지만, 가진 것 한 푼 없이 우동구에게 얹혀 사는 자신의 신세를 생각하면 지금은 그렇게 할 수 없었다. 대신 그는 속으로 이번 일만 마치면 자기 집을 구해서 더 이상 이런 구박은 받지 말자 생각하고, 이렇게 말했다.

"정말… 정말, 배고프다! 정말 배고파서 몽구가 주는 과자 하나라도 먹어 봤으면 좋겠다고."

그리고 금진주는 어색한 웃음을 지어 보였다.

우동구는 금진주의 그런 표정을 보자 자신이 그에게 좀 심하게 말한 건 아닌가 하는 생각이 들었다. 단지 아들에게 과자를 하나 더 먹이기 위해 그랬던 것이, 오늘 금진주가 일 해 온 모양에 대한 마음과 겹쳐 그에게 좀 지나치게 대한 것 같았다.

우동구는 곧 손에 과자를 쥔 몽구의 팔을 잡고서 금진주 쪽으로 뻗었다.

"몽구야. 진주 삼촌이 배고파 죽겠대. 그러니 죽기 전에 어서 과자 하나

주자. 그리고 나중에 삼촌이 돈 벌면 과장 공장 하나 지어 달라고 그래. 알았지?"

우동구는 몽구가 잡고 있던 과자를 금진주 손에 떨어뜨렸다. 그러자 금진주는 아이 손에서 떨어진 그 과자를 입속에 냉큼 넣었다. 배고픈데 눈치 볼 필요는 없었던 것이다.

"와! 맛있다. 몽구가 주는 과자 정말 맛있다." 금진주가 몽구를 보며 말했다. "몽구야, 이제는 몽구 혼자서 이 과자 다 먹어. 삼촌은 더 이상 안 먹을 테니. 만약에 또 하나 더 먹으면 네 아빠가 날 어떻게 할지도 몰라. 그러니 절대로 이 삼촌한테는 과자 내밀면 안 된다. 그러면 이 삼촌은 이 집에서 쫓겨나게 돼. 착한 우리 몽구가 불쌍한 이 삼촌 좀 살려줘야지."

금진주는 어린 몽구에게 부드럽게 말하면서도 마음속으로는 우동구를 날카롭게 겨냥했다.

그는 곧 눈길을 돌려 좀 전에 우동구에게 맞은 팔뚝을 내려다보았다. 팔뚝이 붉게 물들어 있었다.

"손까지 빨게 졌다." 그가 팔 여기저기를 문지르며 말했다.

우동구는 금진주의 그 손을 쳐다보았다.

"그런 건 금방 가라앉아. 혈액 순환에 좋은 침 한방 맞았다고 생각해."

우동구는 그렇게 말하긴 했지만 조금은 미안한 생각이 들었다. 그는 다시 몽구의 어린 손을 잡고서 금진주의 붉어진 손으로 가져갔다.

"몽구야, 진주 삼촌이 손이 아프다 그러네. 삼촌 손 한번 만져주자. 그러면 금방 나을 거야. 우리 몽구 손은 약손이니까."

그때, 금진주가 소리쳤다.

"알았다!"

그 말에, 우동구도 놀라 소리쳤다.

"깜짝이야!"

"동구. 그 녀석이 누군지 알았어. 방금 그 녀석이 누군지 기억이 났다고." 금진주가 눈을 크게 뜨고서 우동구를 쳐다보며 말했다.

"그런데 진주. 좀 살살 말하면 안 되냐? 애 놀랐잖아." 우동구가 놀란 몽구를 달래며 금진주에게 짜증 섞인 목소리로 말했다.

"동구. 그 녀석, 10년 전 오지락하고 같이 있던 그 녀석이야."

"뭐?"

우동구가 금진주를 쳐다보았다.

"맞아! 그 녀석 그때 술집에서 나한테 유리잔을 집어던진 그 녀석이야. 그때 내 손을 이렇게 만든 녀석이라고."

금진주는 조금 전 우동구에게 맞은 손을 쳐다보았다. 거기에는 조금 전 맞아서 붉어진 자국도 있었지만, 오래 전에 유리잔에 맞아 여러 발 꿰맨 수술 자국도 있었다.

"이 손을 보니깐 기억이 났어. 그 녀석 그때 오지락하고 같이 있던 녀석이야. 동구. 우리 그러고 나서 몇 주 뒤 녀석을 골목길에 만났잖아. 녀석이 어떤 집에 들어가 숨어있는 걸 내가 발견하고서 말이야. 내가 그때 그 녀석 얼굴을 정확히 보아 알고 있는데, 그 얼굴이 맞아."

"정말이야? 진주."

"그래. 그때 오지락하고 같이 있으면서 우리 가게도 감시하고, 오지락과 같이 우리를 공격하던 바로 그 녀석이라고. 그 녀석이 거기 나타난 거였어."

"진주. 너 그거 정말 확실해?"

"그래. 너도 내 눈 알잖아. 정말 확실해. 그때 그 녀석이 맞다니까."

우동구는 곧 아들을 안아 일으켜 세웠다

"몽구야, 이제 엄마한테 가서 과자 먹자. 아빠는 잠시 삼촌하고 할 말이 있거든."

그리고 그는 아이를 안아 엄마한테 데려다 주고 다시 돌아왔다. 그는 금진주 앞에 앉아 잠시 심각한 표정을 하며 생각하더니, 다시 입을 열었다.

"진주. 아무래도 오지락이 우리를 감시하고 있는 것 같아."

"뭐? 감시한다고?"

"그래."

"왜?"

"날 못 믿으니깐. 예전에 한번 나한테 당한 기억 때문에 날 못 믿는 거지."

"그럼 오지락이 우리를 못 믿어서 지금 그 녀석을 우리한테 붙인 거야?"

"아마도 그런 것 같아. 지난번 오지락이 자기 눈을 내 사방에 깔아 두겠다고 그랬거든. 그래서 지금 그 녀석을 통해 우리를 감시하고 있는 것 같아."

"그럼 오지락은 우리가 지금 뭘 하고 있는지 다 알고 있겠네."

"아마, 그럴지도." 우동구가 심각한 표정을 하고서 말했다. "그런데 진주. 너 혹시 또 다른 녀석은 못 봤어? 녀석하고 같이 다니는 또 다른 오지락 부하 말이야."

"아니. 못 봤어. 내가 본 건 그 녀석 하나뿐이었어."

"그래? 그럼 오지락이 아직은 그 녀석만 세워놓고 지켜보고 있나보군. 아마, 녀석이 오지락의 가장 충성스러운 개인가 봐."

두 사람은 장윤호를 그렇게 알고 있었다. 그들은 아직도 두 사람이 같은 길을 걷고 있다고 생각했던 것이다.

"그런데 동구. 오지락이 왜 하필 그 녀석을 사장 딸에게 접근시켜서 우리를 감시하고 있는 거지? 그냥 바로 우리를 감시해도 되잖아." 금진주가 의아한 표정을 하고서 물었다.

"글쎄. 오지락이 직접 사장 딸을 통해 우리가 알려고 하는 정보를 빼내려는지도 모르지. 자기가 먼저 정보를 빼내면 우리한테 돈을 주지 않아도 되니 말이야."

"뭐? 그럼 오지락이 우리한테 돈 주기가 싫어 자기가 직접 정보를 캐낸단 말이야? 그럼 우리가 오지락보다 한발 늦으면 돈은 못 받는 거네. 그럼 내 가게는?"

금진주는 자기가 생각하던 가게를 못 열까봐 노심초사했다.

"진주. 진정해. 아직은 몰라. 그건 단지 내 생각일 뿐이야. 그러니 거기에 대해서는 앞으로 우리가 좀 더 알아봐야 해."

"안 돼! 그러다 우리 일이 더 늦어지면? 그러면 오지락이 우리보다 먼저 정보를 캐내서 나중에 우리하고의 약속은 모른 척 할 거 아니야. 그건 안 돼! 절대 안 된다고! 우리가 먼저 그 정보를 알아내야 해!"

우동구는 금진주가 갑자기 열을 올리며 말하자 그를 쳐다보았다. 그의 얼굴에서 간절함과 절박한 의지가 느껴졌다.

"그래, 진주. 그건 네 말이 맞는 것 같다. 우리가 괜히 다른데 신경 쓰다가 우리 돈을 다 날릴 수도 있겠어. 우린 그냥 원래대로 우리가 하던 일만 하자."

"그럼. 당연하지. 그래야 우리 돈을 받을 수 있으니까."

"그런데 일이 정말 복잡하게 됐다. 오지락이 돈 먹는 게 참 쉽지가 않네."

우동구는 이마에 깊은 주름을 잡고서 천장을 쳐다보았다. 이 일을 앞으로 어떻게 해나가야 할지 걱정이 되었던 것이다. 쉽게 진행될 것 같았던 일이 예상치도 못한 일을 만나 배로 힘들어지는 것 같았다.

"그런데 동구."

우동구가 한참동안 아무 말 없이 앉아 있자, 금진주가 그를 보며 말했다.

"녀석이 어떻게 그렇게 빨리 사장 딸하고 가까워졌을까? 네가 오지락한 테 다녀온 지는 일주일도 안 됐는데 말이야."

그러자 우동구가 별거 아니라는 듯 그를 쳐다보며 대답했다.

"그거야 그 녀석의 능력이지. 남자가 마음만 먹으면 여자 넘어오게 하는 건 순식간이잖아."

"뭐? 능력?" 금진주가 놀라는 표정을 하며 말했다. "그럼 녀석은 대단한 능력자인거네. 오지락한테 지시를 받자마자 바로 그 사장 딸을 넘어오게 했으니 말이야. 와! 녀석은 마음만 먹으면 이 세상 여자를 모두 자기 걸로 만들 수 있겠다! 정말 대단한 녀석이야!"

"야, 진주, 너 그게 좋은 줄 아냐? 그렇게 되려면 녀석이 그 전에 여자한테 얼마나 많이 차였어야 하는데. 세상에 실패 없이 얻은 수 있는 게 어디 있다고 녀석이 그것을 그냥 터득했겠어? 그건 다 녀석이 젊은 시절 수많은 시행착오를 겪으면서 터득한 결과라고. 그러니 넌 그런 거 절대 부러워하지 마. 그러다 여자 때문에 괜히 인생 망칠 수도 있으니까. 내가 보기에 그건 정말 부질없는 짓이야."

"뭐? 부질없다고? 그게 왜 부질없어? 돈 많은 여자 낚으면 이런 고생 안하고 편히 살 수도 있는데."

"진주. 네가 아직 뭘 몰라서 그러는데. 너 그렇게 해서 만난 여자랑 살면 오래갈 것 같아? 천만에! 그건 곧 불행의 시작이야. 그렇게 해서 행복하게 살 수 있는 사람은 이 세상에 아무도 없다고. 여자는 남자를 종처럼 부려 먹다 결국 차 버릴 거고, 남자는 여자한테 이래저래 끌려 다니기만 하다 결국 상처만 받을 텐데 그런 바보 같은 짓을 왜 하며 살아? 그러니 넌 그런 생각 절대 하지도 마. 그건 다 무능한 남자들이나 하는 생각이라고."

"그래도 난 그런 능력이 있었으면 정말 좋겠다. 종처럼 살더라도 좋은 집에서 맛있는 거 먹으면서 살 수 있으니 말이야. 아무리 못해도 지금보다는 훨씬 나을 거 아니야."

그리고 그는 고개를 돌려 혼잣말처럼 중얼거렸다.

"녀석, 그것 하나는 내가 인정해 줘야겠어. 나중에 기회가 되면 녀석한테 그 비법을 한번 물어봐야지. 나도 살면서 그런 능력 한번 갖춰보게 말이야."

"야. 진주. 너 그런 소리 집어치우고 어서 씻고 밥이나 먹어. 난 이제 이일을 어떻게 밀고 나가야할지 생각 좀 해봐야겠어. 너한테 맡겨놓은 도청도 실패하고, 사장 딸 주위에도 오지락이 자기 부하를 심어놨으니 이제는 다른 방법으로 정보를 얻어내야 할 것 같아. 이래저래 하는 일마다 꼬이니 지금 내 머리가 터질 같다."

그리고 우동구는 자리에서 일어나 방을 나가버렸다.

그들의 재앙이 갑자기 생기리니,
그들 둘의 멸망을 누가 알겠느냐?
— 잠언 24: 22

29

　윤호는 민아를 집까지 데려다 주고 와서 그날 일을 다시 한 번 되짚어 보았다. 낮에는 그녀와 너무 정신없이 미술관을 빠져오는 바람에 사태를 제대로 파악하지 못했기 때문이다.

　먼저 그는 그들 두 사람과의 첫 만남부터 되짚어보았다. 그것은 벌써 10년도 더 된 일이었지만 아직도 기억에 생생했다. 사건은 오지락이 가게 안으로 들어와 총으로 운전기사를 위협하면서부터 시작되었는데, 그러다 상황이 반전되면서 오지락이 위험에 몰리게 되었다. 그 순간 그는 그것을 참지 못하고 유리컵을 오늘 미술관에서 만난 그 남자에게 던졌고, 그렇게 해서 오지락을 위험에서 벗어나게 할 수 있었다. 하지만 몇 주 뒤 길에서 다시 만난 두 사람은 자기를 뒤 쫓아와 지난 일에 대한 앙갚음을 하려 했고 그는 달아날 길 없는 골목길에 옴짝달싹 못한 채 갇혀 지난번 오지락이 당해야 했던 위험을 대신 당해야 했다. 하지만 그 순간 오지락이 갑자기 나타나 그 상황을 정리해 버렸고 그들은 어디론가 사라져 다시는 보지 못했다.

　그런데 그랬던 그들이 다시 나타났다. 다시는 못 볼 줄 알고 완전히 잊고 있던 그들이 오늘 10여년 만에 다시 나타난 것이다. 마치 세상에 몇 사람만 살고 있는데 그들이 때에 따라 만나고 헤어지기를 반복하는 같았다.

　그는 일련의 그 과정과 다시 만난 그들을 보며 그들의 정체가 과연 무엇일까 생각했다. 앞뒤 사정을 잘 알지는 못했지만 지난 시간 겉으로 드러난 그들의 행동만 보면 그들은 세상의 법과 인간의 질서에서 많이 벗어나 사는 사람들 같았다. 비록 아직까지는 그들이 무슨 일을 저질렀다거나 그것을 저지르기 위해 어떤 모의를 한다는 증거는 없었지만, 그래도 그들은 확실히 경계해야 할 인물들 같았다. 게다가 그들을 다시 만난 지금 이 시기와 그 장소를 보아도 그러했는데, 그들은 지금 자기가 만나고 있는 민아 씨와 그녀의 어머니 주위에서 움직이고 있었기 때문이다. 그들은 각자가 스스로에게 지정된 무슨 임무라도 수행하려는 양 둘로 나뉘어 한 가족, 그것도 남자 식구가 없는 모녀 주위에서 움직이고 있었다. 전혀 의미 없는 우연이라고 하기엔 너무 의심되는 상황이었고, 무슨 목적 내지는 노림수가 없다고 하기엔 전혀 가능성 없어 보이는 행동이었다. 반드시 무언가를 계획한 듯 보였다. 지난날 그들의 행태를 본다면 다분히 민아 씨 집안의 재산이나 그들 회사의 돈을 노리는 것 일 수도 있었지만, 지금 그들의 지위나 움직임으로 봐선 반드시 그렇게만 볼 수도 없었다. 회사 업무에 전혀 관여하지 않는 운전기사가 그런 일을 꾸민다는 것은 아주 어려워 보였기 때문이다.

일단 그는 그들이 무슨 짓을 하려는 건지 다음날부터 알아봐야겠다고 생각했다. 그렇게 해서 그들이 정말 자신의 생각처럼 무슨 안 좋은 일을 꾸미고 있다면 그들을 모녀에게서 분리해야 했고, 만약에 그들이 아무런 계획 없이 단지 우연에 의해 그곳에 등장했다면 그들을 그냥 내버려두면 되었다. 이제부터 그것을 알아내는 것이 그의 새로운 임무가 되었다.

한편, 우동구는 아침에 사장을 태우고 와서 생각처럼 풀리지 않는 자신의 계획을 어떻게 헤치고 나가야하나 고민하기 시작했다. 자기가 직접 얻을 수 있는 정보는 없는데다가, 어제 사장 방에 몰래 들어가 겨우 찾아낸 도청장치도 완전히 망가져 그것으로는 더 이상 정보를 얻을 수 없었기 때문이다. 게다가 오지락이 사장 딸 주위에 자신의 사람을 심어놓고 있어 자칫 한발 늦으면 그와의 계약이 실효될 수도 있었다. 그래서 그는 꽉 막혀버린 그 상황에서 새로운 묘안을 짜내기 위해 오전 내내 골몰하고 있었다.

시간은 흘러 점심시간이 되었다. 그는 밥맛이 없어 무엇을 먹을까 생각하다가 결국 전화를 걸어 간단한 식사를 주문했다. 그런데 식사주문을 하고 전화를 끊자마자 바로 사장의 비서가 그에게 전화를 걸어 차를 준비하라고 했다. 사장이 지금 일 때문에 외부에 나간다는 것이었다. 그는 바로 주문을 취소시키고 차를 준비시켰다. 시동을 걸고 얼마 있으니 그녀가 건물에서 나와 차 뒷좌석에 탔다.

"김 기사. 동방호텔로 가요."

사장이 아무 말 없이 그렇게 자신의 목적지만 말하자 우동구는 오늘 사장에게 무슨 중요한 약속이 있나보다 생각했다. 왜냐하면 그녀는 점심을 거의 대부분 회사 안에서 해결했고, 이 시간에 회사 외부로 나가는 일도 아주 드물었기 때문이다. 그는 혹시 그것이 자기가 알고 싶어 하는 일 때문은 아닌가 하고 내심 기대했다.

15분 후, 그는 사장을 호텔에 내려다주었다. 그리고 차를 지하주차장에 집어넣은 후 곧바로 금진주에게 전화를 걸었다. 불완전해도 지금은 그의 도움이 절실히 필요했던 것이다.

그가 급한 목소리로 금진주에게 말했다.

"진주. 지금 빨리 차를 몰고 여기 동방호텔로 와. 사장이 지금 누군가를 만나려는 모양인데 내 예감에는 우리가 알아내려는 일과 관계가 있는 것 같아. 그러니 네가 지금 여길 빨리 와서 그걸 좀 확인해 줘야겠어. 난 차안에 있어야 해서 아무것도 할 수가 없거든."

그는 그렇게 금진주에게 도움을 요청하고 나서 차안에 앉아 금진주가 오기를 기다렸다. 금진주가 도착할 때까지 그는 사장이 일을 다 보고 거기를 떠나면 어떡하나 불안해했다. 하지만 금진주는 그의 예상보다 빨리 왔다.

"진주." 그가 금진주가 몰고 온 차 안에 옮겨 타자마자 그에게 말했다. "넌 지금부터 내가 시키는 일을 좀 해와야겠어. 지금 1층 로비에 올라가면 우리 사장이 보일 거야. 푸른색 옷을 입고 있는 50대 중반 쯤 되어 보이는 여잔데, 아마 네가 보면 바로 알아볼 수 있을 거야. 넌 그 사장을 찾으면 그녀가 지금 누구를 만나는지 알아보고, 그 만나는 사람들이 이번 우리 계획하고 관련된 사람인 것 같으면 그들 사이에 무슨 이야기가 오가는지 좀 알아 봐. 내 생각에는 분명 지난 번 변호사가 말한 그 주주들을 만나는 것 같아. 왜냐하면 사장은 지금까지 점심시간에 이렇게 호텔에 출입한 적이 없었거든. 분명 중요한 사람들을 만나는 게 틀림없어. 그러니 네가 그걸 좀 알아

보고 오라고. 어쩌면 이게 우리에게 주어진 마지막 기회일지도 몰라."

"걱정 마. 동구. 이번에는 내가 정말 확실히 해 올게. 내가 이럴 때를 대비해서 어제부터 첩보영화를 보고 있었거든. 그러니 이제는 날 한번 믿어봐. 내가 그 영화 주인공들처럼 필요한 걸 다 알아 올 테니."

"그래. 그 영화가 이번에는 제발 좀 효과가 있었으면 좋겠다. 네가 정말 그 주인공들처럼 일을 잘 해 오길 바랄게. 진주. 더 이상 이러고 있을 시간이 없어. 자, 어서 서둘러. 안 그러면 일이 모두 끝날지도 몰라."

"응. 동구 여기서 기다리고 있어. 내가 어서 갔다 올 테니."

우동구는 금진주가 미덥지 않았지만 그가 이번만큼은 일을 제대로 해 오기를 바랐다. 이제는 주어진 시간과 기회가 별로 없었기 때문이다.

잠시 후, 금진주는 1층에 도착했다. 그는 우동구가 말한 사장이 누구일까 생각하며 주위 모든 여성을 살폈다. 그러나 우동구가 알려 준 것과 비슷해 보이는 여성이 보이지 않자 그는 그녀가 다른 곳에 들어갔나 생각하고서 호텔 내부의 식당, 카페 그리고 가게를 모두 뒤졌다. 그렇게 1층과 2층을 오가며 한 사람도 놓치지 않고 조사하자 푸른 옷을 입은 우동구의 여사장이 보였다. 그는 그녀가 앉아 있는 테이블 근처로 조용히 걸어가 자리를 잡았다. 그리고 신문으로 자신의 얼굴을 반쯤 가린 채, 그들의 대화를 엿듣기 위해 귀를 쫑긋 세웠다. 조금 멀었지만 집중하면 거의 다 들을 수 있었다.

"이렇게 협조해 주셔서 정말 감사합니다." 우동구의 사장이 마주 앉은 두 사람을 향해 말했다.

"이제 사장님께서는 의결권 과반을 확보하셨으니 안심하시고 회사 경영에민 집중하시기 바랍니다. 살이 생전 한 사장이 이 회사를 키우기 위해 얼마나 노력했는데, 이 회사를 어떻게 그런 기업에 넘긴단 말입니까? 그건 절대 있을 수 없는 일입니다." 사장과 마주 앉은 두 사람 중 한 명이 대답했다

"네, 감사합니다. 덕분에 이제는 그럴 수 있게 되었습니다. 이 일 때문에 한동안 저도 회사 일에 집중 못하고 있었는데, 이제는 모든 부담을 덜고 경영에만 집중할 수 있게 되었습니다. 앞으로 더욱 더 힘을 기울여 회사 발전

을 위해 노력하겠습니다. 오늘 일은 다시 한 번 더 감사드립니다." 사장이 그들을 향해 공손히 말했다.

"자, 그럼 주식 양도 계약서도 썼겠다, 사장님 고민도 모두 해결됐겠다, 이제부터 우리는 즐거운 식사나 하시죠. 이것도 다 먹고 살자고 하는 일인데 뭐라도 먹어야 사장님도 힘을 내서 일하지 않겠습니까? 안 그래요? 하하." 마주 앉아 있던 사람 중 서글서글해 보이는 다른 한 사람이 말했다.

"참. 시간이 벌써 이렇게 되었군요. 그럼 어서 식사나 하시죠. 오늘은 제가 대접하겠습니다."

그러고 그녀는 옆에 앉은 변호사를 보며 말했다.

"이 변호사도 여기서 같이 식사하고 가도록 해요. 이 일은 이제 잘 마무리 되었으니 나머지 일은 좀 천천히 해도 되잖아요."

"네. 그렇게 하도록 하겠습니다. 저도 이번 일이 이렇게 잘 해결되어 마음이 한결 가벼워졌습니다." 변호사가 대답했다.

사장은 곧 식사 주문을 위해 웨이터를 향해 손을 들었다. 그와 동시에 금진주는 자리에서 일어나 밖으로 나갔다. 그는 자기가 들은 내용을 우동구에게 빨리 알려야 했다.

그는 곧 우동구가 기다리고 있는 지하주차장으로 내려가 그를 다시 만났다. 그리고 자기가 들은 대화 내용을 그에게 말해주었다.

"뭐라고? 이미 계약이 다 끝났다고?" 우동구가 놀란 표정으로 말했다.

"그래. 내가 올라갔을 때는 이미 모든 계약을 완료 짓고 자기들끼리 식사하려던 참이었다고. 동구, 이제 우리 어떡하지? 더 이상 우리가 할 수 있는 일은 없잖아." 금진주가 실망한 표정으로 말했다.

우동구는 괴로운 표정으로 두 손으로 자신의 머리를 감싸 쥐었다. 그는 자기들이 우물쭈물하고 있는 사이 사장과 그 주주들 사이에 어떤 연락이 오가며 일이 완료되었다고 생각했다. 기대하던 일이 이렇게 단박에 끝나버려 너무도 어이가 없었다.

우동구가 다시 입을 열었다.

"진주. 그럼 그 계약서는 지금 그 변호사가 가지고 있어?"

"뭐, 그렇겠지. 계약서를 이미 작성했다 했으니깐."

우동구는 잠시 생각했다. 생각하는 그 눈빛이 심각해 보였다.

"진주. 그럼, 너 오늘 일 좀 해줘야겠다."

"무슨 일?"

금진주는 이제 더 무슨 방법이 남았을까 생각했다. 그가 보기에 이제는 거의 희망이 없어 보였기 때문이다.

"너, 변호사한테서 그 계약서 좀 빼앗아 와."

"뭐? 계약서를?"

"그래. 이제 우리가 해 볼 수 있는 건 그게 마지막이야. 안 그러면 우리는 오지락한테서 한 푼도 못 받는다고. 그러니 네가 오늘 무슨 수를 써서라도 그 일을 좀 해줘야겠어."

우동구는 이번 일이 실패했다고 생각했지만, 조금이라도 가능성 있는 것이라면 무슨 방법이든 동원해 볼 생각이었다.

"그런데 내가 그걸 어떻게 빼앗아 와? 거기는 지금 점심시간이라 사람들도 많던데." 금진주가 난처한 표정을 지으며 말했다.

"그럼, 여기서 하면 되잖아."

"뭐? 여기서?"

"그래. 조금 있다가 변호사가 식사하고 내려오면 넌 여기서 기다렸다가 그 변호사 가방을 빼앗으라고. 분명 그 계약서는 변호사 가방에 있을 테니 말이야."

"여기서 가방을 빼앗으라고?"

"그래. 진주 너 어제부터 첩보영화 봤다면서? 그럼 그 영화처럼 한번 해 봐."

"헉…!"

금진주는 눈을 크게 뜨고 우동구를 쳐다보았다. 그는 지금 우동구가 제정신으로 말하는 건지 의심되었다. 평소 같으면 그런 일은 위험하다며 절대 만류했을 그가 지금은 무슨 생각으로 그런 말을 하는 건지 도무지 이해가 되지 않았다.

"지금 우리가 할 수 있는 방법은 그것뿐이야." 우동구가 말했다. "안 그러면 너도나도 가게 꿈은 모두 접어야 한다고. 그러니 네가 어떻게 해서든 그 계약서를 빼앗아 와."

우동구는 그 순간 아들 몽구가 생각났다.

"그런데 동구. 만약 우리가 이 일을 성공해서 오지락에게 그 계약서를 갖다 준다 해도, 그가 이미 늦었다며 그걸 안 받아 주면 어떡해? 그럼 우린 돈도 못 받고 완전히 헛수고만 하는 거잖아."

"진주. 그건 그때 가서 생각하자. 일단 우리는 지금 그 계약서가 필요해. 그래야 그걸로 내가 다시 오지락하고 협상을 해 볼 수 있다고. 빈손으로는 아무것도 할 수가 없잖아. 안 그래?"

"그거야 그렇긴 하지만…."

금진주는 이번 일에 대해 우동구가 저렇게까지 강한 의지를 가지고 있었나 놀랐다. 예전 그의 태도하고는 완전히 달랐다.

금진주가 잠시 생각하더니 말했다.

"그래. 동구. 내가 한번 해 볼게. 내가 어떻게 해서든 그 계약서를 손에 넣어볼 테니, 넌 오지락하고 다시 협상이나 잘해 와."

"그래, 그건 나한테 맡겨. 오지락은 내 손안에 있잖아. 그러니 넌 이 일만 잘해 오면 돼."

우동구는 금진주를 보며 자신의 불타는 의지를 보여주었다.

두 사람은 곧 각자의 자리로 돌아갔다. 그들은 이번 일에 대해 자기들의 모든 것을 한번 걸어 보기로 했다. 바닥으로 추락한 인생을 일으켜 세우기 위해서는 어떻게든 이번 일을 성공시켜 오지락에게서 돈을 받아내는 수밖에 없었기 때문이다. 그들은 그 기대를 끝까지 포기하지 않고서 도전해 볼 작정이었다.

한편, 윤호는 아침부터 우동구의 뒤를 밟아오고 있었다. 그는 민아 어머니의 운전기사가 어제 미술관에서 본 그 남자와 무슨 음모를 꾸미는 건지 알아보기 위해 아침 일찍부터 그가 모는 차를 몰래 따라다녔던 것이다. 그러다 점심시간에는 그 차가 호텔 주차장으로 들어간 것을 보고 그

곳까지 따라 들어갔다. 그는 거기서 시동을 끄고 차안에 앉아 운전기사가 뭐하는지 조용히 지켜보았다. 아직까지는 특별히 의심스러운 행동은 하지 않았다.

그런데 얼마 후 어느 낡은 차가 그곳 주차장에 도착해 운전기사가 주차한 차 옆에 주차했다. 바로 어제 미술관에서 본 그 차였는데, 차 안에는 어제 본 그 남자도 있었다. 그는 그 장면을 보며 그들이 왜 이 시간에 여기서 만나는 걸까 생각했다. 아무리 급한 일이 있다 해도 그들이 이 시간에, 이곳에서, 이 식으로 만날 이유는 없었기 때문이다.

그는 운전기사가 그 차로 옮겨 타자 두 사람이 차 안에서 대화하는 걸 멀리서 지켜보았다. 정말 무슨 일을 꾸미는 것 같이 보였다. 그는 그들이 과연 무슨 일을 하려는 걸까 생각하며 그들의 행동을 계속 지켜보았다. 그러다 5분쯤 있으니 차를 몰고 온 남자가 그 차에서 내리는 것이 보였다. 그 남자는 승강기를 타고 위층으로 올라가더니 20분 만에 다시 내려와 그 차에 탔다. 도무지 그들이 거기서 무엇을 하는지 추측이 되지 않았다. 그는 계속 그들을 지켜보았다. 그러자 잠시 후 두 사람이 한 명씩 차에서 내리기 시작했다.

한편, 금진주는 우동구가 차에서 내리자마자 바로 지하 주차장에 있을 변호사 차를 찾아다녔다. 지난 번 그를 따라다니며 도청한 적이 있었기 때문에 그의 차를 찾는 건 문제가 없었다. 그는 곧 지하주차장을 한 바퀴 돌아 그의 차를 발견했다. 그는 그의 차 앞에 서서 어떻게 하면 그에게서 가방을 빼앗을 수 있을까 생각했다. 이런 공공의 장소에서 너무 표 나게 일하면 지상으로 올라가기도 전에 잡힐 수 있었다. 그는 아무래도 어제 본 영화 속 한 장면을 응용해 보는 것이 좋을 것 같다고 생각했다.

그는 곧 자기가 타고 온 낡은 차로 돌아가 그것을 몰고 변호사 차 앞에 세웠다. 그는 차 안에 앉아 동작 하나하나를 반복하며 자신의 때가 오기를 기다렸다. 조금이라도 실수했다간 일이 엉망이 될 수도 있었다.

40분 후. 맞은편에 보이는 승강기에서 두 사람이 내렸다. 바로 변호사와 사장이었는데, 그들은 승강기에서 내려 잠시 대화를 나누더니 인사를 하고 헤어졌다.

금진주는 차에 앉아 그들 두 사람이 헤어지는 것을 지켜보았다. 사장은 우동구가 준비해 놓은 차를 타기 위해 그쪽을 걸어갔고, 변호사는 자신이 주차해 놓은 차를 타기 위해 자기 쪽으로 걸어오고 있었다. 그는 변호사가 자기 쪽으로 다가오자 시동을 거는 척하며 슬슬 작업을 시작했다.

한편 변호사는 자기 차가 주차된 쪽으로 걸어가다가 차 한 대가 자기 차 근처에 서 있는 것을 보았다. 그는 혹시 그 차가 자기 차를 가로막고 있는 건 아닌가 하고 그 위치를 살폈는데, 역시 가로막고 있었다. 그는 난처한 기색을 하며 그 차 쪽으로 다가갔다.

그가 손등으로 차창을 두드리며 차 안에 있는 사람에게 말했다.

"지금 이 차로 나가려고 하는데 차 좀 앞으로 빼 주세요."

금진주는 그 소리를 듣자마자 창문을 내리며 짜증 섞인 소리부터 냈다.

"나 이거 참! 차가 또 말썽이네!"

그는 제법 연기를 잘했다.

"지금 이 차의 시동이 잘 안 걸려서 말인데요, 미안하지만 뒤에서 차 좀 밀어 주시겠소?"

변호사는 그 운전자를 보자 놀랐다. 낯설지 않은 얼굴이었던 것이다.

"아니, 당신은…."

금진주는 변호사가 자기를 알아본다 싶어 재빨리 다시 한 번 더 부탁했다. 이번에는 아주 정중하게 말했다.

"선생님. 이 차는 하루에도 몇 번씩 이렇게 말썽을 부린답니다. 하지만 뒤에서 엉덩이를 한번만 힘차게 밀어주면 언제 그랬냐는 듯 다시 잘 달립니다. 그러니 수고스럽더라도 한번 밀어주시겠습니까? 그러면 선생님 차도 빨리 빠져나갈 수 있겠는데 말입니다."

변호사는 그가 못마땅했지만 도움을 구하는 사람의 부탁을 거절할 수는 없었다.

그가 금진주를 이상한 눈빛으로 쳐다보며 마지못한 투로 응했다.

"그럼 잠시 좀 있어 보시오."

그는 곧 자기 차로 걸어가 조수석 문을 열고 가방을 그 위에 올려놓았다. 그런 후 다시 돌아와 낡은 차 뒤에 섰다.

"자, 이제 밀 테니 시동 한번 걸어보시오." 변호사가 운전석에 앉은 금진주를 향해 말했다.

"네, 제가 시동을 걸면 선생님은 뒤에서 힘껏 좀 밀어주십시오. 자, 시작합니다."

금진주는 곧 시동을 걸었다. 차가 끽끽대는 소리를 내며 털썩털썩 움직이기 시작했다.

금진주가 차창 밖으로 머리를 내밀고 말했다.

"선생님, 지금부터 힘껏 미십시오. 이 차는 힘껏 밀지 않으면 절대 시동이 안 걸립니다."

그 말에 변호사는 다리를 뒤로 쭉 뻗고 두 손으로 차를 힘껏 밀기 시작했다.

"선생님, 조금만 더요."

변호사는 고개를 숙이고 좀 더 힘을 냈다. 그의 양복바지에서 근육이 올라올 정도였다. 금진주는 거울로 변호사의 그 모습을 보고 이때다 싶어 재빨리 운전석에서 내렸다. 그는 차에서 내리자마자 자신의 차 앞을 돌아 변호사 차로 뛰어갔다. 그리고 조용히 변호사 차 조수석 문을 열고 조금 전 변호사가 올려놓은 그 가방을 거머쥐었다.

그때 변호사가 한숨을 내쉬며 얼굴을 들었다. 그의 얼굴은 붉어져 있었다. 그는 운전석 쪽을 쳐다보다가 차문이 열려있는 것을 발견하고는 고개를 돌려 주위를 살폈다. 운전석에 앉아 있을 거라 생각했던 사람이 자기 차에서 자기의 가방을 들고 낡은 차 운전석 쪽으로 뛰어오고 있었다.

"뭐하는 짓이야!?"

변호사는 그렇게 소리치며 재빨리 금진주 쪽으로 달려갔다. 그리고 문을 잡고서 그가 타려는 것을 막았다. 하지만 금진주가 주먹으로 그의 얼굴을 세게 가격하는 바람에 그는 비틀거리며 뒤로 물러서고 말았다. 그는 얼굴을 잡고 다시 문 쪽으로 다가갔다. 금진주가 운전석에 앉아 문을 닫으려는 순간, 그는 차 문이 완전히 닫히지 않도록 얼른 그 문을 잡아당겼다. 두 사람이 잠시 양쪽에서 힘겨루기를 했다. 한 사람은 문이 완전히 닫히는 것을 막으려 했고, 다른 한 사람은 그 문을 어떻게든 닫고서 출발하려했다. 차문이 두 사람을 양쪽에 두고서 오가기를 반복했다.

그러자 변호사는 안 되겠다 싶어 지금까지 제대로 써먹지 않은 허벅지, 팔꿈치, 무릎 근육을 모두 문에다 쏟아 부었다. 그러자 문이 서서히 그의 쪽으로 다가오기 시작했다. 승부가 날 것 같지 않던 줄다리기가 그에게 점점 유리해지고 있었던 것이다. 그는 마지막 남은 힘을 다해 문을 당겼다. 힘은 거의 다 고갈되어갔지만, 승리는 점점 더 그에게 가까워져 오고 있었다.

하지만 그는 휘청휘청하며 뒤로 넘어지고 말았는데, 금진주가 힘으로는 변호사를 제압할 수 없다고 생각하자, 잡고 있던 문을 갑자기 놓아버린 것이다. 그 바람에 변호사는 바닥에 드러누워 머리를 감싸 쥐며 앓는 소리를 해야 했다. 금진주는 그런 그를 보며 곧바로 차 문을 닫은 후 움직이지 않도록 채워둔 사이드 브레이크를 풀고 시동을 걸었다. 좀 요란한 소리를 내긴 했지만 시동은 한 번에 아주 잘 걸렸다.

금진주는 출발하기 전, 바닥에 나자빠져있는 변호사를 다시 한 번 쳐다보았다.

"멍청한 사람. 힘은 제법 센데 머리가 나빠. 사람이 머리도 좀 써가면서 살아야지, 그렇게 막무가내로 힘만 쓰면 어떡해. 당신이 그렇게 아파하는 건 다 당신의 나쁜 머리 때문이니, 날 원망하지는 마시오. 자, 그럼 안녕. 나는 갑니다."

그는 다시 고개를 돌려 아무런 제지도 받지 않고 출발했다.

하지만 그의 뒤를 누군가 따르기 시작했는데, 바로 장윤호였다. 그는 낡은 차를 운전하고 온 남자가 차에서 내려 승강기를 타고 움직이던 장면, 그 남자가 다시 내려와 민아 어머니의 운전기사를 만나던 장면, 그리고 그가 차를 통로에 세우고 누군가를 기다리던 장면까지 모두 지켜보다가 그 남자가 누군가의 차에서 가방을 훔치는 장면까지 목격하자, 그들이 정말 무슨 일을 꾸미는구나 생각하고서 바로 그에게 달려 나갈 준비를 했다. 하지만 그렇게 하면 자신이 노출될 수 있을 것 같아 잠시 사건이 어디까지 벌어지나 지켜보았다. 그러다 그 남자가 상대를 넘어뜨리고 차로 달아나자, 그는 더 이상 참지 못하고 그를 바로 추격하기 시작했다.

그는 호텔 주차장을 나오자마자 앞 차를 놓치지 않기 위해 속력을 높였다. 경적을 울리고 상향등을 깜빡이며 앞차에 신호를 보냈지만 앞차가 아무런 반응을 보이지 않자 그는 차에 속력을 좀 더 붙여 그 차 옆을 공략해 들어갔다. 곧 두 차가 나란히 달리기 시작했다. 그는 과감히 운전석 창을 내리고 옆 차 운전자에게 외쳤다.

"차 세워!"

그는 더 이상 상대가 자기를 알아볼까 겁먹지 않았다. 대신 상대의 도주를 막으려는 생각에 더욱 더 용기를 낼 뿐이었다.

"차 세워! 가방…."

그는 말을 다 하지 못했다. 앞차와의 거리가 너무 가까워져 브레이크를 밟았기 때문이다.

그는 다시 그 남자의 차를 뒤에서 추격하기 시작했다. 차선을 몇 차례 바꾸며 낡은 차를 따라잡기 위해 안간힘을 썼다. 하지만 앞차가 두려움도 모르고서 중앙선을 넘어 달리는 바람에 완전히 뒤처지고 말았다. 따라가기 정말 부담되는 순간이었다.

한편, 금진주는 주차장을 빠져나와 몇 백 미터를 달리고서야 뒤차를 발견했다. 시끄러운 경적과 여러 번 깜빡이는 상향등이 이상했던 것이다. 그는 뒤차를 보며 이게 어떻게 된 일인가 생각했다. 분명 주차장은 조용한 것 같았는데, 그 차가 어떻게 알고서 자기를 따라오는 건지 알 수가 없었다. 그는 일단 자기 범행이 들켰다 생각하고서 속력을 높이기 시작했다. 그는 막힌 차선을 피하기 위해 네 개의 차선을 모두 이용했다. 하지만 앞 차들이 빨리 달리지 않아 이내 따라 잡히고 말았다. 그는 조금 전 뒤에 있던 차가 자기 차와 나란히 달리자 옆을 돌아보았다. 옆 차 운전자가 운전석 창문을 내려 자기에게 소리치고 있었다. 그는 처음에는 그를 알아보지 못했지만 옆 차 운전자가 다시 자기를 향해 소리 지르자, 다시 돌아보고서 그가 낯설지 않은 인물임을 알게 되었다.

그는 그를 보고서 놀라지 않을 수 없었다. 우동구의 말처럼 그가 정말 자기를 감시하며 따라오고 있었던 것이다. 그는 가속 페달을 밟고 중앙선을 넘어 앞 차들을 모두 앞질렀다. 그는 차들을 요리조리 피하며 빨간불이 켜진 교차로를 아슬아슬 통과했다. 도로를 건너던 사람들은 겁을 먹고서 재빨리 인도 쪽으로 되돌아갔다. 그는 뒤를 확인하며 계속 달렸다. 그러다 앞에 보이는 도로가 차로 완전히 막히자 샛길로 들어섰다.

그는 그 길에서도 속력을 줄이지 않았다. 사람이 보이면 미친 듯이 경적을 울리며 비킬 것을 알렸고, 멀리서 다가오는 차가 보이면 그 전에 다른 길로 빠져나갔다. 그는 길이 어디로 연결되고 어디로 향하는지도 모르면서 그냥 앞만 보고 달렸다. 뒤차가 포기할 줄 모르고서 따라오니 어쩔 수가 없었던 것이다. 그는 그렇게 미친 듯이 달리며 저 차가 도대체 언제까지 자기를 따라오나 생각했다. 이쯤 되면 떨어져나갈 만도 했지만 전혀 그런 낌새가 보이지 않았다. 자기도 위험을 무릅쓰고 달리고 있었지만 뒤차도 그에 못지않게 쫓아오고 있었다. 지금으로선 그를 따돌릴만한 방법이 보이지 않았다. 그는 일단 이 좁은 도로를 벗어나 다시 큰 도로로 들어가야겠다고 생각했다. 좁은 길은 운전하기도 힘들 뿐더러, 자기 뒤만 따라오면 특별한 위험도 없이 달릴 수 있는 뒤차에게 유리했던 것이다. 그는 앞에 꺾이는 길이 보이자 왼쪽으로 틀 준비를 했다. 교차점에 이르러 과감히 핸들을 돌렸다.

그동안 윤호는 정신을 바짝 차리고 앞차를 추격했다. 앞차가 무슨 생각으로 달리는 것인지 위험도 모르고서 달리고 있었다. 그는 이러다간 사고가 날 것 같아 도중 추격을 중단할까도 생각했지만, 조금만 더 가면 앞차가 달아나는 것을 포기할 수도 있을 것 같아 계속 앞차를 쫓았다. 좁은 샛길에 들어서자 시야가 앞 차에 가려 길이 어느 방향으로 나있는지 전혀 파악이 되지 않았다. 어서 빨리 그 길을 벗어났으면 하는 생각이 들었다. 갑자기 사람이 튀어나오면 위험한 일이 벌어질 수도 있었기 때문이다. 잠시 후 앞차가 갑자기 왼쪽으로 꺾는 것이 보였다. 그는 그 길에서 혹시나 사고가 날지도 몰라 속력을 늦추었다. 하지만 앞차가 꺾어 들어간 그 길에서 아무런 소리가 들리지 않자, 그도 그곳으로 바로 꺾어 들어갔다. 그러나 얼마 못가 바로 급정거하고 말았는데, 앞에는 더 이상 길이 없었던 것이다. 그곳은 서너 채의 집으로 들어가기 위한 통로였는데, 앞차는 그것도 모르고서 그 길로 들어 선 것이었다.

그는 막힌 길 위에 멈춰 서서, 같이 멈춰 선 앞차를 보았다. 지금까지 거침없이 달리던 차가 조용히 서 있으니 이상한 느낌이 들었다. 그는 추격전이 끝난 앞차를 보며 이제는 어떻게 해야 하나 생각했다. 두 차가 더 이상 가지 못하고 서 있어 마치 결투직전의 긴장감 같은 것이 느껴졌다. 그는 먼저 내려 앞차에 다가갈까 생각했지만 그랬다가 예상치 못한 일을 당할 수도 있을 것 같아 그 무모한 도전을 바로 접어버렸다. 굳이 안 해도 되는 일에 아까운 목숨을 걸 필요는 없었던 것이다.

잠시 후, 앞차 문이 열렸다. 운전석에 앉아 있던 남자가 왼쪽 발을 지면에 내려놓으며 상체를 내밀었다. 남자는 몸을 완전히 일으켜 세우고는 뒤돌아보았다. 얼굴 표정이 완전히 굳어있어 무언가 단단히 각오한 사람처럼 보였다. 윤호는 긴장된 마음으로 그 남자를 쳐다보았다. 그리고 남자의 공격에 대비해 차 문을 잠갔다. 남자가 점점 더 다가오자 그는 무슨 방어할만한 물건은 없나 주위를 돌아보았다. 뾰족한 흉기 같은 것을 막으려면 단단한 물건이 필요했는데, 그 용도로 책이 괜찮을 것 같았다. 그는 그렇게 생각하고서 책을 집어 들어 표 나지 않게 자신의 다리 위에 올려놓았다.

드디어 걸어오던 남자의 발걸음이 멈췄다. 남자는 운전석 옆에 서서 험상궂은 일굴을 하고서 주먹으로 창문을 두드렸다. 마치 사나운 짐승 한 마리가 차 밖에서 공격해 오는 것 같았다. 윤호는 창을 열지 않고 그 남자를 안에서 쳐다보았다.

그러자 남자가 다시 창을 두드렸다.

"문 열어!"

남자의 목소리는 예상했던 것만큼 거칠지는 않았다. 어쩌면 대화를 해도 되겠다 싶을 정도의 침착성이 느껴졌다. 하지만 상대가 어떤 사람인지 그는 알고 있었다.

"어서 문 열라니깐."

남자가 다시 재촉하자 윤호는 그가 어떻게 하려는지 보기 위해 일단 조심스레 한 손으로 창문을 조금 내렸다. 하지만 다른 한 손으로는 다리위에 올려놓은 책을 잡고서 만일의 사태에 대비했다.

밖에 서 있는 남자가 윤호의 눈 밑까지 내려온 창틈을 통해 그에게 말했다.

"장윤호!"

남자가 자기 이름을 알고 있어 그는 놀랐다.

"너, 나 알지?"

그는 그 물음에 뭐라 대답해야 할지 몰랐다. 안다고 하면 옛 사건을 떠올려 해코지 할 수도 있을 것 같았고, 모른다고 하면 오히려 상대를 자극해 공격을 유발할 수도 있을 것 같았다. 그는 일단 침묵했다.

"난 널 한 눈에 못 알아봤는데, 넌 날 금방 알아보더군."

지난 번 미술관에서의 그 만남을 말하는 것 같았다.

"굳이 이렇게까지 할 필요는 없잖아. 가만 기다리고 있으면 우리가 다 알아서 가져다 줄 텐데 볼썽사납게 이게 무슨 짓이야? 이러다 우리 둘 다 경찰에 잡히면 어떡하려고. 사람이 생각도 좀 하면서 일을 해야지, 오지락이 시킨다고 해서 그렇게 앞 뒤 분간 못하고 일을 하면 되겠어?"

윤호는 그게 무슨 말인지 몰랐다.

"너도 보았다시피, 일단 계약서는 내가 손에 넣었어. 이걸 손에 넣느라 우리가 얼마나 고생했는지 너도 모르진 않을 거야. 그러니 오지락한테 가거든 우리 돈이나 준비해놓으라 그래. 우리는 약속을 지켰으니깐 이제는 오회장이 약속을 지킬 차례야."

그 말에 그는 놀랐다. 그들이 오지락과 연결되어 있었다니 전혀 생각지도 못한 일이었다. 그들은 지금까지 서로 원수지간인 줄 알았는데, 이제는 다시 뭉쳐 무슨 음모를 꾸미고 있었다.

"자, 계약서는 여기에 들어있어. 사장이 접촉하는 주주가 누구인지는 그 계약서에 적혀 있을 거야. 이제 우리는 오 회장이 원하는 것을 줬으니 다음은 오 회장이 우리가 원하는 걸 내놓을 차례야. 곧 찾아갈 테니 약속한 돈이나 준비해놓으라 그래."

남자가 손에 들고 있던 변호사 가방을 그에게 올려다 보였다. 윤호는 그것을 보고 어찌해야 할지 몰랐다. 상대가 뭔가를 대단히 착각하고 있는 것 같았다. 그는 선뜻 그 가방을 받아들 수가 없었다. 아직은 그의 의도가 확인되지 않았기 때문이다.

"어서 받아! 그리고 빨리 차 빼! 여기 이렇게 있으면 우리 둘 다 경찰에 잡힌단 말이야."

윤호는 문을 열까 말까 망설였다.

"뭐해?"

남자가 다시 재촉하자 그는 이제 더 이상 망설이지 않았다. 상대가 받아가라 말하는데 거절할 이유가 없었던 것이다.

그는 창문을 내려 가방을 받아들었다. 혹시나 남자가 자기에게 달려들지 않을까 경계했지만 그러지는 않았다. 그는 가방을 조수석 위에 올려놓고 다시 창문을 올렸다.

그 순간, 남자가 올라가는 창문 위에 손을 얹었다. 윤호는 가슴이 철컥 내려앉았다.

"그런데, 내가 너한테 한 가지 물어볼 게 있는데 말이야."

그 남자가 눈을 지그시 뜨며 말하자, 윤호는 그의 눈빛을 슬쩍 쳐다보았다. 그가 무슨 말을 꺼낼지 겁이 났다. 지난 일에 대한 안 좋은 감정이라면 말하지 않았으면 좋을 것 같았다. 그러면 지금 이 상황이 완전히 뒤집힐 수도 있었다. 그는 남자의 그 질문을 두근거리는 마음으로 기다렸다.

곧 그가 물었다.

"정말 여자를 후려칠 수 있는 특별한 비법 같은 게 있는 거야?"

'아니, 이게 무슨 소린가?' 질문이 너무도 엉뚱했다.

"사실, 나도 너처럼 그런 기술을 한번 가져봤으면 했거든."

'무슨 기술을 말하는 거지?'

"그거야 어디 나뿐이겠어? 남자라면 다 그런 기술 한번쯤은 가져보고 싶어 하잖아."

'도대체 지금 이 사람 무슨 소리를 하고 있는 건가?'

"내가 계산하기로 말이야, 네가 그 사장 딸 후려치는데 한 이틀 정도 걸린 것 같은데, 어떻게 그렇게 짧은 시간 안에 여자를 넘어오게 한 거야?"

'헉. 사장 딸이라면 민아 씨를 말하는 건데, 내가 민아 씨를 이틀 만에 후려쳤다고?'

"물론 그건 네가 오랜 시간동안 연마한 기술이라 아무한테나 말해 주긴 싫겠지만, 그래도 내 이 손에 대한 치료비 정도라 생각하고서 알려주면 안 되겠나?"

금진주는 곧 수술 자국이 있는 자신의 손을 윤호에게 들어보였다. 윤호는 그것을 보자 어찌해야 할지 몰랐다. 당장 그에게 무슨 기술이라도 알려주지 않으면 무슨 변고라도 당할 것 같았다. 하지만 자기도 알지 못하는 그 기술을 어떻게 알려준단 말인가! 그는 난처한 표정을 하고서 잠시 생각했다. 정말 생각지도 못한 일이었다.

일단 윤호는 뭐라도 말해 보기로 했다.

"기술이라고요?" 그가 약간 긴장한 목소로 말했다.

"그래. 기술. 그런 기술이 정말 있는 거야?" 금진주가 상대로부터 무언가 조금 기대되는 답변이 나오길 바라며 말했다.

"물론이죠."

"뭐? 그런 게 정말 있다고?" 금진주가 반가운 표정을 지으며 말했다.

윤호는 금진주의 그 표정을 보고서 조금 자신감을 얻었다. 지금 그의 표정을 보니, 그가 그렇게 어려워 보이지는 않았다.

"네. 하지만 그건 기술이라기보다는 과학이라 표현하게 맞을 겁니다."

"뭐? 과학?" 금진주가 이번에는 놀라는 표정으로 대꾸했다.

"네. 좀 더 자세히 말하면 심리학이죠."

"뭐? 심리학?"

"네. 여자의 마음을 움직이는 과학인 셈이죠."

"뭐가 그렇게 어려워? 좀 쉽게 설명해줘 봐."

말하는 금진주의 표정이 진지했다.

"뭐, 그렇게 어렵게 생각할 필요는 없습니다. 여자의 모성 본능만 자극하면 되니깐 말이죠. 그러면 누구든지 할 수 있는 일입니다."

"뭐? 누구든지? 그럼 나도 할 수 있다는 말이야?"

"네, 물론입니다. 제 생각엔 오히려 더 잘 할 수 있을 것 같습니다."

"뭐? 더 잘 할 수 있을 것 같다고?"

금진주는 윤호의 말에 신이 났다. 그의 표정은 마치 자신의 구세주를 만난 것처럼 보였다.

"그럼, 그거 나한테 좀 알려주면 안 되겠나? 내가 옛날 자기와 있었던 일은 이제 모두 잊고 살 테니 말이야."

윤호는 그가 점점 더 쉽게 느껴졌다. 역시 사람은 겉모습만 보고서 무서워해선 안 될 것 같았다.

"물론이죠. 당연히 알려드려야죠. 오늘 일도 이렇게 잘 해오셨는데 말입니다."

그 말에 금진주는 그가 우동구 다음의 제2의 스승으로 보였다.

"그래. 그럼 좀 알려줘. 어떻게 하면 되는 거지?"

윤호는 헛기침을 한번하고 목을 가다듬었다. 그리고 금진주를 보며 말했다.

"먼저, 좋아하는 여자가 생기면 그녀가 지나가는 길목을 노리십시오."

"길목을? 그리고서?"

"그리고서 자기를 도와 줄 수 있는 다른 사람을 준비하십시오."

"다른 사람이라고?"

"네, 여러 명이면 더 좋습니다."

"여러 명이라?"

"네. 그리고서 여자가 지나갈 시간을 기다렸다가 그녀가 지나갈 때 그들이 동시에 나타나게 하십시오."

"동시에? 좋아! 그 다음은?"

"그 다음은 그 준비한 남자들 중에 한 명이 걸어가다가 그녀의 가방을 낚아채게 하십시오."

"뭐?"

금진주는 거기가 좀 특이하다고 생각했다.

"그러고는?"

"그리고 선생님은 그 남자를 뒤쫓아 가십시오."

"뒤쫓아 가?"

"네."

"그러면 내가 손매치기를 잡으러 가는 셈 아니야?"

"맞습니다. 바로 그겁니다. 여자 앞에서 바로 그런 장면을 보여주는 겁니다." 윤호가 금진주를 칭찬하듯 말했다.

"그런 후에는 그 손매치기와 싸우는 장면도 보여주십시오."

"뭐? 싸우라고?"

"네."

금진주는 그 비법이 정말 이상하다 생각했다. 자신이 생각하던 것과는 너무도 달랐기 때문이다.

"그런데 그때 주의할 게 한 가지가 있습니다."

"주의할 거라고?"

"네."

"그게 뭐지?"

"절대 손매치기를 때리시면 안 됩니다."

"그럼?"

"맞기만 하십시오."

"뭐?"

금진주는 놀랐다. 그는 이것이 정말 비법이 맞나 생각했다.

"놀라지 마십시오." 윤호가 그의 놀라는 모습을 보고서 말했다. "그게 이 기술의 가장 핵심입니다. 바로 거기가 여자의 모성본능을 자극하는 핵심

구간이든요. 여자는 속성상 약자를 가여워하게 되어있습니다. 그래서 남자가 다른 사람에서 맞는 것을 보면 그녀들은 남자를 모성본능으로 보호하게 되어 있습니다. 게다가 자기를 도와준 남자라면 더더욱 그렇습니다."

"그럼, 여자의 모성 본능을 자극하기 위해서 날더러 여자 앞에서 맞으라는 거네."

"네, 맞습니다. 이해를 아주 잘 하시는군요."

금진주는 그제야 그것이 비법인 이유를 알게 되었다. 하지만,

"그런데, 난 맞는 건 싫은데."

"그래서 이 기술은 조금 어려운 면이 있습니다. 그런 걸 참질 못하면 해낼 수가 없으니 말입니다."

"이런!"

금진주는 고민과 동시에 실망에 휩싸였다. 무언가 낭만적인 걸 바랐던 그는 오히려 폭력적인 비법을 듣고서 조금 충격을 받은 듯 했다.

"그런데 그게 정말 자기가 쓴 비법이 맞아? 또 다른 건 없어?"

"없습니다. 전 그것 하나로도 충분했습니다."

"그래? 아, 난 조금 다른 걸 바랐는데…."

금진주의 얼굴에 아쉬운 표정이 나타났다.

"아무튼 제가 지금까지 사용한 기술은 그게 다였습니다. 그러니 마음이 있으면 한번 해보시길 바랍니다. 여자를 후려치는 데는 그것만한 게 없거든요."

"그게 비법이었다니 정말 놀랍군! 그런데 나한테는 좀 어려운 것 같아. 희생 없이는 안 되니 말이야."

"낭연하죠. 세상은 노력하고 희생한 만큼 거두게 되어 있으니 말입니다. 아무튼 제 비법은 그거였으니까 나중에 기회가 되면 시도해 보십시오. 반드시 성공하실 겁니다. 성공 후의 그 기쁨은 이루 말할 수가 없습니다. 그럼, 저는 이만 가보도록 하겠습니다. 오 회장님께서 애타게 기다리고 계시거든요."

"그래. 그럼 가 봐."

금진주의 표정이 비법을 듣기 전보다 조금 어두워 보였다.

"그런데,"

금진주가 윤호를 다시 잡았다.

"오 회장한테 약속은 반드시 지키라고 그래. 우리가 곧 찾아갈 테니 말이야."

그 말에 윤호가 안심하고 대답했다.

"물론입니다. 준비해 놓고 기다리겠습니다. 그럼 곧 뵙겠습니다."

그리고 윤호는 남자의 마음이 혹시나 변하면 어떡하나 생각하고 재빨리 차를 뒤로 빼 왔던 길로 되돌아갔다.

내가 무서워할 때에 주를 신뢰하리이다.

— 시편 56: 3

30

"뭐라고?"

우동구가 어이없다는 표정으로 말했다. 그의 목소리로 봐선 곧 금진주에게 불호령을 내릴 것 같았다.

"이런 멍청한 자식! 내가 너 때문에 기가 막혀 도저히 말이 안 나온다. 어떻게 그런 바보 같은 짓을 할 수가 있어!? 가방을 훔쳐 오라 했더니 훔친 가방을 다른 녀석한테 줘? 도대체 넌 제 정신으로 그런 짓을 한 거야!?"

우동구는 금진주의 황당한 행동에 대해 끓어오르는 화를 참지 못했다.

"하지만 동구." 금진주 말했다. "녀석은 어차피 오지락에게 가면 그 가방을 전달할 거잖아. 그럼 그 일을 우리가 했다고 오지락에게 말할 거고, 그럼 우리가 오지락한테 돈을 받는 데는 아무런 문제가 없잖아. 그런데 그게 뭐가 잘못됐다는 거야?"

금진주는 아직도 자신의 실수를 깨닫지 못했다. 자신이 한 어리석은 행동에 대해서 먼저 생각해 보지 않고, 오직 장윤호한테서 들은 말에만 사로잡혀 상황판단을 했던 것이다.

"뭐? 그게 뭐가 잘못됐냐고?" 우동구가 말했다. "너는 지금 일을 아주 엉망으로 만들어 놓고서 아직도 네 잘못을 모른단 말이야? 우리가 오지락에게서 돈을 받아내려면 내가 직접 그 가방을 들고 가서 받아와야 할 것 아니야? 아무 것도 없이 빈손으로 가서 어떻게 받아 와? 그리고 그 계약도 이미 성립되어서 오지락한테는 끝난 일이 되어버렸는데, 그런데도 우리가 오지락한테 그것만 딸랑 들고 가서 돈을 어떻게 달라고 할 수가 있어? 그게 이제 오지락한테 무슨 이익이 있다고? 그러니 내가 아까 너한테 그 계약서를 오지락한테 가지고 가서 다시 협상을 해오겠다고 말했잖아! 협상을! 오지락이 그 계약서로만으로는 돈을 안 줄 테니 말이야! 내 말 무슨 말인 줄 알겠냐? 이 바보, 멍청이 같은 자식아!"

"아니야. 동구. 그렇지 않아." 금진주가 굽히지 않고 말했다. "아까 녀석이 헤어지면서 돈을 준비해 놓고 기다리겠다고 그랬어. 오지락이 지금 애타게 기다리고 있다면서 말이야. 그리고 녀석이 다음에 다시 만나자고도 했어. 그러니 지금 오지락이 돈을 준비해서 우리를 기다리고 있을 거야."

그 말에 우동구가 금진주를 잠시 말없이 쳐다보았다. 그의 마음이 조금 움직인 듯 했다.

"뭐? 녀석이 돈을 준비해 놓고 기다린다고 그랬다고?" 우동구가 좀 전과는 달리 목소리를 가라앉히고 말했다.

"그래. 녀석이 아까 헤어지면서 나한테 분명히 그랬어. 녀석 표정으로 봐선 우리가 일을 아주 잘해서 흡족해하는 것 같던데."

우동구는 금진주의 그 말이 정말일까 생각했다. 오지락이 돈을 준비해 놓고서 기다리겠다니 정말 의심이 되지 않을 수 없었다.

"그래서 넌 뭐라고 그랬어?" 그가 약간 바뀐 태도로 금진주에게 물었다.

"뭐, 특별한 말은 안했고 그냥 곧 가겠다고만 했어."

"그랬더니 뭐래?"

"그랬더니 방금 내가 말한 것처럼 녀석이 우리를 기다리고 있을 테니 다시 보자 그러더라고. 그러면서 돈도 준비해 놓고 있겠다고 그랬어."

우동구는 금진주의 그 말이 완전히 믿기지는 않았다. 하지만 그로부터 같은 말을 두 번 들으니 그런 것 같기도 했다.

그는 잠시 생각했다. 정말 금진주가 들은 말이 사실이라면 더 이상 지체할 이유가 없었다. 상대가 자기에게 돈을 주기 위해 애타게 기다리고 있다고 하니, 자신의 권리를 당당히 행사해도 될 것 같았다. 하지만 금진주의 입에서 나온 말이라 아직은 미덥지가 않았다.

우동구가 물었다.

"진주, 아까 장윤호 그 녀석이 오지락한테 바로 간다 그랬어?"

"그래. 오지락이 지금 기다리고 있어서 빨리 가봐야 한다고 그랬어."

"그럼 그때 녀석한테서 이상한 행동이나 말 같은 건 못 느꼈어?"

"아니. 그런 건 없었어. 오히려 당당하고 친절했어."

"뭐? 당당하고 친절했다고?"

"그래."

우동구는 그가 금진주에게 왜 친절히 대했을까 생각했다. 당당한 건 그가 오지락의 일을 해야 했기 때문에 어느 정도 이해가 갔지만, 친절한 건 좀 이상했다. 아마도 그 계약서를 받은 것에 대해 그가 기분이 좋아서 그랬던 건 아닐까 생각했다.

우동구가 금진주를 보며 다시 한 번 더 확인했다.

"진주. 정말 그 녀석이 돈을 준비하고서 기다리겠다고 그랬어?"

"그래, 그랬다니까. 나 보고 일을 아주 잘해왔다고도 그랬어."

"그래?"

우동구는 다시 한 번 생각하며 시계를 쳐다보았다. 오지락이 지금쯤 그 계약서를 보고서 흡족해 하는 모습이 상상되었다.

"그럼 지금쯤이면 오지락이 그 계약서 내용을 모두 확인했겠네."

"아마도 그렇겠지. 벌써 두 시간이나 지났는데."

금진주는 이제야 우동구가 자신의 말을 믿는구나 생각했다.

"그런데 동구, 너 지금 거기 가려고?"

"그래. 오지락이 기다리고 있다는데 어서 가 봐야지. 시간이 지나면 녀석 마음이 어떻게 달라질지도 모르는데."

"그래, 동구. 이왕 하는 거, 우리 이 일 빨리 끝내고 어서 여길 떠나자. 그 변호사가 나를 신고했으면 너까지도 위험해지잖아. 그러니 넌 어서 빨리 오지락한테 가서 돈을 받아 와. 여기서 군이 시간 길게 끌 필요가 뭐 있어?"

우동구는 다시 시간을 확인했다. 오후 4시가 다 돼 가고 있었다. 그의 생각에는 지금 오지락에게 갔다 와도 별 문제는 없을 것 같았다.

그는 곧 금진주와 헤어지고 오지락에게로 향했다.

한편 그 시각. 사장과 변호사는 회사에서 대책을 논의하고 있었다. 변호사가 오늘 작성한 주식 양도계약서를 잃어버리는 바람에 주주들에게 다시 도움을 요청해야 했던 것이다. 그리고 정체를 알 수 없는 누군가가 갑자기 나타나, 거기에 대해서도 심각하게 생각해 봐야 했다.

"차 주인이 누구인지는 알아냈으니 그 자는 곧 잡을 수 있을 겁니다." 변호사가 말했다.

"그런데 그 사람은 우리가 거기 간 걸 어떻게 알고서 그런 짓을 했을까요?" 사장이 이해할 수 없다는 표정으로 말했다.

"제 생각에는 이미 예전부터 그 자를 준비시켜 놓고서 이 일을 계획한 것 같습니다. 제가 며칠 전에도 그자를 한번 봤거든요."

"네? 며칠 전에도요?"

"네. 저는 인식하지 못하고 있었는데 그 자는 이전부터 저를 계속 따라다니며 감시해 왔던 것 같습니다. 심지어 손 씻는 데까지도 따라오면서 말이죠."

변호사는 손을 씻게 된 이유까지는 말하지 않았다.

"그럼 저쪽 회사가 우리한테 아예 작정을 하고서 덤벼들고 있군요."

"네. 그런 것 같습니다. 저들은 이 회사가 무척 탐이 나나 봅니다. 그렇지 않고서야 어떻게 이렇게까지 할 수 있겠습니까?"

"그런데 오늘 한 그 계약은 아무런 문제가 없는 것 맞죠?" 사장이 다시 한 번 더 확인하기 위해 물었다.

"네. 그건 여전히 유효합니다. 서로의 의사가 일치했기 때문에 거기에 대해서는 걱정 안 하셔도 됩니다. 단지 계약서를 분실했기 때문에 상대에게 양해를 구하고 그것만 다시 작성하면 됩니다."

"그럼 지분을 확보하는 것도 별 문제가 없다는 거네요."

"네. 그렇습니다. 생각지도 못한 다른 일이 다시 일어나지만 않는다면 말입니다."

"그런데 그것도 수월하게 될지 모르겠군요. 오늘 벌어진 일로 봐선 그들이 또 무슨 짓을 준비해 놓고 기다릴지 모르니 말이에요"

사장은 이번 일이 오늘로써 모두 다 해결 될 걸라 기대했는데 생각지도 못한 일이 발생해 마음이 너무도 무거웠다.

그때 노크소리가 들렸다. 비서가 방으로 들어왔다.

"사장님, 지금 밖에 누가 찾아오셨습니다." 그녀가 변호사와 마주앉은 사장을 보며 말했다.

"누구지?"

"장윤호 씨라고 합니다."

"장윤호 씨? 장윤호 씨가 누구시더라?"

그녀는 그가 누구인지 잠시 생각했다. 한번 들어 본 것은 같았지만 기억은 잘 나질 않았다.

그녀가 비서에게 말했다.

"혹시 급한 일이 아니라면 다음에 좀 오시라 그러면 안 될까? 지금 회사에 급한 일이 생겼거든."

"네. 그렇게 전하겠습니다."

비서는 곧바로 밖으로 나갔다.

그러자 사장과 변호사는 하던 말을 계속했다.

"그럼 일단 이 변호사는 오늘 만난 그 주주들에게 연락해서 오늘 사정을 모두 말씀드리고 다시 만나도록 해요. 그렇게 해서 계약서를 다시 작성하고 나머지 일을 빨리 마무리 짓도록 하세요. 저쪽에서 또 어떻게 나올지 모르니 말이에요."

"네, 그렇게 하겠습니다."

"그리고 이끼 가방을 훔쳐 달아난 그 사람은 어떻게 됐는지 경찰서에 연락해서 다시 한 번 알아보도록 하세요. 전 그자가 또다시 나타날까 겁이 나네요."

"네. 지금 바로 연락해 보겠습니다."

그때 노크소리가 다시 들렸다. 두 사람은 대화를 중단하고 다시 문 쪽을 쳐다보았다.

"죄송합니다. 사장님." 비서가 들어오며 말했다. "아까 그 분이 중요한 일이라며 사장님께 다시 한 번 더 말씀드려달라고 합니다."

그 말에 사장은 그가 누굴까 다시 생각해 보았다. 하지만 기억이 잘 나지 않자, 비서를 보며 물었다.

"그분 혹시 우리 거래처에서 오신 분인가?"

"아니요. 그렇지는 않습니다. 우리 회사하고는 관련이 없는 분입니다. 단지 사장님만 좀 뵙게 해달고 합니다. 그러면 내용은 직접 뵙고 말씀드리겠다고 합니다."

"그래? 그럼 좀 기다리시라고 전해주겠나? 지금 급한 일이 생겨서 우선 그것부터 처리해야 하거든."

"네. 그렇게 전하도록 하겠습니다."

그때 문이 살짝 열리며 방문객이 문 뒤에서 살며시 나타났다. 그가 안으로 몇 발작 걸어 들어와 사장을 향해 인사했다.

"안녕하십니까. 장윤호 입니다."

사장은 그를 보자 놀라, 잠시 아무 말 없이 쳐다보았다. 장윤호가 그 사람일 줄은 생각지도 못했던 것이다.

"아니, 여길 어떻게?" 사장이 놀란 표정을 하고서 말했다.

"이렇게 불쑥 들어와서 먼저 사과부터 드리겠습니다."

윤호는 사장을 향해 고개를 숙였다. 그리고 곧 말했다.

"잠시 밖에서 들으니 제가 찾아온 목적과 같은 일로 말씀을 나누시는 것 같아 이렇게 실례를 무릅쓰고 들어왔습니다."

그때 갑자기 변호사가 자리에서 일어섰다. 장윤호 손에 들린 가방을 본 것이었다.

"아니, 그건… 내 가방인 것 같은데요."

윤호가 그를 보며 대답했다.

"네, 그렇습니다."

그 말에 사장은 놀라 그를 다시 쳐다보았다.

"그런데 그걸 당신이 어떻게 가지고 있는 거죠?" 변호사가 놀란 얼굴을 하고서 윤호에게 물었다.

"아까 이것을 호텔에서 도난당하는 걸 봤습니다. 그래서 제가 찾아왔습니다."

"뭐라고요?"

변호사는 믿기지 않는다는 얼굴로 그에게 다가가 가방을 건네받았다. 안에 있는 내용물을 확인해 보니, 없어진 건 아무것도 없었다.

그가 다시 윤호를 보며 말했다.

"그럼 아까 그 일을 당신이 보았단 말인가요?"

"네. 처음부터 다 보았습니다."

"처음부터요?"

"네. 저도 사장님 차를 따라 점심시간에 그 호텔에 갔기 때문입니다."

"네? 내 차를 따라왔다고요? 왜 내 차를 따라 온 거죠?" 사장이 도대체 어떻게 된 것인가 하는 표정으로 윤호를 보며 물었다.

"사실, 사장님 차를 따라갔다기보다는 그 운전기사를 따라 간 것이었습니다."

"운전기사를요? 그 사람은 왜…?"

"그 운전기사가 아까 가방을 훔쳐 달아난 그 사람하고 잘 아는 사이이기 때문입니다."

"네? 김 기사가 그 남자를 잘 안다고요?" 사장이 놀라 말했다.

"네. 그 두 사람은 오래전부터 알고 지내오던 사이였습니다."

"아니, 그런데 그걸 당신이 어떻게 알고 있었죠?" 이번에는 변호사가 윤호에게 물었다. "예전에 그들과 무슨 관계라도 있었던 건가요?"

그 물음에 윤호는 어디서부터 말을 꺼내는 것이 좋을까 생각했다.

"말씀을 드리자면 좀 복잡하지만, 제가 10여 년 전에 그들을 한번 만났던 적이 있습니다. 그들이 사람을 헤치려는 걸 제가 제지하려 했던 일 때문에 말입니다."

"네? 사람을 헤쳐요? 김 기사가요?" 사장이 겁먹은 얼굴을 하고서 말했다.

"아니, 사람을 헤친 건 아니고 그러려다 못하고 달아났습니다. 그리고 사람을 헤치려 했던 사람은 그 운전기사가 아니라, 오늘 가방을 가지고 달아난 그 사람이었습니다."

그러자 변호사가 나섰다.

"도저히 어떻게 된 일인지 모르겠군요. 일단 여기 앉아서 사실관계를 좀 정확히 설명해주세요. 당신이 그 자들에 대해 뭔가를 잘 알고 있나 본데, 우리한테도 그걸 좀 알려주시고요. 자, 여기 좀 앉으시지요."

윤호는 변호사의 요청으로 자리에 앉았다. 그리고 10여 년 전 그 두 사람을 처음 마주쳤을 때의 사건부터 시작해 얼마 전 미술관에서 그들을 다시 본 일과 그 후로 그들을 의심하며 운전기사를 따라다닌 일을 그들에게 모두 말해주었다.

"그래서 제가 좀 의심스러워 오늘 그 운전기사를 따라갔던 겁니다. 그러다 오늘 그 사건도 목격했고요."

사장과 변호사는 윤호의 말을 듣고서 입을 다물지 못했다. 운전기사가 그런 사람이었다니. 정말 생각지도 못했던 것이다.

"그런데," 변호사가 물었다. "이 가방은 어떻게 찾아온 거예요? 이렇게 찾아온 걸 보면 그 사람도 잡았을 것 같은데. 그 사람은 경찰에 넘겼나요?"

그 물음에는 그가 다시 설명해야 할 것이 있었다. 바로 자신과 오지락과의 관계였다. 자기와 오지락 회장과의 관계를 설명해야 그 물음에 대한 정확한 답을 줄 수가 있었다.

윤호가 두 사람을 번갈아 보며 입을 열었다.

"혹시, 오지락 회장이라고 아십니까?"

두 사람은 그 이름을 듣자 놀랐다. 이 사람이 지금 자기들을 괴롭히고 있는 오 회장을 어떻게 알고 있는지 너무나도 신기했기 때문이다.

"아니, 당신이 그 사람을 어떻게 아시오?" 변호사 물었다.

그러자 윤호가 대답했다.

"제가 좀 전에 말씀드렸던 총을 들고 나타난 그 남자가 바로 오지락 회장이기 때문입니다."

"네?"

"네?"

두 사람은 다시 놀랐다. 오지락 회장이 장윤호와 연결되어 있을 줄이야, 그들은 정말 상상치도 못했다.

"그게 정말이오? 총을 들고 나타난 그 사람이 정말 오지락 회장이었단 말이오?" 변호사가 벼락에 맞은 사람 얼굴을 하고서 물었다.

"네. 그가 바로 그 오지락 회장입니다. 그리고 그 인연으로 그때부터 우리 두 사람은 같이 일을 하게 되었습니다."

"같이 일을 하게 되었다면?" 사장이 그를 보며 말했다.

"지금 그의 회사를 같이 세웠던 것입니다. 그 화장품 회사 말입니다. 투자회사는 그 후에 세워진 것인데 그곳에는 제가 관여를 하지 않았습니다. 오히려 반대하다가 오지락 회장과 마찰을 빚어 그 회사를 그만두고 나오게 되었습니다."

그 말을 듣자 변호사는 조심스러운 표정으로 그를 바라보았다. 그리고 공손한 말씨로 그에게 물었다.

"그럼 댁이 그 회사의 젊은 사장, 그 분이었다는 말씀입니까?"

윤호가 대답했다.

"네. 그렇습니다."

"아니…"

변호사는 입을 다물지 못했다. 그는 이미 그 회사의 예전 사장 이야기를 들어 알고 있었던 것이다. 그가 경력에 비해 일을 노련하게 처리한다는 것과, 그런 그를 회사 사람들은 존경한다는 것을 이번 일을 조사하면서 알게 된 것이다. 그런데 그 사람이 지금 바로 자기 옆에 앉아 있는 장윤호라니. 그는 그저 놀랍기만 했다.

장윤호가 말했다.

"제가 바로 그 회사 사장이었습니다. 대학 졸업 후 몇 년 동안 오지락 회장과 함께 일해 온 덕에 그 자리까지 오르게 된 것입니다. 하지만 그 후에 제가 오지락 회장과 의견충돌을 빚으면서 회사를 나오게 되었습니다. 그가 자회사를 잘못된 의도로 사용했기 때문입니다. 바로 지금 이 회사의 경영권을 넘보는 그 유진투자회사 말입니다."

윤호는 오지락의 그 투자회사가 이 회사를 집어삼키려 한다는 것을 이제는 알고 있었다. 변호사의 가방 안에 든 오늘 날짜의 주식양도계약서를 보았던 것이다. 그는 가방을 열어 그 서류를 확인하고는 자기 생각이 맞는지 확인하기 위해 오지락 회장의 비서인 박도원에게 전화를 걸어 지금 오 자락이 손을 대고 있는 회사가 어디인지를 물어 확인했고, 그 때문에 그 계약서가 작성되었음을 짐작했다. 또, 얼마 전 한민아가 그녀의 엄마 회사에 무슨 일이 생겼다고 말한 것과 오늘 가방을 훔쳐 달아난 그 남자에게서 들은 말을 짜 맞추어서도 그 모든 정황을 확실히 이해할 수 있었다.

"그런데," 윤호가 계속 말했다. "그 후로 그가 이 회사를 노리고 있었던 모양입니다. 내실이 튼튼하고 손쉽게 처분할 수 있는 자산이 많다 보니 그럴만도 했을 겁니다. 지금까지 그는 그런 기업들만 손을 대었으니 말입니다. 하지만 저는 그런 사실을 오늘 이 사건이 일어날 때까지만 해도 모르고 있다가 아까 가방을 훔쳐 달아난 그 사람을 추적해서 그의 말을 듣고서야 사건의 전말을 대략 알게 되었습니다. 그 남자는 제가 아직도 오 회장과 같이 일하는 줄 알고서 저에게 모든 사실을 다 말해 버린 것입니다. 그리고 저는 그것을 듣고서 오지락 회장의 비서실장에게 전화를 걸어 그것이 사실임을 확인했습니다. 그가 지금 이 회사를 노리고 있다는 것을 말입니다."

사장은 윤호의 그 말을 듣고서 아무런 대꾸도 할 수 없었다. 지난 번 그를 미술관에서 한번 보고, 속으로 그를 마음대로 단정지었던 것이 정말 부끄럽게만 여겨졌다.

"그럼, 아까 그 자는 어떻게 됐습니까? 제 가방을 훔쳐 달아난 그 사람 말입니다." 변호사가 물었다.

"그 자는 저에게 쫓기자 가방을 넘기고 그냥 돌아갔습니다. 그리고 저도 그가 스스로 가방을 넘겨주니 더 이상은 행동할 필요가 없다 생각해 그냥 돌아왔고요. 괜히 거기서 일을 벌였다간 들어온 물건마저 놓칠 수 있어서 말입니다."

그 대답을 듣고서 변호사는 윤호를 경이로운 눈으로 바라보았다. 그가 보기에 이 사람의 내면에는 결코 무시할 수 없는 능력과 용기가 서려 있는 것 같았다.

윤호가 말했다.

"계약서는 이제 되찾았으니 어서 빨리 일을 마무리 지으시기 바랍니다. 오 회장이 어떤 방법으로 다시 방해할지 모르니 말입니다. 그는 지금 눈이 어두워 자신의 이익 앞에서는 물불을 가리지 않습니다."

"네. 듣고 보니 정말 그런 것 같습니다." 변호사가 그를 존경스런 눈으로 쳐다보며 대꾸했다.

하지만 사장은 여전히 아무 말 없이 그를 쳐다보기만 했다.

하나님께서 큰 구출로 당신들의 생명을 구원하시고
당신들을 위해 후손을 땅에 보존하시려고 나를 당신들보다 앞서 보내셨나니,
그런즉 이제 나를 여기로 보낸 자는 당신들이 아니요, 하나님이시니이다.
그분께서 나를 파라오에게 아버지가 되게 하시고 그의 온 집의 주가
되게 하셨으며, 또 이집트 온 땅의 치리자가 되게 하셨나이다.

— 창세기 45: 7-8

31

우동구는 다시 오지락 회사를 찾아갔다. 그는 지금쯤이면 오지락이 모든 서류를 검토했겠지 생각하고서 기대에 찬 마음으로 그의 방으로 들어섰다.

"회장님. 다시 뵙겠습니다."

우동구가 문 앞에 서서 오지락을 보며 말하자 오지락은 그를 그리 반가 워하지 않는 표정으로 쳐다보았다.

"왜 이렇게 늦었지? 네놈은 나처럼 많이 급하지 않은 모양이군."

오지락도 그동안 상대 회사가 일을 어느 정도까지 진행했는지 알아보고 있었다. 하지만 정확한 정보를 얻지 못하자 우동구가 무언가를 가져오길 바라며 그를 애타게 기다리고 있던 중이었다.

"아닙니다. 저도 회장님만큼이나 마음이 많이 급합니다. 그래서 이렇게 바로 달려온 것 아니겠습니까?"

우동구는 오지락이 빨리 자기에게 돈을 주고 이 거래를 매듭짓자는 것 으로 생각했다.

"그래? 그럼, 그렇게 달려 온 이유를 한번 말해 봐."

우동구는 그것을 직접 말하려고 하니 좀 쑥스러웠다

"달려온 이유를요? 하지만 그전에 회장님께서 마음에 드셨는지부터 알고 싶습니다. 거래라는 게 주는 사람이 아무리 최선을 다해 준비했다 해도, 받는 쪽에서 만족하지 않으면 요구하기가 좀 민망스럽거든요."

오지락은 그것이 무슨 뜻인지 몰랐다.

"마음에 들었는지 라니? 무슨 소리지?"

오지락의 말투가 변하자, 우동구는 조금 이상한 느낌이 들었다.

"아까 전달해 드렸던 가방 말입니다. 아직 못 받으셨습니까?"

"가방이라니? 무슨 가방을 말하는 거야?"

우동구는 오지락으로부터 자신이 예상했던 것과는 전혀 다른 반응을 듣자, 도대체 이것이 어떻게 된 일인가 생각했다.

"회장님. 몇 시간 전에 저희들이 가방을 전해드리지 않았습니까? 그 속에는 오늘 우리 사장과 회사 주주가 작성한 계약서도 들어있었을 텐데요."

"뭐, 나한테 가방을 보냈다고?"

"네."

그 말을 듣자 오지락이 바로 전화기를 들어 그의 비서에게 물었다.

"혹시 나한테 온 가방 있나?"

하지만 그의 표정은 곧 굳어졌다. 그는 아무 말 없이 수화기를 내려놓고 우동구를 쳐다보았다.

"이번에는 또 무슨 수작을 부리려는 거지?"

"수작이라뇨? 회장님." 우동구가 당황하며 말했다. "그런 건 전혀 없습니다. 저희들은 정말 최선을 다해 일했습니다. 그렇게 해서 저희들이 분명 가방을 전달해 드리지 않았습니까? 그런데 그걸 아직도 못 받으셨다는 말씀입니까?"

"도대체 무슨 가방을 말하는 거야? 오늘 나한테 온 물건은 아무것도 없다는데."

그 말에 우동구는 놀랐다.

"네? 그럴 리가요? 분명히 전해드렸는데요. 그럼 그 사람이 회장님께 아직도 전달을 안했다는 말씀입니끼?"

"그 사람이라니? 지금 무슨 소릴 하는 거야? 도대체 누가 전달을 안했다는 말이야?"

"장윤호요. 오늘 점심시간에 장윤호라는 사람한테 계약서가 든 가방을 전달했는데요. 그런데 그자가 아직도 여기에 도착을 안했습니까?"

"뭐? 누구라고?"

오지락은 그 이름을 듣고서 놀랐다.

"장윤호요. 아까 그자가 회장님께 가방을 전해드린다고 했는데요."

오지락은 그가 혹시 다른 사람이 아닌가 생각했다.

"장윤호가 누군데. 지금 장윤호한테 그 가방을 전달했다는 거야?"

그 말에 우동구는 뭐가 확실히 잘못된 걸 직감했다.

"예전에 회장님이랑 같이 있었던 그 사람 말입니다. 그 사람이 장윤호 아니었습니까?"

그 말을 듣자 오지락은 기가 찼다. 그가 도대체 이 일에 왜 끼어들었는지 이해가 되지 않았다.

"지금 무슨 소리를 하는 거야? 그 녀석에게 왜 가방을 전달해? 이미 회사를 떠난 녀석한테!"

"네? 이미 회사를 떠났다고요?"

우동구는 가슴이 덜컥 내려앉았다. 그가 회사를 떠났다니 정말 말도 안 되는 소리였다.

"그럼 그 자가 지금 회장님과 같이 일을 하지 않는단 말입니까?" 우동구가 힘없는 표정으로 물었다.

"녀석은 이미 여길 떠났어. 그런데 그런 녀석하고 네놈이 왜 만난 거야?"

우동구는 갑자기 다리에 힘이 풀렸다.

"저는 그자가 우리를 쫓아다녀서 그가 회장님께서 보낸 사람이라고 생각했는데, 그럼 그게 아니었단 말입니까?"

오지락은 우동구로부터 생각지도 못한 말을 듣자 어이가 없었다.

"뭐? 네놈을 쫓아다녀? 그 녀석이 왜 네놈을 쫓아다닌 거야?"

"글쎄요. 저는 지금까지 회장님께서 우리를 감시하기 위해 그러는 줄로 알고 있었는데, 그럼 녀석이 다른 목적이 있어서 그랬단 말입니까?"

"그걸 나한테 물으면 어떡해? 그건 네놈이 더 잘 알 것 아니야!"

오지락이 소리를 내지르자, 우동구는 그제야 자신이 착각했음을 확실히 깨닫게 되었다.

"아, 이런! 그럼 내가 녀석한테 완전히 속은 거잖아! 녀석이 사장 딸을 만났던 건 정말 남자로서 만났던 거였어!"

"사장 딸이라고? 그건 또 무슨 소리야?"

오지락은 우동구가 일을 도대체 어떻게 해 온 건지 알 수가 없었다.

"글쎄요. 제가 여기 회장님을 처음 찾아오고 나서 나흘 쯤 뒤에 우리 사장이 소유한 미술관에서 그를 우연히 만났는데, 저는 그때 그자를 보고서 회장님이 우리를 감시하기 위해 보낸 걸로 생각했습니다. 그래서 그 자가 우리 사장 딸을 만나는 것도 무슨 계획을 가지고서 그러는 거라고 생각했는데 사실은 그가 정말로 우리 사장 딸을 사귀고 있었던 것 같습니다."

"뭐? 장윤호 그 녀석이 네놈 사장 딸과 사귄다고?"

"네. 그가 우리 사장 딸을 만난 건 진짜였던 같습니다. 그래서 우리 일을 방해했던 거고요."

오지락은 어이가 없었다.

"장윤호 그 녀석이 왜 네놈의 사장 딸을 사귄단 말이야? 이 세상에 여자가 없어 하필 그 여자를 사겨?"

"글쎄요. 그건 저도 잘 모르겠습니다. 조금 전까지만 해도 저는 그자가 회장님의 지시로 그러는 줄 알았는데 지금은 이미 그자가 이 회사를 떠났다고 하니… 아마 결혼을 안했다면 연애를 하기 위해 그러는 걸 테고, 결혼을 했다면 바람을 피우기 위해 그러는 것 아니겠습니까?"

우동구는 이제 장윤호에 대해서는 관심이 없었다. 그가 지금은 오지락을 떠나 아무런 관계가 없다는데, 그의 사정은 더 이상 생각해 볼 필요가 없었던 것이다.

"아까 그 녀석이 네놈을 방해했다고 그랬나?" 오지락이 한참을 생각하다가 물었다.

"네. 그자가 오늘 갑자기 나타나서 우리 일을 완전히 망쳐놓았습니다."

"망쳐놓았다니? 녀석이 무슨 일을 어떻게 망쳐놓았다는 거야?"

"그걸 설명 드리려면 몇 시간 전에 있었던 일을 모두 말씀드려야 할 것 같군요. 그럼 한번 들어보십시오. 회장님."

우동구가 그날의 일을 설명하기 시작했다.

"오늘 점심시간에 우리 사장이 갑자기 어느 호텔로 갔습니다. 사장은 평소 외출을 잘 하지 않았는데 그렇게 갑자기 점심시간에 호텔로 가니, 저는 무슨 중요한 일이 생겼구나 생각하고서 은근히 기대했습니다요. 회장님과 관계된 일이라면 무슨 중요한 정보를 얻을 수 있는 기회가 될 테니 말입니다. 그래서 저는 금진주를 불러 우리 사장이 누구와 만나 무슨 일을 하는지 좀 알아오라고 시켰습니다. 그랬더니 진주가 일을 아주 잘해 와서 사장이 어떤 주주들과 계약을 맺었다는 것을 알아왔습니다. 그래서 저는 그것은 분명 회장님과 관계된 일이다 생각하고 다시 금진주를 시켜 그 계약서가 든 변호사의 가방을 빼앗아 오게 했습니다. 그것만 있으면 회장님이 그 회사를 손에 넣는데 유리해질 테니 말입니다. 그러자 진주는 제가 시킨 대로 다시 일을 해 왔는데, 그것 또한 그가 아주 잘 해왔습니다. 그가 변호사의 가방을 몰래 빼앗아 왔거든요. 하지만 장윤호라는 그자가 어디서 기다리고 있었던 건지 갑자기 나타나서 우리 진주를 쫓아오는 게 아니겠습니까? 그러고 진주를 차로 추격해서 세우고는 자기가 회장님의 지시로 이렇게 따라다니고 있으니 어서 빨리 그 가방을 자기에게 넘기라고 말하고는 가방을 건네받지 않았겠습니까? 그러면서 회장님께서 돈을 준비해 놓고 기다리고 있으니 그것을 빨리 받으러 오라고 그랬습니다. 그래서 진주는 거기에 감쪽같이 속아서 그자에게 가방을 건네주고 말았습니다. 그 후 진주는 저에게 바로 달려와서 좀 전에 있었던 일을 저에게 말해주었습니다. 하지만 저는 진주에게서 그 말을 듣자마자, 그가 아무런 확인도 하지 않고서 그렇게 함부로 장윤호에게 가방을 건네준 것에 대해서 그를 몹시 야단쳤습니다. 하지만 저도 진주의 말을 계속 들어보니 정말 장윤호 그자의 말이 사실인 것처럼 느껴졌습니다. 그자의 거짓말이 워낙 진짜 같았기 때문입니다. 그래서 저도 곧 진주처럼 그자 말을 믿게 되어 이렇게 용기를 내서 회장님 앞에 나타난 것입니다. 그런데 일이 이렇게 되어버리고 말았으니… 아이고, 회장님. 우리가 그자한테 완전히 당해버렸습니다."

우동구는 장윤호를 방패막이로 삼아 자신들의 실수를 슬쩍 가렸다. 오해는 자신들이 일방적으로 해놓고서 장윤호에게 그것에 대한 비난을 돌린 것이다.

"그게 정말이야? 장윤호가 내 이름을 들먹이며 그 가방을 가져갔단 말이야?" 오지락이 흥분해서 말했다.

"네. 그자가 회장님 지시로 그러는 거라며 진주를 속여 그 가방을 가져갔습니다. 그것만 아니었다면 회장님께서 그 회사를 손에 넣는 것은 문제도 아니었는데 말입니다."

오지락은 두 주먹으로 책상을 내리쳤다. 그의 얼굴에는 화난 표정이 보였다. 그는 장윤호가 자기의 상대편에 섰다는 것이 무척 못마땅했다. 그것은 자기에 대한 배신일 뿐 아니라 선전포고와도 같은 것이었다. 자리를 잡지 못해 허우적대던 그를 키워준 게 자신이었고, 그런 그를 높은 자리까지 세워준 것도 자신이었는데, 이제와 상대편에 붙어 자기 사업을 방해하다니 그를 도저히 용서할 수 없을 것 같았다. 비록 그가 자기와의 불화로 회사를 나갔다 해도, 지난 시절의 은혜를 생각한다면 그렇게 완전히 돌아서서 자신의 일을 방해해선 안 되었다.

그는 자리에서 일어나 방 안을 분주히 돌아다녔다. 속에서 올라오는 검붉은 감정을 도저히 다스릴 수가 없었다.

그가 멈추어 서서 우동구를 보며 말했다.

"우동구."

"네. 회장님." 우동구가 힘이 없이 대답했다.

"넌 이번 일을 실패했어. 따라서 지난 번 너와 맺은 계약은 이것으로 끝이야."

그 말에 우동구는 가슴이 철썩 내리 앉았다. 마치 금고를 도둑맞은 느낌이었다.

"하지만 회장님…!"

"입 다물어." 오지락이 그의 말을 바로 잘랐다. "이미 상대편이 우리 쪽 일을 모두 알아버렸으니 이번 일은 완전히 실패한 거야. 따라서 나도 더 이상은 그 회사를 손에 넣을 수 없게 돼 버렸어."

"회장님. 그래도 아직은 기회가…."

"입 다물라 했잖아. 내 말 아직 안 끝났으니 끝까지 들어."

우동구는 정말 답답하고 억울하기만 했다.

"오늘 일로 너와 나는 계획하던 일을 모두 날려버렸어. 그러니 더 이상 이번 일을 밀고 나갈 수는 없어. 하지만 난 이번 일을 그냥 이렇게 넘어가고 싶지 않아. 내가 그동안 그 회사에 들여온 공이 너무 크기 때문이지. 그래서 이번에는 내가 너한테 한 가지 제안을 하겠다."

그 소리를 듣자 우동구는 오지락을 똑바로 쳐다보았다.

오지락이 그런 그에게 말했다.

"장윤호 그 녀석을 잡아와라. 그러면 지난 번 약속한 그 금액을 네놈한테 주겠다."

"네?"

우동구는 의외의 그 제안에 놀랐다.

"대신, 녀석을 쥐도 새도 모르게 잡아 와야 한다. 만약 그것마저도 실패한다면 네가 모든 것은 책임지고 네 스스로 해결하도록 해라. 나는 모르는 걸로 할 테니 말이다. 어떠냐? 우동구. 한번 해 볼 생각이 있느냐?"

그 말에 우동구는 망설이지 않았다. 날아가 버린 기회가 다시 찾아왔는데 거절할 이유가 없었던 것이다.

"물론이죠. 회장님. 제가 어떻게 그런 기회를 놓치겠습니까? 회장님께서 그 약속만 지켜주신다면 제가 이번 일은 반드시 성공해 오도록 하겠습니다."

"하지만 실패한다면?"

"그야, 당연히 저 혼자서 책임져야겠지요. 회장님께는 전혀 피해가 가지 않도록 말입니다. 이 일이 잘못돼도 그 책임은 저 혼자서 지는 것이 낫지, 많은 사람을 거느리고 계신 회장님한테까지 그 책임이 돌아가게 해서야 되겠습니까?"

"그래. 우동구. 이 일은 처음부터 네가 계획한 것이고 그 책임도 전적으로 너에게 있다."

"물론입니다. 회장님. 이건 전적으로 제가 녀석에게 복수하기 위해 꾸민 일입니다. 회장님하고는 아무런 관계가 없는 일이지요. 전 단지 제 복수 장면을 회장께 보여드리고 싶어 회장님께 데려 가는 것뿐입니다."

하지만 오지락은 그를 완전히 믿지는 않았다.

"그런데도 네놈이 나를 배신한다면?"

"절대 그런 일은 없습니다. 이번만큼은 저를 믿어보십시오. 만약 제가 이번에도 회장님을 배신한다거나 속인다면 제 목숨을 회장님께 바치도록 하겠습니다. 그러니 저를 반드시 믿어주시기 바랍니다."

"좋다. 그럼 네 목숨을 걸고 장윤호를 내 앞에 데려와라. 쥐도 새도 모르게 말이다."

"네. 별도 달도 모르게 잡아오겠습니다. 회장님."

우동구는 기뻤다. 그는 단지 지금 다시 기회가 왔다는 것이 좋아, 앞으로 자기가 하게 될 일이 무슨 일인지도 깊이 생각해 보지 않았다.

오 백성들아, 너희가 서로 연합할지라도 산산조각이 나리라.

— 이사야 8: 9

32

해질 무렵. 점점 어두워져가는 하늘을 보며 두 사람은 차 안에 앉아 때를 기다렸다.

금진주가 운전석에 앉은 우동구를 보며 물었다.

"동구. 이번에는 정말 성공할 수 있을까?"

우동구가 앞을 주시하며 대답했다.

"무슨 수를 써서라도 반드시 성공시켜야지. 이젠 나도 너처럼 돈벌이가 없는데."

그는 이제 더 이상 운전기사 아니었다. 장윤호가 모든 것을 알아버려 더 이상은 회사에 출근할 수 없었던 것이다.

금진주가 말했다.

"장윤호 그 녀석만 아니었어도 우리가 이렇게까지 할 필요는 없었어. 그 녀석이 나타나는 바람에 서로가 고생만 하게 됐잖아. 내가 녀석을 다시 만나면 한번 혼내 줘야겠어. 벌써 내가 녀석한테 당한 것만 두 번이잖아."

우동구가 말했다.

"진주. 남의 밥에 손 댈 생각하지 마. 네가 아무리 장윤호 그 녀석한테 원한이 있다 해도 녀석은 이미 오지락이 찍어놨어. 그러니 나중에 잡더라도 녀석을 조심해서 다뤄야 해. 안 그러면 오지락이 자기 밥에 먼저 손댔다고 우리에게 돈을 안 줄지도 모르니 말이야."

그때 금진주가 앞을 보며 외쳤다.

"저기 나온다."

차 한 대가 미술관을 빠져나오고 있었다. 한민아의 차였는데, 그들은 지금까지 미술관 옆 담벼락에 차를 세워놓고 그녀가 퇴근하기만을 기다리고 있었다. 어디 있는지 알 수 없는 장윤호를 잡기 위해선 반드시 그녀가 필요했기 때문이다.

우동구는 그녀의 차를 따라가기 위해 시동을 걸었다. 그는 그녀가 눈치 채지 못하도록 조용히 뒤따르다가, 자기들이 계획해 놓은 지점에 이르자 차를 급히 몰아 그녀의 차를 앞질렀다. 그는 좁은 길에서 차를 멈춰 세운 후, 재빨리 차에서 내려 뒤에 선 그녀의 차로 다가갔다. 한적한 길이긴 했지만 다른 차가 언제 거기를 지날지 몰랐기 때문에 어서 서두를 필요가 있었다.

우동구가 닫힌 유리창 넘어 운전석에 앉아 있는 한민아를 보며 인사했다. 그는 여자 앞에서 최대한 상냥한 말씨와 태도를 유지했다.

"아가씨, 안녕하세요."

민아가 겁에 질린 표정을 하고서 그를 쳐다보았다. 그녀는 갑자기 돌진한 앞차 때문에 무척 놀란 상태였다.

"놀라지 마세요. 아가씨. 전 그냥 아가씨가 제 앞을 지나가시길래 너무 반가워서 인사하려는 것뿐이에요."

민아는 우동구의 그 말이 더 무섭게 느껴졌다.

"아가씨. 죄송한데요. 잠시만 저를 좀 도와주실 수 있으세요? 별로 어려운 일은 아니에요."

민아는 아무 말 없이 무슨 일일까 생각했다.

"제가 지금 급하게 연락할 사람이 있는데 전화기를 안 가져와서 연락을 할 수가 없어요. 그래서 전화기를 잠시 빌려 쓰고 싶은데, 좀 빌려주실 수 있나요?"

그 말에 민아는 어찌해야 하나 생각했다. 그가 어떤 사람인지는 이미 윤호와 그녀의 엄마로부터 들어 알고 있었기 때문이다. 그럼에도 창문을 내려 그의 요청에 응한다는 건 무척 겁나는 일이었다.

"아가씨."

우동구가 다시 그녀를 불렀다. 그는 그녀를 안심시키기 위해 창밖에서 손을 흔들며 웃어보였다.

"얼마 걸리지 않아요. 잠시만 사용하고 돌려드릴게요. 급한 일이 있거든요."

민아는 무서웠지만 상대가 계속 도움을 구하니 거절하기가 힘들었다. 그녀는 가방에 손을 넣어 전화기를 천천히 밖으로 꺼냈다. 그리고 창문을 조금 내려 전화기를 밖으로 내밀었다. 그러자 우동구는 그것을 건네받아 어딘가에 전화를 걸었다. 그는 잠시 통화하는 척 하더니 바로 끊었다.

그가 열린 창문 틈 사이로 전화기를 반쯤 밀어 넣으며 말했다.

"아가씨. 잘 썼습니다. 오늘 여기서 아가씨 못 만났으면 큰일 날 뻔했어요."

민아는 살며시 전화기를 잡았다. 그때 우동구가 재빨리 그녀의 손가락을 잡아 유리창 위에 올렸다. 그는 자기의 손을 그녀의 손가락 위에 올려놓고 아래로 살짝 눌렀다.

"아!"

민아가 소리 지르며 유리창과 우동구의 손 사이에 낀 자신의 손가락을 빼내기 위해 안으로 당겼다. 하지만 그럴수록 위에서 누르는 힘이 세져 포기할 수밖에 없었다.

"아가씨. 정말 미안해요." 우동구가 아파하는 민아를 보며 말했다. "제가 아가씨한테 부탁할 게 한 가지가 더 있는데, 그것도 좀 들어주시겠어요?"

민아는 무서워 아무 말도 할 수가 없었다.

"제가 지금 누굴 만나고 싶은데 이 전화기로 그 사람 좀 불러주시겠어요? 전 지금 그 사람이 어디 있는지 모르겠거든요."

민아가 인상을 쓰며 우동구를 쳐다보며 물었다.

"누굴 찾으시는데요?"

그녀의 목소리는 겁에 질려 들릴 듯 말 듯 했다.

"장윤호라는 사람이에요. 제가 그 사람을 직접 만나 하고 싶은 말이 있거든요. 그런데 그가 어디 있는지 전혀 모르겠어요. 그러니 아가씨가 좀 불러

주세요."

그 말에 민아는 어떻게 해야 하나 생각했다. 그의 요구처럼 윤호를 불러 줄 수는 있었지만 그랬다간 그가 괴롭힘을 당할 게 분명했다.

"글쎄요…. 전 그 사람이 누군지 잘 모르겠는데요."

민아가 망설이다 그렇게 대답하자 우동구의 표정이 천천히 바뀌기 시작했다. 좀 전까지만 해도 미소 짓던 그의 상냥한 표정은 한 차례 소나기가 내리기 직전의 하늘처럼 검고 무겁게 변했다.

"모르신다고요?"

그의 목소리도 그의 표정처럼 변해있었다.

"그럼 그자가 누군지 제가 가르쳐 드릴까요?"

그는 민아의 손가락 위에 올려놓은 자신의 손을 아래로 세게 눌렀다.

"아!"

민아가 다시 고통스럽게 외쳤다. 그녀는 오른손을 아픈 손 위에 가져가 같이 잡아당겼지만, 그럴수록 우동구가 더 세게 눌러 고통만 커졌다.

"아가씨. 전 아가씨한테 이러고 싶지 않아요. 아가씨는 저한테 아무것도 잘못한 게 없거든요. 하지만 장윤호는 그렇지 않아요. 그는 저를 너무나 못살게 굴어요. 그러니 오늘은 아가씨가 협조 좀 해주세요. 그를 잠시만 만날 수 있게 말이에요."

그때 갑자기 반대쪽 유리창에서 소리가 났다. 금진주가 언제 왔는지 굵은 손바닥으로 조수석 유리창을 내리치고 있었다. 그의 생각에는 아무래도 우동구의 방법으로는 그녀에게서 자신들이 원하는 걸 얻어낼 수 없을 것 같았던 것이다.

"문 열어!"

그가 사나운 눈초리를 하고서 차 안에 있는 민아를 노려보았다.

"안 열면 차 부셔버릴 거야!"

그가 정말 그럴 듯한 자세를 취했다.

"진주. 제발 그러지 마. 아가씨는 곧 문 열고 나올 거야."

우동구가 금진주를 그렇게 말리고서 다시 민아를 쳐다보았다.

"아가씨 어서 빨리 나오세요. 안 그러면 저 사람 어떻게 나올지 몰라요. 저 자는 생긴 것만큼이나 정말 사나운 사람이거든요. 저 사람 저기서 더 화나면 저도 어떻게 해 볼 방법이 없어요. 그러니 어서 빨리 차에서 나오세요. 그러면 그 후로는 제가 아가씨를 안전하게 보호해 드릴게요."

민아에게는 다른 방법이 없었다. 그녀는 좀 전까지만 해도 자기 손에 고통을 가하는 이 남자가 무서워 밖으로 나가지 못했지만, 지금은 반대편에서 거칠게 위협하고 있는 저 남자가 무서워 나가지 않을 수 없었다.

민아는 곧 잠금 장치를 풀었다. 그녀가 차 안에 앉아 나올 듯 말 듯 망설이자, 우동구가 밖에서 운전석 문을 열었다.

"아가씨. 이제 내리세요." 우동구가 말했다. "저 남자는 더 이상 신경 쓰지 마시고요. 아가씨가 제 부탁만 확실히 들어주시면 저 사람은 절대 말썽 부리지 않아요. 보기보다는 순한 사람이거든요. 그렇지 진주?"

금진주가 말없이 민아를 쳐다보았다.

"거보세요. 말 안하잖아요. 저 사람은 원래 '그래.'라고 할 때는 말을 안 해요."

민아는 잠시 눈치를 살피다가 차에서 내렸다. 두 사람의 즉흥적인 연합이 아무런 소동 없이 그녀를 차에서 내리게 만든 것이다.

우동구가 그녀에게 말했다.

"아가씨. 지금 이 전화기로 장윤호한테 연락해서 좀 만나자고 그러세요."

"안 나오면 가만 두지 않겠다고 그래!" 금진주가 끼어들었다.

"진주. 넌 가만있어. 내가 알아서 할 테니. 자, 아가씨 어서 연락해요. 안 그러면 저 남자 어떻게 변할지 몰라요. 저 남자 순하긴 해도 그런 경우가 일 년에 한번 밖에 없거든요. 그런데 좀 전에 그런 경우를 한번 써먹었으니, 이제는 내년이나 돼야 다시 순해지겠네요."

"어서 빨리 연락 해." 금진주가 다시 위협했다.

"알았어. 진주. 진정해. 지금 연락하려고 하잖아. 아가씨, 어서 빨리 연락하세요. 저 남자 지금 변하고 있어요. 조금 있으면 저도 감당할 수 없을 것 같아요. 다시 제 집으로 돌아가고 싶은가 봐요. 감방 말이에요. 아가씨, 어서 서둘러요."

민아는 얼른 윤호에게 전화를 걸었다. 뒤에 서 있는 남자가 무서워 더 이상은 버틸 수 없었던 것이다.

"여보세요. 윤호 씨."

말하는 그녀의 목소리에 눈물이 섞여 있었다.

"저, 지금 어디세요?"

그녀는 무서워 떨면서도 윤호에게 말하기를 늦추었다.

"네, 전 퇴근했어…"

"이리 줘요."

듣고 있던 우동구가 그녀의 전화기를 빼앗았다. 더 이상 그녀에게 맡길 필요가 없었던 것이다.

그가 전화기에 대고 말했다.

"장윤호, 오랜만이야. 엊그제는 네가 이겼어. 거기서 그렇게 가방을 들고 달아날 줄이야 우리가 어떻게 알았겠어? 하지만 오늘은 네가 그런 일을 좀 당해줘야겠어. 우리가 지금 한민아를 데리고 있거든. 그러니 너도 여기 좀 합류해 줘. 지금까지 네가 살아온 이야기나 좀 들어보게 말이야. 오늘 밤 10시에 조용히 나와. 장소는 문자로 알려 줄 테니까. 만약 경찰에 연락한다거나 다른 사람하고 같이 나오면 이 여자가 어떻게 될지는 나도 몰라. 그러니 조심해서 행동하도록 해. 내 말 무슨 말인지 알겠지? 자, 그럼 좀 있다 보자."

우동구는 자신의 용건만 간단히 말하고 전화를 끊었다. 자기들이 여자를 데리고 있으니 장윤호가 얌전히 나오지 않을 수 없을 거라 생각한 것이다.

우동구가 다시 민아를 보며 말했다.

"아가씨. 좀 있으면 장윤호가 올 거예요. 그러니 그때까지는 우리하고 같이 좀 있어줘야겠어요. 만약 그때까지 얌전히만 있어 준다면 아가씨는 집까지 무사히 돌려보내드릴게요."

"그럼 윤호 씨는요?" 민아가 두려움 섞인 표정으로 물었다.

"그 사람도 걱정할 필요 없어요. 잠시 만났다가 바로 돌려보낼 거니까요."

그리고 우동구는 더 이상 아무 말도 하지 않고 민아를 자신의 낡은 차에 태운 후, 금진주가 주인 잃은 그녀의 차를 다른 곳에 옮겨놓고 올 때까지 기다렸다. 금진주가 돌아오자 그는 두 사람을 태우고 바로 거기를 떠났다.

시간은 흘러 저녁 8시가 조금 지났다. 주위는 멀리서 가끔 지나가는 차 소리와 밤에 자지 않고 사냥하는 새 소리 외에는 아무것도 들리지 않았다. 구름 사이로 지나가는 달이 가끔 하늘에서 얼굴을 내밀긴 했지만, 구름이 가리고 지나는 시간과 그 깊이 때문에 거의 광체 없는 밤하늘처럼 느껴졌다.

그들은 조금 전에 서울을 벗어나 시골 분위기 가득한 이 두 도시의 경계 지역에 도착했다. 이곳은 도시에서는 맡기 힘든 풀냄새가 바람을 타고 날아와 도시일지라도 도시 같지 않게 느껴졌고, 인접한 두 도시에서도 모두 외곽에 위치해 반드시 조용히 일 해야만 하는 사람들에게는 아주 적당한 곳으로 보였다.

우동구는 전에 오지락에게서 도망쳐나와 사업을 해 볼 생각으로 이곳을 한번 돌아다닌 적이 있었다. 한동안 오지락을 피해 다녀야 했던 그로써는 되도록이면 서울에서 멀지 않으면서도 조용히 가게를 열 수 있는 곳이 필요했던 것이다. 그런데 꽤 오랜 시간이 지나 생각해보니 이곳은 사람들을 끌어들여야 하는 사업보다는 비밀 장소로 사용하기에 아주 적당해 보였다. 그래서 그는 오랫동안 잊고 있던 이 장소를 기억해 내고는 자기들의 은밀한 사업을 위해 사용하기로 했다.

그들은 여기 도착하자마자 바로 어제 밤에 봐 두었던 집으로 들어갔다. 식당 겸 주거용으로 사용하던 집이었는데, 주인은 어디로 갔는지 이사 가고 없고 전에 사용하던 탁자와 의자와 가구만 휑하니 남아 있었다.

그들은 손전등에 의지해 풀밭을 헤치고 나아가듯 어두움을 헤치고 2층 방으로 올라갔다. 2층 방은 공간도 넓을 뿐 아니라 집으로 들어오는 대문과 앞마당도 훤히 내려다볼 수 있어 장윤호가 다른 사람을 대동해 오거나 경찰을 데리고 온다 해도 그곳 창가에서 모두 확인할 수 있다. 그래서 우동구는 그 방을 자기가 맡기로 하고, 나중에 장윤호가 거기 도착했을 때 그를 집안에 확실히 가두어 넣기 위해 아래층은 금진주에게 맡겼다. 그들은 거기서 몇 시간 후면 나타날 장윤호를 잡기 위한 계획을 다시 한 번 더 확인했다. 시간이 가까워 오자 두 사람은 각자의 위치로 흩어져 얼마 뒤에 있을 일을 준비했다.

우동구는 2층 창가에서 집밖을 내다보며 그곳으로 차가 들어오는지 살폈다. 멀리 떨어진 도로에서 나오는 불빛 외에는 주위에 밝은 빛이라고는 전혀 없었기 때문에, 차가 그곳으로 들어오면 놓치지 않고 쉽게 알아볼 수 있었다. 그는 그곳으로 들어오는 불빛이 생기기를 바라며 시계를 보았다. 10시까지는 15분이 남아 있었다. 그는 혹시나 실수하지 않을까 준비해 놓은 손전등을 깜빡거려보기도 하고, 전화로 아래층에 있는 금진주에게 그곳 사정을 물어보기도 했다. 이번 일이 그에게는 마지막 기회였기 때문에 실패 없는 확실한 준비가 필요했던 것이다.

금진주도 숨죽이고 밖을 내다보았다. 그는 1층 방으로 민아를 데리고 와 그녀를 의자에 앉히고는 테이프로 그녀의 손발을 묶은 뒤 그녀가 아무런 소리를 내지 못하도록 그녀의 입을 막았다. 그리고 그녀를 창가에서 떨어진 구석진 곳에 앉혀 놓고서 창밖과 그녀를 번갈아 살폈다. 가끔씩 열리는 구름 사이로 달빛이 나타나 풀이 무성한 마당과 방안을 조금 적셨지만, 다른 불빛의 도움 없이는 주위 어떤 형체도 알아보기 힘든 밤이었다.

그가 어두운 구석에 앉아 있는 민아를 보며 말했다.

"이봐, 아가씨. 오늘은 내 인생에서 가장 긴장된 날이야. 그러니 오늘은 아가씨가 날 좀 도와줬으면 좋겠어. 물론 그러고 앉아 있는 사람이 어떻게 날 도와줄 수 있을까마는, 그래도 그렇게 얌전히만 앉아 있어도 오늘은 아가씨가 나를 도와주는 거야. 그러니 조금 있다 아가씨 애인이 나타나면 녀석이 나타났다고 해서 허튼짓할 생각은 하지 말고, 지금처럼 그렇게 얌전히만 앉아 있어 줬으면 좋겠어. 안 그러면 오늘 내가 두 사람의 인연을 완전히 끊어놓고 말테니 말이야. 내 말 무슨 말인지 알아듣겠지?"

그는 어둠 속에서 아무 말도 못하고 앉아 있는 그녀를 쳐다보았다. 마치 검은 석고상 하나가 의자에 앉아 있는 것처럼 보였다. 그녀는 그런 모습으로 속에서 느끼는 두려움을 고르지 못한 호흡과 함께 그에게 전달하고 있었다.

금진주는 눈을 돌려 하늘을 올려다보았다. 구름 뒤에 가려진 뿌연 달빛이 어두운 하늘에서 맥을 못 추고 있었다. 그것은 아직도 노란 살결이 많이 붙어있긴 했지만, 점점 노쇠해지는 단계였기 때문에 얼마 있지 않아 곧 살라질 운명이었다. 그는 정말 오랜만에 달빛을 보며 오늘은 누가 저 달빛과 같을까 생각했다.

시간은 흘러 어느새 약속 시간이 되었다. 우동구는 차가 들어올 길을 향해 눈을 고정시키고 그곳으로 들어오는 불빛을 살폈다. 그러나 아직은 아무런 움직임도 보이지 않았다.

그런데 잠시 후 그가 기대하던 곳이 아닌 다른 곳에서 불빛이 나타났다. 입구에서부터 이어지듯 들어와야 하는 자동차 불빛이 한참이나 지난 지점에서 갑자기 생겨난 것이다.

우동구는 차 불빛을 발견하자 아래층에 있는 금진주에게 바로 전화를 걸었다. 그는 주위 분위기를 깨뜨리지 않기 위해 속삭이는 목소리로 말했다.

"진주. 녀석이 지금 오고 있어. 벌써 길의 반쯤 들어섰어. 그러니 넌 사장 딸 입 잘 막아놓고 거기서 지켜보고 있다가 조심해서 행동하도록 해."

그 말을 듣고서 금진주는 창밖으로 불빛을 찾았다. 하지만 그 곳에서는 아직 보이지 않았다.

"동구. 여긴 걱정 마. 여자는 내가 잘 묶어놨으니까. 이제 그쪽만 잘 하면 돼." 금진주도 전화기에 대고 소곤소곤 말했다.

우동구는 바로 전화를 끊고 움직이는 불빛을 놓치지 않기 위해 계속 그 것을 쳐다보았다. 그것은 자기가 있는 곳까지 거의 다다라 이제는 멈추기 직전이었다.

곧 차가 집 앞 담장까지 와서 멈추어 섰다. 사람 어깨까지 오는 나무판자들이 그 너비만큼 띄엄띄엄 서 있어 그 사이사이로 멈추어 선 자동차 불빛이 들어왔다. 우동구는 그 불빛을 보며 다시 전화기를 들었다. 신호소리가 그의 심장소리만큼이나 긴장되게 들렸다.

"장윤호. 지금 어디지?"

우동구는 방금 도착한 그 차가 장윤호의 차인지부터 확인했다.

"집 앞이요. 방금 도착했어요." 윤호가 대답했다.

"그럼, 지금 몇 명이지?"

우동구는 그가 혼자인지도 확인했다.

"몇 명 없어요. 한 명이요."

그 말을 듣자 우동구는 그가 의외로 여유롭다 생각했다. 그가 손에 들고 있던 손전등을 깜빡였다.

"이 불빛 보이지?"

"네. 보여요."

"그럼 차에서 내려 이곳으로 올라와. 다 지켜보고 있으니 딴 짓 할 생각은 말고. 만약 조금이라도 이상한 행동을 했다간 여자는 오늘부터 더 이상 만나지 못하게 될 거야. 알겠어?"

"네. 그런데 민아 씨는 괜찮아요?"

"여자 걱정은 안 해도 돼. 아직은 잘 있으니까. 하지만 네가 어떻게 하느냐에 따라 앞으로 달라질 수도 있어."

"그럼 민아 씨 목소리 한 번만 들려주세요. 그녀가 무사한지 알아야 저도 협조하죠?"

"곧 만나게 될 텐데 목소리는 뭣 하러 들어. 그냥 직접 올라와서 봐."

그리고 우동구는 전화를 끊었다.

잠시 후 차의 전조등도 꺼지며 주위가 다시 어둠으로 둘러싸였다. 빛이 갑자기 사라지니 어둠은 이전보다 더 깊게 느껴졌다.

곧 운전석 문이 열리며 한 사람이 내렸다. 형체를 정확히 알아보기는 힘들었지만 남자의 동작임에는 틀림없었다. 차에서 내린 그 검은 그림자는 곧 어둠 속을 지나 마당으로 들어왔다. 우동구는 창가에 서서 그 움직임을 자세히 살폈다. 혹시 장윤호가 어떤 무기를 들고 오지는 않나 그런 형체를 찾았지만, 주위가 어두워 그런 것은 확인할 수가 없었다.

드디어 검은 형체가 현관 앞에 이르렀다. 우동구는 문 열리는 소리를 들자 조용히 창가에서 물러섰다. 그리고 방안을 가로질러 소리 없이 그곳을 빠져나가 다른 방으로 이동했다.

한편 금진주도 현관문이 열리자 뒤로 물러섰다. 그리고 그는 어두운 구석에 앉아 있는 민아에게 다가가 그녀가 조금이라도 마음에 들지 않는 행동을 했다간 바로 그녀에게 손 댈 생각으로 그녀의 목덜미에 손을 올렸다. 민아는 조금이라도 소리를 내어 자신의 위치를 알리고 싶었지만, 그러지 말라고 금진주가 자신의 목을 누르고 있었기 때문에 아무런 소리도 내지 못한 채 조용히 앉아있기만 했다.

장윤호가 한걸음 뗄 때마다 바닥에서는 소리가 났다. 문 틈새로 희미하게 들어오는 빛으로 봐선, 그가 손전등 내지는 전화기 불빛에 의지해 걷고 있는 것 같았다.

그때 민아가 밖에 있는 윤호에게 위험을 알리기 위해 발을 한번 살짝 굴렀다. 하지만 금진주가 그것을 먼저 듣고서 잡고 있던 그녀의 목을 누르는 바람에 그녀는 더 이상 신호를 보낼 수 없었다. 사전에 주의를 주었건만. 그럼에도 여자가 겁 없는 행동을 해 금진주는 화가 났다. 하지만 손에 힘을 더 주면 그녀가 소리를 낼 것 같아 그는 그 정도 경고로만 그치고 말았다.

문틈으로 들어오던 빛은 어느새 사라지고 발자국 소리도 약해졌다. 대신 계단 오르는 소리가 들리며 일정한 간격으로 멀어지고 있었다. 걸음은 어느새 계단을 모두 올라 2층 복도를 걷고 있었다.

한편, 우동구는 걸음소리가 자기가 숨어있는 방 앞을 지나자 혹시 장윤호가 방을 잘못 알고 자기가 숨어 기다리는 방으로 들어오지는 않을까 조마조마한 마음으로 기다렸다. 하지만 걸음소리가 문 앞에서 점점 멀어지자 그는 안도의 한숨을 내쉬었다.

그 사이 금진주는 여자가 이상한 행동을 할 것에 대비해 그녀의 얼굴을 덮개로 씌워 아무것도 볼 수 없게 만든 뒤, 여전히 자기가 그녀 옆에 있는 척 하기 위해 살금살금 문을 열고 방을 나와 어둠을 뚫고 좀 전 장윤호가 지나갔던 계단을 올랐다. 그의 손에는 한 대 맞으면 무척 아플 것 같은 몽둥이가 들려 있었다.

그때 윤호는 우동구가 알려준 방 앞에 서서 문을 살며시 밀었다. 그들이 무슨 일을 어떻게 꾸며놓고 있는지 몰랐기 때문에 그는 무척 긴장한 상태로 차에서 가져 온 작은 손전등으로 방 안을 조심스레 비추었다. 의자 두 개와 책상 그리고 한 쪽 벽면에 붙어 있는 소파 외에는 아무것도 보이지 않았다. 그는 멈추었던 발을 떼고 안으로 조금 걸어 들어갔다. 혹시나 문 뒤에 그들이 숨어서 기다리고 있지는 않나 들어가며 문을 세게 밀었지만 문은 아무런 방해도 받지 않고 벽면까지 밀렸다. 방안에 아무도 없다는 것을 확인하자 그는 조금 전 우동구가 불빛으로 신호를 보냈던 창가까지 다가가 아래를 내려다보았다. 자기가 타고 온 차가 얼마나 잘 보이는지 확인해 보려는 것이었는데, 주위가 어두워 확인은 쉽지가 않았다.

그때 뒤에서 소리가 났다. 그는 재빨리 뒤돌아서서 소리 나는 쪽으로 전등을 비추었다. 방금 자기가 들어온 문 앞에 두 사람이 나란히 서 있었다.

"불 꺼!" 그들 중 누군가 말했다.

윤호는 그 말을 듣자 손전등을 껐다. 순식간에 주위는 암흑과 같이 변했다.

"장윤호."

이번에는 다른 사람이 말했다. 그는 들고 있던 몽둥이로 벽을 한번 가볍게 쳤다.

"또 만나는군!"

지난번 가방을 건네주었던 그 사람 목소리 같았다.

윤호가 긴장한 말투로 물었다.

"민아 씨는 어디 있어요?"

그는 그렇게 묻고 나서 바로 눈을 찡그렸다. 금진주가 쥐고 있던 손전등으로 그의 얼굴을 비추었기 때문이다.

"흥. 이런 와중에도 남자 행색 하려 하네. 내가 볼 때 넌 지금 네 생각만 해야 할 때야. 그러니 여자 신경은 꺼!"

금진주는 이제 장윤호를 완전히 자신의 손안에 넣었다고 생각했다. 이 외진 곳에서 더 이상 빠져나갈 데 없는 방안으로까지 몰아넣었으니, 그가 여기서 무사히 빠져나갈 수 있는 방법은 없었던 것이다.

"장윤호." 이번에는 우동구가 말했다. "여자가 그렇게 걱정 돼? 그럼 네가 여자하고 교대해 주든가. 여자도 힘들어서 이제는 교대할 때가 됐거든."

그 말에 윤호는 그들이 민아에게 무슨 나쁜 짓을 했을까 걱정되었다.

"당신들 민아 씨를 어떻게 한 거요?"

윤호가 묻자 금진주가 대답했다.

"테이프로 발라놨어."

그 말에 윤호는 놀랐다. 그가 바로 말했다.

"일단 민아 씨는 보내주세요. 그러면 난 당신들이 시키는 대로 할 테니까요."

우동구와 금진주는 서로를 한번 쳐다보았다. 역시 그가 여자 때문에 고분고분하게 나오고 있었다.

"그럼 거기 엎드려서 손을 뒤로 해" 우동구가 말했다. "여자는 널 묶고 나면 풀어줄 테니까. 그리고 넌 이제부터 우리가 시키는 대로만 해."

윤호는 그들의 말을 따를 수밖에 없을 것 같았다. 그는 곧 몸을 낮추어 무릎을 바닥에 대고 엎드릴 자세를 취했다.

그때 어디선가 소리가 들려왔다. 어떠한 잡음도 없는 가운데 들리는 선명한 소리였다. 무언가 바닥에 떨어지며 내는 소리 내지는 두 물체가 부딪치며 내는 소리 같았다. 그것은 집밖이 아닌 내부 어딘가에서 나고 있었다. 윤호는 엎드리려다 멈추고 그것이 어디서 나는 소리인지 듣기 위해 귀를 쫑긋 세웠다. 같은 층에서 나는 소리 같지는 않고 아래층에 올라오는 소리 같았다. 그는 그 소리가 민아와 상관있을 거라고 생각했다.

"뭐야?" 우동구가 그 소리를 듣고서 금진주를 보며 말했다.

"밑에서 나는 소린데." 금진주가 말했다.

"잘 묶어놓지 않았어?" 우동구가 물었다.

"미라처럼 해 놨지." 금진주가 대답했다.

"그런데 왜 저러는 거야?"

"글쎄. 뒤로 넘어졌나?"

"이런, 계속 저러잖아."

우동구는 성가신 듯 말했지만 그녀가 조금 걱정되었다. 혹시 여자에게 무슨 안 좋은 일이라도 생기면 일이 걷잡을 수 없이 커질 수 있었기 때문이다.

"진주. 한번 내려가 봐. 숨을 못 쉬어서 저러는지도 몰라"

그 말에 윤호가 참지 못하고 무릎을 꿇은 채 금진주에게 부탁했다.

"어서 빨리 가서 확인 좀 해주세요."

금진주는 윤호를 쳐다보았다. 그가 애원하는 듯 자기를 바라보고 있었다.

"이런, 여자들을 이래서 성가시다니깐!"

금진주는 얼른 뒤돌아섰다. 숨 쉬는 데는 지장 없도록 입만 막아놨지만, 혹시라도 실수해 그녀의 코까지도 가린 건 아닌지 그도 조금 걱정되었다. 그는 곧 손전등을 들고 계단을 내려가 민아가 있는 방안으로 들어갔다. 그녀는 아까 그 자리에 그대로 앉아 있었다. 그는 그녀의 상태를 확인했다.

그 사이, 우동구는 2층에서 윤호를 지키고 서 있었다.

그는 한 손에는 손전등을 들고 다른 손에는 쇠막대기를 든 채, 무릎 꿇고 바닥에 앉아 있는 윤호를 내려다보며 말했다.

"일이 이렇게까지 된 건 다 너 때문이야. 네가 우리를 방해만 안 했어도 우리가 여자를 여기까지 데리고 올 필요는 없었어."

그리고 우동구는 열려있는 문을 향해 큰 소리로 말했다.

"진주. 어때?"

그의 목소리가 집 전체에 울려 퍼졌다. 하지만 대답은 없었다.

"진주. 무슨 일이야? 여자는 괜찮아?"

다시 물었지만 역시 대답은 없었다.

우동구는 금진주로부터 아무런 대답이 없자 아래층에 무슨 일이 일어난 건 아닌지 걱정되었다.

그가 살짝 겁먹은 표정으로 다시 금진주를 불렀다.

"진주. 뭐해? 도대체 무슨 일이야?"

곧 아래층에서 소리가 들려왔다.

"아무것도 아니야."

그 말에 우동구가 조금 안심하고 다시 물었다.

"여자는 괜찮아?"

"응. 괜찮아."

우동구는 그제야 긴장했던 마음을 풀었다.

"그럼, 이제 올라 와. 진주."

"응."

잠시 후 아래층에서 올라오는 발걸음 소리가 들렸다. 소리는 내려갈 때보다는 좀 더 가볍게 들렸다.

그때 윤호가 우동구의 눈치를 살피며 조금씩 일어서기 시작했다.

"누가 일어서래? 어서 엎드려!"

하지만 윤호는 우동구의 말을 듣지 않았다.

"죽고 싶어?"

우동구가 손에 든 쇠막대기로 그를 겨냥했다. 그의 얼굴에는 당황한 빛이 역력했다. 그는 자신을 바라보며 뒤로 물러서는 장윤호 뒤편을 보았다. 그의 바로 뒤편에 창문이 있었는데, 장윤호가 거기로 뛰어내리려는 건 아닌가 하는 생각이 들었다. 금진주가 올라오면 아래층에는 다시 여자 혼자만 남게 되는데, 어쩌면 그가 그걸 노리고서 그러는지도 몰랐다. 우동구는 쇠막대기 쥔 손을 앞으로 뻗어 윤호에게 한 발 다가갔다. 만약 그가 거기서 무모하게 뛰어내리려 할 것 같으면 그것으로 그를 내리쳐 붙잡을 생각이었다.

"진주. 빨리 올라 와. 녀석이 이상해."

우동구의 그 말에 아래층에서 올라오는 발걸음 소리가 조금씩 빨라지기 시작했다. 금진주가 긴박하게 움직이는 것 같았다.

그 사이 윤호는 창가에 더 다가섰다. 그는 우동구 뒤편에 활짝 열려 있는 문을 보고서 마음의 준비를 했다.

"너 지금 무슨 짓 하려는 거야? 진주. 빨리 와. 녀석이 뛰어내리려 하고 있어."

발걸음은 벌써 방 근처에까지 다다라 있었다. 우동구는 그것을 믿고서 쇠막대기로 윤호를 겨누며 앞으로 나아갔다. 그러자 윤호는 창문에 몸을 더 바짝 붙였다.

"이 자식! 가만있지 못해!"

우동구가 팔을 올려 내려 칠 자세를 취했다. 그때 발걸음도 어느새 방안으로 들어와 창가 쪽으로 달려들었다. 윤호가 창틀을 잡자 우동구는 다급한 마음에 그를 향해 쇠막대기를 아래로 휘둘렀다. 순간 뒤에서 달려온 그것도 몽둥이로 허공을 갈랐다.

"아!"

방안이 쓰러지는 소리로 가득했다.

참으로 내가 사망의 그늘진 골짜기를 다닐지라도
해악을 두려워하지 아니하리니
주께서 나와 함께 계시며
주의 막대기와 주의 지팡이가 나를 위로하시나이다.
— 시편 23편 4절

새벽 1시가 넘었다. 서쪽 하늘에는 여전히 짙은 구름이 기울어가는 달빛을 가리며 지나갔다. 간혹 구름 사이로 나타나는 옅은 그 달빛이 밤하늘을 비추긴 했지만, 그 힘이 워낙 미미해 다른 빛의 도움 없이는 그 무엇도 구분하기 힘든 밤이었다.

몇 시간 전 윤호가 들어섰던 길로 다시 차량 불빛 나타났다. 이번에는 두 대였는데, 그들은 사냥에 여념 없는 날짐승의 울음소리가 최고조에 달한 가운데 나타난 차량들이라 어느 밤보다도 풍성한 음식이 준비된 집에 초대받아 오는 귀한 손님들의 행렬 같아 보였다. 그 두 대의 차는 어둠 속에 난 길을 따라 유유히 흘러들어와 우동구가 준비한 집 앞에서 멈추어 섰다. 그들은 한 동안 아무런 미동도 보이지 않다가 집 안에서 흘러나오는 불빛을 보고서야 서서히 움직일 준비를 했다.

오지락이 2층 창가에서 나오는 불빛을 보며 전화기에 대고 말했다.

"그래, 도착했다. 녀석은 지금 어디 있나?"

"저랑 같이 있습니다." 우동구가 대답했다. "회장님께서 원하시는 대로 지금 여기 잡아놨으니 올라오셔서 한번 확인해 보시기 바랍니다."

오지락은 우동구의 말에서 자신감 같은 것을 느꼈다. 확실히 그가 자기가 원하는 걸 준비해 놓은 것 같았다.

"그런데 회장님, 약속하신 건 준비해 오셨겠죠?"

우동구가 묻자 오지락도 자신감 있게 대답했다.

"물론이다. 녀석만 확인하면 바로 주겠다."

"감사합니다. 회장님. 정말 후회하지 않으실 정도로 녀석을 준비해 놨으니 어서 데리고 가십시오."

오지락은 더 이상 아무런 대답도 하지 않고 바로 전화를 끊었다. 그리고 다시 다른 곳에 전화를 걸었다.

"녀석들이 지금 2층에 있다. 가서 확인해라."

그는 그렇게만 말하고 전화를 끊었다.

그러자 곧 그가 뒤따라 온 앞 차의 문이 모두 열리며 네 사람이 내렸다. 그들은 각자 손에 무언가 한 개씩을 쥐고 있었는데, 무시무시하고 잔인해 보이는 도구들이었다. 정상적으로 사용하면 더 없이 유용할 물건들이었지만, 그들은 그 유용한 물건들을 지금 새로운 곳에 쓰고자 하는 것 같았다. 그들은 차에서 내려 불 켜진 2층 창을 다시 한 번 더 확인했다. 옅으면서도 하얀 불빛이 방안을 가득 메우고 있어 마치 안개 속에 쌓인 방 같이 보였다. 그들은 곧 흘러나오는 그 불빛을 받으며 앞마당을 지나, 닫힌 현관문을 열고, 어두운 집안으로 조심조심 걸어 들어갔다. 오지락은 차 안에 앉아 그들의 모습을 지켜보며 일이 빨리 마무리되길 바랐다.

잠시 후. 그들이 도착했는지 방안에서 그림자들이 움직이기 시작했다. 매서운 바람에 나뭇가지들이 심하게 흔들리는 것처럼 여러 그림자들이 천장에서 심하게 요동쳤다. 오지락은 그 장면을 지켜보며 방안에서 한바탕 소동이 일어나는구나 생각했다. 아마 녀석들의 반항에 장례식을 준비하러 들어간 네 사람이 심하게 혼내고 있는 것 같았다.

소동은 그렇게 몇 분여 만에 끝이 났다. 그리고 시간은 잠잠히 흘러 꽤 오랜 시간이 지났다. 하지만 아직도 위에서는 아무런 소식이 없었다.

그러사 오지락은 혹시 자신이 기대했던 것과 다른 상황이 방안에서 전개된 건 아닌가 생각하고 2층 창가를 연신 쳐다보았다. 그는 거기를 쳐다보며 전화를 할까 말까 여러 번 고민했지만, 아직 안쪽 사정을 정확히 알지 못하는 상황에서 괜히 먼저 전화했다가 자신이 이번 일에 관여했음이 탄로 나면 어쩌나 생각하고 바로 접어버렸다. 초조해진 그는 일단 거기를 떠나서 기다리는 것이 좋겠다 생각하고 시동을 걸었다. 그러자 그때를 기다렸다는 듯 그의 전화벨이 울렸다.

그는 아무 말 없이 전화기에 귀를 대고 상대의 목소리를 확인했다.

"회장님."

조금 전 차 안에서 자기와 통화했던 목소리였다.

"어떻게 됐나?" 오지락이 약간 긴장한 목소리로 그에게 물었다.

"말씀하신 대로 모두 잡았습니다."

"그런데 왜 이렇게 늦은 거지?" 오지락이 미덥지 않은 듯 물었다.

"녀석들 중 한 명이 도망치는 바람에 잡아서 혼내 주느라 좀 늦었습니다. 하지만 녀석의 반항을 완전히 잠재워 놨으니 안심하셔도 됩니다."

오지락은 그가 금진주였을 것이라 생각했다. 그 외에는 힘으로 저항할 사람이 아무도 없었기 때문이다.

"그래, 알았다. 지금 올라가지."

오지락은 바로 전화를 끊고 자신의 가슴 위에 손을 올려 무언가를 확인했다.

잠시 후 그는 차에서 내려 주위를 살폈다. 사방이 어둠에 쌓인 것이 그 누구의 방해도 없이 일하기 참 좋은 밤 같이 보였다. 그는 2층 창을 한번 쳐다본 뒤 곧 앞마당을 지나 집안으로 걸어 들어갔다.

2층으로 향하는 계단을 올라 방을 하나 지나니 불빛이 흘러나오는 다른 방이 보였다. 그는 사방에 발걸음 소리를 울리며 그 빛이 흘러나오는 방 쪽으로 천천히 다가갔다. 문 앞에 이르러 몸을 돌려 안을 보니 장윤호와 우동구 두 사람이 마치 악질 경관에게 심하게 문초 당해 기진한 사람 같이 의자에 꽁꽁 묶인 채 고개를 숙이고 앉아 있었다. 그들 왼편 벽면으로는 책상 위에 올려 진 침실용 전등 하나가 온 방을 가득 비추고 있었는데, 지금과 같은 상황만 아니었더라면 아주 따스하고 아늑하게 느껴질 뻔한 채광이었다. 오지락은 그런 분위기가 풍기는 방 앞에서 정면으로 두 사람과 마주했다.

그는 곧 방안으로 두 발을 내디뎠다. 하지만 무언가 이상한 걸 느낀 그는 주위를 살피기 시작했다. 방안에는 일곱 사람이 있어야 했지만 어딜 봐도 앞에 앉아 있는 두 사람 외에는 아무도 보이지 않았던 것이다. 그는 방은 나와 어두운 2층 내부를 살폈다. 하지만 어둠과 정적 외에는 그 어떤 것도 느껴지지 않자, 그는 다시 방안으로 시선을 돌려 두 사람을 쳐다보았다.

그때 우동구가 고개를 들어 그와 눈을 마주쳤다. 그는 상체가 온통 테이프로 감긴 채 장윤호와 조금 떨어진 거리에 앉아 있었다.

그가 침묵을 깨고서 입을 열었다.

"회장님. 이게 도대체 무슨 일입니까? 이건 저랑 약속하신 것 하고는 완전히 다르지 않습니까? 제가 장윤호를 잡아드리면 회장님께서는 그 대가로 돈을 주신다 하셔놓고선…! 이제 와서 이런 식으로 사람 뒤통수를 치시면 어떡합니까? 저는 지금까지 회장님 말씀만 믿고서 이렇게 일을 벌려 놓았는데 말입니다!"

오지락은 잠시 아무런 대꾸도 하지 않다가, 우동구의 얼굴에서 배신감을 느낀 듯한 표정을 보고서 방 안으로 두 걸음 다가가 그를 향해 입을 열었다.

"우동구. 네놈의 지금 그 심정은 나도 잘 알고 있다. 10여 년 전 네놈이 이런 식으로 내 뒤통수쳤으니까 말이야."

오지락은 눈을 돌려 장윤호를 쳐다보았다. 그도 고개를 들어 자신을 보고 있었다.

"오랜 만이야. 장 사장."

오지락은 윤호에게 마지막으로 자신과 함께 할 때의 호칭을 썼다. 아직도 그의 머릿속에는 그렇게 남아 있었던 것이다.

"네. 오랜만입니다. 회장님." 윤호가 대답했다.

"그런네 우리가 이런 식으로 만나서 어떡하지? 이건 내가 절대 원하던 만남이 아니었는데 말이야."

오지락은 말하면서도 무언가를 살피는 눈치였다.

그러자 얼른 우동구가 말을 꺼냈다.

"회장님. 회장님께서 원래 복수하려던 사람은 이 장윤호가 아니었습니까? 그런데 왜 저희들까지 이렇게 이 복수극에 끼워 넣으시는 겁니까? 아까 회장님께서 데려 온 그 사람들이 우리 진주를 얼마나 후려 패던지, 지금 진주는 말이 아니게 변해버렸습니다. 그런데도 그 사람들은 아직 우리 진주를 뒷마당에서 패고 있습니다. 진주가 나중에 그 사람들에게서 풀려난다 해도 그가 과연 인간 구실을 하며 살 수 있을지 모르겠습니다. 그 몰골로 사느니 할 수만 있다면 차라리 다시 태어나서 사는 것이 더 좋을 듯싶습니다."

우동구는 그 말을 하고서 오지락에게 눈물을 보이지 않기 위해 바로 고개를 떨구었다. 친구이자 가족인 금진주가 지금도 알지 못하는 사람들에게 맞고 있다 생각하니 몹시 슬펐던 모양이었다.

"너무 슬퍼하지 마라, 우동구." 이제야 그들이 어디 있는지 알게 된 오지락이 고개 숙인 우동구를 보며 말했다.

"그 녀석은 죽지 않는다. 그리 해봐야 아무런 소용도 없는 녀석이니까."

"하지만 회장님." 우동구가 흐느껴 울다말고 갑자기 고개를 들고 말했다. "우리 진주가 죽지 않으면 무엇 합니까? 대신 제가 죽게 생겼는데 말입니다. 회장님께서 저까지도 이렇게 잡아두신 걸 보면 저에게는 그리 하실 작정 아니십니까? 이 장윤호나 그리 하시지 왜 저까지 그렇게 처리하려 하시는 겁니까? 저도 회장님께서 죽여 봐야 아무 소용도 없는 놈인데 말입니다."

오지락이 방안으로 좀 더 걸어 들어와 말했다.

"그렇지 않다, 우동구. 넌 나한테 많은 빚을 지고 있지 않느냐? 그러니 오늘은 그 빚을 모두 갚아야지. 음… 뭘로 갚으면 좋을까? 그래. 네 목숨도 괜찮을 것 같구나."

"네?" 우동구가 놀라 말했다. "회장님, 제발 목숨만 살려주십시오. 전 회장님이 시키시는 대로 이렇게 장윤호를 잡아놓지 않았습니까? 그러니 저의 그런 노력을 봐서라도 저를 풀어주시기 바랍니다. 이제는 회장님 돈도 받지 않겠습니다. 그냥 여기서 저를 풀어만 주십시오. 그러면 이번 일에 대해서는 아무에게도 말하지 않고 조용히 지내도록 하겠습니다. 말해 봐야 저도 회장님과 같은 공범인데 제가 어찌 그런 말을 누군가에게 꺼내겠습니까? 안 그렇습니까? 회장님."

우동구는 다시 고개를 떨구고 울기 시작했다.

그러자 옆에서 듣고 있던 장윤호가 입을 열었다. 그의 목소리에서는 단호함이 느껴졌다.

"이 자는 풀어주시지요. 회장님께서 볼 일 있는 사람은 저 한 명 뿐이지 않습니까? 그러니 두 사람은 풀어주시고 저만 상대하십시오."

"맞습니다. 회장님." 우동구가 다시 고개를 들고 말했다. "저희들은 풀어주시고 이 장윤호만 상대해 주십시오. 이제 저희들은 여기서 빠지겠습니다."

"두 사람, 이제 친구가 됐나?" 오지락이 말했다. "마음이 아주 잘 맞는군. 같은 처지가 되니 이제 원수 시절의 일은 모두 잊은 모양이군."

오지락이 입가에 옅은 미소를 지어보였다. 비록 다른 시기이긴 했지만 예전 자신의 밑에 일하던 두 사람이 자기 앞에서 그렇게 초라한 모습을 하고 앉아 있으니 조금은 우스운 생각이 든 것이다.

"친구? 못 될 것도 없지요." 윤호가 말했다. "하지만 지금은 친구라는 말보다는 전혀 무관한 사람이고 말하는 것이 좋은 듯싶습니다. 그러니 이번 일에 굳이 이 사람까지 끼워 넣어 일을 복잡하게 만들지 마십시오."

"맞습니다. 회장님." 우동구가 다시 끼어들었다. "저는 이 사람 말마따나 이 일에는 전혀 무관한 사람입니다. 처음부터 회장님께서 노리시던 사람은 이 장윤호가 아니었습니까? 그러니 이번 일은 볼 일 많으신 두 분이서 잘 해결해 보시고 이제 저는 여기서 빠지게 해 주십시오. 제발."

우동구는 어떻게든 이 상황에서 빠져나가보려는 듯 무죄하면서도 순진한 표정을 지어보였다.

그러자 오지락이 가소롭다는 듯 윤호를 보며 말했다.

"제 코가 석자인 녀석이 이 상황에서 남 생각을 하다니 누가 들으면 정말 웃을 일이야. 장 사장, 우동구 이놈은 네가 그렇게까지 신경 써 줄 놈이 아니야. 지금은 장 사장 네 신변만 생각하라고. 그리고 네가 이놈을 그렇게 신경 써 준다고 해서 내가 오늘 쉽사리 이 녀석을 보내 줄 것도 아니고 말이야."

"네? 무슨 말씀이신지요? 회장님." 우동구가 놀라 말했다. "저를 쉽사리 보내주지 않으실 거라니요? 그러면 오늘 저를 얼마나 어렵게 보내주실 거란 말씀입니까?"

"글쎄. 그건 지난 시절 네놈이 나한테 한 걸 생각하면 알 수 있지 않겠나? 그때 네놈이 날 가져 논 걸 생각하면 아마⋯ 오늘 네놈은 여기서 나가기 힘들 수도 있을 것이야."

오지락은 지금 우동구가 완전히 자기 손 안에 있다고 생각하고, 예전에 그가 자기를 가지고 논 것만큼이나 그를 가지고 놀아 볼 생각이었다.

우동구가 울먹이듯 말했다.

"그럼 오늘 저를 어찌하시겠다는 말씀입니까? 설마 오늘 저를 여기서 죽이겠다는 말씀은 아니시겠지요?"

"왜? 싫으냐?" 오지락이 말했다. "네놈한테는 오히려 그게 더 좋은 방법이 될 수도 있을 텐데? 너 같은 놈이 이 세상에 필요 없이 살아남아 봐야 좋을 건 없잖아. 차라리 일찍 떠나 주위 사람들이라도 편하게 해주는 게 더 좋지 않겠어?"

"아닙니다요. 회장님." 우동구가 소스라치듯 놀라 말했다. "저도 가끔은 좋은 일을 할 때가 있습니다. 물론 훌륭하다 칭찬 받을 만한 일은 아니지만, 그래도 주위 많은 사람들이 좋아할 만큼은 괜찮은 일입니다. 그러니 저에 대해 너무 한쪽으로만 몰아 생각하지 마시고 저의 윤기 있는 모습도 좀 생각해 주시기 바랍니다. 게다가 저는 이 세상을 떠나기엔 아직도 너무 화창한 나이입니다. 피기 위해 한창 몽우리를 단장하고 있는 순간인데, 어떻게 벌써 여기를 떠나갈 수 있겠습니까? 누군가에게 제 개화한 모습을 한번이라도 보여줘야 하지 않겠습니까?"

"닥쳐라, 이놈!" 오지락이 큰 소리로 호통 쳤다. "네놈 입은 여전히 객쩍은 말들로 가득하구나. 겁도 없이 입을 함부로 놀리다니, 지금부터 네놈 입에서 다시 한 번 더 그런 쓸데없는 소리가 나오면 그때는 정말 각오를 해야 할 게다."

그 말에 우동구는 입을 꼭 다물었다. 오지락을 자극해 더 이상 상황을 악화시킬 필요는 없었던 것이다. 그는 이제 벙어리 마냥 가만 듣기만 할 생각이었다.

우동구가 잠잠해지자 오지락이 다시 윤호를 향해 입을 열었다.

"장 사장. 넌 왜 나의 적이 되기를 선택했나? 그런다고 누가 알아주는 것도 아니고 결국 그 손해는 이렇게 본인만 입게 되는데 말이야. 왜 그런 어리석은 짓을 한 거지?"

"전 어리석지 않았습니다." 윤호가 대답했다. "그리고 제가 회장님의 적이 되기를 선택한 것이 아니라 회장님께서 사람들의 적이 되기를 바라며 반대편에 서신 겁니다."

"뭐? 내가 사람들의 적이 되기를 바랐다고?" 오지락의 굳어진 표정으로 말했다.

"네, 그렇습니다. 회장님 말처럼 굳이 그럴 필요가 없었는데 스스로 길을 벗어나신 겁니다."

"난 길을 벗어나지 않았어. 도대체 무슨 기준으로 날 그렇게 판단하는 거야? 오히려 난 새로운 길을 개척한 사람이라고."

"개척하셨다고요?" 장윤호가 어이없다는 듯 말했다.

"그래. 길을 벗어났다는 건 순전히 자네 기준이지 세상의 기준은 아니야. 그건 자네가 대단히 착각하고 있는 거야. 난 세상과 시장의 기준에 따라 정확하게 행동한 것뿐이야."

"그럼 회장님이 말씀하시는 그 세상과 시장의 기준이라는 것은 도대체 무엇입니까? 남을 괴롭혀도 손에 이득만 쥘 수 있으면 무엇이든 해도 된다는 그런 비정상적인 생각입니까? 그렇다면 회장님이야 말로 정말 착각하고 계신 겁니다. 회장님은 이미 예전에 그런 생각을 가진 자들에게 당해 보신 적이 있습니다. 그리고 그런 일을 겪으면서 회장님도 그들을 미워하고 비난하셨습니다. 그런데 이제 회장님이 그런 자들이 선 곳에 서니 다른 마음이 생긴 겁니까? 지금 회장님은 그런 오락가락하는 기준을 가지고 세상과 시장의 기준이라고 내세우시는 겁니까?"

윤호는 불리한 위치에서도 물러서지 않았다.

"장 사장." 오지락이 말했다. "그게 너의 한계야. 넌 생각이 너무 틀에 박혀있어. 상황이 변하면 법과 기준도 모두 바뀌어야 한다는 걸 넌 전혀 이해하지 못하고 있어."

오지락이 윤호 쪽으로 두 발작 다가섰다.

"내가 이 자리까지 이른데 네 도움이 컸다는 건 나도 인정해. 나에게 큰 신뢰를 보여준 건 사실이니깐 말이지. 하지만 너의 그 신뢰가 있었다고 해서 내가 여기까지 오른 건 절대 아니야. 그건 단지 보조제일 뿐이었어. 보조제라는 건 어디까지나 원래 물건이 잘 작동되도록 만들어진 제품일 뿐인데, 넌 지금까지 내 옆에서 그런 보조제 역할은 아주 잘 수행해 주었어. 하지만 어느 순간부터는 오히려 방해물로 전락해 버리고 말았지. 예전 그대로의 생각으로만 모든 것을 판단하면서 말이야. 게다가 장 사장 너의 기준도 썩 완벽하지 않으면서."

"그럼 회장님의 기준은 저보다 더 완벽하단 말씀입니까? 그래서 그 기준으로 잘 나가는 다른 회사를 괴롭히고 무너뜨린 겁니까? 저는 제 생각이 적어도 회장님의 처신보다는 옳다고 생각합니다. 회장님은 삐뚤어진 생각으로 자신의 이익만을 챙겼지만, 저는 제 판단으로 그런 회장님을 돌려 세우려했기 때문입니다. 만약 그때 회장님이 제 충고를 들으셨다면 일이 이렇게까지는 커지지 않았을 겁니다."

"뭐? 충고?" 오지락이 윤호의 말뜻을 제대로 이해하지 못하고 말했다. "네놈이 감히 나한테 충고라고 말했나? 이제 네놈이 정말 죽기로 작정한 모양이로구나. 어디 겁도 없이 나한테 그런 소리를 내뱉는 거야?"

오지락은 주먹을 꽉 쥔 채 그에게로 한 발짝 더 다가섰다.

그러자 잠시 잠잠하던 우동구가 다시 입을 열었다.

"회장님. 진정하십시오. 이 자는 지금 상황 판단을 전혀 못하고 있습니다. 지금 자신의 처지도 모른 채 저런 말을 지껄이는 걸 보면 아마 정신이 나간 것 같습니다."

우동구가 옆으로 고개를 돌렸다.

"이봐, 장윤호. 지금 이 상황에서 그런 소리를 해봤자 너한테 도움 되는 건 아무것도 없어. 그러니 잠자코 가만있어. 안 그러면 나까지도 피해를 입으니 말이야."

우동구가 다시 오지락을 보며 말했다.

"회장님. 전 회장님의 생각이 전적으로 옳다고 봅니다. 주변 여건이 바뀌었으면 사람도 거기에 맞게 행동하는 것이 옳은데, 이 자는 정말 세상 물정도 모르고서 고리타분한 생각만 한 것 같습니다."

"고리타분한 건 내가 아니고 당신들이요. 잘못된 일을 하면서도 부끄러워 할 줄 모르니 말이오."

"장윤호, 넌 입 다물고 있어!"

우동구가 윤호에게 그렇게 말하고, 다시 오지락을 쳐다보았다.

"회장님, 거 보십시오. 이 자는 이렇게 정신이 나간 자입니다. 그러니 이자 말에는 신경 쓰지 마시기 바랍니다."

"이 구린내 나는 인간들!"

"뭐? 구린내?" 우동구가 다시 윤호 쪽으로 돌아보며 말했다. "지금 네가 나한테 구린내 난다고 그랬냐? 이게 정말 죽으려고 환장을 했나. 내가 진주한테도 안 해 본 그런 소리를 지금 네가 나한테 한 거야? 이런 버릇없는 자식! 내가 오늘 너를 가만두나 봐라!"

그가 다시 오지락 쪽으로 고개를 돌렸다.

"회장님. 정말 이 녀석은 안 될 놈입니다요. 사실 제가 좀 전까지만 해도 마음속으로는 이 녀석 편을 들고 있었는데, 이제는 마음이 완전히 바뀌었습니다. 가만 보니 이 녀석은 제 주제도 모르고서 날뛰는 그런 놈인 것 같습니다. 그동안 회장님께서 이런 놈을 밑에 두고 부리셨으니 얼마나 속이 나셨겠습니까? 님자가 그릇이 좀 커서 회사를 더 키워보겠다는데, 그게 무슨 큰 잘못이라고 이 녀석이 이렇게 회장님께 달려드는 것입니까? 어차피 그 조무래기 같은 회사들은 나중에 없어질 게 뻔한데 말입니다. 그리고 회장님께서 그런 기업을 인수해서 유명기업에 편입시켜 놓았으면 이 녀석이 회장님께 잘했다는 소릴 해야지, 거기에 대해 뭘 아는 것처럼 왈가왈부 회장님께 따지고 드는 것입니까?"

우동구가 다시 고개를 돌렸다.

"야, 장윤호. 그럼 우리 이참에 누가 더 잘못했는지 한번 따져볼까?"

오지락의 제지가 없자 우동구의 입이 고삐 풀린 말처럼 달리기 시작했다.

"돈 많은 기업이 다른 회사를 인수하기 위해 거기에 투자하는 것이 잘못된 일이냐? 또, 그렇게 인수한 회사를 대주주 마음대로 운영하는 것도 잘못된 일이야? 자본주의 사회에서 주인이 주인 마음대로 주인 노릇하겠다는데, 누가 거기에 대해서 비난할 수 있는 거야? 그 회사들을 돈도 안 주고 샀으면 모를까, 이미 돈도 다 지불하고서 샀는데 말이야. 너도 입이 있으면 한번 말해 봐."

우동구가 공을 윤호에게 넘기자, 윤호가 오지락이 끼어들 틈도 주지 않고서 대답했다.

"아무리 경영주라 해도 지켜야 할 법과 도리가 있는 것이오. 많이 가졌다고 해서 면책된다는 법은 이 사회에는 없으니까 말이오. 그런데 회장님은 이미 그런 것들을 완전히 벗어났소."

"야, 장윤호." 우동구가 재빨리 받았다. "회장님이 지금 무슨 법이며 도리를 벗어났다는 거야? 그럼 너는 이 세상에 법과 도리를 모두 지키며 살았냐? 네가 그렇게 깨끗한 인물이야? 높으신 분이 일을 하다보면 길을 약간 벗어날 수도 있는 것이고, 또 그건 우리 정서상 어느 정도 이해해 줄 수 있는 것인데 넌 그걸 왜 그렇게 물고 늘어지는 거야?"

"그러나 회장님의 행태는 이해해 줄 수 있는 부분이 아니오."

"네가 뭘 안다고 그런 소릴 지껄이는 거야!?"

그때 가만 듣고 있던 오지락이 화를 참지 못하고 말했다.

하지만 우동구가 그를 막아섰다.

"회장님은 잠시 기다려보십시오. 이 녀석이 지금 무슨 소리를 하는지 좀 더 들어보고 박살내게 말입니다. 이 녀석, 보통 답답한 인물이 아닌 것 같습니다. 완전히 앞뒤가 꽉꽉 막힌 녀석입니다."

우동구가 윤호를 다시 쳐다보았다.

"야, 장윤호. 아까 말하던 것 계속 해봐. 네가 얼마나 멍청한지 한번 들어

보게. 그리고 넌 오늘 죽을 각오해."

"난 이미 죽을 각오가 되어 있소."

"그래, 그럼 죽을 작정하고 한번 말해 봐. 네가 생각하는 회장님 잘못이라는 게 도대체 뭔지."

"회사 경영을 악화시키고 그 재산을 빼돌린 것이요."

"뭐? 회장님이 돈을 빼돌려?"

"그렇소. 회장님은 처음부터 그럴 작정으로서 그 회사들을 인수한 것이요."

"무슨 소릴 하는 거야? 회장님이 왜 그런 짓을…"

우동구가 오지락을 잠시 쳐다보았다.

"아이고, 죄송합니다. 회장님."

그가 다시 고개를 돌려 윤호를 보며 말했다.

"회장님이 왜 그런 일을 하셨단 말이야? 돈 많은 회장님께서 뭐가 아쉬워서. 네가 지금 우리 회장님을 완전히 죄인으로 몰아가는구나!"

우동구가 다시 오지락에게로 고개를 돌렸다.

"회장님. 정말 이 녀석의 말처럼 회장님께서 그 회사 재산을 빼돌리신 겁니까? 이 녀석이 지금 너무 황당한 소리를 하고 있습니다. 회장님께서 이 녀석에게 뭐라고 대답 좀 해 주셔야 할 것 같습니다. 안 그러면 오늘 이 녀석 계속 이런 헛소리만 해댈 것 같습니다."

그러자 오지락이 말했다.

"장윤호. 내가 정말 그 회사 재산을 빼돌렸다고 생각하나? 너는 무슨 근거로 그런 소릴 하는 거지?"

"이미 모든 사람이 다 알고 있는 사실입니다. 단지 그들이 거기에 대한 확실한 증거를 찾지 못했을 뿐입니다."

"증거? 그럼 넌 그 증거를 가지고서 말하는 것이냐?"

"물론입니다. 아주 확실한 증거를 가지고 있지요."

"무슨 확실한 증거?"

"회장님이 그 회사 돈을 횡령한 사실이 적혀 있는 장부와 그것을 작성한 자의 증언입니다."

"뭐?" 오지락이 놀라 말했다. "네가 그것을 어떻게 가지고 있는 거지?"

"제가 회장님 밑에 있을 때부터 이미 수집해 놓았습니다."

우동구가 그때 다시 끼어들었다.

"뭐라고? 네가 정말 그 증거를 가지고 있단 말이야? 회장님. 이 자가 지금 회장님에 대한 증거를 가지고 있다고 합니다. 어떡합니까? 이 녀석한테서 그 증거들을 빼앗으십시오."

오지락이 말했다.

"네놈이 그것을 왜 수집한 거야?"

"제가 수집한 게 아니라 회장님 밑에서 일하던 자들이 자발적으로 가져온 것입니다."

"자발적으로?"

"네, 그들에게도 회장님의 비리가 썩 안 좋게 보였던 모양입니다."

오지락의 얼굴에 당황한 기색이 보였다.

우동구가 그의 그런 모습을 놓치지 않고 말했다.

"회장님. 회장님 밑에 있던 다른 사람들이 이미 회장님을 그렇게 생각하고 있었다면, 오늘 진짜 잡아드렸어야 할 놈들은 이 장윤호가 아니라 회장님 밑에서 가면을 쓴 채 배신한 그 자들인 것 같습니다. 이 자는 오늘날까지 그 증거를 가지고 있으면서도 회장님을 경찰에 신고하지 않았으니 말입니다."

"장 사장. 그 안에 무슨 내용이 들어 있었나?" 오지락이 물었다.

"모든 것이 다 들어 있었습니다."

"모든 것이라 하면?"

"회장님의 비리에 대한 모든 것 말입니다."

"그럼 그걸 지금까지 경찰에 넘기지 않고 네가 가지고 있었던 이유가 뭐였나?"

"회장님 스스로 그 잘못에 대해 인정하는 모습을 보고 싶었기 때문입니다."

"내가 스스로 인정한다고?"

"네. 최소한 한번 정도는 회장님으로부터 나오는 양심의 목소리를 듣고 싶었습니다."

우동구가 다시 끼어들었다.

"그럼, 그렇게만 하면 그 증거들을 돌려줄 수 있는 거야?"

"그건 회장님이 어떻게 하시는가에 따라 다르오."

"어떻게 하시는가라니?" 우동구가 다그치듯 물었다.

"회장님이 이 자리에서 단 한번만이라도 자신의 죄에 대해 말하고, 또 거기에 대해 정말 뉘우치는 말을 한다면 돌려줄 수도 있단 말이오."

"회장님, 들으셨죠?" 우동구가 오지락을 보며 말했다. "그 증거를 돌려주겠답니다. 어차피 여긴 우리 셋밖에 없는데 그냥 장윤호한테만 솔직히 말씀하시고 그걸 돌려받으십시오. 안 그러면 일이 어떻게 더 크게 번질지 모르니 말입니다."

방안에 잠시 침묵이 흘렀다. 오지락은 마음속으로 장윤호 앞에서만이라도 뉘우치는 척 자신의 잘못을 고백하고 그 증거를 돌려받을까 생각했다. 지금 이 상황은 자신의 마음대로 좌지우지 할 수 있었지만, 어디에 있는지 모르는 그 증거는 마음대로 할 수 없었기 때문이다.

일단 그는 장윤호를 만족시켜 증거를 돌려받은 뒤 다시 두 사람을 처리하기로 생각했다.

그가 다시 입을 열었다.

"그래. 내 욕심이 좀 과했던 건 인정한다. 지금까지 내가 인수한 회사들은 모두 내 지시에 따라 그렇게 한 것이었다. 그 회사들을 인수한 뒤 그곳의 새산들을 하나씩 치분히기 위해서였지. 나에게도 이미 좋은 기업체가 있긴 했지만 그것으로는 내 성에 차지 않았어. 그래서 좀 더 많은 걸 가져보고자 욕심을 부렸다. 사람이란 아무것도 가진 게 없을 땐 밥만 먹고 살 수 있어도 좋겠다 생각하지만, 막상 그런 것을 해결하고 나면 언제 그랬냐는 듯 다른 것에 다시 욕심을 두게 마련이거든. 나도 처음엔 화장품 기업 하나로만 만족하려 했어. 그것도 내게 아주 큰 선물이었고 행운이었으니깐 말이지. 하지만 나도 돈 많은 사람들과 자주 만나다 보니 그들보다 앞서고 싶다는 생각이 조금씩 들기 시작했다. 그래서 돈을 좀 더 쉽게 많이 벌어보고자 잘못된 방법을 사용했지."

"잘못된 방법이라 하면 어떤 것들이죠? 회장님도 그것이 잘못된 방법이라 생각하십니까?" 윤호가 바로 물었다.

"그런 거야 밑에서 일하는 자들이 다 알아서 처리했으니 내가 거기에 대해 구체적으로 알 수야 있겠냐마는, 그래도 그 회사를 인수한 뒤 그 곳 경영진을 바로 교체하게 하고 그들을 통해 그 회사의 자산을 팔아치우게 한 건 내 생각이었어. 그 회사들이 튼튼한 자산들을 많이 보유해서 팔면 큰돈이 될 수 있는 것들이 많았으니까 말이야. 하지만 난 솔직히 그것들이 그렇게 잘못된 것이라고는 생각지 않았어. 약육강식의 세상에는 늘 일어날 수 있는 일이니깐 말이지. 그래도 사람들의 말에 의하면 그것이 모두 법에 어긋난다고 하니 나도 최대한 그러지 않으려고 노력했지. 그래서 처음에는 그 회사들을 인수한 후 조금은 망설였어."

"그런데 왜 그런 노력을 계속 하지 않으셨죠?"

"그런다고 어디 사람 욕심이 없어지겠나? 그리고 그런 노력보다는 원래 계획대로 우리 그룹을 더 살찌우는 게 낫겠다 싶었지. 그럼 그것으로 더 많은 사람들을 먹여 살릴 수 있으니 말이야. 결론적으로 난 필요 없어 보이는 노력보다는 실리를 추구한 셈이었지."

그러자 우동구가 윤호를 보며 달래듯이 말했다.

"이 봐, 장윤호. 이 정도면 회장님도 노력하셨으니 그 증거는 이제 돌려드리라고. 그 증거는 지금 어디에 보관되어 있는 거야?"

"아직 멀었소."

"뭐? 아직 멀었다고? 그럼 또 뭘 더 말해야 하는 거지?"

"회장님은 고백은 하셨으나 아직 죄는 뉘우치지 않고 있소. 그러니 그것도 지금 해야 할 것이오."

"뭐? 그럼 회장님께서 지금 반성문이라도 써야 한다는 말이야?"

우동구는 다시 오지락에게로 눈을 돌렸다. 정면에 서 있는 오지락이 그의 눈에는 살찐 사나운 짐승처럼 보였다.

"장윤호." 오지락이 험상궂은 표정을 하고서 말했다. "건방지게 굴지 마라. 지금 널 마음대로 할 수 있는 사람은 바로 나야. 네가 그 증거라는 걸 가지고 있어도, 네가 내 손안에 있는 이상 그건 아무런 소용도 없어. 그러니 착각하지 말고 행동하길 바란다. 나도 이제 인내심이 한계에 이르렀으니 말이다."

그리고 오지락은 손을 가슴으로 가져가 자신의 비장의 무기를 꺼냈다. 차갑게 생긴 총이 장윤호의 머리를 과녁 삼아 무자비하게 겨누어졌다.

우동구가 그것을 보고서 다급하게 말했다.

"안됩니다. 회장님. 그건 제발 거두십시오. 그건 정말 어리석은 짓입니다. 그것으로는 절대 장윤호를 굴복시킬 수 없습니다."

"뭐? 절대 굴복시킬 수 없다고?" 오지락이 말했다. "이 놈의 목숨은 뭐 두 개라더냐? 그럼 그 하나는 오늘 내가 가져야겠구나. 그래야 남은 목숨 하나로 이런 겁 없는 짓은 안 할 테니 말이다."

"아닙니다요. 회장님." 우동구가 말했다. "장윤호 목숨이 두 개라서 그를 굴복시킬 수 없다는 게 아닙니다. 그 총알이 날아가지 않아서 그를 굴복시킬 수 없다는 말입니다."

"뭐?"

오지락이 윤호를 향해 총을 겨눈 채 우동구에게로 눈을 돌렸다.

"회장님은 아직도 제 말을 이해하지 못하시는군요. 역시 회장님은 예전이나 지금이나 눈치 없는 건 여전하십니다. 이 정도 되면 벌써 눈치를 채셨어야 하는데 말입니다."

그 말이 끝나자 우동구는 지리에서 천천히 일어섰다. 그의 몸이 의자 묶여있는 줄 알았는데, 아무것도 속박되어 있지 않았다. 마치 마술을 보는 것 같았다.

"무슨 짓이냐?"

오지락이 총을 재빨리 우동구에게로 겨누었다.

"회장님. 이제 끝났습니다. 그러니 이제 그 총은 치우십시오. 회장님은 회장님이 파신 함정에 스스로 빠지신 겁니다."

우동구는 말을 마치자마자 바로 뒤로 모았던 팔을 앞으로 가져왔다. 그의 온 몸을 묶은 줄 알았던 테이프도 그의 뒷면까지는 붙어있지 않았다.

"이게 도대체 어떻게 된 거냐?" 오지락이 놀라 말했다.

"이게 어떻게 된 것이냐고요? 그럼, 회장님께서 아직도 이 상황을 이해하지 못하시니 제가 설명을 좀 드려야 할 것 같군요."

우동구는 전등이 놓인 테이블 쪽으로 천천히 걸어갔다.

그가 그 위에 놓인 물건을 하나 집어 들고서 다시 말했다.

"회장님. 이것이 무엇인 줄 아십니까?"

오지락은 우동구의 손에 들린 작은 물건 하나를 쳐다보았다.

"바로 녹음기입니다. 여기에 조금 전 회장님이 말씀하신 목소리가 모두 담겼습니다. 아까 장 선생이 말했던 증거라는 건 바로 이것이었습니다. 사실 그 증거는 지금 이렇게 만들어진 것입니다. 속으셨죠?"

"뭣이?"

오지락이 분노에 찬 얼굴로 우동구를 쳐다보았다.

"이제 회장님은 더 이상 죄를 지을 수도 없게 되었습니다. 그러니 이제 그 총은 내려놓으십시오. 총알도 없는 총을 왜 그리 오래 가지고 다니십니까? 예전에 그 총으로 절 두 번이나 속이셨으면 이젠 그만 하실 때도 되지 않았습니까? 절 위협하시려거든 차라리 다른 걸 가지고 오셔서 하시지, 이번에도 또 그 총으로 장난치시면 어떡합니까? 이미 장 선생한테 그 총에 대한 정보는 들어서 알고 있는데 말입니다."

"네 이놈들 지금 무슨 소릴 하는 거냐? 지금까지 네놈들이 날 가지고 논 것이냐?" 오지락이 총을 두 사람에게 번갈아 겨누며 말했다.

"회장님."

이번에는 윤호가 자리에서 일어서며 말했다. 그도 뒤로 모은 팔을 앞으로 가져왔다.

"그동안 회장님 때문에 너무 많은 사람들이 피해를 입었습니다. 그러니 이제는 그만두시고 바른 길로 돌이키시기 바랍니다."

"네 이 놈. 장윤호. 네가 날 속이다니…!" 오지락이 입을 부들부들 떨며 말했다.

"아닙니다. 회장님." 우동구가 말했다. "속인 건 오히려 회장님입니다. 저와의 약속을 먼저 어긴 건 회장님이지 않습니까? 이 장 선생을 잡아오면 돈을 주겠다고 해놓고선 그 약속을 어기고 저까지 잡으려했으니 말입니다. 회장님은 지금 본인의 잘못은 생각지 않으시고 남 탓만 하시는군요. 역시 회장님은 저만큼이나 믿음이 가지 않는 분입니다요."

우동구는 오지락에게 조롱하듯 웃어 보였다. 그는 그를 좀 더 놀려줄 생각에 그에게 다가갔다.

"회장님. 회장님은 지금 완전히 포위되었습니다. 그리고 아까 회장님이 올려 보낸 그 인간들도 다 체포되었고요. 그러니 이제 그 쓸모없는 총은 집어치우시고 심판을 받으시기 바랍니다. 그동안 높은 곳까지 올라가 보셨으니, 이제는 낮은 곳까지도 내려가 보셔야 하지 않겠습니까?"

"이런 망할 놈이! 네놈이 감히 나를 희롱하다니, 내 오늘 네놈의 숨통을 끊어놓고야 말겠다."

그 순간 오지락이 우동구를 향해 방아쇠를 당겼다. 그러자 생각지도 못한 총소리가 사방으로 울려 퍼졌다. 그 핏빛 진동은 고요한 밤공기를 타고서 하늘까지 전달되었다.

윤호는 놀라 쓰러진 우동구를 쳐다보았다. 그의 가슴이 점점 핏빛으로 물들어가고 있었다.

오지락이 다시 방아쇠를 당기기 위해 바닥에 누워 있는 우동구에게로 다가갔다.

그가 우동구에게 총을 겨누며 말했다.

"잘 가라. 우동구. 그동안 네가 나를 가지고 논 죄, 이렇게 갚아주겠다."

그가 다시 우동구를 향해 방아쇠를 당기려했다. 하지만 그때 윤호가 달려들어 오지락을 옆으로 넘어뜨렸다. 그 바람에 두 번째 총알은 우동구를 뚫지 못하고 바닥에 박혔다.

그때 옆방에서 대기하고 있던 경찰들이 다급히 달려와 오지락을 뒤에서

덮쳤다. 그들은 곧 오지락을 체포한 후 좀 전 우동구가 앉았던 의자에 그를 앉혔다. 오지락은 아무런 반항도 하지 않고 그 의자에 앉아 쓰러진 우동구를 쳐다보았다. 그가 아무런 몸짓도 없이 바닥에 누워 있었다.

그 사이 경찰관 중 한 명이 윤호 옆으로 다가가 그와 같이 엎드렸다.

"이봐. 우동구."

경찰이 우동구를 불렀지만 우동구는 거친 숨만 내쉴 뿐이었다.

"이봐요. 정신 차려요."

이번에는 윤호가 그를 불렀다. 그러자 그가 가는 목소리로 그에게 뭔가를 말하려했다.

"우… 리…"

하지만 말이 잘 안 나오자, 윤호의 손을 잡기 위해 자신의 손을 움직였다. 윤호는 그의 몸짓을 알아차리고 얼른 그의 손을 잡았다.

"조금만 참아요. 곧 병원으로 데려갈 테니…!"

그러나 우동구는 계속 무슨 말을 하고 싶어 했다.

"우리… 아…"

윤호가 그를 막았다.

"무슨 말인지 알겠어요. 몽구는 내가 책임지고 돌봐 줄 테니 지금은 당신만 생각해요! 피를 너무 많이 흘리고 있어요!"

그러나 우동구는 끝까지 말을 이으려했다.

"몽…그…부…탁…"

"알았어요. 약속은 반드시 지킬게요. 그러니 조금만 참아…!"

윤호가 갑자기 말을 멈추었다.

"이봐. 우동구."

경찰관이 우동구를 불렀다.

"이봐요. 정신 차려요!"

윤호도 그를 불렀지만, 그는 움직이질 않았다.

곧 경찰관이 그의 맥박을 확인했다. 아무런 미동도 없었다.

"이런!"

경찰관이 난처한 표정을 지었다.

"이봐요. 정신 차려요!"

윤호는 다시 한 번 더 우동구를 불렀다. 하지만 그는 이미 숨을 거둔 상태였다. 윤호는 망연자실 그를 쳐다보았는데, 그가 너무도 조용히 누워 있어 마치 눈을 뜨고 자는 사람같이 보였다.

그때 경찰관이 바닥에 주저앉아 잠잠한 우동구를 쳐다보며 말했다.

"아! 이럴 줄 알았으면 오늘은 그냥 이 녀석만 잡는 거였는데! 녀석 말을 괜히 들었어…!"

윤호는 아무런 대꾸도 할 수 없었다. 그는 그저 누워있는 우동구만 쳐다볼 뿐이었다.

"이 사람 기대 이상으로 아주 잘 해줬는데, 일이 이렇게 될 줄이야!"

경찰이 다시 후회하며 말했다. 하지만 윤호는 여전히 넋 나간 사람처럼 우동구만 쳐다볼 뿐이었다.

그가 잠시 후 입을 열었다.

"그래도 이 사람, 아들을 위해서라면 자신의 목숨이라도 내놓을 사람이었어. 보기하고는 참 다른 사람이었어."

경찰은 더 이상 아무 말 못하고 고개를 숙였다. 그도 그가 정말 애처로워 보였다.

윤호가 바닥에 주저앉아 우동구를 쳐다보며 물었다.

"이제 어떻게 하면 되지?"

경찰관이 힘없이 대꾸했다.

"뭘?"

"내가 두 사람을 이렇게 돌봐주면 되는 거야?"

"글쎄. 이 사람이 살았더라면 해줄 수 있었을 만큼은 해줘야겠지."

"그래?"

"그래. 이 자는 목숨을 다해 약속을 지켰잖아."

"그래. 이 사람은 정말 자신의 약속을 지켰어."

"그래. 그러니 너도 약속을 지켜야지."

두 사람은 잠시 말없이 누워 있는 우동구를 쳐다보았다. 순식간에 다른 세상 사람이 된 그가 너무도 안타까워 보였다.

윤호가 그를 한참 쳐다보다 다시 말했다.

"그런데 정말, 불쌍한 인생이다. 이렇게 갈 거면서 왜 그렇게 살았을까?"

"글쎄. 아마 이렇게까지만 살려고 그렇게 살아온 건지도 모르지."

"그래도 이보다는 좀 더 잘 살 수 있었잖아."

"글쎄. 그건 나도 모르겠다."

그 말과 함께 경찰은 곧 일어섰다. 그가 우동구 옆에 앉아 있는 윤호를 보며 말했다.

"이제 일어나. 모두 끝났어. 그도 이런 식으로 죗값을 치렀다고 생각해."

윤호도 곧 자리에서 일어섰다. 팔다리가 차가워진 우동구를 내려다보며 윤호는 그를 진심으로 애도했다.

그는 곧바로 눈을 돌려 오지락을 쳐다보았다. 이제는 그가 우동구를 대신해 그의 자리에 앉아있었는데, 헝클어진 머리로 고개를 떨군 채 바닥을 내려다보고 있는 그는 마치 좀 전 우동구가 말한 대로 곧 자신이 내려가야 할 곳을 바라보고 있는 것 같았다. 윤호의 눈에는 그도 또한 우동구만큼이나 불쌍해 보였다.

오 사악한 자여, 의로운 자의 거처를 치려고 숨어 기다리지 말며
그의 안식하는 처소를 노략하지 말라.
의인은 일곱 번 넘어질지라도 다시 일어나려니와 사악한 자는
넘어져서 해악에 빠지리라.

— 잠언 24: 15-16

윤호가 앞으로 쓰러지는 우동구를 잡았다. 그를 바닥에 내려놓자, 그가 잠꼬대 같은 신음소리를 내기 시작했다.

"진주… 너…."

우동구는 지금 금진주가 자기를 뒤에서 몽둥이로 내리쳤다고 생각했다.

"괜찮아?" 누군가 윤호에게 물었다.

"응. 난 괜찮아." 윤호가 대답했다. "그런데 민아 씨는? 민아 씨는 어떻게 됐어?"

"무사해. 녀석들이 민아 씨를 꽁꽁 싸매놨던데, 내가 여기서 내려온 다른 한 놈을 쓰러뜨리고 민아 씨를 풀어줬어."

말하는 이는 윤호의 오랜 친구 박민수였다. 대학 졸업 후 경찰이 된 그는 오늘 아무에게도 사정을 말해서는 안 된다는 윤호의 급한 요청을 받고서 이렇게 혼자서 그를 도우러 온 것이다.

"아래층에 또 다른 사람은 없었어?" 윤호가 물었다.

"없었어. 역시 두 녀석만 일을 저지른 것 같아."

바닥에 누워있던 우동구가 옆으로 돌아눕자 민수가 그를 내려다보며 말했다.

"야, 여기가 네 안방이야? 어서 일어나. 별 세게 때리지도 않았는데 엄살 부리긴. 그래도 넌 이 정도니깐 다행인줄 알아. 밑에 있는 네 짝꿍은 완전히 기절해서 아직도 정신을 못 차리고 있어."

그는 이곳으로 윤호와 같이 차를 타고 들어오다가 길 중간에서 내려 집까지 혼자서 뛰어왔다. 그리고 윤호가 집안으로 들어가자마자 그도 곧 어둠을 뚫고 들어가 금진주가 없는 사이 민아를 구출해 냈다. 그녀가 방안에서 신음소리를 내고 있었던 것이다.

"그 사람 지금 아래층에서 민아 씨랑 같이 있어?" 윤호가 물었다.

"응. 그런데 걱정 마. 내가 이걸로 그 녀석을 전기통닭으로 만들어놨으니까."

그가 손에 쥐고 있던 전기 충격기를 윤호에게 들어 보였다.

"민아 씨는 지금 그 녀석이 언제 쯤 익는지 지켜보고 있을 거야."

"뭐, 진주가 통닭이 됐다고?" 우동구가 그 소리를 듣고서 말했다. 그의 목소리는 10년간 앓아누운 사람 같이 들렸다.

"왜? 먹고 싶어?" 민수가 우동구를 보며 말했다.

"아! 이젠 완전히 망했다!"

"이젠 헛소리 그만하고 일어나." 민수가 허탈해하는 우동구를 보며 말했다. "지금부터 너를 체포감금죄의 현행범으로 체포하겠다. 너의 권리를 말해 줄 테니 잘 듣고서 기억해 뒀다가 나중에 한번 써먹어 봐. 도움이 될지도 모르니 말이야."

민수가 그의 권리를 말하기 시작했다.

"너는 변호인을 선임할 권리가 있고,"

"돈도 없는데 무슨 변호인을…."

"변명할 기회가 있고,"

"아니, 다 말해 버릴 테다."

"네놈들은 체포적부심사를 법원에 청구할 수 있다."

"그전에 오지락도 같이 잡아 들여. 그놈이 시킨 거니까."

"뭐? 오지락이 시킨 거라고?" 윤호가 누워서 억울해 하는 우동구를 보며 말했다.

"그래. 난 그 놈이 널 잡아오면 돈을 주겠다고 해서 이렇게 한 것뿐이야. 난 이렇게까지 사람을 잡아와서 괴롭힐 생각은 없었다고."

"어라. 이 녀석 예쁜 소리하네!" 민수가 말했다. "그래 계속 말해 봐. 내가 이참에 너희 덕에 진급 좀 해 보게."

하지만 윤호는 그 말을 더 듣고 있을 순 없었다.

"민수야, 난 일단 아래층에 내려가 볼 게. 민아 씨가 지금 다른 녀석이랑 같이 있어."

"그래. 그럼 이놈 말은 좀 있다 듣기로 하지. 넌 어서 민아 씨한테 내려가 봐."

윤호는 어서 1층으로 내려갔다. 문 열린 1층 방 앞에 이르러 손전등을 비추며 그녀를 불렀다.

"민아 씨, 어딨어요?"

그 말에 방 안에서 불빛이 켜지며 그녀의 목소리가 들려왔다.

"윤호 씨. 여기에요."

윤호는 방안에서 민아의 목소리가 나오자 그곳으로 들어갔다. 다행히 그녀는 아무렇지도 않은 모습을 하고서 방안 한 쪽에 서 있었다.

"민아 씨." 그가 그녀에게 다가가며 말했다. "민아 씨. 괜찮아요? 다친 데는 없어요?"

"네. 전 괜찮아요. 윤호 씨는요?"

"저도 괜찮아요."

윤호는 곧 눈을 돌려 다른 곳을 쳐다보았다. 아까 여기로 내려온 남자가 의자에 손이 묶인 채 바닥에 쓰러져 있었다. 민수가 그를 그렇게 기절시키고 수갑을 채워 놓은 것 같았다.

윤호가 쓰러진 남자에게서 눈을 돌려 다시 그녀를 보며 말했다.

"민아 씨, 두 사람은 이제 모두 체포되었어요. 그러니 우린 어서 여길 나가요."

윤호는 일단 민아를 방에서 데리고 나왔다. 그러자 위층에서 민수도 우동구를 데리고 내려왔다. 우동구는 뒤로 수갑이 채워진 채 힘없이 걷고 있었다.

네 사람이 모두 1층에 모이자, 민수가 윤호를 보며 말했다.

"그 녀석 아직도 헤롱헤롱 하지?"

"응. 그런데 저렇게 놔둬도 괜찮아?"

"걱정 마. 잠시 기절한 것뿐이니까. 이제 정신 차리고 일어날 때가 됐어."

민수가 고개를 돌려 우동구를 보며 말했다.

"어이, 너도 네 짝꿍 있는 대로 가자. 곧 있으면 경찰이 너희들을 모시러 올 텐데, 그때까지 네 동료 옆에서 간병 좀 해 줘."

우동구는 고개를 떨군 채 아무런 대꾸도 하지 않았다.

민수는 곧 그를 방으로 데리고 들어갔다. 금진주가 한쪽 구석에 누워 몸을 뒤척이고 있었다. 그의 정신이 이제 좀 돌아오는 것 같았다.

"진주. 괜찮아?" 우동구가 그를 보자마자 말했다.

"으…." 금진주는 대답 대신 신음소리만 냈다.

민수가 우동구를 금진주 쪽으로 밀며 말했다.

"어서 가서 돌봐 줘. 지금은 따뜻한 공범의 손길이 필요한 때니까."

우동구는 수갑을 뒤로 찬 채로 금진주에게 다가가 그의 옆에 무릎 꿇고 앉았다. 그와 눈이 마주치자, 그가 눈을 반 쯤 뜬 상태로 자기 이름을 불렀다.

"동구."

그의 목소리는 다 죽어가는 사람 같이 들렸다.

"정신 차려. 진주."

우동구는 금진주의 모습을 보니 곧 자기들에게 다가올 현실이 느껴졌다.

민수가 우동구를 보며 말했다.

"그런데, 너 아까 그 소리 다시 말해 봐. 오지락이 시키는 대로 했다는 것 말이야."

우동구는 몸을 돌려 민수를 바라보았다. 손전등에 비춰진 우동구의 모습이 마치 무대 위에 선 연극배우 같이 보였다.

그가 입을 열었다.

"우린 단지 오지락이 시키는 대로만 했습니다. 그렇게 하면 돈을 주겠다고 해서 말입니다. 그리고 우린 절대 사람을 해칠 생각은 하지 않았습니다. 여자는 단지 오지락에게서 돈을 받을 때까지만 데리고 있다가 풀어 줄 생각이었습니다."

"그럼, 장윤호는? 저 친구는 어떻게 하려고 한 거야?" 민수가 물었다.

"물론 저 사람도 해칠 생각이 없었습니다. 저 사람은 오지락에게 넘기기만 하면 돈을 받을 수 있으니까요. 정말 우린 아무도 해치거나 다치게 할 생각은 없었습니다."

그 소리를 밖에서 듣고 있던 윤호가 방안으로 들어왔다.

"그런데 오 회장이 왜 나를 잡아오라 한 거요? 무슨 볼 일이 있어서?" 윤호가 우동구를 보며 말했다.

"그야. 지난번 그 가방 때문에 그러는 거죠. 그 일만 아니었으면 그가 그 회사를 자기 손안에 넣을 수 있었는데, 당신이 그 일을 방해하는 바람에 기회를 놓쳐 기분이 나빴던 겁니다. 게다가 댁은 예전에 오지락하고 같이 일하지 않았습니까? 그러니 그가 더 배신감 같은 걸 느껴서 복수하고 싶었던 겁니다."

"복수?" 민수가 말했다.

"네. 그가 저더러 이 일을 쥐도 새도 모르게 하라고 한 걸 보면, 아마도 저 사람을 죽일 마음까지도 품었는지 모릅니다."

"뭐? 이런 나쁜 인간! 이 장윤호가 없었으면 그런 자리까지 오르지도 못했을 사람이 그런 것도 모르고서 은혜를 복수로 갚아?" 민수가 말했다.

"네. 오지락은 충분히 그러고도 남을 사람입니다. 그러니 저희더러 이런 일을 시켰죠."

그리고 우동구가 윤호 쪽으로 고개를 돌려 말했다.

"윤호 씨. 저희들은 정말 당신들을 해칠 마음이 없었습니다. 단지 오지락이 돈을 주겠다고 해서 거기에 잠시 눈이 멀어 당신들을 여기로 데리고 온 것뿐입니다. 저도 살아갈 길이 구만리 같은 사람인데 어떻게 그런 나쁜 생각까지 하겠습니까? 그러니 저를 제발 용서해 주십시오."

민수가 우동구를 보며 말했다.

"이런 답답할 사람. 이제 와 그런 소릴 하면 뭐하나? 이미 늦었는데."

그때 멀리서 사이렌 소리가 들려왔다. 두 범인을 데려갈 경찰차가 오고 있는 중이었다. 그러자 우동구가 슬픈 표정을 하며 눈물을 쥐어짜기 시작했다. 남은 몇 분만이라도 잘 사용해 볼 생각이었던 것이다.

"선생님들." 우동구가 간절한 표정으로 말했다. "저에게는 어린 아들이 한 명 있습니다. 제 목숨보다도 귀중한 존재입니다. 그런데 제가 이렇게 교도소에 들어가게 되면 아들을 돌봐 줄 사람이 없어집니다. 물론 애 엄마가 있긴 합니다만 돈벌이가 없으니 두 사람이서 먹고 살 길이 막막해 집니다. 그러니 제발 제 부탁 한 가지만 들어주십시오."

"부탁? 뭔데?" 민수가 물었다.

"선생님." 우동구가 민수를 보며 말했다. "아까 진급을 하고 싶다고 그러셨죠? 그러면 선생님께서 진급하실 수 있도록 제가 도와드리겠습니다."

"뭐? 내 진급을 당신이 도와주겠다고?" 민수가 우동구를 보며 말했다.

"네. 저 같은 잔챙이는 잡아봐야 별 도움이 안 되지만 저보다 몇 백배나 더 큰 거물을 잡으면 충분히 그러실 수 있을 겁니다. 그것도 다른 동료들의 힘을 빌리지 않고 혼자서 하면 말입니다. 그래서 선생님도 아까 저에게 그런 말씀을 하신 것 아닙니까?"

"그런데 네가 그 몸으로 날 어떻게 승진시켜 준단 말이야?"

민수는 우동구가 어떤 생각을 하고 있는지 궁금했다.

우동구가 대답했다.

"이 사건에는 아직 남은 관련자가 한 명 더 있습니다. 아까 말했다시피 바로 오지락입니다. 그 자를 잡아들이시면 반드시 승진할 수 있을 겁니다. 저야 이미 이렇게 잡힌 몸이 되었으니 어쩔 수 없다 하지만, 그렇게만 끝나면 이 사건은 정말 싸구려 사건 밖에는 되지 않습니다. 그러니 선생님께서 그 자를 잡아들려 이 사건을 값어치 있게 만드십시오. 그럼 승진하시는 건 문제도 아닐 겁니다."

민수는 우동구의 말에 살짝 입맛이 당겼다. 정말 그의 말처럼 오지락을 함께 잡아넣을 수 있다면 진급할 가능성이 높았다. 오지락은 이미 이름 난 기업의 회장이 되었기 때문이다.

"그런데 그자를 무슨 방법으로 잡아들일 건데?"

민수가 묻자 우동구가 곧바로 대답했다. 그에게는 남은 시간이 많지 않았다.

"오지락은 저더러 저 장윤호 씨를 잡아오면 돈을 주겠다고 했습니다. 그리고 저는 오늘 저 분을 잡아서 그에게 연락을 하겠다고 했습니다. 그러니 제가 지금 장 선생을 잡았다고 그에게 연락하면 그가 돈을 들고서 바로 여기로 나올 겁니다. 그러면 제가 여기서 장 선생을 잡은 것처럼 하고서 그와 대화하며 그의 범죄 사실을 녹음하겠습니다. 그러면 선생님은 옆방에서 숨어 기다렸다가 나중에 그를 체포하십시오."

민수는 괜찮은 방법이라고는 생각했다.

"대신," 우동구가 계속 말했다. "그렇게 제가 그를 잡는데 도와드리면 선생님은 저를 이 사건에서 눈 감아 주시기 바랍니다."

"뭐? 눈 감아 달라고?"

"네. 그래도 선생님은 큰 거물을 손에 넣을 수 있으니 승진하시는 데는 아무런 문제가 없지 않습니까? 제발 부탁드립니다. 정말로 최선을 다해 도와드리겠습니다. 우리 아들이 집에서 저를 기다리고 있습니다. 선생님. 제발."

우동구는 진짜 눈물을 흘리기 시작했다. 그들을 태워갈 순찰차들이 집 앞까지 와 있었기 때문이다.

"안 돼! 이 녀석이 지금 경찰을 뭘로 보고서 하는 소리야? 내가 승진에 눈이 어두워 너랑 그런 말도 안 되는 협상을 한단 말이야? 너는 이제 경찰을 희롱한 죄까지 추가해서 원래 형보다 5년은 더 살도록 만들어 주겠다!"

"아이고, 나리. 제발 좀 살려주십시오. 여기에 다른 경찰은 없지 않습니까? 그러니 제발 눈 한번 감아주십시오. 제가 모든 걸 다 동원해서라도 오지락 잡는 일을 도와드리겠습니다. 집에서 우리 아들이 저를 기다립니다. 제가 벌을 받으러 들어가면 우리 아들은 이제 누가 돌봐 준답니까? 하나밖에 없는 우리 몽구는 이제 고아처럼 지내야 하지 않습니까? 그러니 제발 저를 여기서 풀어주십시오. 선생님. 아니, '장차 경찰청장님이 되실 나리.'"

그리고 우동구는 좀 더 소리를 높여 울기 시작했다.

"아이고, 몽구야! 아빠가 이제 잡혀가게 생겼구나! 이제 너를 누가 키워주니? 이제 엄마 일 나가면 너 혼자 집에서 지내야 하는데 우리 어린 몽구 불쌍해서 어찌하나? 아이고, 선생님 저를 좀 살려주십시오. 다시는 나쁜 짓 안하고 살겠습니다."

우동구는 앉은 바닥에 눈물을 떨어뜨렸다. 그의 때늦은 후회의 눈물이었다.

그때 이를 모두 듣고 있던 윤호가 우동구에게 물었다.

"아들 이름이 뭐라고 그랬죠?"

"몽구… 우 몽구 입니다."

우동구는 그의 이름을 말하고서 더 크게 울기 시작했다.

윤호가 그에게 말했다.

"그 아이는 내가 돌봐줄게요."

그 말에 울고 있던 우동구가 고개를 들었다.

"네? 뭐라고 하셨습니까?" 우동구가 윤호를 쳐다보며 말했다.

"내가 몽구를 돌봐주겠다고요. 그러니 오지락을 잡는데 당신이 지금 말한 것처럼 협조해줘요. 당신은 이미 죄를 지어 체포되었으니 풀어줄 수는 없어요. 그건 말도 안 되는 소리예요. 하지만 당신이 벌을 받으러 들어가면 당신이 그토록 아끼는 아들과 아내는 돌봐줄 사람이 없으니, 내가 대신 두 사람을 돌봐주죠. 그러면 비록 다른 방법이긴 해도 당신이 지금 걱정하는 바는 해결되지 않겠어요?"

우동구는 정신이 번쩍 들었다. 윤호의 제안이 자신이 생각했던 것과는 달랐지만, 그리 나쁜 것 같지는 않았다.

"야, 너 지금 무슨 소릴 하는 거야?" 민수가 윤호를 보며 말했다. "이 녀석은 민아 씨랑 널 해치려 했던 놈이야. 그런데 원수의 아들을 네가 왜 돌봐줘? 게다가 넌 아직 일자리도 없잖아."

윤호가 말했다.

"그렇긴 하지만, 그래도 애는 아무런 잘못이 없잖아. 그리고 오지락도 이제는 자기 죄에 대한 대가를 치러야 해. 그가 지금 사람들을 너무 많이 괴롭히고 있어."

그 사이 경찰들이 집안으로 들어왔다. 우동구는 이미 자신의 운명은 정해졌다고 생각했다.

"선생님." 그는 이제 마지막 기회라 생각하고 말했다. "그렇게만이라도 해주십시오. 그러면 제가 최선을 다해 돕겠습니다. 우리 몽구와 집사람을 돌봐주시면 그 은혜는 절대 잊지 않도록 하겠습니다. 제발 그렇게만 해 주십시오. 제발 부탁드립니다. 선생님."

방안이 불빛으로 훤해졌다. 경찰관들이 방 안으로 들어왔다.

우동구는 얼굴을 바닥에 댄 채 윤호와 민수를 향해 빌었다.

"선생님. 다시는 나쁜 짓 하지 않고 올바르게 살겠습니다. 그러니 제발 우리 아들과 아내를 돌봐주십시오."

도착한 경찰들이 두 사람에게로 다가가 그들을 일으켜 세웠다.

민수가 그것을 보며 윤호에게 말했다.

"야, 너 정말 자신 있어?"

윤호가 대답했다.

"저 사람 나올 때까지만 돌봐주면 되잖아."

민수는 고개를 절레절레 흔들었다.

그는 곧 두 사람을 인수한 경찰들에게로 다가가 그들과 잠시 대화를 나누었다.

주께서 나그네들을 보존하시고 아버지 없는 자와 과부는 구제하시나,
사악한 자들의 길은 뒤엎으시는도다.
— 시편 146편 9절

35

어느새 시간은 흘러 열 달이 지났다. 그동안 윤호와 민아 사이에는 많은 진전이 있었다. 두 사람은 이제 연인 사이를 넘어서 평생의 동반자가 될 예정이었다. 그들의 미래는 양쪽 가족의 든든한 지원과 축복 덕분에 과거의 길보다 더 희망적이고 순탄해 보였다.

윤호는 오늘 평소보다 좀 더 일찍 출근했다. 출근하자마자 그는 자신의 방에 들어가 그날의 일과부터 확인했다. 오전에 있을 회사 행사로 인해 그날 하루는 무척 분주할 것 같았다.

그날의 일정을 모두 파악하자 그는 자신의 가방을 열어 어젯밤 적은 글을 다시 읽었다. 자신이 하고 싶은 말은 정확히 표현했는지, 너무 상투적인 문구는 없는지, 그리고 정말 자신이 그렇게 해낼 수 있는지. 그는 다시 반복하고 반복해 읽으며 그 내용들을 음미해 나갔다.

그렇게 시간은 흘러 오전 9시가 되었다. 직원들은 모두 출근해 각자의 업무를 시작했다. 그도 회사 각 부서를 둘러보기 위해 자신의 방에서 나섰다. 아직도 익숙하지 않은 얼굴과 각 부서별 업무를 파악하기 위해서 당분간은 계속 그렇게 할 생각이었다.

그런데 그가 방을 막 나서는 순간 손님들과 마주쳤다. 아니, 손님이라기보다는 주인이었다.

"장 사장." 문을 열다 마주친 그 주인이 윤호를 불렀다.

"어머니." 윤호도 그녀를 불렀다.

"아, 민아 씨도 같이 왔네요." 그가 뒤에 선 민아를 보며 말했다.

"윤호 씨, 그렇게 하고 어디 가세요? 조금 있으면 취임식 하는데." 민아가 회사 유니폼을 입은 윤호를 보며 말했다.

"잠시 회사 좀 돌아보면서 직원들하고 인사 나누려고요." 윤호가 대답했다.

"인사는 지금까지 많이 나눠놓고선 또 뭣 하러 나눠? 좀 있다 취임식하고 나면 다시 나눌 텐데." 민아 엄마가 그에게 말했다.

"그래도 직원들하고 빨리 친해지려면 제가 직접 찾아다니면서 인사하는 게 더 좋을 것 같아서요."

"참. 윤호 씨도." 민아가 말했다. "오늘은 윤호 씨 사장으로 취임하는 날이에요. 그런데 지금 다른 데 신경 쓸 시간이 어디 있어요?"

그녀의 엄마가 거기에 더 보탰다.

"민아야. 네 신랑 될 사람 보니 너도 나처럼 꽤나 재미없이 지내게 될 것 같구나. 네 아버지는 온통 회사 일만 신경 썼지 집안일은 전혀 신경을 안 썼거든. 그런데 오늘 이 사람을 보니 네 아버지가 한 것처럼 그렇게 똑같이 할 것 같구나."

"하하. 제가 아침부터 두 분 앞에서 약점을 보였네요. 그럼 오늘은 안 나가고 두 분과 같이 얘기 나누면서 취임식 준비할게요. 안 그러면 제가 평생 두 분한테 원망만 듣고 살 것 같네요."

"진작 그럴 것이지. 어서 들어가." 민아의 엄마가 윤호를 보며 말했다.

잠시 후 세 사람은 방 안에 앉았다. 원래 창업주가 쓰던 방이었는데, 한 달 전까지만 해도 민아의 엄마가 쓰다가 이제는 윤호가 넘겨받았다.

"어때? 장 사장." 민아 엄마가 윤호를 보며 말했다. "이제 자네가 이 회사를 이끌고 나가야 하는데, 잘 할 수 있겠나?"

그 말에 민아가 먼저 대답했다.

"엄마는 윤호 씨를 뭘로 보는 거예요? 윤호 씨는 이 회사보다 더 큰 기업도 경영해 본 사람이에요. 그런데 이런 회사 하나쯤 제대로 못 다루겠어요?"

"허허." 윤호가 부담된다는 듯 어색한 웃음을 웃었다. "어머니 말보다 민아 씨 말이 더 부담스럽군요. 잘못했다간 그런 것도 제대로 못하느냐며 무척 야단칠 것 같네요."

"장 사장." 민아 엄마가 다시 윤호를 보며 말했다. "이 회사는 민아 아빠가 자신의 인생을 희생하면서까지 일구어 놓은 기업이야. 그래서 난 자네가 이 회사를 그에 못지않게 더 잘 가꾸어 줬으면 해. 난 평생 집안일만 해온 사람이라 이런 사업과는 잘 맞지가 않아. 그런데도 내가 이 회사를 계속 맡는다는 건 회사나 거기에 속한 사람들에게 정말 미안한 일이야. 일이라는 건 뭐든지 밑바닥부터 경험을 쌓아온 사람이 해야 잘할 수 있어. 그런데 전혀 감각 없는 내가 이 회사를 맡다 보니 회사가 예전만 못하게 된 것 같아. 물론 나도 하느라고 최선을 다하긴 했지만, 그런다고 그게 어디 노력한 만큼 쉽게 성과를 낼 수 있겠나. 평생을 한곳에만 집중해도 부족한 것이 사람의 일인데 단기간에 많은 걸 습득하려 했으니 오히려 여러 사람들 일만 번잡하게 만들어 놓았지."

"장 사장." 민아의 엄마는 거기서 윤호를 다시 불렀다.

"네. 어머니."

"내가 이 회사를 장 사장한테 맡긴 건, 자네라면 이 회사를 우리 민아 아빠만큼이나 잘 키워낼 수 있을 것 같아서야. 민아 말따나 자네는 이미 이 보다 더 큰 기업을 경영해 본 사람이 아닌가. 그러니 이런 회사쯤이야 그보다 좀 더 쉽게 경영할 수 있을 거야. 아무래도 회사 전체를 보는 눈이나 사람 다루는 능력이 남들보다 더 깊고 탁월할 테니 말이지. 하지만 난 꼭 그런 것 때문에 이 회사를 자네한테 맡기는 게 아니야. 그건 어디까지나 회사를 경영하는데 있어 기술적인 면만 보고서 판단한 거지, 다른 면까지 보고서 판단한 게 아니거든. 난 아직도 사업에 대해서는 잘 모르지만 그래도 요 몇 년간 이 회사를 맡으면서 느낀 것이 있어. 사업이란 건 꼭 돈을 많이 벌기 위해서 하는 활동이 아니라는 거야. 돈 이외에 사람까지도 바라봐야 하는 것이 사업이야. 하지만 사람들은 돈만 쫓다 보니 가끔 잘못된 판단을 내려. 그건 예전에 자네가 있던 그 회사 회장의 경우를 보더라도 잘 알 수 있지 않겠나. 그가 자신의 욕심 때문에 그렇게 무너졌으니 말이야. 사람은 자신이 바라보는 목표가 어디인지에 따라 가는 여정이 달라. 아무리 큰 목표를 세우고 그것을 성취했다고 해도 그것이 칭찬받기에 합당하지 못하거나, 존경의 대상이 될 만큼 정당한 일이 아니라면 그건 그 목표를 잘못 성취한 거야. 원하는 결과만 가지면 된다는 생각에 정작 단계를 잘못 밟아 걸어간 거지. 그건 오히려 처음부터 발을 들여놓지 않느니만 못한 일이야. 사람이든 사업이든 목표를 향해 걸을 때는 조금 부족해도 바른 길을 걸어 가야해. 만약 그러지 않고 목표에만 집착하다 보면 정말 많은 것을 놓칠 수가 있어. 그것이 혼자서만 놓치는 것이라면 그나마 다행스런 일이지만, 다른 사람의 인생에까지도 영향을 준다면 정말 골치 아픈 일이지. 장 사장."

"네."

"난 자네라면 사람들이 쉽게 저지를 수 있는 그런 실수를 하지 않을 거라고 생각해. 왜냐하면 자네는 높은 사람 앞에서도 그의 잘못된 부분에 대해 자신의 의사를 당당히 표현할 줄 아는 사람이니 말이야. 또 그런 사람과의 인연도 과감히 끊을 줄 알았고. 대게 사람들은 그렇게 하는 것이 옳다고 생각하지만, 실제로 그런 일을 당했을 때 그렇게 할 수 있는 사람은 많지가 않아. 용기가 부족하거나 자신의 자리를 먼저 생각하기 때문이지. 하지만 자네는 그런 것에 개의치 않고 자신의 소신대로 용기 있게 행동하고 말하지 않았나. 그러니 자네는 옳고 그름을 확실히 할 줄 아는 사람이야. 자네의 그런 점이 난 정말 마음에 든다네. 물론 나도 처음에는 자네의 그런 면모를 몰라보고서 좀 낮춰 보긴 했지만, 그래도 이제는 내가 자네의 그 걸어온 길들을 알게 되었으니 이제 난 자네를 정말 자랑스럽게 생각한다네. 그래서 난 오늘 자네가 우리 회사 사장이 되는 것을 무척 감사하게 생각해. 그건 나뿐만 아니라 우리 민아 아빠도 마찬가지 일거야. 어쩌면 자네는 우리 민아 아빠의 뒤를 잇기 위해 처음부터 이렇게 준비되어 있었는지도 모르겠어. 만약 그렇다면 더더욱 감사한 일이지. 왜냐하면 나에게는 아들이자 가장 같은 자네를 적당한 때에 꼭 알맞게 얻었으니 말이지."

"장윤호." 그녀가 이번에는 그의 이름을 불렀다.

"네."

"난 자네가 이 회사를 그 어느 회사보다 멋지게 키워줬으면 좋겠어. 방금 말했듯 그 목표만 추구하지 말고 그 가는 길도 올곧게 하면서 말이야. 그래서 난 이 회사가 누구 한 사람이 주인인 것처럼 경영되지 않기를 바라. 여기서 일하는 사람들과 우리 회사와 연관된 모든 사람들이 주인인 것처럼 움직여줬으면 좋겠어. 그래서 회사에 이익이 생기면 그 이익을 회사에만 쌓지 말고 그 구성원들과 그 주변 여러 사람들에게도 전달해 줬으면 좋겠어. 난 그것이 이 회사가 정말 해야 할 일이라고 생각해. 그리고 난 그런 일을 자네가 가장 잘 할 수 있을 거라고 믿어. 왜냐하면 장윤호 자네는 정말 믿음직스러운 사람이거든. 그래, 자네는 정말 이 세상에 보기 드문 사람이지. 마음의 생각을 속에만 넣어두지 않고 배운 그대로 사용할 줄 아니 말이야. 난 자네가 앞으로도 계속 그런 용기와 신념으로 이 회사를 맡아줬으면 좋겠어. 장 사장."

"네."

"오늘은 자네가 이 회사의 사장 자리에 오르는 날이야. 역사적으로 말하자면 제3대 사장이지. 1대 사장인 민아 아빠는 이 회사의 기초를 다졌고, 2대 사장이었던 나는 사람을 찾아냈지. 그리고 3대 사장인 자네는 나의 기대에 부응할 차례야. 물론 난 자네가 세상에서 가장 훌륭한 경영자가 될 거라고 믿어. 그리고 그건 우리 회사 사람들도 그렇게 생각할 거야. 그만큼 자네는 오늘 많은 사람들의 기대와 축하 속에서 경영자 자리에 오르는 거야. 정말 모두를 설레고 희망차게 하는 경우지. 만약 자네가 우리들의 바람대로 이 회사를 이끌어가 준다면, 우리는 오늘 이 세상에서 가장 멋진 사장이 취임하는 걸 보게 되는 거야. 장 사장."

"네."

"그렇게 해 줄 수 있겠나? 정말로 우리가 원하는 그런 경영자 말이야."

"네. 어머니. 어머니께서 저를 그렇게까지 봐주시다니 정말 감사합니다." 윤호가 꾹 다문 입을 열고서 대답했다. "어머니의 기대에 부응하는 그런 사람이 되도록 많이 노력하겠습니다. 그리고 어머니께서 생각하시는 것처럼 이 회사를 이윤만 쫓는 기업으로 만들기보다는, 안팎의 여러 사람들에게도 그것을 전달하는 기업으로 만들겠습니다."

"그래, 고맙네."

"그리고 전 두 분과 이렇게 만난 것에 대해 정말 감사하게 생각합니다. 아마 제 인생 최고의 만남일 것입니다. 저는 한때 심한 좌절감을 느끼며 살아왔던 때가 있었습니다. 인생이 아무런 이유도 모르고서 추락해 버려 너무나도 힘들었기 때문입니다. 하지만 이제와 생각해 보면 그런 일들이 우연히 일어난 것 같지는 않습니다. 그 일들로 인해 제가 여기까지 오게 되었으니 말입니다. 그래서 저는 이제 남은 인생을 그 일들에 감사하며 살고자 합니다. 제 능력이 되는 한, 제가 받은 축복을 여러 사람들에게 나누어주며 그들도 저처럼 힘든 과정 속에서 좌절하지 않고 일어날 수 있도록 도우면서 말입니다. 그것이 제가 할 수 있는 최고의 일이자, 오늘날 이 선물을 주신 분의 뜻이 아닐까 저는 생각합니다."

"그래."

"어머니, 민아 씨. 두 분께 정말 감사드립니다. 두 분은 저에게 정말 귀중한 선물이자 가족입니다. 그래서 저는 앞으로 이 선물을 고이고이 잘 간직하며 살아갈 생각입니다. 절대 일에만 빠져 가족들을 소홀히 하는 일이 없을 것이며, 무엇보다 민아 씨에게 존경받는 가장이 되도록 노력할 것입니다."

"그래. 고맙네."

"고마워요. 윤호 씨."

"어머니. 민아 씨. 다시 한 번 더 감사드립니다. 그리고 사랑합니다. 저의 남은 길도 주어진 일과 사람에 최선을 다하며 걸어가겠습니다."

"그래. 고맙네."

그리고 잠시 후, 그들은 자리에서 일어나 취임식장으로 걸어갔다. 그들의 모습은 마치 오랫동안 함께 지내 온 가족처럼 보였다.

네 마음을 다하여 주를 신뢰하고

네 자신의 명철을 의지하지 말지어다.

네 모든 길에서 그분을 인정하라.

그리하면 그분께서 네 행로들을 지도하시라.

— 잠언 3: 5-6